LIBRO DEL CABALLERO ZIFAR

clásicos Castalia

COLECCIÓN FUNDADA POR
DON ANTONIO RODRÍGUEZ-MOÑINO

DIRECTOR
DON ALONSO ZAMORA VICENTE

Colaboradores de los volúmenes publicados:

LIBRO
DEL CABALLERO ZIFAR

Edición,
introducción y notas
de
JOAQUÍN GONZÁLEZ MUELA

clásicos castalia

Madrid

Copyright © Editorial Castalia, S. A., 1982
Zurbano, 39 - 28010 Madrid - Tel. 319 58 57

Cubierta de Víctor Sanz

Impreso en España - Printed in Spain
Unigraf, S. A., Móstoles (Madrid)

I.S.B.N.: 84-7039-396-0
Depósito Legal: M. 28.708-1990

SUMARIO

INTRODUCCIÓN CRÍTICA

ARGUMENTO DEL LIBRO DEL CAVALLERO ZIFAR

E L *Libro* empieza con un Prólogo, que es un documento histórico sobre la peregrinación a Roma de Ferrán Martínez, arcediano de Madrid, para ganar los perdones que concedió el Papa Bonifacio VIII a los que acudiesen al jubileo del año 1300; a lo que se añaden los datos históricos del rescate del cuerpo del cardenal don Gonzalo, que fue arzobispo de Toledo, y que murió en Roma no sin hacer prometer a dicho arcediano que llevaría sus restos a la iglesia de Toledo. Con esto se enlaza la historia de un caballero de Indias llamado Zifar, y también Caballero de Dios.

Este caballero tenía mujer, Grima, y dos hijos pequeños, Garfín y Roboán. Era muy buen caballero, pero tenía la desgracia de que se le moría el caballo cada diez días. La familia tuvo que salir del reino en el que sus antepasados habían sido reyes. Llegaron a la ciudad de Galapia, gobernada por una viuda y sitiada por los enemigos, y Zifar logró levantar el sitio y poner paz en el territorio.

A pesar de la confianza en el destino, la mala fortuna persiguió a Zifar y su familia: poco después de salir de Galapia, Garfín fue robado por una leona y Roboán se perdió por las calles de una ciudad. Después, Zifar vio con sus propios ojos cómo un barco de piratas se llevaba a su mujer.

Queda solo el caballero y descansa en una ermita a orillas del mar, donde encontrará al Ribaldo, criado de un pescador, charlatán y hábil, que se transformará en escudero del protagonista y le acompañará hasta el reino de Mentón. Allí, el viejo rey ha prometido casar a su hija con el que libere la ciudad sitiada. Zifar libera la ciudad, establece la paz en el reino y tiene que casarse con la infanta, una niña menor de edad, lo cual permite un plazo de dos años antes de que el matrimonio se consume, más otros dos años que pide Zifar alegando una promesa que había hecho. La primera esposa, Grima, aparece en el reino de Mentón después de gloriosas aventuras, y también aparecen los dos hijos, ya mozos, pero no se reconocen unos a otros, aunque Grima tiene sospechas. La segunda esposa muere en el momento oportuno y Zifar es elegido rey de Mentón, con Grima como reina y Garfín como heredero. En la parte titulada "El rey de Mentón" en ediciones posteriores, se cuenta la guerra contra el conde Nasón, traidor que es castigado con la pena más severa: es quemado, hecho cenizas y lanzadas éstas a un lago. Después viene la historia del Caballero Atrevido, que se acercó a aquel lago y fue seducido por una señora muy bella (pero el diablo en realidad), con la que tuvo un hijo en siete días (todo crecía a gran velocidad en aquel misterioso lago). Este hijo se llamó Alberto Diablo.

Como la paz reina en Mentón, y Garfín es el heredero, el hijo menor, Roboán, pide permiso para marchar en busca de aventuras y renombre. No sin dolor, se le da el permiso, y no sin que antes de su partida el padre se encierre con sus hijos para darles una larga lección sobre cómo deben ser los príncipes y los gobernantes. Esta es la 3.ª Parte, llamada "Castigos del rey de Mentón".

La 4.ª Parte son "Los hechos de Roboán". El hijo repite algunas de las hazañas realizadas por el padre. Llega a Pandulfa, y la infanta Seringa se enamora de él y él de ella. Cuando el reino queda liberado y en paz, Roboán quiere buscar más aventuras. Triste despedida y promesa de regreso. "Este reino de Pandulfa es en la Asia la Mayor, y es muy viciosa tierra y muy rica, y por toda la mayor partida de ella pasa el río Tigris, que es uno de los cuatro ríos del Paraíso Terrenal."

En las siguientes aventuras van a suceder cosas prodigiosas: encuentro con el emperador de Triguidia, que se aficiona a Roboán y le hace caballero y consejero favorito. El emperador nunca ríe, y cuando Roboán, instado por malos consejeros, le pregunta por qué no ríe, es inmediatamente desterrado a las Islas Dotadas, reino de maravillas, donde la emperatriz, la señora Nobleza, se casa con él. Más indiscreciones y tentaciones diabólicas hacen perder a Roboán el imperio y la felicidad. Por eso no reía el emperador de Triguidia, que vuelve a recibir al arrepentido y aleccionado Roboán. Este termina siendo emperador de Triguidia, se casa con la infanta Seringa de Pandulfa, con la que tiene un hijo, el Hijo de Bendición, y toda la familia de Zifar se reúne feliz en el monasterio de Sancti Spiritus, que ha sido fundado en el lugar donde estaba la ermita en la que Zifar encontró al Ribaldo.

La obra

El Libro del Caballero de Dios, o El Libro del Caballero Zifar, es la primera novela de caballerías que se conserva escrita en castellano. La llamamos "novela de caballerías", y la incluimos en ese género que termina de mala y gloriosa manera en el Quijote, o de peor manera y sin gloria después, porque trata de un caballero y su dama y su escudero y de sus aventuras, algunas de ellas un tanto fantásticas (aunque no tanto las del propio Zifar, sino más bien las de su hijo Roboán y las de algún que otro personaje más o menos relacionado con el cuento principal). Pero sería de orden secundario intentar definir ahora lo que es ese género y hacer su historia. Zifar presenta muchos más problemas interesantes: es una vida de un santo, es una traducción del árabe, tiene que ver con la "matière de Bretagne", es un tratado de educación de príncipes, es una "novela" realista, es un "romance" fantástico, es una novela bizantina, es un "sermón universitario", y mucho más. Es un libro, en verdad, muy largo, casi doscientos folios a dos columnas.

Empecemos diciendo que *Zifar* es un canto de exilio, como el *Cid*. La mala fortuna y los malos mestureros obligan al caballero y a su familia a abandonar la tierra. Era un soldado muy valioso para su rey; pero éste prestó oídos a los malos consejeros. "¡Dios, qué buen vasallo, si oviesse buen señor!" Hay una advertencia a los malos reyes que siguen un consejo sin estar seguros de que es el mejor, y luego no pueden cambiar la decisión por el qué dirán, empecinados en el error.

El caballero y su esposa tienen fe en el buen suceso de la peregrinación que emprenden, y en la primera aventura que se presenta el caballero vence a un arrogante enemigo y libera una ciudad sitiada; pero después de la pacificación de la tierra y del matrimonio de la señora de la villa con el hijo de su enemigo, la familia del caballero tiene que continuar la peregrinación en busca de un mejor destino al que les lleva una corazonada: que el caballero llegará a ser rey. Así será, pero antes la familia sufre la adversidad de la separación, como en una novela bizantina. La adversidad será vencida con la tenacidad en el cumplimiento de lo emprendido, con el buen seso y con la ayuda de Dios, en cuya fe nunca desfallecen el caballero y su esposa. El caballero recibirá el nombre de Caballero de Dios.

Las aventuras, más o menos fantásticas, posiblemente reales muchas veces, y en algunos casos con visos de realidad histórica, están precedidas de un Prólogo en el que se cuentan detalles del jubileo que el Papa Bonifacio VIII organizó en el año 1300. Los datos de la novela están confirmados por la historia.

A fines del verano del año 1299, el arzobispo de Toledo, Gonzalo Díaz Palomeque, marcha en peregrinación a Roma acompañado de su séquito para asistir al jubileo que tendrá lugar al año siguiente, y tal vez, de paso, para resolver cuestiones político-administrativas de su diócesis. Entre sus acompañantes se encuentra su escribano y notario Ferrand Martínez, arcediano de Madrid. Los viajeros ya están en Perpiñán a primeros de octubre, donde el día 3 firman un documento (el arzobispo y su escribano entre otros), comisionados por el infante don Juan Manuel para tratar sus bodas con la infanta doña Isabel de Mallorca. (Véase Giménez Soler, *Don Juan Manuel,* Zaragoza, 1932, p. 241.) En este documento, cuyo original no hemos podido ver, se da a Ferrando Martínez el título de "Archidiacono maioricensis", mientras en otros documentos se dice que es "archidiaconus majoritensis". *Majoritensis* quiere decir "de Madrid" (véase J. Oliver Asín, *Historia del nombre "Madrid",* Madrid, 1959, pp. 187-188); en ello insiste el texto de *Zifar:* "Ferrand Martínes, arçediano de Madrid en la iglesia de Toledo." Pero el *maioricensis* del documento de Perpiñán (de Majórica), tratando las bodas de una princesa de Mallorca, no deja de perturbarnos. Ferrand Martínez, posible autor de *Zifar,* ¿fue arcediano de Madrid, de Mallorca, o de los dos sitios? El documento que cita Giménez Soler puede estar equivocado (la *t* y la *c* se escribían de una manera muy semejante), pero nadie lo había traído a colación hasta ahora, y nosotros hemos querido hacerlo.

El Prólogo de *Zifar,* como introducción a un libro de caballerías, es un texto literario bastante extraño, y por eso lo suprimieron en la edición impresa de Sevilla de 1512. Se habla en él con todo detalle del viaje a Roma de Ferrand Martínez (en tercera persona) para cumplir con el jubileo de 1300, y de otro viaje para rescatar el cuerpo del cardenal don Gonzalo García Gudiel, que estaba enterrado en Roma en la iglesia de Santa María, "çerca de la capilla de *presepe domini,* do yaze enterrado sant Gerónimo". No sabemos cuándo murió el cardenal, pero hubo tiempo para labrarle una sepultura "muy noblemente obrada" antes de que Ferrand Martínez volviese a Roma a cumplir la promesa que había hecho al cardenal en el año 1300 de traer sus restos mortales a su querida ciudad de Toledo. Este último viaje, y el lento regreso con el cuerpo santo, debió de durar bastante tiempo. En Logroño, cuando llegaron allí, el obispo de Calahorra era don Ferrando, que dejó el puesto antes de 1305;

en Burgos salieron a recibir los restos del cardenal el rey
don Fernando IV y su corte, entre ellos su tío don Enrique; don Diego, señor de Vizcaya; el obispo de Burgos, don Pedro, al que se cita poco antes como un eficaz
recomendante ante la corte de Bonifacio VIII. (Se sabe
que la corte de Fernando IV estuvo en Burgos, según
Erasmo Buceta, entre marzo y mayo de 1301.) En Toledo
todo el mundo salió a recibir el cadáver, cristianos, moros
y judíos; y ya se habían adelantado a recibirlo en Peñafiel
el arzobispo de Toledo, don Gonzalo, sobrino del cardenal (que esta vez no había ido a Roma con Ferrand Martínez), y el señor de Peñafiel, el infante don Juan Manuel,
entre otros.

El rescate del cuerpo del cardenal fue una verdadera
demanda caballeresca, y tal vez por eso está incluido en
el libro, pero en el Prólogo está tratado como un acon-
tecimiento histórico, con todos los detalles y todos los
personajes que encajan en la realidad.

AUTOR Y FECHA DE ZIFAR

Los datos aportados por Buceta y Walker sobre la persona de Ferrand Martínez han aumentado considerable-
mente con las investigaciones de Francisco J. Hernández
(véase *Bibliografía*), el cual ha registrado la presencia del
arcediano en documentos que van desde septiembre de
1274, en tiempos de Alfonso X, hasta julio de 1310. Este
último es un documento en el que aparece la firma de
Johan Martínez, hermano del arcediano de Madrid. Hernández supone que todavía vivía Ferrand, pero que había
muerto antes de abril de 1313, pues por esas fechas el
arcediano de Madrid era un tal Martín Corvarán de Agra-
mont. O había muerto, o era viejo y estaba jubilado.

Gracias a Hernández (en su artículo "Ferrán Martínez") sabemos que Ferrand Martínez firma como escribano en una donación de Alfonso X a Gonzalo García
Gudiel, que entonces (1274) era obispo de Cuenca y notario del rey. Este es el que fue después arzobispo de To-

ledo y por fin cardenal en Roma. A Gonzalo García Gudiel sucede como obispo de Cuenca su sobrino Gonzalo García (*sic*, en art. cit., p. 306) Palomeque, y en su elección aparece la firma de Ferrán Martínez como canónigo de Cuenca (1289). La carrera de éste va de Osma a Cuenca; después es arcediano de Alcaraz (1292) y de Calatrava (1295), y finalmente de Madrid, desde 1300.

La influencia de García Gudiel decae a la muerte de Sancho IV (abril 1295), del que era "chanceller mayor en todos nuestros regnos", y Ferrán su escribano. En las Cortes de Valladolid (verano de 1295) se decide que cese "la intervención eclesiástica en el gobierno del reino a través de su control de la Cancillería" (Hernández, *art. cit.*, p. 308). Los notarios, según esas Cortes, debían ser *legos*. Pero el autor de *Zifar* insistirá en que el "chançeller" del rey de Brez y de Safira, o del emperador de Triguida, sea un obispo o un arzobispo.

El autor de *Zifar* también muestra un profundo conocimiento de documentos notariales: cartas de obligamiento, de creencia (lo que hoy llamamos "cartas credenciales" de los embajadores), de homenaje (tratados de paz), de ruego (una especie de cartas de recomendación), de guía (algo así como un salvoconducto), y cartas de convocatoria de Cortes.

No sabemos si Ferrand Martínez fue el autor de *Zifar*, pero sí sabemos que fue escribano y notario y sellador de un arzobispo y de un rey, y que su estilo de escribano se parece muchas veces al de algunas páginas de *Zifar*.

Otra interesante aportación de Hernández en el artículo que estamos resumiendo es la relación entre experiencias de Ferrand Martínez y ciertos capítulos de *Zifar*. Esta novela caballeresca tiene mucho de ficción y hasta de magia, pero también tiene mucho de historia y de eso que con el vago término de "realismo" puede caracterizar a la literatura española. Hernández no descarta la posibilidad de que la brillante carrera del caballero Zifar y, sobre todo, el brillante final de sus hijos, tenga que ver con el Cid y con el final de sus hijas, que llegaron a la

cúspide de la escala social. Pero lo importante es el re-
flejo de las experiencias de Ferrand Martínez (suponiendo
que fuese el autor) en nuestro libro: el ejemplo del ca-
pítulo 71 (ed. W.) del emperador de Armenia, que murió
desheredado y "muy lazrado" por las injusticias de su
administración (fue contra los fueros, despechó a sus
pueblos, y acuñó "moneda vil" para los de abajo y otra
"de grant preçio" para él) se parece mucho a lo que
cuenta el historiador Jofré de Loaysa, arcediano de Toledo en 1305, sobre un infante de Castilla (el que será
Sancho IV), que se rebeló contra su padre (Alfonso X)
por el mal gobierno y los padecimientos que éste hacía
sufrir a sus súbditos. El rey fue condenado a un ostra-
cismo semejante al que se cuenta en *Zifar*: "ordinave-
runt quod rex... nullatenus reciperetur in aliqua villa vel
loco munito seu murato"; "non lo quisieron resçebir en
ninguno de sus lugares" (p. 315). Sobre *desafueros* y *des-
pechamientos* sabían mucho el autor de *Zifar* y Ferrand
Martínez, si no son una misma persona.

Otro episodio ficticio de *Zifar* que se parece mucho
a la realidad histórica es el que cuenta los hechos del rey
Tabor, niño de ocho años, contra los nobles encargados
de su crianza y de la regencia. La ambición de estos señores es descubierta por el joven rey y truncada violen-
tamente por el mismo niño y sus compañeros de semejante edad. (Pp. 244 y ss. de nuestra edición.) A la muerte
del rey Sancho IV, su hijo Fernando tenía nueve años, y
doña María de Molina se encargó de la regencia. Inten-
taron abusar de la minoría del rey, en beneficio propio,
algunos nobles: su primo don Alfonso de la Cerda y sus
tíos don Juan y don Enrique el Senador, último hijo su-
perviviente de Fernando III, al que no hubo más remedio que nombrar "Tutor del Rey don Ferrando"; muchos magnates se opusieron, entre ellos el arzobispo don
Gonzalo García Gudiel, protector de Ferrand Martínez,
porque sabían que el infante don Enrique "era gran bolli-
ciador". Güerra civil y por fin mayoría de edad de Fernando IV, y don Enrique tiene que abandonar la tutoría.

Hernández apura más la semejanza entre *Zifar* y la historia de Fernando IV, señalando que Tabor, el nombre del joven rey de la ficción, es también

> el nombre del monte tradicionalmente asociado con la transfiguración de Cristo, cuando, en palabras de una Biblia medieval española, "sos pannos tornaron se luzios e blancos cuemo la nief, que tan blancos non los podrie fazer ningun tintor del mundo." Los paños blancos del niño que se aparece a Tabor en la visión (sin duda, Jesús niño), así como las blancas vestiduras de los guerreros sobrenaturales que acuden al final, todo ello sugiere que el autor quiere recordarnos el suceso evangélico, y que a su luz interpretemos la narración.
>
> *(Art. cit., p. 324.)*

Y Tabor, "el purificado", es como Fernando, purificado por la bula de Bonifacio VIII (26 de octubre de 1301), que le libera de la ilegitimidad, según la Iglesia, por la irregularidad del matrimonio de sus padres. Entre los testigos que acreditan la legitimación del rey en Peñafiel (a 2 de abril de 1302) está Ferrand Martínez, arcediano de Madrid.

Tenemos que añadir que hay otros muchos rasgos de la personalidad del autor de *Zifar*, que se deducen de la lectura del texto, que podrían coincidir con los de la persona conocida por el nombre de Ferrand Martínez. Por ejemplo, el ribaldo, criado de Zifar, que llegó a ser Caballero Amigo y Conde Amigo, sabe mucho de diplomacia y de cuáles deben ser los dones del embajador, función que ejerce varias veces: tener buen seso natural, buena palabra, buenas letras, ser de alta sangre para que su orgullo le permita decir lo que tiene que decir, ser rico y estimado de todos, y por último ser de buena fe y de buena verdad, que no le cojan en mentira (p. 413). El caballero Amigo dice modestamente que no tiene ninguna de estas virtudes, pero Roboán insiste en que sí las tiene, y que lo único que le falta es "ser rico e señor", lo que ya se andará. Roboán omite lo de la alta sangre. Ferrand

Martínez tuvo misiones diplomáticas que cumplir, muy delicadas e importantes, y tal vez sólo le faltaba para ser el embajador perfecto lo que le faltaba al caballero Amigo, y más vale no mencionar lo de la "alta sangre", porque a lo mejor era bastardo de algún gran señor.

En el autor de *Zifar* es visible su encarecimiento, si no admiración, de los de alto linaje y sangre limpia. Zifar es "caballero lindo" (*limpidus*) (p. 167), y a sus hijos y a su mujer se les nota la nobleza y presumen de ella, además de cumplir como les corresponde. La clase social condiciona al hombre, y "lo que la natura niega, ninguno lo debe cometer" (p. 131). Esto se dice del asno torpe que quiso compararse con el perrillo faldero: el burro no era fijodalgo.

El autor también demuestra tener sentido del humor, y suele ser el ribaldo el que lo manifiesta, pero también otros personajes. El lenguaje popular, que será usado con intención artística en *Arcipreste de Talavera* y en la *Celestina,* aparece de vez en cuando en *Zifar.* Por ejemplo: "dixo a la huéspeda: 'Amiga, ¿qué se fizo mio fijuelo que dexé aquí?' 'En pos vos salió —dixo ella—, llamando ¡madre! ¡señora!' (P. 115.) 'Çertas, anoche después de bísperas, pasó por aquí dando bozes, llamando a su madre; e yo aviendo duelo de él llamélo e pregunté qué avía, e non me quiso responder, e volvió la cabeça e fuese la calle ayuso'." (P. 115.)

Zifar no es sólo un libro de moralidades, sino, principalmente, un libro de aventuras caballerescas, y el autor demuestra conocimientos en la materia que van más allá de los de un fraile de convento. Pero deducimos que el autor conoce no sólo por la "matière de Bretagne" lo que es la guerra, lo que son las armas y la estrategia militar, la crueldad y la violencia, hasta el punto de que en un momento el rey Zifar pide que cesen los comentarios demasiado sangrientos de una batalla (p. 206). No se podían ignorar esas cosas en los tiempos violentos en que vivió Ferrand Martínez, secretario de un arzobispo, pero también hombre de mundo y amigo del belicoso infante don

Juan Manuel. No queremos decir que Ferrand Martínez, o el autor de *Zifar*, hubieran usado alguna vez la "misericordia" (véase *Glosario*), pero sabían lo que era y para qué servía.

El que compuso el libro, fuera quien fuera, no era insensible al sentimiento del amor. Cuando Zifar aparece en escena, casado y con dos hijos, parece que ya ha pasado el tiempo de hablar del amor juvenil. Pero no deja de ser una conmovedora escena de amor conyugal la del caballero reclinado en el regazo de su esposa y ella espulgándole: "Amigo señor, desçendamos a esta fuente e comamos esta fianbre que tenemos... E después que ovieron comido, acostóse el cavallero un poco en el regaço de su muger, e ella espulgándole, adormióse." (Página 114.)

La fidelidad a su esposa y el mantenimiento de la castidad son dignamente compartidos (aunque ella no sepa lo de la primera esposa) por su segunda mujer, la niña casada antes de tiempo, que sabe tener paciencia y lo que es el amor verdadero entre marido y mujer: "E si en la uña del pie vos dolierdes, dolerme he yo en el coraçón; ca toda es una carne, e un cuerpo somos amos a dos." (P. 170.) La doncella casada subió al cielo.

La señora de la villa, viuda pero joven, es muy discreta al aceptar como marido al joven hijo de su enemigo, al que tiene prisionero: "Si mesura valiese, suelto devía ser el mio fijo" (dice el señor de la hueste). "Çertas —dixo la señora de la villa— esto non entró en la pletesía, e mio preso es e yo lo debo soltar quando me yo quesiere; e non querría que me saliese de manos por alguna maestría." (P. 110.)

Hay más pasión amorosa en el caso del Caballero Atrevido y en el caso de Roboán. Este último, a diferencia de su padre, se enamora dos veces y se casa dos veces, aunque una de ellas parece un episodio de ensueño. Está casi comprometido con Seringa y cumple con su compromiso; pero en el episodio de ensueño se cuentan las escenas amorosas más tiernas. No es tan de ensueño el episodio:

Ca bien valíe esta baxilla tanto o más que la que fue
puesta delante del Cavallero Atrevido quando entró en el
lago con la Señora de la Traición, *salvo ende que aquella
era de infinta e de mentira, e ésta era de verdat.*

(P. 389; subr. mío.)

La señora Nobleza y Roboán se enamoran perdidamente.
No sé de dónde ha tomado el autor esta escena:

E rebatóle las manos e fuégelas besar muchas vezes.
E porque él non quiso consentir que gelas ella besase, fue
ella muy sañuda e díxole que si gelas non diese a besar,
que nunca cosa le demandaría que gelo diese. E él por la
sacar de saña dixo que gelas non daría, ca ternía que le
estaría mal; pero fizo que non parava mientes nin estava
aperçebido para se guardar, e desapoderóse de las manos. E
ella quando vio que él non estava aperçebido para se guardar que gelas non besase, arrebatóle la mano diestra e fuégela besar más de çinco vezes *(çient,* dice W.), de guisa
que el enperador non gela podía sacar de poder, e comoquier que él mostrava que fazía grant fuerça en ello.
    E si entre ellos grant plazer ovo por estas fuerças que
el uno al otro fizo, *si alguno o alguna guardó amor verdadero a aquel que le ovo de guardar, o le contesçió otro tal
o semejante de éste, júdguelo en su coraçón quánto plazer
ay entre aquellos que se quieren bien, quando les acaesçen
atales cosas como éstas!*

(P. 393; subr. mío.)

No sé si esto está traducido de algún sitio, pero si lo estu-
viese, mejor no se podría hacer. Cuando el ensueño acabó
y llegó la separación de los amantes, la mujer sufrió tanto
como Dido y la tortolica, y el hombre, después que fue
arrebatado por una fuerza misteriosa, quedó "muy triste
e muy cuitado". (El trasladador tenía su corazoncito.)
    Un punto que nunca han tocado los comentaristas de
Zifar (que nosotros sepamos) es la alusión a los *beguí-
nos,* palabra que sólo aparece en la ed. W. en letra pequeña, a pie de página, sustituida en el texto por "benignos". Sería demasiado decir que los "Castigos del rey

de Mentón" son una apología de la secta; pero se menciona a los sectarios con sumo elogio, muy al contrario de como lo hace el contemporáneo don Juan Manuel en el cap. XLII de *Lucanor*: "De lo que contesçió a una falsa beguina", o el posterior *Arcipreste de Talavera,* donde hay una violenta diatriba contra esas gentes corruptas, que tienen la apariencia de las más santas personas. (Ed. Clásicos Castalia, pp. 236 y ss.) En *Arcipreste de Talavera* esas cosas suceden en las tierras de Levante. *Zifar* ofrece valiosos datos para el estudio de la secta y para la comprensión de la persona que lo escribió.

¿Sería el autor de *Zifar* un levantino? El lenguaje del libro no es tan puramente toledano como dice Roger Walker; hay lemosinismos —¿el superabundante *çertas,* que tienen que corregir copistas y editores posteriores por *çiertamente?*—; familiaridad con la obra de Raimundo Lulio; y da la casualidad que Ferrand Martínez firma en Perpiñán, donde estaba la corte de los reyes de Mallorca, el contrato de boda de don Juan Manuel con la infanta de ese reino, firma a la que se añade el título de "archidiacono maioricensis", si Giménez Soler no se equivocó al copiar el documento. (Adelanté algunos datos en un artículo: "¿Ferrand Martínez, mallorquín, autor del *Zifar*?", *Rev. Filol. Esp.,* LIX (1977), pp. 285-288.)

Nos gustaría poner el nombre de Ferrand Martínez encabezando esta edición, pero reconocemos que todavía no podemos hacerlo.

También es difícil contestar estas preguntas: ¿cuándo se escribió *Zifar*? ¿Se escribió el Prólogo antes o después que el texto que le sigue? Walker supone que el Prólogo fue escrito después que el texto, pero no mucho después que los hechos históricos que se narran en él (entre 1301 y 1303, 11 de octubre, fecha de la muerte de Bonifacio VIII); y que el texto debe ser fechado hacia 1300. (El jubileo empezaba "en el día de la naçencia de Nuestro Señor Iesu Christo", es decir, el 25 de diciembre de 1300.) Si la fecha que propone Walker, siguiendo a otras autoridades, fuese cierta, el libro habría sido escrito el mismo año del jubileo, durante el viaje de ida y vuelta a Roma del arzobispo Palomeque y su secretario Ferrand Martínez, antes de la muerte del cardenal García Gudiel, al que Martínez prometió en vida trasladar su cuerpo a Toledo después de su muerte. De esta forma no tendría sentido todo el simbolismo del libro, en el que insistiremos después: que el autor quiere pagar, agradecido, lo que debe a sus protectores, de la misma manera que Zifar devuelve la honra y el poder a su linaje. No tendría sentido unir los dos traslados: el del cuerpo del cardenal, y el del "corpus" de la novela del caldeo al romance. La fecha de la muerte del cardenal es incierta, y añade una confusión más esta nota de F. J. Hernández en su art. cit.:

> El magnífico sepulcro de Gonzalo puede verse todavía en esta basílica romana (Santa María la Mayor). La inscripción atestigua lo que Ferrán Martínez cuenta, que el cuerpo fue removido de la tumba: "Hic depositus fuit quondam dominus Gunsalvus, episcopus albanensis, anno Domini MCCLXXXXIII / hoc opus fecit Iohannes magistri Cosmate, civis romanus".
>
> *(Art. cit.,* p. 318.)

¿1293? Parece imposible. Hay que entender el pretérito: *depositus fuit,* pero *depositus non est;* y a lo mejor el marmolista que hizo la inscripción se comió una V detrás de las cuatro X, lo que nos convendría mucho. (Wagner, "Sources", p. 10, da como fecha de la muerte del cardenal el 4 de julio de 1929. ¿Antes del jubileo?)

Ferrán Martínez debió de hacer un primer viaje a Roma en 1300 con motivo del jubileo, y otro viaje después, todavía vivo Bonifacio VIII, para rescatar el cuerpo del cardenal ("fue a Alcalá al Arçobispo a despedirse de él", p. 53 de nuestro texto). Pero pueden entenderse las cosas de otra manera: que el cardenal muriera estando todavía en Roma Ferrán Martínez, aunque, al parecer, Martínez y su patrón, el arzobispo de Toledo, sobrino del cardenal, estaban de vuelta en Toledo en septiembre de 1300 sin el cadáver.

Buceta admite la confusión de nombres respecto a los españoles ascendidos al cardenalato: "'Gundisalvus Roderici Inojosa, aep. Toletan. = ep. Albanen.' fue promovido al cardenalato el 4 de diciembre de 1298" (p. 27). "...el Arzobispo Gudiel no pudo ser Cardenal... esto es una confusión, pues el Cardenal y Obispo de Albano, también español, murió en 1299, y se llamaba, según dicen, Gonzalo de Aguilar é Inojosa." Esta es una cita de Fernández del Pulgar que hace Buceta, el cual concluye que el cardenal promovido a tal rango por Bonifacio VIII en 1298 debió ser Gonzalo García Gudiel, el protector de Ferrán Martínez y tío del arzobispo de Toledo, Díaz Palomeque, que le sucedió en esta sede.

Un cardenal Gunsalvus "depositus fuit" en Santa María la Mayor de Roma en 1293. Otro cardenal Gundisalvus R. Inojosa, obispo albanense, murió en 1299. Otro arzobispo toledano fue hecho cardenal por Bonifacio en diciembre de 1298. ¿Es éste García Gudiel? ¿Cuándo murió? No creo que venga mal lo que dice el autor del Prólogo de *Zifar*: "Pero esta obra es fecha so emienda de aquellos que la quisieren emendar."

A Erasmo Buceta le preocupó la frase, también del Prólogo:

"Mas don Pedro, que era obispo de Burgos a esa sazón...", porque *esa sazón* no cuadra con la cronología deseada. A nosotros también nos preocupa. Todo el Prólogo está escrito en un presente que parece distar mucho de los hechos referidos: "En tiempo del honrado padre Bonifacio VIII...".

y hay referencias a la flaca memoria de los hombres. Gerhard Moldenhauer arguyó que se alude a doña María de Molina como ya muerta; pero Wagner no lo acepta, y concluye, como Walker después, que ese párrafo donde

se menciona a María de Molina debe pertenecer a una
glosa añadida a una copia post 1321 (fecha de la muerte
de la reina), que no encaja muy bien en el texto.

De todas formas, parece imposible que el texto (si no
estaba escrito antes) pudiera escribirse en el año del jubileo, o inmediatamente después de ser traído a Toledo
el cuerpo del cardenal, que pudo ser entre marzo y mayo
de 1301. La larga composición de la obra no pudo ser
hecha en un corto período de vacaciones. La venerable
antigüedad del texto tal vez habría que traerla por lo
menos unos años hacia delante, si no queremos hacer
caso a lo de la muerte de María de Molina. Parece que
en 1310 todavía estaba vivo Ferrán Martínez.

Sabemos que en las adiciones de Juan de Castrogeriz
al *Regimiento de los príncipes,* de antes de 1350, se cita
Zifar como par de Tristán o Amadís. Y hay una carta en
latín de Pedro de Aragón, fechada en 27 de octubre
de 1361, en la que se expresa impaciencia por no haber
recibido de su escriba y capellán Eximeno de Monreal
la copia hacía tiempo pedida del *librum militti Siffar.*
(Prefacio ed. W., p. XIV.) Hay un interés por *Zifar* en
la zona nordeste de la Península. Recordemos que *Buen
Amor* es de 1330 y *Lucanor* de 1335, y hay quien ve en
ellos huellas de *Zifar.*

FUENTES

No se puede tomar en serio, dice Wagner y repiten
otros, que el libro fue trasladado del caldeo al latín y del
latín al romance, lo cual fue muy cierto con otras obras
del tiempo de Alfonso X el Sabio. Caldeo querría decir
siriaco, pero también árabe. Walker ha hecho un loable
esfuerzo para demostrar el origen arábigo de *Zifar.* Se
basa en antecedentes presentados por Angel González
Palencia y A. H. Krappe, que sugieren como modelo de
nuestra obra un cuento de *Las mil y una noches,* "El rey
que lo perdió todo". Walker anota las semejanzas entre
el cuento y *Zifar.* Son éstas: *a)* el héroe es de India; *b)*

está casado y tiene dos hijos; *c*) adversas circunstancias le obligan a abandonar su patria con su familia; *d*) pierde a sus hijos en el viaje; *e*) gente humilde (no en *Zifar*) encuentra a los hijos y los educa; *f*) la mujer es secuestrada por pérfidos marineros; *g*) el héroe llega a ser rey en una ciudad extranjera; *h*) la esposa, después de una serie de aventuras independientes, llega en un barco a la ciudad donde su marido es rey; *i*) los hijos también llegan a la ciudad y entran al servicio del rey, sin que éste ni ellos sepan su parentesco; *j*) la madre, al oír las aventuras de los hijos, los reconoce; *k*) al encontrar a la madre y a los hijos en una sospechosa relación, son acusados y llevados ante el rey para que los juzgue; *l*) los hijos, en su defensa, cuentan la historia de sus vidas, y el rey los reconoce; *m*) el cuento termina con la ejecución de un felón.

Hay otras muchas coincidencias entre el cuento oriental y *Zifar*: la familia pierde los caballos; la esposa es raptada después de la pérdida de los hijos; el barco que lleva a la esposa tiene una carga de ricas mercancías; cuando la esposa se da cuenta de las intenciones del capitán, se quiere tirar por la borda, pero no la dejan y la encierran para que no vuelva a intentarlo; el rey de la ciudad a la que llega el héroe no tiene hijos, sino hijas; se sugiere que el héroe debería casarse con la hija del rey; al reconocer la madre a los hijos, los tres se desmayan abrazados; el cuerpo del felón ajusticiado es quemado, y las cenizas aventadas; la familia reunida es presentada a los súbditos y aclamada.

Esto por lo que se refiere a la primera parte de nuestro libro. Los "Castigos del rey de Mentón" son una copia y adaptación de *Flores de filosofía,* obra también de origen oriental, y otros tratados señalados por Walker, de origen oriental, también se usan. "Los hechos de Roboán" son otra historia, de la que hablaremos más tarde.

El núcleo o la base de *Zifar* parece sin duda el cuento de *Las mil y una noches.* Walker añade una buena cantidad de rasgos lingüísticos que tienen que ser de origen árabe, aunque esta cuestión se podría discutir. Desde luego, muchos nombres de persona y de lugar, y su simbolismo implícito (véase más adelante), no se pueden entender si no se sabe la lengua arábiga, en lo que también insiste Burke. Y la bigamia, aunque no consumada, de Zifar, sería normal en un musulmán. Pero hay otro punto que nadie puede negar: que la acción transcurre en Oriente y que Roboán llega a ser emperador de Triguida, imperio que se extiende entre el Éufrates y el Tigris. A veces se dan distancias calculadas en jornadas de viaje, que alguna vez valdría la pena estudiar, como sucede en el casi contemporáneo Marco Polo en sus viajes por un más remoto Oriente.

Tenemos que admitir todo esto; pero no se puede olvidar otra fuente, confesada por el propio autor: la leyenda de San Eustaquio. El autor ha hecho una mezcla de fuentes orientales y cristianas, aunque da la casualidad de que el héroe cristiano, el general romano Placidus, es mandado por su emperador a combatir en las mismas tierras por donde cabalgó Roboán. No viene mal esta coincidencia. Tenemos un *Plácidas* en español, en el mismo *Ms.* de El Escorial que contiene otros "romans d'aventure", vidas de santos que siguen el modelo de la novela bizantina, de rasgos claramente orientales; éstos son: *El cuento muy fermoso del enperador Otas e de la infante Florençia su fija* y *Un muy fermoso cuento de una sancta enperatriz que ovo en Roma*. El *Plácidas* no es una fuente directa de *Zifar*, a pesar de las coincidencias que nota Wagner en "Sources", pp. 13-17.

Después de los trabajos de Wagner se han publicado las impresionantes aportaciones de A. H. Krappe: "La leggenda di san Eustachio", que prueban que tanto esta leyenda como *Zifar* son miembros de una familia numerosa de narraciones, orientales y occidentales, que tienen por origen un arquetipo indio perdido. (Véase Walker, *Tradition*, pp. 60 y ss., de donde sacamos nuestras notas.) La reconstrucción que hace Krappe de la leyenda original es ésta, más o menos: un buen rey tiene que marchar al exilio con su mujer y dos hijos gemelos de tierna edad. La mujer es raptada por un pirata. El padre sigue su camino con los hijos, y al querer pasar un río, uno de los hijos es llevado por un lobo y el otro por la corriente. Pero al uno lo salva un pastor y al otro un pescador. Llegan ambos a un mismo lugar y allí se reconocen. El padre llega a ser rey después de cierto tiempo. Los muchachos entran a su servicio, pero no reconocen a su progenitor. El pirata raptor llega al mismo país, sin ser reconocido del rey. El rey pone al servicio del pirata a los dos jóvenes, que, una noche, se narran sus aventuras y son oídos por la madre, prisionera en el barco del raptor. Sigue el reconocimiento y una tierna escena. Los sorprende el pirata, que vuelve de la corte, y acusa a los jóvenes de haber querido forzar a su mujer. Se justifican ante el rey contando sus vidas y el rey se da cuenta de que ha encontrado a sus propios hijos y a su propia mujer. El raptor recibe el castigo merecido.

Esto es más parecido a nuestra historia de *Zifar* que la leyenda de San Eustaquio, de la que doy un resumen sacado de las "Sources" de Wagner: Placidus es un jefe militar de las fuerzas del emperador Trajano. No es cristiano, pero es bondadoso y caritativo; tiene una buena esposa y dos hijos criados con esmero. Un día, yendo de caza, se aparta de sus compañeros persiguiendo un ciervo. El ciervo le hace cara; tiene entre los cuernos el signo de la cruz. El ciervo habla, dice que es Cristo y que se le ha aparecido para que se convierta al cristianismo y que lo bautice el obispo de Roma. Plácido vuelve a casa maravillado, y no menos maravillada está su mujer, a la que también se ha aparecido Cristo en sueños. Se bautizan y toman los nombres de Eustacio, Teóspita, y los hijos, Agapito y Teóspito. Vuelve Eustacio al bosque y vuelve a aparecer el ciervo, que le dice que sufrirá las pruebas de Job, pero que no debe desalentarse y que será premiado.

Pierde sirvientes, amigos, ganado, y le roban todo su haber. Deciden marcharse a Egipto. Se quieren embarcar, pero no tienen dinero para el pasaje, y el capitán

del barco dice que la mujer es buen precio. Se indigna
el caballero y lo tiran al mar, y sigue lloroso su viaje con
sus hijos. El caballero, al pasar un río, deja a un hijo en
la orilla y pasa con el otro sobre los hombros, pero ve
con horror cómo a un hijo se lo lleva un león y al otro
un lobo. Desesperado, llega a un pueblo, donde trabaja
en los campos. No sabe que sus hijos han sido rescatados
por cazadores y carboneros (en la versión española) y que
viven en el mismo pueblo sin saber uno de otro.

Teóspita, entre tanto, viaja con el capitán del barco,
que la trata amablemente; el capitán muere poco después
de llegar a su tierra; y ella vive sola en el jardín de un
hombre rico.

Los bárbaros invaden el territorio romano, y el emperador busca a Placidus para que mande sus tropas. Dos
compañeros de armas le encuentran y reconocen gracias
a una cicatriz en la frente, por más que niegue Placidus
su verdadera personalidad. Le ofrecen toda clase de ga-
rantías y riquezas y vuelven al emperador, el cual pone
a Placidus al frente de sus ejércitos. A éstos se unen dos
bravos soldados, los hijos del general, que pasan a ser
miembros de su guardia personal.

El ejército cruza el río Hydaspes (Jaspes, en español);
llegan a la ciudad donde vive Teóspita, y el general pone
su tienda en el jardín donde ella mora. La madre reconoce a los hijos cuando cuentan sus vidas. La familia se
reúne. Los bárbaros son derrotados y el ejército vuelve
a Roma, donde Adriano ha sucedido a Trajano. El nuevo
emperador es enemigo de los cristianos.

Se celebra la victoria con un sacrificio, pero Placidus
se niega a sacrificar a los dioses paganos y confiesa su
cristianismo. Son condenados el general y su familia a ser
devorados por un león, pero el león los respeta. El milagro
no impresiana a Adriano, el cual manda asar a la familia.
Otro milagro: sus cuerpos muertos no muestran las señales del fuego. Los cristianos los entierran con gran re-
verencia y fundan una capilla en su memoria.

El autor de *Zifar* ha urdido su historia con el caña-
mazo de la leyenda oriental y la cristiana. Pero hay otras

fuentes en el polifacético libro: en los "Castigos del rey de Mentón" se copia, en muchos párrafos casi a la letra, las *Flores de filosofía*, también de origen oriental, como otras obras castellanas de prosa didáctica de las que hay huellas en *Zifar*. Esas obras son: *Bocados de oro, Poridat de poridades, Castigos e documentos, Siete partidas* y *Barlaam y Josaphat*. Walker ve la interpolación de *exempla* como una técnica literaria oriental, y en *Zifar* se sigue esa técnica, llegándose a encadenar un cuento con otro, como es frecuente en *Las mil y una noches* y en *Calila e Digna*.

Krappe también encuentra rasgos de literatura oriental, y específicamente árabe, en los capítulos sobrenaturales de *Zifar*, como el del Lago Encantado y el Caballero Atrevido, y las Islas Dotadas y Roboán. Pero también hay evidencia del conocimiento (más que certeza exacta de la fuente) de la literatura medieval europea —"matière de Bretagne", ciclo artúrico—, como han señalado Wagner y María Rosa Lida. Se citan en nuestro texto las historias de Yvain y Belmonte, Alberto el Diablo y el rey Arthur.

Hay en un par de ocasiones noticias de geografía universal, que son un poco atrasadas (la *Biblia* es la fuente), pero nos sorprende la información sobre Cádiz. Wagner, en el prefacio de su edición (p. VII), tenía la esperanza de que alguien contribuyese "especially on possible Arabic geographical sources"; pero todavía no hemos recibido esa ayuda. En Mallorca había un importante centro de geógrafos árabes y judíos, de los que pudo tener noticias Ferrand Martínez. Esto es por ahora sólo una hipótesis.

ESTRUCTURA DE "ZIFAR" Y VALOR ALEGÓRICO

Ya se admite que el libro forma una unidad, que no veían los primeros críticos. Wagner dividió la obra en cuatro partes, además del Prólogo: I. El Cauallero de Dios; II. El rey de Mentón; III. Castigos del rey de Mentón; y IV. Los hechos de Roboán. Esta división no tiene

correspondencia en el *Ms. M*, que aquí editamos; pero
ofreceremos esa correspondencia en un Indice.

En el Prólogo se insiste (y se repite a lo largo del libro
y al final) que las obras, aunque parezcan largas, hay que
empezarlas, con buen seso natural y con la ayuda de Dios.
Así se dará cabo a lo empezado, y esto es lo que hace el
caballero Zifar. Ese Prólogo enlaza de una manera natural con la historia que va a seguir: "así como contesçió
a un cavallero de las Yndias". La historia es como una
prueba, o un *enxemplo* muy largo, de lo que se ha filo-
sofado previamente.

Walker y Burke nos han indicado cómo hay que leer
e interpretar el libro a la luz de las *Artes Poeticae* medievales. Sus observaciones se unen a las ya numerosas
de los estudiosos que quieren ver en muchas obras de la
Edad Media una práctica o ejercicio de lo que se llamó
"sermón universitario". Este "género" parece explicar los
misterios de la creación de los autores de los siglos que
nos parecían oscuros. Entre esos autores, para citar a los
más importantes, están los de *Zifar, Buen Amor* y *Arci-*
preste de Talavera. La nueva teoría tiene muchos visos
de verosimilitud, pero en algunos casos nos parece que
los críticos fuerzan demasiado a las obras para que en-
tren en el patrón consabido.

Burke es el que más insiste, y más partido saca, de esta
teoría, que resumimos muy esquemáticamente de la siguiente manera: en el "sermón medieval" hay un *tema*
y una *amplificatio*. Las *digresiones* y *exempla* sirven
para entretener al público. El *tema* de *Zifar*, como en
todas las obras, está sacado de una autorizada fuente
religiosa, y en nuestro libro sería la frase *redde quod de-*
bes, devuelve lo que debes, frase que encaja muy bien
con el acto de trasladar el cuerpo del cardenal de Roma
a Toledo. La *amplificatio* de este *tema* es todo el libro,
un poco largo, dicho sea de paso, pero todo tiene su
explicación y complicada clasificación; y si no todo, casi
todo. Pero lo malo es que las *digresiones* o no tienen re-
glas o no son seguidas de una manera matemática ni por
Burke ni por el autor de *Zifar*.

Hay otra cosa también muy importante que debemos considerar para entender este libro. Tenemos que ver dos planos, dice Burke: uno superficial-histórico y otro metafísico-alegórico. *Zifar* es una "semejanza", una "visión", que resume la creación del hombre, la caída, la redención y el apocalipsis. Todo en el libro es alusión a un plano superior de la fe cristiana: Zifar, Caballero de Dios, es un imitador de Cristo, que emprende una misión de inspiración divina. *Zifar* quiere decir en árabe "viajero", "homo viator" en latín. La vida es una peregrinación, dice San Agustín. *Grima,* el nombre de la mujer de Zifar, quiere decir en árabe "generoso, virtuoso": es la nueva Eva, purificada. *Tarid,* del árabe, es "expulsado, exilio": ése es el antepasado de Zifar que perdió el reino que hay que recuperar. Pero Zifar tiene que pasar por *Tarta,* en árabe "exilio", como Adán. *Tarta* se parece a *Tártaro,* región infernal, en latín, pero también el "limbo" o el "seno de Abraham" de los cristianos. Tartarus está asociado tradicionalmente con la tarde del Viernes Santo, cuando Cristo baja al averno a liberar a los Patriarcas del Antiguo Testamento.

De las semejanzas de Zifar con Cristo baste citar el episodio en el que nuestro caballero entra en Mentón como un loco, con una guirnalda de hojas en la cabeza, y los sitiadores se ríen y le gritan: "He aquí el rey de Mentón", como otros dijeron: "He aquí el rey de los judíos."

Roboán es una réplica de su padre. Es un personaje más complejo y difícil de explicar: sufre las tentaciones del demonio, como Cristo; pero cae, como Adán.

(Se puede ver una enorme, aunque no siempre convincente, acumulación de datos que apoyan la semejanza de *Zifar* con la *Biblia,* el credo, la misa, el año cristiano y más, en un reciente artículo de Ronald G. Keightley, "Models and Meanings for the *Libro del Cavallero Zifar", Mosaic,* Winter, 1979, XII/2, pp. 55-73.)

Apuntemos una serie de nombres significativos, aunque no tienen que ver siempre con el cristianismo, que da Burke:

Garfín: "pequeño príncipe".

Grima llega al puerto de *Galán* ("recuperación", en árabe) el día de la Asunción.

Orbín: "viudo o huérfano", en latín.

Galapia: en árabe, "acción de coger algo por la fuerza".

Pandulfa: "coger, apoderarse" (en provenzal, *pantoufla*).

Seringa: del árabe *sharika*, "esposa". *Sharika* es también "societas, communio", aquí aplicado a la Iglesia y el Estado.

Falac: "tajo, corte, hendidura", en árabe.

Mentón, como todos sabemos, "barba".

Roboán: en hebreo, "latitudo", "impetus populi".

Garba: en árabe, "preocupación, cuidado".

Farán: del árabe *fara*, "mentir, engañar".

Sigue Burke: los que no pagan lo que deben (*redde quod debes*) son traidores, como el conde Nasón, igual a Satanás, y la traición es el peor de los pecados y merece la muerte más cruel como castigo. El nuevo Edén, al que por fin llega Roboán, es *Triguida*, imperio situado junto al río Tigris, uno de los cuatro ríos del Paraíso.

Hay otras muchas alusiones y alegorías que parecen tener sentido. Las aventuras de Zifar, según Burke, son *exempla, digresiones, dilaciones*, que apoyan el *tema*, y constituyen una *alegoría* basada en la recurrencia cíclica de las estaciones del año cristiano.

Justina Ruiz de Conde, en 1948, fue la primera que vio unidad y paralelismos en *Zifar*. En las partes I, II y III de nuestro libro se sigue este esquema, según Ruiz de Conde: 1. Situación inicial; 2. Primera serie de "aventuras de plano real"; 3. Episodio sobrenatural; 4. Segunda serie de "aventuras de plano real" (excepto en II); y 5. Distribución final de premios y castigos. Walker se encarga de soldar otros eslabones estructurales que contribuyen al paralelismo y, sobre todo, trata de demostrar la relación de la parte III, "Castigos del rey de Mentón", con el resto de la obra. Estos "Castigos" parecían

a críticos anteriores un añadido, un paréntesis, algo abu-
rrido y pesado donde, como dice Menéndez Pelayo, "la
narración se interrumpe por completo". Es cierto, la narración se interrumpe en cierto sentido, pero el libro sigue
en otro sentido, que Walker nos ayuda a ver.

Lo mismo hacen F. J. Hernández, *"El libro del Caballero Zifar*: Meaning and Structure" (1978), y R. G.
Keightley, "The Story of Zifar and the Structure of the
Libro del Caballero Zifar" (1978). Este último corrige
detalles de la interpretación de Walker, Ruiz de Conde
y K. R. Scholberg ("The Structure of the *Caballero Zifar*",
MLN, 79, 1974, 113-124), pasa una minuciosa revista a
las distintas partes del libro, y propone que éste sea visto
como una sola, continua y bien tramada narración, en
la que son perceptibles signos que se llaman unos a otros
y crean un paralelismo armónico. No hay que fiarse, dice
Keightley, de la aparente ruptura que presenta la división
hecha en la edición de Wagner. La obra empieza hablán-
donos de una familia que sufre la separación, y termina
con la reunión de esa familia y el cumplimiento de un
hado. Roboán es la continuación de su padre, y al final
todos se acuerdan de la ermita donde empezó la aventura
ascendente del padre, que tuvo su paralelo en la aventura ascendente de la madre y de los hijos. De vez en
cuando la obra lanza un cable hacia el pasado para que
no perdamos el hilo.

Vale la pena tomar este punto de vista, y los cabos
que quedan sin atar, así como el significado simbólico
de muchos *exempla* y cuentos intercalados que todavía no
entendemos bien, pueden esperar a una más penetrante
inspección, como ha tratado de hacer el mismo Keightley
en otro más reciente artículo, ya citado, donde, dicho sea
de paso, da a Ferrand Martínez como autor de *Zifar*.

James F. Burke, en su libro *History and Vision,* pp. 166
y ss., aportó datos muy importantes para la correcta interpretación de *Zifar,* pero le faltaba la palabra "clave"
que relacionara sus argumentos con el texto. Cita muy
oportunamente a Joaquín de Flora, Llull y Arnaldo de
Vilanova. La palabra que une a estos autores con nuestro

texto es *beguinos,* que sólo aparece en nota de pie de página en la edición de Wagner, p. 320.

Joaquín de Flora, reformista de la sociedad cristiana, visionario, y maestro de los beguinos, se interesó mucho por la doctrina de la Santísima Trinidad, que le sirvió de base para sus profecías:

> El Padre Eterno manifestóse en la creación del género humano; pervertido éste, aparece el Hijo, renovador del mismo por su Evangelio; faltaba, según el piadoso abad (Joaquín), la manifestación del Espíritu Santo, pero asegura que vendrá luego a perfeccionar el mundo, renovando definitivamente la sociedad cristiana y estableciendo el *Evangelio Eterno,* según el oráculo del Apocalipsis (XIV, 6).
>
> (José M. Pou y Martí, *Visionarios, beguinos y fraticelos catalanes (siglos XIII-XV)*, Vich, 1930, p. 10)

Esto ataría muchos cabos en la interpretación de nuestro libro, donde se cuenta la historia de dos generaciones: la del padre, la del hijo, y queda pendiente la de la tercera generación: la del Hijo de Bendición, del que hay "fecho un libro en caldeo, en que cuenta toda la su vida e muchos buenos fechos que fizo" (p. 403).

Despúes de sus bodas, Roboán y Seringa

> fueron vesitar el regno de la enperatris Seringa, e desý fueron en romería al monesterio de Santi Espritus, que el rey de Mentón mandó fazer, do conosçió el conde Amigo primeramente, e fueron ver al rey su padre e su madre e al infante Garfín su hermano.
>
> (P. 434.)

Al reino de Triguida, cuyo emperador fue el Hijo de Bendición, "dízenle oy en día la Tierra de Bendición" (p. 434); es decir: el Nuevo Edén.

El año 1317 condenó el papa Juan XXII a los beguinos y otros descarriados, y por eso ya don Juan Manuel habla mal de ellos en 1335. La fecha de 1317 es, pues, posterior a la composición de *Zifar*. Pero la secta siguió proliferando en el Levante español después de esa fecha, y todavía quedaban algunos en tiempos del arcipreste de Talavera, Alfonso Martínez de Toledo.

EL LENGUAJE DE ZIFAR

Roger Walker, en el cap. V: "Formulaic Style in the *Zifar*", y VI: "Binary Expressions in the *Zifar*", de su libro *Tradition,* hace un intento de estudio del estilo de nuestro libro; pero todavía no tenemos un buen trabajo, amplio y penetrante, sobre el asunto.

Lo que nos proponemos hacer aquí es una comparación entre el estilo narrativo de *Zifar* y *El conde Lucanor,* escrito unos treinta años después, y observar algunos rasgos lingüísticos que caracterizan esas dos obras, de las que hemos escogido un episodio común a ambas. De *Zifar* tomamos un pequeño trozo de las pp. 376 y ss. de esta edición; de *Lucanor* sacamos el trozo equivalente del Exemplo XX: "De lo que contesçió a un rey con un omne quel dixo quel faría alquimia", según la edición de Clásicos Castalia. (No damos más que un botón de muestra.)

En *Zifar* sabemos bastante de los antecedentes del caballero hijo del alfajeme; es decir, su personalidad está más desarrollada antes de presentarse al rey ambicioso. En *Lucanor,* el "golfín" también tiene una personalidad, aunque no sea más que la que ese nombre —"golfín"— expresa. (Véase nuestro Glosario.) Pero el personaje cambia de vida y vestido para poder hacer llegar su fama al rey alquimista. Las relaciones entre farsante y especiero están mucho más elaboradas en *Zifar,* con un diálogo convincente de buenos comerciantes. La busca del alexandrique por los arrabales es más detallada que la del tabardíe. Pero la diferencia más importante es la vivacidad que toma el cuento en *Zifar* gracias al estilo directo.

He aquí los dos trozos que quiero comparar, cortados por mí en fragmentos, o unidades lingüísticas:

Luc., p. 125: (I) Estonçe preguntó el rey si sabía él do avía ese tabardíe; et el golfín le dixo que sí. (II) Estonçe le mandó el rey que, pues él sabía do era, que fuesse él por ello et troxiesse tanto porque pudiesse fazer tanto quanto oro quisiesse. (III) El golfín le dixo que commo quier que esto podría fazer otri tan bien o mejor que él, si el rey lo fallasse por su serviçio, que iría por ello: que en su tierra fallaría ende asaz. (IV) Estonçe contó el rey lo que podría costar la compra et la despensa et montó muy grand aver. (V) Et desque el golfín lo tovo en su poder, fuesse su carrera et nunca tornó al rey.

Zifar, p. 379: (I) E demandó cómo podía aver más de aquellos polvos para fazer más obra. (II) "Señor —dixo el caballero—, manda enbiar a la tierra de mio señor el rey, que ý podían aver siquiera çient azéymilas cargadas." (III) "Çertas —dixo el rey—, non quiero que otro vaya si-non tú, que pues el rey mio amigo fiava de ti, yo quiero de ti otrosí." (IV) E mandóle dar dies azéymilas cargadas de plata de que comprase aquellos polvos, (V) e el cavalle-ro tomó su aver e fuese con entençión de non tornar más nin de se poner en lugar do el rey le podiese enpesçer, ca non era cosa aquello que el rey quería que feziese en que él podiese dar recabdo en ninguna manera.

Luc.	*Zif.*
I) Pret. indic. narrativo, imperf. subord.	Pret. indic. narrativo, im-perf. subord.
II) Estilo indir.: encade-namiento de orac. subordi-nadas: compl., conces., cau-sal-final.	Estilo directo. Sólo una ora-ción subord., con una conj. *que,* causal.
Muchas conjunc., con repe-tic. de un *que.*	
Muchos subjunt.	Imperat. e imperf. indicat.
III) Estilo indir., con 4 subord.	Estilo directo; dos subord.

Luc.	*Zif.*
Un subjunt. y 3 condic.	Un subjunt. y 3 tiempos indic.
5 conjunc.	3 conjunc.
que commo quier que	*que pues*
IV) 2 coord. con una subord. de relativo.	Una orac. princ. y una subord. de relativo.
2 pret. indic. y un condic.	Un pret. indic. y un subjunt.
V) Una subord. temporal, dos coord.	2 coord. con una subord. de relat.; una causal + subord. relat. + completiva + subord. relat.
3 pret. indic.	2 conjunc. subordinantes. 2 pret. indic., 2 imperf. indic., 3 subjunt.

En el trozo de *Zifar,* comparado con el de *Lucanor,* hay una economía de palabras que no reduce la expresividad, sino que la aumenta por el hecho de poner frente a frente a los protagonistas, ahorrándonos así el peso muerto de partículas conjuntivas. Éstas pueden tener una razón lógica, explicativa, como sucede en *Lucanor,* pero su acumulación quita terreno a la parte verdaderamente sustancial del mensaje, que no es la lógica del narrador, sino la presencia de los interlocutores y lo que ellos tienen que decir. Aún así, hay confusión en *Lucanor*: en III) no se sabe muy bien quién es el sujeto de "que iría por ello".

Los subjuntivos y condicionales de *Lucanor* ponen la narración en un plano más distante del lector que los tiempos de indicativo de *Zifar.* La última frase de este texto está más cargada de conjunciones y subordinadas, porque es donde se redondea el párrafo con explicaciones causales. Aún así, esas explicaciones están puestas en la mente del caballero protagonista, y no del narrador. El párrafo final, con moraleja, se da en *Lucanor* en estilo directo, pero no es el golfín el que lo pronuncia, sino un papel escrito por él, algo más abstracto:

> fallaron ý un escripto que dezía assi: "Bien creed que non a en l' mundo tabardíe; mas sabet que vos he engañado, et quando yo vos dezía que vos faría rico, deviérades me dezir que lo feziesse primero a mí et que me creeríedes".

Más que estilo directo, es una cita, de segunda mano, donde no vemos la persona del hablante, sino su zorrería.

En el trozo que sigue a éste analizado, el mancebo moro, sus amigos, la casa donde viven, la noche, la mañana, el rey y su policía aparecen con mucha más vivacidad, más presencia, en *Zifar,* que los "omnes" y el rey de *Lucanor,* que se expresan indirectamente por boca del narrador.

LA SUERTE DE ZIFAR

La edición impresa de Sevilla (1512) era el único texto conocido (hoy sólo quedan dos ejemplares) hasta que aparecieron los manuscritos de Madrid y París. Ya hemos dicho la prisa que tenía Pedro IV de Aragón, en 1361, para que le terminasen una copia. (Dicho sea entre paréntesis, los reyes de Aragón fueron muy buenos amigos de los beguinos.) Además se tiene noticia de otras dos copias, que nadie ha visto. (Véase el cap. D., "The Fortunes of Zifar", del libro de Walker.) Es posible que Juan Ruiz, arcipreste de Hita, y el infante don Juan Manuel conocieran *Zifar,* pues hay algunos ecos de éste en sus obras. Don Juan Manuel tuvo que conocer en persona a Ferrand Martínez, ya que estuvieron juntos en ocasiones históricas y una vez le comisionó para una gestión importante. ¿Se verían en Roma, durante el famoso jubileo de 1300, Ferrand Martínez y Dante Alighieri, que también fue allá a obtener los perdones?

En 1872 fue editado nuestro texto por Heinrich Michelant, y por fin debemos a Charles Philip Wagner la valiosa edición crítica de 1929. (Wagner dedicó toda su vida al estudio de *Zifar*, y dejó a su muerte, no muy lejana, una gran cantidad de materiales no publicados, que según nuestras noticias han desaparecido. Hemos visto su letra, terriblemente difícil de leer, y no sabemos si alegrarnos o no de que no existan las papeletas escritas de su puño y letra, que hubieran sido más difíciles de interpretar que el manuscrito más ilegible.)

¿Quiénes conocieron el libro durante nuestro Siglo de Oro? No hay noticias directas. El editor Cromberger, de Sevilla, creyó oportuno hacer una segunda edición en 1529. Walker supone que Cervantes tal vez leyera *Zifar*, pero no encuentra suficientes pruebas para creer que su Sancho Panza esté sacado del Ribaldo, como es tentador pensar.

Es difícil asociar *Zifar* con una comedia de Lope de Vega titulada *El hijo de Reduán*, pero creemos que vale la pena citarla. (*Obras de Lope de Vega*, R.A.E., Madrid, 1900, tomo XI.) Es una obra en la que se mezcla la crónica y la leyenda. Ginés Pérez de Hita, *Guerras de Granada*, puede ser la fuente. *El hijo de Reduán*, como es natural, está lleno de nombres árabes, pero no tan significativos y simbólicos como los de *Zifar*, y parece a veces una novela de caballerías. El personaje principal, Gomel, dice en una ocasión, como Zifar: "Gran deseo de reinar / me da voces en el pecho." Un león entra en la sala (p. 123) y, como también es natural, los críticos piensan en el *Cid*. ¿Por qué no pensar en la historia de Zifar y sus hijos? El león se amansa porque el supuesto hijo de Reduán, Gomel, ha vivido en la selva entre animales, como Garfín, y hombre y bestia se reconocen como buenos amigos. Gomel dice: "Hombre soy hecho entre fieras" (p. 94). Hay también una escena en la que la fuerte personalidad de Gomel choca con las remilgadas

damas de la corte, como en el episodio entre Roboán y la
dueña Gallarda. Pero admitimos que es difícil derivar
una obra de otra.

En cambio, hay otra comedia atribuida a Lope de Vega,
en la que sí creemos que hay un eco de *Zifar*. Es *La mayor dicha en el monte*. (*Obras de Lope de Vega*, R.A.E.,
nueva edición, Madrid, 1916, vol. II.) Esta obra es una
versión dramática de la leyenda de San Eustaquio. El
gracioso, de nombre indio, *Rapatrama*, se parece al Ribaldo. Muchos detalles entran en los estudiados, y ya
citados, de Krappe: el héroe, en una tormenta, pierde el
granero; los criados mueren de la peste; la tempestad taló
los campos. En la segunda jornada, la familia descansa
bajo los enebros de un bosque, junto a una fuente. Después, un pirata-mercader va a Egipto y se lleva a Teo-
piste (p. 377). Rapatrama se emborracha y sale un león
y se lleva a Teófilo, y en la otra orilla un oso se lleva
a Agapio. (Rapatrama dice que esta tierra no era de lobos, p. 387.) Rapa decide seguir a su señor, despojado de
todo. Trajano hace la guerra a los partos. Plácido es
"rico y de linaje altivo", pero se fue a Egipto porque
quedó pobre. Allí vive como pastor. Trajano envía a
Claudio en su busca y Claudio le reconoce. Claudio termina siendo un felón y es ajusticiado por Trajano:

> ¡Claudio se ha vuelto cadáver,
> y, desplomado edificio,
> busca el centro de la tierra
> y asombros tan repetidos

(p. 395).

Lo del centro de la tierra y los asombros tan repetidos
nos recuerda la historia del conde Nasón y sus antepasados. Pero donde me parece ver la huella de *Zifar* más
directa es en una rima nada frecuente de esta comedia
(creo que es la única vez que se da esa rima), y la palabra que hace esa rima está en un contexto que podría
indicar una alusión significativa:

Quien su honor así escatima,
no mete confusión, no causa grima.
¡Que tanto de él se aqueje
y que esa nueva religión no deje!

(p. 391).

Esa *grima* nos parece que está puesta en recuerdo de la esposa del Caballero Zifar.

Los mejores novelistas hispanoamericanos han demostrado su maestría en el tratamiento de lo fantástico (lo fantástico de la realidad), y algunos han confesado su gusto por las novelas de caballerías. Baste mencionar el magnífico prólogo de Vargas Llosa a *Tirante el Blanco*. Otro de los grandes, Gabriel García Márquez, parece dejar huellas de *Zifar* en *El otoño del patriarca*, donde la generación se produce con una velocidad increíble, como en el reino sumergido del Lago Encantado, que tanto maravilló al Caballero Atrevido.

Esperamos que con nuestra edición de *Zifar* se inspiren o se deleiten muchos más lectores que los eruditos que hasta ahora han disfrutado del libro. Ni que decir tiene que esta edición está hecha "so emienda de aquellos que la quisieren emendar".

JOAQUÍN GONZÁLEZ MUELA

NOTICIA BIBLIOGRÁFICA

MANUSCRITOS:

Para esta edición hemos copiado el *Ms*. 11,309 de la Biblioteca Nacional de Madrid, que consta de 195 folios a dos columnas en letra del siglo XV. Hay algunos fragmentos de difícil, pero no imposible, lectura, y hay errores u omisiones del copista, que indicamos en nota de pie de página. Algunos folios que faltan en nuestro *Ms*. los hemos suplido con el texto de la edición de Wagner y del *Ms*. *P* (París).

EDICIONES:

Historia del Cavallero Cifar, ed. Heinrich Michelant, Bibliothek des Litterarischen Vereins in Stuttgart, CXII, Tübingen, 1872.
El libro del Cauallero Zifar, ed. Charles Philip Wagner, Ann Arbor, University of Michigan, 1912. Citamos esta edición como *W*. (Se ha reproducido en fotocopia posteriormente.)
El Cavallero Zifar, con un estudio, 2 vols., ed. Martín de Riquer, Barcelona, 1951.
Libros de Caballerías Españoles, ed. Felicidad Buendía, Aguilar, Madrid, 1960. (Contiene: *El Caballero Cifar*, pp. 43-294; *Amadís de Gaula* y *Tirante el Blanco.)*

BIBLIOGRAFÍA SELECTA

Alfonso, Martha, "Comparación entre el *Félix* de Ramón Llull y *El caballero Zifar*", *Estud. Lulianos*, XII (1968), páginas 77-81.

Avalle-Arce, J. B., *Deslindes cervantinos*, Madrid, 1961.

Bohigas Balaguer, P., "Orígenes de los libros de caballerías", *Historia general de las literaturas hispánicas*, ed. G. Díaz-Plaja, I, Barcelona, 1949, pp. 521-41.

Buceta, E., "Algunas notas históricas al prólogo del *Cavallero Zifar*", *Rev. Filol. Esp.*, XVII (1930), pp. 18-36.

—, "Nuevas notas históricas al prólogo del *Cavallero Zifar*", *ibid.*, pp. 419-22.

Burke, J. F., *History and Vision: The Figural Structure of the "Libro del Cavallero Zifar"*, Támesis, Londres, 1972.

Cejador, J., *Vocabulario medieval castellano*, reed., Las Américas, Nueva York, 1968.

Colón, Cristóbal, *Diario*, Edic. Cult. Hisp., Madrid, 1972.

Covarrubias, Sebastián de, *Tesoro de la lengua castellana o española*, ed. M. de Riquer, Barcelona, 1943.

Deyermond, A. D. y Walker, R. M., "A Further Vernacular Source for the *Libro de buen amor*, *Bull. Hisp. Stud.*, XLVI (1969), pp. 193-200.

De Stefano de Taucer, Luciana, *El "Caballero Zifar", novela didáctico-moral*, Inst. Caro Cuervo, Bogotá, 1972.

Diccionario de la Real Academia Española, Madrid, 1956. *(Dicc. Acad.)*

Diccionario histórico de la lengua española, R. A. E., Madrid.

Don Juan Manuel, *El Conde Lucanor*, ed. J. M. Blecua, Clásicos Castalia, Madrid, 1969.

Dutton, B., y Walker, R. M., "El *Libro del Cauallero Zifar* y la lírica castellana", *Filología*, IX (1963), pp. 53-67.

Eberenz, R., *Shiffe an den Küsten der Pyrenäenhalbinsel*, Bern-Frankfurt/M., 1975.

Ford, J. D. M., *Old Spanish Readings*, 1911.

Gella Iturriaga, "Los proverbios del *'Caballero Zifar'*", *Hom. J. Caro Baroja*, Madrid, 1978, pp. 449-69.

Giménez Soler, A., *Don Juan Manuel*, Zaragoza, 1932.

González Muela, J., "¿Ferrand Martínez, mallorquín, autor del *Zifar*", *Rev. Filol. Esp.*, LIX (1977), pp. 285-88.

Hernández, F. J., "Sobre el *Cifar* y una versión latina de la *Poridat*", *Hom. univ. a D. Alonso*, Gredos, Madrid, 1970.

—, "Un punto de vista *(Ca.* 1304) sobre la discriminación de los judíos", *Hom. J. Caro Baroja*, Madrid, 1978, pp. 587-593.

—, "*El libro del Cavallero Zifar:* Meaning and Structure", *Rev. Canadiense de Estud. Hisp.*, II (1978), pp. 89-121.

—, "Ferrán Martínez, 'Escrivano del Rey', canónigo de Toledo y autor del 'Libro del Cavallero Zifar'", *Rev. de Arch., Biblio. y Museos*, LXXXI, núm. 2 (abril-junio, 1978), páginas 289-325.

Keightley, R. G., "The Story of Zifar and the Structure of the *Libro del Cavallero Zifar*", *Mod. Lang. Rev.*, 73 (1978), páginas 308-27.

—, "Models and Meaning for the *Libro del Caballero Zifar*", *Mosaic*, XII-2 (Winter, 1979), pp. 55-73.

Krappe, A. H., "La leggenda di S. Eustachio", *Nuovi Studi Medievali*, III (1926-27), pp. 223-258.

—, "Le mirage celtique et les sources du *Chevalier Cifar*", *Bull. Hisp.*, XXXIII (1931), pp. 97-103.

—, "Le lac enchanté dans le *Chevalier Cifar*", *Bull. Hisp.*, XXXV (1933), pp. 107-25.

Leavitt, S. E., "Lions in Early Spanish Literature and on the Spanish Stage", *Hispania*, XLIV (1961), pp. 272-76.

Levi, E., "Il giubileo del MCCC nel piu antico romanzo spagnuolo", *Archivio della Reale Società Romana di Storia Patria*, LVI-LVII (1933-34), pp. 133-55.

Lida de Malkiel, M. R., "Arthurian Literature in Spain and Portugal", *Arthurian Literature in the Middle Ages*, ed. R. S. Loomis, Oxford (1959), pp. 406-18.

Llull, Ramón, *Libre del Orde de Cavallería,* ed. M. Obrador y Bennassur, Palma de Mallorca, 1906.

Malkiel, Y., *Studies in the Reconstruction of Hispano-Latin Word Families,* Berkeley-Los Angeles, 1954.

Marie de France, *Lais,* ed. J. Rychner, París, 1969.

Martínez de Toledo, A., *Arcipreste de Talavera,* ed. J. González Muela, Clás. Castalia, Madrid, 1970.

Moldenhauer, G., "La fecha del origen de la *Historia del Caballero Cifar* y su importancia para la historia de la literatura española", *Investigación y Progreso,* V (1931), páginas 175-76.

Mullen, E. J., "The Role of the Supernatural en *El libro del Cavallero Zifar",* *Rev. Estud. Hisp.,* V (1971), pp. 257-68.

O'Kane, E., *Refranes y frases proverbiales españolas en la Edad Media,* Madrid, 1959.

Oliver Asín, J., *Historia del nombre "Madrid",* Madrid, 1959.

Olsen, M. A., *The Manuscripts, The Wagner Edition, and The Prologue of The Cauallero Zifar.* (Tesis doctoral, Universidad de Wisconsin en Madison.)

Pérez, R. M., *Vocabulario Clasificado de Kalila et Digna,* Chicago, 1943.

Piccus, J., "Consejos y consejeros en el *Libro del Cauallero Zifar",* *N. Rev. Filol. Hisp.,* XVI (1962), pp. 16-30.

—, "Refranes y frases proverbiales en el *Libro del Cavallero Zifar",* *N. Rev. Filol. Hisp.,* XVIII (1965-66), pp. 1-24.

Poema de Mio Cid, ed. I. Michael, Clásicos Castalia, Madrid, 1976.

Pou y Martí, J. M., *Visionarios, beguinos y fraticelos catalanes, siglos XIII-XIV,* Vich, 1930.

Rees, J. W., "Mediaeval Spanish *uviar* and its Transmission", *Bull. Hisp. Stud.,* XXV (1958), pp. 125-137.

Richthofen, E. von, *Estudios épicos medievales,* Madrid, 1954.

Riquer, M. de, *L'arnès del cavaller,* Ariel, Barcelona, 1968.

Ruiz de Conde, J., *El amor y el matrimonio secreto en los libros de caballerías,* Madrid, 1948.

Scholberg, K. R., "The Structure of the *Caballero Zifar",* *Mod. Lang. Notes,* LXXIX (1964), pp. 113-24.

—, "La comicidad del *Caballero Zifar",* *Hom. Rodríguez Moñino,* II, Madrid, 1962, pp. 157-63.

The Travels of Marco Polo, re-ed. T. Wright, Doubleday & Co., Nueva York, 1948.

Wagner, Ch. Ph., "The Sources of *El Cavallero Zifar*", *Rev. Hisp.*, X (1903), pp. 5-104.

Walker, R. M., "Did Cervantes Know the *Cavallero Zifar?*", *Bull. Hisp. Stud.*, XLIX (1972), pp. 120-27.

—, *Tradition and Technique in "El Libro del Cavallero Zifar"*, Támesis, Londres, 1974.

NOTA PREVIA

E r a necesaria una nueva edición de *El libro del Cavallero Zifar*. Martín de Riquer reeditó la obra, siguiendo a
Wagner, con un valioso prólogo; pero es una edición difícil de encontrar. Charles Philip Wagner realizó una labor verdaderamente admirable al hacer su edición crítica,
que está agotada y su autor muerto. Era inevitable que
el trabajo de Wagner no estuviera limpio de defectos
(como sucederá sin duda con este nuestro) y ya hay una
tesis doctoral de Marilyn Olsen para la Universidad de
Wisconsin en Madison, en la que se señalan los errores
de Wagner. Además, ya no se admite el método que siguió el ilustre profesor de la Universidad de Michigan:
mezclar los dos manuscritos y la edición impresa de Sevilla de 1512, suponiendo que las versiones más moder-
nas llenan las "lagunas" del *Ms. M,* el más antiguo. Es
más que aventurado pensar que los dos manuscritos exis-
tentes (*M* y *P*) vienen de la misma fuente, y que unién-
dolos, se reconstruye ésta. Las llamadas "lagunas" en
Ms. M no sabemos si lo son realmente. Hoy se considera
que la mezcla que hizo Wagner, más que una reconstrucción de la fuente original, es una ensalada.

Publicamos, pues, la versión del *Ms. M,* pero no sin
confesar nuestra deuda y admiración al profesor Wagner, cuya lectura nos ha ayudado en más de una ocasión.
Nos servimos también de su edición y del *Ms. P* para lle-
nar las llamadas "lagunas" de *M,* y esperamos que pron-
to aparezca una edición del *Ms. P,* con la que el nutrido

grupo de investigadores que hoy se dedica a seguir las
pistas de *Zifar* podrá trabajar sobre una base sólida.

El lector encontrará en esta edición frases o párrafos
de difícil comprensión. En algunas notas los hemos acla-
rado, pero en muchos casos creemos que no podemos ni
debemos corregir nada, pues ése es el texto del *Ms. M,*
en el que el copista hizo sin duda errores y omisiones.
Dejar el *Ms.* como está es obligación del editor del texto.
Tal vez aparezca algún día otro *Ms.* más antiguo que
explique lo que llamamos "errores" del copista. El lector
debe, pues, poner en ejercicio su propio esfuerzo, unién-
dose así a las corrientes de la crítica más moderna. Lo
que no puede ni debe hacer el editor de hoy es lo que
hizo Rodríguez de Montalvo con el *Amadís:* "corrigien-
do estos tres libros de Amadis, que por falta de los malos escriptores, o componedores, muy corruptos y vicio-
sos se leýan". (Prólogo de Montalvo al *Amadís* de 1508.)

Las adaptaciones que hemos hecho para modernizar
ligeramente el texto, como es costumbre en *Clásicos Castalia,* son las siguientes:

v vocal cambiada por *u,* y *u* consonante cambiada por *v;*
i en vez de *y, j* vocales; pero *j* en vez de *i* consonante.
Ome, omes en lugar de varias formas abreviadas de "hombre"; *r-* en vez de *rr-*; *como* en vez de *commo*; *e* en vez
de *et*; unimos el pronombre pospuesto al verbo: *dígovos,
diógelo* en vez de *digo vos, dio gelo*; pero a veces hemos
separado *mente* de su adjetivo; *que le, de él* en vez de
quel, del. La puntuación es nuestra.

Me preparé para este trabajo en el Seminario de Estudios Medievales de la Universidad de Wisconsin, en
Madison, donde conté con la ayuda de los miembros de
ese Seminario, especialmente de su director, el profesor
Kasten, y del diligente profesor John Nitti, además del de
la doctora Marilyn Olsen, que estaba entonces ocupada
con el *Ms. P.* He entregado a ese Centro una copia de
mi transcripción del *Ms. M,* que hice directamente por
mi mano en la Biblioteca Nacional de Madrid, para sus
trabajos sobre el vocabulario medieval español. Les doy

las gracias por la amistad que me brindaron y por su generosa ayuda.

También doy las gracias a la American Philosophical Society, que con su ayuda hizo posible ese entrenamiento en Wisconsin.

Otra deuda: la que debo al profesor Roger Walker por sus primeros consejos y por lo mucho que he sacado de su magnífico libro sobre *Zifar*. A él recurrí como primera autoridad en la materia. Además del tema, teníamos en común Manchester y el recuerdo de J. W. Rees. *Reddo quod debo.*

J. G. M.

LIBRO
DEL CABALLERO ZIFAR

Eñl tiempo del honrrado padre bonifaçio vino enla era de mill e trezientos años e dia dela nasçencia de nro señor ihu xpo començo el año jubileo. E qual dizen çentenario por que non viene sino de çiento en çiento años. E cumplese enla fiesta de ihu xpo dela era de mill e trezientos años enl qual año fueron otorgados muy grandes perdones e tan complida mente quanto seppo esten der el poder del papa a todos aquellos que ellos fueron a visitar las yglesias de sant pedro e de sant pablo çiertos dias en este año. E assy commo se contiene enel previllejo de nro señor el papa bonifaçio onde este nro señor el papa jmbiado mensajero ala gran fe e ala gran deuoçion que el pueblo xpiano auja enlas yndulgençias deste año al jubileo e alos enojos e peligros de los grandes trabajos e enojos delos grandes caminos e delas grandes espensas delos peligrinos por que se pudiesen tornar con plazer a sus compañeros. E quiso e tovo por bien que todos los peligrinos de fuera dela çibdat de Roma que fueron a esta romeria e maguer non compliesen los quinze dias en que avian de visitar las yglesias de sant pedro e de sant pablo que oviessen

cosas para yr en esta romeria. E cumplieron enel campo ante que llegasen a roma. E despues que allegaron e visitaron las yglesias de sant pedro e de sant pablo. E otrosi alos que comencaron el camino para yr en esta romeria con volluntad dela complir e fueron enbargados por enfermedades e por otros enbargos algunos por que non pudieron y llegar e tornaron. por bien que oviesen estos perdones complida mente assi commo aquellos que y llegaron e con plazer su romeria. E otros bien fue omen aven turado el que esta romeria fue ganar atantos grandes perdones commo estos e sabiendolo o podiendo yr alla sin enbargo. Ca en esta romeria fueron todos asueltos a culpa e a pena seyendo en verdadera penitençia tan bien delos confesados commo delo olvidado. E fin e despedido el perdon del padre santo e catados aquellos clerigos que cayeron en yerro yrregular mente non vsando de sus ofiçios. E fue resten dido contra todos aquellos clerigos e legos e sobre los adulterios e sobre las otras non fueron cus aque e pun the ndos de yrregar. E sobre aquestas muchas cosas saluo ende sobre debda que cada vno delos peligrinos devia tan bien lo que tomasse prestado o pren dido o furtado en qual qujer manera que lo tornasen contra volluntad de cuyo era. E torne çio por bien que lo tornasen e por que luego non se pudia tor naz lo que cada vno devia segud dicho es e lo podiesen pagar oviesen los perdo nes mas complidos. E dioles plazo y

[PRÓLOGO]

[P 1] *En el tienpo del honrado padre Bonifaçio VIII°,*[1]
en la era de mill e trezientos años, en el día de la naçençia
de nuestro señor Ihesu Christo, començó el año jubileo,
el qual dizen çentenario porque non viene sinon de çiento
a çiento años, e cúnplese por la fiesta de Ihesu Christo
de la era de mill e quatro çientos años; en el qual año
fueron otorgados muy grandes perdones, e tan conplida-
mente quanto se pudo estender el poder del Papa, a to-
dos aquellos quantos pudieron ir a la çibdat de Roma a
buscar las iglesias de Sant Pedro e de Sant Pablo quinze
días en este año, así como se contiene en el previllejo de
nuestro señor el Papa; onde este nuestro señor el Papa,
parando mientes a la gran fe e a la gran devoçión que el
pueblo christiano avía en las indulgençias de este año
jubileo, e a los enojos e peligros e a los grandes trabajos,
e a los enojos de los grandes caminos, e a las grandes es-
pensas de los peligrinos, porque se podiesen tornar con
plazer a sus conpañeros, quiso e tovo por bien que todos
los peligrinos de fuera de la çibdat de Roma que fueron
a esta romería, maguer non conpliesen los quinze días
en que avían de vesitar las iglesias de Sant Pedro e de
Sant Pablo, que oviesen los perdones conplidamente, así
como aquellos que las vesitaran aquellos quinze días. E
fueron así otorgados a todos aquellos que salieron de sus
casas para ir en esta romería e murieron en el camino

[1] Sobre todo lo referente a la historia y a los personajes citados,
véase Introducción, p. 12.

ante que llegasen a Roma, e después que allegaron e ve-
sitaron las iglesias de Sant Pedro e de Sant Pablo; e otrosí
a los que començaron el camino para ir a esta romería con
voluntad de la conplir e fueron enbargados por enfermedades e por otros enbargos algunos por que non pudieron
ý llegar, tovieron por bien que oviesen estos perdones conplidamente así como aquellos que ý llegaron e conplieron
su romería.

E çiertas, bien fue ome aventurado el que esta romería
fue ganar atantos grandes perdones como en este año,
sabiéndolo o podiendo ir allá sin enbargo; ca en esta
romería fueron todos asueltos a culpa e a pena, seyendo
en verdadera penitençia, tan bien de los confesados como
de lo olvidado. E fue ý despendido el poder del Padre
Santo contra todos aquellos clérigos que cayeron en yerro
o irregularidat non usando de sus ofiçios, e fue despendido contra todos aquellos clérigos e legos e sobre los
adulterios e sobre las oras non rezadas que eran tenudos de
rezar, e sobre aquestas muchas cosas, salvo ende sobre
debdas que cada uno de los peligrinos devían, tan bien
los que tomaron prestado o prendado o furtado, en qualquier manera que lo toviesen contra voluntad de cuyo
era, tovieron por bien que lo tornasen; e porque luego
non se podía tornar lo que cada uno devía segund dicho
es, e lo podiesen pagar, oviesen los perdones más conplidos, dioles plazo a que lo pagasen fasta la fiesta de
Resurreçión, que fue fecha en la era de mill e trezientos
e treinta e nueve años.

E en este año sobredicho, Ferrand Martínes, [P 1v]
arçediano de Madrid en la iglesia de Toledo, fue a Roma
a ganar estos perdones. E después que cunplió su romería e ganó los perdones así como Dios tovo por bien, porque don Gonçalo, obispo de Aluaña e cardenal en la iglesia de Roma, que fue natural de Toledo, estando en Roma
con el este arçediano sobredicho, a quien criara e faziera
merçed, queriéndose partir de él e se ir a Toledo donde
era natural, fízole prometer en las sus manos que si él,
seyendo cardenal en la iglesia de Roma, si finase, que
este arçediano que fuese allá a demandar el cuerpo e que

*feziese ý todo su poder para traerle a la iglesia de Toledo
do avía escogido su sepultura. El arçediano, conosciendo
la criança que le feziera e el bien e la merçed que de él
resçibiera, quísole ser obediente e conplir la promesa
que fizo en esta razón, e trabajóse quanto él pudo a demandar el su cuerpo. E comoquier que el padre santo
ganase muchos amigos en la corte de Roma, tan bien cardenales como otros onbres buenos de la çibdat, non falló
el arçediano a quien se atreviese a lo demandar el su
cuerpo, salvo al Padre Santo. E non era maravilla, ca
nunca fue ende enterrado en la çibdat de Roma para que
fuese dende sacado para lo levar a otra parte. E así es
establesçi* [f. 2] do e otorgado de los padres santos que
ningunt cuerpo que fuese ý enterrado que non sea ende
sacado. E ya lo avía demandado muy afincadamente don
Gonçalo, arçobispo sobrino de este cardenal sobredicho,
que fue a la corte a demandar el palio e non lo pudo acabar, ante le fue denegado, que gelo non darían en ninguna manera. E quando el arçidiano quería ir para lo
demandar, fue a Alcalá al arçobispo a despedirse de él,
e díxole de como quería ir a demandar el cuerpo del cardenal, que gelo avía prometido en las sus manos ante que
se partiese de él en Roma. E el arçobispo dixo que se non
trabajase ende nin tomase ý afán, ca non gelo darían, ca
non gelo quisieron dar a él. E quando lo demandó al
Papa, aviendo muchos cardenales por sí que gelo ayuda-
van a demandar. El arçidiano, con todo eso, aventuróse e
fuelo a demandar con cartas del rey don Ferrando e de
la reina doña María, su madre, que le enbiava pedir merçed al Papa sobre esta razón. Mas don Pedro, que era
obispo de Burgos a esa sazón e refrendario del Papa, natural de Asturias de Oviedo, aviendo verdadero amor por
la su mesura con este arçidiano de Madrit, e queriéndole
mostrar la buena voluntad que avía entre todos los espa-
ñones, a los quales él fazía en este tiempo muchas ayudas
e muchas onras del Papa quando acaesçía, e veyendo que
el arçidiano avía mucho a coraçón este fecho, non que-
dando de día nin de noche, e que andava mucho afincadamente en esta demanda, doliéndose del su trabajo e

queriendo levar adelante el amor verdadero que él sienpre mostrara; e otrosí por ruego de doña María, reina de
Castiella e de León que era a esa sazón, que le enbió
rogar, la qual fue muy buena dueña e de muy buena vida
e de buen consejo e de buen seso natural e muy conplida
en todas buenas costunbres e amadora de justiçia e con
piedat, non argullesçiendo con buena andança nin desesperando con mala an [f. 2v] dança quando le acaesçía,
mas muy firme e estable en todos los sus fechos que entendíe que con Dios e con razón e con derecho eran, así
como se cuenta en el libro de la estoria. Otrosí queriendo el obispo onrar a toda España, non avía otro cardenal
enterrado, ninguno de los otros non lo osavan al Papa
demandar, e él por la su mesura ofreçióse a lo demandar.
E comoquier que luego non gelo quiso otorgar el Papa, a
la çima mandógelo dar. E entonçe el arçidiano sacólo de
la sepultura do yazíe enterrado en la çibdat de Roma en
la eglesia de Santa María, çerca de la capiella *de presepe
domini*, do yaze enterrado sant Gerónimo; e alí estava
fecha la sepultura del cardenal, muy noblemente obrada
en memoria de él. E está alta en la pared, e el arçidiano
traxo el cuerpo mucho encubiertamente por el camino,
temiendo que gelo enbargarían algunos que non estavan
bien con la eglesia de Roma o otros por aventura por lo
enterrar en sus logares, así como le contesçió en Florençia una vegada que gelo quisieron tomar por lo enterrar ý, si non porque les dixo el arçidiano que era un
cavallero su pariente que muriera en esta romería, que
lo levava a su tierra. E después que llegó a Logroño descobriólo. E fue ý resçebido mucho onradamente de don
Ferrando, obispo de Calahorra, que le salió a resçebir
revestido con sus vestiduras pontificiales e con toda la
clerezía del obispo, de vestiduras de capas de seda, e
todos los omes buenos de la villa con candelas en las
manos e con ramos. E fasta que llegó a Toledo fue resçebido mucho onradamente e de toda la clerezía e de
las órdenes e de los omes buenos de la villa. E ante que
llegasen con el cuerpo a la çibdat de Burgos, el rey don
Ferrando, fijo del muy noble rey don Sancho e de la

reina doña María, con el infante don Enrique, su tío, e
don Diego, señor de Vizcaya, e don Lope, su fijo, e
[f. 3] otros muchos ricos omes e infançones e cavalleros
que le salieron a resçebir fuera de la çibdat e le fizieron
mucha onra; e por do ivan, saliendo a resçebir todos los
de las villas como a cuerpo santo, con candelas en las
manos e con ramos. E en las proçesiones que fazíen la
clerezía e las órdenes, quando llegavan a las villas, non
cantavan responsos de defuntos, si non *"ecce saçerdos
magnus"* e otros responsos e antífanas semejantes, así
como a fiesta de cuerpo santo. E la onra que resçibió
este cuerpo del cardenal quando llegaron con él a la noble çibdat de Toledo fue muy grant maravilla, en manera
que se non acordava ninguno, por ançiano que fuese, que
oyese dezir que nin a rey nin a enperador nin a otro
ninguno fuese fecha atan grande onra como a este cuerpo
de este cardenal; ca todos los clérigos del arçobispado
fueron con capas de seda, e las órdenes de la çibdat tanbién de religiosos. Non fincó christiano nin moro nin
judío que todos non le salieron a resçebir con sus çirios
muy grandes e con ramos en las manos. E fue ý don
Gonçalo, arzobispo de Toledo, su sobrino; e don Iohán,
fijo del infante don Manuel, con él. Ca el arçobispo lo
salió a resçebir a Peñafiel e non se partió de él fasta
en Toledo, do le fezieron atan grant onra como ya oyestes. Pero que el arçidiano se paró a toda la costa de ida
e de venida, e costóle muy grant algo, lo uno porque
era muy luengo el camino como de Toledo a Roma, lo
al porque avíe a traer mayor conpaña a su costa por la
onra del cuerpo del cardenal, lo al porque todo el camino eran viandas muy caras por razón de la muy grant
gente sin cuento que ivan a Roma en esta romería de
todas las partes del mundo, en que la çena de la bestia
costava cada noche en muchos lugares quatro torneses
gruesos. [2] E fue grant miraglo de Dios que en todos los

---

[2] *torneses gruesos*: "*Tornés* (dinero), acuñado en Tours, que
corrió por Navarra. J. Ruiz, 1224: le dan dineros, rreales o torneses." (Cejador, *Voc.*, p. 387.)

caminos por do veníen los pelegrinos tan abondados eran
de todas las viandas que nunca fallesçió a los [f. 3v]
pelegrinos cosa de lo que avían mester, ca nuestro señor
Dios por la su merçed quiso que non menguase ninguna
cosa a aquellos que en su serviçio ivan. E çertas, si costa
grande fizo el arçidiano en este camino, mucho le es de
gradesçer, porque lo enpleó muy bien, reconosçiendo la
merçed que del cardenal resçebiera e la criança que en él
feziera, así como lo deven fazer todos los omes de buen
entendimiento e de buen conosçer e que bien e merçed
resçiben de otro. Onde bien aventurado fue el señor que
se trabajó de fazer buenos criados e leales, ca estos atales
nin les fallesçieran en la vida nin después; ca lealtad les
faze acordarse del bien fecho que resçebieron en vida e
en muerte. E porque la memoria del ome ha luengo tienpo
e non se pueden acordar los omes de las cosas mucho
antiguas si non las falló por escripto, e por ende el trasladador de la estoria que adelante oiredes, que fue tras-
lavdado de caldeo en latín e de latín en romançe, e puso
e ordenó estas dos cosas sobredichas en esta obra porque
los que venieren después de los de este tiempo sepan
quando el año jubileo á de ser, porque le puedan ir a
ganar los bienaventurados perdones que en aquel tiempo
son otorgados a todos los que allá fueren. E que sepan
que este fue el primer cardenal que fue enterrado en España. Pero esta obra es fecha so emienda de aquellos que
la quisieren emendar, e çertas dévenlo fazer los que quisieren e la sopieren emendar, siquier porque dize la escriptura que sotilmente la cosa fecha emienda más de
loar es que el que primeramente la falló. E otrosí mucho
deve plazer a quien la cosa comiença a fazer que la
emienden todos quantos la quisieren emendar e sopieren,
ca quanto más es la cosa emendada tanto más es loada.
E non se deve ninguno esforçar en su solo entendimiento
nin creer que todo se puede [f. 4] acordar, ca aver todas
las cosas en memoria e non pecar nin errar en ninguna
cosa más es esto de Dios que non de ome. E por ende
devemos creer que todo ome á conplido saber de Dios
sólo e non de otro ninguno. Ca por razón de la mengua

de la memoria del ome fueron puestas estas cosas a esta obra, en la cual ay muy buenos enxienplos para se saber guardar ome de yerro si bien quisiere bevir e usar de ellos. E ay otras razones muchas de solas en que puede ome tomar plazer, ca todo ome que trabajo quiere tomar para fazer alguna buena obra deve en ella entreponer a las vegadas algunas cosas de plazer e de solas. E la palabra es del sabio que dize así: "Entre los cuidados, a las vegadas pone algunos plazeres." Ca muy fuerte cosa es de sofrir el cuidado continuado si a las vezes non diese ome plazer o algunt solas. E con grant enojo del trabajo e del cuidado suele ome muchas vegadas desamparar la buena obra que ha ome començado, onde todos los omes del mundo se deven trabajar de fazer sienpre bien e esforçarse a ello e non se enojar. E así lo puede bien acabar con el ayuda de Dios, ca así como la cosa non ha buen çimiento, bien así de razón e de derecho de la cosa que ha buen çimiento esperança deve ome aver que abrá buena çima, mayormente començando cosa onesta e buena a serviçio de Dios en nonbre [3] se deven començar todas las cosas que buen fin deven aver; ca Dios es comienço e acabamiento de todas las cosas, e sin él ninguna cosa non puede ser fecha. E por ende todo ome que alguna cosa o obra buena quiere començar deve anteponer en ellas a Dios; e él es fazedor e mantenedor de las cosas, así puede bien acabar lo que començare, mayormente si buen seso natural [f. 4v] toviere. Ca entre todos los bienes que Dios quiso dar al ome e entre todas las otras çiençias que aprende, la candela que a todas estas alunbra seso natural es. Ca ninguna çiençia que ome aprenda non puede ser alunbrada nin endresçada sin buen seso natural. E comoquier que la çiençia sepa ome de coraçón e la reze, sin buen seso natural non la puede ome bien aprender. E aunque la entienda, menguado el buen seso natural, non puede obrar de ella nin usar así como conviene a la çiençia de qualquier parte que sea. Onde a quien Dios quiso buen seso dar, puede comen-

---

[3] en (cuyo) nonbre (W., 7).

çar e acabar buenas obras e onestas a serviçio de Dios e
aprovechamiento de aquellos que las oyeren e buen prez
de sí mismo. E pero que la obra sea muy luenga e de
trabajo, non deve desesperar de lo non poder acabar por
ningunos enbargos que le acaescan; ca aquel Dios verdadero e mantenedor de todas las cosas, el qual ome de
buen seso natural antepuso en la su obra, á le dar çima
aquella que le conviene, así como contesçió a un cavallero de las Indias, do andido predicando sant Bartolomé Apóstol después de la muerte de nuestro salvador
Ihesu Christo, el qual cavallero ovo nonbre Zifar de bau-
tismo; e después ovo nombre El Cavallero de Dios, porque se tovo él sienpre con Dios e Dios con él en todos
los fechos, así como adelante oiredes, podredes ver e en-
tendredes por las sus obras. E por ende es dicho este Libro
del Cavallero de Dios. El qual cavallero era conplido de
buen seso natural e de esforçar, de justiçia e de buen
consejo e de buena verdat, comoquier que la fortuna era
contra él en lo traer a pobredat; pero que nunca deses-
peró de la merçed de Dios, teniendo que él le podría mudar aquella fortuna fuerte en mejor, así como lo fizo
segunt agora oiredes.

   Cuenta la estoria que este cavallero avía una dueña
[f. 5] por muger que avía nonbre Grima, e fue muy buena
dueña e de buena vida e muy mandada a su marido e
mantenedora e guardadora de la su casa. Pero atan fuerte
era la fortuna del marido, que non podía mucho adelantar
en su casa así como ella avía mester. E ovieron dos fijuelos que se vieron en muy grandes peligros, así como
oiredes adelante, tan bien como el padre e la madre. E el
mayor avía nonbre Garfín e el menor Roboán. Pero
Dios, por la su piedat, que es endereçador de las cosas,
veyendo el buen propósito del cavallero e la esperança
que en él había, nunca desesperando de la su merçed, e
veyendo la mantenençia de la buena dueña e quán obediente era a su marido e quán buena criança fazía en
sus fijuelos e quán buenos castigos les dava, mudóles la

fortuna que avían en el mayor e mejor estado que un cavallero e una dueña podrían aver, pasando primeramente por muy grandes trabajos e grandes peligros.

E porque este libro nunca aparesçió escripto en este lenguaje fasta agora, nin lo vieron los omes nin lo oyeron, cuidaron algunos que non fueran verdaderas las cosas que se ý contienen, nin ay provecho en ellas, non parando mientes al entendimiento de las palabras, nin queriendo curar en ellas. Pero comoquier que verdaderas non fuesen, non las deven tener en poco nin dubdar en ellas fasta que las oyan todas conplidamente, e vean el entendimiento de ellas, e saquen ende aquello que entendieren de que se puedan aprovechar, ca de otra cosa que es ya dicha pueden tomar buen enxiemplo e buen consejo para saber traer su vida más çierta e más segura, si bien quisieren usar de ellas. Ca atal es el libro, para quien bien quisiere catar por él, como la nues, que ha de parte de fuera fuste seco e tiene el fruto ascondido dentro. E los sabios antigos que fezieron muchos libros e de grant provecho posieron en ellos muchos enxienplos [f. 5v] en figura de bestias mudas e aves e de peçes, e aun de las piedras e de las yervas, en que non ay entendimiento nin razón nin sentido ninguno, en manera de fablillas, que dieron entendimiento de buenos enxienplos e de buenos castigos; e feziéronnos entender e creer lo que non aviemos visto nin creímos que podría esto ser verdat, así como los padres santos fezieron a cada uno de los siervos de Ihesu Christo ver como por espejo e sentir verdaderamente e creer de todo en todo que son verdaderas las palabras de la fe de Ihesu Christo, e maguer el fecho non vieron, porque ninguno non deve dudar en las cosas nin las menospreçiar fasta que vean lo que quieren dezir e cómo se deven entender. E por ende, el que bien se quiere loar e catar e entender lo que contiene en este libro, sacará ende buenos castigos e buenos enxienplos, e por los buenos fechos de este cavallero así se puede entender e ver por esta estoria.

Dize el cuento que este cavallero Zifar fue buen cavallero de armas e de muy sano consejo a quien gelo demandava, e de grant justiçia quando le acomendavan alguna cosa do la oviese de fazer, e de grant esfuerço, non se mudando nin orgullesçiendo por las buenas andanças, nin desesperando por las desaventuras fuertes quando le sobrevenían; e sienpre dezía verdat e non mentira quando alguna demanda le fazían. E esto fazía con buen seso natural que Dios posiera en él. E porque todas estas buenas condiçiones que en él avía, amávale el rey de aquella tierra cuyo vasallo era e de quien tenía grant soldada e bienfecho de cada día. Mas atan grant desaventura era la suya, que nunca le durava cavallo nin otra bestia ninguna de dies días arriba que se le non muriese, e aunque la dexase o la diese ante [f. 6] de los dies días. E por esta razón e esta desaventura era él sienpre e su buena dueña e sus fijos en grant pobreza. Pero que el rey, quando guerras avía en su tierra, guisávalo muy bien de cavallos e de armas e de todas las cosas que avía mester, e enviávalo en aquellos lugares do entendía que mester era más fecho de cavallería. E así se tenía Dios con este cavallero en fecho de armas, que con su buen seso natural e con su buen esfuerço sienpre vençía e ganava onra e vitoria para su señor el rey e buen pres para sí mesmo. Mas de tan grant costa era este cavallero, el rey aviéndole de tener cavallos aparejados e las otras bestias que le eran mester a cabo de los dies días mientra durava la guerra, que semejava al rey que lo non podía sofrir nin conplir. E de la otra parte, con grant enbidia que avían aquellos a quien Dios non quisiera dar fecho de armas acabadamente así como al cavallero Zifar, dezían al rey que era muy costoso e que por quanto dava a este cavallero al año e con las costas que en él fazía al tienpo de las guerras, que avía quinientos cavallos cada año para su serviçio; non parando mientes los mesquinos cómo Dios quisiera dotar al cavallero Zifar de sus grandes dones e nobles, señaladamente de buen seso natural e de verdat e de lealtad e de armas e de justiçia e de buen consejo, en manera que do él se ençerrava con çient cavalleros conplía más

e fazía más onra del rey e buen pres de ellos que mill
cavalleros otros quando los enbiava el rey a su serviçio
a otras partes, non aviendo ninguno estos bienes que
Dios en el cavallero Zifar pusiera.

E por ende todo grant señor deve onrar e mantener e
guardar al cavallero que tales dones puso como en éste,
e si alguna batalla oviere a entrar, deve enbiar por él e
atenderlo, ca por un cavallero bueno se fazen grandes
batallas, mayormente en quien Dios quiso mostrar muy
grandes dones de cavallería. E non deven creer a aquellos
en quien non paresçe buen seso natural [f. 6v] nin verdat nin buen consejo; e señaladamente non deve creer
en aquellos que con maestrías e con sotilezas de engaño
fablan. Ca muchas veses algunos porque son sotiles e agu-
dos trabájanse de mudar los derechos e los buenos consejos en mal, e danles entendimiento de leyes, colorando lo
que dizen con palabras engañosas e cuidando que non ay
otro ninguno tan sotil como ellos que lo entiendan. E por
ende non se deve asegurar en tales omes como éstos. Ca
peligrosa cosa es creer ome aquellos en quien todas estas
menguas e estas maestrías son, porque non abrá de dubdar de ellos e non estará seguro. Pero el señor de buen
seso, si dubdar de aquellos que le han de seguir, para ser
çierto llámalos a su consejo e a lo que le consejaren; e
cate e piense bien en los dichos de cada uno e pare mientes a los fechos que ante pasaron con él, e si con grant
femençia[4] los quiere catar, bien puede ver quién le con-
seja bien o quién mal; ca la mentira así trasluze todas las
palabras del mentiroso como la candela tras el vidrio en
la linterna. Mas, mal pecado, algunos de los señores grandes más aína se inclinan a creer las palabras falagueras
de los mentirosos e las lisonjas, so color de algunt provecho, que non el su pro nin la su onra, maguer se quieran
e lo vean por obra, en manera que, maguer se quieran
repentir e tornarse a lo mejor, non pueden con vergüença
que los non retrayan[5] que ellos mismos con mengua de

[4] *femençia*: vehemencia, fervor. (*Voc. Kalila*, p. 132.)
[5] *retrayan*: de *retraer*: reprochar. (*Lucanor*, p. 96.)

buen seso se engañaron, dexando la verdat por la mentira
e la lisonja. Así como contesçió a este rey, que veyendo la
su onra e el su pro ante los sus ojos, por proeva de la
bondat de este cavallero Zifar, menospreciándolo todo
por miedo de la costa, queriendo creer a los enbidiosos
lisongeros, perjuró en su coraçón e prometióles que de
estos dos años non enbiase por este cavallero, maguer
guerras oviese en la su tierra, e quería provar quánto es-
cusaría en la costa que este cavallero fazía; e fízolo así,
donde se falló que más desonras que resçebió [f. 7] e
daños grandes en la su tierra. Ca en aquellos dos años
ovo grandes guerras con sus vezinos e con algunos de
los naturales que se alçaron. E quando enbiava dos mill
o tres mill cavalleros a la frontera, lo que les era ligero
de ganar de sus enemigos dezían que non podían conquerir por ninguna manera, e a los logares del rey dexávanlos
perder; así que fincava el rey desonrado e perdido e con
grant vergüença, non se atreviendo enbiar por el cavallero
Zifar, porque le non dixiesen que non guardava lo que
prometiera. Çertas, vergüença e mayor mengua es en querer guardar el prometimiento dañoso e con desonra que
en lo revocar. Ca si razón es e derecho que aquello que
fue establesçido antiguamente sin razón que sea emendado, catando primeramente la razón onde nasçió e fazer
ley derecha para las otras cosas que han de venir; e razón
es que el yerro que nuevamente es fecho que sea luego
emendado por aquel que lo fizo. Ca la palabra es de los
sabios que non deve aver vergüença, ca ninguna cosa non
faze medroso nin vergoñoso el coraçón del ome sinon la
conçiençia de la su vida si es mala, non faziendo lo que
deve. E pues la mi conçençia non me acusa, la verdat me
deve salvar; e con grant fuzia [6] que en ella he non abré
miedo e iré con lo que començé cabo adelante e non dexaré mi propósito començado. [7]

---

[6] *fuzia: fiuzia:* confianza. (*Voc. Kalila,* p. 104.)
[7] W., 14-15, intercala un largo párrafo del *Ms. P.,* que es el
soliloquio de Zifar que escucha su mujer.

E estas palabras que dezía el cavallero oyólas Grima, la su buena muger, e entró a la cámara do él estava en este pensamiento, e díxole: "Amigo señor, ¿qué es este pensamiento e este grant cuidado en que estades? Por amor de Dios, dezítmelo. E pues parte ove conbusco en los cuidados e en los pesares, çertas nunca vos vi flaco de coraçón por ninguna cosa que vos oviésedes, si non agora." El cavallero quando vio a su muger, que amava más que a sí, e entendió que avía oído lo que él dixera, e pesóle de coraçón e dixo: "Por Dios, señora, mejor es que el uno sufra el pesar que muchos; ca [f. 7v] por tomar vos al tanto de pesar como yo, por eso menguaría a mí ninguna cosa del pesar que yo oviese, e non sería aliviado de pesar, mas acreçentamiento, ca resçeviera más pesar por el pesar que vos oviésedes." "Amigo señor —dixo ella—, si pesar es que remedio ninguno non puede ome aver, es dexarlo olvidar e non pensar en ello, e dexarlo pasar por su ventura; mas si cosa es en que algunt buen pensamiento puede aprovechar, deve ome partir el cuidado con sus amigos, ca más pueden pensar e cuidar muchos que uno, e más aína pueden açertar en lo mejor. E por ende todo ome que alguna grant cosa quiere començar e fazer, dévelo fazer con consejo de aquellos de quien es seguro que le consejarán bien. E amigo —dixo ella—, esto vos oí dezir quexándovos que queríades ir con vuestro fecho adelante e non dexar vuestro propósito començado. E porque sé que vos sodes ome de grant coraçón e de grant fecho, tengo que este vuestro propósito es sobre alta cosa e grande e que segunt mio cuidar devedes aver vuestro consejo." "Çertas —dixo el cavallero su marido—, guarido me avedes e dado conorte al mi grant cuidado que tengo en el mi coraçón guardado muy grant tiempo ha, e nunca quis descobrirle a ome del mundo; e bien creo que así como el fuego encubierto dura más que el descubierto e es más bivo, bien así la poridat[8] que uno sabe dura más e es mejor guardado que si muchos la saben; pero que todo el cuidado es de aquel que

[8] *poridat*: secreto.

la guarda, ca toma grant trabajo entre sí e grandes pesares para la guardar. Onde bien aventurado es aquel que puede aver amigo entero a quien pueda mostrar su coraçón, e que enteramente quiso guardar a su amigo en las poridades e en las otras cosas que ovo de fazer, ca pártese el cuidado entre amos e fallan más aína lo que deven fazer; pero que muchas vegadas son engañados [f. 8] los omes en algunos que cuidan que son sus amigos, e non lo son si non de infinta[9]. E çertas los omes non lo pueden conosçer bien fasta que los proevan, ca bien así como por el fuego se proeva el oro, así por la proeva se conosçe el amigo. Así contesçió en esta proeva de los amigos a un fijo de un ome bueno en tierras de Sarapia, como agora oiredes.[10]

E dize el cuento que este ome bueno era muy rico e avía un fijo que quería muy bien e dávale de lo suyo que despendiese quanto él quería. E castigóle[11] que sobre todas las cosas e costunbres, que apresiese e punase[12] en ganar amigos, ca esta era la mejor ganançia que podría fazer; pero que atales amigos ganase que fuesen enteros e a lo menos que fuesen medios. Ca tres maneras son de amigos: los unos de enfinta, e estos son los que non guardan a su amigo si non de mientra pueden fazer su pro con él; los otros son medios, e estos son los que se paran por el amigo a peligro, que non paresçe más en dubda si era ome; e los otros son enteros, los que veen al ojo la muerte o el grant peligro de su amigo e pónese delante para tomar muerte por él, que su amigo non muera nin resçiba daño. E el fijo le dixo que lo faría así e que trabajaría de ganar amigos quanto él más podiese, e con el algo que le dava el padre conbidava e despendía e dava de lo suyo granadamente, de guisa que non avía ninguno en la çibdat onde él era más aconpañado que él. E a cabo de dies

---

[9] *de infinta* (*de enfinta*): de mentira, falso.
[10] Wagner, "Sources", p. 79, nota 1, cita otras versiones de la prueba de los amigos.
[11] *castigóle*: le aconsejó.
[12] *punase*: pugnase, se esforzase.

años preguntóle el padre quántos amigos avía ganados;
e él le dixo que más de çiento. "Çertas —dixo el padre—,
bien despendieste lo que te dí, si así es; ca en todos los
días de la mi vida non pude ganar más de medio amigo,
e si tú çient amigos as ganado, bien aventurado eres."
"Bien creed, padre señor —dixo el fijo—, que non [f. 8v]
ay ninguno de ellos que se non posiese por mí a todos los
peligros que me acaesçieren." E el padre lo oyó, e calló
e non le dixo más. E después de esto contesçió al fijo que
ovo de pelear e de aver sus palabras muy feas con un
mançebo de la çibdat de mayor logar que él. E aquel fue
buscar al fijo del ome bueno por le fazer mal. El padre
quando lo sopo pesóle de coraçón e mandó a su fijo que
se fuese para una casa fuerte que era fuera de la çibdat
e que se estudiese quedo allá fasta que apagasen esta pelea, e el fijo fízolo así; e desí el padre sacó luego segurança de la otra parte e apaçiguólo muy bien. E otro día
fizo matar un puerco e mesólo[13] e cortóle la cabeça e los
pies e guardólos e metió el puerco en un saco e atólo
muy bien e púsole so el lecho, e enbió por su fijo que se
veniese en la tarde, e quando fue a la tarde llegó el fijo
e acogióle el padre muy bien e díxole de cómo el otro le
avía asegurado, e çenaron. E desque el padre vio la gente
de la çibdat que era aquedada, dixo así: "Fijo, comoquier
que yo te dixe luego que veniste que te avía asegurado
el tu enemigo, dígote que non es así; ca en la mañana,
quando venía de misa, lo fallé aquí en casa dentro tras
la puerta, su espada en la mano, cuidando que eras en
la çibdat, para quando quisieses entrar a casa que te matase; e por la su ventura matélo yo, o cortéle la cabeça e
los pies e los braços e las piernas, e echélo en aquel pozo,
e el cuerpo metílo en un saco e téngolo so el mi lecho,
e non lo oso aquí soterrar por miedo que nos lo sepan,
por que me asemeja que sería bien que lo levases a casa
de algunt tu amigo, si lo has; e que lo soterrases en algunt
logar encubierto." "Çertas, padre señor —dixo el fijo—,

---

[13] *mesólo*: de lat. *messum*, de *metere*: segar, cercenar. (*Dicc.
Acad.*)

mucho me pla [f. 9] ze, e agora veredes qué amigos
he ganado." E tomó el saco a cuestas e fuese para casa
de un su amigo en quien él más fiava. E quando fue a él,
maravillóse el otro porque tan grant noche venía, e preguntóle qué era aquello que traía en aquel saco; e él gelo
contó todo; e rogóle que quisiese que lo soterrasen en un
trascorral que ý avía. E su amigo le respondió que, como
feziera él e su padre la locura, que se parasen a ella e
que saliese fuera de casa, que non quería verse en peligro
por ellos. Eso mesmo le respondieron todos los otros amigos. E tornó para casa de su padre con su saco, e díxole
cómo ninguno de sus amigos non se quisieron aventurar
por él a este peligro. "Fijo —dixo el ome bueno—, mucho me maravillé quando te oí dezir que çient amigos
avías ganados, e seméjame que entre todos los çiento non
fallaste un medio. Mas vete para el mi medio amigo e dile
de mi parte esto que nos contesçió, e que le ruego que nos
lo encubra." E el fijo se fue e levó el saco e ferió a la
puerta del medio amigo de su padre, e ellos fuérongelo
dezir, e mandó que entrase. E quando le vio venir e le
falló con su saco a cuestas, mandó a los otros que saliesen
de la cámara e fincaron solos. El ome bueno le preguntó
qué era lo que quería e qué traía en el saco, e él le contó
lo que le contesçiera a su padre e a él, e rogóle de parte
de su padre que gelo encobriese. E él le respondió que
aquello e más faría por su padre. E tomó un açadón e
fezieron amos a dos una fuesa so el lecho e metieron el
saco con el puerco e cobriéronle muy bien de tierra. E
fuese luego el moço para casa de su padre e díxole de
cómo el su medio amigo le resçebiera muy bien e que luego que le contó el fecho e le respondiera que aquello e
más faría por él; e que feziera una [f. 9v] fuesa so el
lecho e que lo soterraron ý. Estonçes dixo el padre a su
fijo: "¿Qué te semeja de aquel mi medio amigo?" "Çertas —dixo el fijo—, seméjame que este medio amigo vale
más que los mis çiento." "E fijo —dixo el ome bueno—,
en las oras de la cuita se proevan los amigos. E por ende
non deves mucho fiar en todo ome que se demuestra por
amigo fasta que lo proeves en las cosas que te fueren mes-

ter. E pues tan bueno falleste el mi medio amigo, quiero
que ante del alva vayas para él e que le digas que faga
puestas [14] de aquel que tiene soterrado e que faga de ello
cocho [15] e de ello asado, e que cras [16] seremos sus huéspedes yo e tú." "¿Cómo?, padre señor —dixo el fijo—,
¿conbremos [17] el ome?" "Çertas —dixo el padre—, mejor
es el enemigo muerto que bivo, e mejor es cocho e asado
que crudo, e la mejor vengança que el ome puede de él
aver es ésta: comerlo todo, de guisa que non finque de él
rastro ninguno; ca do algo finca del enemigo, ý finca la
mala voluntad." E otro día en la mañana, el fijo del ome
bueno fuese para el medio amigo de su padre. E díxole
de cómo le enbiava rogar su padre que aquel cuerpo que
estava en el saco que le feziese puestas e que le guisasen
todo, cocho e asado, ca su padre e él vernían [18] comer con
él. E el ome bueno quando lo oyó, començóse a reir e
entendió que su amigo quiso provar a su fijo, e díxole
que gelo gradesçía e que veniesen tenprano a comer, que
guisado lo fallarían muy bien, ca la carne del ome era muy
tierna e cozía mucho aína. E el moço se fue para su padre
e dixo la respuesta de su medio amigo, e al padre plogo
mucho porque tan bien le respondiera. E quando entendieron que era ora de yantar, fuéronse padre e fijo para
casa de aquel ome bueno e fallaron las mesas puestas con
mucho pan e mucho vino. E los omes buenos començaron
a [f. 10] comer muy de rezio, como aquellos que sabían
qué tenían delante. E el moço reçelávalo de comer, comoquier que le paresçía bien. E el padre, quando vio que
dudava de comer, díxole que comiera seguramente, que
atal era la carne del ome como la carne del puerco, e que
tal sabor avía. E él començó a comer e sópole bien, e metióse a comer muy de rezio más que los otros, e dixo así:
"Padre señor, vos e vuestro amigo bien me avedes encar-

[14] *puestas*: "Lo mismo que *posta*." "Tajada o pedazo de carne,
pescado u otra cosa." (*Dicc. Acad.*)

[15] *cocho*: cocido.

[16] *cras*: mañana.

[17] *combremos*: comeremos.

[18] *vernían*: vendrían.

niçado en carnes de enemigo; e pues así saben, non puede
escapar el otro mio enemigo que era con éste quando me
dixo la sobervia, que le non mate e que le non coma muy
de grado, ca nunca comí carne que tan bien me sopiese
como ésta." E ellos començaron a pensar sobre esta palabra entre sí, e tovieron que si este moço durase en esta
imaginaçión que sería muy crúo e que lo non podrían
ende partir. Ca las cosas que ome imagina mientra moço
es, mayormente aquellas cosas en que toma sabor, tarde
o nunca se puede de ellas partir. E sobre esto, el padre,
queriéndole sacar de imaginaçión, començóle a dezir:
"Fijo, porque tú me dixiste que tú avías ganado más de
çiento amigos, quise provar si era así. E maté ayer este
puerco que agora comemos e cortéle la cabeça e los pies
e metí el cuerpo en aquel saco que acá troxiste, e quise
que provases tus amigos así como los proveste, e non los
falleste atales como cuidavas; pero que falleste este medio amigo bueno e leal, así como devía ser, porque deves
parar mientes en quáles amigos deves fiar. Cosa muy fea e
muy crúa cosa sería e contra natura querer el ome comer
carne de ome, nin aun con fanbre." "Padre señor —dixo
el moço—, gradesco mucho a Dios porque atan aína me
sacaste de esta [f. 10v] imaginaçión en que estava; ca
si por mis pecados el otro enemigo oviese muerto, o de
él oviese comido, e así me sopiese como esta carne que
comemos, non me fartaría ome que non codiçiase comer.
E por aquesto que me agora dixistes aborresçeré más la
carne del ome." "Çertas —dixo el padre— mucho me
plaze, e quiero que sepas que el enemigo e los otros que
con él se açertaron te han perdonado; e yo perdoné a
ellos por ti, e de aquí adelante guárdate de pelear e non
arrufen [19] así malos amigos. Ca quando te viesen en la
pelea, desanpararte ían, así como viste en estos que pro-
vaste." "Padre señor —dixo el fijo—, non he provado [20]
quál es el amigo de enfinta, así como estos que yo gané,

[19] (te) arrufen (W., 23). Arrufarse: encolerizarse. (Voc. Kalila,
p. 113.)
[20] (ya) he provado (W., 23).

que nunca me guardaron si non de mientra partí con ellos
lo que avía; e quando los avía mester fallesçiéronme, e
he provado quál es el medio amigo. Dezitme si podré
provar e conosçer quál es el amigo entero." "Guárdete
Dios, fijo —dixo el padre—; ca muy fuerte proeva sería,
ca fazía de los amigos de este tienpo; ca esta proeva non
se puede fazer si non quando ome está en peligro çierto
de resçebir la muerte o daño o desonra grande, e pocos
son los que açiertan en tales amigos que se paren por su
amigo a tan grant peligro que quiera tomar la muerte por
él a sabiendas; pero, fijo, oí dezir que en tierras de Çurán
se criaron dos moços en una çibdat e queriánse grant bien,
de guisa que lo que quería el uno eso quería el otro.[21]
Onde dize el sabio que entre los amigos uno deve ser el
querer e uno el non querer en las cosas buenas e onestas.
Pero que el uno de estos dos amigos quiso ir buscar consejo e provar las cosas del mundo, e andido[22] atanto tienpo tierras estrañas fasta que se açertó en una tierra do se
falló bien, e fue ý muy rico e muy poderoso, e el otro
fincó en la villa con su padre e su madre, que eran ricos
e abondados. [f. 11] Quando éstos avían mandado uno
de otro, quando acaesçían algunos que fuesen aquellas
partes, tomavan en[23] plazer. Así que este que fincó en la
villa, después de muerte de su padre e de su madre, llegó
a tan grant pobredat que se non sabía consejar, e fuese
para su amigo. E quando le vio el otro su amigo, tan
pobre e atan desfecho venía, pesóle de coraçón, e preguntóle cómo venía así, e él le dixo que con grant pobredat. "Pardiós, amigo —dixo el otro—, mientra yo bivo
fuere e oviere de que lo conplir, nunca pobre serás; ca,
loado sea Dios, yo he grant algo e so poderoso en esta
tierra; non te fallesçerá ninguna cosa de lo que fuere mester." E tomólo consigo e tóvolo muy viçioso e fue señor

[21] Wagner, "Surces", pp. 79-82. J. B. Avalle-Arce estudia la historia de este cuento desde la *Disciplina clericalis* de Pedro Alfonso.
(*Deslindes cervantinos,* Madrid, 1961, pp. 163 y ss.)
[22] *andido*: anduvo; como *estido*: estuvo; *andudieron*: andu-
vieron.
[23] *en*: en ello.

de la su casa e de lo que avía muy grant tienpo. E perdiólo todo por este amigo, así como agora oiredes.

E dize el cuento que este su amigo fue casado en aquella tierra e que se le muriera la muger e que non dexara fijo ninguno, e que un ome bueno su veçino, de grant lugar e muy rico, que le enbió una fijuela que avía pequeña que la criase en su casa, e quando fuese de hedat que casase con ella. E andando la moça por casa, que se enamoró de ella el su amigo que le sobrevino; pero que non le dixiese que fablase a ninguna cosa a la moça él nin otro por él; ca tenía que non sería amigo verdadero e leal así como devía ser si lo feziese nin tal cosa cometiese. E maguer se trabajase de olvidar esto, non podía; ante cresçía toda vía el cuidado más, de guisa que començó a desecar e a le fallesçer la fuerça con grandes amores que avía de esta moça. E al su amigo pesava mucho de la su flaqueza e enbiava por físicos a todos los lugares que sabía que los avía buenos, e dávales grant algo por que le guaresçiesen. E por quanta [f. 11v] física en ellos avía, non podían saber de qué avía aquella enfermedat, así que llegó a tan grant flaqueza, que ovo a demandar clérigo con que confesase; e enbiaron por un capellán e confesóse con él e díxole aquel pecado en que estava por que le venía aquella malatía de que cuidava murir. E el capellán se fue para el señor de casa e díxole que quería fablar con él en confesión, e que le toviese poridat; e él prometióle que lo que le dixiese que lo guardaría muy bien. "Dígovos —dixo el capellán— que este vuestro amigo muere con amores de aquesta vuestra criada con quien vos avedes a casar; pero que me defendió que lo non dixiese a ninguno, e que le dexase así murir." E el señor de la casa, desque lo oyó, fizo como quien no dava nada por ello; e después que se fue el capellán, vínose para su amigo e díxole que se conortase, que de oro e de plata atanto le daría quanto él quisiese; e con grant mengua de coraçón non se quisiese así dexar murir. "Çertas, amigo —dixo el otro—, mal pecado, non ay oro nin plata que me pueda pro tener, e dexatme conplir el curso de mi vida, ca mucho me tengo por ome de buena ven-

tura, pues en vuestro poder muero." "Çertas non morredes —dixo el su amigo—, ca pues yo sé la vuestra enfermedat quál es, yo vos guaresçeré de ella, ca sé que vuestro mal es de amor que avedes a esta moça que yo aquí
tengo para me casar con ella, e pues de hedat es, e vuestra ventura quiere que la devedes aver, quiérola yo casar
conbusco, e dar vos he muy grant aver; et levatla para
vuestra tierra e pararme he a lo que Dios quisiere con
sos parientes." E el su amigo quando oyó esto, perdió la
fabla e el oir e el ver, con gran pesar que ovo, porque
cayó el su amigo en el pensamiento suyo; de guisa que
[f. 12] cuidó su amigo que era muerto. E salió llorando
e dando vozes; e dixo a la su gente: "Idvos para aquella
cámara do está este mi amigo, ca, mala la mi ventura,
muerto es e non le puedo acorrer." La gente se fue para
la cámara e fallánronlo como muerto, e estando llorán-
dole enderredor de él, oyó la moça llorar, que estava entre los otros, e abrió los ojos, e desí callaron todos e fueron para su señor, que fallaron muy cuitado llorando; e
dixéronle de cómo abriera los ojos su amigo; e fuese
luego para allá e mandó que la moça e su ama pensasen
de él, e non otro ninguno. Así que a poco de tiempo fue
guarido. Pero que quando venía su amigo non alçava los
ojos él, con grant vergüenza que de él avía. E luego el
su amigo llamó a la moça su criada e díxole de cómo
aquel su amigo le quería muy grant bien; e ella, con poco
entendimiento, le respondió que eso mesmo fazía ella a él;
mas que non lo osava dezir que era sí, ca çiertamente
grant bien quería ella a él. "Pues así es —dixo él—,
quiero que casedes con él, ca de mejor logar es que yo,
comoquier que seamos de una tierra; e dar vos he grant
aver que levedes con que seades bien andante." "Como
quisierdes" —dixo ella—. E otro día en la grant mañaña
enbió por el capellán con quien se confesara su amigo;
casólos e dióles grant aver, e enbiólos luego a su tierra.

E desque los parientes de la moça lo sopieron, toviéronse por desonrados. E enbiáronle a desafiar, e corrieron con él muy gran tienpo, de guisa que, comoquier que
rico e poderoso era, con las grandes guerras que le fazían

de cada día, llegó a tan grant pobredat en manera que
non podía mantener la su persona sola. E pensó entre sí
a lo que faría e non falló otra carrera si non que se fuese
para aquel su amigo a quien él acorriera. [f. 12v] E fuese
para allá con poco de aver que le fincara, pero que le
duró poco tienpo, que era muy luengo el camino; e fincó
de pie e muy pobre.

E acaesçióle que ovo de venir de noche a casa de un
ome bueno de una villa a quien dezían "Dios-lo-una",
çerca de aquel lugar do quiso Abrahan sacrificar a su
fijo, e demandó que le diese de comer alguna cosa por
mesura; e dixiéronlo a su señor cómo demandava de comer aquel ome bueno. E el señor de la casa era mucho
escaso e dixo que lo enbiase conprar; e dixiéronle que
dezía el ome bueno que non tenía de qué; e aquello poco
que le dio diógelo de malamente e tarde, así que non
quisiera aver pasado las vergüenças que pasó por ello;
e fincó muy quebrantado e muy triste, de guisa que non
ovo ome en casa que non ovo muy grant piedat de él.

E por ende dize la escriptura que tres naturas son de
omes de quien deve ome aver piedat, e son éstas: el pobre que ha a demandar al rico escaso; e del sabio que se
ha de guiar por el torpe; e del cuerdo que ha de bevir en
tierra sin justiçia. Ca estos son tristes e cuitados porque
se non cunple en aquellos que devía, e segunt aquello que
Dios puso en ellos.

E quando llegó a aquella çibdat do estava su amigo, era
ý ya de noche e estavan çerradas las puertas, así que non
pudo entrar. E como venía cansado e lazrado de fanbre,
metióse en una hermita que falló ý cerca de la çibdat sin
puertas. E echóse tras el altar e adormióse otro día en
la mañaña, como ome cuitado e cansado. E en esta noche, alboragueçiendo, [24] dos omes de esa çibdat ovieron
sus palabras e denostáronse, e metiéronse otros en medio
e despartiéronles. El uno de ellos pensó esa noche de ir

---

[24] *alboragueçiendo*: la palabra no está muy clara en el *Ms.*, y
W., 28, se decide por (*alboroçando*). Creo que mi lectura es correcta, y estamos ante una curiosa variante de "alborear".

matar [f. 13] el otro en la mañaña, ca sabía que cada[25] iva a matines; e fuelo esperar tras la su puerta, e en saliendo el otro de su casa metió mano a la su espada e dióle un golpe en la cabeça e matólo, e fuese para su posada, ca non lo vio ninguno cuando le mató. E en la mañaña fallaron el ome muerto a la su puerta. El ruido fue muy grande por la çibdat, de guisa que la justiçia con grant gente andava buscando el matador. E fueron a las puertas de la villa e eran todas çerradas, salvo aquella que era en derecho de la hermita do yazía aquel cuitado e lazrado, que fueron abiertas ante del alva por unos mandaderos que enbiava el conçejo a grant priesa al enperador. E cuidaron que el matador e que era salido por aquella puerta, e andudieron buscando e non fallaron rastro de él. E en queriéndose tornar, entraron de ellos aquella hermita e fallaron aquel mesquino dormiendo, su estoque çinto, e començaron a dar bozes e dezir: "¡He aquí el traidor que mató el ome bueno!" E presiéronle e leváronle ante los alcaldes. E los alcalles preguntáronle si matara él aquel ome bueno; e él, con el dessesperamiento, cobdiçiando más la muerte que durar en aquella vida que bevía, dixo que sí; e preguntáronle que por quál razón. Dixo que sabor que oviera de lo matar. E sobre esto los alcalles ovieron su acuerdo e mandávanle matar, pues de conosçido[26] venía.

E ellos estando en esto, el su amigo a quien él casara con la su criada, que estava entre los otros, conosçiólo; e pensó en su coraçón que, pues aquel su amigo lo guardara de muerte e le avía fecho tanta merçed como él sabía, que quería ante murir que el su amigo moriese, e dixo a los alcalles: "Señores, este ome que mandades matar non ha culpa en muerte de aquel ome bueno, ca yo lo maté."

E mandáronle prender, e porque amos a dos venían de conosçido que le mataran, mandávanlos matar a amos a

<hr>

[25] cada (mañana) (W., 28).
[26] conosçer, aquí y más adelante, quiere decir "confesar el crimen".

dos. E el que mató al ome bueno estava a la su puerta
[f. 13v] entre los otros parando mientes a los otros qué
dezían e fazían, e quando vio que aquellos dos mandavan
matar por lo que él feziera, non aviendo los otros ninguna culpa en aquella muerte, pensó en su coraçón, dixo
así: "Cativo errado, ¿con quáles ojos paresçeré ante mio
señor Dios el día del Juizio, e cómo lo podré catar? Çertas
no sin vergüença e sin grant miedo, e en cabo resçibrá mi
alma pena en los Infiernos por estas almas que dexo pe-
resçer, e non aviendo culpa en muerte de aquel ome bueno
que yo maté por mi grant locura. E por ende tengo que
mejor sería en confesar mi pecado e repentirme e poner
este mi cuerpo a murir por emienda de lo que fis, que
non dexe estos omes matar."

E fue luego para los alcalles e dixo: "Señores, estos
omes que mandades matar non han culpa en la muerte
de aquel ome bueno, ca yo so aquel ome que le maté por
la mi desaventura; e porque creades que es así, preguntad
a tales omes buenos e ellos vos dirán de cómo anoche
tarde avíamos nuestras palabras muy feas yo e él, e ellos
nos despartaron; mas el diablo, que se trabaja sienpre de
mal fazer, metióme en coraçón en esta noche que le fuese
matar, e fislo así. E enbiat a mi casa e fallarán que del
golpe que le di quebró un pedaço de la mi espada, e non
sé si fincó en la cabeça del muerto."

E los alcaldes enbiaron luego a su casa e fallaron el
pedaço de la espada del golpe. E sobre esto fablaron mucho e tovieron que estas cosas que así acaesçieron por se
saber la verdat del fecho, que fueron por miraglo de Dios,
e acordaron que guardasen estos presos fasta que veniese
el enperador, que avié ý de ser a quinze días; e feziéronlo así. E quando el enperador llegó, contáronle todo
este fecho e él mandó que le traxiesen al primer preso. E
quando llegó ante él dixo: "Di, ome cativo, ¿qué coraçón
te movió a conosçer la muerte de aquel ome [f. 14] bueno, pues en culpa non eras?" "Señor —dixo el preso—,
yo vos lo diré: yo so natural de aquí e fue buscar consejo
a tales tierras e fui muy rico e muy poderoso; e desí llegué a tan grant pobredat que me non sabía aconsejar, e

venía a este mi amigo que conosçíe la muerte del ome
bueno después que yo lo conosçí, que me mantoviese a su
limosna; e quando llegué a esta villa, fallé las puertas
çerradas e óveme de echar a dormir tras el altar de una
hermita que es fuera de la villa, e en dormiéndome, en
la mañana oí grant ruido e que dezían: "éste es el traidor
que mató el ome bueno." E yo como estava desesperado
e me enojava yo de bevir en este mundo, ca más codiçiava
ya la muerte que la vida, e dixe que lo yo avía muerto."

E el enperador mandó que levasen aquel e troxiesen al
segundo. E quando llegó ante él, díxole el enperador: "Di,
ome sin entendimiento, ¿qué fue la razón por que conos-
çiste la muerte de aquel ome bueno, pues non fueste en
ella?" "Señor —dixo él—, yo vos lo diré: este preso que
se agora partió delante la vuestra merçed es mi amigo e
fuemos criados en uno." E contólo todo quanto avía pasado con él e cómo lo escapara de la muerte e la merçed
que le feziera quando le dio la criada suya por muger.
"E señor, agora veyendo que lo querían matar, quiso yo
ante murir e aventurarme a la muerte que non que la
tomase él."

E el enperador enbió éste e mandó traer el otro e díxole: "Di, ome errado e desaventurado, pues otros te es-
cusavan, ¿por qué te ponías a la muerte podiéndola escusar?" "Señor —dixo el preso—, nin se escusa bien nin es
de buen entendimiento nin de buen recabdo el que dexa
perder lo más por lo de menos; ca en querer yo escusar
el martirio de la carne por miedo de muerte, e dexar perder el alma, conosçido sería del diablo e non de Dios."
E contóle todo su fecho e el pensamiento que pensó por
que non se [f. 14v] perdiesen estos omes que non eran
en culpa, e que non perdiese él su alma.

El enperador quando lo oyó, plógole de coraçón e mandó que non matasen ninguno de ellos, comoquier que meresçía muerte este postrimero. Mas pues Dios quiso su
miraglo fazer en traer este fecho a ser sabida la verdat, e
el matador lo conosçió podiéndolo escusar, el enperador
le perdonó e mandó que feziese emienda a sus parientes;
e él fízogelo qual ellos quisieron. E estos tres omes fue-

ron muy ricos e muy buenos e muy poderosos en el señorío del enperador e amávanlos todos e preçiávanlos por
quanto bien fezieron, e sedieron por buenos amigos.

"E mi fijo —dixo el padre—, agora puedes entender
quál es la proeva del amigo entero, e quánto bien fizo el
que mató el ome bueno, que lo conosçió por non levar
las almas de los otros sobre la suya. Puedes entender que
ay tres maneras de amigos: ca la una es que quiere ser
amigo del cuerpo, e la otra es el que quiere ser amigo del
cuerpo,[27] e la otra es el que quiere ser amigo del cuerpo
e del alma, así como este preso postrimero, que fue amigo
de su alma e de su cuerpo, dando buen enxienplo de sí
e non queriendo que su alma fuese perdida por escusar
el martirio del cuerpo."

Todas estas cosas de estos enxienplos contó el cavallero Zifar a la su buena dueña por la traer a saber bien
guardar su amigo e las sus poridades, e díxole así: "Amiga señora, comoquier que digan algunos que las mugeres
non guardan bien poridat, tengo que fallesçe esta regla
en algunas; ca Dios non fizo los omes iguales nin de un
seso nin de un entendimiento, mas departidos tan bien
varones como mugeres. E porque yo sé quál es el vuestro
seso e quán guardada fuestes en todas cosas del día en
que fuemos[28] [f. 15] fasta el día de oy, e quán mandada
e obediente me fustes, quiérovos dezir la mi poridat, la
que nunca dixe a cosa del mundo, mas sienpre la tove
guardada en el mi coraçón como aquella cosa que me ternían los omes a grant locura si la diese nin la pensase
para ir adelante con ella. Ca puso en mí por la su merçed
algunas cosas señaladas de cavallería que non puso en
cavallero de este tienpo, e creo que el que estas merçedes
me fizo me puso en el coraçón de andar en esta demanda

[27] *ca la vna es (el) que quiere ser amigo del cuerpo (e non del
alma), e la otra es el que quiere ser amigo del (alma e non del)
cuerpo* (W., 32).
[28] *fuemos (en vno)* (W., 32).

que vos agora diré en confesión. E si yo en esta demanda
non fuese adelante, tengo que menguaría en los bienes
que Dios en mí puso. Amiga señora —dixo el cavallero
Zifar—, yo, seyendo moço pequeño en casa de mi avuelo,
oí dezir que oyera a su padre que venía de linge de reyes,
e yo, como atrevido, pregunté que cómo se perdiera aquel
linage, que fuera despuesto e que feziera rey a un cavallero sinple pero que era muy buen ome e de buen seso
natural e amador de la justiçia e conplido de todas buenas costunbres. "¿E cómo, amigo? —dixo él—, ¿por qué
tan ligera cosa tienes que es fazer e desfazer rey? Çertas,
con grant fuerça de maldat se desfaze e con grant fuerça
de bondat e de buenas costunbres se faze; e esta maldat
o esta bondat viene tan bien de parte de aquel que es o
á de ser rey, como de aquellos que la desfazen o lo fazen."
"E si nos de tan grant logar venimos —dixe—, ¿cómo
fincamos pobres?" Respondió mi avuelo; dixo que por
maldat de aquel rey onde desçendimos, "ca por la su maldat nos abaxaron así como tú vees; e çertas non he esperança —dixo mi avuelo— que vuestro linage e nuestro
cobre fasta que otro venga de nos que sea contrario de
aquel rey e faga bondat e aya buenas costunbres; e el rey
que fuere ese tienpo que sea malo e lo ayan a desponer
por su maldat; e éste fagan rey por su bondat; e puede
esto [f. 15v] ser con la merçed de Dios." "¿E si yo fuese
de buenas costunbres —dixe yo—, podría llegar a tan
alto logar?" E él me respondió reyéndose mucho, e me
dixo así: "Amigo pequeño de días e de buen entendimiento, dígote que sí, si bien te esforçares a ello e non te eno-
jares de fazer bien; ca por bien fazer, bien puede ome
subir a alto lugar." E deziendo, tomando grant plazer en
su coraçón, santigó a sí e a mí e dexóse luego murir, reyéndose ante aquellos que ý eran. E maravilláronse todos
de la muerte de aquel mi avuelo, que así contesçiera. E
estas palabras que mi avuelo me dixo, de guisa se fincaron
en mi coraçón, que propuse estonçe de ir por esta demanda adelante; pero que me quiero partir de este propósito,
non puedo, ca en dormiendo se me viene emiente, e en
velando eso mesmo. E si Dios faze alguna merçed en fecho

de armas, cuido que me lo faze porque se me venga
emientes la palabra de mi avuelo. Más, señora —dixo el
cavallero—, yo veo que venimos aquí a grant desonra de
nos e en grant pobredat, e si lo por bien toviésedes, creo
que sería bien de nos ir para otro reino do non nos conosçiesen, e quiçabe mudaremos ventura. Ca dize el bier-
bo antigo: "quien se muda Dios le ayuda." E esto dizen
aquellos que non seen bien, así como nos por la nuestra
desaventura; ca el que bien see, non non ha por qué se
lieve; ca mudándose a menudo pierde lo que ha. E por
ende dizen que "piedra movediza non cubre moho." E
pues nos seamos non bien, mal pecado, nin a nuestra
onra, nin el proberbio de "quien bien sea non lieve" [29]
non es por nos, tengo que mejor sería en mudarnos que
fincar."

"Amigo señor —dixo la dueña—, dezides bien. Gradéscavos Dios la merçed grande de que me avedes fecho
en querer que yo sopiese vuestra poridat e de [f. 16] tan
grant fecho; e çertas, quiero que sepades que tan aína
como contastes estas palabras que vos dixiera vuestro
avuelo, si es cordura o locura, tan aína me sobieron en
coraçón e creo que han de ser verdaderas. E todo es en
poder de Dios, del rico fazer pobre e del pobre rico, e
moved quando quisiérdes, en el nombre de Dios, e lo
que avedes a favor fazetlo aína; ca a las vegadas la tardança en el buen propósito enpesçe." "¿E cómo? —dixo
el cavallero—, ¿atan aína vos vino a coraçón que podría
ser verdat lo que mio avuelo me dixo?" "Atan aína —dixo
ella—; e quien agora me catase el coraçón, fallarlo ía muy
mondo por esta razón, e non se semeja que estó en mi
acuerdo." "E çertas —dixo el cavallero—, así contesçió
a mí quando mi avuelo lo oí contar. E por ende non nos
conviene de fincar en esta tierra, siquier que los omes
non nos cayan en esta locura."

[29] "Quien bien se siede non se lieve." (*Lucanor*, p. 77; véase
nota en esa edición.) *Seer*: del lat. *sedere*: estar sentado. *Lieve*:
levante.

E este cavallero Zifar, segunt se falla por las estorias antiguas, fue del linage del rey Tared, que se perdió por sus malas costunbres, pero que otros reys de su linage de éste ovo ý ante muy buenos e bien acostunbrados; mas la raís de los reyes de los linages se derraiga e se abaxa por dos cosas: lo uno por malas costunbres, e lo otro por grant pobredat. E así, el rey Tared, comoquier que el rey su padre le dexara muy rico e muy poderoso, por sus malas costunbres llegó a pobredat e óvose de perder, así como lo ya contó el avuelo del cavallero Zifar segunt oyestes; de guisa que los de su linage nunca podieron cobrar aquel logar que el rey Tared perdió.

E este regño es en la India primera, que poblaron los gentiles, así como agora oiredes.

E dizen las estorias antiguas que tres Indias son: la una comarca con la otra de los negros; e de esta India fue el caballero Zifar, onde fue el rey Tared, que fue ende rey. E fállase por las estorias antiguas que [f. 16v] Ninbos el valiente, visnieto de Noé, fue el primero rey del mundo. E llámanle los christianos Ninno. E es libro fue fecho en la çibdat de Babilonia la desierta con grant estudio. E començó a labrar una torre, contra voluntad de Dios e contra mandamiento de Noé, que sobiese fasta las nuves; e posieron nonbre a la torre Magdar. E veyendo Dios que contra su voluntad la fazían, non quiso que se acabase nin quiso que fuesen de una lengua porque se non entendiesen nin la podiesen acabar. E partiólos en setenta lenguajes: e los treinta e seis en el linage de Sen, e los dizeseis en el linage de Can, fijo de Noé, e los dizeocho en el linage de Jafet. E este linage de Can, fijo de Noé, ovo la mayor partida de estos lenguajes por la maldición que le dio su padre en el tenporal, que le erró en dos maneras: lo primero, que yogo [30] con su muger en el arca, onde ovo un fijo a que dixieron Cus, cuyo fijo fue este rey Ninbrot. E maldixo estonçe Can en los bienes tenporales; e otrosí dizen los judios que fue maldicho

[30] *yogo*: pret. de *yacer*.

Can porque yogo con la cabdiella [31] estando en el arca. E
la maldiçión fue ésta: quantas yoguiese con la cabdiella
que fincasen lisiados. Pero los christianos dezimos non es
verdat, ca de natura lo han los canes desque formó Dios
el mundo e todas las otras cosas acá. E el otro yerro que
fizo Can fue quando su padre se enbeodó e lo descobrió,
faziendo escarnio de él. E por ende este rey Ninbrot, que
fue su nieto, fue malo contra Dios e quiso semejar a la
raís de su avuelo Can onde veniera. E Asur, el segundo
fijo de Sen, con todo su linage, veyendo que el rey Nin-
bot que fazía obras a deserviçio de Dios, non quiso ý morar e fue poblar a Nínive, una grant çibdat que avía andadura de tres días, e la qual quiso Dios que fuese des-
troída por la maldat de ellos. E destroyóla Nabucodonosor
e una conpaña de gentiles que amavan el saber [f. 17]
e las çiençias. E allegávanse toda vía a estudiar en uno
e apartáronse ribera de un río que es allende de Babilonia e ovieron su consejo de pasar aquel río e poblar allende e bevir todos en uno. E segunt dizen los sabios antiguos, que quando puso nonbre Noé a las mares e a los
ríos, puso nonbre a aquel río Indias, e por el nonbre que
le posieron, a aquellos que fincaron poblar allende, de
Indios. E posieron nonbre a la provinçia de este pueblo
India por el nonbre de los pobladores.

E después que fueron asosegados, punaron de estudiar
e de aprender e de çertificar. On dixo Abuit, un sabio de
las Indias antiguas, que fueron los primeros sabios que
çertificaron el sol e las planetas después del diluvio. E por
bevir en pas e aver por quien segurasen, exlieron [32] e alçaron rey sobre sí un sabio a quien dizen Albarheme el Mayor, ca avía ý otro sabio que le dezían así. E este fue el
primero que ovieron las Indias, que fizo el espera [33] e las
figuras de los signos e de las planetas. E los gentiles de
India fueron grant pueblo, e todos los reys del mundo e

[31] (cadiella) (W., 37): perra. Cadillo: cachorro. (Dicc. Acad.)
Juego de palabras: era natural que Can se acostase con la perra.
[32] exlieron: eligieron.
[33] espera: esfera.

todos los sabios los conosçieron mejoría en el seso e en
nobleza e en saber.

E dizen los reys de Can que los reys del mundo son
çinco, e todos los otros andan en su rastro de ellos; e son
éstos: los reys de Can e los reys de India e los reys de
los turcos e los reys persianos e los reys christianos. E
dizen que el rey de Çin es rey de los omes porque los
omes de Çin son más obedientes e mejor mandados que
otros omes a sus reyes e a sus señores. Al rey de India
dízenle el rey de los leones, porque son muy fuertes omes
e mucho esforçados e muy atrevidos en sus lides. Al rey
de los persianos dizen el rey de los reys, porque fueron
sienpre muy grandes e de muy grant guisa e de grant poder; ca con [f. 17v] su poder e su saber e su seso poblaron la meytad del mundo e non gelo pudo ninguno con-
tradezir, maguer non eran de su partiçión nin de su derecho. E el rey de los christianos dízenle el rey de los
barraganes, [34] muy esforçados e más aprersonados e más
apuestos en su cavalgar que otros omes.

Çiertamente, de antigüedat fue India fuente e manera
de çiençia, e fueron omes de grant mesura e de buen
seso, maguer que son loros, [35] que tiran quanto a los negros quanto en la color, porque con ellos Dios nos guarde
de las maneras de ellos e de su torpedat; e dióles mesura
e bondat en manera e en seso más que a muchos blancos.
E algunos de los estrólagos [36] dizen que las Indias ovieron estas bondades porque la provinçia de India a ý por
natural partiçión Saturno e Mercurio mesclado con Saturno. E sus reys fueron sienpre de buenas costunbres e
estudiaron toda vía en dinidat. E por eso son omes de
buena fe e de buena creençia e creen todos en Dios muy
bien, fuera ende pocos de ellos, que han la creençia de
Sabaa, que adoran las planetas e las estrellas. E esto todo

---

[34] *barraganes*: esforzados, valientes. (*Dicc. Acad.*)
[35] *loros*: "De color amulatado o de un moreno que tira a negro." (Del lat. *laurus*, laurel, por el color obscuro de sus hojas y
fruto.") (*Dicc. Acad.*)
[36] *estrólagos*: astrólogos.

de las Indias, que fue leído e fue puesto en esta estoria
porque se non falla en escriptura ninguna que otro rey
oviese en la India mal acostunbrado, si non el rey Tared,
onde vino el cavallero Zifar; comoquier que este cavallero fue bien acostunbrado en todas cosas e ganó muy
grant pres e grant onra por costunbres e por cavallería,
así como adelante oiredes en la estoria. [37]

Dize el cuento que el cavallero Zifar e la buena dueña
su muger vendieron aquello poco que avían e conpraron
dos palafrés en que fuesen; e unas casas que avían fezieron de ellas un ospital e dexaron toda su ropa en que yo-
guiesen los pobres, e fuéronse. E levava en el caballo en
pos de sí el un fijuelo e la dueña el otro. E andudieron
en dies días, que salieron del regño onde eran naturales,
e entraron en el onzeno; en la mañaña, aviendo caval-
gado para andar su camino, muriósele el ca [f. 18v] vallo,
de que resçebió la dueña muy grant pesar, e dexóse caer
en tierra llorando de los ojos e deziéndole así: "Amigo
señor, non tomedes cuidado grande, ca Dios vos ayudará,
e sobit en este palafré e levaredes estos dos fijuelos conbusco, ca bien podré yo andar la jornada, con la merçed
de Dios." "Pardiós, señora —dixo el cavallero—, non
puede ser, ca sería cosa desaguisada e muy sin razón ir
yo de cavallo e vos de pie, ca segunt natura e razón mejor
puede el varón sofrir el afán del camino que non la muger; e por ende tengo por bien que subades en vuestro
palafré e tomedes vuestros fijuelos el uno delante e el otro
de pro." [38] E fízolo así e andudieron su jornada ese día.
E otro día fueron fazer su oración a la eglesia e oyeron
misa, que así lo fazían cada día ante que cavalgasen. E
después que ovieron oído misa, tomaron su camino, que
iva a una villa que dezían Galapia, do estava una dueña
biuda que avía nonbre Grima, cuya era aquella villa, ca
avía guerra con un grant ome su vezino de mayor poder

[37] Véase más información sobre geografía y etnografía en páginas 373 y ss.
[38] (pos) (W., 40).

que ella; e era señor de las tierras de Efeso, que es muy
grant tierra e muy rica; e él avía nonbre Rodán. E quando
llegaron aquella villa, fallaron las puertas çerradas e bien
guardadas con reçelo de sus enemigos. E demandaron la
entrada e el portero les dixo que iría ante preguntarlo a
la señora de la villa, e el cavallero e la dueña, estando a
la puerta esperando la repuesta de la villa, ahévos [39] aquí
un cavallero armado do venía contra la villa en su cavallo
armado; e llegóse a ellos e dixo así: "Dueña, ¿qué fa [f.
19] zedes aquí vos e este ome que es aquí conbusco? Partidvos ende e idvos vuestra vía e non entredes a la villa; ca
non quiere mio señor, que ha guerra con la señora de la villa de este lugar, que entre ninguno allá, mayormente de
cavallo." E el cavallero Zifar le dixo: "Cavallero, nos somos de tierra estraña e acaesçimos por nuestra ventura en
este lugar, e venimos muy cansados e es muy tarde, ora
de bísperas, e non abremos otro lugar poblado do fuésemos albergar. Plégavos que finquemos aquí esta noche,
si nos acogieren; e luego, cras en la mañaña, nos iremos
do nos Dios guiare." "Çertas —dixo el cavallero—, non
fincaredes aquí, ca yo non he que ver en vuestro cansançio, mas partidvos ende, si non mataré a vos e levaré
a la vuestra dueña e farré de ella a mi talante." E quando
el cavallero oyó estas palabras atan fuertes, pesóle de coraçón, e díxole: "Çertas, si vos cavallero sodes, non faredes
mal a otro fidalgo, así non desafiar, mayormente non vos
faziendo tuerto." "¿Cómo? —dixo el otro—, ¿cuidades
escapar por cavallero, seyendo rapas de esta dueña? Si
cavallero sodes, sobit en ese cavallo de esa dueña e defen-
detla." Quando esto oyó el cavallero Zifar, plógole de
coraçón, porque atamaño vagar le dava de cavalgar; e
subió en el palafré de que la dueña desçendiera. E un
velador que estava en la torre sobre la puerta, doliéndose
del cavallero e de la dueña, echóle una lança que tenía
muy buena, e díxole: "Amigo, tomad esta lança e ayúdevos Dios." E el cavallero Zifar tomó la lança, ca él traía
su espada [f. 19v] muy buena, e dixo al otro cavallero,

[39] *ahévos*: ved. Afévos. (*Cid.*, 262, etc.)

que estava muy irado: "Ruégovos por amor de Dios que
nos dexemos en pas e que querades que folguemos aquí
esta noche. E fágovos pleito e omenage que nos vayamos
cras si Dios quisiere." "Çertas —dixo el cavallero— ir
vos conviene, e defendetvos." E el cavallero Zifar dixo:
"Defiéndanos Dios que puede." "¿Pues de tan vagar está
Dios —dixo el otro— non ha que fazer sinon de nos venir a defender?" "Çertas —dixo el cavallero Zifar—, a
Dios non es ninguna cosa grave e sienpre ha vagar para
bien fazer, e aquel es ayudado e acorrido e defendido
aquel a quien quiere él ayudar e acorrer e defender." E
dixo el cavallero: "Por palabras me queredes detener." E
fincó las espuelas al cavallo e dexóse venir para él, e el cavallero Zifar para el otro. E tal fue la ventura del cavallero
armado que erró de la lança al cavallero Zifar, e él fue
ferido muy mal, de guisa que cayó en tierra muerto. E el
cavallero Zifar fue tomar el cavallo del muerto por la
rienda e tráxolo de la rienda a la dueña, que estava cuitada, pero rogando a Dios que guardase a su marido de
mal. E ellos estando en esto, ahévos el portero e un cavallero do venían, a quien mandava la señora de la villa
que tomasen omenage del cavallero que non veniese ningunt mal por ellos a la villa, e que los acogiesen. E el
portero abrió la puerta e el cavallero con él, e dixo al
cavallero Zifar: "Amigo, ¿queredes entrar?" "Queremos
—dixo el cavallero Zifar—, si a vos ploguiese." E el
cavallero le dixo: "Amigo, ¿sodes fidalgo?" "Çertas, sí
so" —dixo el cavallero Zifar. "¿E sodes cavallero?" "Sí
—dixo [f. 20] él—. "¿E aquellos dos moços e esta dueña,
¿quién es" "Mi muger —dixo él—, e aquellos dos moços
son nuestros fijuelos." "¿Pues fazédesme omenage —dixo
el otro— así como sodes fidalgo, que por vos nin por
vuestro consejo non venga mal ninguno a esta villa nin
a ninguno de los que ý moran?"[40] "Non —dixo el cavallero—, mas para en todo tienpo." E el cavallero Zifar
le dixo que lo non faría, ca non sabía qué le avía de

---

[40] Continúa: (*Sy fago, dixo el cauallero, demientra y morare*)
(W., 44).

acaesçer con alguno de la villa en algunt tienpo. "Çertas, pues non entraredes acá —dixo el cavallero—, si este omenage non me fazedes." E ellos estando en esta porfía, dixo el velador que estava en la torre, el que le diera la lança al cavallero Zifar: "Entradvos en bien, ca çient cavalleros salen de aquel monte e vienen quanto pueden de aquí allá." E sobre esto estando, dixo el cavallero de la villa: "Amigo, ¿queredes fazer este omenage que vos demando?; e si non, entraré e çerraré la puerta." E estonçe el cavallero Zifar dixo que fazía el omenage de guardar la villa e los que ý eran, si non le feziesen por que non lo deviese guardar. "Amigo —dixo el cavallero—, aquí non vos farán si non todo plazer." "E yo vos fago el omenage —dixo el cavallero— como vos demandades, si así fuere." E así acogieron a él e a la dueña e a sus fijos e çerraron la puerta de la villa.

E en cabalgando e queriéndose ir a la posada, llegaron los cient cavalleros e demandaron al velador: "Di, amigo, ¿entró acá un cavallero armado?" "¿E quién sodes vos —dixo el velador— que lo demandades?" "Çertas —dixo el uno de ellos—, conosçer nos devíedes, que muchas malas sonochadas e malas matinadas avedes de nos resçebidas en este logar." "Verdat es —dixo el velador—, mas çierto so que a mal iredes de aquí esta vegada." "Villano traidor —dixo el cavallero—, ¿cómo podría ser eso? ¿es preso el cavallero que acá vino, por quien nos demandamos?" "Çertas non es preso —dixo el velador— mas es muerto, e catadlo do yaze [f. 20v] en ese barranco, e fallarlo hedes muerto." "¿E quién lo mató?" —dixo el cavallero—. "Su sobervia" —dixo el velador—. "¿Pero quién?" —dixo el cavallero—. "Çertas —dixo el velador—, un cavallero viyandante que agora llegó aquí con su muger." Los cavalleros fueron al barranco e falláronlo muerto. E el cavallero muerto era sobrino de aquel que avía guerra con la señora de la villa, e començaron a fazer el mayor duelo que podría ser fecho por ningunt ome. E tomaron el cavallero muerto e fueron faziendo muy grant duelo.

E la señora de la villa, quando oyó este ruido e tan grant llanto que fazían, maravillóse qué podría ser, e andava demandando que la dixiesen que qué era. E en esto entró el cavallero que avía enbiado que resçebiese el omenaje de aquel que lo vio, ca luego que oyó el ruido sobió a los andamios con la otra gente que allá sobía para se defender. E contóle cómo este cavallero que entrara en la villa avía muerto aquel sobrino de su enemigo, el cavallero más atrevido que él avía e el más sobervio, el que mayor daño avía fecho aquella villa, por quien se levantara aquella guerra entre su tio e la señora de la villa, porque non quería casar con este sobrino de aquel grant señor. La señora de aquella villa quando lo oyó, plógole de coraçón e tovo que Dios aduxiera[41] a aquel cavallero estraño a aquel logar por afinamiento de la su guerra. E mandó a ese su cavallero que le feziese dar muy buena posada e que le feziese mucha onra, e el cavallero fízolo así.

E otro día en la mañana, después de las misas, el cavallero Zifar e su muger, queriendo cavalgar para se ir, llegó mandado de la señora de la villa que se fuese para allá e que quería fablar con ellos. E el cavallero Zifar pesól porque se avían a detener, que perdían su jornada; pero fuéronse allá para la señora de la villa. E ella preguntó en quál [f. 21] manera eran allí venidos. E el cavallero le dixo que eran salidos de su tierra, non por malefiçios que oviesen fechos, mas con grant pobredat en que cayeran, e que avían vergüença de bevir entre sus parientes; e que por eso salieron de su tierra a buscar vida en otro logar do los non conosçiesen. E la señora de la villa pagóse del buen razonar e del buen seso e del buen sosiego del buen cavallero e de la dueña, e dixo: "Cavallero, si vos con esta vuestra dueña quisierdes aquí morar, darvos ía yo un fijo pequeño que criedes, e fazervos ía estos vuestros fijos con el mío." "Señora —dixo el cavallero—, non me semeja que lo podiese fazer e non querría cosa començar a que non podiese dar cabo." E la

---

[41] *aduxiera*: trajera.

señora de la villa le dixo: "Esperad aquí oy, e cras pensat en ello más, e responderme hedes." E el cavallero Zifar pesóle mucho, pero óvogelo de otorgar.

E estos dos días resçebieron mucha onra e mucho plazer de la señora de la villa e de todos los cavalleros, e los omes buenos venían ver e a solazar con el cavallero Zifar, e todas las dueñas con su muger, e fazíanles sus presentes muy granadamente. E tan grant alegría e tan grant conorte tomavan con aquel cavallero, que les semejava que de toda la guerra e de toda la premia en que estavan eran ya librados, con el andança buena que Dios diera aquel cavallero en matar aquel sobrino de aquel grant señor su enemigo. E en esto, la señora de la villa enbió por la dueña, muger del cavallero Zifar, e rogóle mucho afincadamente que travase con el cavallero su marido que fincase ý con ella, e que partería con ellos muy de buenamente lo que oviesen. E tan grant fue el afincamiento que le fizo, que lo [f. 21v] ovo de otorgar que trabajaría con su marido que lo feziese; e quando la muger del cavallero fue en su posada, fabló luego con su marido e preguntóle qué le semejava de la fincada que la señora de la villa les demandava. "Çertas —dixo él—, non sé ý escoger lo mejor; ca ya veo que avemos mester bien fecho de señores por la nuestra pobredat en que somos; e de la otra parte, la fincada de que veo es muy peligrosa e con muy grant trabajo; ca la guerra que esta dueña que ovo fasta aquí con aquel grant señor, de aquí adelante será muy afincadamente entre ellos por la muerte de aquel cavallero su sobrino que yo maté por la su desaventura." "Amigo señor —dixo ella—, nos venimos cansados de este luengo camino e traemos nuestros fijuelos muy flacos, e si lo por bien toviésedes, ternía que sería bien que folgásemos aquí algunt día." "Çertas —dixo el cavallero Zifar—, si a vos plaze e a mí faze pro, quiera Dios por la su merçed que nos recuda a bien esta fincada." "Amén" —dixo la dueña.

E ellos estando en esto, entró un cavallero de la villa por la puerta e díxoles así: "Cavallero, a vos e a la vuestra buena dueña enbía dezir la señora de la villa que vos

vengades luego para allá e que vos lo gradesçerá." E ellos
fiziéronlo así. E quando llegaron allí do la señora de la
villa estava fablando con todos los cavalleros e los omes
buenos e las dueñas de aquel lugar, la señora de la villa
se levantó a ellos e resçibiólos muy bien, e dixo así: "Cavallero, non me quería poner a cosa que non sopiese nin
pudiese fazer." [42] Un cavallero de los de la [f. 22]
e de los muy poderosos levantóse entre los otros e díxole:
"Cavallero estraño, yo non sé quí vos sodes, mas por
quanto yo entiendo en vos, creo que sodes de buen logar
e de buen entendimiento; e porque so çierto que vos faredes mucho bien en este logar por vos, plazerme ía mucho
que fincásedes aquí con nuestra señora [43] e dos fijuelos e
darvos ía la terçia parte de todo quanto yo he para vos e
vuestra dueña con que vos mantoviésedes." "Muchas graçias —dixo el cavallero Zifar— de vuestro buen talante." E la señora de la villa dixo: "Cavallero bueno, ¿non
vos semeja que es bien de fazer aquello que vos dezía
aquel cavallero? Es de los más poderosos e de mejor logar
e más rico de esta tierra." "Señora —dixo la muger del
cavallero Zifar—, dezitle que finque aquí conbusco un
mes e entretanto fablaremos lo que tovierdes por bien."
"Pardiós, señora —dixo la señora de la villa—, muy bien
dexistes. E, cavallero, ruégovos que lo querades así fazer."
"Çertas —dixo el cavallero—, fazerlo he, pues a mi muger plaze, comoquier que me ploguiera que menos tienpo
tomase para esta folgura."

Todos los que estavan en aquel palaçio resçebían grant
plazer con la fincada de este cavallero. La señora de la
villa dixo entonçe: "Cavallero bueno, pues esta graçia
avedes fecho a mí e a los de este lugar, e ruégovos que
en aquello que entendierdes guiar e endresçar nuestros fechos, que lo fagades." E el cavallero Zifar respondió que
así lo faría muy de grado en quanto podiese. E estonçe

[42] Esta es la respuesta de Zifar a la pregunta de la señora de la
villa sobre qué planes tiene. Después de "Cavallero" debería venir la pregunta.
[43] El caballero promete darle dos hijas para que se casen con los
dos *fijuelos*. (En el texto de W.)

mandó la señora de la villa que pensasen de él e que le diesen todas aquellas cosas que le fuesen mester.

Al terçer día después de esto, en la grant mañaña, ante del alva, fueron enderredor de la villa tres mill cavalleros muy [f. 22v] bien guisados, e muy grant poder de peones e de vallesteros de los enemigos de la señora de la villa, e començaron a fincar las tiendas enderredor de la villa a grant priesa. E quando los veladores lo sentieron, començaron a dezir: "¡Armas, armas!" El ruido fue tan grande a la buelta por la villa, cuidando que gela querían entrar; e fueron todos corriendo a los andamios de los muros; e si non fueran ý llegados, perdiérase la villa, atan reçio se llegavan los de fuera a las puertas. E desque fueron redrando de día devisáronlo mejor; e fuéronlos redrando de la villa los vallesteros, ca tenían muchos garatos [44] e muchas vallestas de torno biriculas para se defender, así como aquellos que estavan aperçebidos para tal fecho. E el cavallero Zifar, en estando en su cama, preguntó al huésped qué gente podría ser. E díxole que de tres mill cavalleros arriba e muy grant gente de pie. E preguntóles que quántos cavalleros podrían ser en la villa; e dixo que fasta ciento de buenos. "Çertas —dixo el cavallero Zifar—, con çiento de buenos cuidaría acometer, con la merçed de Dios, mill cavalleros de non tan buenos." "E si vos —dixo el huésped— a coraçón lo avedes de proeza, asas avedes aquí de buenos cavalleros con quien lo fazer; e maravíllome, seyendo tan buen cavallero como dicen que sodes, cómo vos sufre el coraçón de vos estar aquí en la cama a tal priesa como ésta." "¿Cómo? —dixo el cavallero—, ¿quieren los de aquí salir a lidiar con los otros?" Dixo el huésped: "¿Non semejaría gran

---

[44] ¿garato por garabato? "garabato: hierro que termina en una o varias puntas vueltas para arriba en semicírculo." (Dicc. Encicl. de la Guerra, Madrid, 1958.) "ballesta de armatoste o de torno, que se armaba colocando el ballestero el pie en un estribo de hierro que tenía en su cabeza, mientras, por medio de un torno que tenía en la contera, movía el aparejo para hacer fuerza sobre la cuerda." (Ibid.) "Biricú: cinto o correa que se ciñe a la cintura." (Encicl. Espasa.)

locura en lidiar çiento con mill?" "E pues así estarán sienpre ençerrados —dixo el [f. 23] cavallero— e non farán ninguna cosa." "Non sé —dixo el huésped—, mas tengo que faríades mesura e cordura en llegar aquel consejo en que están los cavalleros agora." "Çertas —dixo el cavallero—, non lo faré, ca sería grant locura de allegar a consejo ante que sea llamado." "Por Dios, cavallero —dixo el huésped—, seméjame que vos escusaríedes de buenamente de lidiar, e tengo que seríades mejor para predicador que non para lidiador." "Çertas —dixo el cavallero Zifar—, verdat es que más de ligero se dizen las cosas que non se fazen." Quando esto oyó el huésped, baxó la cabeça e salió de la cámara diziendo: "Algo nos tenemos aquí guardado, estando los otros en el peligro que están, e él muy sin cuidado."

E fuese para la señora de la villa, con quien estavan los cavalleros e la gente aviendo su acuerdo cómo farían. E quando la señora de la villa lo vio, preguntóle e díxole: "¿Qué es de tu huésped?" E él le dixo: "Señora, yaze en su cama sin cuidado de esto en que vos estades." "Çertas —dixo la señora de la villa e los otros que ý eran con ella—, maravillámosnos mucho de tal cavallero como él es e de tal entendimiento en lo así errar." "¿E él qué te dezía —dixo la señora de la villa— de esta priesa en que estamos?" "Señora, yo le preguntava que cómo non venía a este acuerdo en que estávades, e él díxome que sería locura en llegar a consejo de ninguno ante que fuese llamado." "Pardiós —dixieron todos—, dixo como ome sabio." "¿E díxote más?" —dixo la señora de la villa—. "Çertas, señora, yo le dixe que me semejava más para [f. 23v] predicador que non para lidiador. E él díxome que dezía verdat, ca más de ligero se pueden dezir las cosas que non fazerse. E aún preguntóme más: quántos cavalleros se podrían aver aquí en la villa; e yo díxile que çiento de buenos; e él díxome que con çient cavalleros de buenos podría ome acometer mill de non tan buenos." E esta palabra plogo a algunos e pesó a los otros, ca bien entendieron que si guiar se oviesen por este cavallero que los metería en lugar do las manos oviesen mester.

"Çertas —dixo la señora de la villa—, non es menester de nos detener de non enbiar por él." E mandó a dos cavalleros de los mejores que fuesen luego por él e que lo aconpañasen. E ellos llegaron a él, falláronlo que oía misa con muy grant devoçión, e su muger con él. E después que fue acabada la misa, dixiéronle los cavalleros que le enbiava rogar la señora de la villa que se fuese para allá. "Muy de grado" —dixo el cavallero—, e fuese con ellos. E yendo, preguntóle un ome bueno de la villa: "Cavallero, ¿qué vos semeja de como estamos con estos nuestros enemigos?" "Çertas —dixo—, amigo, seméjame que vos tienen en estrechura, si Dios non vos ayuda e el vuestro buen esfuerço, ca todo es ý mester."

E quando llegaron al palaçio, levantóse la señora de la villa a él e todos quantos eran con ella. E díxole así: "Cavallero bueno, ¿non vedes quán apremiados nos tienen estos nuestros enemigos?" "Çertas —dixo—, señora, seméjame que vos tienen en estrechura, si Dios non vos ayuda e el vuestro buen esfuerço, ca todo es ý mester. Çertas, señora —dixo él—, oí dezir que venieron conbater fasta las puertas de la villa." E [f. 24] la señora de la villa le dixo: "Pues cavallero, ¿esforçarvos hedes —dixo la señora de la villa— de fazer algo contra estos nuestros enemigos?" "Señora —dixo él—, con esfuerço de Dios e de esta buena gente." "Pues mando yo —dixo la señora de la villa— que todos quantos son aquí en la villa que se guíen por vos e fagan vuestro mandado. E esto mando yo con consentimiento en con plazer de todos ellos." E dixo la señora de la villa a los suyos: "¿Es así como yo digo?" Respondieron ellos todos: "Sí, señora." "Señora —dixo el cavallero—, mandat a todos los cavalleros fijosdalgo ayuntar e a los otros que estén guisados de cavallos e de armas." E la señora de la villa mandólo así fazer, e ellos luego se apartaron. E desí el cavallero tomó de ellos omenaje que le siguiesen e feziesen por él e que le non desanparasen en el lugar do oviese mester su ayuda. E ellos feziéronlo así. "Agora, señora —dixo el cavallero—, mandaldes que fagan alarde cras en la mañaña lo mejor que cada uno podiere, tan bien cavalleros como escude-

ros e vallesteros e peones. E si algunt guisamiento tenedes
de cavallero, mandátmelo prestar." "Çertas —dixo ella—,
muy de grado, ca darvos he el guisamiento de mi marido,
que es muy bueno." "Señora —dixo el cavallero—, non
lo quiero donado, mas prestado, ca heredamiento es de
vuestro fijo; e por ende vos non lo podedes dar a ninguno."

E otro día en la mañana salieron a su alarde muy bien
guisados. E fallaron que avía de cavalleros fijosdalgo buenos çiento e dies cavalleros, e de escuderos fijosdalgo
çincuenta, comoquier que non avía lorigas de cavallo; e
los otros ruanos [45] de la villa fallaron ý guisados sesenta.
E así fueron por todos dozientos e veinte. "Çertas [f. 24v]
—dixo el cavallero Zifar—, gente ay aquí para defender
su tierra, con merçed de Dios." La señora de la villa dio
al cavallero el guisamiento que le prometiera, muy rico e
muy fermoso, e próvolo ante todos e endresçólo do entendió que era mester. E mandó a los otros que lo feziesen
así a los sus guisamientos, e bien dava a entender que
algunt tienpo andudiera en fecho de cavallería, ca muy
bien sabía endreçar sus guarniçiones, e entre todos los
otros paresçía bien armado e muy fermoso e muy valiente.

Esta señora de la villa estava en los andamios de su
alcáçar e paró mientes en lo que fazía cada uno, e vio
el cavallero Zifar cómo andava requeriendo los otros e
castigándolos, e plógole mucho.

E desí mandóles el cavallero Zifar que se fuesen cada
uno a sus posadas e comiesen e a ora de nona que recudiesen todos a aquella plaça, e feziéronlo así. El cavallero
Zifar paró mientes en aquel cavallo que avía ganado del
cavallero que avía muerto a la puerta de la villa, e fallólo
que era bueno e muy enfrenado e muy valiente, e plógole
mucho con él. E a la ora de nona llegaron todos a la plaça
segunt les avía mandado, e díxoles así: "Amigos, a los

---

[45] *ruanos*: "Crón. gral. c. 1039: de todos los çipdadanos, cavalleros et ruanos et el otro pueblo." (Cejador, *Voc.*, p. 357.) Tres
clases sociales.

que tienen en priesa e en premia non se deven dar vagar,
mas deven fazer quanto pudieren por salir de aquella premia e priesa, ca natural cosa es del que está en premia
querer salir de ella, así como el siervo de la servidunbre;
e por ende ha mester que ante que aquellos de aquella
hueste se carguen e se fortalezen, que les fagamos algunt
rebate de mañaña. E ellos dixieron que de como [f. 25]
él mandase que ellos así farían. "Pues aparejadvos —dixo
el cavallero Zifar— en manera que ante que el alva quie-
bre seamos con ellos." Dixieron ellos que lo farían de
buena mente. E dixo el cavallero Zifar: "Vayamos a andar por los andamios del muro e veremos cómo están
asentados." E el cavallero Zifar vio dos portiellos grandes
en la çerca que non estava ý gente ninguna, e preguntó:
"¿Qué es aquel espaçio que está allí vazío?" "Çertas —dixieron ellos—, la çerca de la villa es grande e non la
pueden todos çercar." E vio un lugar do estavan tiendas
fincadas, e díxole a un cavallero de la villa: "El señor de
la hueste está allá." "¿E onde lo sabedes vos?" —dixo el
cavallero—. "Çertas —dixo él—, uno de los nuestros barruntes [46] que vino de allá." E fizo llamar a aquel barrunte
e preguntóle el cavallero Zifar: "Di, amigo, ¿el señor de
la hueste posa en aquellas tiendas?" "Sí —dixo él—, yo
lo vi cavalgar el otro día; semejóme que podrían ser fasta
tres mill e quinientos cavalleros entre buenos e malos."
"¿E ay grant gente de fijosdalgo?" —dixo el cavallero—.
"Çertas —dixo—, non creo que sean de dozientos cavalleros arriba." "¿E todos estos cavalleros fijosdalgo están
con el señor de la hueste en el su real?" "Çertas non
—dixo él—, ca apartó los cavalleros fijosdalgo por la
hueste, porque non fiava en los otros, ca son ruanos e non
venieron de buena mente a esta hueste." "Mucho me
plaze —dixo el cavallero Zifar—, ca semeja que Dios nos
quiere fazer merçed." E dixo a otro cavallero: "Si más
bien avemos a fazer, allí en la cabeça avemos a ferir primeramente." "Pardiós —dixo el otro cavallero—, dezides
muy bien, e nos así lo faremos, ca si lo que más fuer

---

[46] *barruntes*: escuchas.

[f. 25v] te les nos vençemos, lo más flaco non se nos puede bien defender." "¿E por dó podríemos aver entrada —dixo el cavallero Zifar— por que los saliésemos a las espaldas que lo non sentiesen?" "Yo lo sé bien" —dixo el otro cavallero—. "Pues començemos —dixo el cavallero Zifar—, en el nonbre de Dios, cras en la mañaña, e vos guiatnos allí por do vos sabedes que está la entrada mejor." E el cavallero dixo que él lo faría de buena mente.

E ellos estando en esto, ahévos do venían seisçientos cavalleros e grant gente de pie. E los de la villa preguntaron al cavallero Zifar si saldrían a ellos, e él les dixo que non, mas que defendiesen su villa, ca mejor era que los de fuera non sopiesen quánta gente era en la villa, e que por esta razón non se aperçeberían, cuidando que eran menos e que los non acometieran. E llegaron los otros çerca de los muros de la villa tirando de piedras e de fondas e de saetas e faziendo grant roido, pero el que se llegava a las puertas o al muro non se partía ende sano, de cantos e de saetas que les tiravan de la villa; e así fueron muchos muertos e feridos esa noche de esta guisa. E entre ellos andava un cavallero grande, armado de unas armas muy devisadas: el campo de oro e dos leones de azul. "Amigos —dixo el cavallero Zifar—, ¿quién es aquel que aquellas armas trae?" E dixiéronle que el señor de la hueste. E el cavallero Zifar calló e non quiso más preguntar, pero que paró mientes en las armas de aquel señor de la hueste e devisólas muy bien. E dixo a los otros: "Amigos, id a buenas noches a folgat fasta cras en la grant mañaña que oyades el cuerno. E ha mester que seades aperçebidos e que vos armedes muy bien e que salgades a la plaça en [f. 26] manera que podamos ir allá do nos Dios guiare."

E cada uno de ellos derramaron[47] e fueron para sus casas e posadas, e el cavallero Zifar para la eglesia. E

---

[47] *derramaron*: se separaron, se apartaron. (*Voc. Kalila*, p. 221.) (Del lat. **de-ex-ramare*, o **dis-ramare*, o **deramare*, romper la rama. J. D. M. Ford, *Old Spanish Readings*, 1911, p. 209.)

rogó al clérigo que otro día ante de matines que fuesen
en la plaça, e que armase su altar para dezir la misa.

E el clérigo la dixo muy bien e mucho aína, en manera
que todos vieron el cuerpo de Dios e se acomendaron a
él. Desí el cavallero Zifar cavalgó e díxoles así: "Amigos,
los çient cavalleros fijosdalgo e los çincuenta escuderos de
cavallo e dozientos escuderos de pie vayámosnos todos lo
más ascondidamente que podiéremos por este val ayuso
do non posan ningunos de los de la hueste, ante estavan
redrados." E guiávalos un cavallero que dixieron antenoche que los guiaría. E quando fueron allende de la hueste, paróse el cavallero que guiava e dixo al cavallero Zifar: "Ya somos redrados de la hueste bien dos trechos
de vallesta." "¿Pues por dó iremos —dixo el cavallero Zifar— al real del señor de la hueste?" "Yo vos guiaré"
—dixo el cavallero—. "Guiatnos —dixo el cavallero Zifar—, ca me semeja que quiere quebrar el alva; e llegat
quanto podierdes al real, e quando fuerdes çerca tocad
este cuerno, e nos moveremos luego e iremos ferir en
ellos. Todos tengamos ojo por el señor de la hueste, ca si
allí nos faze Dios merçed, todo lo abremos desbaratados."

E un cuerno que traía al cuello fuelo dar al cavallero
con que feziese la señal. E movieron luego muy paso e fueron yendo contra el real. E tanta merçed les fizo Dios,
que non ovo ý cavallo que reninchase, ante fueron muy
asosegados, fasta que llegaron çerca de la hueste. E el
cavallero que los guiava començó a tocar el cuerno, ca
enten [f. 26] dió que las velas [48] lo barruntarían. E luego
el cavallero Zifar movió contra la otra gente e fueron ferir
en la hueste muy de reçio, llamando: "¡Galapia, por la
señora de la villa!" Los de la hueste fueron mucho espantados de este rebato tan a desora, e non se podieron acorrer de sus cavallos nin de sus armas; e estos otros matavan tan bien los cavallos como omes quantos fallavan,
e non paravan mientes por prender, mas por matar; e los
que escapavan de ellos ívanse para las tiendas del señor

---

[48] *velas*: vigías.

de la hueste; e así se barrieron [49] aderredor de escudos e
de todas las cosas que podieron aver, que los non podieron entrar con el enbargo de las tiendas. E ellos que se
defendían muy de rezio iva resçebiendo muy grant daño
en los cavalleros, e tornóse a los suyos e díxoles: "Amigos, ya de día es e los grandes polvos por la hueste, e
semejava que se albortavan para venir a nos; e vayámosnos, que asas avemos fecho e cunple para la primera vegada." E fuéronse tornando su paso contra la villa.

El señor de la hueste armóse muy toste [50] en la tienda
e salió en su cavallo, e un fijo con él, e seis cavalleros
que se viaron [51] a correr de armar, e movieron contra la
villa. E el cavallero Zifar quando los vio, mandó a los
suyos que andodiesen más, ante que los de la hueste llegasen, ca non es vergüença de se poner ome en salvo
quando vee mejoría grande en los otros, mayormente aviendo cabdiello de mayor estado." E el cavallero Zifar iva en
la çaga diziéndoles que andodiesen quanto podiesen, ca
muy çerca les venían, comoquier que venían muy derramados, unos en pos otros. E el señor de la hueste vio las
armas que fueron del señor de Galapia. "Çertas si bivo
es, çierto só que él faría tal fecho como éste, ca sienpre
fue buen cavallero de armas; pero non podría ser, ca yo
me açerté en su muerte e a su enterramiento. E él non
dexó sinon un fijo muy pequeño; mas bien cuido que
dieron las armas porque se guiasen los otros." E tan
çerca venían ya de los de la [f. 27] villa, que se podían
entender unos a otros lo que se dezían. El cavallero Zifar
bolvió la cabeça e violos venir çerca de sí e conosçió en
las armas al señor de la hueste, las que viera antenoche.
E venía en los delanteros e non venía con él sinon un
fijo e otro cavallero, e eran muy çerca de alcantariella [52]

---

[49] *barrieron*: hicieron barricada.
[50] *toste*: deprisa.
[51] *viaron* (*vyaron* en Ms.): del verbo *uviar*, estudiado por J. W.
Rees, "Mediaeval Spanish *uviar* and its transmission", *Bull. Hisp.
Stud.*, XXV (1958), pp. 125-137. El significado en este caso corresponde al 6.º señalado por Rees: "tuvieron tiempo, pudieron".
[52] *alcantariella*: puentecillo. Palabra de origen árabe.

do tenía la otra gente el cavallero Zifar. E dio una bos a la su conpaña e dixo: "¡Atendetme!", e bolvióse de rostro contra el señor de la hueste e puso la lança so el sobaco e dixo así: "Cavallero, defendetvos." "¿E quién eres tú —dixo el señor de la hueste—, que atanto te atreves?" "Çertas —dixo el cavallero Zifar—, agora lo veredes." E fincó las espuelas al cavallo e fuelo ferir, e dióle una grant lançada por el costado que le pasó las guarniçiones e metióse por el costado la lança bien dos palmos e dio con él en tierra. La su gente como ivan veniendo, ivan feriendo sobre él e trevajávanse mucho de lo desponer del cavallo. E entretanto el cavallero Zifar tornóse con su gente e pasaron el alcantariella en salvo. E más merçed fizo Dios al cavallero Zifar e a su gente: que el fijo del señor de la hueste, quando vio que el su padre era derribado, fincó las espuelas al cavallo e fue ferir un cavallero de los de la villa, pero que lo non enpeçió, e metióse en la espesura de la gente e presiéronle; e así lo levaron preso a la villa.

E el duelo fue muy grande en la hueste, cuidando que su señor era muerto. E después que lo levaron a las tiendas del real e lo desnuyaron, fallaron que tenía una grant ferida en el costado. E quando demandaron por su fijo e non lo fallaron, toviéronse por mal andantes más de quanto eran, ca tovieron que era muerto o preso. E quando entró en su acuerdo el señor de la hueste, venieron los çerugianos a lo catar e dixieron que lo guaresçerían muy bien, con merçed de Dios. E él se conortó quanto pudo e demandó por su fijo, e ellos le dixieron [f. 27v] que era ido a andar por la hueste por asosegar su gente, e plógole mucho e dixo que lo fazía muy bien. Los cavalleros de la hueste enbiaron luego un cavallero de la hueste a la villa a saber del fijo de su señor si era muerto o bivo o preso. E el cavallero quando llegó çerca de la puerta de la villa, fincó la lança en tierra e dixo que non tirasen saetas, que non venía sinon para saber una pregunta. E el velador que estava sobre la puerta le dixo: "Cavallero, ¿qué demandades?" "Amigo —dixo el cavallero—, dezitme qué sabedes del fijo del señor de la hueste, si es preso o muerto." "Preso es" —dijo el velador—. "Çertas —dixo el cavallero—, mal escapamos nos de esta cavalgada." E con tanto, se tornó para los de la hueste e díxoles en cómo su fijo del señor de la hueste era preso sin ferida ninguna.

E quando fue en la tarde, açerca de bísperas, llamó el señor de la hueste aquellos omes buenos que solía llamar a su consejo e preguntóles qué les semejava de este fecho. E los unos le dezían que non diese nada por ello, que Dios le daría mucho aína vengança; e los otros le dezían que tales cosas como éstas sienpre acaesçían en las batallas; e los otros le dezían que parase mientes si en esta demanda que fazía contra aquella dueña, si tenía derecho, e si non, que se dexase de ello, siquiera por lo que contesçiera en este día en él e en su fijo. "¿Cómo? —dixo el señor de la hueste—. ¿Es muerto el mi fijo?" "Non —dixieron los otros—, mas es preso, sin ferida ninguna." "¿E cómo fue preso?" —dixo el señor de la hueste—. "Çertas —dixieron—, quando a vos ferieron, fue fincar las espuelas al cavallo e fue ferir en aquellos e metióse en un tropel e desapoderánronle." "Bendito sea Dios —dixo el padre—, pues que bivo es mio fijo e sano. E amigos e parientes, quiérovos dezir una cosa: que si el sobrino me mataron en este logar e el [f. 28] mio fijo tienen preso e a mí ferieron, que Dios que quiere ayudar a ellos e enpeçer a nos; ca yo tengo a la dueña tuerto grande e le he fecho muchos males en este logar, ella non lo meresçiendo, por que ha mester que conoscamos nuestro yerro e nos repintamos de él e fagamos a Dios e a la dueña emienda, ca si non, bien creo que Dios nos lo querrá acaloñar [53] más çiertamente."

Levantóse un cavallero su vasallo, ome de Dios e de buen consejo, e fuele besar las manos, e díxole así: "Señor, gradesco mucho a Dios quanta merçed ha fecho a vos e a nos oy en este día en vos querer poner en

[53] *acaloñar*: como *caloñar*: calumniar. "Exigir responsabilidad, principalmente pecuniaria, por un delito o falta." (*Dicc. Acad.*) *Caloña*: pena pecuniaria. (*Ibd.*)

coraçón de conosçervos que tenedes tuerto a esta dueña,
lo que nunca quisiste conosçer fasta agora seyendo manifiesto a todas las gentes que era así. E por ende, señor,
cobrat vuestro fijo e demandat perdón a la dueña del mal
que le fezistes, e seguratla de aquí adelante que de nos
non resçiba mal; e yo vos seré fiador sobre la mi cabeça
que Dios vos ayudará en todas las cosas que començardes
con derecho, así como a esta dueña contra vos, e acabarlas
hedes a vuestra voluntad." "Çertas dixo mio vasallo bueno
e leal —dixo el señor de la hueste—; plázeme con lo que
dezides, ca me consejades muy bien a onra e a pro del
cuerpo e del alma en lo levar adelante en aquella manera
que entendierdes que mejor será; pero querría saber quién
fue aquel que me ferió." "¿Cómo? —dixo el cavallero—
¿quererlo hedes acaloñar?" "Non —dixo el señor de la
hueste—, mas querría lo conosçer por le fazer onra doquier que lo fallase; ca bien vos digo que nunca un cavallero vi que tan apuestamente cavalgase nin tan apo-
derado nin tan bien feziese de armas que como aqueste."
"Agora, señor —dixo el cavallero—, folgat esta noche e
nosotros andaremos en este pleito." "En el nombre de
Dios" —dixo el señor de la hueste.

La señora de la villa, ante de matines, quando [f. 28v]
oyó el cuerno tocar en la villa para querer se ir los suyos
contra los de la hueste, luego fue levantada e enbió por
la muger del cavallero Zifar, e sienpre estovieron en oraçión rogando a Dios que guardase los suyos de mal, como
aquella que tenía que si por sus pecados los suyos fuesen
vençidos, que la villa luego sería perdida e ella e su fijo
cativos e desheredados para sienpre. Mas Dios poderoso
e guardador e defendedor de las biudas e de los huérfanos, veyendo quanto tuerto e quanta sobervia avía resçebido fasta aquel día, non quiso que resçebiese mayor
quebranto, mas quiso que resçebiese onra e plazer en este
fecho. E quando los sus cavalleros se estavan conbatiendo
en el real con los de la hueste, enbió una donzella a los
andamios que parase mientes en cómo fazían. E la donzella tornóse e dixo: "Señora, en las tiendas del real del
señor de la hueste ay tan grandes polvos que en los çielos

contienen, en manera que non podíemos ver quién fazía aquel polvo; e porque arraya agora el sol faze aquel polvo atan bermejo que semejava sangre, pero que vemos que todos los otros que estavan enderredor de la villa se armavan quanto podían e van corriendo contra las tiendas del señor de la hueste do son aquellos polvos."

E quando la señora de la villa oyó estas palabras, cuidando que los suyos non podrían sofrir aquella gente contraria que era muy grande, e que serían vençidos, teniendo su fijuelo en los braços, començó a pensar en ello e dio una grant bos como muger salida de seso, e dixo: "¡Santa María val!", e dexóse caer en tierra transida, de guisa que su fijuelo se oviera a ferir muy mal, sinon que lo resçebió en los braços la muger del cavallero Zifar. Así que todas quantas dueñas ý eran cuidaron que era muerta, de guisa que nin por agua que la echasen nin por [f. 29] otras cosas que le feziesen non la podían meter en acuerdo. E el duelo e las bozes de las donzellas e dueñas que avía en la villa todas eran ý con ella, ca las unas tenían sus maridos en la hueste e las otras sus hermanos e las otras sus parientes e sus padres e sus fijos, de que estavan con muy grant reçelo. Los que estavan en los andamios vieron salir un tropel de cavalleros de aquel polvo mucho espeso e endreçavan contra la villa; e venieron luego a la señora de la villa e dixieron por la conortar: "Señora, fe aquí los vuestros cavalleros do vienen sanos e alegres, loado sea Dios, e conortadvos." Pero de ella non podían aver respuesta ninguna, ante semejava a todos que era muerta. E después que los cavalleros pasados al alcantariella e entraron en la villa e les dixieron estas nuevas de cómo la señora de la villa era muerta, pesóles muy de coraçón, e la grant alegría tornóseles en grant pesar, e así como lo oyeron dexáronse caer todos de los cavallos en tierra dando muy grandes bozes e faziendo muy grant llanto.

El cavallero Zifar estava muy cuitado e llamólos a todos e díxoles así: "Dios nunca fue desigual en sus fechos, e pues él tan grant buena andança nos dio oy en este día, por razón de ella non creo que nos quisiese dar atan

padre lymo contaro le todo el fecho co
mo passara. E otel mãdo que le quixese
el pmero presº o qndo fue de la red.

cole el enpador dime ome cõr
no q̃ coraçon te meue a conoſter la mu

grant quebranto otrosí por ella, ca semejaría contrario a
sí mesmo en querer que el su comienço fuese bueno e
malo el acabamiento; ca él sienpre suele començar bien
e acabar mejor e acreçentar bien en sus bienes e en sus
dones, mayormente a aquellos que se tienen con él. E vayamos a saber cómo murió, ca yo non puedo creer que así
sea, e por aventura nos mentieron."

Las dueñas, estando en derredor de su señora llorando
e faziendo grant llanto, oyeron una bos en la capiella
[f. 29v] do estava su señora, que dixo así: "Amiga de
Dios, levántate, que tu gente está desconortada e tienen
que quanta merçed les fizo Dios mio fijo el salvador del
mundo oy en este día que se les es tornada en contrario
por esta tu muerte; e crei que voluntad es de mio fijo de
endresçar este tu fecho a tu voluntad e a tu talante."
Todas las dueñas que ý estavan fueron muy espantadas e
maravilláronse ónde fuera esta bos que allí oyeron tan
clara e tan dulçe. E tan grande fue la claridad entonçe
en la capiella, que les tolliera [54] la lunbre de los ojos, de
guisa que non podían ver una a otra. E a poca de ora
vieron a su señora que abrió los ojos e alçó las manos
ayuntadas contra el çielo, e dixo así: "Señora Virgen
Santa María, abogada de los pecadores e consoladora de
las tristes e guiadora de los errados e defendedora de las
biudas e de los huérfanos que mal non meresçen, bendicho sea el Espíritu Santo que en ti encarnó, bendicho sea
el fruto que de ti salió e nasçió; ca me tornaste por la tu
santa piedat de muerte a vida e me sacaste de gran tristeza en que estava e me traxiste a grant plazer." Todos
los que ý estavan oyeron muy bien lo que dezía, e enbiaron mandado a los cavalleros de cómo su señora era biva.
Así que todos tomaron grant plazer e se fueron para allá,
salvo ende el cavallero Zifar, que se fue para su posada.
E quando llegaron allá, falláronla en su estrado asentada, llorando de los ojos con grant plazer que avía porque veía todos los de su conpaña sanos e alegres. E preguntóles e díxoles: "¿Qué es del buen cavallero Zifar,

---

[54] *tolliera*: quitar. Verbo *toller*, o *tollier*.

que conbusco fue?" E ellos le dixieron: "Señora, fuese
para su posada." "¿E qué vos semeja de él?" —dixo
ella—. "Señora —dixo un cavallero antigo—, [f. 30]
seméjame que mejor cavallero sea en todo el mundo en
armas e en todas buenas costunbres que este cavallero."
"¿E ayudóvos bien?" —dixo ella—. "Pardiós, señora
—dixo el cavallero—, él començó el real del señor de la
hueste muy de rezio e muy sin miedo, conortándonos e
dándonos muy grant esfuerço para fazer lo mejor. E señora, non me semeja que palabra de ningunt ome tan
virtuosa fue del mundo para conortar e para esforçar su
gente como la de aqueste cavallero, e creet çiertamente
que ome es de grant lugar e de grant fecho." La señora de
la villa alçó las manos a Dios e gradesçióle quanta merçed le feziera en aquel día, e mandóles que fuesen para
sus posadas. E desí desarmáronse todos e fueron comer
e a folgar. La muger del cavallero Zifar se quería ir para
su marido, e ella non la dexó, ca travó con ella mucho
afincadamente que comiese con ella, e ella óvolo de fazer.
E la señora de la villa la asentó consigo a la su tabla e
fízole mucha onra, e deziendo así ante todos: "Dueña de
buen lugar, bien acostunbrada e sierva de Dios, ¿quándo
podré yo galardonar a vuestro marido e a vos quanta merçed me ha fecho Dios oy en este día por él e por vos?
Çertas, yo non vos lo podría gradesçer, mas Dios, que es
poderoso e galardonador de todos fechos, él vos dé el
galardón que meresçedes; ca si non por vos el mio fijuelo
muerto fuera, sinon que lo reçebistes en los braços quando
yo me iva derribar con él de los andamios, como muger
salida de entendimiento. Çertas yo non sé dó me caí, ca
me semejó que de derecho en derecho que me iva para
los andamios a derribar, con cuita e con reçelo que tenía
en mi coraçón de ser vençidos aquellos cavalleros que por
mí fueron contra los de la hueste, e yo ser presa e cativa
e mio fije [f. 30v] lo eso mesmo. Mas Dios, por la su
merçed, quiso que por el buen entendimiento e la buena
cavallería e la buena ventura de vuestro marido fuésemos librados de este mal e de este peligro en que éramos."
E desí començaron a comer e a bever e aver solas. E quan-

tos manjares enbiavan a la señora de la villa, todos los
enbiava al cavallero Zifar, gradesçiéndole quanta merçed
le avía Dios fecho.

E quando fue ora nona, enbió por todos los cavalleros
de la villa e por el cavallero Zifar que veniese ante ella.
E llorando de los ojos dixo así: "Amigos e parientes e
vasallos buenos e leales, ruégovos que me ayudedes a
gradesçer a este cavallero quanto ha fecho por nos, ca yo
non gelo podría gradesçer nin sabría; ca bien me semeja
que Dios por la su merçed le quiso a esta tierra guiar por
afinamiento de esta guerra; pero que estó con muy grant
reçelo que sea la guerra más afincada, por razón del señor de la hueste, que es ferido, e de su fijo, que tenemos
aquí preso. Ca él es mucho enparentado e de grandes
omes e muy poderosos, e luego que sepan estas nuevas serán con él e con todo su poderío para vengarle." "Señora
—dixo el cavallero Zifar—, tomad buen esfuerço e buen
conorte en Dios, ca él que vos defendió fasta el día de
oy e vos faze mucha merçed, él vos sacará de este grant
cuidado que tenedes, mucho a vuestra onra." "Cavallero
bueno —dixo ella—, sí fuera con el vuestro buen esfuerço
e con vuestro entendimiento." "Çertas, señora —dixo él—,
yo faré lo que yo pudiere, con la merçed de Dios." La
señora de la villa preguntóle si sería bien enbiar por el fijo
del señor de la hueste para fablar con él. Respondieron
todos que sí, ca por aventura alguna carrera cataríe para
afinamiento [f. 31] de esta guerra; e luego enbiaron por
él. Él vino mucho omildosamente e fincó los inojos ante
ella.

"Amigo —dixo ella—, mucho me plaze conbusco, sábelo Dios." "Çertas, señora —dixo él—, bien lo creo que
quanto plaze a vos tanto pesa a mi padre." "¿Cómo?
—dixo ella— ¿non vos plaze de ser aquí comigo bivo
ante que muerto?" "Çertas —dixo él—, sí, si mi padre es
bivo, ca çierto só que fará ý tanto porque yo salga de
esta prisión; e si muerto es, yo non querría ser bivo."
"¿E vuestro padre— dixo ella— ferido fue?" "Çertas,
señora" —dixo él—. "¿E quién lo ferió?" —dixo ella—.
"Un cavallero —dixo él— lo ferió, que andava muy afin-

cadamente en aquel fecho, e bien me semejó que nunca
vi cavallero que atan bien usara de sus armas como aquél."
"¿E conosçerlo íedes?" —dixo ella. Sonrióse un poco e
díxole: "Amigo señor, sabedes vos que yo non tengo tuerto a vuestro padre e hame fecho grandes males e non sé
por quál razón; pero amigo, dezitme si podría ser por
alguna carrera que se partiese esta guerra e este mal que
es entre nos." "Çertas, señora, non lo ý sé —dixo él—,
sinon una." "¿E quál es?" —dixo ella—. "Que casedes
comigo" —dixo él—. E ella fincó los ojos en tierra e
començólo a catar, e non le dixo más; pero que el cavallero era mançebo e mucho apuesto e muy bien razonado
e de muy grant lugar; e además, que su padre non avía
otro fijo sinon éste. La señora de la villa mandó que se
fuesen todos e que fincase el cavallero Zifar e aquellos
que eran de su consejo, e díxoles así:

"Amigos, ¿qué vos semeja de este fecho?" Callaron
todos, que non ý ovo ninguno que respondiese. El cavallero Zifar, quando vio que ninguno non respondía, dixo
así: "Señora, quien poco seso ha aína lo espiende.[55] E
ese poco de entendimiento que en mí es quiero vos lo
dezir quanto esta razón, so emienda de estos omes buenos
que aquí son. Señora —dixo el cavallero Zifar—, veo que
Dios quiere guiar a toda [f. 31v] vuestra onra, non con
daño nin con desonra de vuestro fijo, ca por vos casar
con este cavallero fijo del señor de la hueste, tengo que
es vuestra onra e grant vando de vuestro fijo. Ca esta
villa e los otros castiellos que fueron de vuestro marido
todos fincarán a vuestro fijo e vos seredes onrada e bien
andante con este cavallero." E los cavalleros e los omes
buenos que eran con ella otorgaron lo que el cavallero
dezía; e dixieron que lo catara muy bien como ome de
buen entendimiento. "Amigos —dixo la señora de la villa—, pues vos por bien lo tenedes, yo non he de salir
de vuestro consejo. Catadlo e ordenadlo en aquella guisa
que entendedes que es más a serviçio de Dios e a pro e a
onra de mí e de mi fijo." E el cavallero Zifar dixo que

[55] *espiende*: gasta.

fincase este pleito fasta en la mañaña, que fablasen con
el fijo del señor de la hueste. Fuéronse cada uno para
sus posadas a folgar.

E otro día en la mañaña venieron seis cavalleros del
señor de la hueste, muy bien vestidos en sus palafrés e
sin armas ningunas a la puerta de la villa. E los que
estavan en las torres dixieron que se tirasen afuera, e si
non que los farían ende arredrar. "Amigo —dixo un cavallero de ellos—, non fagades, ca nos venimos con buen
mandado." "Pues, ¿qué queredes?" —dixo el de la torre—. "Queremos —dixo el cavallero— fablar con la
señora de la villa." "¿E qué queriedes?" —dixo el de
la torre—, ¿que gelo feziese saber?" "Sí —dixo el cavallero—; fablar con la señora de la villa." E díxole este
mandado de cómo seis cavalleros onrados de la hueste
estavan a la puerta e querían fablar con ella, e que le
dixieron que venían con buenos mandados. "Dios lo
quiera —dixo ella—, por su merçed." E luego enbió
por el cavallero Zifar e por los otros omes de la villa, e
díxoles de cómo aquellos cavalleros estavan a las puertas
desde grant mañaña, e si tenían por bien que [f. 32]
entrasen e que fuesen allá algunos omes buenos de la
villa que los aconpañasen. E ellos escogieron entre sí veinte cavalleros de los más ançianos e de los más onrados e
enbiáronlos allá. E ellos abrieron las puertas de la villa
e llegaron allí do estavan los seis cavalleros e dixéronles
que si querían entrar. E ellos dixieron que sí, para fablar
con la señora de la villa. "Pues fazetnos omenaje —dixo
el cavallero Zifar— que por vos nin por vuestro consejo
non venga daño a la villa nin a ninguno de los que ý son."
"Çertas —dixieron los cavalleros—, nos así lo fazemos.
¿E vos segurades nos?" —dixieron los cavalleros—. "Sí
—dixieron los de la villa—, que resçibades onra e plazer
e non otra cosa ninguna que contraria sea." E así entraron en la villa e fuéronse para la señora de la villa, que
los estava atendiendo. E quando los vio entrar, levantóse
a ellos, e todos los que ý eran con ella, e resçebiéronlos
muy bien. E ellos dixieron que se asentasen todos e que
dirían su mandado. E feziéronlo así e estovieron muy aso-

segados. "Señora —dixo un cavallero de los que venieron de la hueste—; ca çiertos somos que querría vuestra
onra e la vuestra salud e non dudes, ca más bien ay de
quanto vos cuidades." "Dios lo quiera" —dixo ella—.
"Señora —dixo el cavallero—, nuestro señor nos enbía
dezir así: que si Dios le da algunos enbargos en este mundo e algunos enojos e lo trae a algunos peligros dañosos,
que gelo faze porque es pecador contra los pecadores, e
señaladamente por el yerro que a vos tiene, vos non gelo
meresçiendo nin le faziendo por qué, nin el vuestro marido, señor que fue de este lugar; ante dize que fue mucho su amigo en toda su vida, e que él que vos ha fecho
guerra e mucho daño e mucho mal en aquella vuestra
tierra. E por ende, tiene que, si mayores enbargos le diese
e mayores desonras de quantas le ha fecho fasta el día
de oy, con grant derecho gelo faría. Onde vos enbía rogar
que le quera [f. 32v] des perdonar, e él que sería vuestro amigo e se terná [56] conbusco contra todos aquellos que
vos mal quesieron fazer. E esto todo sin ninguna infinta
e sin ningunt entredicho; pero ante vos enbía a dezir que,
si vos ploguiere, que mucho plazería a él que su fijo casase conbusco; ca vos sabedes que él non ha otro fijo
heredero sinon aquél que vos aquí tenedes en vuestro
poder, e que luego en la su vida le daría estas dos villas
grandes que son aquí çerca de vos e ocho castiellos de
los mejores, que fuesen aquí çerca en derredor." "Cavalleros —dixo la señora de la villa—, yo non vos podría
responder a menos que yo fablase con estos omes buenos
de mio consejo. E tiradvos allá e fablaré con ellos." "Çertas —dixeron ellos—, mucho nos plaze." E feziéronlo así.
La señora de la villa estando con aquellos omes buenos,
non dezía ninguna cosa e estava como vergoñosa e enbargada; e los omes buenos estavan maravillados entre sí e
teniendo que era mal en tardar la respuesta, ca non era
cosa en que tan grant acuerdo oviese aver, faziéndole
Dios tanta merçed como les fazía. E ellos estando en esto,
levantóse un cavallero ançiano, tío de la señora de la

[56] *terná*: tendrá.

villa, e dixo así: "Señora, tarde es bueno a las vegadas, e malo otrosí; ca es bueno quando ome asma [57] de fazer algunt mal fecho de que puede nasçer algunt peligro de lo tardar, e en tardando lo que puede fazer aína puédele acaesçer alguna cosa que lo dexaría todo o la mayor parte de ello. E eso mesmo del que quiere fazer alguna cosa rebatadamente de que después oviese a repentir, dévelo tardar; ca lo deve primero cuidar en quál guisa lo deve mejor fazer, e desque lo oviese cuidado e emendado, puede ir más endresçadamente al fecho. E eso mesmo quando oviese camiados [58] el tienpo de bien en mal, de manera que los fechos non se feziesen así como conviene; ca en tal sazón como ésta deven los omes [f. 33] sufrirse e dar pasada a las cosas que tornen las cosas e los tienpos a lo que deven; ca más vale desviarse de la carrera mala e peligrosa e medrosa, ca quien va non tuerçe, maguer que tarde; mas quien oviese buen tienpo para fazer las cosas seyendo buenas, e toviese guisado de lo conplir, esto non lo deve tardar por ninguna manera, así como este buen propósito en que estamos, ca se puede perder por aventura de una ora o de un día. Mas endrésçese e fágase luego sin tardança ninguna; ca a las vegadas quien tienpo ha e tienpo atiende, e tienpo viene e tienpo pierde." "Çertas —dixo la señora de la villa—, en vuestro poder só. Ordenad la mi fazienda como mejor vierdes." E ellos estonçe fizieron llamar aquellos seis cavalleros del señor de la hueste, e preguntáronles que qué podar traían para afirmar estas cosas que ellos demandavan. E ellos dixeron que traían procuratorios muy conplidos que por quanto ellos fiziesen fincaría su señor, e demás que traían el su sello para afirmar las cosas que se ý feziesen.

E el tío de la señora de la villa les dixo: "Amigos, todas las cosas que demandades vos son otorgadas, e fáganse en el nonbre de Dios." E un cavallero de los del señor de la hueste dixo así: "Señora, ¿perdonades al señor de la hueste de quanto mal e de quanto daño e enojo vos fizo

[57] *asma*: del verbo *asmar*: pensar, calcular.
[58] *camiados*: cambiados.

fasta el día de oy, e perdedes querella de él ante estos
omes buenos que aquí son?" "Sí perdono —dixo ella—,
e pierdo toda querella de él, si me guardare lo que vos
aquí dixistes." "E yo vos fago pleito e omenaje —dixo
el cavallero—, con estos cavalleros que son aquí comigo
e yo con ellos, por el señor de la hueste, que él que vos
cunple todo lo que aquí diximos; e que se atenga conbusco
contra todos aquellos que contra vos fueren; e por mayor
firmeza, firmarlo hemos con el sello de nuestro señor.
Pero, señora —dixo el cavallero—, ¿qué me dezides de
lo que enbía rogar el señor de la hueste sobre el casamiento de su fijo?" E ella [f. 33v] calló e non le respondió ninguna cosa; e preguntógelo otra vegada e ella calló.
E los otros, veyendo que ella non quería responder a
esta demanda, dixo el tío de la señora de la villa: "Cavallero, yo vos fago seguro en esta demanda que vos fazedes
de este casamiento, que quando el señor de la hueste se
viere con mi sobrina, que se faga de todo en todo e se
conplirá lo que él quisiere en esta razón, conpliendo a su
fijo aquello que vos dixistes." "¿E de su parte asegúras-
me vos?" —dixo el cavallero—. E luego fue ende fecho
un estrumento público.

E luego los cavalleros se espedieron de la señora de la
villa e de los otros que ý eran, muy alegres e muy pagados; e cavalgaron en sus palafrés e fuéronse para el señor
de la hueste; e ivan rezando este salmo a alta bos: *beati
inmaculati in via qua anbulant in lege domini.*

Çertas dizen bien, ca bien aventurados son los que
andan e deven ser los que andan en buenas obras a serviçio de Dios.

Los de la hueste estavan esperando e maravillávanse
de la tardança que fazían; ca desde grant mañaña que
fueron, non tornaron fasta ora de nona, atanto duró el
tratado. E quando llegaron a su señor, los vio luego, les
preguntó, e les dixo: "Amigos, ¿venídesme con pas?"
"Çertas, señor —dixeron ellos—; esforçatvos muy bien,
que Dios lo ha traído a vuestra voluntad." "¿Cómo?
—dixo él— ¿e só perdonado de la señora de la villa?"
"Çertas —dixeron ellos—, sí." "Agora —dixo él— só

guarido en el cuerpo e en el alma. Bendito sea Dios por ende." "Pues aún más traemos —dixieron ellos—, e sabemos que es cosa que vos plazerá mucho; ca traemos aseguramiento del tío de la señora de la villa que quando vos vierdes con ella que se faga el casamiento de vuestro fijo." "Çertas —dixo él—, mucho me plaze. E enbiat dezir a la señora de la villa que el domingo, de grant mañana, a ora de prima, seré con ella, si Dios quisiere; e non como guerrero, mas como buen amigo de su onra e de su pro." E luego mandó que toda la gente otro día en la mañana que desçercasen la [f. 34] villa e se fuesen todos para sus lugares. E retóvo en sí dos cavalleros de la mejor cavallería que ý avía e mandóles que enbiasen las lorigas e las armas e que retoviesen consigo los sus paños de vestir, que el domingo cuidavan fazer bodas a su fijo, con la merçed de Dios, con la señora de la villa. E todos los de la hueste fueron muy alegres e gradesçiéronlo mucho a Dios, ca tenían que salíe de yerro e de pecado.

E quando fue el domingo en la grant mañana, levantóse el señor de la hueste e oyó su misa, e eso mesmo la señora de la villa, ca apreçebidos estavan e sabían que el señor de la hueste avía de ser esa mañana; e todos estavan muy alegres, mayormente de que vieron derramar la hueste e irse.

Quando llegó el señor de la hueste a las puertas de la villa, mandárongelas abrir e dixiéronle que entrase quando quisiese. E todas las plaças de la villa e las calles eran de estrados de juncos. E todos los cavalleros le salieron a resçebir muy apuestamente. E las dueñas e las donçellas de la villa fazían sus alegrías e sus danças por la grant merçed que Dios les feziera en los librar de aquel enbargo en que estavan. E el señor de la hueste llegó a la señora de la villa e saludóla; e ella se levantó a él e dixo: "Dios vos dé la su bendiçión." E asentáronse anbos a dos en el su estrado, e todos los cavalleros en derredor. E él començó a dezir palabras de solas e de plazer, e preguntóle: "Fija señora, ¿perdonástesme de coraçón?" "Çertas —dixo ella— sí, si vos verdaderamente me guardásedes lo que me enbiastes prometer." "Çierto só —dixo él— que por el tuerto que yo a vos tenía me veía en muchos enbargos e nunca cosa quería començar que la podiese acabar, ante salía ende con daño e con desonra; e bien creo que esto me fazía las vuestras plegarias que fa [f. 34v] zíades a Dios." "Bien creed —dixo ella— que yo sienpre rogué a Dios que vos diese enbargos porque non me veniese mal de vos; mas desde aquí adelante rogaré a Dios que vos endresçe los vuestros fechos con bien en onra." "Gradésçavoslo Dios —dixo él—. E fija señora, ¿qué será de lo que vos enbié rogar con mis cavalleros del casamiento de mio fijo?" E ella calló e non le respondió ninguna cosa. El señor de la hueste fincó engañado; tovo que a ella non deviera fazer esta demanda. Llamó a uno de aquellos cavalleros que venieron con el mandado: "¿Quién es aquel cavallero que vos aseguró del casamiento?" "Señor —dixo—, es aquel que está allí." Estonçe fue el señor de la hueste e tomólo por la mano e sacólo aparte e díxole: "Cavallero, ¿qué será de este casamiento? ¿puede se fazer luego?" "Sí —dixo él—, si vos quisierdes." "Pues endreçaldo —dixo el señor de la hueste—; sí Dios endresçe todos los vuestros fechos." "Plázeme" —dixo el cavallero—. E fue a la señora de la villa e díxole que este casamiento de todo en todo que se delibrase. Dixo ella que lo feziese como quisiese, que todo lo ponía en él.

El cavallero fue luego traer al fijo del señor de la hueste que tenía preso. E quando llegaron ante la señora de la villa, dixo el cavallero al señor de la hueste: "Demandat lo que quisierdes a mí e respondervos he." "Demándovos —dixo el señor de la hueste— a esta señora de la villa por muger para mio fijo." "Yo vos lo otorgo" —dixo el cavallero—. "E yo vos otorgo el mio fijo para la dueña, comoquier que non sea en mio poder; ca non es casamiento sin él e ella otorgar." E otorgáronse por marido e por muger. "Enpero —dixo el señor de la hueste—, si mesura valiese, suelto devía ser el mio fijo sobre tales palabras como éstas, pues pas avemos [f. 35] fecho." "Çertas —dixo la señora de la villa—, esto non entró en la pletesía, e mio preso es e yo lo devo soltar quando me yo quisiere; e non querría que me saliese de mis manos por

alguna maestría." "Çertas —dixo el señor de la hueste reyendo—, mucho me plaze que le ayades sienpre en vuestro poder." E enbiaron por el capellán e preguntaron al
fijo del señor de la hueste si resçebía a la señora de la
villa, que estava ý delante, por muger, como manda santa
eglesia. Él dixo que sí resçebía. E preguntó a ella si resçebía a él por marido; dixo que sí. Quando esto ella vio,
demandó la llave de la presión que él tenía. E la presión
era de una çinta de fierro con un candado; e cayóse la
presión en tierra. E dixo el capellán: "Cavallero, ¿sodes
en vuestro poder e sin ninguna presión?" "Sí" —dixo
él—. "Pues ¿resçebides esta dueña como santa eglesia
manda?" Dixo él: "Sí resçibo." Allí se tomaron por las
manos e fueron oir misa a la capiella e desí a llantar. E
después que fueron los cavalleros a bofordar [59] e a lançar
e a fazer sus demandas e a correr toros e a fazer grandes
alegrías. Allí fueron dados muchos paños e muchas joyas
a joglares e a cavalleros e a pobres.

El señor de la hueste estava ençima de una torre parando mientes cómo fazían cada uno, e vio un cavallero mançebo fazer mejor que quantos ý eran, e preguntó al tío
de la señora de la villa: "¿Quién es aquel cavallero que
anda entre aquellos otros que los vençe en lançar e en
bofordar e en todos los otros trebejos de armas e en todas
las otras aposturas?" "Un cavallero estraño" —dixo el
tío de la señora de la villa—. "Çertas —dixo el señor de
la hueste—, aquél me semeja el que me ferió." El tío de
la señora de la villa enbió por el cavallero Zifar. E él
quando lo sopo que el señor de la hueste enbiava por él,
temióse de aver alguna afruenta; pero con todo esto fuese
para allá muy paso e de buen continente. E preguntóle el
señor [f. 35v] de la hueste: "Cavallero, ¿ónde sodes?"
"De aquí" —dixo el cavallero Zifar—. "¿Natural?" —dixo
el señor de la hueste—. "Çertas —dixo el cavallero Zi-

---

[59] Ya son populares los toros en las fiestas. *Bofordar*: "Tirar o
arrojar bohordos en los juegos de caballería." *Bohordo*: "Lanza
corta arrojadiza. Varita o caña (en los juegos de cañas)." (*Dicc.
Acad.*)

far— non, mas só del regño de Tarta, que es muy lejos
de aquí." "¿Pues cómo venistes a esta tierra?" —dixo el
señor de la hueste—. "Así como quiso la mi ventura"
—dixo el cavallero Zifar—. "E si vos sodes el que me
feristes, yo vos perdono; e si quisierdes fincar aquí en
esta tierra, heredar vos he muy bien e partiré conbusco
lo que oviere." "Grant merçedes —dixo el cavallero Zifar— de todo quanto aquí me dexiste, mas adelante es el
mio camino que he començado e non podría fincar sinon
fasta aquel tienpo que puse con la señora de la villa."
"Cavalguemos" —dixo el señor de la hueste—. "Plázeme"
—dixo el cavallero Zifar.

Cavalgaron e fueron andar fuera de la villa do andavan
los otros trebejando e faziendo sus alegrías. E andando el
señor de la hueste fablando con el cavallero Zifar, preguntóle dónde era e cómo fuera la su venida e otras cosas
muchas de que tomava plazer. Era ya contra la tarde e
conplíese los dies días que oviera ganado el cavallo quando mató al sobrino del señor de la hueste. E ellos estando
así fablando, dexóse el cavallo caer muerto en tierra. El
cavallero Zifar se salió de él e paróse a una parte. "¿Qué
es esto?" —dixo el señor de la hueste—. "Lo que suele
ser sienpre en mí, ca tal ventura me quiso Dios dar que
nunca de dies días arriba me dura cavallo nin bestia; que
yo por eso ando así apremiado de pobre." Dixo el señor
de la hueste: "Fuerte ventura es para cavallero; mas tanto
vos faría que, si por bien toviésedes, que vos conplía de
cavallos e de armas e de las otras cosas, si aquí quisierdes
fincar." "Muchas graçias —dixo el cavallero Zifar—. Non
lo quera [f. 36] des, ca vos sería muy grant costa e a
vos non conplía la mi fincada; ca, loado sea Dios, non
avedes guerra en esta vuestra tierra." "¿Cómo? —dixo
el señor de la hueste— ¿el cavallero non es para al sinon
para guerra?" "Sí —dixo el cavallero Zifar—: para ser
bien acostunbrado e para dar buen consejo en fecho de
armas e en otras cosas quando acaesçieren. Ca las armas
non tienen pro al ome si ante non ha buen consejo de
como oviere de usar de ellas." El señor de la hueste enbió
por un su cavallo que tenía muy fermoso e diólo al ca-

vallero Zifar e mandólo sobir en el cavallo, e díxole:
"Tomad ese cavallo e fazet de él como de vuestro." "Muchas graçias —dixo el cavallero Zifar—, ca mucho era
mester." E desí veniéronse para el palaçio do estava la
señora de la villa, e espediéronse de ella e fuéronse para
sus posadas. E otro día en la mañaña vino el señor de
la hueste con toda su gente para la villa. E   [60] su fijo
de las villas e de los castiellos que avía prometido. E cada
una de aquellas villas eran muy mayores e más ricas que
non Galapia. E acomendó a Dios su fijo e a la señora de
la villa e fuese para su tierra.

El cavallero Zifar estó ý aquel tienpo que avía prometido a la señora de la villa; e el cavallo que le diera el
señor de la hueste moriósele a cabo de dies días, e non
tenía cavallo en que ir. Quando la señora de la villa oyó
que se quería ir, pesóle mucho e enbió por él e dixo así:
"Cavallero bueno, ¿querédesvos ir?" "Señora —dixo él—,
conplido he el mes que vos prometí." "¿E por cosa que
vos ome dixiese, fincaríades?" —dixo ella—. "Çertas
—dixo él— non; ca puesto he de ir más adelante." "Pésame —dixo ella—, tan buen cavallero como vos, por
quien nos fizo Dios tanta merçed, en salir de la mi tierra;
pero non puedo ý al fazer, pues vuestra voluntad es. E
tomad aquel mi palafrén, que es muy bueno, e denvos
quanto quisierdes largamente para despender, e guíevos
Dios." Él se espedió de la señora de la villa luego,
[f. 36v] e la su muger; llorando la señora de la villa muy
fuertemente porque non podía con él que fincase. El tío
de la señora de la villa le mandó dar el palafrén e le
mandó dar muy grant aver. E salieron con él todos quantos cavalleros avía en la villa, travando con él e rogándo-
le que fincase e que todos le farían e servirían e catarían
por él así como por su señor. Pero que de él palabra nunca
podieron aver que fincaría, antes les dezía que su entençión era de se ir de todo en todo. E quando fueron redrados todos de la villa, el cavallero Zifar e díxoles así:
"Amigos, acomiéndovos a Dios, ca ora es de vos tornar."

[60] Espacio en blanco en el Ms. (fue entregado) (W., 83).

"Dios vos guíe" —dixieron los otros—. Pero con grant
pesar tornaron, llorando de los ojos.

E quando se conplieron los dies días después que salieron de Galapia, morióse el cavallo que le diera la señora de la villa, de guisa que ovo de andar bien tres
días de pie.

E llegaron un día a ora de terçia çerca de un montezillo, e fallaron una fuente muy fermosa e muy clara e
buen prado enderredor de ella. E la dueña, aviendo grant
piedat de su marido que veníe de pie, díxole: "Amigo
señor, desçendamos a esta fuente e comamos esta fianbre
que tenemos." "Plázeme" —dixo el cavallero—. E estudieron çerca de aquella fuente e comieron de su vagar,
ca açerca avían la jornada fasta una çibdat que estava
çerca de la mar, que le dezían Mella. E después que ovieron comido, acostóse el cavallero un poco en el regaço de
su muger, e ella espulgándole, adormióse. E sus fijuelos
andavan trebejando por aquel prado e fuéronse llegando
contra el montezillo. E salió una leona del montezillo e
tomó en la boca el mayor. E a las bozes que dava el otro
fijuelo, que venía fuyendo, bolvió la cabeça [f. 37] la
dueña e vio cómo la leona levava el un fijuelo e començó
a dar bozes. El cavallero despertó e dixo: "¿Qué avedes?" "El vuestro fijuelo mayor —dixo ella— lieva una
bestia, e non sé si es león o leona." E entrando en aquel
monte pero que non falló ningunt recabdo de ello e tornóse muy cuitado e muy triste. E dixo la dueña: "Vayámosnos para esta çibdat que está aquí çerca, ca al non podemos aquí fazer sinon gradesçer a Dios quanto nos fas
e tenérgelo por merçed." E llegaron a la çibdat a ora de
bispras e posaron en las primeras casas del alberguería
que fallaron. E dixo el cavallero a la dueña: "Iré buscar
que comamos e yerva para este palafrén." E ella, andando
por casa fablando con la huéspeda, salióle el palafrén de
la casa e ella ovo de salir en pos él, deziendo a los que
encontrava que gelo tornasen. E el su fijuelo, quando
vio que non era su madre en casa, salió en pos ella lla-
mándola; e tomó otra calle e fuese perder por la çibdat.
E quando tornó la madre para su posada, non falló su

fijuelo, e dixo a la huéspeda: "Amiga, ¿qué se fizo mio
fijuelo que dexé aquí?" "En pos de vos salió —dixo
ella—, llamando '¡madre, señora!'." E el cavallero Zifar
quando llegó e falló a la dueña muy triste e muy cuitada,
e preguntóle qué avía. E ella dixo que Dios que la quería
fazer mucho mal, ca ya el otro fijuelo perdido lo avía.
E él le preguntó cómo se perdiera e ella gelo contó. "Çertas —dixo el cavallero—, nuestro señor Dios derramarnos [61] quiere, e sea bendito su nonbre por ende." Pero
que dieron algo a omes que lo fuesen buscar por la çibdat, e ellos andudieron por la çibdat toda la noche e otro
día fasta ora de terçia e nunca podieron fallar recabdo de
él, salvo ende una buena muger que les dixo: "Çertas,
anoche después de bísperas pasó por aquí dando bozes
llamando a su madre; e yo aviendo duelo de él, llamélo
e pregun [f. 37v] téle qué avía, e non me quiso responder; él bolvió la cabeça e fuese la calle ayuso." [62] E quando llegaron con este mandado al cavallero e a su madre,
pesóles muy de coraçón, señaladamente a la madre, que
fizo muy grant duelo por él, de guisa que toda la vezin-
dat fue y llegada, e quando lo oyó dezir que en aquel día
mesmo le avía llevado la leona el otro fijo, tomavan grant
pesar en sus coraçones e grant piedat de la dueña e del
cavallero, que tan grant pérdida avían fecho en un día.
E así era la dueña salida de seso, que andava como loca
entre todas las otras, deziendo sus palabras muy estrañas
con grant pesar que tenía de sus fijos, pero que las
otras dueñas la conortavan lo mejor que podían.

E otro día en la mañana fue el cavallero Zifar a la
ribera del mar; e andando por y, vio una nave de Orbín,
do dezían que avía un rey muy justiçiero e de muy buena
vida. E preguntóle el cavallero Zifar si le quería pasar
allá a él e a su muger; e ellos dixiéronle que si les algo
diese. E él pleteó con ellos e fuese para la posada e díxole a su muger cómo avía pleteado con los marineros
para que los levasen aquel regño do era aquel buen rey.

---

[61] *derramarnos:* dispersarnos. (Véase nota 47.)
[62] *ayuso:* abajo.

A la dueña plogo mucho e preguntóle que quándo irían.
"Çertas —dixo—, luego, cras en la mañaña, si Dios quisiere." La dueña dixo: "Vayamos en buen punto, e sal-
gamos de esta tierra do nos dio Dios tantos enbargos e
fizo e quiere fazer." "¿Cómo? —dixo el cavallero Zifar—, ¿por salir de un regño e irnos a otro cuidades fuir
del poder de Dios? Çertas non puede ser, ca él es señor
de los çielos e de la tierra e del mar e de las arenas, e
ninguna cosa non puede salir de su poder. Ca así como
contesçió a un enperador de Roma, que cuidó fuir del
poder de Dios e contesçióle como agora oiredes dezir."

De cómo cayó muerto el enperador, de los truenos e relánpagos que fizo en el çielo. [63]

"Dize el cuento que un [f. 38] enperador ovo en Roma
que avía muy grant miedo de los truenos e de los relánpagos, e reçelándose del rayo del çielo que caía e con
miedo del rayo, mandó fazer una casa so tierra, labrada
con muy grandes cantos e muchas bóbedas de yuso, e
mientra nublado fazía, nunca de allí salíe. Un día venieron
a él en la mañaña pieça de cavalleros sus vasallos e dixiéronle de cómo fazía muy claro día e muy fermoso e que
fuesen fuera de la villa a caça a tomar plazer. E el enperador cavalgó e fuese con los cavalleros fuera de la villa.
E él seyendo fuera quanto un migero, [64] vio una nuvezilla
en el çielo pequeña e cavalgó en un cavallo muy corredor
para se ir a aquella casa muy fuerte que feziera so tierra.
E ante que allá llegase, seyendo muy çerca de ella, óvose
estendido la nuve por el çielo e fizo truenos e relánpagos
e cayó muerto en tierra, e está enterrado en una torre de
la su casa fuerte, e non pudo fuir del poder de Dios. E
ninguno non deve dezir: "non quiero fincar en este lugar
do me Dios tanto mal me fizo", ca ese Dios es en un
lugar que en otro, e ninguno non puede fuir de su poder.
E por ende le devemos tener en merçed quequier que

[63] Véase Wagner, "Sources", p. 84.
[64] *migero*: una milla. Del lat. *miliarium*.

acaesca, de bien o de mejor; ca él es el que puede dar de
tristeza alegría, e después de pesar plazer; e esforçémos-
nos en la su merçed. E çierto só que en este desconorte
nos ha de venir grant conorte." "Así lo mande Dios"
—dixo ella.

E otro día en la mañana, después que oyeron misa, fuéronse para la ribera de la mar para se ir. E los marineros
non atendían sinon viento con que moviesen. E desque
vieron la dueña estar con el cavallero en la ribera, el
diablo, que non queda de poner pensamientos malos en los
coraçones de los omes, puso a los señores de la nave que
metiesen a la dueña en la nave, e el cavallero que lo
dexasen de fuera en la ribera, e feziéronlo así. "Amigo
—dixieron al cavallero—, atendetnos aquí con vuestro cavallo en la ribera, que non cabremos todos en el batel, e
tornaremos luego por vos e por otras cosas que avemos de
mester en la nave." "Plázeme —dixo [f. 38v] el cavallero—, e acomiéndovos esa dueña que la guardedes de mal."
"Çertas, así lo faremos" —dixieron los otros—. E desque
tovieron la dueña en la nave e les fizo un poco de viento,
alçaron la vela e començaron de ir. E el cavallero andando pensando por la ribera, non paró en ellos mientes
nin vido quando movieron la nave. E a poco de tienpo
vio la nave muy lexos e preguntó a los otros que andavan
por la ribera: "Amigos, ¿aquella nave que se va es la que
va al regño de Orbín?" "Çertas —dixieron los otros—,
sí." "E por mí avían de tornar" —dixo él—. "Non de
esta vegada" —dixieron los otros—. "¿Vedes, amigos
—dixo el cavallero—, qué grant falsedat me han fecho,
deziendo que tornarían por mí? Mentiéronme e leváronme
mi muger." Quando esto oyeron los otros, fueron mucho
espantados de tan grant enemiga como avían aquellos marineros fecho, e si podieran ý poner consejo, feziéranlo de
muy buena mente. Mas tan lexos iva la nave e atan buen
viento avían, que se non atrevieron a ir en pos ella.
Quando el buen cavallero Zifar se vio así desanparado
de las cosas de este mundo que él más quería, con grant
cuita dixo así: "Señor Dios, bendito sea el tu nonbre por
quanta merçed me fazes; pero, señor, si te enojas de mí

en este mundo, sácame de él, ca ya me enoja la vida e
non puedo sofrir bien con paçiençia así como solía. E,
señor Dios poderoso sobre todos los poderosos, lleño de
misericordia e de piedat, tú eres poderoso entre todas las
cosas e que ayudas e das conorte a los tus siervos en las
sus tribulaçiones e ayudas los que bien quieres que derra-
mas por las desaventuras de este mundo: así como ayu-
deste los tus siervos bienaventurados a Uestechio e a
Çeupista, [65] su muger, e a sus fijos Agapito e te plega a la
tu misericordia de ayudar a mí e a mi muger e a mis fijos,
que somos derramados por semejante. E non cates a los
mis pecados, mas cata a la grant esperança que ove siempre [f. 39] en la tu merçed e en la tu misericordia. Pero
si aún te plaze que mayores trabajos pase en este mundo,
fas de mí a tu voluntad, ca aparejado estó de sofrir quequier que me venga."

Mas nuestro señor Dios, veyendo la paçiençia e la bondat de este cavallero, enbióle unas bos del çielo, la qual
oyeron todos los que ý eran enderredor de él, conortán-
dole lo mejor que podía; la qual bos le dixo así: "Cavallero bueno —dixo la bos del çielo—, non te desconortes
por quantas desaventuras te avenieron, que te vernán muchos plazeres e muchas alegrías e muchas onras. E non
temas que has perdido la muger e los fijos, ca todo lo
abrás a toda tu voluntad." "Señor —dixo el cavallero—,
todo es en tu poder e fas como tovieres por bien." Pero
que el cavallero fincó muy conortado con estas palabras
que oía; e los otros que estavan por la ribera, que oyeron
esto, fueron maravillados e dixieron: "Çertas, este ome
bueno de Dios es; e pecado fizo quien le puso en este
grant pesar." E travaron con él que fincase ý en la villa
e que le darían todas las cosas del mundo que oviese
mester. "Çertas —dixo el cavallero—, non podría fincar
do tantos pesares e resçebido, e acomiéndovos a Dios."
Cavalgó en su cavallo e fuese por una senda que iva ribera

---

[65] *Eustachio e Teospita su muger e sus fijos Agapito e Teospito*
(W., 90-91). Alusión a la leyenda de San Eustaquio, fuente del
Zifar.

de la mar. E la gente toda se maravillavan de estas desaventuras que contesçiera a este cavallero en aquella çibdat; ca por esta razón unos dezían de cómo llorava los
fijos, deziendo que la leona le levara el uno çerca de la
fuente; e el otro en cómo le perdiera en la villa; los otros
dezían de cómo aquellos falsos de la nave levaron a su
muger con grant traiçión e con grant enemiga. E ellos
estando en esta fabla, sobrevino un burgés de los mayores e más ricos e más poderosos de la villa e preguntó
qué era aquello en que fablavan; e ellos contárongelo todo.
"Çertas —dixo el burgés—, non [f. 39v] son perdidos los
sus fijos." "¿E cómo non?" —dixieron los otros. "Yo vos
lo diré —dixo el burgés—. Yo andando el otro día a caça
con mis canes e con mi conpaña, sentí los canes que se
espantavan mucho e fui en pos de ellos e fallé que ivan
latiendo en pos una leona que levava una criatura en la
boca muy fermosa, e sacudiérongela e tomé yo la criatura en los braços e tráxela a mi posada. E porque yo e
mi muger non avíamos fijo ninguno, roguéle que quisiese
que le porfijásemos, pues non le sabían padre nin madre;
e ella tóvolo por bien e porfijémosle. E quando fue en la
tarde, estando mi muger a las feniestras con aquella criatura en braços, vio venir otra criatura muy fermosa del
tamaño que aquella o poco menor, llorando por la cal. [66]
Díxole: "Amigo, ¿qué es?" E él non respondió. E la otra
criatura que tenía en braços viola como iva llorando e
diole una bos, e el otro alçó los ojos e viole e fue llegándose a la puerta faziendo la señal que le acogiesen, ca
non sabía bien fablar. E la mi muger enbió una manceba
por él e sobiógelo a la cámara. E los moços quando se
vieron en uno, començáronse abraçar e a besar, faziendo
muy grant alegría, como aquellos que fueron nasçidos de
una madre e criado en uno e conosçíanse. E quando preguntavan a qualquier de ellos: "¿qué es de tu padre e de
tu madre?", respondían: "non sé". E quando yo llegué a
la posada, fallé a mi muger mucho alegre con aquella criatura que Dios le enbiara, e díxome así: "Amigo señor,

[66] *cal*: calle.

vedes quán fermosa criatura me traxo Dios a las manos;
e si a vos fizo merçed en esta otra criatura que vos dio,
tengo que mejor la fizo a mí en quererme fazer graçia e
enbiarme esta otra. Çertas creo que sean hermanos, ca se
semejan; e pídovos por merçed que querades que por-
fijemos a esta criatura como fezimos a la otra." E yo
respondíle que [f. 40] me plazía muy de coraçón; e por-
fijámoslo."

"¡O Nuestro Señor! —dixo el otro burgés—. ¡Qué buenas nuevas para el cavallero, si oviese quien gelas levar!"
"Çertas —dixo el otro—, yo quiero andar en su demanda
estos ocho días, e si lo fallare, dezirle he estas buenas nuevas." E tomó cartas de los omes buenos de la çibdat porque lo creyese e cavalgó e fuese en demanda del cavallero.
Pero tal fue la su ventura, que nunca pudo fallar mandado de él, si era muerto o bivo, e tornóse para la çibdat
e dixo a los omes buenos cómo non podiera fallar recabdo
ninguno del cavallero, e pesóles muy de coraçón. E todos
punavan en fazer merçed e plazer a aquellas criaturas, e
más el padre e la madre que los porfijaron, ca ellos eran
muy acostunbrados, maguer [67] moços pequeños, ca así los
acostunbraron e los nodresçieron [68] aquella buena dueña
que los falsos levaron en la nave, desque agora vos contará la estoria en cómo pasó su fazienda.

DE CÓMO NON IVA NINGUNO EN LA NAVE EN QUE IVA LA
DUEÑA NIN QUIEN LA GUIASE, SALVO ENDE UN ÑIÑO QUE
VIO ESTAR ENÇIMA DE LA NAVE QUE LA GUIAVA. E ESTE
ERA IHESU CHRISTO, QUE VENÍA A GUIAR LA NAVE POR
RUEGO DE SU MADRE SANTA MARÍA. E ASÍ LO AVÍA VISTO
LA DUEÑA ESA NOCHE EN VISIÓN

Dize el cuento que quando la dueña vio que los marineros movían su nave e non fueron por su marido, tovo
que era caída en manos malas e que la querían escarneçer,

---

[67] *maguer*: aunque.
[68] *nodresçieron*: criaron.

e con grant cuita e con grant pesar que tenía en su coraçón, fuese por derribar en la mar. E tal fue la su ventura que en dexándose caer rebolvióse la çinta suya en
una cuerda de la nave; e los marineros quando la vieron
caer, fueron a ella corriendo e falláronla colgada e tirá-
ronla e sobiéronla a la nave. "Amiga —dixo el uno de los
de la nave—, ¿por qué vos queredes matar? Non lo
fagades, ca el vuestro marido aquí será mucho aína; ca
por razón del cavallo que non podiera más de ligero meter en la nave, ro [f. 40v] guemos a otros marineros, que
estavan muy çerca de la ribera con su nave, que lo acogiesen ý, e mucho aína será conbusco, e non dudedes.
E demás, estos que están aquí, todos vos quieren grant
bien e yo más que todos." Quando ella estas palabras oyó,
entendió que eran palabras de falsedat e de enemiga, e
dio una bos e dixo así: "Virgen Santa María, tú que
acorres a los cuitados e a los que están en peligro, e acorre
a mí, si entiendes que he mester." E desí tomáronla e fuéronla meter en la saeta de la nave [69] porque non fuese
otra vegada a se derribar en la mar, e sentáronse a yantar,
ca era ya çerca de medio día.

E ellos estando comiendo e beviendo a su solas e departiendo en la fermosura de aquella dueña, la Virgen
Santa María, que oye de buena mente los cuitados, quiso
oir a esta buena dueña e non consentió que resçebiese
mal ninguno, segunt entendedes por el galardón que resçebieron del diablo aquestos falsos por el pensamiento
malo que pensaron. Así que ellos estando comiendo e beviendo más de su derecho e de lo que avían acostunbrado, el diablo metióles en coraçón a cada uno de ellos
que quesiesen aquella dueña para sí. E ovo a dezir el uno:
"Amigos, yo amo aquesta dueña más que a ninguna cosa

---

[69] *La saeta de la nave* parece, sin duda, la bodega. Pero existe
la palabra *saetía*, que viene del lat. *sagitta*, que pasó al árabe, al
catalán y al castellano. "Kat. sagetía, esp. saetía. Embarcació de
vela llatina, d'un sol pont i dos o tres pals, més petita i més ràpida
que la galera." (Rolf Eberenz, *Shiffe an den Küsten der Pyrenäenhalbinsel*, Bern-Frankfurt/M., 1975, p. 261.) Una nave mediterránea,
cuyo nombre resultaba tal vez dudoso al copista.

del mundo, e quiérola para mí e ruégovos que non vos trabajedes ningunos de la amar, ca yo só aquel que vos la defenderé fasta que tome ý muerte." "Çertas —dixo el otro—, yo eso mesmo faré por mí, ca más la amo que tú." Así que los otros todos de la nave, del menor fasta el mayor, fueron en este mal acuerdo e esta discordia, en manera que metieron mano a las espadas e fuéronse ferir unos a otros, de guisa que non fincó ninguno que non fuese muerto o ferido.

E la dueña estava en la saeta de [f. 41] la nave e oyó el ruido muy grande que fazían. E oía las bozes e los golpes, mas que non sabía qué se era, e fincó muy espantada, de guisa que non osava sobir. E así fincó todo el día e la noche, pero estando faziendo su oración e rogando a Dios que le oviese merçed. E quando fue el alva, ante que saliese el sol, oyó una bos que dezía: "Buena dueña, levántate e sube a la nave e echa esas cosas malas que ý fallarás en la mar; toma para ti todas las otras cosas que ý fallares, ca Dios tiene por bien que las ayas e las despiendas en buenas obras." E ella quando esto oyó, gradesçiólo mucho a Dios; pero dudava que por aventura que enemiga de aquellos falsos que llamavan para escarnesçerla, e non osava salir, fasta que vio otra bos, e díxole: "Sube e non temas, ca Dios es contigo." E ella pensó en estas palabras tan buenas e tan santas que non serían de aquellos falsos; e demás, que si ellos quisiesen entrar a la saeta de la nave que lo podían bien fazer.

E subió a la nave e vio todos aquellos falsos muertos e finchados e segunt la bos le dixiera; e tomávalos por las piernas e dava con ellos en la mar, tan livianos le semejavan como si fuesen sendas pajas, e non se espantava de ellos, ca Dios le dava esfuerço para lo fazer e la conortava e ayudava. E ella bien veía e bien entendía que este esfuerço todo le venía de Dios, e dávale las graçias que ella podía, bendiçiendo el su nonbre e el su poder. E quando vio ella delibrado la nave de aquellas malas cosas e barrida e linpia de aquella sangre, alçó los ojos e vio la vela tendida, que iva la nave con un viento el más sabroso que podiese ser. E non iva ninguno en la nave

que la guiase, salvo ende un ñiño que vio estar encima
de la vela. E éste era Ihesu Christo, que veniera a guiar la
nave por ruego de su madre [f. 41v] Santa María. E así
lo avía visto la dueña esa noche en visión. E este ñiño
non se quitó de la dueña nin de día nin de noche, fasta
que la levó e la puso en el puerto do ovo de arribar,
así como lo oiredes adelante.

La dueña andido por la nave catando todas las cosas
que en ella eran, e falló ý cosas muy nobles e de grant
preçio, e mucho oro e mucha plata e mucho aljófar e muchas piedras preçiosas e paños preçiados e muchas otras
mercadurías de muchas maneras, así que un rey non muy
pequeño se ternía por abondado de aquella riqueza. E
bien semejó que avía paños e guarnimientos para dozientas dueñas, e maravillóse mucho qué podría ser esto. E
por esta buena andança alçó las manos a nuestro señor
Dios e gradesçióle quanta merçed le feziera. E tomó de
esta ropa que estava en la nave e fizo su estrado muy
bueno e que seyese,[70] e vestióse un par de paños, los
más ordenados que ý falló; e asentóse en su estrado e
allí rogava a Dios de día e de noche que oviese merçed
e que le diese buena çima a lo que avía començado. E
bien dixo el cuento que ésta ovo grant espanto para catar
las cosas de la nave e saber qué eran e las poner en recabdo; e non era maravilla, que sola andava, e dos meses
andido sola dentro en la mar desde el día que entró en
la nave fasta que arribó al puerto. E este puerto do arribó
era la çibdat de Galán, e es en el regño de Orbín.

E en aquella çibdat estava el rey e la reina faziendo
sus fiestas muy grandes por la fiesta de Santa María, me-
diado agosto. E la gente que estava ribera de la mar vieron aquella nave que estava parada en el puerto, la vela
tendida, e faziendo muy grant viento non se moviendo a
ninguna parte. Maravilláronse mucho, de guisa que entraron muchos en bateles e fueron allá a saber qué era. E
llegaron [f. 42] a la nave e vieron en cómo non tenía
áncoras, e tovieron que era miraglo de Dios, así como lo

---

[70] *seyese: sediese*: se sentase.

era; e non se atrevía ninguno de sobir en la nave; pero uno de ellos dixo que se quería atrever a subir, a la merçed de Dios, a saber qué era; e subió a la nave. E desque vio la nave así e la dueña asentada en su estrado muy noble a maravilla, fue mucho espantado e díxole así: "Señora, ¿quién sodes vos, o dezitme quién guía esta nave"? "¿E vos sodes cavallero?" —dixo ella—. "Çertas —dixo él—, non." E por ende non se quiso levantar a él. "¿E por qué non respondedes —dixo él— a la mi demanda?" E dixo ella: "Porque non es vuestro de lo saber agora quién só yo." "Señora —dixo él—, ¿dezir lo hedes al rey, si acá veniere?" "Çertas —dixo ella—, razón es, ca por él vine de la mi tierra." "¿E esta vuestra nave —dixo el ome—, cómo está así sin áncoras ningunas?" "Está así como vos vedes —dixo ella— en poder de aquel que la mantiene e la guía —dixo ella—; aquel que mantiene e guía las otras cosas." "Pues señora, iré al rey —dixo él— con este mandado e con estas nuevas." "Dios vos guíe" —dixo la dueña—. Desçendió a su batel e fuese para los otros, que se maravillavan mucho de su tardança, e preguntóle que en qué tardara o qué era aquello que viera allá. "Tardé —dixo él— por una dueña que fallé allá de las más fermosas del mundo e muy bien razonada; mas por cosa que me dixiese non pude saber nin entender ninguna cosa de su fazienda." Desí fuéronse para el rey, que estava en la ribera con muy grant gente a saber qué era aquello.

El que subió a la nave dixo: "Señor, dezírvoslo he lo que vi en aquella nave." E contógelo todo quanto pasara con aquella dueña e quantas respuestas le diera, en manera que entendió el rey por las respuestas que era dueña de Dios e de buen entendimiento. E metióse en una galea e otros muchos con él, e otros en otras barcas, [f. 42v] e fuéronse para la nave. E quando llegaron a la nave, maravilláronse de cómo estava queda, non teniendo áncoras ningunas, e dudaron los que ivan allá e dixeron al rey: "Señor, non te aventures a cosa que non sabes qué es." E el rey era muy buen christiano e dixo así: "Amigos, non es éste fecho del diablo, ca el diablo non ha poder de retener los vientos e las cosas que se han a mo-

ver por ellos; mas esto puede ser fecho sino por el poder
de Dios, que fizo todas las cosas e las ha a su mandado.
E por ende quiérome aventurar a lo de Dios en el su
nonbre e ponerme he en la su merçed." E con poca de
gente de aquellos que él escogió subió a la nave. E quando
la señora vio que traía una corona de oro en la cabeça
e una pértiga de oro en la mano, entendió que era rey e
levantóse a él e fue por le besar las manos.

El rey non quiso e fuese sentar con ella al su estrado
e preguntóle quién era. E ella le dixo que era una dueña
de tierra de las Indias, que fincara desanparada de su
marido, e que non sabía si era muerto o si era bivo, tienpo
avía. El rey de aquella tierra, que era muy crúo e muy sin
justiçia, e que oviera miedo de él que le tomaría todas
sus riquezas, e porque oyera dezir de él que era buen rey
e justiçiero, e que quisiera bevir a la su sonbra; e que
feziera cargar aquella nave de todas las riquezas que avía
e que se veniera para él." "¿Cómo —dixo el rey— viene
esta nave sin gente e sin governador? ¿non salió de allá
gente conbusco?" "Çertas —dixo ella—, señor, sí salió."
"¿E pues qué se fizo la gente?" —dixo él—. "Señor,
fazíanme grant falsedat e grant enemiga —dixo ella—, e
por sus pecados, matáronse unos a otros, queriéndome escarneçer, ca así gelo avía puesto el diablo en sus coraçones." "¿Pues quién vos guía la nave?" —dixo el rey—.
"Señor —dixo ella—, non sé al sinon el poder de Dios e
un moço como ome se santigua."

E él [f. 43] entendió que era el fijo de Dios e fincó los
inojos e adorólo, e dende en adelante non paresçió aquella
criatura. E el rey enbió luego a la reina que saliese a la
ribera con todas las otras dueñas e donzellas de la villa
con las mayores alegrías que podiesen. E desí tomáronla
e desçendiéronla a la galea e mandó el rey que echasen
las áncoras e baxasen las velas de la nave, e dexó muy
buenas guardas en ella que guardasen bien todas las
cosas. E venieron su paso a la ribera, faziendo los de la
mar muy grandes alegrías e muchos trebejos; e quando
llegaron a la ribera, ý la reina e muchas donzellas faziendo sus danças. E desí salió el rey de la galea e tenía la

dueña por la mano, e dixo así: "Reina, resçebit estas donas que vos Dios enbió, ca bien fío por la su merçed que por esta dueña verná mucho bien a nos e a nuestra tierra e a nuestro regño." "E yo en tal punto la resçibo" —dixo la reina—. E tomóla por la mano e fuéronse para el palaçio e toda la gente con ellos. E la reina iva preguntando de su fazienda e ella respondiendo lo más bien, a guisa de buena dueña e de buen entendimiento, de guisa que fue muy pagada de ella, e díxole así: "Dueña, si vos ploguiese, dentro en las nuestras casas moraredes comigo, porque vos podamos ver cada día e fablar en uno." "Señora —dixo ella—, como mandardes." E así fincó con la reina más de un año en las sus casas, que non se partió de ella. E tenía la reina que fazía Dios a ella e al rey e a toda su tierra bien por esta dueña, e señaladamente tenían los de la tierra que la plantía grande que este año oviera viniera por la oración que fazíe esta buena dueña; e por ende la amavan e la onravan mucho.

E esta buena dueña luego que vino, fizo sacar el su aver de la su nave e pedió por merçed al rey e a la reina que le diesen un solar de casas do podiese fazer un monesterio. E a cabo de [f. 43v] un año fue todo acabado. E después pedió por merçed al rey e a la reina que quesiesen poblar aquel monesterio, non porque ella quesiese entrar en la orden, ca esperanza avía ella en la merçed de Dios de ver a su marido; mas lo poblar de muy buenas dueñas e fazer su abadesa. E pedióles que le diesen liçençia a todas las dueñas e a todas las donzellas que quisiesen entrar en aquel monesterio que traxiesen lo suyo libremente.

E el rey e la reina toviéronlo por bien e mandaron pregonar por toda la tierra que todas aquellas dueñas e donzellas que quesiesen en aquel monesterio entrar que veniesen segura mente a serviçio de Dios e que gelo gradesçerían mucho. E venieron pieça de dueñas e de donzellas más de quatroçientas, e ella escogió de ellas dozientas, las que entendió que conplían para el monesterio, que podiesen sofrir e mantener la regla de la orden. E fecha ý una abadesa muy fijadalgo e muy buena christiana, e heredó el monesterio muy bien e dotólo de muchas villas e castiellos que conpró, de muchas heredades buenas e de mucho ganado e de aquellas cosas que entendían que conplían al monesterio, de guisa que non oviese mengua en ningunt tienpo. E es de la orden de Sant Benito e oy en día le dizen el monesterio de la Dueña Bendicha. E las otras dueñas e donzellas que fincaron e non podieron caber en el monesterio casólas e heredólas, e las que casó vestiólas de aquellos paños que en la nave tenía, muy nobles e muy preçiados, de guisa que la reina e las otras dueñas que lo veían se maravillavan mucho de quán nobles paños eran.

E veyendo la dueña que la reina se pagava de aquellos paños, enbióle un grant presente, [f. 44] de ellos fechos e de ellos por fazer, e mucho aljófar e muchas otras cosas e joyas preçiadas. E la reina fue maravillada qué fuera la razón porque traía tantos paños fechos e adovados, e preguntóle: "Dueña, ¿dezitme hedes por qué traedes tantos paños?" "Señora —dixo ella—, yo vos lo diré: este monesterio que yo aquí fis de dueñas cuidélo fazer en mi tierra, e en mi propósito fue de lo conplir de casadas al tantas como fuesen en el monesterio; e mandé fazer estos paños con miedo del rey, que codiçiava con codiçia, me quería tomar todo lo que oviese; ove de venir acá a esta estraña tierra." "Bendicho sea Dios —dixo la reina—, el día en que vos avedes a venir, e ayades buena çima de ellos, así como vos codiçiades." "Amén" —dixo la dueña.

Del día que llegó aquella çibdat e lo ovo fecho, fasta nueve años, muy onrada e muy amada e muy vestida de toda la buena gente de la tierra. E conplidos los nueve años, pedió por merçed al rey e a la reina que la dexasen ir para su tierra a ver sus parientes e sus amigos e murir entre ellos. Quando lo oyeron el rey e la reina, fueron espantados e resçebieron muy grant pesar en sus coraçones porque se quería ir. E dixo el rey: "¡Ay, buena dueña, amiga de Dios, por Dios, non nos desanparedes! Ca mucho tenemos que si vos ides que non irá tan bien a esta tierra de como fue fasta aquí desque vos venistes." Dixo: "Señor, non podría fincar, ca a vos non ternía pro

la mi fincança e a mí ternía e sería en muy grant daño.
E hevos aquí estas dueñas en este monesterio, muy buenas
christianas, que rueguen a Dios por vos e por la reina
e por endreçamiento de vuestro regño. E vos, señor, guardat e defendet el monesterio e todas las cosas e onralde, e
Dios por ende guardará a vos en onra; ca mucho bien vos
ha Dios a fazer [f. 44v] por las oraçiones de estas buenas
dueñas." "Çertas —dixo el rey—, así lo faremos, por lo
de Dios e por el vuestro amor." "Señor —dixo ella—,
mandatme vender una nave de estas del puerto, ca la mía
vieja es e podrida es." "Dueña —dixo el rey—, yo vos
mandaré dar una de las mías, de las mejores que ý fueren,
e mandarvos he dar todo lo que ovierdes mester." "Muchas graçias —dixo la dueña—; mas, señor, mandatme
dar la nave e a omes seguros que vayan comigo en ella;
ca yo he aver asas, loado sea Dios." El rey mandó dar la
nave e muy buenos omes que fuesen con ella; e ella fizo
ý meter ý muy grant aver que tenía e muchas joyas. E
espedióse del rey e de la reina e de toda la gente de la
çibdat e fuese meter en la nave para fincar ý la noche.
Fuese otro día que oviesen viento para mover. ¡Ay Dios,
cómo fincaron desconortados el rey e la reina, todos los
de la tierra, quando la vieron ir a la nave! Ca grant alegría fizieron el día que la resçebieron e muy grant tristeza e muy grant pesar ovieron al partir.

E otro día en la grant mañaña la buena dueña alçó los
ojos a ver si fazía viento, e vio estar ençima del mastel
aquella criatura mesma que estava ý a la venida, que
guiava la nave. E ella alçó las manos a Dios e dixo así:
"Señor, bendito sea el tu nonbre, que tanta merçed me
fazes, e tan bien aventurado es aquel que tú quieres ayudar e guiar e endresçar, así como fazes a mí, sierva por
la tu santa piedat e la tu santa misericordia." E estando
en esta oraçión, un ome bueno que iva con ella, a que le
recomendara el rey el govierno de la nave, díxole así:
"Señora, ¿en qué estás, o qué guiador demandas para la
nave? ¿ay otro guiador sinon yo?" "Çertas, sí —dixo
ella—, e endresçalda e dexalda andar, en el nonbre [f. 45]
de Dios." El ome bueno fízolo así, e después vínose para

el govierno tomar e fallólo tan fuerte e tan rezio que lo
non podía mover a ninguna parte, e fue mucho espantado, e dixo: "Señora, ¿qué es esto, que non puedo mover el govierno?" Dixo ella: "Dexalde, ca otro le tiene
de mayor poder que vos, e id folgar e trabajar con aquella conpaña, e dexatla andar en buen ora." E la nave mo-
vióse con muy buen viento que fazía e iva muy endresçadamente; e todos los de la nave se maravillavan ende, e
dezían entre sí: "Este es el poder de Dios, que quiere
guiar a esta buena dueña; e por amor de ella fagámosle
onra que podiésemos e sirvámosla muy bien." E ella estando pensando en su marido si lo podía fallar vivo, lo
que bien cuidava si non fuese por la merçed de Dios que
lo podría fazer.

DE CÓMO LA BOLSA QUE FUE ACOMENDADA AL RIBALDO
E DE CÓMO LOS LOBOS VENIERON POR COMER AL
CAVALLERO E AL RIBALDO

Onde dize el cuento que este su marido quando se partió de ella de la ribera, falló una hermita de un ome
bueno, siervo de Dios, que morava en ella; e díxole:
"Amigo, ¿puedo aquí albergar esta noche?" "Sí —dixo
el hermitaño—, mas non he çevada para vuestro cavallo
que traedes." "Non nos incal [71] —dixo el cavallero—, ca
esta noche ha de ser muerto." "¿E cómo —dixo el hermitaño— lo sabedes vos eso?" "Çertas —dixo el cavallero—, es mi ventura que non me dura más de dies días la
bestia." E ellos estando en este departimiento, cayó el
cavallo muerto en tierra. De esto fue el hermitaño mucho
maravillado, e díxole así: "Cavallero, ¿qué será de vos de
aquí adelante? ¿cómo podredes andar de pie? Duecho [72]
fuestes de andar de cavallo. Plazerme ía si quisierdes folgar aquí algunt día [f. 45v] e non vos meter a tanto trabajo atan aína." "Çertas —dixo el cavallero—, mucho vos

[71] *incal*: importa.
[72] *duecho*: ducho, acostumbrado.

lo agradesco; siquier unos pocos dineros que tengo despenderlos he aquí conbusco; ca muy quebrantado ando de grandes cuidados que me sobrevenieron, más de los que avía de aver, que a la çibdat de Mela llegase." E desí fincó en aquella hermita, rogando a Dios que le oviese merçed.

E en la ribera de la mar, so la hermita, avía una choça de un pescador, do iva por pescado el hermitaño quando lo avía mester. E estava allí un pescador que tenía un ribaldo [73] que le servía. E quando se iva el su señor, viníe el ribaldo a la hermita aver solas con el hermitaño. E ese día que llegó ý el cavallero vino ý el ribaldo e preguntóle quién era aquel su huésped; e díxole que un cavallero viandante, que llegara ý por su ventura; e que luego que ý fuera llegado le dixiera que se avía de murir el su cavallo e que non podría más vevir el su cavallo, e luego que cayera en tierra muerto. "Çertas —dixo el ribaldo—, creo que algunt cavallero desaventurado e de poco recabdo deve ser, e quiérome ir para él e dezirle he algunas cosas ásperas e graves, e veré si se moverá a saña o cómo me responderá." "¡Ve tu vía, ribaldo loco! —dixo el hermitaño— ¿cuidas fallar en todos los otros omes lo que fallas en mí, que te sufro en paçiençia quanto quieres dezir? Çertas, de algunos querrás dezir las locuras que a mí dizes, de que te podrás mal fallar. E por aventura que te contesçerá mal con este cavallero si te non guardares de dezir neçedat." "Verdat es lo que vos dezides —dixo el ribaldo—, si este cavallero es loco de sentido; ca si es cuerdo e de buen entendimiento, que non me responderá mal; ca la cosa del mundo en que más proeva el ome si es de sentido e loco sí es en esto: que quando le dizen alguna cosa áspera e contra [f. 46] su voluntad, que se mueve aína a saña e responder mal, e el cuerdo non, ca quando alguna cosa le dizen desaguisada, sábelo sofrir en paçiençia e dar respuesta de sabio. E por aventura —dixo el ribaldo—, que este cavallero es más paçiente quanto vos cuidades." "Dios lo mande —dixo el hermitaño—, e

___

[73] *ribaldo*: "(Del ant. fr. *ribaud, ribald*, y éste del germ. *hriba*, ramera.) Pícaro, bellaco. Rufián." (*Dicc. Acad.*)

que non salga a mal el tu atrevimiento." "Amén —dixo el ribaldo—; pero que me conviene de lo provar, ca non enpesçe provar ome las cosas sinon si la proeva es mala." "De eso he yo miedo —dixo el hermitaño—, que la tu proeva sea non buena; ca el loco, en lo que cuida fazer plazer a ome, en eso le faze pesar; por ende non es bien resçebido de los omes buenos. E guárdete Dios non te contesca como contesçió a un asno con su señor." "¿E cómo fue eso?" —dixo el ribaldo—. "Yo te lo diré" —dixo el hermitaño.

"Un ome bueno avía un perrillo, [74] que tenía en su cámara, de que se pagava mucho e tomava plazer con él. E avía un asno en que él traía lleña e las cosas que eran mester para su casa. E un día estando el asno en su establo muy folgado, e avía días que non trabajava, vio a su señor que estava trebejando con aquel perrillo, poniéndole las manos en los pechos de su señor e saltándole e corriendo delante de él; e pensó entre sí el asno e semejóle que pues él más servía a su señor que aquel perrillo, que non fazía al sinon comer e folgar, que bien podría él ir a trebejar con él. E desatóse e fuese para su señor corriendo delante de él, alçando las coçes, e púsole las manos en los pechos de su señor [f. 46v] e púsole las manos sobre la cabeça de guisa que le ferió mal. E dio muy grandes bozes el señor e venieron sus servientes e diéronle palancadas al asno fasta que lo dexaron por muerto. E fue con grant derecho, ca ninguno non podemos más atrever de quanto la natura le da. Onde dize el proberbio que "lo que la natura niega, ninguno non lo deve cometer". E tú sabes que non te lo da la natura nin fueste criado entre los omes buenos nin sabes razonar; e este cavallero paresçe como de alfaja [75] e de buen entendimiento e, por aventura, que cuidases dezir algo ante él e dirás poco recabdo." "Andat, ome bueno —dixo el ribaldo—, que

---

[74] *caramiello* (W.). Esta palabra aparece tachada en nuestro *Ms.*, y en su lugar *perrillo. Caramiello*: que se encarama. (Covarr.) Se trata de una fábula de Esopo. (Wagner, "Sources", pp. 74-75.)

[75] *alfaja*: joya. "3. fig. Cualquiera otra cosa de mucho valor y estima." (*Dicc. Acad.*)

nesçio me faría sienpre si non provase las cosas. ¿E non sabes —dixo el ribaldo— que la ventura ayuda aquellos que toman osadía, [76] e por aventura que puedo yo aprender buenas costunbres de este cavallero e ser bien andante con él?" "Dios lo mande —dixo el hermitaño—; e vete e sey [77] cortés en tus palabras, sí Dios te ayude." "Así lo faré" —dixo el ribaldo—. E fuese para el cavallero.

En lugar de dezirle "sálvevos Dios", díxole estas palabras que agora oiredes: "Cavallero desaventurado, ¿perdiste tu cavallo e non muestras ý pesar?" "Non lo perdí yo —dixo el cavallero—, porque non era mío, ca lo tenía en acomienda fasta dies días e non más." "¿Pues creas —dixo el ribaldo— que lo non peches [78] a aquel que te lo acomen [f. 47] dó, pues en tu poder murió, e por aventura por mala guarda?" "Non pecharé —dixo el cavallero—, ca aquel lo mató cuyo era e avía poder de lo fazer." "Pues así es —dixo el ribaldo—, yo te dó por quito de la demanda." "Muchas gracias —dixo el cavallero— porque tan buen juizio diste, e bien semeja que eres ome de entendimiento, ca sin buen entendimiento non podría ser dado atan buen juizio." E el ribaldo díxole: "Non me respondes con lisonja o con maestría cuidando así escapar de mí, ca mucho más sé de quanto vos cuidades." "Çertas —dixo el cavallero—, a cada uno dio Dios su entendimiento. Bien creo que, pues ome te fizo, algunt entendimiento te dio. E tengo que con entendimiento dezides quanto dezides." E el ribaldo se partió de él muy pagado e fuese para su cabaña.

E otro día recudió al cavallero e díxole: "Cavallero desaventurado, mal dirán de ti los omes." "Çertas, bien puede ser —dixo el cavallero—, ca sienpre dizen mal los que bien non saben; e por ende de igual coraçón deve ome oir denuestos de los nesçios." E el ribaldo le dixo: "Cavallero desaventurado, pobre eras e muy grave cosa

[76] Es el proverbio latino "audaces fortuna adjuvat".

[77] sey: imperat. del verbo ser; como crey, de creer, dos párrafos adelante.

[78] pechar: pagar.

es la pobredat para tal ome como tú." "Çertas —dixo el
cavallero—, más grave só yo a la pobredat que ella a mí,
ca en la pobredat non ay pecado ninguno si la bien sufre
ome con paçiençia, mas el que non tiene por abondado
de lo que Dios le da peca por ende. E crey que aquel es
pobre, non es rico, el que más codiçia." El ribaldo le
dixo: "Cavallero desaventurado, nunca serás poderoso."
"Çertas —dixo el cavallero—, mientre que yo oviere paçiençia e alegría abré poder en mí; e crey que aquel non
es poderoso el que non ha poder en sí." El ribaldo le
dixo: "Cavallero desaventurado, nunca serás tan rico como
aquel señor de aquel castiello." "Fablas —dixo el cavallero—. Sepas que arca es de bolsas de enbidia peligrosa,
ca todos le han enbidia [f. 47v] por le desfazer." El ribaldo le dixo: "Cavallero desaventurado, muchos aconpa-
ñan aquel rico." "¿Qué maravilla es? —dixo el cavallero—, ca las moscas siguen a la miel e los lobos a la carniça e las formigas al trigo. Mas creas por çierto que
aquella conpaña que tú ves non servían ni sirven aquel
rico, mas siguen la prea [79] e lo que cuidan ende sacar." El
ribaldo le dixo: "Cavallero desaventurado, rico eras e perdiste tu aver." "Çertas —dixo el cavallero—, bienaventurado es aquel que perdió con él la escasedat." "Pero perdiste tu aver" —dixo el ribaldo—. "Natura es del aver
—dixo el cavallero— de andar de mano en mano; e por
ende deves creer que el aver nunca se pierde, e sepas que
quando lo pierde uno otro lo gana, e sepas que quando yo
lo ove otro lo perdió." "Pero —dixo el ribaldo— perdiste
tu aver." "¿E por qué me sigues? —dixo el cavallero—;
ca mejor fue en que lo perdí yo que non pierdese ello a
mí." "Cavallero desaventurado, perdiste los fijos e la muger, ¿e non lloras?" "¿Quién ome es —dixo el cavallero— quien llora muerte de los mortales? ¿ca qué pro
tiene el llorar en que aquello por que llora non se puede
cobrar? Çertas, si las vidas de los muertos se podiesen
por lágrimas recobrar, toda la gente del mundo andaría
llorando por cobrar sus parientes o sus amigos; mas lo

---

[79] *prea*: presa.

que una vegada de este mundo pasa, non puede tornar sinon por miraglo de Dios; así como Lázaro, que fizo resuçitar nuestro señor Ihesu Christo. Onde bienaventurado es aquel que sopo pasar con paçiençia las poridades de este mundo. E amigo, ¿qué maravilla es en se perder los mis fijos e la mia muger? Ca se perdió lo que se avía a perder, e por aventura que los resçebió Dios para sí, ca suyos eran; e así me los tollió Dios para sí. Ca ¿qué tuerto faze Dios al ome si le tuelle lo que le dio en acomienda, mayormente queriendo para sí lo que suyo es? Çertas, quanto en este mundo [f. 48] avemos, en comienda lo tenemos. E non se atreva ninguno a dezir "esto es mío", ca en este mundo non han al sinon el bien que fas, e esto lieva consigo al otro mundo, e non más." El ribaldo le dixo: "Cavallero desaventurado, dolor grande te verná agora." "Si es pequeño —dixo el cavallero— sufrámoslo, ca grande es la gloria en saber ome sofrir e en pasar los dolores de este mundo." "Para mientes —dixo el ribaldo—, ca dolor cosa es muy dura e muy fuerte e pocos son los que lo bien pueden sofrir." "¿E qué cuidado as tú —dixo el cavallero— si quiero yo ser uno de aquellos que lo pueden sofrir?" "Guárdate —dixo el ribaldo—, que más dura cosa es el dolor." Dixo el cavallero: "Esto non puede ser; el dolor va en pos del que fuye; e çiertamente el que fuye non fuye sinon con dolor que siente e tiene ya consigo, e fuye de otro mayor que va en pos él." El ribaldo le dixo: "Cavallero desaventurado, enfermarás de fiebre." "Enfermaré —dixo el cavallero—, mas creas que dexará la fiebre o la fiebre a mí." "Verdat es —dixo el ribaldo— que non puede fuir el dolor natural así como el que viene por muerte de parientes o de amigos; mas el dolor açidental puede fuir si bien se guardare." "Çertas, así es como tú dizes —dixo el cavallero—; pero más son los que en este mundo guardados son en todo." El ribaldo le dixo: "Cavallero desaventurado, morrás [80] desterrado." "Non es —dixo el cavallero— el sueño más pesado en casa que fuera de casa, e eso mesmo es la

[80] *morrás*: morirás.

muerte; ca a la hora de la muerte así estiende ome el pie
en casa que fuera." El ribaldo le dixo: "Cavallero desaventurado, morrás mançebo." "Muy mejor es —dixo el
cavallero— aver ome la muerte ante que la codiçie; ca
non la codiçia ome sinon seyendo enojado de la vida
por razón de las muchas malas andanças de este mundo;
ca a los que biven mucho es dada esta pena: que vean
muchos pesares en su [f. 48v] luenga vida e que estén
sienpre con lloro e con pesar en toda su vegedat codiçiando la muerte; ca si mançebo he de murir, por aventura
la muerte que me non ayuda viene [81] me sacará de algunt
mal que me podría venir mientra visquiese. [82] E por ende
non he de contar quántos años he de aver, mas quántos
he avidos, si más non puedo aver, ca esta es la mi hedat
conplida. Onde qualquier que viene a la postrimería de
sus fados muere viejo e non mançebo, ca la su vegedat
es la su postremería. E por eso dizes bien que morré
mançebo; ante he de murir viejo, e non mançebo, quando
los mis días fueren conplidos." El ribaldo le dixo: "Cavallero desaventurado, degollado has de murir." "¿E qué
perdimiento ha —dixo el cavallero— entre ser degollado
o murir de otra llaga? Çertas que comoquier que muchas
sean las llagas de este mundo, una ha de ser la mortal,
e non más." "Cavallero desaventurado —dixo el ribaldo—, perderás los ojos." "Quando los perdiere —dixo
el cavallero— quedará la codiçia del coraçón, ca lo que
vee el ojo desea el coraçón." "Cavallero desaventurado
—dixo el ribaldo—, ¿en qué estás porfiando? Creas que
morrás de todo en todo." Amigo —dixo el cavallero—,
¡qué pequeña maravilla en murir! Ca ésta es natura de
ome e non pena. E creas que con tal condiçión viene a
este mundo, porque saliese de él. E por ende, segunt razón, non es pena, mas deudo a que só tenudo de conplir.
E non te maravilles en la vida del ome, que atal es como
peregrinaçión: cuando llegara el pelegrino al lugar do

[81] *que me tan ayna viene* (W., 114). Pero creemos estar seguros
de leer lo que transcribimos en el texto.
[82] *visquiese*: viviese.

propuso de ir, acabar su peligrinación; así fas la vida
del ome quando cunple su curso en este mundo, que dende adelante non ha más que fazer. Çertas, ley es entre
las gentes establesçida de tornar ome lo que deve a aquel
de quien lo resçibe; e así lo resçebimos de Dios e devé-
mosgelo tornar. E lo que resçebimos de la tierra devémoslo
tornar a la [f. 49] tierra. Ca el alma tiene el ome de
Dios, e la carne de la tierra; e por ende, muy loca cosa
es tornar ome lo que escusar puede, así como la muerte,
que non se puede escusar, ca ella es la postrimera pena de
este mundo, si pena puede ser dicha, e tornar ome a su
natura que es la tierra onde es fecho el ome. Onde deve
tomar la muerte, ca maguer la aluengue non la puede
fuir. E yo non me maravillo porque he de murir, ca non
só yo el primero nin el postrimero; e ya todos los que
fueron ante que yo son idos ante mí, e los que agora son
e serán después de mi muerte todos me seguirán. Ca con
esta condiçión son todas las cosas fechas: que comiençen
e ayan fin; que comoquier que el ome aya muy grant sabor de bevir en este mundo, deve ser çierto que ha de
murir, e deve ser de esta manera aperçebido que le falle
la muerte como deve. Ca ¿qué pro, qué onra es su fuerça,
e sin grado sale de su lugar do está diziéndole "sale ende,
maguer non quieras"? E por ende, mejor es e más sin
vergüença salir ome de su grado, ante que le echen de su
lugar por fuerça. Onde bienaventurado es el que non teme
la muerte e está bien aparejado, de guisa que quando la
muerte veniere que le non pese con ella, e que diga: "aparejado só; ven quando quisieres".
    El ribaldo le dixo: "Cavallero desaventurado, después
que murieres non te soterrarán." "¿E por qué? —dixo el
cavallero—, ca más ligera cosa es del mundo de echar el
cuerpo en la sepultura, mayormente que la tierra es casa
de todas las cosas de este mundo, resçíbelas de grado. E
creed que la sepultura non se fas sinon por onra de los
bivos, e porque los que la vieren digan: "Buen siglo aya
quien yaze en la sepultura, e buena vida los que la mandaron fazer tan noble." E por ende, todos se deven esforçar de fazer la mejor sepultura que podiesen." "Cava-

llero desaventurado —dixo el ribaldo—, [f. 49v] ¿cómo
pierdes tu tienpo, aviendo con que podrías usar tu cavallería? Çertas —dixo el ribaldo—, yo oí dezir que el rey
de Mentón está çercado en una çibdat que ha nonbre
Grades, e dízenle así porque está en alto e suben por gra-
das allá. E este rey de Mentón enbió dezir e pregonar por
toda su tierra que qualquier que le desçercase que le daría su fija por muger e el regño después de sus días, ca
non avía otro fijo."

El cavallero començó a reir como en desdén, e el ribaldo tóvolo por mal, ca le asemejó que le tenía en nada
todo lo que le dezía; e díxole: "Cavallero desaventurado,
en poco tienes las mis palabras." "Dígote —dixo el cavallero— que en poco, ca tú non vees aquí ome para tan
grant fecho como ese que tú dizes." "Çertas —dixo el ribaldo—, agora non te tengo por tan sesudo como yo cuidava, ¿e non sabes que cada uno anda con su ventura,
que Dios puede poner al ome de pequeño estado en grande? ¿E non eres tú el que me dixiste que te dexase sufrir
el dolor, maguer que era grave e duro, con aquellos que
lo podrían sofrir?" "Sí" —dixo el cavallero. "¿Pues cómo
—dixo el ribaldo— podrás sofrir muy grant dolor quando
te acaesçiese, pues tu cuerpo non quieres a afán en lo
que por aventura ganarás pro e onra? Ca bien sabes tú
que el dolor sienpre vien con desaventura, ¿e por ende
te dexarás esforçar a bien fazer e a pararte afán e trabajo por que más valieses? E si agora mientra eres mançebo non lo fezieres, non he esperança en ti que lo fagas
quando fueres viejo. ¿E non semeja que estarías mejor
con aquella cavallería que está en aquel canpo aviendo su
acuerdo en cómo desçercaríen al rey de Mentón?" "Çertas —dixo el cavallero—, tanto ay de bien en aquel canpo
quanto yo veo." "¿E cómo puede ser?" —dixo el ribaldo—. "Yo te lo diré —dixo el cavallero—: en el canpo
non ha pecado ninguno; en aquella gente ha mucha falsedat e mucha enemiga, e cada uno de ellos se trabaja
por engañar los otros por razón de la onra [f. 50] del
regño ganar, e çiertamente en ninguna cosa non se guarda
tan mal el derecho nin verdat como por regñar e señorear."

"¿E cómo? —dixo el ribaldo— ¿tú non quieres regñar
e ser señor de alto logar?" "Sí quiero —dixo el cavallero—, non faziendo tuerto a ninguno." "Esto non puede
ser —dixo el ribaldo—, que tú puedes ser rey nin señor
de ningunt logar sinon tirando al otro de él." "Sí puedo"
—dixo el cavallero—. "¿E cómo?" —dixo el ribaldo—.
"Si este rey de Mentón —dixo el cavallero— fuese des-
çercado por mí e me diese la su fija por muger e el regño
después de sus días, así como lo mandó a pregonar por
toda la tierra, así lo podría aver sin pecado; mas véome
muy alongado de todas aquestas cosas para el que yo só
e qual es el fecho; ca contra un rey otro es mester de
mayor poder para levar atan fecho adelante."

"Cavallero desaventurado —dixo el ribaldo—, ¡qué
poco paras mientes a las palabras que te ome dize!, e ya
desanpararme fazes el buen entendimiento que me cuidava que avías. Ruégote, cavallero —dixo el ribaldo— que
por amor de Dios non me desanpares, ca Dios me puede
fazer merçed; si non, sepas que non perderás el nonbre
desaventurado. E ayúdate bien e guárdate Dios, ca Dios
non quiere fazer nin levar adelante sinon aquel que se es-
furça e lo muestra por obra. E por ende dizen que non
da Dios pan sinon en enero senbrado. [83] Onde si tú bien
ayudares, çierto só que él te ayudará e levar la tu fazienda
adelante. E non tengas que tan pequeña es la ayuda de
Dios, ca los pensamientos de los omes si buenos son e
los [f. 50v] ponen por obra e los lievan adelante, si los
omes han sabor de lo seguir e lo siguen, acaban parte de
lo que quieren.

"¡Ay, amigo! —dixo el cavallero—; quedan ya tus palabras, sí Dios te vala, ca te puedo responder ya a quantas
preguntas me fazes; pero creas por çierto iría aquellas partes de aquel regño que tú dizes, si oviese quien me guiase." Dixo el ribaldo: "Yo te guiaré, que sé dó está çercado aquel rey; e non ay de aquí adelante fasta allá más
de dies días de andadura, e servirte he de muy buena

83 *sy non en ero senbrado* (W., 119). (Véase el refrán 50 en
Wagner, "Sources", p. 72.)

mente a tal pleito, que quando Dios te posiere en mayor
estado que me fagas merçed, que só çierto que te ayudará
Dios, si lo quisieres por conpañero, ca de grado aconpaña
muy de buena mente e guía Dios a quien lo resçibe por
conpañero." "Muy de buena mente —dixo el cavallero—
faría lo que me consejares, e ve tu vía, e quando fuere
en la grant mañana sey aquí comigo." El ribaldo se fue
e el cavallero andido una grant pieça por la hermita fasta
que vino el hermitaño, e el cavallero le preguntó que
dónde venía. "De aquella villa —dixo el hermitaño—,
de buscar de comer. Çertas, fallévos una ave muy buena"
—dixo el hermitaño—. "Comámosla —dixo el cavallero—,
ca segunt mio cuidar cras me abré a ir de aquí, ca asas vos
he enojado en esta hermita." "E sabe Dios —dixo el hermitaño—, ¿que non tomó enojo con las cosas que vos dixo
aquel ribaldo que a vos vino?" "Non tomé —dixo el cavallero—; ante me fueron solas las sus palabras, e comigo
se quiere ir para me servir." "¿Cómo? —dixo el hermitaño— ¿levarlo queredes conbusco aquel ribaldo malo?
Guardatvos non vos faga algunt mal." "Guárdeme Dios"
—dixo el cavallero.

Después que fue adobada la çena, comieron e folgaron;
en departiendo dixo el hermitaño: "Cavallero, nunca vistes tan [f. 51] roido como anda por la villa: que quien
desçercara a un rey que tiene a otro çercado, que le da su
fija por muger e el regño después de sus días. E vanse
para allá muchos condes e duques e otros ricos omes."
E el cavallero calló e non quiso responder a lo que le
dezía e fuese a dormir.

El hermitaño estando dormido vínole en visión que veía
el cavallero su huésped en una torre mucho alta con una
corona de oro en la cabeça e una pértiga de oro en la
mano; e en esto estando, despertó e maravillóse mucho
qué podría ser esto, e levantóse e fuese a fazer su oraçión
e pedió merçed a nuestro señor Dios que le quesiese demostrar qué quería aquello sinificar. E después que fizo
su oraçión, fuese echar a dormir. E estando dormiendo,
vino una bos del çielo e dixo: "Levántate e di al tu huésped que tienpo es de andar; ca çierto sea que ha a des-

çercar aquel rey e a casar con su fija e á de aver el regño
después de sus días." Levantóse el hermitaño e fuese al
cavallero e dixo: "¿Dormides o velades?" "Çertas —dixo
el cavallero—, nin duermo nin velo, más estó esperando
que sea çerca el día a que pueda andar." "Levantadvos
—dixo el hermitaño— e andat en buen ora, ca el más
aventurado cavallero avedes a ser de quantos fueron de
muy grant tienpo acá." "¿E cómo es eso?" —dixo el cavallero—. "Yo vos lo diré —dixo el hermitaño—. Esta
noche en dormiendo vi en visión que estávades en una
torre muy alta e que teníades una corona de oro en la cabeça e una pértiga en la mano, e en esto desperté muy
espantado e fue fazer mi oración e rogué a Dios que me
quesiese demostrar qué quería dezir esto que viera en
visión, e tornéme a mi lecho a dormir; e en dormiendo me
vino una bos e díxome así: "Di al tu huésped que ora
es de andar, e bien çierto sea que ha de des [f. 51v]
çercar aquel rey e ha de casar con su fija e de aver el
regño después de sus días"; ca él es poderoso de fazer e
desfazer como él toviere por bien e fazer del muy pobre
rico. E ruégovos que quando Dios vos troxiere e vos posiere en otro mayor estado, que vos venga emientes de
este logar." "Muy de buena mente —dixo el cavallero—.
E prométovos que quando Dios a esta onra me llegare,
que la primera cosa que ponga en la cabeça por nobleza
e por onra que lo enbíe a ofresçer a este lugar. E vayamos en buen ora —dixo el cavallero—. ¿Mas dó podremos oir misa?" "En la villa" —dixo el hermitaño.

E fuéronse amos a la villa. E mientra ellos oían misa,
el ribaldo estava contendiendo con su amo que le diese
algo de su soldada. E óvole a dar una saya que tenía e
un estoque e unos pocos de dineros que tenía en la bolsa,
que dezía que non tenía más. El ribaldo le dixo: "¿Non
me quieres pagar toda mi soldada? Aún venga tienpo que
te arrepentirás." "Ve tu vía, ribaldo nesçio —dixo el
pescador—, ¿e qué me puedes tú fazer?" "Aún verná
tienpo —dixo el ribaldo— que abré yo mayor poder que
tú." "Çertas —dixo el pescador—, tú nunca lo verás, ca
non veo en ti señal por que esto pueda ser." "¿Cómo?

—dixo el ribaldo—, ¿tienes que Dios non puede fazer lo
que quisiere e que a canpo ý viene su año? [84] Comoquier
que yo non sea tan cuerdo como me era mester, que Dios
me puede dar seso e entendimiento que más vala." "Sí
—dixo el pescador—, mas non tiene agora ojo para ti para
lo fazer." "Véngasete emiente esta palabra que agora dizes —dixo el ribaldo—, ca muy mejor vi yo responder
poco ha un ome bueno a las preguntas que fazían, que
tú non sabes responder; e acomiéndote al tu poco seso,
que yo vóme."

E el ribaldo se fue para el hermitaño e non fallo ý al
cavallero nin al hermitaño, e [f. 52] fuese para la villa
e fallólos que oían misa. El cavallero quando lo vio plógole, e díxole: "Amigo, vayamos en buen ora." "¿Cómo?
—dixo el ribaldo—, ¿así iremos de aquí ante que almor-
zemos primero? Yo trayo un pes de mar de la cabaña de
mi señor." "Cómaslo —dixo el cavallero—, e fagamos
como tú tovieres por bien, ca me conviene seguir tu voluntad mientra por ti me oviese a guiar; pero tienpo non
es mi costunbre de comer en la mañana." "Verdat es
—dixo el ribaldo— de mientra que andávades en bestia,
mas mientra andodierdes a pie non podredes andar sin
comer e sin bever, mayormente aviendo de fazer jornada."

Desí fueron a casa de un ome bueno con el hermitaño
e comieron su pes, que era bueno e muy grande, e espediéronse del hermitaño e fueron andando su camino.

E acaesçióles una noche de albergar en una alberguería
do yazían dos malos omes ladrones e andavan en manera
de pelegrinos, e cuidaron que este cavallero que traía muy
grant aver, maguer venían de pie, porque le vieron muy
bien vestido. E quando fue la media noche, levantáronse
estos dos malos omes para ir degollar al cavallero e to-
marle lo que traía. E fuese el uno echar sobre él e el
otro fue para lo degollar, en manera que el cavallero non
se podía de ellos descabollir. E en esto estando, despertó

---

[84] a canpo (malo le) viene su año (W., 123). ("A canpo malo
que ay, le viene su año. Every dog has his day." Wagner, "Sources", pp. 63-64.)

el ribaldo, e quando los vio así estar, a lunbre una lánpara que estava en medio de la cámara, e començó de ir a ellos dando bozes e deziendo: "¡Non muera el cavallero!", de guisa que despertó el huésped e vino corriendo a las bozes, e quando llegó avía el ribaldo muerto el uno de ellos e estávase feriendo con el otro, en manera que el cavallero se levantó e el huésped e el ribaldo presieron al otro ladrón e preguntáronle qué fuera aquello. E él les dixo que cuidavan él e su conpañero que este cavallero traía algo, e por eso se levantaron para le degollar e gelo tomar. "Çertas —dixo el [f. 52v] cavallero—, en vano vos trabajávades, ca que por lo que a mí fálláredes, si pobres érades, nunca saliéredes de pobredat." Desí tomó el huésped el ladrón delante sus vezinos que recudieron a las bozes e atólo muy bien e fasta otro día en la mañana, que le dieron a la justiçia, e fue justiçiado de muerte.

E yéndose por el camino, dixo el ribaldo: "Bien fuestes servido de mí esta noche." "Çertas —dixo el cavallero—, verdat es, e plázeme mucho porque tan bien has començado." "Más provaredes —dixo el ribaldo— en este camino." "Quiera Dios —dixo el cavallero— que las proevas non sean de nuestro daño." "De ello e de ello —dixo el ribaldo—, ca todas las maçanas non son dulçes; e por ende conviene que nos paremos a lo que veniere." "Plázeme —dixo el cavallero— de estas tus palabras, e fagámoslo así, e bendicho seas porque lo tan bien fazes."

E a cabo de los seis días que se partieron del hermitaño, llegaron a un castiello muy fuerte e muy alto que ha nonbre Herín. E avía ý una villa al pie del castiello muy bien çercado, e quando ý fueron era ya ora de bísperas e el cavallero venía muy bien cansado, ca avía andado muy grant jornada. E dixo a su conpañero que le fuese buscar de comer; e el ribaldo lo fizo muy de grado. E en estando conprando un faisán, llegó a él un ome malo que avía furtado una bolsa lleña de pedaços de oro, e díxole: "Amigo, ruégote que me guardes esta bolsa mientra que yo enfreno aquel palafré."

ENXIENPLO DE LA BOLSA QUE FUE ACOMENDADA AL
RIBALDO

E mentía, que non avía bestia ninguna, mas venía fuyendo por miedo de la justiçia de la villa que venía en
pos él por le prender. E luego que ovo dado la bolsa al
ribaldo, metióse entre ome e ome e fuese. E la justiçia
andando buscando al ladrón, fallaron al ribaldo, que tenía
el faisán en la una mano [f. 53] e la bolsa que le acomendara el ladrón en la otra. E presiéronlo e sobiéronlo
al castiello fasta otro día que le judgasen los alcalles.

El cavallero estava esperando su conpañón, e después
que fue noche e vio que non venía, maravillóse porque
non venía. E otro día en la mañana fuelo buscar e fallar
recabdo de él, e cuidó que por aventura era ido con
cobdiçia de unos pocos de dineros que le acomendara que
despendiese, e fincó muy triste, pero que aún tenía una
pieça de dineros para despender, e mayor cuidado avía
del conpañón que perdiera que non de los dineros, ca lo
servía muy bien e tomava alegría con él, ca le dezía muchas cosas en que tomava plazer; e sin esto, que era de
buen entendimiento e de buen recabdo e de buen esfuerço.

E otro día desçendieron al ribaldo del castiello para le
judgar ante los alcalles. E quando le preguntaron quién
le diera aquella bolsa, dixo que un ome gela diera en
encomienda quando conprara el faisán, e que non sabía
quién era, pero si lo viese que cuidava que lo conosçiera.
E mostráronle muchos omes, si lo podría conosçer, e non
pudo açertar con él, ca estava ascondido de lo que avía
fecho. E sobre esto, mandaron los alcalles que lo levasen
a enforcar, ca en aquella tierra era mantenida justiçia
muy bien, en manera que por furto de çinco sueldos o
dende arriba mandavan matar al ome. E atáronle una
cuerda a la garganta e cavalgáronle en un asno, e iva muy
grant gente en pos él a ver de cómo fazían de él justiçia.
E iva el pregonero delante él desçiendo a grandes bozes:
"¡Quien tal faze tal pide!" E es grant derecho que quien
al diablo sirve e cree, mal galardón prende, comoquier

que éste non avía culpa en aquel furto; mas ovo culpa
en resçebir en encomienda, [f. 53v] ca, çiertamente, quien
alguna cosa quiere resçebir de otro en encomienda, deve
catar tres cosas: la primera quién es aquel que gelo acomienda; la segunda qué cosa es, catar lo que le da; la terçera es si la sabrá o podrá bien guardar; ca bien podría
ser que gela daría algunt mal ome e que gela daría con
engaño la cosa que le acomendase e por aventura resçebiese que non sería en estado para lo saber guardar, así
como contesçió a aqueste, que el que gelo dio era furtado.
E otrosí, el que non estava en estado que lo pueda guardar mucho deve estrañar de non resçebir en guarda depósito, ca de tal fuerça es el depósito, que deve ser guardado
enteramente así como lo ome resçibe, e non deve usar de
ello en ninguna manera sin mandado de él.

E quando levavan a enforcar a aquel ribaldo, los que
ivan en pos él avían muy grant piedat de él, porque era
ome estraño e era mançebo mucho apuesto e de buena palabra e fazía salva que non feziera él aquel furto, mas
que fuera engañado de aquel que gelo acomendara. E
estando el ribaldo al pie de la forca cavallero en el asno
e los sayones atando la soga a la forca, el cavallero Zifar,
pues que non podía aver a su conpañero, rogó al huésped
que le mostrase el camino del regño de Mentón, e el huésped, doliéndose de él porque perdiera a su conpañero,
salió con él al camino. E desque salieron de la villa, vio
el cavallero estar muy grant gente en el camino enderredor de la forca, e preguntó al su huésped que a qué está
allí aquella gente. "Çertas —dixo el huésped— quieren
enforcar un ribaldo que furtó una bolsa lleña de oro."
"¿E aquel ribaldo —dixo el cavallero— es natural de
esta tierra?" "Non —dixo el huésped—, e nunca paresçió
aquí sinon agora por la su desaventura, que le fallaron en
aquel furto." El cavallero sospechó que aquél podría ser
el su conpañero, e díxole así: "Amigo, la fe que [f. 54]
devedes, aquél es; ayúdame a derecho; aquel ome sin
culpa es." "Çertas —dixo el huésped—, muy de grado,
si así es."

E fuéronse para allí do avían atado la soga en la forca e querían mover el asno. E el cavallero llegando, conosçió al ribaldo, e dando grandes bozes dixo: "¡Señor, señor, véngasevos emiente del servicio que vos fize oy a terçer día, quando los ladrones vos tenían para degollar!" "Amigo —dixo el cavallero—, ¿e qué es la razón por que te mandan matar?" "¡Señor —dixo el ribaldo—, a tuerto sin derecho, sí me Dios vala!" "Atiende un poco —dixo el cavallero— e iré fablar con los alcalles e con la justiçia e rogarles he que te non quieran matar, pues non feziste por qué." "¡E qué buen acorro de señor —dixo el ribaldo— para quien está en tan fuerte paso como yo estó! ¿E non vedes, señor, que la mi vida está so el pie de este asno en un 'harre', sólo con que le muevan?, e dezides que iredes a los alcalles a les demandar consejo. Çertas, los omes e de buen coraçón que tienen razón e derecho por sí non deven dudar nin tardar el bien que han de fazer, ca la tardança muchas veces enpesçe." "Çertas, amigo —dixo el cavallero—, si tú verdat tienes, non estaría la tu vida en tan pequeña cosa como tú dizes." "Señor —dixo el ribaldo—, por la verdat vos digo." El cavallero metió mano al espada e tajó la soga de que estava ya colgado, ca avía ya movido el asno. E los omes de la justiçia quando esto vieron, presieron al cavallero e tomáronlos amos a dos e leváronlos ante los alcalles e contáronles todo el fecho en como acaesçiera. E los alcalles preguntaron al cavallero que cómo fuera atrevido de cometer atan locura de quebrantar las presiones del señorío, e que non conpliese justiçia. E el cavallero, estando a sí e a su conpañero, feziera aquel furto, que le metería las manos e que le cuidava vençer, ca Dios e la verdat que tenía le ayudaría; [f. 54v] e que mostraría que sin culpa de aquel furto que ponían a su conpañón.

E aquel que ovo furtado la bolsa con el oro, después que sopo que aquel a quien él la bolsa acomendó era levado a enforcar, cuidando que era enforcado, que le non conosçería ninguno, fuese para allá do estavan judgando los alcalles; e luego que le vio el ribaldo conosçiólo, e dixo: "Señor, mandat prender aquel que allí viene, que aquel es el que me acomendó la bolsa." E mandáronlo luego prender. E el ribaldo traxo luego testigos a aquel de quien avía conprado el faisán; e los alcalles, por esto e por otras presunçiones que de él avían, e por otras cosas muchas de que fuera acusado e maguer non se podían provar, pusiéronlo a tormento, de guisa que ovo a conosçer que él feziera aquel furto; porque ivan en pos él por le prender, que lo diera aquel ribaldo que lo guardase, e él que se ascondiera fasta que oyera dezir que le avían enforcado. "¡Ay, falso traidor! —dixo el ribaldo—, que ¿dó fuye quien al huerco[85] deve? Çertas, tú non puedes fuir de la forca, ca ésta ha de ser tu huerco e a ti espera para ser tu huéspeda; e ve maldicho de Dios porque en tan grant miedo me metiste, que bien çierto só que nunca oiré dezir "¡harre!", que non me tome grant espanto. E gradesco mucho a Dios porque en ti ha de fincar la pena conplida e con derecho, e non en mí." E levaron al ladrón a enforcar, e el cavallero e su conpañón fuéronse por su camino, gradesçiendo mucho a Dios la merçed que les feziera.

"Señor —dixo el ribaldo—, quien buen árbol se allega, buena sonbra le cubre; e pardiós, fállome bien porque me a vos allegué; e quiera Dios que a buen serviçio aún vos yo dé la rebidada[86] en otra tal o más grave." "Calla, amigo —dixo el cavallero—, que fío por la merçed de Dios que non querrá que en tal nos veamos; que bien te digo que más peligrosa me semejó ésta que el otro peligro por que ya somos antenoche." [f. 55] "Çertas, señor —dixo el ribaldo—, non creo que con esta sola escapemos." "¿E por qué non?" —dixo el cavallero—. "Yo vos lo diré —dixo el ribaldo—; çertas, quien mucho ha de andar mucho ha de provar e aun más lo más peligroso avemos a pasar."

E ellos yendo a una çibdat do avían de albergar, amanesçióles a cabo de una fuente; fallaron una manada de çiervos ý; entre ellos avía çervatillos pequeños. E el ri-

---

[85] *huerco*: infierno, muerte, demonio. (*Dicc. Acad.*)
[86] Véase nota 272.

baldo metió mano al estoque e lançólo contra ellos e ferió
uno de los pequeños e fuelo a lançar e tomólo e tráxolo a
cuestas; e dixo: "Ya tenemos que comer." "Bien me plaze —dixo el cavallero—, si mejor posada oviéremos e con
mejores huéspedes que los de anoche." "Vayámosnos
—dixo el ribaldo—, ca Dios nos dará consejo."

E ellos yendo, ante que llegasen a la çibdat fallaron un
comienço de torre sin puertas, tan alto como una asta de
lança, en que avía muy buenas camas de paja de otros
que avían ý albergado, e una fuente muy buena ante la
puerta, e muy buen prado. "¡Ay, amigo —dixo el cavallero—, qué grant vergüença he de entrar por las villas
de pie! Ca como estraño estánme oteando; e faziéndome
preguntas, yo non les puedo responder. E fincaría aquí
en esta torre esta noche, ante que pasar las vergüenças de
la çibdat." "E con lleña de este soto que aquí está, después que veniere, aguisaré de comer." E fízolo así. E después que fue aguisado de comer, dio a comer al cavallero.
El cavallero se tovo por bien pagado e por viçioso estando
çerca de aquella fuente en aquel prado.

DE LOS LOBOS QUE VENIERON POR COMER AL CAVALLERO
E AL RIBALDO

Pero que después que fueron a dormir, llegaron atantos
lobos a aquella torre, que non fue sinon maravilla, de
guisa que después que ovieron comido los lobos aquella
carniça que fincara de fuera, querían entrar a la torre a
comer a ellos, e non se podían defender en ninguna manera; que en toda esa noche non podieron dormir nin folgar feriéndolos muy de rezio.

E en esto estando, arremetióse un lobo grande al ca-
va [f. 55v] llero, que estava en derecho de la puerta, e
fuelo travar de la espada con los dientes e sacógela de
la mano e echóla fuera de la torre. "¡Santa María val!
—dixo el cavallero— ¡levádome el espada aquel traidor
de lobo e non he con qué defenderme!" "Non temades
—dixo el ribaldo—; tomad este mio estoque e defendet la

puerta, e yo cobraré la vuestra espada." E fue al rencón
de la torre do avía cozinado e tomó toda quanta brasa ý
falló e púsolo en pajas e con lleña e paróse a la puerta e
derramólo entre los lobos; e ellos, con miedo del fuego,
redráronse de la torre e non se llegaron los lobos, e el
ribaldo cobró el espada e diola al cavallero. E de mientra que las brasas duraron del fuego a la puerta de la
torre, non se llegaron ý los lobos, ante se fueron yendo e
apocando. E çertas, bien sabidor era el ribaldo, ca de
ninguna cosa non han los lobos tan grant miedo como del
fuego. Pero que era ya çerca de la mañaña, en manera
que quando fue el alva non fincó ý lobo ninguno. "¡Por
Dios —dixo el cavallero—, mejor fuera pasar las vergüenças de la çibdat que non tomar esta mala noche que
tomamos!" "Cavallero —dixo el ribaldo—, sí va ome a
paraíso, ca primeramente ha de pasar por purgatorio e
por los lugares mucho ásperos ante que allá llegue; e vos
ante que lleguedes a grant estado al que avedes a llegar,
ante avedes a sofrir e a pasar muchas cosas ásperas." "E
amigo —dixo el cavallero—, ¿quál es aquel estado a que
he de allegar?" "Çertas non sé —dixo el ribaldo—, mas el
coraçón me da que a grant estado avedes a llegar e grant
señor avedes a ser." "Amigo —dixo el cavallero—, vayámosnos en buen ora e punemos de fazer bien, e Dios
ordene e faga de nos lo que la su merçed fuere."

Andudieron ese día tanto fasta que llegaron a una villa
pequeña que estava a media legua [f. 56] del real de la
hueste. E el cavallero Zifar ante que entrasen en aquella
villeta, vio una huerta a un valle muy fermoso e muy
grande. E dixo el cavallero: "¡Ay, amigo, qué de grado
conbría [87] esta noche de aquellos nabos, si oviese quien
me los sopiese adobar!" E llegó con el cavallero a una
alberguería, e dexóle ý e fuese para aquella huerta con
un saco; e falló la puerta çerrada e sobió sobre; las mejores metía en el saco; e arrancándolos, entró el señor de
la huerta, e quando lo vio, fuese para él e díxole: "Çertas,
ladrón malo, vos iredes comigo preso ante la justiçia e

[87] conbría: comería. (Véase nota 17.)

darvos han la pena que meresçedes porque entrastes por
las paredes a furtar los nabos." "¡Ay, señor! —dixo el
ribaldo—, sí vos dé Dios buena andança, que lo non fagades, ca forçado entré aquí." "¿E cómo forçado?" —dixo
el señor de la huerta—. "Señor —dixo el ribaldo—, yo
pasando por aquel camino, fizo un viento torbilliño atan
fuerte, que me levantó por fuerça de tierra e me echó en
esta huerta." "¿Pues quién arrancó estos nabos?" —dixo
el señor de la huerta—. "Señor —dixo el ribaldo—, el
viento era tan rezio e tan fuerte, que me soliviava de
tierra, e con miedo que me echase en algunt mal lugar,
travéme a los nabos e arrancávanse muchos." "¿Pues
quién metió los nabos en este saco?" —dixo el señor de
la huerta—. "Çertas, señor —dixo el ribaldo— de eso me
maravillo mucho." "Pues tú te maravillas —dixo el señor de la huerta—, bien das a entender que non has en
ello culpa. Perdónote esta vegada." "¡Ay, señor! —dixo
el ribaldo— ¿e qué mester has perdón al que es sin culpa? Çertas, mejor faríades en me dexar estos nabos por
el lazerio que levé en los arrancar, pero que contra mi
voluntad, faziéndome el grant viento." "Plázeme —dixo
el señor de la huerta—, pues atan bien te defendiste con
mentiras [f. 56v] apuestas."

Fuese el ribaldo con los nabos muy alegre porque atan
bien escapara. E adobólos muy bien con buena çeçina que
falló a conprar, e dio a comer al cavallero. E desque ovo
comido contóle el ribaldo lo que le contesçiera quando
fue coger los nabos. "Çertas —dixo el cavallero—, e tú
fueste de buena ventura en así escapar, ca esta tierra es
de grant justiçia. E agora veo que es verdat lo que dixo
el sabio: que a las vegadas aprovecha a ome mentir con
fermosas palabras; pero amigo, guárdate de mentir, ca
pocas vegadas açierta ome en esta ventura que tú açertaste; que escapaste por malas arterías." "Çertas, señor
—dixo el ribaldo—, de aquí adelante más querría un
dinero que ser artero; ca ya todos entienden las arterías
e las encobiertas. El señor de la huerta, por su mesura,
me dixo que luego me entendió que fablava con maestría.
E non se quiera ninguno engañar en esto, ca los omes de

este tiempo, luego que nasçen sabidores más en mal que
en bien. E por ende ya uno a otro non puede engañar,
por arterías que sepa. Comoquier que a las vegadas non
quieren responder nin dar a entender que lo entienden. E
esto fazen por encobrir a su amigo o a su señor que fabla
con maestría e artería de mal, e non por lo entender nin
porque non oviese ý repuesta que le convenía. Onde muy
poco aprovecha el artería al ome, pues gela entienden."

El cavallero preguntó al ribaldo: "Amigo, ¿qué te
semeja que avemos a fazer?; que ya çerca de la hueste
somos." "Çertas —dixo el ribaldo—, yo vos lo diré: el
rey de Ester, ese que tiene çercado al rey de Mentón, tiene
en poco las cosas porque es señor del canpo; mas la onra
e el brío, quien lo ganar quiere, con los de dentro, que
menos pueden, ha de estar para los defender e para los
anparar e para los sacar de la premia en que están. E por
ende, seméjame que es mejor de vos meter con los de la
villa que non [f. 57] fincar acá do non catarán por vos."
"¿E cómo podría yo entrar —dixo el cavallero— a la
villa sin enbargo?" "Yo vos lo diré —dixo el ribaldo—:
vos me daredes estos vuestros vestidos que son buenos e
vos tomaredes estos míos que son viles; e pornedes una
guirnalda de fojas de vides en vuestra cabeça e una vara
en la mano, bien como sandio, e maguer vos den bozes
non vos dedes nada por ello; e en la tarde idvos allegando
a la puerta de la villa, ca non catarán por vos. E si estu-
diere ome alguno en los andamios, dezirle hedes que queredes fablar con el mayordomo del rey. E desque vos
acogieren, idvos para el mayordomo, ca dizen que es muy
buen ome, e demostralde vuestra fazienda lo mejor que
podierdes; e endrésçevos Dios a lo mejor. E yo dicho vos
he aquello poco que yo entiendo —dixo el ribaldo—;
si más sopiese más vos diría, mas non ha en mí más seso
de quanto vos vedes, e acorredvos de aquí adelante del
buen seso." "Amigo —dixo el cavallero—, tomar quiero
vuestro consejo, ca non tengo nin veo otra carrera más
segura para entrar en la villa."

Quando fue en la mañana, desnuyó sus paños el cavallero e desnuyó los suyos el ribaldo e vestióse el cavallero

los paños del ribaldo e puso una guirnalda de fojas en la cabeça e fuese para la hueste. E quando entraron por la hueste, començaron a dar bozes al cavallero todos, grandes e pequeños, como a sandio, e deziendo: "¡Ahé aquí el rey de Mentón, sin caldera e sin pendón!" Así que aqueste ruido andido por toda la hueste corriendo con él e llamándole "rey de Mentón". E el cavallero comoquier que pasava grandes vergüenças, fazía enfinta que era sandio, e corriendo fasta que llegó a una choça demandó del pan e del vino. El serviente venía en pos él a trecho deziendo que era sandio; e fuese a la choça do vendían el vino, e dixo: "¡O sandio rey de Mentón! ¿aquí eres? ¿has comido hoy?" "Çertas —dixo el sandio—, non." "¿E quieres que te dé a comer?" "Por amor de [f. 57v] Dios —dixo el sandio—, querría." Metió mano el serviente a aquello que vendían mal cozinado e diole de comer e bever quanto quiso. E dixo el serviente: "Sandio, agora que estás beodo, ¿cuidas que estás en tu regño?" "Çertas" —dixo el sandio—. E dixo el tavernero: "Pues, sandio, defiende tu regño." "Dexame dormir un poco —dixo el sandio—, e verás cómo me iré luego a dar pedradas con aquellos que están tras aquellas paredes." "¿E cómo? —dixo el tavernero— ¿el tu regño quieres tú conbatir?" "¡O nesçio! —dixo el sandio— ¿e non sabes tú que ante debo saber qué tengo en mí que non deva ir contra otro?" "¿E qué quiere dezir eso?" —dixo el tavernero—. "Dexatle —dixo el serviente—, que non sabe qué se dize; duerma, ca ya devanea." E así se dexaron de aquellas palabras e el sandio durmió un poco. E desque fue el sol yendo, levantóse, e fízole el serviente del ojo que se fuese escontra las puertas de la villa. E él tomó dos piedras en las manos e su espada so aquella vestidura mala que traía, e fuese, e los omes quando le veían dávanle bozes llamándole "rey de Mentón"; así que llegó a las puertas de la villa e a uno que estava en los andamios dixo: "Amigo, fázeme acoger allá, ca vengo con mandado al mayordomo del rey." "¿E cómo te dexaron pasar los de la hueste?" —dixeron los que estavan en los andamios—. "Çertas —dixo él—, fisme entre ellos sandio e dávanme todos

bozes llamándome 'rey de Mentón'." "Bien seas tú venido"
—dixo el de los andamios—. E fízolo acoger. E desque fue
el cavallero dentro en la villa, demandó dó era la posada
del mayordomo del rey, e mostrárongela.

E quando fue allá, el mayordomo quería cavalgar, e
llegó a él e dixo: "Señor, querría fablar conbusco, si lo
por bien toviésedes." E apartóse con él e díxole así: "Señor, yo só cavallero fijodalgo e de luengas tierras, e oí
dezir de vos mucho bien, e véngovos servir." "Bien seades
[f. 58] vos venido —dixo el mayordomo—, e plázeme
conbusco; ¿pero que sabredes usar de cavallería?" "Sí
—dixo el cavallero—, con la merçed de Dios, si guisamiento toviese." "Çertas, yo vos lo daré" —dixo el mayordomo—. E mandóle dar muy bien de vestir e buen
cavallo e buenas armas e todo conplimiento de cavallero.
E desque fue vestido el cavallero, pagóse mucho el mayordomo de él, ca bien le semejó en sus fechos e en sus
dichos que era ome de grant seso e de grant lugar.

E estando un día con el mayordomo en su casa en su
solas, dixo el cavallero: "Señor, ¿qué es esto que de la
otra parte de la hueste sale uno a uno a demandar si ha
quien quiera lidiar con ellos, aviendo aquí tantos omes buenos?" "Çertas, cavallero —dixo el mayordomo—, escarmentados son los nuestros, ca aquellos dos cavalleros que
vos vedes que sale uno a uno son fijos del rey e son muy
buenos cavalleros de sus armas, e aquellos mataron ya dos
condes, por que non osa ninguno salir a ellos." "¿Cómo?
—dixo el cavallero— ¿pues así avedes a estar envergoña-
dos e espantados de ellos? Çertas, si vos quisierdes, yo sal-
dré allá quando alguno de ellos saliere e lidiaré con él."
"Mucho me plaze de lo que dezides —dixo el mayordomo—, mas saberlo he ante del rey mio señor." E dixo al
rey: "Un cavallero estraño vino a mí el otro día que quería
bevir comigo a la vuestra merçed, e resçebílo e mandéle
dar de vestir e aguisar de cavallo e de armas; e agora pe-
dióme que le dexase salir a lidiar con aquellos de la otra
parte que demandavan lidiadores; e yo díxele que lo non
faría a menos que lo vos sopiésedes." "¿E qué cavallero
vos semeja —dijo el rey— que es aquése?" "Señor —dixo

el mayordomo—, es un cavallero mucho apuesto e de
buena palabra e muy guisado para fazer todo bien." "Va-
yámoslo" —dixo el rey—. "Muy de grado" —dixo el
mayordomo—. E enbió por él. El cavallero entró por el
palaçio e fuese para el rey do estava él e su fija, e el
[f. 58v] mayordomo con ellos. E entró muy paso e de
buen continente, en manera que entendió el rey e su
fija que era ome de prestar. E el rey le preguntó e díxole:
"Cavallero, ¿ónde sodes?" "Señor —dixo—, de tierra de
las Indias." "¿E atrevervos hedes —dixo el rey— a lidiar
con aquellos que salen allí a demandar lidiadores?" "Sí
—dixo el cavallero—, con la merçed de Dios." "Ayúdevos
Dios" —dixo el rey.

E otro día en la grant mañaña aguisóse el cavallero muy
bien de su cavallo e de sus armas, así que non le menguava ninguna armadura, e fuese para la puerta de la villa
que le dexasen salir e que le acogiesen quando él quisiese.
Quando començó el sol a salir, salió un fijo del rey de
Ester a demandar lidiador. El cavallero quando lo oyó,
dixo al portero que le dexase salir, e el portero dixo que
lo non faría si le non prometiese que le daría algo si
Dios le ayudase. El cavallero dixo que si Dios le ayudase
acabar su fecho que le daría el cavallo del otro si lo pudiese tomar. E el portero le abrió la puerta e dexólo salir.
E quando fue en el canpo con el otro, díxole el fijo del
rey: "Cavallero, mal consejo ovistes en vos querer atrever a lidiar comigo. Creo mejor fiziérades en vos fincar
en vuestra posada." "Non me metades miedo —dixo el
cavallero— más de quanto yo me tengo, e fazer lo que
avedes a fazer." E desí dexáronse correr los cavallos el
uno contra el otro e feriéronse de las lanças, en manera
que pasaron los escudos más de senas [88] braçadas. Mas
así quiso Dios cuidar al cavallero que non le enpesçió la
lança del fijo del rey; e la lança del cavallero pasó las
guarniçiones del fijo del rey e echógela por las espaldas
e dio con él muerto en tierra. E tomó el cavallo del fijo

---

[88] *senas*: sendas.

del rey e tráxolo e diolo al portero así como gelo prometiera, e fuese luego para su posada a desarmarse.

El ruido e llanto fue muy grande por la hueste por el
fijo del rey que era muerto.

El rey enbió por [f. 59] su mayordomo e preguntó quién
mató el fijo del rey. "Señor —dixo el mayordomo—, el
vuestro cavallero que vino a mí ayer aquí a vos, e avemos
çiertas señales ende —dixo el mayordomo—, ca el cavallo
del fijo del rey que mató dio a los porteros e los que
estavan en las torres e sobre las puertas." "En el nonbre
de Dios sea bendicho —dixo el rey—, ca por aventura
Dios traxo a este ome por su bien e el nuestro. ¿E qué
faze ese cavallero?" —dixo el rey—. "Señor —dixo el
mayordomo—, çierto só que cras saldrá allá, ca ome es
de buen coraçón e de buen seso natural."

La infante fija del rey avía grant sabor de lo ver, e dixo:
"Señor, bien faríades enbiar por él e falagarle e castigarle
que faga lo mejor." "E si él mejor lo faze —dixo el rey—,
¿en qué lo podremos nos castigar? Dexémosle con su
buen andança adelante."

E quando fue otro día en la mañana ante del alva, el
cavallero fue armado e cavalgó en su cavallo e fuese para
la puerta de la villa, e dixo a los otros de las torres que
si algún lidiador saliese que gelo feziesen saber. E de la
hueste non salió ningunt lidiador; e dixo uno de los que
estavan en las torres: "Cavallero, non sale ninguno, e
bien podedes ir si quisierdes." "Plázeme —dixo el cavallero—, pues Dios lo tiene por bien." E en yéndose el
cavallero, vieron salir los de las torres dos cavalleros armados de la hueste, que venían contra la villa dando bozes si avía dos por dos que lidiasen. E los de las torres
dieron bozes al cavallero que se tornase, e él vínose para
la puerta e preguntóles qué era lo que querían. E ellos le
dixeron: "Cavallero, mester aviedes otro conpañón." "¿E
por qué?" —dixo el cavallero—. "Porque son dos cavalleros bien armados e demandan si ay dos por dos que
quieran lidiar." "Çertas —dixo el cavallero—, non he
aquí conpañón ninguno, mas tomaré a Dios por conpañón,
que me ayudó ayer contra el otro e me ayudará oy con-

tra estos dos." [f. 59v] "¡E qué buen conpañón escogiste! —dixieron los otros—. Id en nombre de Dios e él por la su merçed vos ayude."

Abrieron las puertas e dexáronle ir, e quando fue fuera del canpo, dixiéronle los otros dos cavalleros muy soberviamente e como en desdén: "Cavallero, ¿dó el tu conpañón?" "Aquí es comigo" —dixo el cavallero—. "¿E paresçe?" —dixieron los otros—. "Non paresçe a vos —dixo el cavallero—, ca non sodes dignos de lo ver." "¿Cómo? —dixieron los cavalleros—. ¿Invisible es, que se non puede ver?" "Çertas, invisible —dixo el cavallero— a los muy pecadores." "¿E cómo? —dixieron los cavalleros— ¿más pecadores tienes que somos nos que tú?" "A mi creençia es —dixo el cavallero— que sí; e bien creo que si lo desçercásedes, que faríades mesura e bondat, e fazervos ía Dios bien por ende". "Çertas —dixieron los otros—, bien cuida este cavallero que desçercaremos nos este rey por sus palabras apuestas. Bien creedes que lo non faremos fasta que le tomemos por la barba."

E destos dos cavalleros era el uno el fijo del rey de Ester, el otro su sobrino, los más poderosos cavalleros que eran en la hueste e los mejores de armas. Todos los que eran en la hueste e en la çibdat estavan parando mientes a lo que fazían estos cavalleros e maravillávanse mucho en qué se detenían, pero que les semejava que estavan razonando e cuidavan que fablavan en alguna pletesía. E eso mesmo cuidava el rey de Mentón, que estava en su alcáçar con su fija e con su mayordomo mirándolos. El rey dixo a su mayordomo: "¿Es aquél el nuestro cavallero estraño?" "Señor —dixo el mayordomo—, sí." "¿E cómo? —dixo el rey— ¿Cuida lidiar con aquellos dos cavalleros?" "Yo non lo sé" —dixo el mayordomo—. "Dios señor —dixo el rey— ayude a la nuestra parte." "Sí fará —dixo la infante—, por la su merçed, ca nos non los meresçemos por que tanto mal nos feziesen."

Los dos cavalleros de la hueste se tornaron contra el cavallero e dixiéronle: "Cavallero, ¿dó es tu conpañón?

Loco eres si tú solo [f. 60] quieres conusco lidiar." "E ya
lo dixe —dixo el cavallero— que comigo está mi conpañón; e cuido que está más çerca de que non sodes amos
uno de otro." "¿E eres tú, cavallero —dixieron los otros—,
que mataste el nuestro pariente?" "Matólo su sobervia e
su locura —dixo el cavallero—, lo que cuido que matará
a vos. Amigos, non tengades en poco a ninguno porque
vos seades buenos cavalleros de alta sangre. Çertas, devedes pensar que en el mundo ay de más alta sangre
e de más alto logar que non vos." "Non lo eres tú" —dixo
un cavallero de ellos—. "Nin me yo pornía en tan grandes grandías —dixo el cavallero— como pongo a vos, e
bien sé quién só; [89] e ninguno non puede bien judgar nin
conosçer a sí mesmo; pero que vos digo que ante judgué
a mí que a vos e por ende non cuidé errar en lo que
dixe; pero comoquier que cavalleros buenos sodes e de
grant lugar, non devedes tener en poco los otros cavalleros del mundo, así como fazedes con sobervia. Çertas,
todos los omes del mundo deven esquivar los peligros, non
solamente los grandes, mas los pequeños, ca do ome cuida que ay muy peligro pequeño, a las vegadas es muy
grande; ca de pequeña çentella se levanta a las vegadas
grant fuego. E maguer que el enemigo omildoso sea, non
le deven tener en poco; ante lo deve ome temer." "¿E
qué enemigo eres tú —dixo el fijo del rey— para nos
acometer?" "Non digo yo por mí —dixo el cavallero—,
mas digo que es sabio el que teme a su enemigo e se sabe
guardar de él, maguer non sea buen cavallero nin tan muy
poderoso. Ca pequeño can suele enbargar muy grant venado, e muy pequeña cosa mueve a las vegadas la muy
grande e faze caer." "¿Pues por derribados nos tienes?"
—dixo el fijo del rey—. "Çertas, non por mí —dixo el
cavallero—, ca yo non vos podría derribar nin me atrevo
a tanto." "En mí querría saber —dixo el fijo del rey—
en cúyo esfuerço salistes acá, pues en vos non vos atre-
vedes." "Çertas [f. 60v] —dixo el cavallero—, en el esfuerço de mi conpañón." "Mal acorrido serás de él —di-

---

[89] Como don Quijote: "¡Yo sé quién soy!" (I, 5).

xieron los otros— quando fueres en nuestro poder." "Bien
devedes saber —dixo el cavallero— que el diablo non ha
ningunt poder sobre aquel a quien a Dios se acomienda,
e por ende non me veredes en vuestro poder." "E mucho
nos baldonas —dixieron los otros—. Este cavallero, vayamos a él." E fincaron las espuelas a los cavallos e dexáronse ir contra el cavallero e él fizo lo mesmo.

Los cavalleros dieron seños golpes con las lanças en
él, mas non podieron abatir al cavallero, ca era muy cavalgante. El cavallero dio una lançada al sobrino del rey
que le metió la lança por el costado e falsó las guarnicio-
nes e dio con él muerto en tierra. E desí metieron mano
a las espadas el cavallero e el fijo del rey. Dávanse tama-
ños golpes ençima de los yelmos e de las guarniçiones que
traían en manera que los golpes oía el rey de Mentón ençima del alcáçar do estava. ¡E qué buen abogado avía el
cavallero en la infante!, que si fuese su hermano, non
estava más devotamente faziendo sus pregarias a Dios por
él; e demandando muchas vegadas al mayordomo e deziendo: "¿Cómo va al mi cavallero?" Fasta que le vino
dezir por nuevas que avía muerto el un cavallero de los
dos e que estava lidiando con el otro. "¡Ay Nuestro Señor! —dixo ella—. ¡Bendito sea el tu nonbre, que tanto
e tanta merçed fazes por este cavallero! E pues buen
comienço le has dado a su fecho, pídote por merçed que
le des buen acabamiento." E luego se tornó a su oración
como ante estava. E los cavalleros se andavan feriendo en
el canpo de las espadas muy de rezio en manera que les
non fincó pedaço en los escudos; e el cavallero Zifar
veyendo que se non podían enpesçer por las guarniçiones
que tenían, muy buenas e muy fuertes, metió mano a una
misericordia [90] que traía e llegóse al fijo del rey e puso [f. 61] le el braço al cuello e baxóle contra sí, ca era
muy valiente, e cortóle las correas de la capellina e un
baçinete que tenía so ella e tirógelas e començáronlo a

---

[90] *misericordia*: maza con clavos que se usa cuando fallan las
otras armas. Fr. *coustel à clou*. (Véase Riquer, *L'arnès del cavaller*,
Ariel, Barcelona, 1968.)

ferir en la cabeça de muy grandes golpes con la misericordia sobre el almofa [91] fasta que se despuntó la misericordia; e metió mano a una maça que tenía e diole tantos
golpes en la cabeça fasta que lo mató.

E ellos estando en aquella lid, e el ribaldo que venía
por el camino con el cavallero Zifar estava mirando con
los otros de la hueste qué fin abría aquella lid, paró
mientes e semejóle en la palabra que el que lidiava por
los de la villa que era su señor; e quando el cavallero
dava alguna bos, que él era de todo en todo. E porque
oviese razón de ir allá a lo saber, dixo a los de la hueste:
"Señores, a aquel cavallo del sobrino del rey que anda
por el canpo temo que se irá a la villa si alguno non lo
va a tomar, e si lo por bien toviésedes, iría yo por él."
"Çertas —dixieron los de la hueste—, dízeslo muy bien
e ve por él." E el ribaldo se fue para allá do lidiavan
estos dos cavalleros, e quando fue çerca de ellos conos-
çióle el cavallero Zifar en los paños que le avía dado, e
díxole: "Amigo, ¿aquí eres?" "Señor —dixo el ribaldo—,
aquí, a la vuestra merçed. ¿E cómo estades —dixo el
ribaldo— con ese cavallero?" "Çertas —dixo el cavallero—, muy bien, mas espera un poco fasta que sea acortado, [92] ca aún está resollando." "¿Pues qué me mandades
fazer?" —dixo el ribaldo—. "Ve a tomar aquel cavallo
que anda en aquel canpo —dixo el cavallero— e vete para
la villa comigo."

El ribaldo fue tomar el cavallo e cavalgó en él. El cavallero pues que vio que el otro era muerto, dexólo caer
en tierra e tomó el cavallo por la rienda e fuese para la
villa, e el ribaldo con él. E quando llegaron a la puerta,
llamó al portero el cavallero e dixo que los levasen a una
casa do se podiesen desarmar. E çerraron la puerta e
diole el cavallo que traía el ribaldo, que fue del fijo del
rey; e desarmaron el [f. 61v] cavallero e el cavallo que

---

[91] almofa: "Almófar. Parte de la armadura antigua, especie de
cofia de malla, sobre la cual se ponía el capacete." (Dicc. Acad.)
[92] acortar: "Hablando de la vida orgánica y de los actos fisio-
lógicos, perder fuerzas, debilitarse, morirse." (Dicc. Hist.)

traía el ribaldo. E el cavallero demandó al portero que le enprestase sus vestiduras fasta que llegase a su posada porque le non conosçiesen, e el portero enprestógelo. E cavalgó en su cavallo e el ribaldo en el otro e fuéronse por otra puerta mucho encubiertamente para su posada.

E toda la gente estava a la puerta por do entró el cavallero, esperándolo quando saldría por lo conosçer, tan bien los condes como los otros omes grandes; ca tenían que ningunt cavallero del mundo non podría fazer mejor de armas que éste feziera en aquel día. E quando les dixieron que era ido por otra puerta encobiertamente, pesóles muy de coraçón, e preguntaron a los porteros si lo conosçieron, e ellos dixieron que non, que era un cavallero estraño e non les semejava que era de aquella tierra. Los condes e los omes buenos se partieron ende con muy grant pesar porque non le avían conosçido, fablando mucho de la su buena cavallería e loándolo.

Esta lid de estos dos cavalleros duró bien fasta ora de bísperas; e el rey e la infante e el mayordomo quando vieron que la lid era ya acabada e el su cavallero se tornava, maravilláronse mucho del otro que venía con el otro cavallo. E dixo el rey a su mayordomo: "Idvos para la posada e sabet de aquel cavallero en cómo pasó todo su fecho e quién es el otro que con él vino; e nos entretanto conbremos, ca tienpo es ya de comer." "Muy de grado" —dixo el mayordomo—. "Venirvos hedes luego con las nuevas que sopierdes." "Pardiós, señor —dixo la infante—, vos yantastes oy muy bien e ovistes por huésped a nuestro señor Dios, que vos non quiso desanparar, ante vos ayudó contra vuestros enemigos muy bien, tovistes vitoria contra ellos, e bendito sea el nonbre de Dios, que vos tal cavallero quiso acá enbiar. Fío yo por la merçed suya que por éste será la çibdat desçercada e nos fuera de esta premia." El rey se asentó a comer e ella dixo que lo non faría fasta que oyese nuevas de aquel cavallero si era sano, ca tenía de tan grandes [f. 62] golpes que ovo como en aquella batalla de la una parte e de la otra, que por aventura sería ferido. "¿E cómo, fija? —dixo el rey—, ¿queredes que él vençiese e des-

çercase esta çibdat e nos sacase de esta premia en que
somos?" "Señor, querría, si a Dios ploguiese, esto mucho
aína." "¿E non parades mientes, mi fija —dixo el rey—,
que a casar vos conviene con él?" "Çertas, señor —dixo
ella, si lo Dios tiene por bien, muy mejor es casar con un
cavallero fijodalgo e de buen entendimiento e buen cavallero de armas para poder e saber anparar el regño en
los vuestros días, que non casar con infante o con otro
de grant lugar que non sopiese nin podiese defender a sí
nin a mí." "Por Dios, fija —dixo el rey—, mucho vos lo
agradesco porque atan bien lo dezides, e bien cuido que
este cavallero de más alto lugar es de quanto nos cuidamos."

E ellos estando en esta, ahévos dó venía el mayordomo
con todas las nuevas çiertas. E quando la infante le vio
dixo así: "¿El mio cavallero si non es ferido?" "Non
—dixo el mayordomo—, loado sea Dios; ante está muy
leido [93] e muy sano." "¿E quién era el otro que venía
con él por el camino?" Dixo el mayordomo que le dixiera
que un su serviente que veniera con él fasta en la hueste.
"E aún díxome el cavallero una cosa que yo ante non
sabía: que este su servidor le avía consejado ante que
entrasen en la hueste que si él quería entrar a la çibdat
que le daríe aquellas sus vestiduras e que tomase las suyas que valían poco e que pasase por la hueste así como
sandio, non faziendo mal a ninguno; e que de esta guisa
podría venir a la çibdat sin enbargo; e aún dixo más el
serviente: que quando venía por la hueste, que le davan
bozes como a sandio e llamando "rey de Mentón", que
así entró en la çibdat." E dixo el rey: "Estas palabras
non quiere Dios que se digan de balde e alguna onra tiene
aparejada para este cavallero." "Dios gela dé —dixo la
infante—, ca mucho lo meresçe bien." E él començó de
reir, e dixo al mayordomo que fuese fazer pensar [f. 62v]
muy bien del cavallero. El mayordomo se fue e mandó
a su serviente que pensase del cavallero muy bien, e fuese a sentar a comer, que non avía comido en aquel día.

---

[93] *leido*: ledo, contento.

E quando fue otro día en la mañana, venieron los condes e los grandes omes a casa del rey, e preguntóles el rey: "Amigos, ¿quién fue aquel cavallero tan bueno que tanto bien fizo ayer? Por amor de Dios, mostrádmelo e fagámosle todos aquella onra que él meresçe, ca estrañamente de bien me semeja que usó de sus armas." "Çertas —dixieron los condes—, señor, non sabemos quién es e bien nos semeja que ningunt cavallero del mundo non podría fazer mejor de armas que él faze. E nos fuemos a la puerta de la villa por lo conosçer quando saliese, e salió por otra puerta muy encobiertamente e fuese de guisa que non podriemos saber quién era." "Çertas —dixo el rey—, cuido que sea cavallero de Dios, que nos ha aquí enbiado para nos defender e lidiar por nos. E pues así es que lo non podemos conosçer, gradescámoslo a Dios mucho por este acorro que nos enbió e pidámosle por merçed que lo quiera levar adelante; ca aquel cavallero de Dios ha muerto los más sobervios dos cavalleros que en todo el mundo eran, e aún me dizen que el terçero es sobrino del rey, que le semejava mucho en la sobervia." "Verdat es —dixieron los otros condes—, ca así lo apresiemos[94] nos a la puerta de la villa quando allá fuemos, e nunca tan grant llanto viemos fazer por ome del mundo como por éste fezieron esta noche e aún fazen esta mañana." "Dios les dé llanto e pesar —dixo el rey— e a nos alegría, ca asas nos han fecho de mal e de pesar non gelo meresçiendo." "Así lo quiera Dios" —dixieron los otros—. E de allí adelante le dixieron "el cavallero de Dios".

"Amigos —dixo el rey—, pues tanta merçed nos ha fecho Dios en toller el rey de Ester los mejores dos braços [f. 63] que él avía, e aún su sobrino el terçero, en quien él avía grant esfuerço, e pensemos en cómo podamos salir de esta premia en que nos tienen." "Muy bien es —dixieron todos—, e así lo fagamos."

El cavallero de Dios estando con el mayordomo en su solas, preguntó al mayordomo en cómo podrían salir de

____

[94] *apresiemos*: aprendimos, supimos.

aquella premia en que eran porque el rey los tenía çercados. Ca la ventura ayuda a aquel que se quiere esforçar
e toma osadía en los fechos, ca non da Dios el bien a
quien lo demanda, mas a quien obra en pos la demanda.
"¿E cómo? —dixo el mayordomo—; ya vemos muchas
vegadas atreverse muchos a tales fechos como estos e
fállanse ende mal." "Non digo yo —dixo el cavallero—
de los atrevidos, mas de los esforçados, ca grant departimiento ha entre atrevido e esforçado: ca el corronpe-
miento se faze con locura e el esfuerço con buen seso
natural." "¿Pues cómo nos podremos esforçar —dixo el
mayordomo— para salir de esta premia de estos nuestros
enemigos?" "Yo vos lo diré —dixo el cavallero de Dios—.
Çertas, de tan buena conpaña como aquí es con el rey,
devíanse partir a una parte quinientos e salir por sendas
partes de la villa ante que amanesçiese, ser con ellos al
tienpo que ellos en la su folgura mayor se oviesen; a esto
faziendo así a menudo, o los farán derramar o irse por
fuerça, o los farán grant daño, ca se enojarán con los
grandes daños que resçebiesen e se abrían a ir. Ca mientre vos quesierdes dormir e folgar, eso mesmo se querrán
ellos. E aún vos digo más —dixo el cavallero—: que
si me dierdes quinientos cavalleros de esta cavallería que
aquí es, que les yo escogiese, esforçarme ía a acometer este
fecho, con la merçed de Dios." "Plázeme —dixo el mayordomo— de quanto dezides."

E fuese luego para casa del rey. E quando el mayordomo llegó, preguntóle el rey qué fazía el cavallero de
Dios. "Señor —dixo el mayordomo—, está a guisa de
buen cavallero e ome de buen entendimiento, e semeja
que sienpre andido en guerra e usó de cavallería, atan
bien sabe departir todos los [f. 63v] fechos que perte-
nesçen a la guerra." "¿Pues qué dize de esta guerra en
que somos?" —dixo el rey—. "Çertas —dixo el mayordomo—, tiene que quantos cavalleros e quantos omes buenos aquí son, que menguan en lo que han de fazer."
E contólo todo lo que con él pasara. "Bien es —dixo
el rey— que guardemos entre nos aquellas cosas que dixo
el cavallero de Dios; veremos lo que nos responderán

los condes e los nuestros omes buenos e toda la gente que ay aquí cras." "Conbusco por bien lo tengo e por vuestro serviçio" —dixo el mayordomo.

E otro día en la grant mañana fueron llegados los condes e los omes buenos e toda la gente de la çibdat en casa del rey. E después que llegó ý el rey, preguntó si avían acordado alguna cosa por que podiesen salir de premia de estos enemigos. E mal pecado, tales fueron ellos que non avían fablado en ello nin les veniera emiente. E levantóse uno e dixo al rey: "Señor, datnos tienpo en que nos podamos acordar, e respondervos hemos." El rey, con grant desdén, dixo: "Cavalleros, quanto tienpo vos quisierdes; pero mientra vos acordades, si por bien tovierdes, datme quinientos cavalleros de los que yo escogiese entre los vuestros e los míos, e començaremos alguna cosa por que después sepamos mejor entrar en el fecho." "Plázenos —dixieron los condes—, e vaya el mayordomo e escójalos."

E enbió el rey por el mayordomo e por el cavallero que se veniesen para él. E desque venieron, mandóles que escogiesen quinientos cavalleros de los suyos e de los otros. E ellos feziéronlo así, e quales señalava el cavallero de Dios, tales escrivía el mayordomo, de guisa que escrivieron los mejores quinientos cavalleros de aquella cavallería; e mandóles el mayordomo que otro día en la grant mañana que saliesen a la plaça a fazer alarde muy [f. 64] bien aguisados e todas sus guarniçiones.

E otro día salieron ý todos aquellos cavalleros armados, en manera que semejava al rey que era muy buena gente e bien aguisada para fazer bien e acabar grant fecho, si buen caudiello oviesen. Un cavallero de ellos dixo: "Señor, ¿a quién nos daredes por cabdiello?" "El mio mayordomo —dixo el rey—, que es muy buen fidalgo e es buen cavallero de armas, así como todos sabedes." "Mucho nos plaze —dixieron los cavalleros—, e por Dios, señor, lo que avemos a fazer que lo fagamos aína, ante que sepan de nos los de la hueste e se aperçiban." "Gradéscovoslo mucho —dixo el rey—, porque lo tan bien dezides, e sed

de muy grant madrugada, cras ante del alva, todos muy
bien guisados a la puerta de la villa; e fazet en como mandare el mio mayordomo." "Muy de grado lo faremos"
—dixieron ellos.

E otro día en la grant mañaña ante del alva fueron a
la puerta de la villa tres mill omes de con ellos, muy
bien escudados, que avía aguisados el mayordomo. E gui-
sóse el cavallero de Dios e tomó su cavallo e sus armas,
pero que levava las sobreseñales del mayordomo; e fuese
con el mayordomo para la puerta de la villa; e el mayordomo dixo a los cavalleros: "Amigos, aquel mio sobrino
que va delante, que lieva las mis sobreseñales, quiero que
vaya en la delantera, e vos seguitle e guardatle, e por do
él entrare entrad todos; e yo iré en la çaga, e recudit
conusco e non catedes por otro sinon por él." "En el
nonbre de Dios —dixieron los cavalleros—, ca nos le
seguiremos e lo guardaremos muy bien." E abrieron las
puertas de la villa e salieron todos muy paso unos en
pos otros.

E el cavallero de Dios puso los peones delante todos e
tornóse a los cavalleros, e díxoles: "Amigos, nos avemos
a ir derechamente [f. 64v] al real do el rey está, ca si
nos aquél desbaratamos, lo al todo es desbaratado." E
castigó a los peones que non se metiesen ningunos a ro-
bar, mas a matar, tan bien cavallos como omes, fasta que
Dios quisiese que acabasen su fecho. E esto les mandava
so pena de la merçed del rey; e ellos prometieron que
conplirían su mandado. E quando ellos movieron, tornóse
el mayordomo, que así gelo avía mandado el rey.

El cavallero de Dios metióse por la hueste con aquella
gente, feriendo e matando muy de rezio, e los peones
dando fuego a las choças, en manera que las llamas sobían
fasta el çielo. E quando llegaron a las tiendas del rey, el
ruido fue muy grande e la priesa de matar e de ferir
quantos fallavan. Pero non era aún amanesçido e por ende
non se podieron aperçebir los de la hueste para armarse.
E quando llegaron a la tienda del rey, conbatiéronla muy
de rezio e cortavan las cuerdas, de guisa que el rey non

oyo [95] ser acorrido de los suyos nin se atrevió a fincar, e cavalgó en un cavallo que le dieron e fuese. E los otros fueron en pos él en alcançe bien tres leguas, matando e feriendo. La gente del real quando venieron a la tienda e preguntavan por el rey e les dezían que era ido, non sabían qué fazer sinon guaresçer e irse derramados cada uno por su parte. El cavallero de Dios con la su gente, como los fallavan que ivan derramados, matávanlos, que ninguno dexavan a vida. E así se tornaron para el real, do fallaron muy grant aver e muy grant riqueza, ca non lo podieron levar nin les dieron vagar; ca los de la villa, después que amanesçió, vieron que se ivan, sallieron e corrieron con ellos.

El cavallero de Dios enbió dezir que enbiase poner recabdo en aquellas cosas que eran en el real porque se [96] [f. 65]. El rey enbió a su mayordomo, e bien podía el mayordomo despender e tener palaçio, ca muy grant ganançia era e muy rico fincava. Pero que con consejo de cavallero de Dios fizo muy buena parte aquellos quinientos cavalleros e a los tres mill peones que fueron en el desbarato. El cavallero de Dios se vino para su posada mucho encubiertamente que lo non conosçiesen; los otros todos para los suyos a desarmar.

El rey estava en su posada gradesçiendo mucho a Dios la merçed que les avía fecho. E dixo la infanta su fija: "¿Qué vos semeja de este fecho?" "Pardiós, señor —dixo ella—, seméjame que nos faze Dios grant merçed, a éste su fecho semeja e non de ome terreñal, salvo ende que quiso que veniese por alguno de la su parte con quien él tiene." "Pues fija, ¿qué será?, ca en juizio abremos a entrar para saber quién desçercó esta villa, e aquél vos abremos a dar por marido." "¡Ay, padre señor! —dixo—. Non que dudar en éste, ca todos estos buenos fechos el cavallero de Dios los fizo; si non por él, que quiso Dios que lo acabase, non podiéramos ser desçercados tan aína."

---

[95] *oyó*: en vez de "ovió" o "uvió". Del verbo *uviar*. Significado 6.º de Rees: "tuvo tiempo, pudo". (Véase *art. cit.* en nota 51.)
[96] En blanco en *Ms. porque se (non perdiesen)* (W., 159).

"¿E creedes vos, fija, que es así?" "Çertas, señor —dixo ella—, sí; e plázeme, pues lo Dios tiene por bien." E el rey enbió dezir luego a los condes e a todos los otros que fuesen otro día mañana al su palaçio, e ellos venieron otro día al palaçio del rey. El rey gradesçió mucho a Dios esta merçed que le fizo, e desí, los quinientos cavalleros que fueron en el desbarato.

Un cavallero bueno de los quinientos se levantó e dixo así: "Señor, non has por qué gradesçer a ninguno este fecho sinon a Dios primeramente, e a un cavallero que nos dio tu mayordomo por que nos guiásemos, que dezía que era su sobrino; que bien me semeja que del día en que nasçí non vi un cavallero tan fermoso armado nin tan bien cavalgante en un cavallo nin tan buenos fechos feziese su gente como él [f. 65v] esforçava a nos; ca quando una palabra nos dezía, semejávanos que esfuerço de Dios era verdaderamente; e dígote, señor, verdaderamente, que en lugares nos fizo entrar con el su esfuerço que si do dos mill cavalleros toviese, non más atreverme ía a entrar. E si cuidas que yo en aquello miento, ruego a estos cavalleros que se açertaron ý que te lo digan si es así." "Señor —dixieron los otros—, en todo te ha dicho verdat. E non creas, señor, que en tan pequeña ora como nos avemos aquí estado se podiesen contar todos los bienes de este cavallero que nos en él viemos." "¿Pues qué será? —dixo el rey— ¿quién diremos que desçercó este lugar?" "Non lo pongades en duda, señor [97] —el cavallero de los quinientos—, que éste la desçercó de quien agora fablamos, por su ventura buena." "Mas segunt esto —dixo el rey—, seméjame que le abremos a dar la infante mi fija por muger." "Tuerto farías —dixo el cavallero bueno— sy gela non dieses, ca bien lo ha meresçido a ti e a ella."

Un fijo de un conde e muy poderoso que era ý levantóse en pie e dixo: "Señor, tú sabes que muchos condes e muchos omes buenos de alta sangre fueron aquí venidos para te servir, e demás pára mientes quién das tu fija; ca

[97] (dixo) el cavallero de los quinientos (W., 161).

por aventura la darás a ome de muy baxo lugar, que
non sería tu onra nin del tu regño; piensa más en ello e
non te arrebates." "Çertas —dixo el rey—, yo pensado lo
he de non fallesçer en ninguna manera de lo que prometí,
nin fallesçería al más pequeño ome del mundo." "Señor
—dixo el fijo del conde—, sabe ante de la infante si querrá." "Çierto só —dixo el rey—, lo que yo quisiere, mayormente en guarda de la mi verdat." "Señor —dixieron
todos—, enbía por tu mayordomo e que traiga al cavallero
que [f. 66] dezía que era su sobrino." El rey enbió por
el mayordomo e por el cavallero de Dios. Ellos vinieron
muy bien vestidos, e comoquier que el mayordomo era
muy apuesto cavallero, toda la bondat le tollía el cavallero de Dios. E quando entraron por el palaçio do toda
la gente estava e tan grant sabor avían de lo ver, que todos se levantaron a él, e a grandes bozes dixieron: "¡Bien
venga el cavallero de Dios!" E entró de su paso, delante [98]
el mayordomo; ca el mayordomo por le fazer onra non
quiso que veniese en pos él. El cavallero iva inclinando la
cabeça a todos e saludándolos, e quando llegó allí do
estava el rey asentado en su siella, dixo: "Cavallero de
Dios, ruégovos, fe que devedes a aquél que vos acá enbió,
que me digades ante todos aquestos si sodes fijodalgo e
fijo de dueña e de cavallero lindo. [99] ¿Venides —dixo el
rey— de sangre real?" Calló el cavallero e non respuso.
"Non ayades vergüença —dixo el rey—, dezitlo." Dixo
el cavallero: "Señor, vergüença grande sería a ninguno en
dezir que venía de sangre de reyes, andando así pobre
como yo ando; ca si lo fuese, abiltaría [100] e desonrraría a
sí." "Cavallero —dixo el rey—, dizen aquí que vos des-
çercastes este lugar." "Desçercólo Dios —dixo el cavallero—, e aquesta buena gente que allá enbiastes." "¿Avemos así a estar? —dixo el rey—. Vayan por la infante e

[98] Quiere decir: delante del mayordomo. [Tal vez esta frase ayudase a comprender el v. 607 del *Cid*: "dexando van los delant,
por el castiello se tornavan".]
[99] *lindo* viene del lat. *limpidu*. ¿Limpio de sangre?
[100] *abiltaría*: envilecería.

venga acá." La infante se vino luego con muchas dueñas
e donzellas para allí do estava el rey, mucho noblemente
vestida ella e todas las otras que con ella venían, e traía
una guirnalda en la cabeça lleña de robís e de esmeraldas,
que todo el palaçio alunbrava. "Fija —dixo el rey—, ¿sabedes quién desçercó este lugar do nos tenían çercados?"
"Señor —dixo ella—, vos lo devedes saber; mas atanto
sé que aquel cavallero que allí está mató al fijo del rey
Ester, al primero que demandó la lid; e bien creo que
él mató a los otros e nos desçercó." El fijo del conde
quando esto oyó, dixo así: "Señor, seméja [f. 66v] me
que esto viene por Dios, e pues así es, casadlos en buen
ora." "Bien es" —dixieron todos.

DE CÓMO EL CAVALLERO DE DIOS FINCÓ POR REY E SEÑOR DEL REGÑO E OTROSÍ DE CÓMO EL CAVALLERO DE DIOS RESÇEBIÓ A LA INFANTE POR SU MUGER E LA INFANTE AL CAVALLERO POR SU MARIDO

Dize el cuento que demandaron luego capellán, fue ý venido luego e tomóles las juras. El cavallero de Dios resçebió a la infante por su muger e la infante al cavallero por su marido. E bien creed que non ý ovo ninguno que contradixiese, mas todos los del regño que ý eran lo resçebieron por señor e por rey después de los días de su señor el rey. Pero que lo ovo atender dos años, ca así lo tovo por bien el rey, porque era pequeña de días. Por este cavallero fueron cobradas muchas villas e muchos castiellos que eran perdidos en tienpo del rey su suegro, e fizo mucha justiçia en la tierra e puso muchas justiçias e muchas costunbres buenas, en manera que todos los de la tierra, grandes e pequeños, lo querían grant bien. El rey su suegro, ante de los dos años, fue muerto, e él fincó rey e señor del regño, muy justiçiero e muy defendedor de su tierra, de guisa que cada uno avía su derecho e bien en pas.

Este rey estando un día folgando en su cama, vínosele emiente de cómo fuera casado con otra muger e oviera fijos en ella, e cómo perdiera los fijos e la muger; otrosí le vino emiente las palabras que le dixiera su muger quando lo él contara lo que le acaesçiera con su avuelo. Estando en este pensamiento, començó a llorar porque la su muger que non vería plazer de esto en que él era; e que segunt ley que non podía aver dos mugeres sinon una e que así venía en pecado mortal. E él [f. 67] estando en esto sobredicho, vino la reina e violo todo lloroso e más triste, e díxole así: "¡Ay, señor! ¿qué es esto por que llorades, o qué es el cuidado que avedes? Dezítmelo." "Çertas, reina —dixo él queriendo encubrir su pensamiento—, lo que pensava es esto: yo fis muy grant yerro a nuestro señor Dios de que non le fis emienda ninguna nin conplí la penitençia que me dieron por razón de este yerro." "¿E puede ser emendado?" —dixo la reina—. "Sí puede —dixo él—, con grant premia." "¿E tenedes que esta penitençia podríades pasar e sofrir?" "Sí —dixo él—, con la merçed de Dios." "Pues partámosla —dixo ella—; tomad vos la meitad e yo tomaré la otra meitad, e cunplámoslo." "Non lo quiera Dios —dixo el rey— lazren [101] justos por pecadores, mas el que yerro fizo sufra la penitençia, ca esto es derecho." "¿Cómo? —dixo la reina—. ¿Non somos amos a dos fecho una carne del día que casemos acá, segunt las palabras de santa eglesia? Çertas, non podedes vos aver pesar en que yo non aya yo mi parte, nin plazer que non aya eso mesmo. E si en la uña del pie vos dolierdes, dolerme yo en el coraçón, ca toda es una carne, e un cuerpo somos amos a dos; e así non podedes vos aver nin sentir ninguna cosa en este mundo que mi parte non aya." "Verdat es —dixo el rey—, mas non quiero que fagades agora esta penitençia vos nin yo." "Pues estades en pecado mortal —dixo la reina—; e sabet que comigo non podedes aver plazer fasta que fagades emienda a Dios e salgades de este pecado." "Pues así es —dixo el rey—, conviene que sepades la penitençia que yo he de fazer. El yerro —dixo el rey— fue tan grande que fis a nuestro señor Dios, que non puede ser emendado a menos de me mantener dos años en castidat." "¿Cómo? —dixo la reina— ¿por esto lo dexávades de fazer, por me fazer a mí plazer? Pardiós, aquello me plazer fuera a mi

[101] *lazren*: sufran.

pesar a par de muerte, e aquesto me semeja plazer e pro
e onra al [f. 67v] cuerpo e al alma. E agora vos abría yo
por pecador e enemigo de Dios, e estonçe vos abré sin
pecado e amigo de Dios. E pues otros dos años atendis-
tes vos a mí, devo yo atender estos dos por amor de vos."
"E muchas graçias —dixo el rey—, que tan grant sabor
avedes de me tornar al amor de Dios."

El rey fincó muy bien ledo e muy pagado con estas
palabras e la reina eso mesmo. E mantoviéronse muy bien
e muy castamente, e el rey lo gradesçió mucho a Dios,
porque se así se endresçió la su entençión por bondat de
esta reina; ca la su entençión fue por atender algunt tienpo por saber si era muerta o biva su muger.

DE CÓMO LA BUENA DUEÑA FALLÓ UN MONESTERIO DESPOBLADO E FIZO Ý UN HOSPITAL E PUSO Ý MUCHA ROPA E MUCHOS LECHOS

Segunt cuenta la estoria suya de esta buena dueña, así
como ya oyestes, ella andava como biuda e venía en una
nave que guiava nuestro señor Jhesu Christo por la su
merçed. E tanto andudieron que ovieron a portar a un
puerto de la tierra del rey de Ester. E la buena dueña preguntó a los de la ribera qué tierra era aquélla, si era
tierra de justiçia do los omes podiesen bevir. E vino a la
dueña un ome bueno, que se iva de la tierra con toda
su conpaña, e díxole: "Señora, ¿demandades si es esta
tierra de justiçia? Dígovos que non, ca non ha en él buen
comienço." "¿E cómo non?" —dixo la dueña—. "Porque non ha buen governador —dixo el ome bueno—; e
el buen comienço del castiello o de la villa o del regño es
el buen governador que lo mantiene en justiçia e en verdat, e non las piedras nin la tierra, maguer sean labradas
de buenos muros e fuertes. Antes ay aquí un rey muy sobervio e muy crúo e muy sin piedat e que desehereda muy
de grado [f. 68] a los que son bien heredados e despecha
sus pueblos sin razón so color de fazer algunt bien con
ello; e mal pecado, non lo faze, e mata los omes sin ser

oídos e faze otros muchos males que serían luengos de
contar. E si el ome fuese de buen entendimiento, ya se
devería escarmentar de fazer estos males, siquier por quanto pesar le mostró Dios en dos de sus fijos, que non avía
más." "¿E cómo fue?" —dixo la dueña—. "Yo te lo
diré" —dixo el ome bueno.

"Poco tienpo ha que este rey de Ester avía çercado con
muy grant sobervia al rey de Mentón. Era muy buen ome,
mas era viejo, que non podía bien mandar. E por esto se
atrevió esto a cometer mucho mal e avía jurado de nunca
se partir de aquella çerca fasta que tomase al rey por la
barba; mas los omes proponen de fazer e Dios ordena los
fechos mejor que los omes cuidan; e así que en dos días
le mató un cavallero solo dos sus fijos delante de los sus
ojos, e a un sobrino, fijo de su hermano; e después al otro
día fue arrancado do estava, en manera que venieron en
alcançe en pos él muy grant tierra, matando toda la gente.
E allí perdió todo el tesoro que tenía muy grande, ca a
mal de su grado lo ovo a dexar. Çertas, grant derecho
fue, ca de mala parte lo ovo. E por ende, dizen que quando de mala parte viene la oveja allá va la pelleja. E aún
el mesquino, por todas estas cosas, non se quiere escarmentar, antes faze agora peor que non solía; mas Dios que
es poderoso, que le dio estos majamientos [102] en los fijos,
le dará majamiento en la persona de guisa que le queda-
rán los sus males e folgará la tierra. E por mio acuerdo,
tú te irás a morar a aquel regño de Mentón, do ay un rey
de virtud que tenemos los omes que fue enbiado de Dios,
ca mantiene su tierra en pas e en justiçia e es muy buen
cavallero de sus armas e de buen [f. 68v] entendimiento
e defense muy bien de aquellos que le quieren mal fazer.
E éste es el que mató los dos fijos del rey de Ester e a su
sobrino e desbarató al rey e le arrancó de aquella çerca
en que estava; e por eso le dieron a la infante fija del rey

---

[102] majamientos: "acción de majar o molestar". (Voc. Kalila,
p. 120.) "Majar-Machacar-Molestar, cansar, importunar." (Dicc.
Acad.)

Mentón, su suegro; fincó él rey e señor del regño. E por
las bondades que ya dixe de él, yo e esta mi conpaña nos
imos a morar allá so la su merçed."

La buena dueña pensó mucho en esto que le avía dicho
aquel ome bueno. "Amigo, téngome por bien aconsejada
de vos, e vayámosnos en la mañana, en el nonbre de Dios,
para aquel regño do vos dezides." "¡Por Dios! —dixo el
ome bueno—. Si lo fazes, fazerlo has muy bien, ca aquellos que vos vedes en la ribera, todos vestidos a meitad de
un paño, son del rey, e están esperando quando fuerdes
descargar esta nave, e si te fallaren algunas cosas nobles,
tomártelas ían e levarlas ían al rey so color de las conprar,
e non te pagarían ende ninguna cosa; e así lo fazen a los
otros. Dios nos guarde de malas manos de aquí adelante."

E otro día mañana endresçaron su vela e fueron su
vía. E así los quiso Dios guardar e endresçar, que lo que
ovieron a andar en çinco días andudieron en dos, de guisa
que llegaron a un puerto del rey de Mentón do avía una
buena çibdat muy buena e muy rica a que dezían Bellid,
e allí desçendieron e descargaron la nave de todas las sus
cosas que ý tenían e posiéronlas en un ospital que el rey
de Mentón avía fecho nuevamente. E avía ý un ome bueno
que el rey ý posiera e resçebía los huéspedes que aý venían e les fazía mucho algo. E así lo fizo a esta buena
dueña e a todos los otros que con ella venieron. E a la
buena dueña dio sus cámaras do él morava e a la otra
conpaña dioles otro logar apartado. A la buena dueña
semejó que non [f. 69] era bueno de tener consigo aquella
conpaña que con ella veniera, e dioles grant algo de lo
que traía en la nave que le diera el rey su señor que
feziese su pro de ello. E así se partieron de ella ricos e
bien andantes e se fueron para sus tierras. E dixo el uno
de ellos a los otros: "Amigos, verdadero es el proberbio
antigo que quien a buen señor sirve con serviçio leal,
buena soldada prende e non al; e nos guardemos a esta
buena dueña e servímosla lo mejor que podíemos, e ella
dionos buen galardón, más de quanto nos meresçíamos;
e Dios la dexe acabar en este mundo e en el otro aque-

llas cosas que ella cobdiçia." E respondieron los otros:
"Amén, por la su merçed." E metiéronse en la nave e
fueron su vía.

La dueña, que estava en el ospital, preguntó a aquel
ome bueno que ý era por el rey de Mentón, qué ome era e
qué vida fazía e dó morava sienpre lo más. E él le dixo
que era muy buen ome e de Dios e que paresçía en las
cosas que Dios fazía por él; ca nunca los de aquel regño
tan ricos nin tan anparados fueron como después que él
fue señor del regño; ca lo mantenía en justiçia e en pas
e en concordia e que cada uno era señor de lo que avía
e non dexava de paresçer con ello mucho onradamente e
fazer su pro de lo suyo e a paladinas [103] sin miedo. E ninguno, por poderoso nin por onrado que fuese, non osaría
tomar a otro ome ninguno de lo suyo, sin su plazer, valía
de un dinero; e si gelo tomase, perdería la cabeça, ca el
establesçimiento era puesto en aquel regño que este fuero
se guardava en los mayores como en los menores, de que
pesava mucho a los poderosos, que sabían fazer muchas
malfetrías [104] en la tierra; pero que atan crúamente lo
fizo a guardar el rey por todo el regño, que todos comunalmente se fezieron a ello e plógoles con el buen
fuero, ca [f. 69v] fueron suenpre más ricos de lo que
avían. E por ende dizen que más vale ser el ome bueno
amidos [105] que malo de grado. E çiertamente qual uso usa
el ome, por tal se quiere ir toda vía; e si mal uso usare,
las sus obras non pueden ser buenas; e si pierde el amor
de Dios primeramente, el amor del señor de la tierra; e
non es seguro del cuerpo nin de lo que ha, salvo, ende,
si al señor non castiga los malos, porque los buenos a en-
cojer e a reçelar. E dezirte he más: este rey fizo muy
buena vida e muy santa; tanbién ha un año e más que él
e la reina mantienen castidat, comoquier que se ama uno
a otro muy verdaderamente, seyendo una de las más

---

[103] *a paladinas*: en público.
[104] *malfetrías*: fechorías.
[105] *amidos*: por fuerza.

fermosas e de las más endresçadas de toda la tierra, e el
rey en la mayor [106] hedat que podría ser, de lo qual se
maravillavan mucho todos los del regño. E este rey mora lo
más en una çibdat muy noble, viçiosa, a la que dizen Glan-
beque, do han todas las cosas del mundo que son mester.
E por la grant bondat de la tierra e justiçia e pas e concordia que es en ella, toma ý muy poco trabajo él nin sus
juezes de oir pleitos, ca de lieve non les viene ninguno,
así como podredes ver en esta çibdat do estades, si quisierdes; ca pasa un mes que non verná [107] ante los juezes
un pleito; e así el rey non se trabaja de otra cosa si non
de fazer leer ante sí muchos libros buenos e de muchas
buenas estorias e buenas fazañas, salvo, ende, quando va
a monte o a caça, do lo fazen los condes e todos los de
la tierra mucho serviçio e plazer en sus lugares, ca non
les toma ninguna cosa de lo que han nin les pasa contra
sus fueros nin sus buenas costunbres, ante gelas confirma
e les faze graçias a aquellos que entiende que puede fazer
sin daño de su señorío. E por todas estas razones sobredichas, se puebla toda la tierra mucho, ca de todos los
otros señoríos vienen poblar a este regño, [f. 70] de
guisa que me semeja que aína non podremos en él caber."
     La buena dueña se començó a reir e dixo: "Por Dios,
ome bueno, la bondat más deve caber que la maldat, e la
bondat largamente resçibe los omes, mantiénese en espaçio e en viçio, así como en el paraíso las buenas almas;
e la maldat resçibe los omes estrechamente e mantiénelos
en estrechura e en tormento, así como el infierno las almas de los malos. E por ende, devedes creer que la bondat de este regño, segunt vos avedes dicho, contra todos
los de este mundo, si veniesen morar, ca la su bondat alar-
gará en su regño ganando más de sus vezinos malos de
enderredor. E sabe Dios que me avedes guarido por quantos bienes me avedes dicho de este rey e del regño, e desde
aquí propongo de yazer toda mi vida en este regño mien-

---

[106] *mayor* quiere decir aquí "mejor". (Véase nota 129.)
[107] *verná*: vendrá.

tra justiçia fuere ý guardada, que es raís de todos los
bienes e guarda e anparamiento de todos los de la tierra.
E bienaventurado fue el señor que en su tierra justiçia
quiere guardar; así le será guardada ante nuestro señor
Dios. E quiérome ir para aquella çibdat do es el rey e faré
ý un ospital do posen todos los fijosdalgo que ý acaesçieren. E ruégovos, ome bueno, que me guardedes todas estas
cosas que tengo en esta cámara fasta que yo venga o
enbíe por ellas." "Muy de grado —dixo el ome bueno—,
e set bien çierta, señora, que así vos las guardaré como
a mis ojos." "E ruégovos —dixo la buena dueña— que
me catedes [108] unas dos mugeres buenas que vayan comigo
e yo darles he bestias en que vayan comigo e de vestir e lo
que ovieren mester." "Çertas —dixo el ome bueno—, aquí
en el ospital ha tales dos mugeres como vos abríades mester, e dárvoslas he que vayan conbusco e vos sirvan."

La buena dueña fizo conprar bestias para sí e para
aquellas ordenada mente. E cavalgaron [f. 70v] e fuéronse para aquella çibdat do estava el rey, e non ovieron
mester quien les guardase las bestias, ca doquier que llegavan las resçebían muy bien e fallavan quien pensase
de ellas, e non reçelavan que gelas furtasen nin que gelas
levasen por fuerça, así como suele acaesçer las más vegadas do non ay justiçia nin la quiera guardar. E mal día
fue de la tierra do non ay justiçia, ca por mengua de ella
se destruyen e se despueblan, e así fincan los señores pobres e menguados, non sin culpa de ellos, ca si non han
gente, non ay quien los sirva.

Otro día en la mañana después que llegó la buena dueña a la çibdat do era el rey, fue oir misa a una iglesia
donde estava la reina, e la misa avíanla començada. E
fincó los inojos e començó de rogar a Dios que la endres-
çase e la ayudase a su serviçio. E la reina paró mientes e
vio aquella dueña estraña que fazía su oración mucho
apuestamente e con grant devoción, e pensó en su coraçón
quién podría ser, ca la veía vestida de vestiduras estrañas,

---

[108] *catedes*: miréis, busquéis.

a ella e a las otras dos mugeres que con ella venían. E después que fue dicha la misa, fízola llamar a preguntóle quién era e de quáles tierras e a qué veniera. E ella le dixo: "Señora, yo só de tierras estrañas." "¿E dónde?" —dixo la reina—. "De las Indias —dixo ella—, do predicó sant Bartolomé después de la muerte de Ihesu Christo." "¿Sodes dueña fijadalgo?" —dixo la reina—. "Çertas, señora —dixo ella—, sí só, e vengo aquí bevir so la vuestra merçed; e querría fazer aquí un ospital, si a vos ploguiese, do resçebiese los fijosdalgo viadantes quando ý acaesçiese." "¿E cómo? —dixo la reina—. ¿En vuestra tierra non le podíedes fazer, si avíedes de qué?" "Non —dixo ella—, ca avíemos un rey muy codiçioso, que deseheredava e tomava lo que avían a los vasallos porque lo avía mester por grandes guerras que avía con sus vezinos e con grandes omes de la su tierra. E por ende, ove a vender quantos heredamientos avía e llegué quanto aver pude e víne [f. 71] me para acá a bevir en este vuestro señorío, por quantos bienes oí dezir del rey e de vos; e señaladamente por la justiçia que es aquí guardada e mantenida." "Por Dios —dixo la reina—, dueña, mucho me plaze conbusco, e seades vos bien venida, e yo fablaré con el rey sobre esto e guisar cómo vos dé lugar do fagades este ospital a serviçio de Dios, e yo ayudarvos he a ello. E mándovos que oy en adelante comades cada día comigo." "Señora —dixo ella—, dévos Dios mucha vida por quanta merçed me fazedes e me prometedes; pero pídovos por merçed que querades que acabe antes esta obra que he propuesto en mi coraçón de fazer." "Mucho me plaze" —dixo la reina.

E la buena dueña fuese luego para su posada. E el rey vino ver la reina, así como solía fazer toda vía, e la reina contóle lo que le acaesçiera con aquella buena dueña. E el rey preguntóle que dónde era e ella le dixo que de las tierras de India, do predicara sant Bartolomé, segunt que la dueña le dixiera. E el rey, por las señales que oyó de ella, dubdó si era aquella su muger, e començó a sonreirse. "Señor —dixo la reina—, ¿de qué vos reídes?" "Río de aquella dueña —dixo el rey—, que de tan luengas tierras es venida." "Señor —dixo el rey—, mandatle dar un solar do faga un ospital a serviçio de Dios." "Mucho me plaze —dixo el rey—, e venga después e mandárgele he dar do quisiere."

La reina enbió por aquella buena dueña e díxole de cómo avía fablado con el rey. E ellas estando en esta fabla, entró el rey por la puerta. E así como la vio, luego la conosçió que era su muger. E ella dubdó en él porque la palabra avía canbiada e non fablava el lenguaje que solía, e demás que era más gordo que solía, e que le avía cresçido mucho la barba. E si le conosçió o non, como [f. 71v] buena dueña, non se quiso descobrir porque él non perdiese la onra en que estava. El rey mandóle que escogiese un solar qual ella quisiese en la çibdat. "Señor —dixo ella—, si fallase casas fechas a conprar, ¿tenedes por bien que las conpre?" "Mucho me plaze —dixo el rey—, e yo ayudarvos he a ello." "E yo faré" —dixo la reina—. "Pues —dixo el rey—, buena dueña, conplit vuestro prometimiento."

La dueña se fue andar por la villa a catar algunt logar si fallara a conprar. E falló un monesterio desanparado que dexaron unos monges por se mudar a otro lugar; e conprólo de ellos e fizo ý su ospital muy bueno e puso ý mucha ropa e fizo ý muchos lechos onrados para los omes buenos quando ý acaesçiesen; e conpró muchos heredamientos para adobar aquel ospital. E quando acaesçíen los fijosdalgo, resçebíanlos muy bien e dávanles lo que era mester. E la buena dueña estava lo más del día con la reina, ca nin quería oir misa nin comer fasta que ella veniese. E en la noche ívase para su ospital e todo lo más estava en oración en una capiella que ý avía, e rogava a Dios que ante que muriese que le dexase ver a alguno de sus fijos, e señaladamente al que perdiera en aquella çibdat ribera de la mar; ca el otro, que levara la leona, non avía fuzia ninguna de lo cobrar, teniendo que lo avía comido.

DE CÓMO EL REY DE MENTÓN COBRÓ SUS FIJOS E DE
CÓMO LOS RESÇIBIÓ POR SUS VASALLOS E LOS FIZO
CAVALLEROS

Dize el cuento que estos dos fijuelos fueron criados de
aquel burgés e de aquella burgesa de Mela e porfijados,
así como ya oyestes, e fueron tan bien nodridos e tan
bien acostunbrados, que ningunos de la su hedat non lo
podrían ser mejor; ca ellos bofordavan muy bien e lançavan e [f. 72] ninguno non lo savían mejor fazer que
ellos, nin juego de tablas nin de axedres; e retenían muy
bien quequiera que les dixiesen; e sabíanlo mejor repetir
con mejores palabras e más afeitadas [109] que aquel que lo
dezía. E eran de buen recabdo e de grant coraçón; e
mostráronlo quando aquel su padre que los criava levavan
los golfines, [110] andando a caça en aquel monte do levó
la leona al mayor de ellos; ca ellos amos a dos, armados
en sus cavallos, fueron en pos de los malfechores e al-
cançáronlos e mataron e ferieron de ellos, e sacaron a su
padre e a otros tres, que eran con él, de poder de los
ladrones, e veniéronse con ellos para la çibdat. Todos se
maravillavan mucho de este atrevimiento que estos moços
cometieron, teniendo que otros de mayor hedat que non
ellos non lo osarían cometer. E seméjales que de natura e
de sangre les venía este esfuerço e estas buenas costunbres que en ellos avía. E muchas vegadas dixieron a su
padre que los criava que les feziesen fazer cavalleros, ca
segunt las señales que Dios en ellos mostrara, omes buenos avían de ser.

El padre e la madre pensaron mucho en ello e semejávales bien de lo fazer. E oyeron dezir del rey de Mentón
que era muy buen cavallero e muy buen rey e muy esforçado en armas e de santa vida. E comoquier que era lexos,
tovieron por guisado de enbiar estos dos sus criados a este

---

[109] *afeitadas*: arregladas, compuestas.
[110] *golfines*: malhechores. "Ladrón que generalmente iba con
otros en cuadrilla." "Metátesis de folguín." (*Dicc. Acad.*)

rey que les feziese cavalleros. E enbiáronlos muy bien guisados de cavallos e de armas e muy bien aconpañados, e
diéronles muy grant algo. E fuéronse para aquella çibdat
do el rey de Mentón era e posieron en el camino un mes,
ca non podieron ý llegar más aína, tan lexos era. E ellos
entraron por la çibdat e fueron a las alcarias, [111] e preguntóles un ome bueno si eran fijosdalgo, e ellos dixeron
que sí. "Amigos —dixo el ome bueno—, pues idvos para
aquel ospital que es entrante la villa, que fizo una dueña
para los fijosdalgo viandantes; ca ý vos resçibirán muy
bien e vos darán lo que fuere mester." E ellos se [f. 72v]
fueron para el ospital e fallaron ý muchas mugeres que lo
guardavan, e preguntaron si los acogerían; e ellas dixeron que si eran fijosdalgo, ´e ellos respondieron que lo
eran. E así los acogieron muy de grado e mandaron guisar
de ayantar.

E una mançeba que estava en el ospital paró en ellos
mientes, e porque oyó dezir muchas vegadas a su señora
que oviera dos fijuelos, el uno que levara la leona e el
otro que perdiera, e viólos cómo se pararon a la puerta
de una casa do estava un león e que dixiera el uno al
otro: "Hermano, mal fazes en te parar ý, ca escarmentado
devías ser de la leona que te levó en la boca, e ovieras a ser
comido de ella si non por los canes de mi padre que te
acorrieron, por que te ovo a dexar, e aún las señales de
las dentelladas traes en las espaldas. E çertas, quien de una
vegada non se escarmienta, muchas vezes se arrepiente."
La mançeba quando esto oyó, fuese luego para su señora
e dixo cómo dos donzelles eran venidos al su ospital, los
más apuestos que nunca viera e los más mejor guisados,
que segunt cuidava aquéllos eran sus fijos que ella perdiera; ca oyó dezir al uno, quando llegó a la casa do estava el león, que se guardase, ca escarmentado devía ser
de la leona que lo levava en la boca quando era pequeño.
La dueña quando lo oyó, non se quiso detener e vínose
para el ospital. E quando vio los donzeles, plógole mu-

---

[111] *alcarias:* "(Del ár. *al-qarya*, el poblado pequeño)." (*Dicc.
Acad.*) Alquería.

cho con ellos e fízoles lavar las cabeças e los pies e fizo
pensar luego bien de ellos. E después que ovieron comido,
preguntóles ónde eran e a qué venieran. E ellos le dixieron que eran de una çibdat que dezían Mella, en el reino de
Falit, e que su padre e su madre que los criaron que los
enbiaron al rey de Mentón que los feziese cavalleros.
"¿Cómo, fijo? —dixo la dueña—. ¿Dezides que vuestro
padre e vuestra madre que vos criaron? [f. 73] Bien sé
yo que los padres e las madres crían sus fijos e los dan
a criar." "Señora —dixo el uno de ellos—, por eso vos
dezimos que nos criaron, porque non son nuestros padres naturales, antes nos ovieron por aventura; e porque
non avían fijos ningunos, profijáronnos, e la ventura fue
buena para nos; ca a mí levava la leona en la boca, que
me tomara çerca de una fuente estando yo e nuestro
padre e nuestra madre, e me metió en un monte; e aquel
que nos porfijó andava estonçe por el monte buscando los
venados; e los canes quando vieron la leona, fueron en
pos ella e tanto la afincaron que me ovo a dexar luego
e tomaron la leona. E fízome a un escudero tomar ante sí
en el cavallo e troxiéronme a la çibdat; e aún tengo en las
espaldas las señales de las dentelladuras de la leona. E este
otro mi hermano, non sé por quál desaventura, se perdió;
e la buena dueña muger de aquel burgés que a mí ganó,
con piedat que ovo de este mi hermano, fízolo meter a su
posada e porfijáronle el burgés e su muger, así como fizieron a mí."

La buena dueña quando estas palabras oyó, dexóse caer
en tierra como muger salida de seso e de entendimiento, e
maravilláronse los donzelles muchos. Preguntaron a las
mugeres qué podría ser aquello, e ellas les dixieron que
non sabían, salvo, ende, que veían a su señora transida e
que les amanesçiera mal día por la su venida. "¡Ay, señora! —dixo uno de ellos— ¿e por qué nos amanesçió mal
día por la nuestra venida? Que sabe Dios que non cuidamos que feziésemos enojo ninguno a vuestra señora nin
a vos, nin somos venidos a esta tierra por fazer enojo
a ninguno; ante nos pesó muy de coraçón por esto que
acaesçió a vuestra señora; e que quisiese Dios que non

oviésemos venido a esta posada, comoquier que mucho
plazer e mucha onra ayamos resçebido de vos e de vuestra
señora."

E ellos [f. 73v] estando en esto, entró en acuerdo la
buena dueña e abrió los ojos e levantóse como muger muy
lasa [112] e muy quebrantada; e fue para su cámara e mandó
que pensasen de ellos muy bien e folgasen. E después que
ovieron dormido, apartóse con ellos e díxoles que sopiesen
por çierto que era su madre. E contóles todo el fecho en
como pasara, e de cómo avía perdido su marido e quál
manera pasara la vida fasta aquel día. E Nuestro Señor
queriéndolos guardar de yerro, e porque conosçiesen aquello que era derecho e razón, non quiso que dubdasen en
cosa de lo que su madre les dezía, e ante lo creyeron de
todo en todo que era así e fuéronla besar las manos e
conosçiéronla por madre. E Garfín, el fijo mayor, le dixo
así: "Señora, ¿nunca sopiste de nuestro padre algunas
nuevas?" "Çertas —dixo ella—, mios fijos, non; mas fío
por la merçed de nuestro señor Dios que pues que tovo
por bien que cobrase a vos, de lo que era ya desesperada,
e señaladamente de Garfín, que levó la leona, que Él por
la su santa piedat doliéndose de nos, que terná por bien
de nos fazer cobrar a vuestro padre e mio marido e tomaremos algunt plazer con él, e que olvidemos los pesares e
los trabajos que avemos avido fasta aquí." "Así lo quiera
Dios por la su merçed" —dixo Garfín—. E en la noche,
mandóles fazer su cama muy grande e muy buena a amos
a dos, e mandóles dar a comer muy bien. E ella comió
con ellos, ca non avía comido aún en aquel día, con plazer
que avía resçebido.

E quando ovieron comido, fuéronse a dormir, e ella
echóse entre ellos, como entre sus fijos que avía perdidos
e cobrado nuevamente, ca non se fartava de fablar con
ellos nin se podía de ellos partir. E tanto fabló con ellos
e ellos con ella, que fincaron muy cansados e dormieron
fasta otro día a ora de terçia.

---

[112] *lasa*: cansada.

La reina [f. 74] non quería oir misa fasta que aquella
dueña llegase, así como lo solía fazer; e enbió por ella
a un su portero. El portero quando llegó a la posada de
la dueña, falló las puertas abiertas e entró fasta la cama
do yazía la buena dueña con sus fijos. Fue mucho espantado de la grant maldat que vio "en aquella dueña en que
vos fiávades". "Calla, mal ome —dixo la reina—, e non
digas tales cosas como éstas; ca non podría ser que tú tal
maldat vieses ninguna en aquella buena dueña." "Çertas,
señora, yo vi tanto en ella de que resçebí yo muy grant
pesar, por la grant fuzia que vos en ella avíades porque
cuidávades que era mejor de quanto es." "Mal ome —dixo
la reina—, ¿qué es lo que tú viste?" "Señora —dixo el
portero—, vos me mandastes que fuese para aquella dueña, que veniese a oir misa conbusco; e fállola que está
en una grant cama en medio de dos escuderos muy grandes e mucho apuestos, dormiendo, e un cobertor de veros [113] sobre ellos." "Non podría ser esto —dixo la reina— por cosa que en todo el mundo fuese, e mientes
como alevoso; en tan grant maldat que en ti á, quesiste
poner en mal preçio aquella buena dueña." "Señora —dixo
el portero—, enbiat luego allá, e si así non fallardes que
es verdat esto que vos dixe, mandatme matar por ello,
como aquel que dize falsedat e mentira a su señor."

Aquestas palabras sobrevino el rey e vio a la reina muy
demudada e muy triste, e preguntóle por qué estava así.
"Señor —dixo ella—, si verdat es lo que este mal ome me
dixo, yo me tengo por muger de fuerte ventura en fiar en
mala cosa e tan errada como aquella buena dueña, lo que
yo non creo que non podiese ser en ninguna manera." El
portero lo contó todo el fecho así como lo vio, e el rey
quando lo oyó fue mucho espantado, como aquel a que
teñía [114] la desonra [f. 74v] de esta dueña. E enbió allá
al su alguazil e mandóle que si los fallase en aquella manera que el portero dezía, que los prendiese a ellos e a
ella, que los troxiese delante de él. E el alguazil se fue

113 *veros*: "Piel de marta cebellina." (*Dicc. Acad.*)
114 *teñía*: atañía.

a casa de la dueña, e bien así como el portero lo dixo al rey, así lo falló; e dio una grant bos como salido de seso, e dixo: "¡O dueña desaventurada! ¿cómo fueste perder el tu buen pres e la tu buena fama que avías entre todas las dueñas de esta tierra?" E los donzeles, a las bozes que davan e a lo que dezía el alguazil, despertaron e levantáronse mucho aprisa, como omes espantados. E quesieron meter mano a las espadas, mas non les dieron vagar, ca luego fueron recabdados e la dueña eso mesmo, en saya e en pellote, así como se avía echado entre ellos. E el rey, con grant saña e como salido fuera de sentido, non sabía qué se dezir, e non quiso más preguntar de su fazienda, e mandó que la fuesen quemar luego, comoquier que se doliese mucho de ella, ca sabía que aquélla era su muger. E ante que la dueña levasen, preguntó el rey a los donzeles e díxoles:

"Amigos, ¿ónde sodes, o qué fue la razón por que venistes a esta tierra, que en tan mala pres posistes a esta dueña por su desaventura?" "Señor —dixo Garfín—, nos somos de Mella, una çibdat del regño de Fallid, e aquellos que nos criaron enbiáronnos aquí a la tu merçed que nos fezieses cavalleros, porque oyeran dezir que eras buen rey e de justiçia. E ayer quando lleguemos a esta casa de aquella buena dueña, por las palabras que nos dixiemos e por las que ella dixo a nos, fallamos verdaderamente que nos éramos sus fijos e ella nuestra madre, ca nos avía perdidos niños muy pequeños. E Dios por la su merçed quiso que nos cobrásemos a ella e ella a nos." [f. 75] "¿E cómo vos perdió?" —dixo el rey—. "Señor —dixo Garfín—, nuestro padre e ella, andando su camino, como omes cansados, asentáronse a comer çerca de una fuente clara que estava en unos prados muy fermosos; e después que ovieron comido, nuestro padre puso la cabeça en el regazo de nuestra madre, e ella espulgándole, él dormióse. E yo e este mi hermano, como ñiños que non avíamos entendimiento, andando trebejando por el prado, salió una leona de un montezillo que estava en un collado ý cerca, e llegó allí do nos estávamos trebejando e tomóme en la boca e levóme al monte. E aquel que nos crió salió a caça con

su gente e sus omes, e plogo a nuestro Dios que, entrando
comigo la leona en el monte, recudieron los canes de aquel
burgés con ella; e al ruido de los canes que ivan latiendo
por el rastro de la leona, llegó el burgés con su gente e
sacáronme de su poder. E nuestro padre e esta dueña
nuestra madre, estando en la posada muy triste porque me
avía perdido, soltóse el palafré e salió de casa e ella fue
en pos él; e este mio hermano, como ñiño sin entendimiento, salió en pos de su madre llorando, e ella avía tomado una calle e él tomó otra; e comoquier que le llama-
sen muchos omes buenos e muchas buenas dueñas, aviendo piedat de él porque andava perdido, nunca quiso catar
por ninguno si non por una dueña que estava sobre las
puertas de las sus casas, que tenía a mí en braços falagán-
dome porque estava llorando, ca me sentía de las morde-
duras de la leona. E mandó a una serviente desçender por
él, e así como nos viemos amos a dos, començámosnos
abraçar e a besar e a fazer alegría como los moços que
se conosçen e se crían en uno. E el burgés e aquella buena
dueña porfijáronnos e criáronnos e faziéronnos mucho
bien. E enviáronnos a la tu merçed, que nos fezieses cavalleros; e traémoste sus cartas en que te lo [f. 75v]
enbía pedir por merçed. Por la grant virtud que dizen que
Dios puso en ti de te pagar de verdat e de justiçia, que
non mandes matar esta dueña nuestra madre, ca non fizo
por que deva murir; e que nos quieras fazer cavalleros
e servirte de nos en lo que tovieres por bien."
    El rey quando estas cosas oyó, gradesçiólo mucho a
Dios e tovo que le avía fecho grant merçed: lo uno por
aver cobrado sus fijos, e lo otro porque se non conplió lo
que mandava fazer con saña a aquella dueña su muger,
e enbió mandar que la non matasen. E por ende dizen que
aquel es guardado el que Dios quiere guardar. E el rey
resçebiólos por sus vasallos e fízoles cavalleros con muy
grandes alegrías, segunt el uso de aquella tierra. E desque
el rey ovo fechos cavalleros aquellos e fueron bien criados, travajávanse de le servir bien e verdaderamente e sin
regatería ninguna; ca quando veían ellos que era mester
fecho de armas, luego ante que fuesen llamados cavalga-

van con toda su gente, ívanse para aquel lugar do ellos
entendían que más conplía el su serviçio al rey. E allí
fazían muchas buenas cavallerías e atan señalados golpes,
que todos se maravillavan e judgávanlos por muy buenos
cavalleros, diziendo que nunca dos cavalleros tan mançebos viera que tantas buenas cavallerías feziesen nin tan
esforçadamente nin tan sin miedo se parasen a los fechos
muy grandes. E quando todos venían de la hueste, algunos avían sabor de contar al rey las buenas cavallerías
de estos dos cavalleros mançebos, e plazía al rey muy de
coraçón de lo oir, e sonrióse e dezía: "Çertas, creo que
estos dos cavalleros mançebos querrán ser omes buenos,
ca buen comienço han." E por los bienes que la reina oyó
dezir de ellos e por las grandes aposturas e enseñamientos
que en ellos avía, queríalos muy grant bien e fazíales todas onras e las ayudas que ella podía. E ellos, quanto
más los onravan e los loavan por sus buenas [f. 76] costunbres, atanto punavan de lo fazer sienpre mejor, ca
los omes de buena sangre e de buen entendimiento, quanto
más dizen de ellos, loando las sus buenas costunbres e
los sus buenos fechos, tanto más se esfuerçan a fazerlo
mejor con umildat; e los de vil lugar e mal acostunbrados,
quanto más los loan, si algunt bien por aventura fazen,
tanto más se orgullesçen con sobervia, non queriendo nin
gradesçiendo a Dios la virtud que les faze. Así como fizo
el conde Nasón contra el rey de Mentón.

DE CÓMO EL REY DE MENTÓN DIO SENTENÇIA CONTRA EL
CONDE NASÓN SU VASALLO; MANDÓ QUE LE SACASEN LA
LENGUA POR EL PESCUEÇO, POR LAS PALABRAS QUE DIXIERA
CONTRA SU SEÑOR EL REY; E MANDÓ QUE LE CORTASEN
LA CABEÇA E MANDÓ QUE LE QUEMASEN E LE FEZIESEN
POLVOS E QUE LOS COGIESEN E QUE LOS ECHASEN EN EL
LAGO QUE ERA ENÇIMA DEL SU REGÑO, QUE LE DIZEN LAGO
SULFÁREO; QUE AQUELLA ES LA SU SEPULTURA DE UN SU
VISAVUELO QUE CAYÓ OTROSÍ EN OTRA TRAIÇIÓN. E
QUANDO ECHARON LOS POLVOS EN AQUEL LAGO, LOS QUE
Ý ESTAVAN OYERON LAS MAYORES BOZES DEL MUNDO QUE
DEZÍAN SO AQUEL AGUA E NON PODÍAN ENTENDER LO
QUE DEZÍAN; ASÍ QUE COMENÇÓ A BOLLIR EL AGUA E
LEVANTÓSE UN VIENTO MUY GRANDE, DE GUISA QUE TODOS
QUANTOS Ý ESTAVAN CUIDARON PELIGRAR

Dize el cuento que este conde Nasón era un vasallo
del rey de Mentón, e alçóse con el su condado contra el
rey con mill cavalleros de sus parientes e de sus vasallos;
e corríale la tierra e fazíale mucho mal en ella. E los
mandaderos llegavan al rey unos en pos otros a le mostrar
el mal que el conde Nasón fazía en su tierra. E mientra el
rey enbiava por sus vasallos para ir contra el conde, estos
dos cavalleros mançebos, Garfín e Roboán, guisaron a sí
e a su gente muy bien. Ca ellos avían [f. 76v] trezientos
cavalleros por vasallos, de muy buena cavallería, que les
escogiera el rey de su mesnada quando los puso tierra e
gelos dio por vasallos. E entre los quales era el ribaldo que
vino con el rey a la hueste de Mentón quando se partió
del hermitaño; el qual avino en armas muy bien, e muchos cavalleros buenos, por que tovo el rey por guisado
de le fazer cavallero e de le heredar e de lo casar muy
bien. E dezíanle cavallero Amigo.

E movieron e fuéronse contra el conde Nasón, de guisa
que ellos, entrando en su condado quanto una jornada, el
sol puesto, vieron fuegos muy grandes en un canpo do
albergava el conde Nasón con quinientos cavalleros. E los

que ivan delante   ,[115] de guisa que se
llegaron todos en uno e feziéronse un tropel. E Roboán,
el hermano menor, dixo así: "Amigos, non semeja que
segunt los fuegos que paresçen que grant gente allí aya; e
creo que nos Dios faría bien contra ellos, ca ellos tienen
tuerto e nos derecho; ca el rey nuestro señor les fizo
muchas merçedes e nunca les fizo cosa que a mala estança fuese. E nos tenemos verdat por rey nuestro señor
e ellos mentira, e fío por la merçed de Dios que los ven-
çeremos esta noche."

El cavallero Amigo, que era mucho atrevido, dixo: "Señor Roboán, vos sodes muy mançebo e non avedes provado las cosas, comoquier que Dios vos fizo mucha merçed en fecho de armas allí do vos acaesçistes; e por ende,
non devedes levar todas las cosas con fuerça de coraçón,
ca çiertos somos que tan esforçado sodes que non duda-
ríedes de acometer muchos más que vos, pero que devedes
pensar en quál manera e más a vuestra guisa e más a vuestra onra. E si lo por bien tenedes, iré allá yo esta noche
e sabré quántos son o por quál parte abredes la entrada
mejor. E yo tengo muy buen cavallo e muy corredor, que
si mester fuese, que me verné muy toste para vos aperçebir." E Garfín e todos los otros acordaron en que el cavallero Amigo dixo. E comoquier que pesava a Roboán
porque los non ivan luego acometer.

El cavallero Amigo se fue luego después que ovo çe-
nado; e llegó a la hueste del conde lo [f. 77] más que él
pudo, de guisa que a las vegadas andava entrebuelto con
los veladores. Así que diez vezes andido por la hueste en
derredor esa noche, en guisa que asmó bien quántos podrían ser e en qual guisa los podrían mejor entrar. E él
estando por se partir de la hueste e se venir para los suyos, oyó tocar el cuerno tres vezes en la tienda del conde,
e maravillóse ende mucho e atendió fasta que sopiese por
qué era tocado aquel cuerno. E vio los rapazes que se
levantavan a ensellar e armar los cavallos; e él entretanto
andava entre las rondas, como si fuese uno de ellos. E

[115] En blanco en *Ms.* (*paráronse*) (W., 191).

oyó dezir a un rapas, que llamava a otro denostándolo:
"Liévate, [116] fijo de muger traviesa, e ensilla e arma el cavallo de tu señor." "Çertas —dixo el otro—, non lo faré;
ante quiero dormir e folgar, ca el nuestro señor non es
de los çiento e çinquenta cavalleros que son dados para
correr el canpo de Vueça esta mañana." E el cavallero
Amigo quando esto oyó, plógole muy de coraçón e dixo:
"Bendito sea el nonbre de Dios, que de esta hueste çiento
e çinquenta cavalleros avemos ganado sin golpe e sin ferida." E de guisa que atendió fasta que estos çiento e
çinquenta cavalleros fueron movidos; e fue en pos ellos
al paso que ellos ivan; e avían de ir a correr a una legua
donde estava Garfín e Roboán con su gente. E quando el
cavallero vio que endresçavan su camino para allí do avían
a ir, endresçó él para los suyos. E quando se fue partido
de ellos quanto un migero, el cavallo començó a reninchar
muy fuerte e después que se vio apartado de los otros.
E los çiento çinquenta cavalleros quando oyeron aquel renincho de aquel cavallo, maravilláronse mucho. E los más
dezían que era gente del rey, e los otros dezían que era
algunt [117] cavallero que era entre ellos a que llamavan Gamel, mucho atrevido, díxoles que, si ellos quisiesen, que
iría saber nuevas de aquel cavallo en cómo andava, e
recudría a ellos en la mañana, o a aquel lugar do ellos
ivan; e ellos toviéronlo por bien. El cavallero se fue
derechamente al renincho del cavallo; e quando fue
[f. 77v] çerca de él, començó a reninchar el suyo, e tan
escura noche fazía, que se non podían ver. El cavallero
Amigo començóse de ir quanto pudo, cuidando que era
mayor gente. E el cavallero Gamel cuidó que el cavallo
iva suelto, e començó a llamar e a silvarle, segunt uso de
aquella tierra. E el cavallero Amigo cuidando que era alguna pantasma [118] que le quería meter miedo, atendió, e
non vio estruendo mas de un cavallo, e puso la lança so

[116] liévate: levántate.
[117] algunt cauallo que se auia soltado de la hueste e que andaua
radio por el canpo. E un (W., 193).
[118] pantasma: fantasma.

el sobaco e fue ferir al cavallero, de guisa que le derribó
del cavallo mal ferido; e tomó su cavallo e fuese para los
suyos e asmó que podría ser alguno de los çiento e çinquenta. E quando llegó a los suyos, preguntáronle cómo
venía; e él dixo que de çiento e çinquenta cavalleros que
se partieron de la hueste que avía ganado él uno, e que
estava ferido çerca de ellos e que enbiasen por él, si querían saber toda la verdat de la hueste del conde; pero
que les contó en cómo pasara, e aquellos cavalleros que
venían a correr a una legua de ellos. E que non fincavan
con el conde de trezientos e çinquenta cavalleros arriba.

E ellos ovieron su acuerdo si irían ante a los çiento
e çinquenta que a los trezientos e çinquenta; e los unos
dezían que mejor era de ir a aquellos que tenían apartados e non les consentir que feziesen daño en la tierra,
que non a los trezientos e çinquenta do era el conde, que
era muy buen cavallero e mucho esforçado; e los otros
dezían que mejor era ir al albergada del conde, e señaladamente Roboán, que lo afincava mucho, deziendo que si
la cabeça quebrantasen, que en los otros poco esfuerço
fincaría. De guisa que acordaron en lo que Roboán dixo e
cavalgaron e fuéronse para la hueste del conde, e encon-
traron al cavallero ferido e preguntáronle qué gente tenía
el conde allí do estava; e él les dixo que fasta trezientos
e çinquenta cavalleros, [f. 78] e çiento e çinquenta que avía
enbiado a correr. "Çertas —dixo el cavallero Amigo—,
çiento e çinquenta menos uno son." "Verdat" —dixo el
cavallero Gamel—; e reninchando el cavallo del cavallero
Amigo, dixo: "¡Ay, cavallero! Creo que vos sodes el que
me feristes." El cavallero Amigo le dixo: "¿Qué? ¿que-
ríedes el mio cavallo, que nunca viérades nin conosçiéra-
des, e veníades silvando? E bien vos digo que quando oí
el estruendo de vuestro cavallo, que venía en pos mí, e
vos silvando el mio cavallo, que me yo maravillé mucho
qué cosa podría ser; e fui mucho espantado, cuidando
que era el diablo que me quería espantar; ca la noche
tan escura, que vos non podía devisar. E dígovos que si
vos ferí, que más lo fis con miedo que con grant esfuerço." "Ca quando cuerdo estoviese, non me deviera partir

de la gente, que éramos dados todos para un fecho; mas quien de locura enfermó, tarde sana; e non es ésta la primera locura que yo acometí de que me non falle bien." "Cavallero —dixo Roboán—, ¿aquella gente en vos ívades á de durar mucho en la tierra del rey corriendo?" "Dos días —dixo el cavallero— e non más, e luego se han de tornar para el conde." "Çertas, amigo —dixo Roboán—, muy bien nos va, con la merçed de Dios, ca estos cavalleros non pueden ser en ayuda de su señor; e sí Dios bien nos ha de fazer esta noche, e mañaña será librado nuestro fecho e del conde." E queriéndose ir, dixo el cavallero Gamel: "¡Ay, amigos! Ruégovos que si Dios vitoria vos diere, que me non dexedes aquí murir, ca muy mal ferido só; e por ende digo que "si Dios vitoria vos diere", porque çierto só que si vençidos fuerdes, que cada uno abrá que ver en si enfuir o en defender." "¿Cómo? —dixo Roboán—, ¿cuidas que seremos vençidos en este fecho?" "Dios lo sabe —dixo el cavallero—, ca después que en el canpo fuerdes, en Dios será el juizio." "Segunt mio entendimiento, Dios por nos será." "¿Cómo eso?" —dixo el cavallero—. Dixo Roboán: "Yo te lo diré. Ca sabes que el conde tiene grant tuerto [f. 78v] al rey e el rey ninguno a él; e él tiene mentira e nos verdat, que tenemos la parte del rey." "Çertas —dixo el cavallero—, así es como vos dezides. Idvos en el nonbre de Dios, ca la verdat vos ha de ayudar."

El cavallero Amigo descavalgó e fuelo desarmar, porque la fazían mal las armaduras; e atóle la llaga lo mejor que él pudo, e prometióle de venir por él, si Dios le diese tienpo en que lo podiese fazer. E tomó las sus armas e armó un su escudero e fízole cavalgar en el cavallo del cavallero. E fueron en pos de los otros; e quando los alcançaron, díxoles el cavallero Amigo: "Por aquí avedes a ir, e á mester que me sigades; e quando diere una bos e dixiere "¡feritlos!", que aguijedes muy de rezio a las tiendas, que allí está el conde; ca ellos non tienen escuchas porque están en su tierra e non han reçelo ninguno. E tan çerca vos porné yo de ellos, que quando yo la bos diere, en pequeño paso seades con ellos."

E quando fueron en un cabeço e vio el conde que estava con su gente, dio una bos el cavallero Amigo e dixo: "¡Feridlos, cavalleros, que agora es el ora!" Garfín e Roboán levavan consigo bien trezientos escuderos fijosdalgo e posieron delante sí. E fuéronse quanto más podieron para las tiendas del conde; e començaron a ferir e a matar quantos fallavan ante sí. E quando llegaron a las tiendas del conde, non se pudo vestir si non un ganbax, [119] e tomó su escudo ante pechos e púsose ante las puertas de la tienda, e unos pocos de escuderos que se açertaron con él; pero non se podieron parar contra los otros, en manera que los ovieron a ferir e a matar e vençer. E pues que el conde Nasón vio que era desanparado e que ningunt cavallero de los suyos non recudía, e él tenía que eran todos muertos e feridos, e tornóse e metióse por las alabes [120] de la tienda con su escudo e salió a la otra parte do estavan muchas tiendas e muchos tendejones llegantes a la suya; e fallava los suyos muertos e feridos e maltrechos en las tiendas, de guisa [f. 79] que non fallava ninguno de los suyos que le aconpañasen, si non un cavallero ferido que iva con él aconsejándole que guaresçiese, ca todos los suyos eran feridos e muertos. E ellos yendo un barranco ayuso, dixo un escudero que estava con su señor, que estava muy mal ferido: "Señor, allí va el conde de pie con otro conpañero e non más." Garfín, que andavá en su damanda del conde, oyólo e ferió de las espuelas al cavallo e fue en pos él. E quando llegó a él, díxole: "Preso o muerto, qual más quisierdes." "¿E quién sodes vos —dixo el conde—, que queredes que sea vuestro preso?" "Só un cavallero, qual vos vedes" —dixo Garfín—. "¿E por vos ser cavallero —dixo el conde— terníades por aguisado que fuese vuestro preso? Ca çer-

[119] *ganbax*: Cat. *cambax*: "Túnica que es portava per sota de l'ausberg." (*Ausberg*: cota de mallas, loriga.) (Riquer, *L'arnès del cavaller*, p. 59.)
[120] *álabe*: "(Del lat. *alāpa*, aleta, vuelo) 2. Estera que se pone a los lados del carro para que no se caiga lo que se conduce en él." (*Dicc. Acad.*)

tas, muchos son cavalleros que lo non son por linage,
mas sus buenas costunbres por serviçio que fazen a sus
señores; e si vos fijo de rey non sodes, o de mayor linage
que yo, vos digo que non quiero ser vuestro preso." "¡Pardiós! —dixo Garfín—. Mejor vos sería ser mio preso que
non tomar aquí la muerte." "Çertas —dixo el conde—,
mas val buena muerte que vida desonrada." "Pues enco-
britvos de ese escudo —dixo Garfín—, ca yo librarme
quiero de esta demanda, si podiere." "Bien dexistes —dixo
el conde— si podierdes; ca del dezir al fazer mucho ay."
E metió mano al espada e cobrióse del escudo, e Garfín
se dexó venir e dióle una grant lançada a sobremano por
el escudo, de guisa que le falsó el escudo e quebrantó la
lança en él, pero que le non fizo mal ninguno, ca tenía
el braço el conde en el escudo, redrado del cuerpo. E el
conde ferió del espada un grant golpe al cavallo de Garfín
en el espalda, de guisa que el cavallo non se podía tener
nin mover. Quando esto vio Garfín, dexóse caer del cavallo e metió mano al espada e fuese para el conde e dióle
un grant golpe, así que le tajó todo el catel del escudo.
E ferió el conde a Garfín de guisa que le fendió el escudo
todo, de çima fasta fondón, [f. 79v] e cortóle un poco
en el braço. "¡O cavallero! —dixo el conde—. ¡Quán pequeña es la mejoría de la una parte a la otra, pero que
sodes vos armado e yo desarmado!" "Çertas —dixo Garfín—, porque vos fallesçistes [121] de la verdat, mas muy grande, quan grande de la verdat a la mentira; ca vos tenedes
mentira e yo verdat." "¿Cómo así?" —dixo el conde—.
"Çertas —dixo Garfín—, porque vos fallesçistes de la
verdat al rey de Mentón, mi señor, e mentístele en el
serviçio que le avíades a fazer, seyendo su vasallo e non
vos desnaturando de él nin vos fallesçiendo, que le co-
rríedes la tierra. E por ende, morredes como aquel que
mengua en su verdat e en su lealtad." "Mientes —dixo
el conde— como cavallero malo; ca yo me enbié despe-
dir del rey a besarle las manos por mí." "Çertas —dixo

[121] faltasteis.

Garfín—, non es escusa de buen cavallero, ca por se espedir e correr la tierra sin fazerle el señor por qué; e creo que
faríades mejor en darvos a presión, e yo levarvos he al
rey e pedirle ía merçed por vos." "Prométovos, cavallero
—dixo el conde—, que vos non me levedes preso esta
vegada, si mayor esfuerço non vos acreçe." "¿E cómo?
—dixo Garfín—, ¿por tan descoraçonado me tenedes?
Yo fío por la merçed de Dios que aún conosçeredes la
mi fuerça ante que de aquí partades." E fuéronse uno
contra otro esgrimiendo las espadas, ca sabían mucho de
esgrima; e dávanse muy grandes golpes en los escudos,
de guisa que todos los fezieron pedaços. El conde Nasón
dexó correr el estoque e fue dar en la mexiella a Garfín
muy grant ferida; e díxole: "Çertas, cavallero, mejor vos
sería e fuera fincar con la ganançia que vos Dios diera
en el canpo, que lo non querer todo; por ende dizen
"quien todo lo quiere todo lo pierde." "¿Cómo? —dixo
Garfín—, ¿cuidades ser libre de este pleito por esto que
me avedes fecho? Non querrá [f. 80] Dios que el diablo, que es mantenedor de la mentira, vença al que es
mantenedor de la verdat." "Çertas —dixo el conde—,
todo es mester quanto sabedes, e bien vedes vos que si
me non seguiérades tan afincadamente, non levárades esta
prestojada [122] que levastes. E por ende dizen "sigue el lobo
mas non fasta la mata". E bien tengo que faríades mejor
e más a vuestra pro de vos tornar para los vuestros e a mí
dexarme andar en pas." El conde teniendo alçado el braço con el espada, e Garfín estando en grant saña, diole
un muy grant golpe que le cortó la manga del ganbax con
el puño, de guisa que le cayó la mano en tierra con el
espada. E tan de rezio enbió aquel golpe Garfín, que le
cortó del anca una gran pieça e los dedos del pie, en
manera que non se pudo tener el conde e cayó en tierra.
"Ea, conde —dixo Garfín—, ¿non vos fuera mejor ir de
grado en la mi presión, que non ir sin vuestro grado a mi
presión, manco e coxo?" "Mal grado aya —dixo el con-

---

[122] *prestojada*: cogotazo, pescozón; aunque el golpe no es en
el *pestorejo* (detrás de la oreja), sino en la mejilla.

de— qui vos tan grant fuerça dio; ca, çertas, non érades vos ome para me vençer nin me tan mal traer." "¿Ya desperades? —dixo Garfín—. Çertas, esta descreençia mala que en vos es vos traxo a este lugar."

Mientra estavan en esto, Roboán e toda la otra gente andavan buscando a Garfín, ca non sabían de él si era muerto o bivo. E non sabían qué se feziesen e estavan muy cuitados, que nin eran buenos de se tornar con aquella ganançia que Dios les diera, e non eran buenos de fincar. E cuidavan que el conde que era ido por aventura para venir sobre ellos con grant gente. Garfín, veyendo que non podía sacar el conde de aquel val e lo levar a la hueste, subió en un cabeço donde paresçían todos los de la hueste e començó a tocar un cuerno que traía. Roboán quando lo oyó, dixo a los otros: "Çertas, Garfín es aquél; yo lo conosco en el tocar del cuerno; e vayámosnos para él, que de pie está." Un cavallero ançiano le dixo: "Roboán, señor, fincad aquí con aquella gente, e iremos allá unos çient cavalleros e sabremos qué es." E Roboán tóvolo por bien. E quando a él llegaron, conosçiéronlo e dexáronse caer de [f. 80v] los cavallos e preguntáronle dó era su cavallo. E él les dixo que le fallesçiera de manera que non se podía de él ayudar, e que estava el conde ferido en aquel val e que fuesen por él e levarlo ían al rey. Cavalgó en un cavallo Garfín que le dieron los otros; con él fueron para aquel val do estava el conde, muy flaco por la mucha sangre que le salía. E posiéronle en una bestia e leváronlo para la hueste. E quando Roboán e los otros vieron que traían preso al conde, gradesçiéronlo mucho a Dios e fueron muy ledos e muy pagados porque vieron bivo a Garfín, comoquier que era muy mal ferido en la mexiella e tenía inchada la cara; pero que le amelezinaron muy bien, de guisa que a pocos días fue guarido; e ataron las llagas al conde. E a la media noche cavalgaron e ívanse para el rey con aquella ganançia que Dios les diera. E a los escuderos fijosdalgo que levavan consigo diéronles cavallos e armas de aquello que ý ganaron e fiziéronlos cavalleros. E de trezientos que eran primero fiziéronse quinientos e çinquenta. E por este bien

Garfín e Roboán que fezieron a estos escuderos fijosdalgo, de la tierra se venían para ellos; e non sin razón, ca tenían que como aquellos fizieran merçed por el serviçio que de ellos avía resçebido, que así lo farían a ellos por serviçio que les feziesen.

Çertas, mucho se deven esforçar señores en dar buen galardón a aquellos que lo meresçen, ca so esta esperança todos los otros se esforçarán sienpre de servir e de fazer sienpre lo mejor. E ellos yendo por el camino, encontráronse con los çiento e çinquenta cavalleros de los del conde que eran idos a correr la tierra del rey. E fezieron pregonar por toda la tierra que veniese cada uno a conosçer lo suyo e que gelo darían. E non quesieron retener ninguna cosa ende para sí, como aquellos que eran e que non avían sabor de tomar ninguna cosa de lo ageno, así como algunos fazen, que si los enemigos lievan algunt robo de la tierra e van algunos en pos ellos, dizen que suya deve ser. Çertas muy sin [f. 81] razón es, ca pues de un señorío son e de un logar, unos deven ser de un coraçón en serviçio de su señor en guardar e defender unos a otros que non resçiban daño. E si algunt enemigo les levase lo suyo, dévenlos ayudar e se parar con ellos o sin ellos a lo cobrar si podieren; ca de otra guisa puédese dezir lo que dixo el ome bueno a su conprade a quien levava el lobo su carnero.

El conprade fue en pos el lobo e siguióle e tomó el carnero e comióselo. E quando el ome bueno vio su conpadre, díxole así: "Conpadre, dixiéronme que ívades en pos el lobo que levava mi carnero; dezit qué le fezistes." "Yo vos lo diré —dixo él—; yo fui con mis canes en pos el lobo e tomámosgelo." "Pardiós, conpadre —dixo el ome bueno—, mucho me plaze e gradéscovoslo mucho, ¿e qué es del carnero?" —dixo el ome bueno—. "Comímoslo" —dixo el conpadre—. "¿Comísteslo? —dixo el ome bueno—; çertas, conprade, vos e el lobo uno me semeja, que tan robado fue yo de vos como del lobo." [123]

---

[123] Otra versión en "Carta del Rey Don Pedro, que le enbio vn mozo del Andaluzia". (Wagner, "Sources", pp. 83-84.)

E estos atales que toman la presa de los enemigos de
la tierra, por tan robadores se dan como los enemigos, si
la non tornan a aquellos cuya es. E comoquier que en
algunos logares ha por costunbre que la presa que toman
los de la tierra a los enemigos que la tienen, porque dizen
que quando los enemigos la lievan e trasnochan con ella
que ya non era de aquel cuya fuera e que aver es de los
enemigos que ganaron, e tienen que deve fincar con la
presa; çertas, de derecho non es así, mas los señores lo
consentieron que fuese así porque los omes oviesen más
a coraçón de ir en pos los enemigos por la ganançia que
cuidavan ý fazer. Ca tovieron que mejor era que se pres-
tasen de ello los de la tierra que lo cobravan, que non
los enemigos. E esto es por mengua de verdat que es en
los omes, que non quieren guardar unos a otros tan bien
las personas como los algos, pues de una tierra e de un
señorío son. E por ende Garfín e Roboán, [f. 81v] como
cavalleros buenos e sin cobdiçia, queriendo dar buen enxienplo de sí, fezieron dar aquella presa a aquellos cuya
era; e desí fueron derechamente para el rey.

El rey era ya salido con su hueste muy grande e estavan
en unos prados muy fermosos que dezían de Val de Paraíso. E maravillávanse de Garfín e de Roboán que non
venían ý con él, e demandavan mucho afincadamente por
ellos e non fallavan quien dixiese recaudo de ellos, salvo,
ende, que le dezían que avía quinze días que salieran con
toda su gente de aquella çibdat do estavan e que non
sabían onde fueran. E el rey, con reçelo que tomasen
algunt enpesçemiento [124] en algunt logar, estava muy cuidadoso e non podía folgar nin sosegar. E çertas, si al rey
pesava porque non eran allí con él, así lo fazía a quantos
eran allí en la hueste, ca los querían grant bien porque
eran muy buenos cavalleros e bien acostunbrados e apro-
vavan bien en armas. E ellos estando en esto, hévos un
cavallero de Roboán do entró por las tiendas del rey. E
este era el cavallero Amigo, que fizo el rey cavallero e le

[124] enpesçemiento: de enpesçer: dañar.

dio por vasallo a Roboán. E fue fincar los inojos ante el rey e besóle la mano e díxole así: "Señor, Garfín e Roboán, tus vasallos leales, te enbían besar las manos e encomendarse en la tu graçia; e enbíate pedir por merçed que non muevas de aquí, ca cras en la mañana, si Dios quisiere, serán aquí contigo e te dirán muy buenas nuevas con que resçibas muy grant plazer." "¡Ay, cavallero Amigo! —dixo el rey—, por aquella fe que tú me deves que me digas si son bivos e sanos." "Çertas —dixo el cavallero Amigo—, yo te digo, señor, que bivos." "¿Pero si son sanos?" —dixo el rey—. El cavallero Amigo non gelo quería dezir, ca le fue defendido de su señor Roboán que non lo dixiese que fuera ferido Garfín su hermano, nin que traían al conde preso, mas que le dixiese que sería con él otro día en la mañana. El rey afincava mucho al cavallero Amigo que le dixiese si eran sanos. El cavallero Amigo le [f. 82] dixo: "Señor, non me afinquedes, ca non te lo diré, ca defendido me fue; pero atanto quiero que sepas porque asosiegue el tu coraçón: que tan escorrechamente [125] andan e cavalgan como yo." "E tú seas bien venido" —dixo el rey.

E otro día en la mañana llegaron al rey Garfín e Roboán con toda su gente, salvo, ende, çincuenta cavalleros que dexaron que troxiesen al conde preso e venían lexos de ellos quanto un migero e non más porque los oviesen sienpre a ojo, porque si algunt rebate acaesçiese que recudiesen luego a ellos. E quando llegaron al rey, fueron fincar los inojos ante él e besáronle las manos. E el rey se levantó a ellos e resçebiólos muy bien, como aquellos que amava de coraçón. E él catando a Garfín viole un velo que traía en la mexiella diestra sobre la llaga de la ferida. E el rey le preguntó si hera ferido. "Señor —dixo Garfín—, non más fue una naçençia [126] que nasçió ý."

---

[125] *escorrechamente*: deriv. de *escorrecho*: "fuerte, vigoroso". (*Voc. Kalila,* p. 51.)

[126] *naçençia*: "Bulto o tumor que sin causa manifiesta nace en cualquier parte del cuerpo." (*Dicc. Acad.*)

"Çertas —dixo el rey—, non podía ser tan grant nasçençia en aquel lugar; e mala nasçençia nasca en quanto
bien quiere aquel que vos lo fizo." "Señor —dixo Roboán—, creo que sodes adevino, ca así le contesçió, que
non le podría peor nasçençia nasçer a aquel que gela fizo,
nin en peor estado de quanto está." "Çertas, algunt atrevimiento fue —dixo el rey— que començó Garfín." "Non
fue —dixo Roboán— atrevimiento, mas fue buen esfuerço." "¿E cómo fue eso?" —dixo el rey—. "Señor —dixo
Garfín—, dexemos esto agora estar, ca quien non lucha
non cae; e conviene a los cavalleros mançebos de provar
alguna cosa de cavallería, ca por eso la resçebieron; e çertas, ninguno non puede ser dicho cavallero si primeramente non se provare en el canpo." "Verdat es —dixo el
rey—, si en él finca el canpo." "E yo así lo entiendo"
—dixo Garfín—. E aquí quedó el rey de fazer más preguntas sobre esta razón.

"Señor —dixo Garfín, e Roboán con él—, con estos
cavalleros buenos vuestros vasallos que vos me distes, e
con la vuestra ventura buena e con la merçed de nuestro
señor [f. 82v] Dios, vos traemos aquí preso el conde
Nasón, pero que viene ferido." "¿E quién lo ferió?" —dixo
el rey—. "Su atrevimiento e su desaventura —dixo Garfín— e la mala verdat que traía." "Por Dios, Garfín e
Roboán —dixo el rey—, vos me traedes muy buena dona
e gradéscovoslo mucho; ca por aquí abremos todas las
fortalezas que él avía, ca él fijo ninguno non ha nin gelo
dé Dios, ca esa esperança abríamos de él que del padre."
E mandóles que gelo troxiesen delante. E ellos feziéronlo
así traer, asentado en un escaño, acostado en unos cabe-
çales, ca non se podía tener en pies. Quando lo el rey vio,
la mano corta e todos los dedos de un pie, e ferido en el
anca muy mal, díxole así: "Conde, non creo que con esa
mano derecha me amenazedes de aquí adelante." "Çertas —dixo el conde—, nin con la otra faré, ca de todo
el cuerpo só tollido." "Bendito sea el nonbre de Dios
—dixo el rey—, que da a cada uno el galardón que meresçe. Conde —dixo el rey—, de vagar estava el que así

dolava [127] por vos, tantos golpes vos dio en ese cuerpo."
"Señor —dixo el conde—, non fue más de un golpe
aqueste que vedes." "¿Non? —dixo el rey—. Muy ten-
prada creo que era el espada, e el cavallero muy rezio e
muy ligero, que tan fuerte golpe fazía. Dezit, conde, ¿quién
fue aquel que vos ferió?" "Señor —dixo el conde—, ese
cavallero mançebo que está ay çerca de vos a vuestros pies,
a que llaman Garfín." "¡Por Dios! —dixo el rey—, bien
començó su mançebía e bien creo que querrá ir con tales
obras como éstas adelante, e Dios gelo endresçe por la su
merçed." "Amén" —dixo Roboán—. "Çertas —dixo el
conde—, non començó bien para mí, e pésame porque
tan adelante fue con su buena andança." "Conde —dixo
el rey—, bien sé que vos pesa, pero conosçerle hedes esta
vegada mejoría." "Çertas —dixo el conde—, e aún para
sienpre; ca en tal estado me dexó, que le non pude enpesçer en ninguna cosa." Todos quantos ý estavan se
maravillaron de [f. 83] aquel golpe tan esquivo, e tovieron que recudría Garfín a ser buen cavallero e mucho
esmerado entre todos los otros omes, ca aún mançebo era
e estonçe le apuntavan las barbas.

E otro día mañana ovo el rey acuerdo con todos los
condes e ricos omes que con él eran si irían con su hueste a cobrar la tierra del conde o si enbiaría algunos en su
lugar. E los que non avían sabor que tan aína se tomase
la tierra del conde, le consejavan que fincase él e que enbiase ý aquellos que él toviese por bien; e los otros que
avían sabor de servir al rey, entendiendo que se libraría
el fecho más aína por él, consejáronle que fuese ý por
su cuerpo. Él tóvose por bien aconsejado e movió con
toda su hueste para la tierra del conde.

Mas un sobrino del conde Nasón, fijo de su hermana,
muy buen cavallero de armas, que dexó el conde en su
logar con quinientos cavalleros e con trezientos que se
fueron del albergada del conde quando el desbarato, con
los que fueron de los que traían la presa de la tierra del
rey, que eran por todos ochoçientos cavalleros allegados

---

[127] *dolava*: "golpear, herir". (Cejador. *Voc.*, p. 155).

li padre ꞁ fuese gelo dezir ꞁ mando
sentase ꞁ qndo lo bjo venir ꞁ lo
fallo consu saco acuestas mado alos
otos ꞁ saljesen dela camara ꞁ fin̄
on solos oꝗl ome bueno le pgūto

2 ql le rognua depre deju paste q gelo
encubrese Castel ome bueno Crespon
dio q aqllo z mucho mas firje el paz

amor de jupadse z tomaro bna aca
da z fisiero amos ados bajoy o
sb el ju lecho Otmetiero alli el saco de
el pueyo z abriejo lo muy bjen de ma
z tornose luego el moço pa casade

así, e juráronse de se parar a defender la tierra del conde.
E el algara del rey entróles por la tierra del conde a correr
e a quemar e astragar todo quanto fallavan. El sobrino
del conde estando en una villa muy bien çercada con
quinientos cavalleros, vio los fuegos muy grandes que davan en las alcarias e el astragamiento grande que en la
tierra fazían; e fabló con los cavalleros e díxoles: "Amigos, ya vedes el mal que los del rey fazen por la tierra; e
creo que el primer logar que querrán venir a conbater
que éste será en que nos estamos; e tengo que será bien
que saliésedes allá e que dexemos estos escuderos fijosdalgo e esta gente que tenemos a pie que [f. 83v] guardasen la villa con los çibdadanos de aquí; e por aventura
que nos encontraremos de guisa que non entrarían tan
atrevidamente como entraron por la tierra." Los cavalleros le respondieron que mandase lo que toviese por bien,
ca ellos prestos eran para ir do él que quesiese e caloñar [128]
la desonra del conde; ca mejor les era morir en el canpo
faziendo bien, que aver a estar ençerrados. El sobrino del
conde mandó que otro día en la mañana que fuesen todos armados fuera de la villa, e ellos feziéronlo así.

Garfín e Roboán venían con el rey por el camino,
departiendo muchas cosas e preguntándoles el rey cómo
les contesçiera en el desbarato del conde. E quando le
contavan de cómo les acaesçiera, tomava en ellos grant
plazer. E él iva castigándolos e consejándolos toda vía
en cómo feziesen quando acaesçiesen en alguna lid can-
pal; e que non quesiesen que los sus enemigos acometiesen
a ellos primeramente, mas que ellos acometiesen a los
otros; el miedo que los otros les avían de poner, que
ellos que lo posiesen a los otros; ca çiertamente en mejor [129] miedo están los acometidos que non los acometedo-
res, que vienen derraviadamente [130] e con grant esfuerço
contra ellos. Roboán quando estas cosas oyó al rey dezir,

[128] *caloñar*: véase nota 53.
[129] *mejor*: aquí quiere decir "mayor"; al revés que en p. 175.
(Véase nota 106.)
[130] *derraviadamente*: con rabia.

tóvogelo en merçed señalada e fuele besar las manos e díxole así: "Señor, que Garfín nin yo non vos podríemos
servir quantas merçedes nos avedes fecho e nos fazedes
cada día más que a ningunos de vuestro señorío, ca non
solamente nos mandades como señor, mas castigádesnos
como padre a fijos." Respondió el rey muy alegremente e
dixo: "Roboán amigo, vos faziendo bien en como lo fazedes, e creo que fagades mejor todavía, fío por Dios que
me conosçeredes que vos amo [f. 84] verdaderamente
como padre a sus fijos. E non me dé Dios onra en este
mundo si para vos non codiçio." Allí se dexaron caer a los
sus pies Garfín e Roboán e besáronle las manos muchas
vezes, teniendo que les fazía grande e muy señalada merçed en les dezir atan altas palabras e de tan de coraçón.
E pediéronle por merçed que quisiese que fuesen adelante
con los algareros para fazer algunt bien. "Garfín —dixo
el rey—, non quiero que vayades allá, que aún non sodes
bien sano de la ferida que tenedes." "Señor —dixo Garfín—, non tengo ferida por que me deva escusar de ir
fazer bien." "Garfín —dixo Roboán—, e muy bien vos
dize el rey que folguedes e guarescades, ca de pequeña
çentella se levanta grant fuego si ome non pone y consejo;
e comoquier que esa vuestra ferida non sea muy grande,
si non y ponedes mayor cura de quanta fazedes, podervos
íedes ver en peligro; mas si tovierdes por bien, iré con
vuestra gente e con la mía con aquellos algareros a ganar
alguna buena señal de cavallería." "¿E qué señal?" —dixo
el rey—. "Señor —dixo Roboán—, atal qual la ganó mi
hermano Garfín; ca non podiera mejor señal ganar que
aquella que ganó, ca la ganó a grant pres e a grant onra
de sí. E por aquella señal sabrán e conosçerán los omes
el buen fecho que fizo preguntando cómo lo ovo, e bien
verán e entenderán que la non ganó fuyendo."
  El rey fue más pagado de quanto le oyó dezir, e díxole
así: "Mio fijo bienaventurado, dévos Dios la su bendiçión e yo vos dó la mía, e id en el nonbre de Dios, ca
fío por la su merçed que acabaredes todo quanto quisierdes." Roboán cavalgó e tomó la gente de su hermano e la
suya, así que eran trezientos e çinquenta cavalleros. E en-

traron por la tierra del conde, [f. 84v] guardando toda
vía los labradores de daño e de mal en quanto ellos podían, salvo, ende, lo que tomavan para comer, ca así gelo
mandava Roboán, teniendo que los labradores non avían
culpa en la mala verdat del conde. Çertas, si Roboán se
tenía con Dios en fazer sienpre lo mejor, bien lo demos-
trava Dios que se tenía con él en todos sus fechos. Así
que un día en la mañaña, saliendo de un montezillo, vieron venir al sobrino del conde con quatroçientos omes de
cavallo; pero que venían muy lexos de ellos, bien seis migeros. "Amigos —dixo Roboán—, podremos oir misa en
este canpo ante que lleguen aquellos cavalleros; ca en todos los nuestros fechos devemos anteponer a Dios." "Señor —dixo un capellán—, muy bien la podedes oir, ca
yo vos diré misa privada." E luego fue parado el altar en
el canpo mucho aína e el capellán revestido e dixo su
misa muy bien, ca era ome bueno e de buena vida.

Quando ovieron oída la misa, vieron que los otros cavalleros venían çerca, pero que ellos dubdavan e estavan
parados. E dixo Roboán: "Amigos, los miedos partidos
son, segunt me semeja, e vayámoslos acometer, que non ha
çinco días que me castigaron que el miedo que los enemigos nos avían a poner en acometiéndonos que gelo posié-
semos nos primero feriéndolos muy derraviadamente e sin
dubda." Los cavalleros, como omes de buen esfuerço e
como aquellos que avían sabor de bien fazer, dixieron
que dezíe muy bien, e feziéronlo así; e fueron su paso
fasta que llegaron çerca de los otros. Estonçe mandó Roboán que moviesen, e fuéronles ferir de rezio. Los otros
se tovieron muy bien, a guisa de muy buenos cavalleros,
e bolviéronse, feriéndose muy rezio los unos a los otros.
Allí veríedes muchos cavalleros [f. 85] derribados e los
cavallos sin señores andar por el canpo. E a los primeros
golpes quebrantaron las lanças de la una parte e de la
otra; e metieron mano a las espadas e grande era la priesa
de se ferir los unos a los otros, e atan espesos andavan
que non se podían bien conosçer, salvo, ende, quando
nonbravan cada uno de su parte. Roboán andava en aquel
fecho a guisa de muy buen cavallero e muy esforçado,

llamando: "¡Mentón, por su señor el rey!" E ellos llamando: "¡Tures, por el conde Nasón!" Pero el que se encontrava con Roboán non avía mester çerugiano, que luego iva a tierra o muerto o mal ferido; ca fazía muy esquivos golpes del espada e mucho espantables, de guisa que a un cavallero fue dar por çima del yelmo un golpe que le cortó la meitad de la cabeça e cayó la meitad en el onbro e la otra meitad iva enfiesta, e así andido entre ellos muy grant pieça por el canpo, de que se maravillavan mucho los que lo veían e fincavan espantados de aquel golpe tan esquivo e estraño; e non quería caer del cavallo e andava enfiesto e levava la espada en la mano, espoloneando el cavallo entre ellos.

Roboán vio al sobrino del conde Nasón e endresçó para él e díxole así: "Sobrino del malo, defiéndete, ca yo contigo só. E çierto seas que los pecados de tu tío el conde te han de enpesçer." "Mientes —dixo el sobrino del conde—, que non só sobrino del malo; ca nunca mejor cavallero fue en todo el regño de Mentón que él." Desí dexáronse venir uno contra otro e diéronse muy grandes golpes de las espadas, pero que se non podían enpesçer por las armaduras que traían muy buenas; e desí ferieron otra buelta e venieron uno a otro e diéronse muy grandes golpes, de guisa que el sobrino [f. 85v] del conde ferió a Roboán del estoque en la mexiella, así que le oviera a fazer perder los dientes; e Roboán ferió al sobrino del conde del espada en el rallo que tenía ante los ojos de travieso, en manera que le cortó el rallo e entróle el espada por la cara e quebrantóle amos ojos. E tan grande e tan fuerte fue la ferida, que non se pudo tener en el cavallo e cayó a tierra. E desí Roboán a los suyos a esforçarlos, deziéndoles: "Feritlos, que muerto es el sobrino del conde." E los de la otra parte del conde que lo oyeron, salíanse del canpo e ívanse; e así que fincó el canpo en Roboán e en los suyos. E non escaparon de los del conde más de çinquenta cavalleros, ca todos los otros fueron muertos e presos; pero que de la conpaña de Roboán fueron muertos e mal feridos çiento e çinquenta cavalleros, ca de la otra parte e de la otra lidiaron a guisa de buenos cavalleros, como aquellos que avían sabor de vençer los unos a los otros.

E estonçe mandó Roboán que los cavalleros de su parte que eran feridos que les amelezinasen e les catasen las llagas e los posiesen en los cavallos. E desí tornó allí do yazía el sobrino del conde e fízolo desarmar. E fallaron que tenía los ojos quebrados de la ferida que le dio Roboán; e posiéronlo en una bestia e veniéronse luego para el rey. El cavallero Amigo, pero que era ferido de dos golpes, fue al rey adelante con estas nuevas, e quando ge-las contó, llamó el rey a todos los omes buenos de la hueste e díxoles: "Amigos, si Garfín traxo buen presente, para ser más conplido Roboán nos trae lo que menguava, e éste es el sobrino del conde, que mantenía toda la su gente e se cuidava parar a nos defender la tierra, pero que trae amos los ojos quebrados, como vos contará el cavallero Amigo." El rey paró mientes al cavallero Amigo e viole ferido de dos golpes, e díxole: "Cavallero Amigo, creo que [f. 86] fallastes quien vos crismase." "Çertas, señor —dixo el cavallero Amigo—, fallamos; ca non se vio el rey Atur en mejor priesa e en mayor peligro con el gato Paul,[131] que nos viemos con aquellos maldichos; ca si los rascávamos, tan de rezio nos rascavan que apenas lo podíamos sofrir. Ca bien creet, señor, que de nuestra parte en duda fue un rato la batalla, tan fuertemente nos afincavan, así que de la nuestra parte bien ovo muertos e feridos fasta çiento e çinquenta cavalleros." "¿E de la otra parte?" —dixo el rey—. "Çertas, señor —dixo el cavallero Amigo—, de quatroçientos cavalleros que eran non fincaron más de çinquenta, que todos los otros fueron muertos e presos." "Çertas —dixo el rey—, muy ferida fue la batalla do fueron tantos muertos." "Bien creed, señor —dixo el cavallero Amigo—, que non me acuerdo que me açertase en logar de tan grant afruenta como aquella batalla fue." "¡Ay, cavallero Amigo! —dixo Garfín—

---

[131] El combate entre Arthur y el gato gigante del Lago de Ginebra se describe en la prosa inglesa de *Merlin* (cap. XXXIII de la edic. de Early Eng. Text Soc.) (Wagner, "Sources", p. 49).

¿Roboán mi hermano viene sano?" "Çertas, tan sano como vos" —dixo él—. "¿Cómo? —dixo Garfín—, ¿es ya señalado como yo?" "Çertas —dixo el cavallero Amigo—, sí" "¿En qué lugar tiene la ferida?" —dixo Garfín—. "So la boca —dixo el cavallero Amigo—, e bien creed que si non por la gorguera, que tenía alta, que oviera a perder los dientes." "¿E quién lo ferió?" —dixo Garfín—. "El sobrino del conde lo ferió del estoque." "Mucho se presçian estos omes buenos" —dixo Garfín—. "¡Por Dios! —dixo el cavallero Amigo—, feriólo de un muy fuerte golpe, ca le dio una espadada sobre el rallo de travieso que le metió el espada en la cara e quebrantóle amos a dos los ojos; e aún fizo otro golpe muy estraño a otro cavallero, que le dio un golpe del espada ençima de la cabeça, que le echó la meitad del yelmo con la meitad de la cabeça al onbro, e la otra meitad andava enfiesta; e así andando [f. 86v] un grant rato por entre nos en el canpo que non quería caer del cavallo e todos fuían de él como de cosa espantable." "Dexatlo —dixo el rey—, ca bien encarniçado es, e creo que non dubdará de aquí adelante de salir a los venados quando le acaesçiere. E çertas, yo cuido que será ome bueno e buen cavallero de armas."

E ellos estando en esto, ahévos Roboán do asomó con toda su gente. E el rey cavalgó con todos esos omes buenos que con él eran e salióle a resçebir. E fue muy bien resçebido del rey e de todos los otros. E quando vio el rey muy grant gente de la su conpaña, los unos las cabeças atadas e los otros entre costales, pesóle mucho; pero en solas [132] dixo a Roboán sonriéndose: "Roboán, ¿dó fallaste tan presto el clérigo que vos esta gente crismó?" "Çertas, señor —dixo Roboán—, obispos pueden ser dichos, que cada uno ovo el suyo." "¿E con qué los crismaron? —dixo el rey—, ¿tenían consigo la crisma e el agua bendita?" "Con las estolas —dixo Roboán—, trae en los paños e la sangre de ellos mismos; pero, señor, el fecho todo andido a rebendecha, que quales nos las

[132] en solaz, solazándose.

enbiavan, tales gelas tornávamos." "Pero —dixo el rey—
el obispo que a vos crismó non vos dio la pescoçada en la
tienbla, [133] e cuido que era viejo cansado e non pudo alçar
la mano e dióvosla en la barba." E esto dezía el rey porque non avía punto de barba. "Çertas, señor —dixo Roboán—, en tal logar fue fecho que non avía vergüeña nin
miedo al otro." "¿E al que vos esta desonra fizo —dixo
el rey—, ovo ý alguno que gelo feziese?" "Sí" —dixo Roboán—. "¿E quién?" —dixo el rey—. "La mala verdat
que tenía" —dixo Roboán—. "Çertas —dixo el rey—, él
fue más desonrado de la más desonrada cosa que en el
mundo podía ser; e tal como aqueste non es ya para paresçer en plaça, ca non ha buena razón por sí con que
se defienda; pero creedlo —dixo el rey—, e veremos si
se querrá defender por razón, ca el buen jues [f. 87]
non deve judgar a menos de ser ý dos con las partes." Estonçe troxieron al sobrino del conde en una bestia cavallero, la cara toda descobierta; e quando llegó ante el rey
venía tan desfaçiado [134] por aquel golpe en el travieso
traía por los ojos, que aspereça era grande de lo catar;
pero dixo el rey: "¡Ay, sobrino del mal conde! Creo que
non seríades de aquí adelante para atalaya." "Çertas, el
nin para escucha faría." "¿E cómo así?" —dixo el rey—.
"Yo vos lo diría: el golpe me llegó fasta dentro en los
oídos todos, e así que he perdido el ver e el oir." "Bien
aya obispo —dixo el rey— que tan buena pescoçada da;
e bien creo que quien así confirmó non vos quería grant
bien." "Çertas —dixo él—, non era ý engañado, que nin
yo fazía a él; e maldita sea mano de obispo tan pesada
que así atruena e tuelle a quien confirmar quiere." E començáronse todos a reir. "Çertas —dixo el sobrino del
conde—, todos podedes reir, mas a mí non se me ríe;
e en tal se vea a quien plaze." E dixo el rey: "Aún diría
este sobervio, si en su poder fuese." E enbiaron por el
conde que veniese ver su sobrino, e traxiéronlo allí.

---

[133] *tienbla*, como *templa*: "parte de la cabeza, entre la frente, la
oreja y la mejilla; sien". (*Dicc. Acad.*)
[134] *desfaçiado*: con la cara destrozada.

E quando el conde vio a su sobrino desfaçionado, de-xóse caer en tierra así como muerto, de grant pesar que ovo. E quando lo levaron, dixo así: "¡Ay, mi sobrino! ¿qué meresçistes vos por este mal vos aveniese?" "Çer-tas —dixo él—, por los pecados vuestros." "Non digades —dixo el conde—, que más me metió a esto e más me en-rizó [135] vos fuestes." "Çertas —dixo—, yo a vos non po-diera mover más por do queríades guiar; yo avía a vos por fuerça a seguir e vos avíades poder sobre mí e yo non sobre vos; e bien creed que por la grant sobervia que ovo sienpre en vos non teníades ninguna cosa e fazía-des vos temer, e non vos queríades guiar por consejo de ninguno; e véngase [f. 87v] vos emiente que a la puerta de vuestro castiello de Buella, ante el portal, es-tando con vuestros parientes e vuestros vasallos, dixistes con grant sobervia que vos non fincaría el rey en logar del mundo que le non corriésedes e le echaríedes del regño."

"Agora —dixo el rey— asas avemos oído. Bien semeja que es verdadero el enxienplo que dize que quando pelean los ladrones descúbrense los furtos; e çertas, asas ay di-cho de la una parte e de la otra para buen jues. Conde —dixo el rey—, mandatme dar las villas e los castiellos del condado." "Señor —dixo el conde—, a este mi so-brino fezieron todos omenaje, tan bien de las villas como de los castiellos." "Çertas —dixo el sobrino del conde—, verdat, mas con tal condiçión que, si vos ý llegásedes, irado o pagado o sano o enfermo, muerto o bivo, con pocos o con muchos, que vos acogiesen; e si esto a vos feziesen, que fuesen quitos del omenage que a mí fezieron. E por ende, conde, vos sodes aquel que gelos podedes dar." "Çertas —dixo el rey al conde—, ¿sí así es verdat lo que dize vuestro sobrino?" "Señor —dixo el conde—, verdat es así como él dize; mas, señor, ¿cómo me darían a mí las villas e los castiellos, pues vieron que non só en mi poder e estó en presión?" "Conde —dixo el rey—, en al estades, ca devedes saber que a traidor non deven

[135] *enrizó*: *"Enrizar: enridar*: irritar, azuzar". (*Dicc. Acad.*)

guardar omenage aquellos que lo fezieron; e mientra duró
en la lealtad, tenudos fueron de guardar el omenage, mas
desque cayó en la traïción, por quitos son dados de Dios
e de los omes del omenage, ca non gelo devían guardar
en ninguna manera, como aquel que non es par de otro
ome, por de pequeño estado que sea; ca lo puede desechar
en qualquier juizio que quiera entrar con él para [f. 88]
razonar o para lidiar. E de aquellos que fazen omenage
a traidor a sabiendas, sabiendo que cayó en traïción o
oyéndolo, él non mostrando que se salvara ende, non lo
deverían resçebir por señor, mas deviéranle esquivar como
a traidor o manzellado de fama de traidor; pues purgado
non era de la infamia e le fezieron omenage, cayeron en
el pecado de traïción así como aquel que la fizo.

"E proevase por semejante que si alguno fabla o par-
tiçipa con el descomulgado manifiesto a sabiendas, en
menospreçio de la sentençia de descomunión en que cayó
el descomulgado con quien partiçipó, que es descomulgado así como el otro. E por ende, bien así caen en traiçión el que lo consiente como el que lo faze e non lo vieda, [136] ca los fazedores e los consejadores del mal igual
pena meresçen, mayormente queriéndose ayuntar con el
que faze la traïción e querer con él levarlo adelante. Onde
dize razón: "¡O quán caramente conpra el infierno de
muchas buenas cosas por él faziendo mal!" Ca el que
faze mal pierde la graçia de Dios e el amor de los omes
e anda difamado e sienpre está en miedo de sofrir pena
en este mundo por el mal que fizo, e ençima [137] para el
infierno que conpró muy caro, dando todas estas cosas tan
nobles por tan vil cosa e tan dañosa como el infierno. E el
que bien faze ha la graçia de Dios e gana buena fama
e non ha miedo ninguno, ca non faze por qué; e desí vase
para paraíso, que conpró refés, [138] ganando la graçia de
Dios e el amor de los omes e buena fama e non aviendo

---

[136] *vieda*: veda, impide.
[137] *ençima*: sube (pres. indic.).
[138] *refés*: como *raféz* o *rahéz*: fácilmente. (*Voc. Kalila*, p. 234.)
Dicc. Acad. propone la etim. *re-fes*: sin hacer nada.

miedo a ninguno. E así, bienaventurado es el que fuye
del mal e se llega al bien, ca del bien puede ome aver
onra e pro en este mundo e en el otro, e del mal con
desonra e daño para el cuerpo [f. 88v] e para el alma,
así como lo deve el que faze traición. Ca el traidor es
dado por semejante a la culebra, que nunca anda derecho,
sinon tuerta; e al can rabioso, que non muerde de derecho, sinon de travieso; e al puerco, que se dexa bañar en
el agua clara e linpia e vase bañar en el más podrido
çieno que falla. E aún es dado por semejante a la mosca,
que es la más vil cosa del mundo, que en lugar de se fartar de la carne fresca, vase fartar de la carne más podrida
que puede fallar. E así, el traidor, quando quiera baste-
çer la traición, non fabla con los omes de derecho en los
fechos de su señor, deziendo mal encubiertamente e con
falsedat, e delante de él con lisonjas fablando e plazente-
ría, e así le muerde de travieso, desfaziendo su buena
fama e su onra. Otrosí dexa la carrera del bien e toma la
carrera del mal, e así anda tuerto como la culebra, ca faze
tuerto a su señor non le guardando verdat nin lealtad como
deve. Otrosí dexa de ganar buena fama, que es tan clara
como buen espejo, e va ganar infamia de traición, que es
aborresçida de Dios e de los omes, e así al puerco que
dexa el agua clara e se baña en el çieno. E sin esto, dexa
buen galardón por pena e dexa onra por desonra, así
como la mosca, que dexa la carne fresca e va a la podrida.
Onde, si los omes quisieren parar mientes a saber qué
cosa es traición, fuirían de ella como de gafedat. [139] Ca
bien así como la gafedat encona e gafeçe fasta quarta
generaçión, desçendiendo por la liña derecha, así la traiçión del que la faze manziella a los que de él desçienden
fasta quarto grado, ca los llamaría fijos e nietos e vesnie-
tos de traición, e pierden onra entre los omes e non los
resçiben en los ofiçios, salvo si el señor los diere por quitos de aquella infamia [f. 89] a los que desçienden del
traidor porque puedan aver los ofiçios de la su tierra. E
por ende, deven todos fuir de él así como de gafo e de

---

[139] *gafedat*: lepra.

cosa enconada, e los parientes, por çercanos que sean, dévenle negar e dezir que non es su pariente nin de su sangre, e deven fuir de él los sus vasallos, otrosí que non es su señor.

"E proévase por semejante que lo deven fazer así: ca si razón es que los omes fuyan del descomulgado e nin le fablen nin partiçipen con él en ninguna cosa, porque erró a Dios primero en quebrantar los sus santuarios, o en otra manera en meter manos airadas en algunos de los servidores de ellos; quánto más deven fuir del que erró a Dios primeramente faziendo la traïçión e non guardando la jura que fizo en su nonbre e el omenage para servir su señor lealmente nin le guardando la fialdat que le prometió de le acresçer en su onra, así como vasallo leal deve fazer a su señor. Çertas, razón es de fuir de cosa tan enconada como ésta, que tan malamente erró a Dios e a los omes e a sí mesmo. Ca seis cosas deve fazer el que jura de guardar verdat e fialdat e lealtad a su señor: la primera, que deve guardar la persona de su señor en todas cosas sanas e alegres e sin enpieço [140] ninguno; la segunda es que el señor sea del bien seguro en todo tienpo; la terçera que él guarde su casa atan bien en los fijos como en la muger, e aun segunt onestedat en las otras mugeres de casa; la quarta, que non sea en consejo de menguar ninguna cosa de su señor; la quinta, que aquello que podría el señor con derecho e con razón ganar de ligero e aína, que non gelo enbargue de dicho nin de fecho nin de consejo porque lo non pueda ganar tan aína como podría ganar si non fuere enbargada; la [f. 89v] sesta, que aquello que el señor oviese de dezir o fazer allí do su onra fuese, que non gelo enbargue por sí nin por otro que se le torne en desonra. E aún es ý setena cosa: que quando el señor le demandare el consejo, que él que se lo dé verdaderamente sin engaño ninguno, segunt el buen entendimiento que Dios le dio. E el que fallesçe en qualquier de estas cosas non es digño de la onra de la lealtad nin deve ser dicho leal. E estas co-

---

[140] enpieço: daño. (De enpeçer.)

sas atan bien las deve guardar el señor al vasallo como
el vasallo al señor.

"Onde, como vos, conde, fuestes mio vasallo heredado
en el mio regño, e teniendo de mi tierra grande de que
me avíedes a fazer debdo e muy grande, e aun cada año
porque érades tenudo de me servir; e aviéndome fecho
jura e omenage de me guardar fialdat e lealtad, así como
buen vasallo deve fazer a buen señor, e fallesçístesme en
todo, yo non vos deziendo nin faziendo por qué e non
vos espediendo de mí, corrístesme la tierra e robástesmela
e quemástesmela; e aun teniendo que esto todo non vos
conplía, dixistes contra mi persona muchas palabras so-
berviosas e locas, amenazándome que me correríedes e
me echaríedes del regño, así como vos afrontó agora
vuestro sobrino ante todos los de mi corte, de lo que
nunca vos quesistes arrepentir nin demandar perdón, maguer estades en mi presión."

"Señor —dixo el conde—, si lo en vos podiese fallar,
demandarvos ía el perdón." "¿E vos por qué?" —dixo
el rey—, ¿si non fezistes por qué?" "Señor —dixo el conde—, por esto que dixo mio sobrino que yo dixe." "¿E
fue verdat —dixo el rey— que vos lo dixistes?" "Por
la mi desaventura —dixo el conde—, sí." "Buena cosa
es —dixo el rey— el reprehender a las vegadas con palabras falagueras porque ome saber la verdat." Ca el conde
non devía [f. 90] resçebir mal por que su sobrino dixiera,
si lo él non lo oviese conosçido. E por ende dixo el rey:
"Conde, pues vos confesastes por la vuestra boca lo que
vuestro sobrino dixo, e por todas las otras cosas que fezistes contra la fialdat e la lealtad que me prometistes
guardar e las non guardastes, yo, aviendo a Dios ante los
ojos e queriendo conplir justiçia, la qual tengo acomendada del mio señor Ihesu Christo e he de dar cuenta e
razón de lo que feziese, e aviendo mi acuerdo e mio consejo con los de mi corte ante todos quantos omes buenos
aquí son: vos dó por traidor, e a todos aquellos que vos
quisieren ayudar e ir contra mí por esta razón. E porque
non enconedes la otra tierra por do fuerdes con la vuestra traiçión que de mio regño, mas mando que vos saquen

la lengua por el pescueço, por las palabras que dixistes
contra mí; e que vos corten la cabeça, que vos fezistes
cabo de otros para correr la mi tierra; e que vos quemen
e vos fagan polvos, por la quema que en ella fezistes, porque nin vos coman canes nin aves, ca fincarían enconadas
de la vuestra traiçión; mas que cojan los polvos e los
echen en aquel lago que es en cabo del mi regño, a que
dizen Lago Solfáreo, do nunca ovo pes nin cosa biva del
mundo. E bien creo que aquel lugar fue maldito de Dios,
ca segunt a mí fezieron entender, aquella es la sepultura
de un vuestro bisavuelo que cayó en otra traiçión así como
vos fezistes. E idvos de aquí e nunca vos saque Dios
ende."

Allí tomaron al conde e fezieron en él justiçia, segunt
que el rey mandó; e desí cogieron los polvos de él e
fueron los echar en aquel lago, que era doze migeros del
real. Çertas, muy grant fue la gente que fue allá ver en
cómo echavan los polvos de él; e fuéronlos echar en aquel
lago; e quando los echaron, los [f. 90v] que ý estavan
oyeron las mayores bozes del mundo, que davan so el
agua, mas non podían entender lo que dezían. E así començó a bollir el agua, que se levantó un viento muy
grande a maravilla, de guisa que todos quantos ý estavan
cuidaron peligrar e que los derribaría dentro. E fuyeron
e veniéronse para el real e contaron al rey e a todos los
otros, e maravilláronse ende mucho. E si grandes maravillas paresçieron ý aquel día, muchas más paresçen ý
agora, segunt cuentan aquellos que lo vieron. E dizen
que oy en día van allá muchos a ver las maravillas: que
veen muchos armados lidiar a derredor del lago e veen
çibdades e villas e castiellos muy fuertes conbatiendo los
unos a los otros, e dando fuego a los castiellos e a las
çibdades. E quando se fazen aquellas visiones e veen al
lago, fallan que está el agua tan fuerte e que lo non osan
catar. E enderredor del lago, bien dos migeros, es todo
fecho çeniza, e a las vegadas se para una dueña muy fermosa en medio del lago e fázelo amansar; e llama a los
que ý están por los engañar, así como contesçió a un ca-

vallero que fue a ver estas maravillas, que fue engañado de esta guisa, segunt que agora oiredes.

DE CÓMO ENTRARON EL CAVALLERO DE PORFILIA E SU FIJO POR LA PUERTA DEL PALAÇIO EN SU PALAFRÉS, VIERON ESTAR EN UN ESTRADO UN DIABLO MUY FEO E MUCHO ESPANTABLE, QUE TENÍA LOS BRAÇOS SOBRE LOS CONDES, E SEMEJAVA QUE LOS SACAVA LOS CORAÇONES E LOS COMÍA; E DIO UN GRITO GRANDE E MUY FUERTE E DIXO ASÍ: "¡CAVALLERO LOCO E ATREVIDO, VE CON TU FIJO E SALE DE MI TIERRA, CA YO SÓ LA SEÑORA DE LA TRAIÇIÓN!" E LUEGO FUE FECHO UN TERREMOTUS SEMEJO QUE TODOS [f. 91] LOS PALAÇIOS DE LA ÇIBDAT VENÍAN A TIERRA, E TOMÓ UN TORBELLINO FUERTE AL CAVALLERO E A SU FIJO E BIEN POR DO ALLÍ DESÇENDIÓ EL CAVALLERO POR ALLÍ LOS SUBIÓ MUY DE REZIO E DIO CON ELLOS FUERA DEL LAGO

Dize el cuento que un cavallero del regño de Porfilia oyó dezir estas maravillas que paresçían en aquel lago e fuelas ver. El cavallero era muy sin miedo e mucho atrevido e non dudava de provar las aventuras del mundo. E por ende avía nonbre El Cavallero Atrevido.[141] E mandó fincar una tienda çerca de aquel lago e ay estava de día e de noche, veyendo aquellas maravillas. Mas la su gente non podía estar con él quando aquellas visiones paresçían, e redrávanse ende, así que un día paresçió en el lago aquella dueña muy fermosa e llamó al cavallero; e el cavallero se fue para ella e preguntóle qué quería, pero que estava lexos, ca non se osava llegar al lago. E ella le dixo que el ome que ella más amava que era él, por el gran esfuerço que en él avía; e que non sabía en el mundo tan esforçado cavallero. Quando estas palabras oyó, semejóle

[141] Véase Wagner, "Sources", pp. 27-29; A. H. Krappe, "Le lac enchanté dans le Chevalier Cifar", *BH.*, XXXV (1933), pp. 107-125; Walker, *Tradition*, pp. 89-97, explica cómo encaja el episodio en la totalidad del libro.

que mostrava covardía si non feziese lo que queríe, e díxole así: "Señora, si esa agua non fuese mucho alta, llegaría a vos." "Non —dixo ella—, ca en el suelo ando e non me da el agua fasta el toviello." E alçó el pie del agua e mostrógelo. E al cavallero semejóle que nunca tan blanco nin tan fermoso nin tan bien fecho pie de dueña viera. E cuidó que todo lo al se seguía así, segunt que aquello paresçía. E llegóse a la oriella del lago e ella fuelo tomar por la mano e dio con él dentro. E fuelo levar a una tierra estraña e, segunt a él semejava, muy fermosa e muy viçiosa; e vio muy grant gente de cavalleros e de otros omes andar [f. 91v] por esa tierra, pero que le non fablavan nin dezían ninguna cosa.

El cavallero dixo a la dueña: "Señora, ¿qué es esto? ¿Por qué esta gente non fabla?" "Non les fabledes —dixo—, nin a ninguna dueña, maguer vos fablen, ca perderme íedes por ende. ¿E vedes aquella çibdat muy grande que paresçe? Mía es, e podedes la aver e ser señor de ella, si bien quisierdes guardar; ca yo guardar vos quiero e non catar por otro sinon por vos. E así seredes vos uno de una e yo una de uno. Guárdevos que me non querades perder nin yo a vos. E en señal de buen amor verdadero, fágovos señor de aquella çibdat e de quanto he." E çertas dezían bien, si el amor tan verdadero era como ella le mostrava. "E grant merçed —dixo él— de vuestro buen don; ca vos veredes, señora, que vos serviré yo muy bien con ella." Así que todo este fecho era obra del diablo, non quiso Dios que mucho durase, así como adelante oirdes.

Mas en ante que llegasen a la çibdat, salieron a ellos muchos cavalleros e otra gente a los resçebir con muy grandes alegrías. E diéronles sendos palafrés ensellados e enfrenados muy noblemente en que fuesen. E entraron a la çibdat e fuéronse por los palaçios do morava aquella dueña, que eran muy grandes e muy fermosos; e así paresçieron a aquel cavallero tan noblemente obrados, que bien le semejava que en todo el mundo non podían ser mejores palaçios nin más nobles que mejor obrados que aque-

llos, ca ençima de las coberturas de las casas paresçían
que avía robís e esmeraldas e çafires todos fechos a una
talla, tan grandes como la cabeça del ome, en manera que
de noche así alunbrava todas las casas, que non avía cámara nin lugar por apartado de fuese que tan alunbroso
non estudiese como si fuese todo lleño de candelas. [f. 92]

E fueron ser el cavallero e la dueña en un estrado muy
alto que les avía fecho de seda e de oro muy noble. E allí
venieron ante ellos muchos condes e muchos duques, segunt que ellos se llamavan, e otra mucha gente. E fuéronle besar la mano al cavallero por mandamiento de la
dueña e resçebiéronlo por señor. E desí, fueron luego
puestas tablas por el palaçio. E ante ellos fue puesta una
mesa la más noble que ome podría ver; ca los pies de
ella eran todos de esmeraldas e çafiros, e eran tan altos
e cada uno de ellos como un codo o más; e toda la tabla
era de rubís, tan clara que non semejava sinon una brasa
biva. E en otra mesa apartada, muchas copas e muchos
vasos de oro muy noblemente obrados con muchas piedras
preçiosas, así que el menor de ellos non lo podrían conprar los más tres ricos reys que avía en toda esa tierra.
Atanta era la vaxiella que allí era, que todos quantos
cavalleros comían en el palaçio, que era muy grande, conplían con ello. E los cavalleros que allí comían eran dies
mill; ca bien semejó al cavallero que si él tantos cavalleros toviese en la su tierra e tan guisados como a él
paresçían, que non avía rey por poderoso que fuese que
le podiese sofrir, e que podría ser señor de todo el mundo. Allí les traxieron manjares de muchas maneras adoba-
dos, e traíanlos unas donzellas las más fermosas del mundo e mejor vestidas, segunt paresçía, enpero que non
fablasen nin dixiesen ninguna cosa. El cavallero se tovo
por bien rico e por muy bien andante con tantos cavalleros e tan grant riqueza que vio ante sí, pero que tenía
por mucho estraña cosa en non fablar ninguno, que tan
callados estavan, que non semejava que en todos los palaçios ome oviese. E por ende, non lo pudo sofrir e dixo:
"Señora, ¿qué es esto? ¿Por qué esta gente non fabla?"
[f. 92v] "Non vos maravilledes —dixo la dueña—, ca

costunbre es de esta tierra que desde el día que algunos resçiben por señor, e serle mandados en todas aquellas cosas que él los mandaría. E non vos quexedes, que quando el plazo llegare, vos veredes que ellos fablarán más de quanto vos querríades; pero quando les mandaredes callar, que callarán; e quando les mandaredes fablar, que fablarán; e ansí en todas las cosas que quisierdes."

E desque ovieron comido, levantaron las mesas muy toste, e allí fueron llegados muy grant gente de joglares, e los unos taníen estrumentos e los otros saltavan e los otros tunbavan e los otros subían por los rayos del sol a las feniestras de los palaçios, que eran muy altos, e desçendían por ellos, bien así como si desçendiesen por cuerdas, non se fazían mal ninguno. "Señora —dixo el cavallero—, ¿qué es esto? ¿por qué aquellos omes suben tan ligeramente por el rayo del sol e desçienden?" "Çertas —dixo ella—, ellos saben sus escantamentos para fazer estas cosas atales; e non seades quexoso para querer saber todas las cosas en una ora, mas ved e callat, e así podredes las cosas mejor saber e aprender; e las cosas que fueron fechas en muy grant tienpo e con grant estudio non se pueden aprender en un día."

Quando anochesçió fuéronse todos aquellos cavalleros de allí e todas las donzellas que allí servían, salvo ende dos, que tomaron por las manos la dueña e al cavallero, e la otra a la señora, e leváronlos a una cámara que estava tan clara como si fuese de día, por los robís muy grandes que estavan ý engastonados ençima de la cámara. E echáronlos en una cama noble, que en el mundo non podría ser mejor; e salieron luego de la cámara e [f. 93] çerraron las puertas. Así que esa noche fue ençinta la dueña.

E otro día en la mañaña fueron por ellos las donzellas e diéronles de vestir e luego en pos ello del agua a las manos en seños baçines, amos a dos de finas esmeraldas, e los aguamaniles de finos robís. E desí veniéronse para el palaçio mayor e asentáronse en un estrado e venieron

ante ellos muchos trasechadores [142] e plantavan los árboles
en medio del palaçio; e luego nasçían e levavan fruto, del
qual fruto cogían las donzellas e traían en los baçines
al cavallero e a la dueña. E tenía el cavallero que aquella
fruta era la más fermosa del mundo e más sabrosa. "¡Ay,
Nuestro Señor! —dixo el cavallero—, ¡qué estrañas cosas
ha en esta tierra más que en la nuestra!" "Çertas —dixo
la dueña—, e aún más estrañas veredes; ca todos los árboles de esta tierra e las yervas nasçen e floresçen e dan
fruto nuevo de cada día; e las otras reses paren a siete
días." "¿E cómo, señora? —dixo el cavallero—, pues si
vos ençinta sodes, ¿a siete días abredes fruto?" "Çertas
—dixo ella—, verdat es." "Bendita sea tal tierra —dixo
el cavallero—, que tan aína lieva e tan abondada es en
todas cosas."

Así pasaron su tienpo muy viçiosamente fasta los siete
días que encaesçió la dueña de su fijo. E fasta los otros
siete días fue çerca tan grande como su padre. "Agora
—dixo el cavallero— veo que todas las cosas cresçen aquí
a desora; mas maravíllome por qué lo faze Dios en esta
tierra más que en la nuestra." E pensó en su coraçón de
ir andar por la çibdad e preguntar a otros qué podría ser
esto. E dixo: "Señora, si lo por bien toviésedes, cavalguemos yo e mio fijo e iremos a andar por la çibdat."
Dixo ella: "Mucho me plaze."

Traxiéronles luego sendos palafrés [f. 93v] en que
cavalgasen, muy fermosos e bien ensellados e enfrenados
E quando salieron a la puerta, fallaron mill cavalleros
armados que fueron toda vía ante ellos guardándolos por
la çibdat e guiándolos. E en pasando por la calle, estava
a una puerta una dueña muy fermosa, mucho más que su
señora, pero que era amada de muchos, e non se pudo tener que la oviese a fablar, e dixo así: "Señora, ¿podría
ser que yo fablase conbusco aparte?" "¿E cómo? —dixo
la dueña—, ¿non sodes vos aquél que este otro día por señor, e avedes por muger a nuestra señora?" "Çertas, si
só" —dixo él—. "¿E non vos defendió nuestra señora

---

[142] *trasechadores*: véase nota 161.

—dixo ella— ante que entrásedes en la çibdat que non fa-
blases a ninguna dueña, si non que la perderíedes?" "Verdat es" —dixo él—. "¿Pues cómo vos atrevistes —dixo
ella— a pasar su defendimiento? Çertas, muy mal mandado le fuestes." "Señora —dixo el cavallero—, non lo
tengades a maravilla, ca forçado fui de amor." "¿De cúyo
amor?" —dixo ella—. "Del vuestro" —dixo él—. "¡Ay,
señora! —dixo una e su cobigera—, ¡qué grant peca faredes si lo así enbiades de nos, que conbusco non fable!
¿E non vedes quán apuesto es e quán de buen donario
e cómo da a entender que vos quiere grant bien?" E a
estas palabras recudió otra maldita que se non preçiava
menos que la primera de estas trugimanias [143] atales, e
dixo mucho aína: "¡Ay, señora! ¿qué es del vuestro paresçer e del vuestro donario e de la vuestra buena palabra
e del vuestro buen resçebir? ¿Así acogedes a quien vos
muestra tan grant amor? ¿E non vedes que en catándovos
luego se enamoró de vos? E non es maravilla, ca de tal
donario [f. 94] vos fizo Dios, que non ha ome que vos
vea que luego non sea preso de vuestro amor; e çertas,
tuerto faredes en ser escasa de lo que vos Dios quiso dar
franca mente. E por Dios, señora, non le querades penar
dándole la buena repuesta que aspera."

E mal pecado, de estas atalès muchas ay en el mundo
que non estudian en al si non en esto, non catando onra
nin desonra aquellos a quien aconsejan, nin parando mientes en les fazer perder pres e buena fama; mas fázenlo
por aver soltura e poder fazer a su talante en aquellos que
saben que les non pesa con estas trugemanias, e por do
ayan día e vito, [144] e sean anparadas e defendidas andando
con ellas conpliendo a su voluntad mala en este mundo.
Ca non ay cosa que tanto codiçian los malos omes con
soltura e puédenla bien aver con aquellos que se pagan

[143] trugimanías: "Truchimán: trujamán: persona sagaz y astuta,
poco escrupulosa en su proceder." "Trujamán: El que por expe-
riencia que tiene de una cosa advierte el modo de ejecutarla, especialmente en las compras, ventas o cambios." (Dicc. Acad.)
[144] vito: vianda, sustento diario. (Voc. Kalila, p. 64.)

de eso mesmo. E por ende, dizen que "todo talante á su
semejante", e mal pecado, algunos que lo creen de grado
toman plazer en los que le dizen e les aconsejan; ca les
plaze de burla, ca lo tienen por brío de andar de mano
en mano e aver muchos amados. E çertas, estas atales non
aman verdaderamente ningunt ome, nin los amadores non
aman verdaderamente a las mugeres quando mucho quieren amar, ca non es verdadero nin durable, si non quando
lo tienen delante. Onde sobre tales amores como éstos,
que son sin Dios, puso un enxienplo sant Gerónimo [145]
de unas preguntas que fazía un ome bueno a su fija, en
que se puede entender si es verdadero el amor de la muger o non.

E dize así: que un ome bueno avía una fija muy fermosa e muy leida e de buena palabra e de buen resçebir
e plazíale mucho de dezir e de oir, e por todas estas razones era muy visitada e era familiar de muchas dueñas
[f. 94v] quando ivan a los santuarios en romería, por
muchas plazenterías que les sabía dezir. E por ende, quiso
el ome bueno saber estos amores que su fija mostrava a
todos si eran verdaderos; e díxole: "Ya, [146] mia fija mucho
amada e muy visitada e muy entendida en muchos bienes
dezidora de buenas cosas e plazenterias, ¿querríades que
feziésemos vos e yo un trebejo [147] de preguntas e de re-
puestas en que tomaremos algunt plazer?" Respondió la
fija: "Ya, mi padre e mi señor, sabet que todo aquello
que a vos plaze plaze a mí, e sabe Dios que muy gran
deseo avía de ser conbusco en algunt solas porque viése-
des si era en mí algunt buen entendimiento." "Fija amiga
—dixo el padre—, ¿dezirme hedes verdat a las preguntas
que vos feziere?" "Çertas, sí diré —dixo la fija—, segun
el entendimiento que en mí oviere, e non vos encubrir
ninguna cosa, maguer que algunas de las palabras que
yo dixiere sean contra mí." "Agora —dixo el padre— en-
tremos, yo preguntando e vos respondiendo." "Comen-

[145] Véase Wagner, "Sources", p. 84.
[146] *Ya* es la exclamación árabe equivalente a *¡oh!*
[147] *trebejo*: juego.

çad en buen ora —dixo la fija—, ca yo aparejada estó
para vos responder." "Pues, mi fija bienaventurada, respondetme a esta pregunta primera: la muger que muchos
ama, ¿a quál de los amadores ama?" "Çertas, padre señor —dixo la fija—, non los puede a todos amar en uno,
mas agora aqueste e agora aquel otro; ca quantas vegadas
muchos ama, tantos más quiso amar amadores demandar;
ca la codiçia non se farta, non quiera sienpre menos cosas, e codiçiando sienpre así de ligero las pierde e las
olvida. E así, quantos más ama, tantos más quiso amar,
menospreçiando los otros, si non el postrimero; e aviendo
toda vía en talante de lo dexar e de lo olvidar luego que
otro nuevo sobreviene."

   "Ya, mia fija de buen conosçer, [f. 95] pues la muger
que mucho ama, ¿quál ama?" "Padre señor, aquel cuya
imagen personalmente cata." "Ay, mi fija, ¿quánto dura
el amor de tal muger como ésta?" "Padre señor, quanto
dura la fabla entre amos a dos por demanda e por repuesta, e quanto dura el catar continuado del uno al otro,
e non más. E, padre señor, amor ninguno non ha en este
amor de tal muger como ésta, que, a las vegadas, estando
con el un amador tiene el coraçón en el otro que vee pasar; e así, mostrando que ama a cada uno, ca el su amor
non dura entero en el uno nin en el otro, sinon quanto
dura el catar e el fablar de coraçón entre ellos, e la ora
que estas cosas fallesçen, luego fallesçe el amor entre
ellos, non se acordando de él. E proévase de esta guisa:
que bien así como el espejo, que resçibe muchas formas
de semejança de omes quando se paran muchos delante
de él, e luego que los omes se tiran delante, non retiene
ninguna forma de ome en sí. E tal es la muger que muchos
ama. E por ende, padre señor, non se deve ayuntar ome
en amor de aquella que fue amiga familiar de muchos, ca
nunca le guarda fe nin verdat aunque le jure sobre santos evangelios, ca non lo puede sofrir el coraçón ser uno
de una. Ca estas atales non han parte en Dios, maguer
fagan enfinta de ser sus siervas andando en romerías, ca
más van ý porque vean, que non por devoción que ý
han." "Ya, mi fija verdadera —dixo el padre—, dezitme

quándo apresistes estas cosas que tan sotilmente e tan çiertamente respondedes a ellas." "Padre señor —dixo la fija—, mientra los puede catar e ver de ellos." "Ya, mi fija —dixo el padre—, ¿ay estudio e maestro para mostrar e aprender estas cosas en algunt logar?" "Çertas, sí" —dixo la fija—. "¿E dó?" —dixo el padre—. "En los monesterios mal guardados —dixo la fija—; ca las de estas maestrías atales en [f. 95v] sabor de salir e de ver e de se fazer conosçer; e si algunos las vienen vesitar o a ver, por do peor entendimiento se tiene la que más tarde las aparta para fablar e entrar en razón con ellas. E aunque las non pueden apartar allá, alcançarán sus palabras de travieso en manera de juguetes, así que el bien ý pensara entendrá que se quiere acometer. E esto toman de niñes, aviendo suelta para dezir e fazer lo que quisieren; e así non pueden perder la costunbre que usaron, bien como la olla, que tarde o nunca puede perder el sabor que toma nuevamente, por labar que le fagan. E çertas, de estas que saben escrevir e leer non han mester medianeros que les procuren vesitadores e veedores; ca lo que sus voluntades codiçian las sus manos lo obran; comoquier que se non despagan de aquellos que les vienen con nuevas cosas. E çertas, padre señor, algunas van a los monesterios mal guardados, que las devían guardar e castigar, que las meten en mayor escándalo e mayor bolliçio." "Fija amiga —dixo el padre—, ¿dixístesme verdat en todas estas cosas que vos demandé?" "Çertas, sí —dixo la fija—, e non vos mengüé en ninguna cosa que vos a dezir oviese, comoquier que en algunas palabras que vos yo dixe me faría cruelmente en el coraçón, ca me tenían e me sentía ende." "Fija amiga —dixo el padre—, gradéscovoslo mucho. E de aquí adelante finque el nuestro trebejo, ca asas ay dicho de la una parte a la otra; e Dios vos dexe bien fazer."

E así fueron padre e fija muy ledos e muy pagados. Mas que non el cavallero Atrevido con su fijo, que estava atendiendo la repuesta de la dueña, que non podía de ella aver repuesta, teniéndose en caro. Pero a la çima salió [f. 96] otra su privada de travieso, más fina que las otras en el mester, e dixo: "Señora, guardatvos non vos conprehenda Dios por la desmesura que mostrades contra este cavallero; ca ya vi otros tollidos de pies e de manos e de fabla por querer ser caros de palabra e de lo al que les Dios dio." "Comoquier —dixo la señora— que yo ganaré poco con estos amores e él menos." "Çertas, yo non iré de aquí denodado." E tomóla por la mano e metióla a sus casas e fincó con ella una grant pieça fablando.

E cavalgó luego el cavallero e fuese para la posada. Sopo luego el fecho en cómo pasó entre el cavallero e la dueña. E fue la más sañuda cosa del mundo. E asentóse en un estrado e el un braço sobre el conde Nasón, que dio el rey de Mentón por traidor, e el otro braço sobre el visavuelo, que dado otrosí por traidor, así como ya oyestes. E quando entraron el cavallero e su fijo por la puerta del palaçio en sus palafrés, vieron estar en el estrado un diablo muy feo e mucho espantable, que tenía los braços sobre los condes, e semejava que les sacava los coraçones e los comía; e dio un grito muy grande e muy fuerte, e dixo: "Cavallero loco e atrevido, ve con tu fijo e sale de mi tierra, ca yo só la señora de la traiçión." E fue luego fecho un terremotus, que semejó que todos los palaçios e la çibdat venía a tierra. E tomó un viento torbellino tan fuerte al cavallero e a su fijo, que tan bien por allí los sobió muy de rezio e dio con ellos fuera del lago çerca de la su tienda. E este terremotus sentieron dos jornadas en derredor del lago, de guisa que cayeron muchas torres e muchas casas en las çibdades e en los [f. 96v] castiellos.

La su gente del cavallero recudían cada día a aquella tienda a ver si paresçía su señor en aquel lago, e otro día después que el cavallero llegó a la tienda, venieron ý sus escuderos mucho espantados por el tremer de la tierra que fuera fecho ante día; pero después que vieron a su señor, fueron mucho alegres e muy pagados; e dixeron: "Señor, pedímoste por merçed que salgas de aqueste lugar, ca muy peligroso es." "Çertas —dixo el cavallero—,

mucho nos es mester, ca nunca tan quebrantado salí de
cosa que començase como de ésta. ¿Pero tenemos bestias
en que vayamos? —dixo el cavallero—, ca dos palafrés
en que saliemos del lago, luego que de ellos descavalga-
mos se derribaron en el lago, el uno en semejança de
cabra, dando las mayores bozes del mundo." "Çertas, señor —dixo un escudero—, tenemos todas nuestras bestias muy grandes e muy sazonadas, salvo ende que están
espantadas por el grant tremer de la tierra." "Çertas, sí
—dixo un escudero—, de guisa que cuidamos todos pe-
resçer." "Señor —dixo un escudero—, ¿ése que conbusco
viene quién es?" "Mio fijo es" —dixo el cavallero—. "¿E
cómo, señor? —dixo el escudero—, ¿fuestes ya otra vegada en esta tierra, que tan grant fijo tenedes?" "Çertas
—dixo el cavallero—, nunca en esta tierra fui si non agora." "¿E pues cómo podría ser vuestro fijo aquéste, ca
ya mayor es que vos?" "Non lo tengades a maravilla
—dixo el cavallero—, ca la yerva mala aína cresçe, de
tal manera es que en siete días echó este estado que tú
vees; e en aquella tierra do él nasçió, todas las reses paren a siete días del día en que conçiben, e todos los árboles verdesçen e floresçen e lievan fruto de nuevo cada
día." "¿E en quién ovistes este fijo?" —dixo el escudero—. "En una dueña —dixo el cavallero—, segunt me
semejava [f. 97] a la primera vista, la más fermosa que
en el mundo podría ser; mas a la partida que me ende
agora partí, vila tornada en otra figura, que bien me semejó que en todos los infiernos non me semejó más negro
e más feo diablo que ella era. E bien creo que de la parte
de su madre que es fijo del diablo, e quiera Dios que
recuda a bien, lo que non puedo creer, ca toda criatura
torna a su natura."

    E contóles todo en cómo pasara, e ellos fueron ende
mucho maravillados de cómo ende estuviera bivo e sano.
"¿E cómo lo llamaremos a este vuestro fijo?" —dixo el
escudero—. "Çertas —dixo el cavallero—, non lo sé
lo agora bautizaremos e le posieremos agora nonbre de
nuevo, e tengo que será bien que lo fagamos." E acorda-

ron de lo bautizar e posiéronle nonbre Alberto Diablo. [148]
Aqueste fue muy buen cavallero de armas e mucho atrevido e muy sin miedo en todas las cosas, ca non avía
cosa del mundo que dubdase e que non acometiese. E de
este linage ay oy en día cavalleros en aquel regño de
Porfilia, mucho entendidos e mucho atrevidos en todos
sus fechos.

E este cuento vos conté de este cavallero atrevido porque ninguno non deve creer nin se meter en poder de
aquel que non conosçe por palabras fermosas que le diga
nin por promesas que le prometa, mayormente en lugar
peligroso: ca por aventura puede ende salir escarnido;
mas esquivar las cosas dudosas e más si algunt peligro vee
a ojo, así como fezieron los del regño de Mentón, ca luego
que vieron el peligro de aquel lago, se partieron ende e se
fueron para su señor. E quando el rey sopo aquellas maravillas que se fazían en aquel lugar a lo que acaesçiera
a aquel cavallero Atrevido, [f. 97v] dixo así: "Amigos,
çiertamente creo que aquel lugar es maldito de Nuestro
Señor, e por eso todos los que caen en aquel pecado de
traiçión deven ser echados en aquel logar." E así lo puso
por ley de aquí adelante que se faga.

DE CÓMO EL REY SE ASENTÓ EN SU SIELLA, E SU CORONA
MUY NOBLE EN LA CABEÇA, E DE CÓMO ENBIÓ POR AQUELLA
DUEÑA SU MUGER E POR GARFÍN E ROBOÁN SUS FIJOS

Dize el cuento que el rey dio luego el condado del conde Nasón a Garfín, e mandó que fuese con él Roboán su
hermano e muy grant cavallería de aquella que allí tenía.

---

[148] Sobre Roberto el Diablo, hijo perverso de un duque de Normandía, que se arrepintió de sus pecados, hay un poema francés
del siglo XIII, un "dit" del XIV, y un juego dramático que es el 33
de los *Quarante miracles dits de Nostre Dame.* En 1530, se tradujo
del francés *La espantosa y admirable vida de Roberto el Diablo,*
así al principio nombrado, hijo del duque de Normandía, el cual,
después por su santa vida fue nombrado hijo de Dios. (*Estebanillo
González,* Clás. Castalia, I, 147.)

E mandó que levasen consigo al sobrino del conde Nasón, que le avían ya fecho omenage de entregar toda la tierra; e mandóles que le diesen al sobrino del conde un logar do vesquiese abondadamente con diez escuderos. E ellos feziéronlo así, ca luego les fue entregada la tierra sin contrario ninguno, e veniéronse para el rey todos con el conde Garfín e muy alegres e muy pagados.

E el rey estando en una çibdat muy buena que le dezían Toribia, e la reina con él, e veyendo que non fincava del plazo que él e la reina avían a tener castidat más de ocho días, andava muy triste e muy cuitado, por miedo que abría a bevir en pecado con ella. Mas nuestro señor Dios, guardador de aquellos que la su carrera quieren tener e guardarse del error, en ninguna guisa non quiso que en este pecado visquiese; e ante de los ochos días finóse la reina e Dios levóle el alma a paraíso, ca su sierva era, buena vida e santa fazía. E el rey quando esto vio, que Dios le avía fecho muy grant merçed, pero que non sabía qué fazer: [f. 98] si llegaría a sí aquella buena dueña que era en la çibdat e la conosçiera por muger e eso mesmo a sus fijos Garfín e Roboán. E en esto fue pensando muy grant tienpo, así que una noche, estando en su cama, rogó a nuestro señor Dios que él por la su santa piedat le quisiese ayuntar a su muger e a sus fijos en aquella onra que él era, e adormóse luego. E escontra la mañaña oyó una bos que dezía así: "Levántate e enbía por toda la gente de tu tierra e muéstrales en cómo con esta muger fueste casado con ella, que non con la reina, e ovieras en ella aquellos dos fijos, e de que tú e la reina mantovistes castidat fasta que Dios ordenó de ella lo que tovo por bien; e que quieran resçebir aquella tu muger por reina e a Garfín e a Roboán por tus fijos; e sey çierto que los resçibrán muy de grado." El rey se levantó mucho aína e enbió por el chançeller e por todos los escrivanos de su corte, e mandóles que feziesen cartas para todos los condes e duques e ricos omes e para todas las çibdades e villas e castiellos de todo su señorío, en que mandava que le enbiasen de cada lugar seis omes buenos

de los mejores de sus lugares con cartas e con poder de
fazer e otorgar aquellas cosas que fallase por corte que
devían fazer de derecho, de guisa que fuesen con él todos
por la Pentecosta, que avía de ser de la data de estas
cartas fasta un año.

Las cartas fueron luego enbiadas por la tierra mucho
apresuradamente, de guisa que ante del plazo fueron todos ayuntados en su palaçio mayor. E él asentóse en su
siella, su corona noble en la cabeça, e enbió por aquella
dueña su muger e por Garfín e Roboán sus fijos. E quando llegaron al palaçio, dixo el rey así: "Amigos e vasallos
leales, yo ove este regño por la merçed de Dios, que me
quiso guiar e endresçar e darme seso e poder e ventura
[f. 98v] buena porque yo podiese desçercar esta çibdat
do tenían çercado al rey que fue ante que yo; e ove su
fija por muger; pero Dios, por la su merçed, non quiso
que vesquiese con ella en pecado, por yo fuera ante casado con otra muger de que non sabía si era muerta o
biva. E fasta que yo sopiese mayor çertanidat de ello, dixe
a la reina mi muger que por un pecado grave que yo
feziera, que me dieran en penitençia que mantoviese castidat por dos años; e ella, como de santa vida, dixo que
manternía castidat comigo e yo que la mantoviese otrosí,
ca más quería amigo de Dios e que conpliese mi penitençia que non bevir en pecado mortal e aver Dios airado.
E ante que el plazo de los dos años se conpliese, quísola
Dios levar para sí como aquella que era su sierva e mantenía muy buena vida, como todos sabedes. E en este
tienpo veía yo aquí mi muger la primera e dos fijuelos
que en ella oviera, e conosçía a la mi muger muy bien,
comoquier que me ella non conosçía, ca los fijos perdílos
muy pequeños e non me podía acordar bien de ellos, salvo, ende, que me acordava quando la buena dueña con-
tava de cómo los perdiera e quál lugar, e son éstos e
aquella buena dueña que allí vedes, e Garfín e Roboán sus
fijos e míos; mas en tienpo de la reina, que Dios perdone,
non me atreví a lo dezir por miedo de non meter escándalo e duda en los de la tierra: por que vos ruego que,
pues Dios así lo quiso ordenar que la reina e yo visquié-

semos en pecado mortal, e me quiso aquí traer la mi
muger primera e los mis fijos, que vos plega que me mantenga con ello así como devo."

Todos los de la tierra fueron mucho espantados e se
maravillaron mucho de esto que el rey dezía, e començaron [f. 99] a fablar entre sí e a murmurear. Él estava
mucho espantado e cuidava que non fablavan nin mur-
mureavan por al si non por conplir su voluntad. E dixo:
"Amigos, ¿por qué non respondedes? ¿Plázevos que sea
esto que vos yo pido, o non? Pero quiero que sepades por
çierto que ante vos sabría dexar el regño que bevir sin
muger; ca beviendo sin ella e non conosçiendo mis fijos
como devía, vebría [149] en pecado mortal, e tengo por esta
razón que faría Dios mal a mí e a vos."

Levantóse en pie el conde Nafquino, que era el más
ançiano e el más poderoso de toda la tierra, e dixo así:
"Señor, rey de virtud, non quiera Dios que por ninguna
cosa del mundo vos ayades a dexar el regño, mayormente
por mengua de lo que nos avemos a dezir e a fazer; ca
señor, vos sodes aquél que Dios quiso, e la vuestra buena
ventura, que oviésedes el regño para nos ser anparados
e defendidos e onrados, así como nos sobre todos los del
mundo por vos e por el vuestro esfuerço e por vuestro
entendimiento. E si por la nuestra desaventura vos oviésemos a perder, mayormente por la nuestra culpa, perdidos e astragados seríamos nos e non sin razón, ca seríamos en grant culpa ante Dios, e los vezinos astragarno-
ían. Mas tenemos por derecho e por guisado que resçibades vuestra muger e que vos mantengades con ella e que
conoscades e lleguedes a vuestros fijos así como devedes.
E nos resçibremos a la vuestra muger por señora e por
reina e a vuestro fijo el mayor por vuestro heredero después de los vuestros días." E començó el conde a dezir a
todos los otros: "¿Tenedes esto por bien?" Respondieron
todos a una bos e dixeron: "Tenémoslo por bien e plázenos." E de allí adelante to [f. 99v] maron a su muger
e fuéronla meter en un palaçio e vistiéronla de nobles pa-

_____
[149] *vebría*: viviría.

ños e posiéronle una corona de oro en la cabeça, muy noble, e fuéronla a sentar en una siella a par del rey, e los dos sus fijos a sus pies. E fueron todos uno a uno a besar las manos e le fazer omenage a la reina e al fijo mayor del rey. Ca conbidados los avía que fuesen sus huéspedes ese día; e después de comer fueron las mayores alegrías que en el mundo podrían ser dichas. E eso mesmo fezieron en todo el regño después que se tornaron a sus lugares los que allí venieron por mandaderos.

Él fincó muy leido e muy pagado con su muger e con sus fijos, contando la muger en cómo pasaría su tienpo después que la perdiera e cómo le feziera Dios muchas merçedes, así como ya oyestes; e los cavalleros sus fijos contavan otrosí de aquel burgés, de quantos bienes les avía fecho él e su muger. E pediéronles por merçed que quisiesen que resçebiesen de ellos algunt buen galardón por la criança que en ellos fezieran. Çertas, al rey plogo muy de coraçón por estos moços reconosçíen bien fecho. E mandóles dar sus donas muy buenas e que gelas enbiasen; e ellos feziéronlo así. E vínosele emiente al rey de lo que dixiera el hermitaño, e enbió luego por el cavallero Amigo, e dixo: "Cavallero Amigo, ¿viénesete emiente del hermitaño do te yo conosçí primero?" "Çertas —dixo el cavallero—, sí." "Pues toma aquella mi corona más noble, que vale muy grant aver, e dies salmeros [150] cargados de plata e liévalo aquella hermita e ofréçelo ý. E si fallares el hermitaño bivo, dágelo e dile que faga ý fazer un monesterio de monges e que faga conprar muchos [f. 100] heredamientos en que se mantengan." El cavallero Amigo fízolo así e fue todo conplido como el rey mandó, de guisa que oy en día es el monesterio muy rico e mucho abondado, e dízele el monesterio de Santi Espritus, que era la evocación de aquel lugar por onra de la fiesta e de aquella buena obra nueva, que les darían seños dineros de oro e de comer aquel día.

---

[150] *salmeros*: medida de capacidad. Derivado de *Salma* (del lat. *sagma*, albarda). Tonelada". (*Dicc. Acad.*) Como "tonelada" viene de "tonel", "salmero" de "salma". *Salma, jalma*: albarda.

E llegóse ý muy grant conpaña e gente, entre los quales era el pescador cuyo servidor era el cavallero Amigo, e conosçiólo e fízolo meter en su cámara. E desnuyó sus paños muy buenos que tenía e diógelos, e mandóle que los vestiese luego. El pescador non le conosçiendo, díxole: "Señor, pídote por merçed que non quieras que tan aína los vista, ca los que me conosçen cuidarían que los furté; e aunque sepan que me los tú diste, tenerme han por loco en vestir tales paños como éstos." "¿E cómo? —dixo el cavallero Amigo—, ¿locura es en se traer ome apuesto e bien vestido? Çertas, mayor locura es en los non vestir el que los tiene, mayormente non costando nada; e si otra razón non me dizes por qué estrañas de los vestir, non te terné por de buen entendimiento." "Çertas, señor, yo te lo diré —dixo el pescador—, segunt el poco entendimiento que yo he: bien sabes tú, señor, que atales paños como éstos non caen para ome pobre, sinon para ome muy rico e muy fecho; e quando éstos dexare, que pueda fazer otros tales o mejores." "Çertas —dixo el cavallero Amigo—, ¿que podrás tú llegar a tal estado en algunt tienpo que esto podieses fazer?" "Señor —dixo el pescador—, sí creo, con la ayuda de Dios e en la su merçed que lo puedo [f. 100v] fazer." "Agora te digo —dixo el cavallero Amigo— que te tengo por de mejor seso que non quando me yo partí de ti, que dexiste que non veías en mí señales por que Dios me feziese mejor que tú; e yo respondíte que te acomendava al tu poco seso, e así me despedí de ti." "Señor —dixo el pescador—, nunca yo atal palabra dixe, ca sería grant locura en dezir a tan poderoso señor como tú que non podría ser mejor que yo." "¿E non me conosçes —dixo el cavallero Amigo—, que guardava la choça ribera del mar?" E el pescador lo cató mucho e conosçiólo e dexóse caer a sus pies. El cavallero Amigo le fizo levantar e le dixo así: "Amigo, non tengas en poco el poder de Dios, ca él es poderoso de fazer lo que otro ninguno non puede fazer, e dóte aquestos paños por la saya vieja que me diste quando me partí de ti, porque non tenías al que me dar; e por la repuesta que agora diste, como ome de buen entendimiento, mando

que te den de la merçed que Dios me fizo mill dineros
de oro en que puedas fazer cada año en tu vida otros
tales paños; otros mill dineros para mantener tu casa, e
si te fallesçiere en algunt tienpo, mando que te vayas a
mí al regño de Mentón e yo te quiero conplir de lo que
te fuere mester. E demás tengo por bien que tú seas vee-
dor e mayordomo de todas las cosas del monesterio so el
abad, el qual abad es el hermitaño de la hermita, huésped
del rey de Mentón." E lo tovo por bien, ca muchos plazeres avía resçebido del pescador. E por tales como éstos
dize el proberbio antigo que "non nasçe que non medre".
E çiertamente, de muy pobres que estos eran llegaron a
buen estado e señaladamente el cavallero Amigo, así como
ade [f. 101] lante oiredes. E desí tornáronse el cavallero
Amigo para el rey de Mentón e contóle lo que avía fecho,
e plogo al rey muy de coraçón porque lo tan bien feziera,
e gradesçiógelo mucho e señaladamente porque el hermitaño era ende abad, ca era muy buen ome e muy onesto.

E luego fizo el rey llamar a sus fijos que veniesen ante
él e dixo a Garfín: "Fijo, a nos fizo Dios mucho bien e
mucha merçed, más de quanto nos meresçemos, por que
somos tenudos de gelo gradesçer en todo tienpo tan buen
serviçio. E tú sabes que ya has de ser rey después de mis
días, por que ha mester que a Roboán tu hermano que le
fagas muy buena parte del regño, en manera que aya su
parte de la onra e de la merçed que Dios a nos fizo." Garfín fue besar las manos por esta merçed que le dezía, e
díxole que non solamente oviese parte, mas de todo en
todo fuese señor e ordenador e aún, si ser podiese que
amos a dos pudiesen aver nonbre de rey, que le plazía
muy de coraçón. "Fijo —dixo el rey—, dízeslo muy bien,
e çierto só que si lo conplieres Roboán sienpre te será
mandado e punará en acresçer tu onra." "Padre señor
—dixo Roboán—, bien fío por la merçed de Dios nuestro señor que él que fizo a vos merçed e a mi hermano
en querer fazer a vos rey e a él en pos vos, que non querrá
a mí desanparar nin olvidar, e non quiera Dios que por
parte que él quiera dar a mí en el regño yo mengüe de la
su onra en ninguna cosa; mas yo serviendo a Dios punaré

en trabajar e fazer tanto que él por la su piedat me porná
en tan grant onra [f. 101v] como a mi hermano; que me
querades fazer algo de lo vuestro e que me dedes trezientos cavalleros con que vaya provar las cosas del mundo,
porque más vala."

Çertas, con estas palabras que Roboán dixo pesó mucho al rey, ca tenía que se non quería partir de esta
demanda e por aventura que se partiría; e díxole así:
"Roboán, por amor de Dios, que vos non querades partir
de esta tierra do fizo Dios grant merçed a mí e a vos; ca
andando por tierras estrañas pasa ome muchos trabajos
e muchos peligros, e aquí avedes vida folgada e todo se
fará e ordenará en el regño así como vos mandardes."
"Señor —dixo Roboán—, pues yo a vos e a mi hermano
dexo asosegados en el regño, así como que avedes muy
bueno e mucho en pas, loado sea Dios, pídovos por merçed que ayades duelo de mí, ca viçiosos e lazrados todos han a morir; e non finca al ome en este mundo sinon
los buenos fechos que faze, e esto es durable por sienpre, ca ¿qué pro me ternía de fincar yo aquí e aver vida
muy viçiosa e muy folgada sin ningunt bien fecho que yo
feziese? Çertas, el día que yo muriere morrá todo el
viçio e toda la folgura de este mundo e non dexaríe en
pos mí ninguna cosa por que los omes bien dixiesen de
mí; ca bien vos digo, señor, que la mayor mengua que
me semeja que en cavallero puede ser es ésta: en se querer tener viçioso pónese en olvido e desanpárase de las
cosas en que podría aver mayor onra de aquella en que
está; ca çiertamente ojo tengo para trabajar e para ganar
onra." "Pues así es —dixo el rey—, Dios por la su merçed te lo endresçe e te lo lieve adelante; e fío por él que
así será; e segunt por mi entençión es, çierto só e non
pongo en duda que has a llegar a mayor estado que nos
por el tu propósito, que tan bueno es; mas quiero que e
tú seades cras en la mañaña comigo, ca vos quiero consejar tan bien en fecho de cavallería como en guarda
de vuestro estado e de la vuestra onra, quando Dios vos
la diere."

E otro día en la mañaña fueron con el rey Garfín e Roboán e oyeron misa con él. E quando fue dicha, mandó el rey todos los que ý estavan que se fuesen, porque avía mucho de librar en su casa de la su fazienda e pro del regño. E entróse en su cámara con Garfín e con Roboán, sus fijos, e asentóse ante él, las caras tornadas contra él, e bien así como maestro que quiere mostrar a escolares. El su comienço del rey fue éste.

DE CÓMO EL REY DE MENTÓN DAVA CONSEJO A SUS FIJOS

"Mios fijos, por el mio consejo vos faredes así como vos agora diré: lo primero, amaredes e serviredes e temeredes a Dios que vos fizo e vos dio razón e entendimiento para fazer bien e vos saber guardar del mal; ca dize en Santa Escriptura que el comienço es el temor de Dios, e por ende el que a Dios teme sienpre es guardado de yerro. E desí, guardaredes sus mandamientos con grant temor de le non fallesçer en ningunos de ellos, e señaladamente guardaredes aquél en que manda que onre a su padre e a su madre, si quiere aver buen galardón sobre la tierra. E mal pecado, más son los que se inclinan a tomar el mal consejo, pues a su voluntad es, que el bueno; [f. 102v] para el ome de buen entendimiento, quando el mal consejo e el bueno veen e lo entienden, acójese al bueno, maguer sea con deleite e a su voluntad. Así como contesçió a un rey mançebo de Armenia, comoquier que venía a su voluntad.

DE CÓMO DIXO EL FÍSICO AL CAVALLERO QUE PARASE MIENTES, QUE MÁS AMARGAS ERAN LAS PENAS DEL INFIERNO QUE LAS MELEZINAS QUE ÉL DAVA [151]

Dize el cuento que este rey iva a caça e falló un predicador en el camino que predicava al pueblo; e díxole:

[151] Ya sabemos que estos "Castigos del rey de Mentón" están copiados en buena parte de las *Flores de filosofía*. Ahí está esta

"Predicador, yo vo a caça a grant priesa e non pued
estar a tu predicaçión, que lo aluengas mucho; mas si l
quisieres abreviar, pararme ía a la oir." Dixo el predica
dor: "Los fechos de Dios son tantos e de tantas maneras
que se non pueden dezir en pocas palabras, mayorment
a aquellos que tienen ojo por las vanidades de este mund
más que por castigos e las palabras de Dios; e vos,
buena ventura, e dexat oir la predicaçión a aquellos qu
han sabor de la oir e se pagan de conosçer la merçed qu
vos Dios fizo en les dar entendimiento para las oir e la
aprender; pero miénbresevos [152] que por un pecado sol
fue Adán echado de paraíso, e por aventura si querrá acc
ger en él a quien fuere encargado de muchos."

E el rey fuese e andido pensando en lo que le dixo e
predicador e tornóse. E entrando por la villa vio un físic
que tenía ante sí muchos orinales, e díxole: "Físicc
tú que a todos los enfermos cuyos son estos orinales cu
das sanar, ¿e sabrías melezinas para sanar e guaresçer d
los pecados?" E el físico cuidó que era algunt cavallero
díxole: "Tú, cavallero, ¿podrás sofrir [f. 103] el amar
gura de la melezina?" "Sí" —dixo el rey—. "Pues escriv
—dixo el físico— esta reçepta por perpativo que has d
tomar primero para mudar los umores de los tus peca
dos; e después que ovieres bevido el xarope, [153] darte he l
melezina para te desenbargar de tus pecados. Toma las
raízes del temor de Dios e meollo de los sus mandamien
tos, e la corteza de la buena voluntad de los querer guar
dar, e los mirabolanos [154] de la caridat e semiente de aten
peramiento de mesura; e la semiente de la costança, qu
quiere dezir firme, e la semiente de la vergüença; e ponl
a cozer todo en caldera de fe e de verdat; e ponle fueg
de justiçia e sórbelo con viento de sapiençia; e cuega [15]

---

anécdota, y en los *Bocados de oro,* y en el *Libro de los enxempl*
(Wagner, "Sources", p. 83).

[152] *miénbresevos:* recordad.

[153] *xarope:* jarabe.

[154] *mirabolanos:* "Medicina que se saca del fruto de mirobálano
árbol de la India." (*Dicc. Acad.*)

[155] *cuega:* subjunt. de *cocer.*

fasta que alçe el fervor de contriçión, e espúmalo con cu-
char de paçiençia. E sacarás en la espuma las orruras [156]
de vanagloria e las orruras de luxuria e las orruras de ira
e las orruras de avariçia e las orruras de glotonía e las
orruras de avariçia. E ponlo a enfriar al aire de vençer
tu voluntad en los viçios del mundo, e bévelo nueve días
con vaso de bien fazer; e madurarán los umores endureçidos de los tus pecados de que te non repentiste nin
feziste emienda a Dios e son mucho ya endureçidos e
quiérente toller de pies e de manos con gota falaguera
comiendo e beviendo e enbolbiéndote en los viçios de
este mundo para perder el alma, de la qual as razón e
entendimiento, e todos los çinco sentidos del cuerpo. E
después de que tomares este xarope preparativo, tomarás
el riobarbo [157] fino del amor de Dios, una drama, [158] pesado con balanças [f. 103v] de aver esperança en él que
te perdonará con piedat los tus pecados. E bévelo con el
suero de buena voluntad, pero non tornarás a ellos; e así
serás guarido e sano en el cuerpo e en el alma." "Çertas,
físico —dixo el rey—, mucho es amarga esta tu melezina
e non podría sofrir su amargura, ca de señor que só me
quieres fazer siervo e de vezioso [159] lazrado e de rico pobre." "¿Cómo? —dixo el físico—, ¿por tú querer temer
a Dios e conplir sus mandamientos cuidas que serás lazrado? Çertas non lo cuidas bien, ca Dios el que teme e
cunple sus mandamientos sácalo de lazerio e de servidunbre del diablo e fázelo libre, e al omildoso e paçiente
sácalo de lazerio e de cuidado e enxálçalo, e al franco
e mesurado del su aver acreçiéntale sus riquezas. Cava-

---

[156] orruras: "Horrura. Bascosidad y superfluidad que sale de una
cosa. 2. Escoria. 5. Légamo que dejan los ríos en las crecidas."
(Dicc. Acad.)

[157] riobarbo: ruibarbo.

[158] drama: del griego dracma: moneda, medida.

[159] vezioso lazrado. Viçiosos e lazrados (W., 253). Luciana de
Stefano, El "Caballero Zifar", novela didáctico-moral, Bogotá, 1972,
p. 30, recuerda que en la frase del Zifar hay una paráfrasis de unos
veros del Poema de Fernán González: "El uiçioso e el lazrado
amos an de morir, / el vno nin el otro non lo puede foyr..."
(Copla 349.)

llero —dixo el físico—, para mientes que muy amargas
son las penas del infierno que esta melezina e por aventura si las podrás sufrir; pero la buena andança pocos
son los que la saben bien sofrir e la mala sí, ca la sufren amidos, maguer non quieran. Onde, pues buen consejo non quieres tomar, miedo he que abrás a tomar mal
consejo, de que te fallarás mal. E conteçerte ha como
conteçió a un caçador que tomava aves con sus redes."
"¿E cómo fue eso?" —dixo el rey.

DE CÓMO ANDAVA UN CAÇADOR POR EL CANPO ARMANDO SUS REDES E LLAMANDO LAS AVES CON SUS DULÇES CANTOS PARA TOMAR LA CALANDRIA

Dize el cuento que un caçador fue a caça con sus redes
e tomó una calandria e non más, e tornóse para su casa
e metió mano a un cuchiello para la degollar e comerla.
E la calandria le dixo: "¡Ay, amigo! [f. 104] ¡Qué grant
pecado fazes en me matar! ¿E non vees que te non puedes
fartar de mí, ca só muy pequeña vianda para tamaño
cuerpo como el tuyo? E por ende, tengo que farías mejor
en me dar de mano e dexarme bevir, e darte he ya tres
consejos buenos de que te puedes aprovechar, si bien quisieres usar de ellos." "Çertas —dixo el caçador—, mucho
me plaze, e si un buen consejo me dieres, yo te dexaré
e darte he de mano." "Pues dóte el primer consejo —dixo
la calandria—: que non creas a ninguno aquello que vie-
res e entendieres que non puede ser. El segundo, que te
non trabajes en pos la cosa perdida, si entendieres que la
non puedes cobrar. El tercero, que non acometas cosa que
entiendas que non puedas acabar. E estos tres consejos semejantes uno de otro te dó, pues uno me demandeste."
"Çertas —dixo el caçador—, buenos tres consejos me has
dado." E soltó la calandria e dióle de mano. E la calandria andando bolando sobre la casa del caçador, fasta que
vio que iva a caça con sus redes, e allá fue bolando en
derecho de él por el aire, parando mientes si se acordaría
de los consejos que le diera e si usaría de ellos. E andan-

do el caçador por el canpo armando sus redes, llamando
las aves con sus dulçes cantos, dixo la calandria, que
andava en el aire: "¡O mesquino! ¡Cómo fueste engañado
de mí!" "¿E quién eres tú?" —dixo el caçador—. "Yo
só la calandria que diste oy de mano por los consejos
que te yo dí." "Non fui engañado, segunt yo cuido —dixo
el caçador—, ca buenos consejos me diste." "Verdat es
—dixo la calandria—, si bien los aprendiste." "Pero
—dixo el caçador a la calandria— díme en qué fui engañado de ti." "Yo te lo diré —dixo la calandria—: si
tú sopieras la piedra preçiosa que tengo en el vientre, que
es tan grande como un huevo de estrús, [160] çierta só [f.
104v] non me dieras de mano, ca fueras rico para sienpre jamás si me la tomaras, e yo perdiera la fuerça para
acabar lo que quisieses." El caçador quando lo oyó, fincó
muy triste e muy cuitado, cuidando que era así como la
calandria dezía, e andava en pos ella por engañarla otra
vegada con sus dulçes cantos. E la calandria, como era
escarmentada, guardávase de él e non quería desçender
del aire; e díxole: "¡O loco, qué mal aprendiste los consejos que te dí;" "Çertas —dixo el caçador—, bien me
acuerdo de ellos." "Puede ser —dixo la calandria—, mas
non los aprendiste bien; e si los aprendiste, non sabes
obrar de ellos." "¿E cómo non?" —dixo el caçador—.
"Tú sabes —dixo la calandria— que dixe al primero consejo que non quisieres creer a ninguno lo que vieses e
entendieses que non podría ser." "Verdat es" —dixo el
caçador—. "¿Pues cómo —dixo la calandria— as tú a
creer que en tan pequeño cuerpo como el mío pudiese
caber tan grant piedra como el huevo de ostrús? Bien devías entender que non es cosa de creer. El segundo consejo te dixe que non trabajases en la cosa perdida si en-
endieses que la podieses cobrar." "Verdat es" —dixo el
caçador—. "¿Pues por qué te trabajas —dixo la calandria— en cuidar que me podrás prender otra vez en tus
lazos con tus dulçes cantos? ¿E non sabes que de los
escarmentados se fazen los arteros? Çertas, bien devías

[160] *estrús, ostrús*: avestruz.

entender que, pues una vegada escapé de tus manos, que
me guardaré de meterme en tu poder; e grant derecho
sería que me matases como quisiste fazer la otra vegada,
si me de ti non guardase. E en el terçero consejo te dixe
que non acometieses cosa que entendieses que non podieses acabar." "Verdat [f. 105] es" —dixo el caçador—.
"E pues tú vees —dixo la calandria— que yo ando bolando por do quiero en el aire, que tú non puedes sobir a
mí nin as poder de lo fazer, ca non lo has por natura,
e non devías acometer de ir en pos de mí, pues non puedes bolar así como yo." "Çertas —dixo el caçador—, yo
non folgaré fasta que te tome por arte o por fuerça." "Sobervia dizes —dixo la calandria—, e guárdate, ca Dios
de alto faze caer los sobervios."

E el caçador pensando en cómo podría bolar para tomar la calandria, tomó sus redes e fuese para la villa.
E falló un trasechador [161] que estava trasechando ante
muy grant gente; e díxole: "Tú, trasechador, que muestras uno por al e fazes creer a los omes lo que non es,
¿poderme ías fazer que semejase ave e podiese bolar?"
"Sí podría —dixo el trasechador—: toma las péñolas [162]
de las aves e pégalas a ti con çera e finche de péñolas
todo el cuerpo e las piernas fasta en las uñas; e sube a
una torre alta e salta de la torre e ayúdate de las péñolas quanto podieres." E el caçador fízolo así. E quando
saltó de la torre cuidando bolar, non pudo nin sopo, ca
non era de su natura, e cayó en tierra e quebró e murió.
E grant derecho era, ca non quiso creer el buen consejo
que le davan; él crovo [163] el mal consejo que non podía
ser por razón de natura.

E el rey quando oyó esto, tovo que el físico le dava
buen consejo e tomó su castigo e usó del xarope e de la
melezina, maguer le semejava que era amarga e non la
podría sofrir, e partióse de las otras lievedades del mundo e fue muy buen rey e bien acostunbrado e amado de

[161] *trasechador*: el que trasecha, o pone asechanzas. (*Dicc. Acad.*)
[162] *péñolas*: plumas.
[163] *crovo*: creyó.

Dios e de los omes, en manera que por el amargor de esta melezina que le dio el físico, usando e obrando de ella, escusó las amarguras de las penas del infierno.

"E vos, mios [f. 105v] fijos —dixo el rey de Mentón—, sienpre pagat mientes a los consejos que vos dieren los que viéredes que son en razón e pueden ser a vuestra pro e a vuestra onra; resçebitlos de grado e usat de ellos e non de los que fueren sin razón e que non pueden ser a vuestra pro e a vuestra onra, e que non pueden ser amados e non onrados e preçiados de Dios e de los omes: La primera es aprender buenas costunbres; la segunda es usar de ellas onde la una sin la otra poco valen al ome que a grant estado e a grant onra quisiese llegar. Amigos fijos, avedes a saber que en las buenas costunbres ay siete virtudes, e son éstas: umildat, castidat, paçiençia, abstinençia, franqueza, caridat, en dezir, amor verdadero. De ellos oiredes dezir adelante e aprenderedes sus propiedades de cada una en su logar. E creed que con las buenas costunbres en que yazen estas virtudes puede ser dicho noble aquel que de ellas fuere señor, ca dize un sabio: "nin por el padre nin por la madre non es dicho noble el ome, mas por buena vida e buenas costunbres que aya". E otro sabio dize a su fijo: "creas que puede ser noble por la alta sangre, ca del linage nin por las buenas costunbres de ellos, mas por las costunbres, si en sí en ellas oviere". E por ende dizen que la muger apuesta non es de lo ageno conpuesta, ca si de suyo non oviera la apostura, poco mejoraría por colores aposturas, onde ninguno se puede bien loar de bondat agena, mas de la suya propia.

E así, mios fijos, aprendiendo buenas costunbres e usando bien de ellas, seredes nobles e amados e preçiados de Dios e de los omes. Pero devedes saber que el noble deve aver en sí [f. 106] estas siete virtudes que de suso diximos; e demás que sea amador de justiçia e de verdat.

El noble, quanto es más alto, tanto deve ser más omildoso; e quanto es más noble e más poderoso, tanto deve ser más omildoso; e quanto más noble e más poderoso,

tanto deve ser mesurado. Çertas, muchos enbargos ha de
sofrir el que quiere ganar nobleza, ca ha de ser franco
a los que podieren e paçiente a los que erraren e onrador
a los que vieren. Onde el que quiere ser noble e use bien
de ellas, conviene que sea de buenas costunbres e que
use bien de ellas; e deve perdonar a quantos le erraren
e deve fazer algo a los que gelo demandaren, e non deve
parar mientes a la torpedat de los torpes. Ca dize un
sabio: "si quieres ser de buenas costunbres de algo que
pediste e non te lo dio, e perdona al que te fizo mal e
fasle bien, ca tú faziéndole bien pensará e entenderá que
fizo mal e repentirse ha; e así farás de malo bueno". E
sabet que todas estas cosas son mester a los que quieren
ser de buenas costunbres: la una es que sea mesurado en
sus dichos e en sus fechos; la otra es que sea franco a los
que ovieren mester. E mios fijos, quando vos feziere
grant merçed, si usárades de ella bien, durarvos ha, e si
non, sabet que la perderedes, ca Dios non dexa sus dones
en el que lo non meresçe nin usa bien de ellos. Ca derecho escripto es que meresçe perder la franqueza del pre-
vilegio que le dieron el que mal usa de él; e non querades
departir ante aquel que tenedes que vos desmintirá; e non
pidades aquel que cuidades que vos non dará; e non prometades lo que non podrerdes conplir nin tovierdes en
coraçón de dar; e non prometades cosa que entendedes que
non podedes acabar; e punad en ser con omes de buena fe,
[f. 106v] ca ellos raen de los coraçones la orín de los
pecados. El que ama ser de los buenos es alto de coraçón,
e el que faze buenas obras gana pres. E si quisieres conplir los mandamientos de la ley, non faredes a otro lo
que non querríades que feziesen a vos. Sabet que en amor
de Dios se ayuntan todas las buenas costunbres.

Onde, mios fijos, devedes saber que la primera e la
presçiada de las buenas costunbres es castidat, que quiere
dezir tenperança, por que ome gana a Dios e buena fama.
E sabet que castidad es amansar e atenprar ome su talante en los viçios e en los deleites de la carne e en las
otras cosas que son contrarias de la castidat e mantener su
cuerpo e su alma, ca ninguna alma non puede entrar en

paraíso sinon después que fuere purgada e linpia de sus
pecados, así como quando fue enbiada al cuerpo. E çertas,
de ligero podrá ome refrenar su talante en estos viçios si
quisiere, salvo en aquello que es ordenado de Dios, así
como en los casamientos. Mas los omes torpes dizen que,
pues Dios fizo másculo e fenbra, que non es pecado; ca su
pecado es que Dios non gelo devía consentir, pues poder
ha de gelo vedar; e yerran malamente en ello, ca Dios non
fizo al ome como las otras animalias mudas a quien non
dio razón nin entendimiento e non saben nin entienden
qué fazen pero en sus tienpos para engendrar, e en el otro
tienpo guárdanse. E por eso dio Dios al ome entendimiento
e razón, porque se podiese guardar del mal e fazer bien;
e diole Dios su alvedrío para escoger lo que quisiese, así
que si mal feziese que non resçebiese galardón. E çiertamente, si el entendimiento del ome quisiese vençer a la
natura, [f. 107] sería sienpre bien. E en esta razón dizen
algunos de mala creençia que cada uno es judgado según
su naçençia.

DE CÓMO DEZÍA EL REY DE MENTÓN A SUS FIJOS QUE
DEVIESEN CREER E SER ÇIERTOS QUE NON PLAZÍA A DIOS
NINGUNT MAL, PORQUE ÉL ES BUENO E CONPLIDO, E NON
CONVIENE QUE NINGUNA COSA MENGUADA AYA POR ÉL, E
LOS QUE DIZEN O CREEN YERRAN MALAMENTE

Dize el cuento que ay un enxienplo que dize así: que
firmó un filósofo e llegó a una çibdat e tomó escuela de
filosofía que es para judgar los omes por sus façiones de
quántas maneras deven ser. [164] E un ome de la çibdat que
desamava ayuntó algunos de esos escolares e demandóles
así e dixo: "¿Quien tal fruente tiene, segunt lo que apren-
distes, qué muestra?" Dixieron ellos que devía ser luxu-
rioso. "¿E quien oviese tales çiellas, [165] qué muestra?" Di-

---

[164] El enxienplo está en *Secretum secretorum* (Wagner, "Sources", p. 85).
[165] *çiellas*: cejas.

xieron ellos que devía ser mentiroso. E ellos dixieron
"Pues atales son las señales de vuestro maestro; e se
gunt él vos enseña, de tales malas maneras avía ser." l
ellos fuéronse luego para su maestro e dixiéronle: "Maes
tro, nos vemos que vos sodes tan guardado en todas cosa
e tan conplido de todo bien que se da a entender que est
saber non es verdadero; ca más por aguisado tenemos d
dubdar de esta çiençia que de dubdar de vos a firme." S
maestro respondió como sabio e dixo: "Fijos, sabet qu
todas cosas codiçio yo toda vía e aquellas me vienen a
coraçón; e yo forçélo de guisa que non paso poco ni
mucho a nada de quanto la natura del cuerpo codiçia,
puno toda vía en esforçar el alma e en la ayudar porqu
cunpla quantos bienes deve conplir; e por esto só [
107v] yo atal que vedes, maguer muestra mi bulto la
maneras que dexistes. E sabet que dixo un sabio all
do demandó que falló de las de los signos en astroligí
e del que sube en ellos, e dixo que en toda una fas sube
muchas figuras de muchas maneras, e lo que sube en l
fas primera, que es grado de açidente, sienpre lo ama om
que quiere toda vía aver solas con él, más que en ningun
otra cosa. Ca sabet que en la fas del mi açidente sube
dos negros paños e non sé en este mundo que más cc
diçie en mi voluntad e mande que nunca entrase om
negro ante mí.

E otrosí, sabés que un ome demandó a un sabio que
si la nasçençia del ome mostrava que avía a matar e
fazer mal, pues nasçiera en tal punto que lo avía de faze
ca non le semejava que avía culpa. Respondió el sabio
dixo: "Porque ha el ome el alvedrío libre, por eso h
de lazrar por el mal que feziere." "¿E qué buen alvedrí
—dixo el otro— podría aver el que nasçió en punto d
ser malo?" El sabio non le quiso responder, ca tanta
preguntas podría fazer un loco a que non podrían da
consejo todos los sabios del mundo; pero que él podier
muy bien responder aquesto, si quisiera: ca las cosa
çelestiales obran en las cosas elementales, e manifiest
cosa es que los cuerpos de los omes son elementales
non valen quando son sin almas que si fuesen lodo. E e

lma es espritual, de vida que enbía Dios en aquellos que
el quiere que bivan; e quando se ayunta el alma al cuerpo, viene ende ome bivo e razonable e mortal; e el alma
in cuerpo [166] sin alma non son para ningunt fecho del
mundo, ca por su ayuntamiento es la vida del cuerpo; e
el departimiento es la muerte. E porque es el alma espri-
ual e el cuerpo elemen [f. 108] tal, por eso ha el alma vir-
ud de guiar el cuerpo. E maguer que los aparejamientos de
as estrellas muestran algunas cosas sobre la nasçençia de
algunt ome, la su alma ha poder de lo defender de ellos si
el quisiere, por ella es espritual e es más alta que las estrellas e más digna que ellas, ca están so el çielo nueve, e
el alma viene de sobre el çielo dezeno, e así lo dizen los
astrólagos. E por aquí se proeva que en el poder del ome
es defender bien e mal. E éste conviene que aya galardón
o pena por lo que feziera. Onde por esto, mios fijos, devedes saber que en poder del ome es que pueda forçar
las voluntades de su carne e que pueda esforçar las vanidades del alma, ca este alvedrío es dado al ome bien e
mal porque aya galardón o pena.

E por ende, mios fijos —dixo el rey de Mentón—, devedes creer e ser çiertos que non plaze a Dios ningunt
mal, porque él es bueno e conplido, e non conviene que
ninguna mengua aya por él. E los que a él dizen o creen
bien, nin son obedientes a Dios nin temen la pena que
podrían resçebir en este mundo de los reys que mantienen
la ley. Onde todo ome que quiere ganar onra e sobir a
lto logar deve ser obediente a los mandamientos de Dios
primeramente e desí al señor terreñal; ca la obediençia
es virtud que deve ser fecha a los grandes señores e seña-
adamente a los que han el señorío de les ser obedientes
e les fazer reverençia. Ca non bive ome en este mundo
in mayor de todos en lo espritual, pero que Dios es so-
re él, a quien es tenudo de dar razón del ofiçio que
omó encomendado. E sabet que obediençia es amar ome
verdaderamente a su señor, que le sea leal verdadero en
odas cosas e que le aconseje sin engaño e que pugne en

---

[166] *(e el cuerpo) syn alma* (W., 269).

le fazer serviçio bueno [f. 108v] e leal, que diga bien de
él cada que acaesçiere e que le gradesca su bien fazer
conçegeramente, e que amen su voluntad a ser pagado
de él por quequier que le faga, si por castigo gelo feziere
Ca sobre esto dixieron los sabios ca así deve ser ome
obediente a su rey, e por ende dixieron: "Temed a Dios
porque le devedes obedesçer." E sabed que con la obe
dençia estuerçe ome toda mala estança e sálvase de toda
mala sospecha; ca la obedençia es guarda de quien la
quiere e castiello de quien andudiere. Ca quien ama a
Dios ama a sus cosas e quien ama a sus cosas ama a la
ley, e quien ama a la ley deve amar al rey que la man
tiene; e los que son obedientes a su rey son seguros de
non ver bolliçio en el regño e de non cresçer codiçia
entre ellos, porque ayades a fazer su comunidat; ca serán
seguros de non salir de regla derecha. E non deve ninguno
de los del regño reprehender al rey sobre las cosas qu
feziere para endresçamiento del regño. E todos los del
regño se deven guiar por el rey. E sabet que con la obe
dençia se emiendan las peleas e se guardan los camino
e aproveçen los buenos. E nunca fue ome que punase en
desobedesçer al rey e buscarle mal a tuerto, que le non
diese Dios mal andança ante que muriese, así como con
tesçió a Rages, sobrino de Fares, rey de Siria, segunt agora
oiredes.

DE CÓMO RAGES RESÇEBIÓ A TABOR, FIJO DEL REY FARES
CON LOS OTROS DEL REGÑO POR REY E POR SEÑOR
DESPUÉS DE DÍAS DE SU PADRE [167]

Dize el cuento que Dios es guiador de los que mal no
meresçen, e puso en coraçón del rey Tabor, maguer moço
ca non avía más [f. 109] de quinze años, que paras
mientes e viese e entendiese el mal e la traiçión en que

---

[167] El cuento se parece a lo que en realidad pasó a Fernando IV
en su minoría de edad. (F. J. Hernández, "Ferrán Martínez"
pp. 320-325.)

le andavan aquellos que le devían guardar e defender. Ca
ya çerca eran de conplir de todo en todo e su mal propósito e desheredar al rey e fincar Rages señor del regño.
E porque algunos amigos del rey que le amavan servir
e se sentían muchas de estas cosas que veían e entendían
para lo desheredar, dezíanle al rey en su poridat que parase mientes en ello e se sentiese e non quisiese andar
adormido e descuidado de la su fazienda, e abibáronle e
despertáronle para pensar en ello.

El rey estando una noche en su cama parando mientes
en estas cosas que le dezían e que veía él por señales
çiertas, pensó en su coraçón que para fincar él rey e señor, que él con Dios e con el su poder que avía a poner las
manos contra aquellos que le querían desheredar. E semejóle que para se librar de ellos que non avía otra carrera sinon ésta. E adormióse, e en dormiéndose vio cómo
en sueños un moço pequeño que se le puso delante e le
dezía: "Levántate e cunple el pensamiento que pensaste
para ser rey e señor, ca yo seré contigo con la mi gente."
E en la grant mañana levantóse, e cuidando que fuera de
los suyos moços que la aguardavan toda vía, llamólos e
preguntóles si fuera alguno de ellos a él esta noche a le
dezir algo. E ellos le dixieron que non. "Pues así es —dixo
el rey—, prometedme que me tengades poridat de lo que
vos dixiere." E ellos prometiérongelo. E el rey contóles el
mal en que le andavan Rages e de lo que cuidava fazer
con Joel, su amigo, e con los otros del regño. E esto que
él quería cometer que lo [168] podría fazer sin ayuda e consejo de ellos. E comoquier que [f. 109v] ellos sabían que
todas estas cosas que el rey dezía que eran así, e lo vieran
e entendieran, e dixo el uno: "Señor, grant fecho e muy
grave quieres començar para el ome de la hedat que vos
sodes e para quales ellos son e de tan grant poder." El
otro dixo: "Señor, parat ý mientes e guardat vos lo entiendan, si non muertos e astragados somos vos e nos; ca
un día nos afogarán aquí en esta cámara como a sendos
conejos." El otro dixo: "Señor, en las cosas dudosas grant

consejo ý ha mester, así como en este fecho, que es muy dañoso si se puede acabar o non." E el otro dixo: "Señor, quien cata la fin de la cosa que quiere fazer, a qui pueda recurrir, non yerra." E el otro dixo: "Señor, mejor es tardar e recabdar que non averse ome a repentir por se rebatar. Onde, señor, comoquier que seamos aparejados de vos servir e de nos parar a todo lo que nos acaesçiere en defendimiento de la vuestra persona e del vuestro señorío, como aquellos que nos tenemos por vuestra fechura e non avemos otro señor por quien catar si por Dios e por vos solo, e pedímosvos por merçed que sobre este fecho querades más pensar, que nunca tan aína lo començedes que todos los más del regño non sean con ellos, e conbusco, mal pecado, ninguno; ca vos han mesclado con la gente del vuestro señorío."

El rey, sobre esto, respondióles así: "Amigos, quiero responder a cada uno de vos a lo que me dixistes. A lo que dixo el primero, que este fecho era muy grande e muy grave de cometer para quando de pequeña edat yo era e para quando poderosos ellos eran, digo que es verdat, mas si la cosa non se comiença nunca se puede acabar; e por ende, nos conviene que començemos con el ayuda de Dios, que sabe la verdat del fecho, e só [f. 110] çierto que nos ayuda. E a lo que dixo el otro, que parase mientes en ello que gelo non entendiesen, que si non en día seríamos afogados en esta cámara, digo que aquel Dios verdadero e sabidor de las cosas, que me lo puso en coraçón, pensé en ello e paré ý bien mientes, ca bien devedes entender que atan grant fecho como éste non vernía de mio entendimiento nin de mio esfuerço, sinon de Dios, que me movió a ello e me lo puso en coraçón. E a lo que dixo el otro, que quien grant fecho ha de començar mucho deve cuidar para acabar su fecho e daño de sí, digo que es verdat; mas ¿quál pensamiento puede cuidar sobre el cuidar de Dios e lo que él faze para lo fazer mejor? Çertas, non ninguno; ca lo que él da o faze, çierto es e sin duda. E por ende, non avemos que cuidar sobre ello. E a lo que dixo el otro, que en las cosas dudosas grant consejo era mester, así como en este fecho si se

puede acabar, pues es dudoso o non, digo que es verdat;
mas en lo que Dios ordena non ay duda ninguna nin
deve aver otro consejo sobre su ordenamiento; ca él fue
e es guía e ordenador de este fecho. E a lo que dixo el
otro, que quien cata la fin de la cosa que quiere fazer,
a lo que puede recudir non yerra, puede ir más çierto a
ello, digo que Dios es comienço de todas las cosas e medio e acabamiento de todas las cosas; e por ende, él que fue
comienço de este fecho, çierto só que él cató el comienço
e la fin de él. E a lo que dixo el otro, que mejor era tardar e recabdar que non se arrepentir por se arrebatar,
digo que en las cosas çiertas non ha por qué ser el ome
perezoso; mas que deve las acuçiar [169] e levar adelante;
ca si lo tardare, ¿por aventura se abrá otro tal tienpo por
lo acabar? E a lo que dezides todos, que nunca tan aína
començedes este fecho, [f. 110v] que todos los de la tierra non sean por los otros e por mí ninguno, digo que
non es así, ca la verdat sienpre andido en plaça paladi-
namente e la mentira por los rencones ascondidamente;
e por ende, la bos de la verdat más aconpañada fue sienpre e la bos de la mentira, así como lo podedes ver vesi-
blemente con la virtud de Dios en este fecho. Ca a la
ora que fuesen muertos estos falsos, todos los más de los
suyos e de su consejo derramarán por los rincones con
grant miedo por la su falsedat que pensaron, así como
los ladrones nucherniegos, que son çiento, a la bos de uno
que sea dado contra ellos, fuyen e ascóndense; e todos
los otros que non fueron de su consejo, recudrán a la bos
del rey, así como aquél que tiene verdat. E devedes saber
que mayor fuerça e mayor poder trae la bos del rey que
verdadero es, que todas las otras bozes mintrosas e falsas
de los de su señorío. E amigos —dixo el rey—, non vos
espantedes, ca sed çiertos que Dios será ý conusco e nos
dará buena çima a este fecho." "Señor —dixieron los
otros—, pues así es e tan a coraçón lo avedes, començad
en buen ora ca conbusco seremos a vida o a muerte."
"Començemos cras en la mañaña —dixo el rey— de esta

---

[169] *acuçiar*: estimular. (*Voc. Kalila*, p. 133.)

guisa: non dexando entrar a ninguno a la cámara e deziendo que yo mal esta noche ove calentura e que estó dormiendo; e aquellos falsos Rages e Joel con atrevimiento e del su poder e de la privança, plaziéndoles de la mi dolençia, entrarán solos a saber si es así. E quando ellos entraren, çerrat la puerta e yo faré que me levanto a ellos por los onrar; e luego metamos mano al fecho e matémoslos [f. 111] como a traidores e falsos contra su señor natural e tajémosles las cabeças, e sobredes [170] dos de vosotros al tejado de la cámara con las cabeças, mostrándolas a todos. E dezit así a grandes bozes: "¡Muertos son los traidores Rages e Joel, que querían desheredar a su señor natural!" E echat las cabeças delante e dizit a altas bozes: "¡Seria por el rey Tabor!" E çiertos sed que de los de su parte non fincará ninguno que non fuyan e non ternán uno con otro. Ca los malos nunca catan por su señor de que muerto es e los buenos sí, ca reconosçen bien fecho en vida e en muerte de aquel que gelo faze. E todos los otros del regño recudrán a la bos del rey, así como las abejas a la miel, ca aquella es la cabeça a que deven recudir, ca el rey es el que puede fazer bien e merçed acabadamente en su señorío e non en otro ninguno."

E los donzeles acordaron de seguir voluntad de su señor, en manera que bien así como el rey les dixiera, bien así se conplió todo el fecho. E quando los omes buenos del regño recudieron a la bos del rey, así como era derecho e razón, e sopieron en cómo pasó el fecho, maravilláronse mucho de tan pequeños moços como el rey e los donzelles acometer tan grant fecho; ca ninguno de los donzeles non avía de dizeocho años arriba, e aún de ellos eran menores que el rey, e por ende los del regño entendieron que este fecho non fuera sinon de Dios çiertamente; ca quando demandavan al rey e a cada uno de los donzeles el fecho en cómo pasara, dezían que non sabían, mas que vieran la cámara lleña de omes vestidos de blancas vestiduras, sus [f. 111v] espadas en la mano, e un ñiño entre ellos vestido así como ellos, ayudándolos e

[170] *sobredes*: subiréis.

esforçándolos que conpliesen su fecho. Onde todo ome se deve guardar de non dezir mal nin fazer mal nin buscar mal sin razón a su señor natural; ca qualquier que lo faga, çierto sea de ser mal andante ante que muera. E eso mesmo deve el señor a los vasallos que lealmente lo sirven, faziéndoles mucho bien e mucha merçed, ca tenudo es de lo fazer; e faziéndolo así, çierto que Dios lidiará por él contra los que falsamente le sirvieren, así como lidió por este rey de Siria.

Otrosí, mios fijos, guardatvos de fazer enojo a vuestro rey, ca aquel que enoja al rey enpéçele, e quien se alongare non se acordará de él. E guardatvos de caer al rey en yerro, ca ellos han por costunbre de contar el muy pequeño yerro por grande, pero que lo ome aya fecho tan grant serviçio luengo tienpo, todo lo olvida a la ora de la saña. E quien se faze muy privado al rey, enójase de él; e quien se le tiene en caro, aluéngalo de sí si lo non ha mucho mester. E ellos han por manera de se enojar de los que se les fazen muy privados e de querer mal al que se le tiene en caro. E por ende, quanto más vos alongare el rey a su serviçio, atanto más le avedes aver reverençia. Ca sabet que non ha mayor saña nin más peligrosa que la del rey; ca el rey, reyendo,[171] manda matar, e judgando, manda destruir, e a las vegadas dexa muchas culpas sin ningunt escarmiento. E por ende, non se deve ome ensañar contra el rey, maguer le maltraya, e non se deve atrever a él, maguer sea su privado; ca el rey ha braveza en sí e ensáñase como león. E el amor del rey es penador, [f. 112] ca mata oras ya con la primera lança que le acaesçe quando le viene la saña, e después pone al vil en lugar del noble e al flaco en lugar del esforçado, e págase de lo que faze sol que sea a su voluntad. E sabet que la graçia del rey es el mejor bien terrenal que ome puede aver, pero non deve mal fazer nin sobervia nin atrevimiento del amor del rey. Ca amor de rey non es heredero nin dura toda vía. A la semejança del rey es como la vid, que se traba a los árboles que falla más çerca de sí, qua-

---

[171] *reyendo*: riendo.

lesquier que sean, e sobre ellos se tiende e non busca
mayores, pues que están llueñe de él.

E mios fijos, después de esto amaredes a Dios primeramente. E el amor verdadero en sí mesmo comiença, e desí
entendervos hedes a los otros faziéndoles bien de lo vuestro e buscándoles pro con vuestro señor en lo que podierdes; pero maguer que muy privados seades, guardatvos
de lo enojar, ca el que está más çerca de él, más se deve
guardar que non tome saña contra él nin le enpesca. Ca
el fuego más aína quema lo que falla çerca de sí que lo
que está lexos de él. E si non ovierdes tienpo, non lo enojedes, ca todos los tienpos del mundo, buenos e malos,
han plazo e días contados quánto han de durar. Pues
si veniere tienpo malo, sofritle fasta que se acaben sus
días en que biven los omes a sonbra del señor que ama
verdat e justiçia e mesura; ca la mejor partida de la mejoría del tienpo es en el rey. E sabet que el mundo es
como letras, e las planas escriptas como los tienpos, que
quando se acaba la una comiença la otra. E çiertos sed
que segunt la ventura del rey, atal es la ventura de los
que son a su merçed. E quando se acaba el tienpo de los
que ovieron ves, [f. 112v] non les tiene pro la grant conpaña nin las muchas armas nin sus asonadas. E los que
comiençan en de la ventura, maguer sean pocos flacos,
sienpre vençen o fazen a su guisa. E esta ventura es quando Dios los quiere ayudar por sus meresçimientos. E el
mejor tienpo que los del regño pueden aver es que sea
el rey bueno e meresca ser amado de Dios, ca aquellos
son sienpre bien andantes a los que Dios quiere ayudar.
E por ende, mios fijos, non vos devedes atrever al rey
en ninguna cosa sinon quando vierdes que podedes aver
tienpo para le demandar lo que quisierdes, ca de otra guisa podervos ía enpesçer.

Pero, mios fijos, después que vos entendierdes a aver
los otros, resçebiéndolos e onrándolos de palabra e de
fecho, non los estorvando a ninguno en lo que le fuere
mester de procurar, nin deziendo mal de ninguno, primeramente amaredes los vuestros, e después los estraños,
con caridat, que quiere dezir amor verdadero. Ca la cari-

dat es amar ome su próximo verdaderamente e dolerse de
él e le fazer bien en lo que podiere. Pero primeramente a
los suyos, ca palabra es de la santa escriptura que la caridat en sí mesma comiença. Ca todo ome deve rogar e fazer bien a sus parientes, esfuérçase la raís e cresçe el
linage; pero non gelo deve fazer con daño de otros, ca
pecado sería de cobrir un altar e descobrir otro. E bien
fazer es temer ome a Dios e fazer bien a los suyos parientes pobres. Ca dizen que tres bozes suben al çielo:
la primera es la bos de la merçed, la otra es del condesijo [172] çelado, la otra es de los parientes. Dize así: "Señor, non me [f. 113] fezieron lealtad en mí, ca me des-
pendieron como deven." La bos de los parientes dize así:
"Señor, desdéñanos e non sabemos por qué." E sabet que
mal estança es fazer ome alimosna a los estraños e non
a los suyos, e quien desama a sus parientes sin razón faze
muy grant yerro, salvo si lo meresçen. Por ende dizen
que todo desamor que sea por Dios non es desamor; e
otrosí, todo amor que sea contra Dios non es amor. E
sabet que non deve ome desdeñar a los suyos, quier sean
pobres, quier sean ricos, non se dando a maldat por que
los parientes resçiben desonra. Ca de derecho el malo
non deve resçebir ningunt de la su maldat, pero a las
vegadas deve ome encobrir los yerros de los suyos quando
caen en ellos por ocasión e non con maldat nin a sabiendas. Non les deve descobrir nin meter en vergüença, ca
pesa a Dios quando algunos descubren a los suyos del yerro en que cayeron por ocasión, así como mostró que le
pesó quando Caín, [173] fijo de Noé, descobrió a su padre
quando salió del arca e se enbeodó con el vino de la viña
que plantó e lo falló descobierto de aquellos lugares que
son de vergüença, e díxolo a sus fijos en manera de escarnio. E el padre quando lo sopo, maldíxolo e Dios confir-
mólo lo que dixo Noé. E por ende, mios fijos, sienpre
amad e guardat a todos comunalmente, pero más a los
vuestros. E non fagades mal a ninguno aunque lo meresca,

---

[172] *condesijo*: escondrijo. (*Voc. Kalila*, p. 179.)
[173] (*Can*) (W., 282).

salvo si fuere tal ome a quien devedes castigar e lo ovierdes a judgar. Ca pecado [f. 113v] mortal es de los malos e
non los castigar quien los castigar puede e deve. Çertas,
ante deve ome castigar los suyos que los estraños, e sañala-
damente los fijos que ovierdes devédeslos castigar sin piedat; ca el padre muy piadoso, ¿bien criados fará sus fijos?
Ante saldrán locos e atrevidos. E a las vegadas lazran los
padres por el mal que fazen los fijos mal criados. E es
derecho que, pues por su culpa de ellos, non los queriendo castigar, erraron; que los padres resçiben la pena
por los yerros de los fijos. Así como contesçió a una dueña de Gresçia de esta guisa:

E dize el cuento [174] que esta dueña fue muy bien casada con un cavallero muy bueno e muy rico, e finóse
el cavallero; e dexó un fijo pequeño que ovo en esta dueña e non más. E la dueña atan grant bien quería este
fijo, que porque non avía otro, que todo quanto de bien
e de mal, todo gelo loava e dávalo a entender que le plazía. E desque cresçió el moço, non dexava al diablo obras
que feziese, ca él se las quería todas fazer, robando los
caminos e matando muchos omes sin razón, e forçando
las mugeres doquier que las fallava, e de ellas se pagava.
E si los que avían de mantener la justiçia lo prendía por
alguna razón de éstas, luego la dueña su madre lo sacava
de presión, pechando algo a aquellos que lo mandavan
prender; e traíalo a su casa, non le deziendo ninguna
palabra de castigo nin que mal feziera, ante fazía las
mayores alegrías del mundo con él, e conbidava cavalleros e escuderos que comiesen con él, así como si él oviese
todos los bienes e todas las provezas que todo ome podría
[f. 114] fazer.

Así que, después de todos estos enemigos que fizo, vino
el enperador a la çibdat onde aquella dueña era. E luego
venieron al enperador aquellos que las desonras e los
males resçebieron del fijo de aquella dueña, e querellá-

---

[174] Hay varias versiones: en *Castigos e documentos, Espejo de
los legos, Libro de los enxiemplos, Ysopo...* (Wagner, "Sources",
pp. 85-86).

ronsele. E el enperador fue mucho maravillado de estas
cosas tan feas e tan malas que aquel escudero avía fecho,
ca él conosçiera a su padre e fuera su vasallo grant tienpo
e dezía de él mucho bien. E sobre estas querellas enbió
por el escudero e preguntóle si avía fecho todos aquellos
males que aquellos querellosos dezían de él e contáron-
gelos. E él conosçió todo, pero toda vía escusándose que
lo feziera con moçedat e poco entendimiento que en él
avía. "Çertas, amigo —dixo el enperador—, por la menor de estas cosas devían murir mill omes que lo oviesen
fecho, si manifiesto fuese e cayese en estos yerros, pues
justiçia devo mantener e dar a cada uno lo que meresçe,
yo lo mandaría matar por ello. E pues tan conosçido
vienes que lo feziste, non ay mester a que otra pesquisa
ninguna ý fagamos, ca lo que manifiesto es non ay proeva
ninguna mester." E mandó a su alguazil que lo levase a
matar. E en levándolo a matar, iva la dueña su madre en
pos él, dando bozes e rascándose e faziendo el mayor
duelo del mundo, de guisa que non avía ome en la çibdat que non oviese grant piedat de ella. E ivan los omes
buenos pedir merçed al enperador que le perdonase, e
algunos querellosos, doliéndose de la dueña; mas el enperador, como aquel a quien sienpre plogo de fazer justiçia,
non lo quería perdonar, ante [f. 114v] lo mandava matar
de todo en todo. E en llegando a aquel lugar do lo avían
a matar, pedió la madre por merçed al alguazil que gelo
dexase saludar e besar en la boca ante que lo matasen. E
el alguazil mandó a los monteros que le detoviesen e que
lo non matasen fasta que su madre llegase a él e lo salu-
dase. Los monteros lo detovieron e le dixieron que su madre lo quería saludar e besar en la boca ante que muriese,
e al fijo plogo mucho: "Bien venga la mi madre, ca
ayudarme quiere a que la justiçia se cunpla segunt deve,
e bien creo que Dios non querrá al sinon que sofriese la
pena quien la meresçe." Todos fueron maravillados de
aquellas palabras que aquel escudero dezía, e atendieron
por ver a lo que podría recudir. E desque llegó la dueña
a su fijo, abrió los braços como muger muy cuitada e fuese para él. "Amigos —dixo el escudero—, non creades

que me yo vaya; antes quiero e me plaze que se cunpla
la justiçia e me tengo por muy pecador en fazer tanto
mal como fis; e yo lo quiero començar en aquel que lo
meresçe." E llegó a su madre como que la quería besar
e abraçar, tomóla con amas a dos las manos por las
orejas a buelta de los cabellos e fue poner la su boca con
la suya e començóla a roer e la comer todos los labros,[175]
de guisa que le non dexó ninguna cosa fasta en las nari-
zes, nin del labro deyuso fasta en la barbiella; e fincaron
todos los dientes descobiertos, e ella fincó muy fea e muy
desfaçada.[176]

Todos quantos y estavan fueron muy espantados de esta
grant crueldat que aquel escudero faziera, e començáronlo e denostar [f. 115] e mal traer. E él dixo: "Señores, non me denostedes nin me enbarguedes, ca justiçia
fue de Dios e él me mandó que lo feziese." "¿E por qué
en tu madre? —dixieron los otros—, ¿por el mal que tú
feziste ha de lazrar ella? Dínos que razón te movió a lo
fazer." "Çertas —dixo el escudero—, non lo diré sinon
al enperador." Muchos fueron al enperador a contar esta
crueldat que aquel escudero feziera, e dixiéronle de como
non quería dezir a ninguno por qué lo feziera sinon a
él. E el enperador mandó que gelo traxiesen luego ante
él, e non se quiso asentar a comer fasta que sopiese de
esta maravilla e de esta crueldat por qué fuera fecho.
E quando el escudero llegó ante él, e la dueña su madre,
muy fea e muy desfaziada, dixo el enperador al escudero: "Dí, falso traidor, ¿non te conplieron quantas mal-
dedes feziste en este mundo, e a la tu madre que te parió
e te crió muy viçioso e perdió por ti quanto avía pechando por los males e las enemigas que tú feziste, que
tal fueste parar en manera que non es para paresçer
ante los omes, e non oviste piedat de la tu sangre en la
derramar e así tan abiltadamente, nin oviste miedo de

---

[175] *labros*: labios.
[176] *desfaçada*: como *desfaçiada*: con la cara destrozada. (Nota 134.)

Dios nin vergüença de los omes, que te lo tienen a grant
mal e a grant crueldat?"

"Señor —dixo el escudero—, lo que Dios tiene por
bien que se cunpla, ninguno non lo puede destorvar que
se non faga; e Dios, que es justiçiero sobre todos los
justiçieros del mundo, quiso que la justiçia paresçiese en
aquél que fue ocasión de los males que yo fize." "¿E
cómo puede ser esto?" —dixo el enperador—. "Çertas,
señor, yo vos lo diré: esta dueña, mi madre, que vos vedes, comoquier que sea de muy buena vida, fazedora de
bien a los que han mester, dando las sus [f. 115v] ali-
mosnas muy de grado, e oir ende sus oras muy devotamente, tomó por guisado de me non castigar de palabra
nin de fecho quando era pequeño nin después que fue
criado; e mal pecado, más despendía en las malas obras
que en buenas. E agora, quando me dixieron que me
quería saludar e besar en la boca, semejóme que del çielo
desçendió quien me puso en coraçón que le comiese los
labros con que me ella podiera castigar e non quiso. E
yo fislo teniendo que era justiçia de Dios. E él sabe bien
que la cosa de este mundo que más amo ella es; mas pues
Dios lo quiso que así fuese, non pudo al ser. E, señor,
si mayor justiçia se á ý de conplir, mandatla fazer en
mí, ca mucho la meresco por la mi desaventura." E los
querellosos estando delante, ovieron grant piedat del escudero e de la dueña su madre, que estava muy cuitada
porque le mandava el enperador matar; e veyendo que
el escudero conosçía los yerros en que cayera, pedieron
por merçed al enperador que le perdonase, ca ellos le
perdonavan. "Çertas —dixo el enperador—, mucha merçed me ha fecho Dios en esta razón, en querer él fazer
la justiçia en aquél que él sabía por çierto que fuera
ocasión de todos los males que este escudero feziera. E
pues Dios así lo quiso, yo lo dó por quito e perdónole la
mía justiçia que yo en él mandava fazer, non sabiendo la
verdat del fecho, así como aquél que la fizo; e bendicho
el su nonbre por ende." E luego lo fizo cavallero e lo
resçebió por su vasallo; e fue después muy buen ome e
mucho onrado, e fincó la justiçia en aquella dueña que lo

[f. 116] meresçió, por enxienplo porque los que han criados de fazer que se guarden e non cayan en peligro por
non castigar sus criados; así como contesçió a Hely, uno
de los mayores saçerdotes de aquel tienpo, segunt cuenta
en la Biblia: pero que él era en sí bueno de santa vida,
porque non castigó sus fijos así como deviera, e fueron
mal costunbrados, quiso Dios nuestro señor mostrar su
vengança, atan bien en el padre, porque non castigara
sus fijos, así como en ellos, por las malas obras; ca ellos
fueron muertos en la batalla, e el padre quando lo sopo,
cayó de la siella alta en que estava e quebrantóse las çer-
vizes e murió. E comoquier que el enperador de derecho
devía fazer justiçia en aquel escudero por los males que
feziera, dexólo de fazer con piedat de aquellos que conosçen sus yerros e se arrepienten del mal que fezieron.
E por ende, el enperador por este escudero conosçió sus
yerros e se arrepentió ende porque los querellosos le pedieron por merçed que le perdonase con piedat. Ca dizen que non es dicha justiçia en que piedat non ha en
los logares do conviene, ante es dicha crueldat. Onde todos los omes que fijos han deven ser cruus [177] en los castigar e non piadosos; e si bien los criasen, abrán de ellos
plazer; e si mal, nunca pueden estar sin pesar; ca sienpre
abrán reçelo que por el mal que fezieron abrán pena; e
por aventura, que la pena caerá en aquellos que los mal
criaron, así como contesçió a esta dueña que agora diximos. E çertas, de ligero se pueden acostunbrar bien los
moços, ca tales son como çera: e así [f. 116v] como la
çera es blanda e la puede ome amasar e tornar en aquella
figura que quisiese, así el que ha de criar el moço con la
pértiga en la mano, non lo queriendo perdonar, puédelo
traer a enformar en las costunbres quales quisiese.

Ca de estos aprenderedes bien non al, e devedes ser
conpañeros a todos, grandes e pequeños; e devedes onrar
a las dueñas e donzellas sobre todas; e quando ovierdes
a fablar con ellas, devédevos guardar de dezir palabras
torpes nin nesçias, ca reprehenderían luego, porque ellas

---

[177] *cruus*: crudos, rigurosos.

son muy aperçebidas en parar mientes a lo que dizen e en escatimar las palabras; e quando ellas fablan, dizen pocas palabras e muy afeitadas e con grant entendimiento, e a las vegadas con punto de escatima de reprehensión; e non es maravilla, ca non estudian en al. E devedes ser bien costunbrados en alançar e en bofordar e en caçar e en jugar tablas e axadres, e en correr e luchar, ca non sabedes do vos será mester de vos ayudar de vuestros pies e de vuestras manos. E devedes aprender esgrima. E devedes ser mesurados en comer e en bever; e dizen en latín abstinençia por la mesura que es en comer e en bever e en razonar, e es una de las siete virtudes. E por ende, seredes mesurados en razonar, ca el mucho fablar non puede ser sin yerro en que cayó por mucho querer dezir, mayormente deziendo mal de otro e non guardando la su lengua.

E por ende, como faze buen callar al que fabla sabiamente, así non faze buen fablar al [f. 117] que fabla torpemente; ca dizen que Dios asecha por oir lo que dize cada lengua. E por ende, bienaventurado es el que es más largo de su aver que de su palabra, ca de todas las cosas del mundo está bien al ome que aya abondo e aun demás sacando de palabra que enpesçe lo que es a demás. E por ende, mejor es al ome que sea mudo que non que fable mal; ca en el mal fablar ay daño e non pro, tan bien para el alma como para el cuerpo. Onde dize la escriptura: "Quien non guarda su lengua non guarda su alma." E si fabla ome en lo que non es nesçesario, ante de ora e de sazón, es torpedat. E por ende, deve ome catar que lo que dixiere que sea verdat, ca la mentira mete a ome en vergüença, e non puede ome aver peor enfermedat que ser mal fablado e mal corado. [178] E contesçe a las vegadas por el coraçón grandes yerros e por la lengua grandes enpieços; ca a las vegadas son peores llagas de lenguas que los golpes de los cuchiellos. E por ende, deve ome usar de la lengua a verdat, ca en la lengua quiere seguir lo que ha usado. E sabet que una de

---

[178] *corada*: entrañas. (Cejador, *Voc.*, p. 111.)

las peores costunbres que ome puede aver es la lengua
presta para recabdar mal.

Mas a quien Dios quiso dar paçiençia, sufrençia, es
bien andança. Ca paçiençia es virtud para sofrir los mé-
ritos que le fezieren, e que non recuda ome mal por mal
nin en dicho nin en fecho, e que non amuestre a saña
nin mala voluntad nin tenga a mal condesado [179] en su
coraçón por cosa que le fagan nin que le digan. E la paçiençia es de dos maneras: la una es que sufra ome a los
que son mayores que él; e por esto dizen que quando uno
non quiere dos non pelean. E [f. 117v] sabet que nunca
barajan [180] dos buenos en uno, otrosí nunca baraja uno
bueno con otro malo, ca non quiere el bueno; mas en dos
maneras fallaredes baraja: e quando barajan bueno e
malo, alto e baxo, amos son malos e contados por iguales.
E por ende, deve ome dar vagar a las cosas e ser paçiente
e así puede ome llegar a lo que quisiere, si sufre lo que
non quisiere.

Ca, mios fijos, sí dexa ome lo que desea en las cosas
que entiende que le aprovecharán, e por eso dizen que
sofridores vençen. E sabet que la sofrençia es en çinco
maneras: la primera es que sufra ome lo que le pesa en
las cosas que deve ome sofrir con razón e con derecho;
la segunda que sufra de las cosas que le pida su voluntad
seyendo dañosas al cuerpo e al alma; la terçera que sufra
pasar las cosas de que atiende galardón; la quarta, sufra
lo que le pesa por las cosas de que se teme que podría
resçebir mayor pesar; la quinta que sea sofrido faziendo
e guardándose de fazer mal. E sabet que una de las mejores ayudas que el seso del ome así será la su paçiençia,
e seyendo ome sofrido e paçiente non puede caer en vergüença, que es cosa de que el ome se deve reçelar de
caer e dévela ome mucho preçiar e tomar ante sí sienpre;
e así non cadrá [181] en yerro por miedo de vergüença. E vergüença es atal como el espejo bueno, ca quien ende se

---

[179] *condesado*: guardado, ahorrado. (Véase nota 172.)
[180] *barajan*: riñen. (*Dicc. Acad.*)
[181] *cadrá*: caerá. (*Cid*, 3622.)

cata non dexa mançiella en su rostro e quien vergüença
tiene sienpre ante los sus ojos non puede caer en yerro
guardando de caer en vergüença. E así, el que se quiere
guardar de yerro e de vergüença es dado por sabio entendido. Onde, mios fijos, [f. 118] punaredes en ser sabios
e aprender e non querer ser torpes, ca, si lo feçierdes,
perdervos íedes. E por ende, dize que más vale saber
que aver, ca lo ome de guardar. [182] Onde dizen que el
saber es señor e ayudador. E sabida cosa es que los reys
judgan la tierra e el saber judga a ellos. E creed que el
saber judga a ellos, e es mucho, así que lo que non puede
ninguno caber todo, pues devedes de cada cosa tomar lo
mejor. Ca el preçio de cada una es el su saber, e la conçiençia hala de buscar el que la ama, así como quien perdió la cosa que más amava, ca en buscándola en quantas
maneras puede e en quantos lugares asma que la fallará.
Onde dizen en latín: *omne raro preçiosu*, que quiere dezir: la cosa que es menos fallada es más preçiada; quanto más es e vale, quanto más ha ome de él.

E el sabio es como la candela: quantos quisieren en-
çienden en ella, e non vale menos nin mengua por ende
la su lunbre. Ca el mejor saber del mundo es el que tiene
pro e que la sabe. E sabet, mios fijos, que se estuerçe la
lunbre de la fe quando se muestra el sabio por de mala
creençia e el torpe por de buena, e tan poco pierde el
que de buena parte el saber como la vida, ca con el saber
conosçe el ome el bien e la merçed que Dios le faze, e
conosçiéndole gradesçer le ha e gradesçiendo meresçer
lo ha. E la mejor cosa que el sabio puede aver es que faga
lo que el saber manda; por ende poca cosa que ome faga
vale más que mucho que faga con torpedat; e algunos
demandan el saber a su serviçio; e el saber es lunbre
e la torpedat escuridat. E por ende, mios fijos, aprender
el saber, ca en prendiendo le faredes serviçio a [f. 118v]
Dios. E sabet que dos glotones son que nunca se fartan:
el uno es el que ama el aver, ca con el saber gana ome

---

[182] *(ca el saber guarda al ome, e el auer) a lo ome de guardar*
(W., 293).

paraíso e con el aver gana ome solas en su solidat e con
él será puesto entre los iguales; e el saber le será armas
con que se defienda de sus enemigos; ca quatro cosas
puede enseñorear el que non ha derecho de ser señor: la
una es en saber; la otra es en ser ome bien acostunbrado;
la otra es en ser leal. Amigos fijos, con el saber alça Dios
a los omes e fázelos señores e guardadores del pueblo. E
el saber e el aver alça a los viles e cunple a los menguados. E el saber sin el obrar es como el árbol sin fruto. E el
saber es don que viene de la siella de Dios.

E por ende, conviene al home que obre bien con lo que
sabe e que non lo dexe perder; e así, con el saber puede
ome ser cortés en sus dichos e en sus fechos.

Ca, mios fijos, cortesía es suma de las bondades; e suma
de cortesía es que aya vergüença a Dios e a los omes e
a sí mesmo, ca él teme a Dios. E el cortés non quiere
fazer en su poridat lo que umildoso a su voluntad. E
sabet que desobedeçer el seso e ser omildoso a la voluntad es escalera para sobir ome a todas maldades. E por
ende, la más provechosa lid que ome puede fazer es que
lidie non con su voluntad. Pues, mios fijos, vengatvos de
vuestras voluntades con quien por fuerça devedes lidiar,
si buenos queredes ser; e así escaparedes del mal que vos
vinier. E creed bien que todo ome es obediente a su voluntad es más siervo que el cativo ençerrado. Por ende,
el que es de buen entendimiento faze las cosas segunt seso
e non [f. 119] segunt su voluntad; ca el que fuere señor
de su voluntad pujará e cresçerán sus bienes, e el que es
siervo de ella abaxarán e menguarán sus bienes. E sabet
que el seso es amigo cansado e la voluntad es enemigo es-
pierto e seguidor más al alma que al bien. E por ende,
deve ome obedesçer al seso como a verdadero amigo e
contrastar a su voluntad como a falso enemigo. Onde
bien aventurado es aquel a quien Dios quiere dar buen
seso natural; ca más val que letradura muy grande para
saber ome mantener en este mundo e ganar el otro. E por
ende, dizen que más val una onça de letradura con buen
seso natural que un quintal de letradura sin buen seso; ca
la letradura faze al ome orgulloso e sobervio, e el buen

seso fázelo omildoso e paçiente. E todos los omes de buen
seso pueden llegar a grant estado, mayormente seyendo
letrados e aprendiendo buenas costunbres; ca en la letradura puede ome saber quáles son las cosas que deve usar
e quáles son de las que se deve guardar. E por ende, mios
fijos, punad en aprender, ca en aprendiendo veredes e
entenderedes mejor las cosas para guarda e endresçamiento de las vuestras faziendas de aquellos que quisierdes.
Ca estas dos cosas, seso e letradura, mantienen el mundo
en justiçia e en verdat e en caridat. Otrosí, mios fijos, parat mientes en lo que vos cae de fazer, si tierras ovierdes
a mandar onde seades reys o señores; ca ninguno non
deve ser rey sinon aquel que es noblesçido con los nobles
dones de Dios. E devedes saber que la nobleza de los reys
e de los grandes señores deve ser en tres maneras: la primera catando lo de Dios; la segunda que conosca la su
voluntad; la terçera que ame la su voluntad. E que estas
[f. 119v] noblezas deven ser en todo rey próevase por
ley e por natural e por enxienplos. Onde la primera nobleza es temor de Dios, ca ¿por quál razón temerán los
mayores al su mayor, que non quiere temer a aquel onde
ha el poder? Çertas, el que non quiere temer el poder
de Dios da razón e ocasión a los que deven temer que
le non teman. E por ende, con razón non puede, non faze,
en consejo.

Cortesía es que se trabaje ome en buscar bien a los
omes quanto pudiere. Cortesía es tenerse ome por abondado de lo que toviere; ca el aver es vida de la cortesía
e de la linpieça, usando bien de él. La castidad es vida
del alma, e el vagar es vida de la paçiençia. Cortesía
es sofrir ome su despecho e non moverse a fazer yerro
por ella. E por eso dizen que non ha bien sin lazerio;
ca, çiertamente, el mayor quebranto e el mayor lazerio
que a los omes semeja que es de sofrir sí es quando al
que los faze alguna cosa contra su voluntad e gelo non
caloña. Pero, mios fijos, creed que cortés nin bien acostunbrado nin de buena creençia non puede ome ser si
non fuese omildoso. Ca la voluntad es fruto de la creençia; e por ende, el que es de buena fe es de laxo cora-

çón. E la umildat es una de las redes en gana ome
nobleza. E por ende, dize la santa escriptura: "Quien
fuere umildose será ensalçado e quien se quiere ensalçar
será abaxado." E el noble, quanto mayor poder ha, tanto
es más omildoso e non se mueve a saña por todas cosas,
maguer le sean graves de sofrir, así como el monte que
se non mueve por el grant viento; e el vil, con poco poder
que aya, préçiase mucho e cresçe la sobervia. E la mayor
bondat es que faga ome bien, non por galardón, [f. 120]
e que se trabaje de ganar algo, non con mala cobdiçia; e
sea omildoso, non por abaxamiento de él.

Ca la onra non es en el que la resçibe, mas en el que
la faze. Onde, quien fuere omildoso de voluntad, el bien
le irá buscar, así como busca el agua el baxo lugar de
la tierra. E por ende, mios fijos, queret por omildosos e
non urgullosos; ca por la umildat seredes amados e preçiados de Dios e de los omes, e por la orgia [183] seredes
defamados e fuirán los omes de vos como de aquellos que
se quieren poner en manos [184] de lo que deven. Ca non
dizen orgulloso sinon por el que se pone en más alto logar que le conviene. E por esto dizen que nunca se preçia
sinon el vil ome; ca si se preçia el ome noble, enfla-
queçe en su nobleza; e si se omilla, gana alteza. Pues
la ocasión del seso es que se preçie ome más que non
vale. E el que non se presçia es de buen pres de su cuerpo
e de su alma, e el que se preçia mucho cae en vergüença
quando acaesçe entre omes que le conosçen, aunque sea
de alto lugar; ca grant maravilla es en preçiarse mucho
el que pasó dos vezes por do pasó la orina. [185] E saber
que menos mal es quando peca ome e non se preçia que
quando non peca e se preçia. Onde, mios fijos, si queredes ser preçiados e amados de Dios e de los omes, seo
omildosos a vuestro señor e non a la voluntad. Ca nesçio
es el que non sabe que la voluntad es enemiga del seso

---

[183] orgia. Esto es lo que leo en Ms. (orgullo) (W., 296).
[184] mas (W., 296).
[185] La frase está en un párrafo tomado directamente de Flore
de filosofía. ¿Será un modismo árabe?

Ca el seso e el buen consejo duerme toda vía fasta que
los despierta el ome, e la voluntad está despierta toda
vía. [186] E por eso vençe la voluntad al seso las más vezes.
Onde la ocasión del seso es ser ome razón; non puede
dezir e mandar a los menores que le teman el que non
quiere temer al su mayor que ha poder sobre él. E devedes saber que el su [f. 120v] poder es nada al poder de
Dios, que es sobre todos e nunca ha de fallesçer; e el poder del rey es so otro e fallesçe. E pues el poder de Dios
ha el rey poder judgar de este mundo, deve entender que
Dios ha de judgar a él ondo ovo el poder.

E çierta cosa es que Dios, en el juizio, que non faze
departimiento ninguno en el grande nin en el pequeño,
ca él fizo a todos e es señor de todos; e por ende es el
juizio igual. Onde, mios fijos, sea sienpre el vuestro temor mayor que non la vuestra codiçia para querer que
vos teman los otros; e non solamente devedes temer la
de Dios, mas devedes temer lo del mundo. Ca quanto es
más alto e más onrado estado es el ome, tanto más se
deve guardar de non caer de él, porque quanto de más
alto cae, tanto más grave e peligrosa es la caída. E por
ende, el muy alto estado conviene que sea sostenido e
mantenido con buen seso e con buenas costunbres, así
como la torre muy alta con buen çemiento, e la bóveda
muy alta con firmes colunas; ca el que está baxo e cabo
la tierra non ha onde caya, e si cae, non se fiere tan mal
como el que cae de alto.

Otrosí, la senda e nobleza de los reys en conosçer la
divinal virtud, la qual verdat es de Dios, ca mucho es
ascondida a los entendimientos de los omes, ca las obras
de Dios sienpre fueron e serán. Onde, mios fijos, confir-
madvos bien en la verdat de Dios, e lo que fezierdes e
dixierdes sea verdat, e estad firmes en ella e guardatla
bien, que non se mude nin se canbie. Ca dize el filósofo
que aquella es dicha verdat en que non cae mudamiento
ninguno nin variedat. E la cosa que se canbia de lo que
començó en verdat non está en verdat; mas devedes saber

---

[186] *toda vía* significa aquí "siempre".

[f. 121] que la verdat loada es de Dios verdadero. E los
reys que la verdat de Dios conosçen e la siguen e fincan
firmes en ella, deziendo verdat a su gente e non les men-
tiendo nin los pasando contra lo que les prometen, estos
reys que conosçen la verdat de Dios, ca amen la verdat
e aborrescan la mentira. E el rey o señor sin verdat non
es rey sinon en el nonbre solo. E por ende, el rey min-
troso non ovo nin abrá nin puede aver vasallos nin amigos fieles, ca pierde el amor de Dios e de su gente e cae
en grandes peligros, así como se falla por los enxienplos
de las estorias antiguas de aquellos que fallesçieron en la
verdat e usaron de mentiras, non temiendo a Dios nin
queriendo conosçer la su verdat, por que fueron muertos
e estragados, así como Benarelo, rey de Siria, que adora-
va los ídolos e se partía de la verdat de Dios, que fue
afogado por manos de Açael, su hermano. E Sedechías,
rey de India, que prometió e juró a Nabuodonosor verdat,
e mentióle como perjuro, e fue vençido e preso en cadena
e fue traído a Babilonia.

Otrosí, la terçera nobleza de los reys es el amor de la
bondat de Dios, de la qual nasçen todas las otras bondades, ca fuente es de todos los bienes. Onde, mios fijos,
si queredes ser nobles, non partades los vuestros coraçones de la bondat de Dios, amándola e levando vuestras
obras en pos ella. Ca la bondat de Dios quiere e codiçia
que todas las cosas sean semejable de ella e que sean
aconpañados de todo bien, segunt el poder de cada uno.
Amigos fijos, si bien quisierdes pensar ónde vos viene
el bien que fezierdes, fallaredes por çierto que vos viene
de la bondat de Dios, así como vos viene el mal que fazedes de la maldat del diablo, que es contrario a los
[f. 121v] mandamientos de Dios. Ca en la bondat de
Dios es el uso bien fecho, aguardando así como en poder de aquel que la puede guardar. E sabet que todas
las cosas deven tornar a Dios así como a su acabamiento.
E por eso dizen las palabras santas que por él e con él
e en él es toda onra e gloria para sienpre, e de él en él
son todas las cosas e a él han de venir. Ca la bondat de
Dios e las cosas que non son fazen ser, e sin la bondat

e Dios non es nin fue nin será nin puede ser ninguna.
E non vedes, mios fijos, que Dios tan bien da sol sobre
os buenos como sobre los malos, e llueve tan bien sobre
os pecadores como sobre los justos? ¡E qué bienaventu-
ada es la bondat de Dios, que atiende los pecadores que
e emienden e corre en pos de los que fuyen e aun los
que están muy alongados de ella! Quando los devíe tor-
ar, acátalos con fermoso catar e resçíbelos e quiere que
ean çerca de ella; pues, ¿quál es aquél que la bondat de
Dios non deve amar e la seguir en todos sus fechos?
Çertas, con todos deve ir en pos ella e la seguir en todos
us fechos. Onde, mios fijos, devedes entender e saber e
reer que todos los omes del mundo deven amar la bondat de Dios e la mostrar por las obras, mayormente los
eys e aquellos que los dones de la bondat de Dios res-
iben más largamente; entre los quales que buenos son
 aman verdat e usan de ella, sienpre van de bien en me-
or e son sanos e alegres e reys. E por la buena creençia
le la su bondat son escogidos para ser puestos en onra
 para aver abondo de todas las noblezas de este mundo
 la gloria del otro. E mios fijos, ¿qué es lo que deven
ender a Dios los reys e los otros omes por los bienes que
es fizo? Çertas, non sé al sinon que guarnesçen de bon-
ades para servir a la bondat [f. 122] de Dios, ca de los
ienes de ella ay la onra e todos los otros bienes, e así
ueden ser amados e ensalçados de Dios en onra e man-
enidos en ellos; por que fue David porque metió el po-
ler de Dios e amó la su bondat; e por ende, dixo Dios
le David: "Çerca del mio coraçón fallé buen varón."
E otrosí, la nobleza de los reys e de los grandes seño-
es, catando lo supo, [187] es en tres maneras: la primera es
uarda del coraçón, la segunda guarda de la lengua, la
erçera es dar çima a lo que comiença. La guarda del
oraçón es guardarse de grant codiçia de onras e de
iquezas e de deleites; ca pues el rey es más onrado de su
eñorío, por ende deve ser más tenprado en la codiçia de
as onras; ca quien mucho codiçia en su coraçón las on-

---

[187] *suyo* (W., 302).

ras, muchas vegadas faze e más de lo que non deve po
ellas; ca sí quieren ensalçar por ellas sobre los otros.
otrosí deve guardar su coraçón de la grant codiçia de la
riquezas; ca quien grant codiçia ha de ellas, non pued
estar que non tome de lo ageno sin razón. E por ende
primeramente deve ser amatado el fuego de la codiçi
de coraçón, en manera que el daño e del robo non fag
llorar a las gentes que el daño resçiban e la su bos sub
a Dios. Otrosí, deven guardar su coraçón e amansarlo e
los deleites de la carne, en manera que la su codiçia no
peresca por la obra, mas deve tajar las raízes de la co
diçia que tiene en su coraçón, así como dixo Trotilio: [188]
"Refrene en sí el rey primeramente la luxuria e apremi
la avariçia e abaxa la soberbia, e echó de su coraçón to
das las otras manziellas, e obrando bien, e estonçe con
viene demandar a los otros; ca tal rey, o tal enperado
es loado." E çiertamente, del [f. 122v] coraçón sale
todas las malas cosas e las buenas, e en el aire la vid
e la muerte. Onde si los raís [189] de la codiçia del coraçó
fueren tajados, secarse han las raízes de ella, así com
quando es vazía la fuente, que quedan los ríos que no
corren. E porque Abrahan e Ysac e Jacob e Moysén
David e Salamón, profetas, guardaron los sus coraçone
de estas cosas, fueron fechos santos.

Otrosí, la guarda de la lengua del rey deve ser en tre
cosas: la primera que non diga más de lo que deve,
otra que non mengüe en lo que ha de dezir, la otra qu
non ý aya variedat en lo que dixiere. Ca estonçe dize má
de lo que non deve quando dize cosas desonestas e si
pro e vanidades, e mengua en lo que deve de dezir
verdat, e porfía en lo que dize, maguer tenga mentira
e estonçe desacuerda en lo que dize quando denuesta
alaba a uno, e alabándolo una vegada e denostándol
otra; e dize mal de Dios e de su próximo, poniéndole
en culpa como non deve, deziendo de Dios muchas bla
femias e de su próximo muchas mentiras e muchas en

---

[188] *(Tulio), vn sabio* (W., 303).
[189] *(las rayzes)* (W., 303).

nigas; e a las vegadas, loando a sí e a otro lejonjando. [190]
Onde, sobre estas cosas mucho se deve guardar el rey o
el señor que en la su palabra non aya ninguna cosas su-
perflua nin menguada nin desacordada. Ca en la palabra
del rey es la vida o la muerte del pueblo, e es la palabra de la santa escriptura que dize así: "Dixo el rey
ferid, ferieron; matad, mataron; dixo perdonat, perdona-
ron." E por esto dixo Salamón: "Yo guardo e cato a la
boca del rey, porque los sus mandamientos son como la
ura de Dios." Ca todo lo que quiere faze; porque [f.
123] la su palabra es lleña de poder, e sin esto al que
denuesta es denostado e al que alaba es alabado. E por
ende, la lengua del rey mucho deve ser çerrada e guardada en lo que oviere a dezir. Ca dixo el filósofo: "Conviene que el rey non sea de mucha palabra nin reconta-
dor del mal, nin mucho jusgar nin reprehendedor, nin es-
codriñador de las maldades de los omes que son encobiertas, nin las querer mucho saber, nin fablar en los dones que oviere dado, nin ser mentiroso." Ca de la mentira nasçe discordia, e de la discordia despagamiento, e
del despagamiento injuria, e de la injuria despartamiento
de amor, e del despartamiento aborrençia, e de la aborrençia guerra, e de la guerra enemistad, e de la batalla
crueldat, que estraga todos los ayuntamientos e las conpañías de los omes. E la crueldat es destruimiento de
toda natura de ome; e destruición de la natura de los
omes es daño e de todos los del mundo. Mas deve el
rey sienpre dezir verdat, ca de la verdat nasçe temor de
Dios, nasçe justiçia, e de la justiçia conpañía, e de la
conpañía franqueza, e de la franqueza solas, e del solas
amor, e del amor defendimiento. E así, por todas estas
cosas, se afirman los deberes entre las gentes e la ley,
puéblase el mundo; e çertas, esto conviene a la natura
del ome.

E por ende, conviene al rey de ser de pocas palabras,
e non fable sinon quando fuere mester, ca si muchas
vegadas le oyesen los omes, por el grant uso non lo pre-

---

[190] *lejonjando*: lisonjeando.

çiarían tanto. Ca del grant afaçiamiento [191] nasçe menos
preçio. E dévese guardar de non errar en la ley e que
non pase contra lo que dixiere, ca por esto sería menos
preçiada la ley que feziesen e el establesçimiento. E dé
vese [f. 123v] guardar de jurar, sinon en aquello que
deve conplir con derecho, pues lo juró; nin por miedo
de muerte nin por al, non lo deve dexar. E mios fijos
husat en la obra de la lengua segunt conviene a la na
tura del ome, deziendo verdat; ca el que miente va contra
natura. E sabet que la lengua es sergenta del coraçón
e es alta [192] como el pozal, que non da que saca el agua
del pozo; mas la lengua que miente coje lo que non falló
e non quiere semejar al pozal, que non da sinon lo que
falla. E çertas, estraña cosa sería querer coger de la vid
figos e de las espinas uvas; ca el fuego non esfría, e el
que non ha non da. E otrosí, mios fijos, sabet que el
que dize las blasfemias faze contra sí, ca quando culpa
la su nasçençia, dize contra aquel que le fizo: es como el
ramo contra la raís que lo da, e el río contra la fuente
e el movido el movedor, e la obra contra el maestro, e la
segur contra el que taja con ella. E éste que dize las
blasfemias estraga la su voluntad e de los otros, e deson
ra a todos quantos son e denuesta las bondades de las
cosas quando enturbia la fuente onde venieron. E este
atal faze enpañar contra sí todas las cosas e fallarse ende
mal. Ca dize la escriptura que toda redondeza de la tierra
fará guerra por Dios contra este loco sin seso que dize
las blasfemias.

Otrosí, mios fijos, sabet que non fincará sin pena el
mal deziente, e el qual es seis dientes de maldat, puna
de comer e de roer la vida de los omes; e son estos: un
diente es quando niega el bien que sabe, e el otro es
quando calla do los otros loan e dizen bien, e el otro es
quando denuesta la bondat, e el otro es quando descubre
la poridat, e el otro es quando amansa [f. 124] el mal

<hr/>

[191] afaçiamiento: "Acción y efecto de afacer o afacerse; trato
comunicación, familiaridad." (Dicc. Hist., R.A.E.)
[192] (atal) (W., 305).

e lo dize, e el otro es quando acresçe en la culpa de los
omes con mal dezir. E por ende, mios fijos, devédesvos
guardar de mal dezir de ninguno. E non dedes carrera a
los pueblos por do puede dezir de vos. E el pueblo quando puede dezir puede fazer. E quando alguno dize mal
de Dios, dize de él por sus profetas en los sus juizios,
e quando dize e faze. E por ende, guardatvos del dicho
e escaparedes del fecho. E parat mientes en los enxienplos antigos; ca porque dixo Rober, [193] fijo de Salamón,
a su pueblo: "El mi padre vos mata con tormentos e yo
vos mataré con escorpiones", el pueblo sopieron esta palabra que dixo e por ende perdió el regño que le dexó su
padre; e dixo mal e oyó peor. E porque dixo Farahón
blasfemias contra Dios: "El río mío es, e yo fis a mí
mesmo", fue vençido e echado del regño, e desterrado
murió. E Nabucodonosor, rey de Babilonia, porque dixo
mal de su pueblo e blasfemó con Dios, fue echado de
entre los omes e visco con las bestias fieras de la tierra e
comía el feno así como buey, e fue encorvado su cuerpo
del roçío del çielo, fasta que los cabellos cresçieron en
semejança de águilas e las sus uñas de aves, e fue dado
el su regño a otro.

Otrosí, la nobleza de los reys catando los pueblos es
en dos maneras: la una es reprehender los omes con
razón e sin saña, la otra es saberlos sofrir. Ca la reprehensión con razón e con derecho viene de justiçia, e la
sufrençia con piedat viene de misericordia. Onde dize el
filósofo que dos cosas son que mantienen el mundo e lo
puebla, e sin ellas el mundo non puede ser bien poblado
nin bien mantenido; e son éstas: justiçia e verdat. Non
quiere al dezir sinon guardar e defender a cada [f. 124v]
uno en su derecho, así a grandes como a pequeños. Ca
guardando justiçia cresçen los pueblos e enriquezen los
reys e todos los de la tierra; ca el pueblo rico tesoro es
de los reys. E por ende, justiçia deve ser guardada e mantenida en todos los ofiçios e ordenamientos buenos de
casa de los reys; ca de casa de los reys nasçe endres-

---

[193] El hijo de Salomón se llamaba *Roboán*. (Así en W., 307.)

çamiento de la tierra e pagamiento de ella, o á daño; así
como de las fuentes nasçen ríos de aguas dulçes o amargas; ca quales son las fuentes, tales son las aguas que
de ellas nasçen, e así, quales son los governadores e los
consejeros de casa de los reys, atales son las obras que
ende nasçen. Onde bienaventurado es el rey que faze
guardar justiçia en los sus ofiçios, e que non usen sinon
por los buenos ordenamientos e bivan por regla de justiçia e de verdat, e que quiere aver consigo sienpre buenos consejos que no son codiçiosos. Ca çiertamente, una
de las cosas más provechosas del mundo es justiçia: es
poblado el mundo e por justiçia es mantenido. Ca por
justiçia reinan los reyes e por justiçia se aseguran los coraçones de los medrosos, e por justiçia parten los omes
de saña e de enbidia e de mal fazer. E por ende, dixeron
los sabios que más provechosa es la justiçia en la tierra
que el abondamiento de las viandas; e más provechoso es
el rey justiçiero que la lluvia. ¿E qué pro tiene a los omes
aver abondamiento de las viandas e de riquezas, e non
ser señores de ellas e bevir sienpre en miedo e en reçelo
por mengua de justiçia? Çertas, mejor es bevir pobre en
tierra de rey justiçiero, e ser señor de aquello que ha, e
bevir rico en tierra de rey sin justiçia, e non poder ser
señor de su riqueza e de aver de fuir con ella e la asconder e non se ayudar de ella. Ca en la tierra sin justiçia
todos [f. 125] biven en miedo e con reçelo, salvo los
omes de mala vida, que non quieren que se conpliese la
justiçia en ellos nin en otros e que andudiesen ellos faziendo mal a su voluntad.

Mas el rey e la justiçia son dos cosas que la una sin la
otra non pueden durar, e la justiçia sin el rey que la mantenga non puede usar de su virtud, nin el rey sin justiçia
non puede fazer lo que deve. Ca la justiçia es atal como
buen rey que codiçia en sí e en los suyos allí do entiende
que cunple, e después faze justiçia más sin vergüenza
en los otros; ca ¿cómo puede judgar a otro aquel que a
sí mesmo nin en los suyos non la quiere fazer? Çertas,
non puede ser sin reprehensión non castigar a otro el que
a sí mesmo non castiga; ca este atal quiere semejar al que

dize que vee la pajuela en el ojo ageno e non quiere ver
la trabanca en el suyo. Onde muy vergoñosa cosa es, e
más al rey o a prínçipe, de querer reprehender a otro
del yerro en que él mesmo yaze. E por ende, dize en la
santa escriptura que non deve aver vergüença de ome dar
los sus yerros aquel que es puesto en el mundo para fazer
o emendar los yerros agenos. Ca sería sobervia de querer
perseverar en el su yerro dañoso contra otro e dezir:
"Quiero que sea firme e estable lo que mando, quiera sea
bien, quier mal." E así, non avía nonbre de rey justiçiero;
ca por amor nin por desamor nin por algo que le prometan nin por ninguna vandería, non deve al fazer sinon
justiçia e derecho, e deve guardar el poderío que Dios
le dio sobre los omes; ca si de él bien usare puédele durar, e non usare de él bien puédelo perder. Ca Dios
non dexa sus dones luengamente en aquel que non las
meresçe nin usó bien de ellas, e si aquel que ha poder
de fazer justiçia en los otros e non la fazer, por aven [f.
125v] tura que la fará Dios en él. Ca en Dios non mengua
justiçia, comoquier que con piedat grande la faze allí do
entiende que es mester piedat.

E así, el rey, faziendo justiçia, deve aver piedat, así
como en aquellos que cayeron en yerro por ocasión e non
a sabiendas. E dize en la escriptura que non puede durar
el rey en que non ha piedat. E quando el rey sigue e
guarda justiçia e derecho, luego fuyen del regño las fuerças e los tuertos e las malhetrías, e si les dan algunt poco
de vagar, luego cresçen e dáñanla, así como las malas yervas que nasçen en los panes e los dañan si los non escardan. E por ende, los reys nunca deven dexar los malos
mucho durar, mas sabiendo la verdat dévelo luego fazer
emendar con justiçia; ca çierta cosa es que la justiçia
nasçe de verdat, ca non se puede fazer justiçia derecha si
ante non es sabida la verdat. Así, todo rey o prínçipe
deve ser verdadero en todo lo que oviere a fazer e a
dezir, porque sienpre tienen ojo los omes por el rey que
por otro ninguno. Ca muy peligroso e más dañoso es el
yerro pequeño del señor que el grant yerro del pueblo;
ca si el pueblo yerra, el rey lo deve emendar; e si el rey

yerra, non ha quien lo emendar sinon Dios. Onde el
señor sienpre deve que los omes fallen en él verdat. Ca la
verdat sienpre quiere estar en plaça e non ascondida, porque la verdat es raís de todas las cosas loadas, e de la
verdat nasçe temor de Dios, e del temor de Dios nasçe
justiçia, conpañía de la franqueza, e de la franqueza solas, e del solas amor, e del amor defendimiento, así como
de la mentira, que es contraria de la verdat, nasçe despagamiento e discordia, e de la discordia injuria, e de la
injuria enamistad, e de la enamistad batalla, e de la
batalla crueldat, destruimiento, daño de todas las co [f.
126] sas del mundo.

E así que todos los reys e príncipes del mundo deven
mucho amar justiçia e verdat entre todas las otras buenas
costunbres. E los que así fazen son onrados e poderosos
e ricos e amados de Dios e de los omes e biven vida
folgada, ca todos los de su regño se asegurarán en el
rey justiçiero e verdadero e tienen que non han de resçebir tuerto de él nin de otro ninguno, pues que son
çiertos que justiçia e verdat han de fallar en él, mayormente quando justiçia se faze con piedat allí do deve.
Ca el rey deve ser a semejança de Dios castigando los
pecadores, dales lugar por do se puedan arrepentir alon-
gándoles la pena. E dize que: "Non quiero muerte de los
pecadores, mas que se conviertan e bivan." El rey non
es tan solamente es para dar pena a los que la meresçen,
mas procurar e querer bien de su pueblo, e si es rey non
deve ser enemigo. Ca el rey deve querer su pueblo como
sus fijos e de los governar e abraçar con piedat, que es
atenpramiento del coraçón para castigar yerros. E mios
fijos, ¿non vedes que el rey de las abejas non quiso Dios
que troxiese armas ningunas? Sabet que la natura non lo
quiso fazer cruel, ca le tollió la lança e dexó la su saña
desarmada. Çertas, buen enxienplo es e grande éste para
los reys para non fazer crúa justiçia, sinon piedat en
aquellos que se quieren castigar e emendar; ca los que
están porfiados en sus maldades e non se quieren emendar, non meresçen que ayan piedat de ellos. Ca bien como
la grant llaga del cuerpo non puede sanar sinon con gran-

des e fuertes melezinas, así como por fierro o por quemas, así la maldat de aquellos que son edureçidos en pecado non se pueden toller en grandes sentençias sin piedat.

E en todas estas cosas que dichas son de las noblezas de [f. 126v] los reys e deven aver consejo con los saçerdotes de la fe; e en el govierno del pueblo deven tomar algunos conpañoñes de los saçerdotes, sin los quales non se pueden bien fazer, así como se muestra por la justiçia natural. Ca él fue conpuesto de natura espritual e conpuesto de natura tenporal, e por ende fue la justiçia para poner pas entre los omes; la qual justiçia deve ser mantenida por el rey e por el saçerdote de la fe. E el rey deve castigar los yerros públicos encobiertos. El rey deve tener para castigar espada e cochiello natural, e el saçerdote espada o cuchiello espritual. E el rey es dicho de los cuerpos, e el saçerdote de las almas; e por ende, los filósofos naturaron e ordenaron que fuesen dos retores: el uno para los cuerpos e el otro para las almas; ca si non fuesen de una creençia ellos e los pueblos, abrá desacuerdo entre ellos; ca el departimiento de las opiniones de los omes amengua discordia entre ellos, e quando la opinión de los omes es una, ayuntan los coraçones de los omes en amor e tuelle muchos daños; e por ende, el rey e el saçerdote e el pueblo deven convenir a una ley e en lo que ovieren a fazer e de creer. E el rey deve demandar consejo al saçerdote, ca es lunbre e regla en estas cosas; e conviene que el rey faga onra al saçerdote así como a padre, e que le aya así como a corretor de él e del pueblo, e que le ame así como a guardador de la fe. E sabet, mios fijos, que nunca se falla por escriptura que el rey fuese sin saçerdote, nin aun en tienpo de los gentiles. E todo christiano deve traer consigo algunt ome bueno de santa eglesia e demandarle consejo para el cuerpo e para el alma.

Otrosí, mios fijos, sabet que los filósofos [f. 127] antigos, para traer castigo contra los omes, fallarés que era bueno el alongamiento del tienpo para aver consejo sobre las discordias e las enamistades e los traer a concordia. E acordaron en estas quatro cosas: la una es la jura, la

otra es peños, la otra es fiador, la otra es tregua; non es
tan grave como el quebrantamiento del omenage, ca la
tregua ha sus condiçiones apartadas, e el omenage, segunt
los derechos de los caldeos, onde lo ovieron los fijosdalgo,
dizen que quando lo toman que si quebrantare el que
faze el omenage, que sea traidor, así como quien tien castiello e mata su señor. Mas el que quebranta la tregua es
dado por alevoso, si se non salva como el derecho manda.
E la jura e el peño e el fiador son de esta guisa: ca el
que quebranta la jura quebranta la fe, que la non guarda;
e que el que non recude al su tienpo a fazer derecho
sobre el peño que dio, piérdelo. E el que da fiador, si non
recude a su tienpo, deve pagar el fiador lo que demanda
el que lo resçebió por fiador. E si el fiador demanda a
aquel que fio, esle tenudo el que lo dio por fiador de le
pagar doblado lo que le pagó, e demás finca perjuro por
la jura, si la fizo, de lo sacar de la fiadura sin daño. E
segunt los derechos antigos, el perjuro non puede demandar a él, e non puede ser testigo nin puede aver ofiçio
para judgar, nin deve ser soterrado quando muriere en
lugar sagrado. Ca el perjuro nin cree nin teme a Dios, e
enpesçe así a los otros. E çiertamente, jurar e dar peños o
fiador cae más en el pueblo de la gente menuda que non
entre los fijosdalgos, en que deve yazer nobleza; ca entre los fijosdalgo ay tregua e omenage, ca se creen e se
aseguran unos a otros en la fe que se prometen; e [f.
127v] la tregua es entre los enemigos puesta, ca después
de las enamistades se da e se resçibe. El omenage se faze
e se resçibe tan bien entre los amigos como entre los
enemigos, e ante de la enamistad. E sí el que quebranta
la tregua o el omenage destruye a sí mesmo e destorva
la fe que deve ser guardada entre los omes e derriba las
fuertes colunas e fuerte çimiento de la su creençia, e
tuelle el amor verdadero que es puesto entre ellos e las
concordias e las conpañías, desfaze los ayuntamientos e
desata los ordenamientos buenos de pas, e mueve los
unos contra los otros e faze ensañar los menores contra
los mayores, e faze a los señores que fagan mal a los sus
omes; e el ayuntamiento de la amistad e de la fealdat

que es bien llegado, depártelo e desfázelo. E este atal, desque cae en tal yerro, de todo cae, ca non le perdonan los omes nin los reys, nin lo dexan bevir entre ellos. E por estas quatro cosas sobredichas se dan los alongamientos de tienpo, para aver consejo para poner amistat do non es, que dure el amor do es; e para las fazer guardar la ley e que ninguno vaya nin diga contra ella.

Ca el día que ome es resçebido por rey o por señor, grant enbargo toma sobre sí para fazer la que le cae sin reprehensión, guardando su ley. Es çimiento del mundo, e el rey es guarda de este çimiento; pues todo amor non ha çimiento, es guisado de caer; e todo çimiento que non ha guarda más aína cae por ende. Onde la ley e el rey son dos cosas que han hermandat en una, e por ende el rey se deve ayudar de la ley e la ley del poder e del esfuerço del rey. Ca tres cosas se mantienen del regño: la una es la ley, la [f. 128] otra es el rey, la otra es justiçia. Pues la ley es guarda del rey e el rey es guarda de la ley, e la justiçia guarda de todo. Onde el rey deve usar de la ley más que del su poder, ca si quiere usar de su poder más que de la ley, fará muchos tuertos non escogiendo el derecho. E por ende deve el rey tener en la mano diestra el libro de la ley por que se deven judgar los omes, e en la mano siniestra una espada, que significa el su poder para fazer conplir sus mandamientos del derecho de la ley. Ca bien así como la manderecha es más usada e más meneada que la esquierda, así el rey deve usar de los derechos para escoger lo mejor, que del su poder. Ca el rey justiçiero es guarda de la ley e onra del pueblo e endresçamiento del regño, e es como el árbol de Dios, que tiene grant sonbra e fuélgase so él todo cansado e flaco e lazrado; pues la ley e el rey e el pueblo son tres cosas que non pueden conplir la una sin la otra, como la tienda que ha tres casas, que non pueden conplir la una sin la otra; quando se ayuntan fazen grant sonbra e cunple mucho, lo que non farían si fuesen departidas. E sabet que quando el rey sigue justiçia e verdat, luego fuyen del su regño las fuerças e los tuertos e las malhetrías; e si les dan algunt poco de vagar, luego cres-

çen e dañan la tierra, así como las yervas malas que
nasçen en los panes e non las escardan; e por ende, el
mandamiento del rey non es grant carga de sofrir, pero
es grant señorío e grant poder que da Dios a quien bien
él quiere. E en esta razón dixo un sabio: "Non ha dátil
sin hueso nin bien sin lazerio."

Onde, mios fijos, si Dios vos diere onra que vos he
dicho, punad en ser justiçieros, primeramente en vos revo-
cando vuestros yerros, [f. 128v] señaladamente en juizio
dierdes; ca sería pecado en perseverar en vuestro yerro
contra otro; e non deve ninguno tener que es mengua de
omes emendar su yerro. Ca dize Séneca que non es lie-
vedat partirse ome del yerro manifiesto e judgado por
yerro, mas deve confesar e dezir: "Engañado fui por lo
non entender"; ca locura e sobervia es perseverar ome
en su yerro e dezir lo que dixo una vegada: "Qualquier
cosa que sea, firme e estable." Çertas, non es fea cosa
mudar ome con razón su consejo en mejor. Onde si alguno vos dixiere si estaredes en lo que proposistes, o dezir
que si otra cosa non acaesçiere mejor por que se deva
mudar. E así, non vos dirá ninguno que errades si mudá-
sedes vuestro propósito en mejor; e non dexaredes de
fazer justiçia por algo que vos den nin que vos prometan,
nin por amor nin por desamor, nin por vandería ninguna.
E por ende, quando el rey feziere justiçia en su pueblo,
abrá a Dios que le daré buen galardón e grande del pueblo; ca el rey que non faze justiçia non meresçe el regño
E sabet que el mejor tienpo del mundo es del rey justiçiero, e mejor es año que viene en tienpo del rey sin
justiçia. Ca el rey justiçiero non consiente fuerça nin sobervia. E la más provechosa cosa del regño es el rey, que
es cabeça de él, si bien faze; e la cosa por que menos [194]
vale el rey es que sea justiçiero e merçendedor. [195] Otrosí
mejor es al pueblo bevir so señorío del rey justiçiero, que
bevir sin él e en guerra e en miedo. E quien lazrar faze
a sus vasallos por culpa de él, aquel es rey sin ventura

[194] (*mas*) (W., 317).
[195] *merçend(ero)* (W., 317). Yo insisto en mi lectura. Quiere
decir: "que hace mercedes". (*Dicc. Acad.*)

E dixo Dios que quien se desviase del bien, desviarse ha
el bien de él; ca los que fazían justiçia estos son de luenga vida. E sabet que en la justiçia duran los [f. 129]
buenos, e con el tuerto e las fuerças piérdense. E por
ende, el buen rey, para dar buen enxienplo de sí, deve
ser justiçiero en sí e en los de su casa. E quando el rey
feziese justiçia, oberdesçerle ha su pueblo de coraçón e
de voluntad; e al que es sin justiçia, ayuntándose el pueblo
á le de desobedesçer. Ca la justiçia del rey allega a los
omes a su serviçio, e la injustiçia derrámalos. E el ome
que mejor lugar tiene ante Dios e ante los omes sí es el
rey que faze justiçia; e el rey es el ome que más deve
amar verdat e fazer merçed e mesura, porque Dios le
fizo merçed e le dio regño que mandase, e metió en su
poder cuerpos e averes del pueblo.

E por ende, mios fijos, todo señor de tierra e de pueblo
deve fazer en tal manera contra ellos que lo amen e sean
bien abenidos. Ca el rey e su regño son dos personas, e
así como una cosa ayuda, [196] dos en uno. E bien así como
el cuerpo e el alma non son una cosa después que son
departidos, así el rey e su pueblo non pueden ningunt
bien acabar seyendo desabenidos. E por ende, la cosa que
más deve punar el rey es aver amor verdadero de su
pueblo. E sabet que en este mundo non ay mejor lazerio
que governar pueblo a quien lo quiere governar e criar
con lealtad e con verdat. E por esto dixo un sabio que
el señor del pueblo más lazrado es queriendo fazer bien,
que el más lazrado de ellos. [f. 129v] E la mejor manera
que el rey puede aver es fortaleza con mesura, e mansedat con franqueza; ca non es bien al rey ser quexoso, mas
deve fazer sus cosas con vagar; ca mejor podría fazer lo
que non fizo, que desfazer lo que oviere fecho, e toda
vía dévele venir emiente de fazer merçed a los pecadores
quando caen en pecado por ocasión o non a sabiendas.
Ca el rey deve ser fuerte a los malos e muy derechero a
los buenos; deve ser verdadero en su palabra e en lo que
prometiere, e non deve sofrir que ninguno non se atreva

---

[196] *ayu(nta)da* (W., 318).

a desfazer lo que él feziere, mayormente faziendo graçia
e merçed. Ca grant pecado es toller la graçia e la merçed que el señor faze al su servidor, ca este atal niega a
Dios e a su señor e aquel a quien la graçia fue fecha.

E deve aver el rey por costunbre de amar los buenos
e ellos que fallen en él verdat. E el rey deve catar tres
cosas: la primera que dexe pasar ante que dé su juizio
sobre las cosas que oviere de judgar; la otra es que non
tarde el galardón al que lo oviere de fazer, que aya fecho
por que lo meresca; la terçera es que cate las cosas muy
bien, andantes [197] que las faga. E otrosí deve catar que
sepa la verdat del fecho ante que judgue, ca el juizio dévese dar en çierto e non por sospecha. E pero deve saber
el rey que la justiçia de muerte que él mandó fazer en el
que la meresçiese, es vida e segurança del pueblo. E las
otras maneras que él puede aver son: ser fuerte al flaco
e flaco a los fuertes; otrosí ser escaso a quien non deve.
E por esto dixieron que quatro cosas están mal a quatro
personas: la una es ser el rey escaso a los que le sirven;
la segunda ser alcalle tortizero; [198] la terçera ser el físico
doliente e non se saber dar consejo; la quarta ser el rey
atal [f. 130] que non osen venir ante él los omes que
son sin culpa. Çertas, más de ligero endresçan las grandes cosas en el pueblo, que la pequeña en el rey. Ca el
rey, quando es de mejorar, non ay quien lo mejorar, si
non Dios. E por ende, non deve fablar sobervia en aquel
de quien atiende justiçia e derecho; ca aquel contra quien
el rey se ensaña es en muy grant cuita, ca le semeja que
le viene la muerte onde espera la vida. E este atal es como
el que ha grant sed e quiere bever del agua e afógase
con ella. Onde, mios fijos, seredes justiçieros con piedat
allí do pecaron los omes por ocasión; e así vos daredes
por beguinos, [199] e beguino es el ome que es religioso a

---

[197] Debería ser *aun de antes*.
[198] *tortizero*: injusto, lo contrario de "derechero". (*Voc. Kalila*,
p. 134.)
[199] *beguinos*: (*benignos*) (W., 320). Esta preferencia de Wagner
ha sido la causa de que los estudiosos del *Zifar* no se hayan ocu-
pado de la apología de los *beguinos* que leemos en esta página.

Dios e piadoso a sus parientes que lo meresçen e que non fagan mal a los menores, e que sea amigo a sus iguales e aya reverençia a sus mayores, e que aya concordia con sus vezinos e que aya misericordia a los menguados e dé buen consejo e sano a do gelo demandaren.

E mios fijos, quando consejo vos demandaren, ante aved vuestro acuerdo con vos mesmos o con aquellos de quien fiardes, de guisa que lo podades dar muy bueno e mucho escogido; e non vos arrebatedes a lo dar, ca podríades fallesçer e non vos preçiarán tanto los omes. E sabet que tres cosas deve ome catar en el consejo quando gelo demandaren: la primera, si lo que demandaren es onesta cosa e non provechosa; la segunda, si es provechosa e non onesta; la terçera, si es provechosa e onesta. E si fuere onesta e non provechosa, devedes consejar que aquella fagan; ca onestad es tan noble cosa e tan virtuosa e tan santa, que con la virtud nos tira a sí, falagándonos con el su grant poder de bondat. E si la cosa fuere provechosa e non onesta [f. 130v] nin buena, devedes consejar que aquella non fagan, comoquier que aya en ella pro e ganançia; ca ésta non viene sinon de codiçia, que es raís de todos los males. E si fuere la cosa que demandan onesta e provechosa, ésta es mejor, e devedes consejar que la fagan. E comoquier que, mal pecado, los omes con condiçia más se acogen a fazer en que cuidan fazer su pro, que non aquello que es bueno e onesto, que non lo provechoso e dañoso al alma e a la fama; e maguer non se acojan a lo que vos les consejardes, enpero tenervos han por de buen entendimiento e preçiarvos han más porque queríades el bien e esquivades el mal; e non podrá ninguno dezir con razón que mal consejastes.

Esa comunidad religiosa fue fundada en Bélgica en el siglo XII por Lambert le Bègue. Cayeron en desgracia, y hay una mala opinión sobre ellos en Lucanor (XLII; véase la nota en la edic. de Clás. Castalia, p. 207) y un violento ataque en *Arcipreste de Talavera* (Clás. Castalia, pp. 233 y ss.). La secta debió ser importante en tiempos de Ferrand Martínez, y prosperaba en tierras de Levante en tiempos del arcipreste de Talavera. (Véase J. M. Pou y Martí, *Visionarios, beguinos y fraticelos catalanes, siglos XIII-XV*, Vich, 1930.) (Véase también nuestra Introducción, pp. 18-19.)

Otrosí, mios fijos, todas las cosas que vos ovierdes de fazer, fazet con buen consejo e seso; ca palabra es de Salamón que dize así: "Lo que fezierdes, fazetlo con consejo, e non te arrepentirás."

E quando consejo quisierdes aver de otros, primeramente devedes pensar a quién lo demandades, ca non son todos omes para buen consejo dar. E por ende, primeramente demandaredes consejo e ayuda a Dios para lo que quisierdes fazer; ca quien mester ha de ser çierto de alguna cosa e ser oído sabidor, demandarla deve a Dios primeramente, ca en él es la sapiençia e la verdat de todas las cosas, e lo puede dar comunalmente. Onde dize Sant Agostín: "Todo [f. 131] lo bueno e acabado de suso desçiende de aquel Dios padre que es lunbre de todos, el qual non se muda por ninguna cosa." E quando demandáredes consejo a Dios, mucho orgullosamente gelo demandat, e parat mientes que la vuestra demanda sea buena e onesta; e si lo fezierdes, sed çiertos que vos non será negado lo que demandastes. Ca si mala demanda fezierdes a Dios, por aventura que el mal verná sobre vos e non sabredes onde viene. Ca los juizios de Dios mucho ascondidos son a los del mundo. Onde, si de derecho atal ley es establesçida en el mundo, que nin roguemos nin demandemos a nuestros amigos cosas feas nin malas, mucho más nos devemos guardar de ellos de los non demandar a Dios, que es verdadero amigo e sabidor de nuestros coraçones, a quien ninguna cosa non se puede asconder. E por ende, sienpre el vuestro coraçón sea en el nonbre de Dios.

E después que a Dios ovierdes demandado consejo e ayuda sobre los vuestros fechos, luego en pos él demandaredes a vos mesmos e escodriñaredes bien vuestros coraçones e escogeredes lo que vierdes que sea mejor; e fazetlo como sabios de buena provisión, tolliendo de vos e de los que ovieren a consejar tres cosas que enbargan sienpre el buen consejo: la primera es saña, ca con la saña está tornado el coraçón del ome e pierde el entendimiento e non sabe escoger lo mejor; la segunda es codiçia, que faze a ome errar e caer a las vegadas en ver-

güença e en peligro, catándonos [200] por la ganaçia que
cuidan aver que por onra e guarda de sí mesmo. Onde
dizen que codiçia mala manziella depara. La terçera, arrebatamiento, [f. 131v] que çiertamente muy pocos son
que ayan buen acabamiento de las cosas que se fazen
arrebatadamente. E por ende dizen que "quien se arrebata su pro non cata". Onde, mejor es levar las cosas
por vigor e recabdar, pues en el comienço de las cosas
deve ome pensar en lo que ha de fazer; ca dizen que el
medio fecho ha acabado el bien començar. E el vagar es
armas de los sesudos; ca a las vegadas cuida ome ade-
lantarse en sus fechos por apresurarse, arrebata yerro a
las vegadas, tiene que tarda por el vagar, e va adelante.
Pues más aína e mejor podrás fazer lo que fazer ovierdes non vos quexando ca si vos quexades; ca el que se
quexa, maguer recabda, yerra; ca se faze por aventura,
e a las aventuras non vienen toda vía, pues la cabeça
del seso es que pare ome mientes en la cosa ante que la
faga. Ca con el vagar alcança ome osadía para fazer lo
que quiere, e el fruto es del arrebatamiento es repenti-
miento después del fecho. E quando se averigua ome en
lo que ha de fazer, fázele entender lo mejor; e quando se
averigua el buen consejo, allí viene el comedimiento; ca
lo que faze ome con consejo e rebatosamente, vienen con
arrepentimiento.

Otrosí, ante que demandedes consejo a los otros, parat
mientes si se puede escusar por alguna manera de non
descobrir vuestra verdat a ninguno, si non entendierdes
que por consejo de otros podedes mejor vuestra condiçión aver; ca de otra guisa, nin amigo nin amiga non
levedes de dezir vuestra poridat nin descobrir vuestro pecado nin vuestro yerro en que cayestes; ca oirvos ían de
grado muchos de ellos e catarvos han, e como en defensión de vos e de vuestro yerro, sonreirse han en manera
de escarnio, e punarán de vos lo levar a mal. E por ende,
lo que quisierdes que sea poridat non lo digades a [f. 132]
ninguno, ca después que dicho fuere, non será ya todo

[200] *catando (mas)* (W., 322).

en vuestro poder. Onde, más segura cosa es callar ome
su poridat que non dezirla a otro e rogarle que lo calle
ca el que a sí mesmo non puede castigar nin poder sobre
sí, ¿cómo puede aver poder sobre el que la guarda la
poridat que él descobrió? Çertas, quien en sí mesmo non
ha poder de razón non lo puede aver sobre otro. Mas si
por aventura vierdes que por consejo de otro podades
mejor vuestra condiçión, estonçe avedes vuestro acuerdo
entre vos e vuestros coraçones con quáles abredes vuestra poridat. E comoquier que algunos devedes demandar
consejo, primeramente lo devedes aver con aquel que
ovierdes provado por verdadero amigo; ca a las vegadas
el enemigo se da por amigo de ome, cuidándole enpesçer
so infinta de amistad.

Otrosí, non mostraredes vuestras voluntas sobre el
consejo que demandardes, ca por aventura, por vos fazer
plazer e vos lo consejar, dirán que vos es buen consejo
aquel que vos dezides, maguer que entiendan que es mejor consejo el que ellos pensaron para vos dar; mas oidlos
a todos muy bien e esaminad lo que cada uno dize, e así
sabredes escoger lo mejor; e la razón por que lo devedes
así fazer es ésta: porque los grandes señores e poderosos
por sí mesmos non lo saben escoger, tarde o nunca por los
otros podrán aver buen consejo, si su voluntad primero
ellos sopiesen; mayormente lo que non catan por al, sinon
por seguir voluntad del señor con lisonja, cuidando que
sacará ende pro para sí, non catando si puede ende venir
daño a su señor, a que deve servir, guardar e bien con
sejar en todas cosas. Onde, de los buenos amigos e pro
vados queret sienpre aver consejo, e non de los tales ami
gos nin de los enemigos. Ca bien así como el coraçón
se deleta con las buenas obras, así el alma se deleta con
[f. 132v] los consejos del buen amigo. E bien es verdad
que non ay cosa en el mundo tan deletosa para el ome
como aver ome buen amigo con quien pueda fablar las
sus poridades e descubrir su coraçón seguramente. Onde
dize Salamón: "El amigo verdadero e fiel non ha con
paraçión ninguna." Ca nin ay oro nin plata por que pu
diese ser conprada la verdat de la fe e de la buena verdad

del amigo; ca el verdadero e el buen amigo es al ome
como castiello fuerte en que se puede ayudar e acorrer
quando quisiere; e por ende, todo ome se deve trabajar
quanto podiere en ganar amigos, ca el mejor tesoro e el
mejor poder que ome puede ganar para meresçimientos,
los amigos son. Ca ¿qué pro tiene a ome en ser muy rico
e non tener amigos con quien despienda a su voluntad?
Çertas, el ome sin amigos solo bive, maguer que otra gente tenga consigo. E suelen dezir que qual es el cuerpo sin
alma, atal es el ome sin amigos. Otrosí, demandaredes
consejo a los que sopierdes que son entendidos e sabidos,
ca el buen pensamiento bueno es del sabio, e el buen consejo mayor defensión es que las armas. E otrosí, si algunos vos quisieren consejar en poridat o en plaça, parat
bien mientes que sospechoso deve ser su consejo. Onde
dize un sabio que enpesçer quiere más que aprovechar el
que dize en poridat uno e muestra al en plaça. Ca este
atal non es verdadero amigo, mas es enemigo que quiere
ome engañar; e non devedes mucho asegurar en aquellos
que una vegada fueron vuestros enemigos, maguer andan
delante vos mucho omildes e corvos, ca non vos guarda-
rán por verdadero amor; ca atales como éstos perdona a
su [f. 133] enemigo, non pierde del su coraçón el antigo
dolor que ovo por el mal que resçibió. E por ende, dizen
que pierde el lobo los dientes e non las mientes. Otrosí,
non vos aseguredes en aquel que vierdes cómo vos con-
seja con miedo e con lisonja más que con amor; ca amor
verdadero non es el que con miedo o con lisonja se muestra; ca entre todos los omes escogeredes por consejeros
los omes sabios e antigos e non muy mançebos. E los
mançebos páganse de andar en trebejos e en solas e quieren comer de mañana, ca non han seso conplido como
deven. Onde dize la santa escriptura que non está bien
al reyno do el rey, mançebos e sus privados e sus consejeros comen de mañana. Pero algunos mançebos ay en
que Dios quiso poner su graçia e sacólos de las condiçiones de la mançebía e dales seso natural, comoquier que
en pocos acresçe esta graçia e este don conplido.

Otrosí, mios fijos, mientra fuéredes e non ovierdes entendimiento conplido, punarán los omes que non quisieren vuestra onra e de fazer su pro conbuscos; e non catarán sinon por fazer bien a sí e apoderarse de vos e de fazer e desapoderarvos, porque quando fuéredes grandes e oviéredes el entendimiento conplido, que los non podades de ligero desfazer, maguer fagan por qué, nin podades fazer justiçia en aquellos que la meresçen; ca ellos se paran a lo defender como aquellos que non querrán que justiçia se cunpla en ellos nin en otros ningunos. E çertas, mientra de pequeña hedat fuéredes, non se trabajarían en al sinon en traervos a pobredat, falagándovos e consejándovos que usedes de moçedades en comer e en bever e en todas las otras cosas que plaze a los moços, metiéndovos a [f. 133v] saña contra aquellos que quisieren vuestro serviçio e vuestra onra; e buscarvos han achaques conbusco por que vos fagades mal en manera que los alongedes de vos e non puedan consejar lo mejor, e ellos puedan conplir conbusco sus voluntades e fazer lo que quisieren. Onde, ha mester que paredes mientes en tales cosas como éstas e non querades en moços sin entendimiento traer vuestra vida; mas llegaredes a vos los omes antigos e de buen entendimiento e los que sirvieron lealmente aquellos onde vos venides, e non a los que deservieron. Ca los omes comen agrazes con dentera, fincan; e los que una vegada desirven, non gelo meresçiendo el señor, non reçeló del yerro en que cayeron, sienpre fincan con mala voluntad e reçelo de lo que han fecho contra el señor, e que quisieran sienpre por señores apoderados de él e non él de ellos. E por ende, vos devedes guardar de tales como éstos e non fiar vuestros cuerpos nin vuestras faziendas mucho en ellos, comoquier que los avedes a retener lo más que podierdes, faziéndoles bien e merçed; ca con todos los de vuestro señorío, buenos e malos, abredes a parar en los fechos grandes quando vos acaesçieren. Mas por la bondat e lealtad e buen consejo es más de preçiar e de onrar que la maldat e la deslealtad. E el buen consejero guardarvos han de yerro e de vergüença, e sienpre punarán de acresçentar vuestra onra

vuestro bien; e los malos desleales e de mal consejo
plazerles ha quando en yerro e de vergüença cayerdes, e
serán en consejo de amenguar vuestra onra e el vuestro
poder, porque mal non les podierdes fazer.

Otrosí, mios fijos, guardatvos de vos meter en los fariseos, que son muy sotiles en toda maldat e son enemigos
de la vuestra fe, nin pongades en ellos vuestros [f. 134]
fechos por ninguna manera; ca esta es la natural enemistad de querer sienpre mal los judios a los siervos de Dios,
por el yerro e el pecado en que cayeron a la su muerte;
ca bien así como ellos son e dévense siervos de los christianos, si podiesen, pornían en servidunbre ellos a los
christianos e fazerlo ían de grado. E por ende, quando
ovieren poder en la vuestra casa, punarán de vos falagar
con aquellas cosas que entendieren que vos plazerá so
alguna color, nin vos mostrarán qué es vuestro serviçio e
qué podades aver, mas catarán en cómo se estraguen vuestros pueblos e ellos serán ricos. E quando los pueblos
ovierdes para vos servir de ellos, non abredes qué dar a
los vuestros ricos omes, e abrán de buscar otros señores
e desanpararvos ha, e serán contra ellos. E después que
vos vieren solos, éstos que vos consejaron irse han para
los otros e prestarles han lo que ovieren contra vos porque los defiendan de vos. Çertas, non es maravilla el
enemigo de Jhesu Christo cate carreras de mal contra los
sus siervos, ca de natura les viene esta enamistad. Onde
todos los señores christianos deven primeramente desechar a los enemigos de la fe, en manera que les non finque poder ninguno con que los puedan enpesçer, e non
les deven meter en sus consejos, ca dan a entender que en
sí mesmos non ay buen consejo nin los de su ley. E éstos, con sotilezas malas que ay entre ellos, señaladamente
los judios, punan en desfazer los buenos consejos de los
prínçipes, metiéndolos a que saquen más de su tierra; e
los prínçipes, con codiçia, créenlos, mal pecado, e caen
muy grandes peligros muchas vegadas por esta razón. [201]

---

[201] F. J. Hernández estudia la historicidad de esta política antiju-
día en "Un punto de vista (Ca. 1304) sobre la discriminación de

DE CÓMO LOS FARISEOS ERAN FUERA DE LA LEY E TRAÍAN
PEDAÇOS DE CARTAS EN LAS FRUENTES E EN LOS BRAÇOS
DIESTROS PORQUE SE ACORDASEN DE LA LEY, E TRAÍAN EN
LOS CABOS DE LAS FALDAS ESPINAS QUE [f. 134v] LES
FERÍAN EN LAS PIERNAS PORQUE SE ACORDASEN DE LOS
MANDAMIENTOS DE DIOS

Sabed que dize el cuento que se falla por la santa es
criptura que antiguamente, en Judea, con grant maliçia
que entre los judíos avía, fezieron entre sí tres setas, que
riendo engañar los unos a los otros con maestrías e soti
lezas malas. Ca de tal natura son, que non saben bevir
sin bolliçios malos e lleños de engaños. E a la una sean [20]
de ellos dixieron fariseos; tomaron el nonbre de Farán
que fue fuera de la ley de los judíos; e así los fariseos
eran de fuera de la ley, e traían pedaços de cartas en las
fruentes e en los braços diestros porque se acordasen de
la ley, e traían en los cabos de las faldas espinas, por
quando los feriesen las espinas en las piernas que se
acordasen de los mandamientos de Dios. E esto fezieron
por engañar las gentes e que los non entendiesen que
eran perdidos de la fe. Ca el que bien creyente es, en el
coraçón tiene las espinas para se acordar de ella e de
los mandamientos de Dios. Ca sí, los saçerdotes eran ere
ges e dezían que los muertos non avían de resuçitar, e
el alma luego que devía murir en el cuerpo; e dezían que
non cuidavan que eran ángeles en los çielos; e llamá
vanse justos, tomando el nonbre de Sedín, que es el non
bre de Dios, que quiere dezir poderoso sobre todos los
poderosos. E otrosí, los eseos fueron partidos de la fe
e fueron dichos eseos porque fueron de todo el estado
de la creençia de los otros, e se acordavan con ningunos
de los otros en ninguna cosa; e tomaron vestiduras blan
cas e nunca casavan e esquivavan a los casados, e non
querían aver logar çierto do abitasen, si non do los acaes

los judíos", en Hom. a Julio Caro Baroja, Centro de Investigacio
nes Sociológicas, Madrid, 1978, pp. 587-593.
[202] se(ta) (W., 330).

çia. E [f. 135] non adoravan sinon el sol quando nasçia,
e non otra cosa ninguna. E çertas, aún ha entre ellos
muchas malas devisiones, cuidando engañar los unos a
los otros. E comoquier que se quieren encobrir, non pueden, ca las malas cosas los descubren. Ca dize el sabio
que non ay ninguna cosa tan ascondida que non sea
sabida, mayormente la maldat, que non se puede encobrir.
Ca dize la escriptura que la mala fama antes es publi-
cada que la buena loada. E en otra manera dize el vierbo:
"La mala fama, antes descobierta que la buena sea çierta."
Onde, si entre ellos non ha amor verdadero, e los unos
cuidan engañar a los otros, ¿quánto más devemos creer
que se trabajaron de engañar a los siervos de Ihesu Christo que quieren mal de muerte por la fealdat e la traiçión
que fezieron sus avuelos en la su muerte? Ca los sus
avuelos comieron el agras e en ellos fincó la dentera de
la fealdat contra los fijos de Ihesu Christo. Confóndalos
Dios con tal dentera, ca tornada se les es en natura
contra los christianos e nunca la han a perder, así la
arreigaron en todos los que de ellos desçienden, desaman-
do a Ihesu Christo e a todos los suyos. Ca luego que
sopieron que Ihesu Christo era nasçido, luego descobrie-
ron que lo querían mal e diéronlo antender por dicho e
por fecho, así como agora oiredes.

DE CÓMO ENCUBIERTAMENTE LOS JUDÍOS PONÍAN BOLLIÇIO
E ESCÁNDALO ENTRE LAS GENTES, DEZIENDO QUE LOS QUE
DAVAN LAS DÉZIMAS E PREMIÇIAS A DIOS DE LO QUE
GANAVAN, QUE NON ERA DERECHO DE SER SUBJETOS AL
ENPERADOR NIN LE DAR TRIBUTO NINGUNO. E QUANDO EL
ENPERADOR CAYÓ EN ESTE BOLLIÇIO EN QUE ANDAVAN,
DIOLES POR REY A HERODES E MANDÓ QUE FEZIESEN COGER
EL TRIBUTO DE ELLOS. E DENDE EN ADELANTE FUE
ESTABLESÇIDO QUE ANDUDIESEN SEÑALADOS DE VIL SEÑAL,
PORQUE FUESEN [f. 135v] CONOSÇIDOS ENTRE TODOS LOS
DEL MUNDO

Dize el cuento que en el tienpo de Çesar Augusto, enperador de Roma, quando mandó que feziesen escrivir

todas las personas del mundo, porque le diese cada uno
el tributo que le avían a dar, los judios, que eran sujetos
al enperador, con grant maliçia que entre ellos avía, cuidando engañar al enperador, loávanlo delante, deziendo que era justiçiero e que grant derecho era de le dar
el tributo, como aquel que se parava a los defender; mas
encubiertamente ponían bolliçio e escándalo entre las
gentes, deziendo que los que davan las déçimas e las premiçias a Dios de lo que ganavan, que non era derecho
de ser subjetos al enperador nin le dar tributo ninguno.
E quando el enperador cayó en este bolliçio en que andavan, dióles por rey a Herodes, e mandó que feziesen
coger el tributo de ellos. E de entonçe acá, fue establas-
çido que andudiesen señalados de vil señal porque fuesen
conosçidos entre todos los del mundo; ca así es guardado
este establesçimiento por todo el mundo, si non en las
tierras que fueron destruidas e ellos han poder. E quando
el rey Herodes enbió sus cavalleros a saber de la nasçençia de Ihesu Christo, después que sopo que era nasçido
los fariseos, que se tenían por sotiles de engaño, enbiaron
sus mensajeros con ellos muy castigados de lo que dixie
sen e feziese, e con lisonja e dezían a los cavalleros del
rey Herodes, así como en manera de escarnio, que sopie
sen çiertamente que el rey Herodes era el Ihesu que ivan
a demandar, e que lo traxiesen, lo que nunca fue fallado
por escriptura ninguna. [203] [f. 136]

[P 124v a 21] *E quando fallaron el Iesu, preguntá
ronle los fariseos e dixiéronle delante de los cavalleros de
Erodes: "Maestro, sabemos de todo en todo que ere
verdadero e que demuestras e enseñas la carrera de Dio
verdaderamente, e non as cuidado de ninguna cosa, c
non fazedes departimiento entre los omes, de dezir ver
dat. Dinos delante de estos cavalleros del rey si nos con
viene de dar el tributo al enperador Çésar, que nos de
manda, o non."*

---

[203] Falta una hoja en nuestro *Ms.*, que suplimos con *W.* y *Ms. F*

E esta pregunta fazíen ellos a Iesu cuidando que les
diríe que non gelo avían de dar, porque oviesen razón
odos los de la tierra de se mover contra el enperador e se
noviese el enperador contra el Iesu a le fazer mal. E el
esu veyendo e conosçiendo la su maldat e las palabras
ngañosas que le dezíen, respondióles e díxoles así: "¡O
pócritas! ¿por qué me tentades?" Ca la primera virtud
'e aquel que ha de responder a la demanda que le fazen
s conosçer la voluntad de aquellos que la demanda fa-
en. Ca ipócrita quiere dezir el que demuestra por pala-
ra lo que non tiene en el coraçón. E díxoles: "Mostrad-
ie la moneda quál es, de que vos él demanda el tributo."
; ellos mostráronle un dinero en que avía la imagen de
'ésar. E era escripto ençima su nonbre. E el Iesu católa
díxoles así: "Dad a Dios aquello que es de Dios, e dad
Çésar aquello que es de Çésar." E esto quiere dezir que
iesen a Dios las déçimas e las primiçias e las ofrendas
los sacrifiçios, e a Çésar el su tributo que avíe de aver.
E después que vieron que le non podían traer a lo que
ueríen, con muy grand engaño e con mala sotileza que
n ellos avíe, cataron carrera e manera por que lo feziesen
natar, así como lo fizieron, teniendo que si mucho du-
ase al mundo, que ellos non podríen cobrar de sus maes-
ías e de sus engaños por la sabiduría e buen entendi-
iiento que veíen en el Iesu. Ca tantas señales veíen cada
ía en él, e tantos miraglos fazía entre todos, que avían
iiedo de perder el su poder e la gloria en que estavan,
or [P 125] que los teníen por muy sabios e por mucho
otiles. E por ende, non folgaron fasta que lo fizieron ma-
ir, e comoquier que él se quiso sofrir la muerte por nos
ecadores salvar; ca él avíe poder sobre los otros e non
ns otros sobre él; mas quiso ser obediente a Dios Padre,
conplir el su mandamiento, e que resçibiese esta muer-
 porque las almas non se perdiesen, así como se perdíen
nte que él la su muerte resçibiese. E por ende, mios fijos,
or el mio consejo nunca vos meteredes en su poder nin
ns creeredes de consejo, por dones que vos den nin por en-
restido que a vos fagan, ca non vos fallaran lealmente,
ı non les viene de natura. E otrosí, mios fijos, punare-

des de ganar amigos e en guardar e retener lo que ovis
tes ganado; ca muy de ligero se puede ganar el amigo
es muy grave de retener, e por los guardar e retener de
védesvos guardar de los non fazer enojo en ninguna cosa
ca el amigo, quando del su amigo resçibe daño o enojo
más gravemente se siente e se ensaña que si otro om
estraño gelo feziese, ca dóblase el dolor por que resçib
daño o desonra de aquel que le deve aguardar en toda
cosas. Onde dize un sabio que tanto es el tuerto de quant
más de çierto le viene, así como le viene de aquel que tie
ne ome por amigo. E con razón, el mayor mal que pued
ser, quando viene a ome daño e desonra de aquél ond
esperó resçebir pro e onra; ca quanto más enfía ome e
su amigo, si engañado es de consejo o en al, tanto mayo
quebranto resçibe en su coraçón, porque resçibe engañ
de aquel de quien deve ser aguardado bien aconsejado.

E si quisierdes guardar bien vuestros amigos, sedle
de buen talante, ca el ome de mal talante es de mala ver
tura, por que se faze defamar; ca el que es alegre e d
buen resçebir es llave de amor, e los que non han abond
de amor con que puedan ganar amor de los omes, ay
abondo de buente talente; ca esos fazen buena vida co
ome de mal talante, por fuerça se abrá de ensañar contr
él, maguer sea paçiente. E el ome de buen talante e d
buena verdat deve aver en sí tres cosas: la primera, pa
çiençia con que sepa levar bien los omes; la segunda, ca
tidat, porque non peque; la terçera, buen talente con qu
gane amigos e pueda ganar los omes con buen talant
mas que los non puede ganar con su religión. E sab
[f. 136v] que el mejor conpañero que ome puede ave
vida folgada, es ser ome de buen talante. E el ome d
mal talante non puede ser leal nin durable amor. E quie
fuer de dulçe palabra sin engaño, será amado de los ome
pero que todas las buenas maneras ha ome mester la gra
çia de Dios para guardar verdat e lealtad a sus amigos:
primera, que los salve doquier que los falle; la segund
que los resçiba bien quando a él venieren; la terçera, qu
los razone en plaça do ellos estovieren. E quien se av
niere con sus amigos, ganará su amor; e el que non

eziere, ganará su desamor. Onde, en la obediençia viene
olas e plazer; e con la desobençia viene desamor e pelea.
: quien se faze a los omes con mesura, gana su amor,
 quien los esquiva gana soledat; pero más vale a ome
ndar señero que con mal conpañero; ca con la conpañía
e mal conpañero non se puede ome bien fallar. E por
nde, dizen que quien con perros se echa, con pulgas se
 vanta; e quando se acuerda el buen amigo con el otro,
resçe el amor entre ellos; ca la concordia trae el amor
e nuevo, e la discordia amata el amor antigo e aduze des-
mor de nuevo e destuerçe el amor encobierto; por ende,
 acuerdo da alegría e amor, e el desacuerdo aduze en-
mistad e desamor.

Otrosí, mios fijos, devedes ser francos de lo que ovieres en aquellos lugares do entendierdes que cunple, ca
 anqueza es nobleza de coraçón, e el que es franco es
 ervo. E comoquier que devedes ser francos en partir lo
ue ovierdes, devedes ser [f. 137] de buena provisión
 n guardar lo más que podierdes e non venir a grant men-
 ua; ca, mal pecado, pocos amigos fallaredes al tienpo
 e agora que vos acorriesen con lo suyo, a grant pro e a
 ant daño de vos. E quando grant tesoro ovierdes que
ar, e así abredes que dar e así abredes vos omes. Ca
 bet que la riqueza es apostura e la pobredat despreçia-
 iento; ca ella aduze al ome flaco a descreençia; e con
 s riquezas se ganan los preçios de este mundo; e por lo
ue es loado el rey es denostado el pobre; ca si el pobre
 ere esforçado, dirán que es loco; e si fuere asosegado,
izen que es torpe; e si bueno es, traerá para llegar a la
 anançia, ca non es ganançia lo que non se gana bien,
 tes pérdida para el cuerpo e para el alma, ca el cuerpo
 nca desfamado e el alma perdida. E por ende, mios
 jos, punaredes de ser de buena provisión, ca bien creo
 ue si los omes quisiesen saber qué cosa es provisión, mu-
 o la presçiarían e usarían de ella, ca provesión es co-
 osçer las cosas presentes que tiene ome ante sí del esta-
 o en que está, e parar bien mientes a lo que ha de venir
 a que puede recudir el su estado e la buena andança

que es. Ca el ofiçio de la provisión es escrudiñar e ade
vinar las cosas que han de venir, e guarnesçese con bue
consejo contra el tienpo peligroso e lleño de mesquinda
quando veniere; e non cunple catar a ome lo que tien
ante sí, mas catar lo de adelante; ca la buena sabidurí
del ome falla las salidas de las cosas presentes e sabe a l
que han de recudir. Onde dize Salamón: "El tu cata
sienpre vaya adelante los tus pasos", que quiere dezir
lo que quisierdes començar, ante que lo comiençes par
mientes a lo que puede recudir e así lo podrás bien aca
bar. [f. 137v] E si lo así non quisieres catar, la tu caíd
sobrá al tu comienço. E por ende, dizen que quien no
cata adelante cáese atrás. Çertas, de buen engeño e sot
es el ome que quiere ante catar lo que contesçer en la
cosas que quiere fazer, e si algo ý contesçiere, qué deve
fazer por se guardar. E non deve ý cometer ý ninguna cos
por que pueda dezir después: "non cuidava que así serí
ca si lo sopiera, non lo fesiera", ca este atal puede dezi
que es sin provisión. E çertas, sin provisión non pued
ome andar vida folgada nin segura fazer, si non el de
cuidado e perezoso, e non quiere catar su fazienda, ca no
sabe en cómo se ay a mudar los tienpos. E por ende, to
dos los omes deven fazer su vida con buena provisiór
tan bien los de grant estado como los de pequeño.
qualquier de ellos que venga a pobredat e a mengua po
non querer bevir con provisión, non deve culpar a lo
que non quieren acorrer, mas a la culpa del mesmo, qu
quiso aver para el tienpo fuerte que vino después de
su buena andança, e de la riqueza que ovo en el tienp
que se podiera proveer. E por ende, todo ome deve se
mesurado en su despensa; e todas las cosas del mund
deven tener medida, pues quien pasa la medida faze
demás, e quien no la cunple mengua. E çertas, más val
ser mesurado: a quien lo despiende con mesura dúrale s
aver; e el que es desgastador va su aver a perdiçión.
sabet que con tres cosas sea   [204] la bondat d

---

[204] En blanco en *Ms. se a(firma)* (W., 340).

los omes: la primera es sofrido; la segunda que sea [205] quando fuere poderoso; lo primero [206] que sea mesurado quando fuere señor. E mios fijos, devedes ser pagados quando oviésedes tanto aver que vos cunpla; ca el aver a demasiado dañoso es e lazerio muchas vezes de aquel que lo [f. 138] ha, salvo ende los reys, que lo han mester de guardar para los grandes fechos. E grant mal es el aver a demás. E por ende dize un sabio que lo mejor de todas las cosas es lo mediano tovieron los de buena ventura; ca los cabos non son buenos, salvo, ende, del buen fecho que ha buen comienço e mejor fin. E el que quiere ser seguro de non aver mengua, biva con mesura e con provisión maguer sea pobre. E sabet que la mesura aproveze lo poco, pues non dudedes de despender allí do devedes. E por ende, dize que el que es de buena provisión es sesudo.

E çiertamente, mios fijos, non ay mejor ganançia que seso, nin mejor riqueza; e non ay mayor pérdida nin mayor pobredat que locura e torpedat. Ca el loco, quanto más le cresçe el aver e el poder, tanto cresçe en la soberbia. E çiertamente, fuerte dolençia es en el ome la locura. E por ende, dizen que quien de locura enferma, tarde sana. Onde, sabet que el cuerpo es como el ramo e el seso como el rey e las maneras como el pueblo: pues si podiere el rey más que el pueblo, endresçarlo ha; e si podiere el pueblo más que el rey, puede perder el rey el pueblo. E los coraçones sin seso son como la tierra [207] poblada de buenos pobladores; ca los sesos pobladores son del coraçón. E sabet que el seso es guardador del cuerpo e a este mundo e de la alma al cuerpo; pues quando Dios quiere toller su merçed a algunos, lo primero que le faze tornar el seso. Onde vet quál es la nobleza del seso: que el que non la ha, non la puede conprar por aver; e el

205 En blanco en *Ms.* (*perdonador*) (W., 340).
206 (*la terçera*) (W., 340).
207 (*que es yerma e syn labor, e los coraçones con seso son commo la tierra*) (W., 341).

que la ha, non gelo puede furtar, e maguer despienda ome
de ella non mengua. E por ende, mejor es que sea ome
conplido de seso e menguado de palabra, que conplido
de palabra e [f. 138v] menguado de seso. Ca el seso es
padre del creyente, e la paçiençia es hermana, e la mansedat su guardador. Pues non ay mejor amigo que el seso
nin peor enemigo que la locura; e quien non gana seso
non vale nada de quanto ganó; e quien á conplimiento
de seso, nunca abrá mala mengua. E aquel es sesudo el
que non ha enbidia a ninguno nin tiene mal coraçón;
non lo engañan nin lo maltraen que le tomen lo suyo sin
razón. Otrosí, es sesudo a quien non vençe su voluntad
e pechó mucho por el poco que le fazen e non sabrá de
las cosas en que le metan.

Pero comoquier, mios fijos, que vos consejo que seades de buena provisión en lo que todos los omes deven
querer, mándovos que, si Dios vos diere tierras e mandar de que seades señores o reys, que non querades ser
escasos, mas que seades muy librales, que quier dezir
francos. Ca la libertad es virtud que sienpre se mantiene
en dar e en galardonar. Mas todo esto que vos yo mando,
guardat que el vuestro don non sea mayor que la vuestra
riqueza, ca non lo podríades conplir e seríades en vergüença e en daño. Otrosí, por saña que ayades contra
aquel a quien ovierdes dado, non gelo querades haçerir [208]
nin retraer, ca ley es establesçida entre el que da el don
e el que lo resçibe que el que lo da luego lo deve olvidar
e non lo nonbrar nin se alabar de ello en ningunt tienpo,
ca nunca el ome bueno deve pensar en lo que ha dado,
mas en lo que deve dar; e el que lo resçibe, sienpre le
deve venir emiente del don que resçibe para lo reconosçer a aquel que gelo dio; e si alguno non vos conosçiere
quando ovierdes mester su ayuda e fuere contra vos, non
dedes nada por ello, ca la desconoçençia los traerá a caer,
así como Luzifer, que cayó del çielo a los infiernos por
la desconoçençia que fizo a nuestro señor Dios. E si alguno vos dixiere que sodes de mala ventura en lo que

---

[208] haçerir: "(Del lat. faciem ferire). Zaherir." (Dicc. Acad.)

dades [f. 139] e enpleades en aquellos que son contra
vos o contra las vuestras cosas, dezit que aquél es de
mala ventura el que non reconosçe bien fecho, ca vos
fezistes lo que devedes e lo que vos cae. E muchos dones
avía el ome a perder dándolos fasta que acaesçiere en ome
en que sea bien enpleados; e por esto dizen: "Fas bien
e non cates a quien." Ca si ome catase cadaque don quisiese dar en quién lo enplease bien, por aventura sí podría fallar o conosçer tal ome en que fuese bien enpleado;
ca el entendimiento del ome muchas vegadas es en querer de conosçer quál es el bueno o quál es el malo, ca
muchos semejan buenos que lo non son, e do muchos
cuidan los omes que son malos, que non es así. E por
ende, daredes vuestros dones de grado e aína, ca non es mucho de gradesçer el don quando mucho dura entre las manos de aquel que lo deve dar, pero que çerca semeja que
está de lo negar el que lo non quiere dar luego o lo
detarda, ca da a entender que duda en lo dar, pues tarde
lo da. E çertas, tanto tollió de las graçias que le devía
dar por el don, quanto alongó e detardó el don que
prometió el que gelo demandó. Ca todo ome que ruega
a otro por alguna cosa, çertas con vergüença lo ruega.
E por ende, non ha mucho que gelo gradesçer si gelo
detardó; si él quisiese dar el don, lo da ante que gelo
rueguen, faze mayor el su don de quanto es. Ca muy
grant bien es dar la cosa a quien la ha mester ante que
la demande.

E mios fijos, parat vos mientes en esto que vos agora
diré: e es verdat que non ha cosa que tan cara cueste
como por lo que ome mucho ruega; e çertas, muy triste
palabra e de grant encargo aver ome a dezir a otro con grant
vergüença: "ruégote que me des", e por ende, es de gradesçer más el don pequeño que se da aína que el grant
[f. 139v] don que se da tarde.

Otrosí, mios fijos, de todos vos guardat de non negar
el don con manera de artería maliçiosa el que vos lo demandare, así como fizo el rey de Antegono a un joglar
que le demandó un marco de oro porque cantó ante él;

e respondió que gelo [209] daría porque le demandava más
de quanto convenía. E desí, demandóle el juglar un dinero; e dixo que gelo non daría, ca menos demandava que
non convenía a rey dar, ca non era don de rey. Çertas,
maliçiosamente gelo negava, ca podiérale dar un marco
de oro así como joglar. E este rey non quiso semejar a
Alixandre: a un ome de pequeño estado, una grant çibdat. E díxole aquel a quien lo dava a él: "Señor, non
conviene a ome de tan pequeño estado como yo tan grant
don como éste." Respondió Alixandre como aquel que
era grande e de noble coraçón en sus dones, e dixo así:
"Non demando yo nin caté qué convenía a ti resçebir,
mas qué es lo que conviene a mí dar." Çertas, el rey
Alixandre non fabló con maestría de engaño, mas con
nobleza de coraçón.

E por ende, mios fijos, con ningunos omes en el mundo, maguer estraños, mayormente con los de vuestra tierra, de quien avedes a ser servidos e guardados, non fa-
bleredes con maestría nin con manera de engaño, ca entendervos han e querrán ellos fablar conbusco otrosí con
maestría; ca por qual carrera lo quisierdes levar, por tal
vos levarán. Onde dize la escriptura que por tales deve
ser ome judgado, por qual él quiere judgar a los otros.
E aunque non entienda luego la maestría e el engaño
en que los traedes, quando lo sopieren e venieren al
fecho, sentirse han mucho, punarán de lo acaloñiar lo
más que podieren, como aquellos que se sienten del mal
e del engaño en que los traen aquel que los devía guardar. E çertas, es cosa de este mundo en que más yerran
los grandes señores sí es ésta: en cuidar que los omes
a quien ellos fablan con maestrías de engaño que los non
entienden. E si bien [f. 140] quisiesen en ello pensar,
devían a entender que algunos ay ante sotiles como ellos
que los entienden; e si non se atreven a gelo dezir, que
les non fablan con engaño, ca tantas maneras de engaño

---

[209] *gelo (non) daria* (W., 344). La anécdota viene de Séneca, y
también se encuentra en *Libro de los enxemplos.* (Véase Wagner,
"Sources", p. 86.)

para les responder; e si non osan nin pueden por miedo
de la crueldat del señor que se faze mucho temer, piensa
para se desenbargar de él, así como contesçió a un rey
de Efeso muy rico e muy poderoso. [210]

DE CÓMO EL REY DE MENTÓN DAVA CONSEJO A SUS FIJOS
QUE SI QUERÍEN SEMEJAR A DIOS EN LAS OBRAS QUE
DIESEN A QUIEN LES DEMANDASE E A LOS DESCONOSÇIDOS,
CA DIOS ASÍ FAZÍA, CA QUANDO NASÇE EL SOL TAN BIEN
ESCALIENTA A LOS MALOS COMO A LOS BUENOS

Dize el cuento que este rey de Efeso que nunca quería
fablar con los de su tierra nin aun con los de su casa
sinon con maliçia e con sobervia e con manera de engaño,
e non se sopo guardar de las maestrías de los otros con
quien él fiava. E tan era la crueldat que todos los de la
su tierra e de la su casa tenían ante él e aun quando oían
fablar de él; e si algunos, por el servir, lo desengañavan
de estas cosas, queríalos mal e redrávalos de sí e perdían
el su bien fecho por bien fazer. E por ende, dizen que
"bueno fagas nin malo padas"; [211] e por eso non le osavan
dezir ninguna cosa, maguer lo veían dezir e fazer cosas
desaguisadas, de guisa que todos le aborresçían e se eno-
javan de él. Así que un conde, el más poderoso de la
tierra, a quien él feziera muchas desonras de dicho e de
fecho, non cuidando que lo entendían   [212] gano
que le traían, veyendo que toda la gente del regño era
muy despagada de él, cató manera de engaño en quál guisa
se podría de él vengar, non catando si le estava bien o si
mal. Ca atan grant afincamiento le tenía el rey, leván-

[210] La anécdota se encuentra en R. Llull, *Libro de maravillas.*
(Véase Wagner, "Sources", p. 87.)
[211] Wagner, "Sources", p. 66, traduce: "He'll neither do right nor
suffer wrong." ¿*Padas,* del verbo *padesçer,* o algo semejante? Gella,
"Proverbios", p. 463, interpreta *pidas.*
[212] En blanco en *Ms. entendía (el fecho e el en)gaño quel traya*
(W., 346).

dolo [f. 140v] a mal toda vía con maestrías de engaño,
e aun a paladinas muchas vezes, que ovo el conde a pensar en lo peor contra el rey. E por ende, dizen que "can
con angusto a su dueño torna al rostro".²¹³ E sintiéndose
mucho el conde, dixo al rey, por arte, que quería quemar
una fija que avía e non más por cosa que feziera por que
devía ser quemada. E fizo pregonar por todo el regño que
veniesen todos a ver la justiçia que quería fazer de su
fija. E quantos lo oían se maravillavan mucho e se espantavan de esta crueldat tan grande que quería fazer el
conde. Ca la donzella era la más fermosa de todo el regño
e de mejor donarie e la muy guardada que todas las cosas
e la más demandada para casamiento, tan bien de fijos
de reys como de otros grandes omes. E quando fue el día
del plazo a que el conde dezía a que la avía de fazer quemar, mandó poner mucha lleña en medio del canpo. E luego que llegó ý el rey, preguntó en cómo fazía traer su
fija para fazer justiçia de ella, así como   ²¹⁴
del otro que dezía el conde que quería fazer, non parando
mientes nin pensando el mesquino de cómo otro era el
pensamiento del conde e non matar su fija. Ca la cosa
del mundo que él más amava aquélla era, ca non avía
otro fijo ninguno. E el conde le dixo: "Señor, atiendo
que se llegue más gente." Pero que era llegado toda la
mayor parte del regño, con maestría de engaño díxolo así:
"Señor, mientra la otra gente se llega, paratvos a fablar
con estos omes buenos e con los del pueblo en cómo faga
la justiçia como deva." E el rey se apartó, non entendiendo el engaño en que lo traían con palabras de maestrías.
E començó el rey a escarnesçer e a dezir mucho mal del
conde, plaziéndole porque quería matar a su fija. E el
conde fuese para el pueblo e començó a fablar con todos

---

²¹³ Wagner, "Sources", p. 63, recoge el proverbio y lo traduce:
"The mad dog bites his master." Hay variantes: angosto, congosto... Gella, "Proverbios", p. 463, propone: "(Congosto: con agosto;
dícese del perro gordo y rabioso en ese mes caluroso." No conozco
su fuente.

²¹⁴ En blanco en Ms. (dixiera; ca le plazie al rey mucho de
aquella locura) que dezia el conde que queria fazer (W., 347).

los del pueblo que ý eran e díxoles así: "Amigos e parientes, [f. 141] conbusco he buenos deudos de parentesco e de amor, ca de vos resçibí muchos plazeres e muchas onras porque só tenudo de querer vuestro bien e de
me sentir de vuestro mal así como del mío; ca non es
amigo nin pariente el que de daño de sus amigos e de sus
parientes non se siente; e por ende quiero que sepades
en qué en grant peligro bevimos todos con este señor non
ha   .²¹⁵ El
fue servido de nos en todas quantas cosas quiso a su
voluntad; e él, por su desaventura e la nuestra, sienpre
nos fabló con maestría e con engaño, encubiertamente e
a paladinas, por nos levar a mal e nos desonrar e abiltar,
teniéndonos en poco, non queriendo aver consejo sobre
las cosas que avía de fazer en la su tierra; e sin consejo
de demandar, e non quisiese obrar por el consejo que le
davan, mas por su voluntad. E nos dize que non es ome
quien por consejo de otro se guía, ca se da por menguado
de entendimiento. E çertas, esto es contra las opiniones de
los sabios, que dizen que non deve ome ninguna cosa fazer sin buen consejo, e mayormente en los fechos que
acaesçen de nuevo. Ca a nuevo fecho ha mester nuevo
consejo para ir más çiertamente a lo que ome fazer quiere,
así como a nuevas enfermedades e non conosçidas conviene de fallar nueva melezina. E agora he pensado de
cómo nos desfaga de quanto avemos, con maestrías de
engaño, e a los que entendiese que non queremos consentir en lo que él quesiere fazer e el engaño en que nos
trae e que ninguno de nos, maguer lo entiende, non osavan fablar en ello, quíseme aventurar e poner en este tan
grant peligro por vos aperçebir, e dixe que quería mandar
quemar mi fija e fislo pregonar por toda la tierra porque
vos ayudásedes todos,   ²¹⁶ que vos el rey andava, e tomásemos ý consejo. E amigos, yo dicho he lo

²¹⁵ En blanco en *Ms. ha(uiendo duelo nin piedat de nos; ca bien
sabedes todos en commo) el fue seruido...* (W., 348).
²¹⁶ En blanco en *Ms. ayu(nt)asedes todos (e supiesedes este tan
grand mal vuestro en)* (W., 349).

que [f. 141v] vos avía a dezir, que de aquí adelante pensat de vos guardar, ca yo çierto só que luego que él sepa esto que vos yo aquí dixe, que me mandará matar de cruel muerte.

E uno que era de consejo del conde levantóse e dixo: "Amigos, matemos a quien nos quiere matar e nuestro enemigo es." "Çertas —dixo el conde—, verdat es, e bien semeja que queremos mantener nesçia lealtad, veyendo nuestra muerte a ojo, e él que nos quiere matar, e dexarnos así matar como omes descoraçonados." E sobre esto, levantóse uno de los del pueblo e dixo: ¿"Non ay que le dé la primera pedrada a qui nos quiere matar?" E abaxóse e tomó una piedra e tiróla contra el rey. E todos los otros se movieron luego e fezieron eso mesmo, de guisa que lo cobrieron de piedras e matáronlo, non catando los mesquinos de cómo cayeron en traiçión, que es una de las peores cosas en ome puede caer. E çertas, esto podiera escusar el rey si él quesiera mejor guardar e bevir con los de su tierra así como devía, non les metiendo nin queriendo andar con ellos en maestrías de engaño.

Onde, mios fijos, por el mio consejo vos seredes siempre buenos e leales e verdaderos a la vuestra gente e les non faredes en ninguna cosa con maestrías de engaño. E maguer les diga verdat, non lo pueden creer por las malas maestrías de engaño que trae toda vía con ellos, e cuidan que sienpre los quieren matar e engañar. E por ende, mios fijos, vos guardaredes de non fablar con omes con maestría nin dezir mal de ellos en poridat nin en público. Ca quatro maneras son de omes en que devemos mucho parar mientes, si quisierdes aver vida folgada e segura: la una es [f. 142] el ome que non dize mal nin faze a ninguno, mas ha sabor de bevir en pas e servir lealmente al que ha de servir; este atal es como el buen can, que non ladra sinon quando es mester en guardar lo de su señor con defendimiento de sí mesmo. La otra manera es que él calla e fiere e codiçia fazer golpes naturales, e non fuelga si non faze sangre; e este atal es como el can que non ladra e muerde a escuso e faze sangre con voluntad de desfazer e toller del todo al que

muerde; e de estos atales vos guarde Dios, ca éstos sufren
mucho e responden, e quando veen que ha tienpo, muer-
den e fieren e fazen golpes sin piedat, non catando si fazen mal, queriendo conplir su voluntad, así como fizo el
conde al rey de Efeso, como ya oyestes. La otra manera
de omes es el que dize e non faze, e este atal es non puede mucho enpesçer, e por el mucho dezir de él se aper-
çibe aquél contra quien dize, o por aventura dize mucho
por meter miedo, con grant miedo que él ha; e este atal
es como el can que mucho ladra e non osa morder, mas
ladra mucho por espantar con flaqueza del coraçón. E la
otra manera de ome es el que dize e faze en plaça con
razón e con buen esfuerço; e este atal es esforçado e de
buen coraçón, teniendo sienpre razón e derecho, que es
cosa que esfuerça más el coraçón para ir por su fecho
adelante; e este atal es como el buen can, que ladra e
muerde con buen coraçón quando deve e non duda de
travar allí do deve e le manda aquel que gelo puede
mandar.

Onde, mios fijos, si bien quisierdes parar mientes en
estas quatro cosas e maneras de omes, sabervos hedes
guardar de bevir entre ellos muy bien a onra de vos, non
queriendo fablar con ninguno con maestría de engaño,
mas onrándolos e faziendo [f. 142v] les graçia e merçed
segunt que cada uno lo meresçiese, nin queriendo oir mal
de ninguno nin loar que gelo dize nin gelo defender que
lo non diga en manera de escarnio, deziéndole: "Calla,
non lo digas"; desí tomar e preguntarle: "Dí otra vegada. ¿Cómo dixiste?", queriendo e aviendo sabor que
lo diga, así como aquellos que han sabor de mal obrar e
de mal dezir e se deletó en cosas en que podrían tomar
mayor deleite e más a pro e a onra de sí para los cuerpos
e para las almas.

E otrosí, mios fijos, guardatvos de non fazer querella
a ninguno de aquel que vos non quiere reconosçer el don
que le dierdes, ca en querellándovos de él faredes de él
malo, e en sofriéndole, por aventura faredes de él bueno,
como el ome quando faze algunt mal e non le es afrontado. Esto es vergüença dudosa, cuidando que aún non

sabe aquel mal que fizo, ca después que afrontado, se
pierde la vergüença e el afruenta pasada, non dan nada
por ellas e fázese peor por ella. Ca la mayor vergüença
es sobre aquel mal que fizo non puede pasar. E mios fijos,
¿por qué afrontaredes al que fezierdes muchos bienes?
Non lo fagades, ca de amigo fazerse á enemigo. E si non
fallávades qual lo esperávades, fazet enfinta cosa que lo
non entendades; e si desconosçido es en una cosa, por
aventura que non será en otra; e si la segunda lo fuere,
en la terçera; si le bien fezierdes, acordarse ha de cómo
fallesçió e vos erró en dos cosas. E si de entendimiento es,
grant vergüença le tomará de fallesçer en la terçera. E si
en la terçera vos fallesçiere, dende en adelante non avedes ý que fazer más. Pero, mios fijos, non dexaredes de
fazer bien, maguer [f. 143] non vos lo conoscan, ca el
bien fazer es consejo durable.

E el bien fazer se cunple con tres cosas: la primera que
lo faga aína; la segunda que lo faga ome en poridat; la
terçera que tenga que fizo poco, maguer que fagan mucho. Ca sabet que con el bien fazer se devía de muchos
contrarios, pues al que faze Dios mucha merçed ha de
sofrir de los omes muchos enbargos, e si los quisiere sofrir, es guisado de perder aquella merçed, ca mucho
ama Dios el que faze bien a los omes, e adesfama que lo
puede fazer non lo faze. Onde, quien faze non cae, e si
cayera, mucho fallará que le ayudarán a levantar; e quien
bien faze, mejor es aquel bien; e el que mal faze, peor es
aquel mal; el que faze el bien non pierde su galardón,
maguer non lo resçiba de los omes; ca el bien fazer Dios
lo galardona. E por ende, conviene al ome fazer bien en
quantas maneras podiere, maguer sean las más angostas
e los caminos ásperos. E sabet que todo bien fazer es
merçed, e non deve ome retraer el bien que feziere; ca
más apuesto es non fazer bien que lo fazer e lo retraer.
Onde dixo la escriptura: "El bien que feziere la tu mano
diestra non lo sepa la seniestra." E por ende dize la escriptura: "Fas bien e non cates a quién."

Otrosí vos consejo que aquel a quien diésedes vuestro
don, que non lo querades traer a juizio sobre ello, ca

luego dexará de ser don e semejaría enprestado lo que
era derecho de vos dar graçias por ello e vos lo reconosçer con razón. Mas, mios fijos, si queredes semejar a
Dios en las obras, dat a quien vos demandare e a los
desconosçidos, ca Dios así lo faze. ¿E non vedes que
quando nasçe el sol, tan bien escalienta a los malos como
a los buenos? E çertas, non queda Dios de acresçentar
en sus bien fechos, con entençión que se apro [f. 143v]
veche de ellos todas las cosas del mundo. E por ende, si
le queredes semejar en las obras, dat mientra podierdes,
e aunque muchas cosas sean mal enpleadas e vos las non
conoscan, ca el desconosçido non fará a vos tuerto, mas a
sí mesmo, porque mengua en él su entendimiento que
Dios le dio conosçer bien e mal. Ca es de buen conosçer
sienpre se deleita en don que resçibió, ca se acuerda de él
toda vía; e el desconosçido non se deleita en el don más
que una vegada, e esto es quando lo resçibe, ca luego
lo olvida.

Otrosí, lo que prometierdes datlo en todas guisas, ca
si lo non dierdes, judgarvos han por mentirosos e desva-
riados en vuestros dichos, e que non estades en lo que
prometedes. E si don prometierdes a qual non es digño
nin lo meresçe, devédesgelo dar, pues gelo prometistes,
non en manera de don, mas por ser estables en una palabra. Pero comoquier que devedes dar al que vos demandare, conviene que sepades por quantas partes podierdes
si es bien costunbrado e de qué vida es e qué coraçón
tiene contra vos, e si vos podedes de él aprovechar. E
si en los dones tenporales esto se deve guardar e catar
mucho, más deve catar en los esprituales aquel a quien
paresçe alguna señal de virtud, comoquier que de algunos malos sea catado; ca aquella señal de virtud lo puede traer a ser ome bueno. E si esto se deve fazer en los
dones espirituales, ¡quánto más en los dones tenporales!
Más valen los pequeños que se dan a menudo e más
aprovecha a quien los dan, que non los dones grandes
que se dan de tarde en tarde. Ca a quien dan algo de
cada día sienpre tiene ojo por aquel que gelo da para lo
guardar e para lo servir; e aquel a quien dan el don

grande, cuidando pasar su vida con aquello que le dan
[f. 144] e teniendo que tarde o nunca podría alcançar
a otro tal, non tiene ojo por al e desanpárase de todo e
non cata por servir e aguardar aquel a quien gelo dio,
sinon quando le acaesçe por aventura; porque éste non
es sinon ome que non quiere más valer, ca mengua del
buen seso, ca quanto más grande don le dan, tanto más
se deve entender para servir e fazer bien.

Onde, mios fijos, set muy grandes en vuestros dones,
e a cada un en como vale e como lo meresçe, señaladamente en aquellos que avedes provado en lo que vos fue
mester e aquellos que otros provaron e sopierdes por
çierto que lo meresçen. E bien creo que de tales como
éstos que lo bien conosçen sienpre resçibredes serviçio
mayor que non será el vuestro don; ca estos atales de
buen conosçer quieren semejar a los buenos canpos que
lievan mucho fruto, en manera que más dan que non
resçiben. E mios fijos, ¿non cuida de dar sus dones a
aquel de quien espera ser ferido?, pues quánto más deve
catar por aquel de quien ha resçebido grant serviçio e
con lealtad. E çertas, de reprehender sería quien de tal
cosa como ésta non parase mientes para fazer sienpre lo
mejor. E por ende, mios fijos, parat mientes en lo que
vos cae de fazer en esta razón, ca el dar e el non dar
de lo vuestro en vuestra mano es.

Pero en dos maneras son de omes largos: a los unos
dizen desgastadores, e a los otros francos. E los desgastadores son los que despienden en bien comer e en
bever con baratadores e con de mal consejo, e en dar lo
que han a los garçones e a los malos omes. E los francos
son los que dan sus dones a sus criados e para quitar
cativos e a sus amigos e para casamiento de sus fijos o
alguna otra cosa onesta, si les es mester. E así, [f. 144v]
entre las mejores virtudes de las buenas costunbres la
franqueza es en Dios e ámala e préçiala. E por ende,
franqueza aduze amor de Dios; e la escaseza, desamor.
E el que ha poder de fazer bien e non lo faze, es
mengua de él e desplaze a Dios; e el que despiende su
aver en bien fazer es como el que va ganar aver a sus

enemigos e la codesa [217] para sí; e el que es abondado de
aver, es escaso, es mayordomo e non sabe de quién; e el
que es franco e noble de coraçón, es amado de todos
en la franqueza   [218] a bondat e gana amigos.
E sabet que quando son los francos pobres e los escasos
ricos, entonçe son los buenos en cuita. Ca sabida cosa es
que quando menguan los fazedores del bien, piérdense los
envergonçados, pues quien preçia a su aver e despreçia
a sí mismo; e quien preçia a sí, non se deve doler de su
aver. Onde, el mejor camino de la franqueza es non querer lo ageno de la mala parte; ca el franco sienpre le dará
Dios ganançia, e el escaso pérdida. E por ende, el que
          [219] despiende su aver lo que ha de dexar a
omes que gelo non grasdesçerán. Onde, la mayor cosa
que ome puede fazer en su vida es ésta: que faga bien
por su alma e que onre su cuerpo con su aver.

Otrosí, mios fijos, si algunt grant señor vos feziere
bien, o si el vuestro vasallo vos oviere fecho buen serviçio, punad en gelo reconosçer a los señores con serviçio
e a los servidores en bien fecho. Ca en la reconoçençia,
lo primero que deve ome guardar ésta es: que non olvide
el bien fecho, ca el que bien sirve, buen fecho faze. E por
ende, non deve ome olvidar el bien fecho quando lo ome
resçibier; ca Dios e los omes aborresçen el desconosçer
e tienen que ellos [f. 145] mesmos lo fazen el tuerto e
non reconosçer lo que deven a los que bien le fezieron.
E devedes saber que desconosçido es el que faze enfinta
que non se acuerda que lo resçibiese, sabiendo de todo
en todo, catando más por el otro que por aquél que le
dio el don e le fizo merçed. Çertas, non puede ser de
buen conosçer aquel a quien el don resçibió es olvidado
de todo e non finca en él ninguna memoria del don; ca
paresçe bien que nunca pensó de lo reconosçer, que tan

---

[217] *codesa*: por *condesa*: "Reservar, depositar, poner en guarda
o custodia alguna cosa." (*Dicc. Aut.*; Cejador, *Voc.*, p. 106.)
[218] En blanco en *Ms. (ca) la franqueza (aduze) a bondat* (W.,
356).
[219] En blanco en *Ms. (non quiere despender) su aver (en guisa
que gelo gradescan, aver)lo-ha a dexar...* (W., 357).

bien echó de sí el don que resçebió   [220] ese
catar nin ver para obrar de él aquello que conviene. Ca
la memoria del ome non pierde ninguna cosa nin olvida
sinon aquello que non quiso catar muchas vegadas. E por
ende vos digo, mios fijos, que non olvidedes el bien fecho
resçebido, ca, mal pecado, pocos coraçones se mienbran
de lo pasado; ca muchos non quieren razonar aquello que
resçebieron, fuese luego perdido. Mas vos, mios fijos, en
plaça e a paladinas daredes graçias e reconosçeredes el
bien que resçebierdes, e non ascondidamente; ca semejar
quiere al desconosçido él quiere dar graçias por lo que
resçebió e que lo non sepan aquellos que lo pueden entender, si faze bien o mal.

Otrosí, mios fijos, parat mientes en lo que vos cae
de fazer, si guerra ovierdes con algunos de vuestros vezinos tan poderosos como vos o más. Estad bien aperçebidos, ca non dizen por esforçado el que se mete a peligro. E sabet que non ha mejor consejo que el aperçebimiento, ca muchos se pierden por mala guarda. Onde, el
aperçebimiento es comienço e arca para se guardar ome;
e el que se teme [221] en aventura non ha castiello en que
se pueda defender; e el que se atreve en su fuerça piér-
dese; e el aperçebido nunca comide sienpre lo peor,
e guárdese; e el que non faze las cosas con consejo, pónese a peligro. E por ende, ome toda vía sea aperçebido,
ca del aperçebimiento nasçe segurança, e del atrevemiento
nasçe arrepentimiento. [f. 145v] E quando se aventura
ome, maguer que escape, non escapará bien, ca non ay ganançia con mala guarda; e el que cavalga siella de aperçebimiento escapa sabiamente e salva a sí e a los que se
guían por él. Pues mios fijos, estad sienpre aperçebidos
e meted mientes en vos, ca si venieren las cosas como
quisierdes, entendrán los ome que las ganastes con seso
e con aperçebimiento; e fueren contra vos e contra vuestra voluntad, sabrán los omes que non finca por vos, e
seredes sin culpa. Ca más vale que vos sufrades e enaten-

[220] En blanco en *Ms. (que lo non pudi)ese* (W. 358).
[221] (*mete*) (W., 359).

dades en lugar que seades seguros, que non vos atrevades
e vos metiades en aventura; e más vale que vos detenga-
des por enfinta en salvo, que vos metades en peligro. E
sabet que grant guarda es meter ome mientes en las cosas
antes que las comiençen fasta que sepan qué ha ende nasçer o qué ha a recudir; ca el que se teme [222] en aventura
en las cosas que puede errar es tal como el çiego que se
mete a lidiar en los logares do ha sillos o pozos en que
puede caer; pues la mala guarda es red para caer en ellos
los que se malguardan. Otrosí, el que adelanta yerra e el
que se quexa non cunple lo que quiere. Çertas, mayor grado devedes aver al que vos asegurare fasta que vos metades en lugar de miedo; ca çerca de la segurança ay miedo,
ay segurança. E dizen que, a las vegadas, que más vale
arte que ventura; pues que pereza e mala guarda aduze
a omes a suerte de muerte. E sabet que quien demanda
la cosa ante de tienpo puede la aver de con ora; e si la
demanda al punto que es mester, es duda si la abrá. E por
ende, quando viene a ome buena andança e la pierde por
pereza, finca con manziella. Otrosí, el que dexa de fazer
lo que deve abrá de fazer lo que non deve. E el aperçebido sienpre puna en fazer bien lo que puede, e non se
entremete en lo que non deve. Por ende, más val poco
fecho con seso que mucho sin seso [f. 146] e con fuerça.
Quando vos aventuráredes e ganáredes, non vos preçie-
des. E sabet que quien metiere mientes en los buenos
sesos entendrá los logares de los yerros. Por ende, meted
mientes quando vagar ovierdes cómo fagades quando vos
vierdes en cuita; ca en la cosa que non sabe ome quando
acaesçiere. E por ende, mios fijos, non acometades las
cosas sinon en tienpo que devierdes, ca la osadía pocas
vezes torna a mano de ome si la non acomete a su ora;
e quando dispone el acometer, finca en manziella. E por
ende, non dexedes de cometer quando vierdes logar e sazón de lo fazer. Otrosí, catad que vos non metades, ca
dizen que pocas vegadas acaba el perezoso buen fecho,
pues el vagar es perezamiento, e el rebolver es estorvo, e

[222] (*mete*) (W., 359).

el cometer es esfuerço. Onde dixo un sabio: "Covardía es quando demanda el perezoso consejo en las cosas de priesa." E á esfuerço quando mete ome en obra quequier fazer, sol que aya pensado en ello. E la pereza es en dos guisas: la una es a la sazón que la puede aver e non la demanda; e la otra es quando se acuçia a la demandar después que le sale de las manos. Pues el aperçebimiento es que se meta ome a las cosas ante que le salgan de la mano. Pues, mios fijos, entremedvos [223] a lo que avedes a fazer ante que vos aventuredes, e consejadvos en lo que avedes e quisierdes fazer ante que lo fagades; aperçebitvos para lo fazer, e quando lo ovierdes entendido, trabajatvos de lo fazer acabar.

E señaladamente de guerras; e proveetvos muy bien de todas las cosas que vos fuere mester ante que entredes en la guerra, ca poco valen las armas en la lis ante que entre en ella non ha buen acuerdo e sea bien aperçebido de cómo ha de usar de ellas. E todo ome que quisiere cometer a otro por guerra [f. 146v] non lo deve fazer con entençión de fazer tuerto al otro, mas porque pueda bevir en pas defendiendo lo suyo, ca tal como aqueste ayuda Dios, pero que lo faze con buena entençión. Onde dize la escriptura: "Muévannos guerras porque pas ayamos." Pero primeramente se deve aparejar e non se deve enojar nin arrebatar porque dure luengo tienpo el aparejamiento ca luengo aparejamiento e bueno endresça al ome para vençer su enemigo más aína. E por ende dizen: "Buena es la tardança que faze la carrera segura; ca quien recabda non tarda." E mios fijos, sabed que el aperçebimiento bueno para fazer guerra e para entrar en la lid ha mester çinco cosas: la primera el que es de buen seso natural para fazer e escoger lo mejor; la segunda es de ser de buen esfuerço para acometer de rezio los fechos que començare e non flacamente; la terçera es ser rico para defender e dar baldonadamente; la quarta es ser franco ca los escasos non son bien aconpañados nin bien servidos; la quinta ser señor de buena gente e que le amer

[223] *entreme(te)vos* (W., 361).

verdaderamente; ca si verdaderamente non le amaren, non puede ser bien servido de ellos.

Pero todo ome sabidor deve usar de las cosas, mayormente en fecho de armas, que las comete: buen seso en querer ome fazer nin cometer lo que non sabe. E mios fijos, mejor vos es catar ante bien todas las cosas e aver buen consejo sobre ellas, que las començar e non les dar çima, e vénganse de vos vuestros enemigos e vos fincar con daño. E non devedes posponer las cosas que avedes de fazer por fuerça, ca mucho enpesçe al grant señor en los grandes fechos el grant vagar. Ca el rey que pospone las cosas mucho, le enpesçen en su fazienda. E por esto dizen: "Tú que pospones lo que oy as de fazer para cras, por aventura, acabar non lo podrás."

E non deven desdeñar los reys cosas que acaesçen de [f. 147] nuevo nin las tener en poco, maguer sean pequeñas; ca las mayores cosas que acaesçieron en los reyes començaron e fezieron; e esto fue porque las tovieron en poco e las desdeñaron. Ca la pequeña pelea o el pequeño mal puede cresçer atanto, que faría muy grant daño, así como el fuego, que comiença de una çentella, que, si non es luego muerto, faze muy grant daño.

Otrosí, mios fijos, devedes en todos vuestros fechos ser costantes, que quiere dezir firmes e estables. Ca costançia es virtud que en lo que comiença sienpre está firme perseverando en ella, e non se muda por ninguna manera que le avenga, mas está muy asosegada e perseverando en lo que començó, e mostrando una cara tan bien a las buenas andanças que le vengan como en las malas andanças. Onde dize un sabio: "Si dolor ove, non llamé testigo nin quis que el dolor del coraçón mostrase el mi bulto; mas enforméme a lo encobrir para encobrir mi fecho." Onde, mios fijos, non devedes mudar por cosa que vos non contesca, quier de buen andança quier de mal andança; mas devedes estar firmes e pararvos alegremente a qualquier aventura que vos venga sin ningunt mudamiento que los omes vos puedan entender. Ca la natura noble e desvariada non es sinon de malos omes flacos;

pero muchas vegadas los malos son firmes e fuertes er
sus fechos malos. Mas ésta non es virtud, antes es locura
e mengua de entendimiento en querer ser rezios en e
mal e flacos en el bien. E çertas, esto es contrario de la
ley costançia, que quiere dezir firmeza, en que nos mandа
que en los males non diremos por ninguna manera, nir
en los bienes, que non seamos vagarosos nin los dexemos
con enojo.

En las cosas contrarias, quando vos acaesçieren, mos
trad [f. 147v] vos por omes de grant coraçón e fuertes
e así esforçaredes los vuestros enemigos. Ca verdat es que
el miedo echa a las vegadas al ome flaco de coraçón er
grandes peligros, faziéndole reçelar el alma [224] que ha de
venir; ca le faze dexar lo que començó e finca envergon
çado con daño ante de tienpo, aviendo miedo e espantán
dose de los peligros, e non vee así como si los viese delante
sí. E por aventura, que aquellos peligros en él pone e
miedo, que nunca será. Çertas, de firme e fuerte coraçóı
es en turbarse ome en las cosas contrarias, mayormente
pues en ellas fuere; ca si poco entendimiento ovo ante
que en el fecho entrase, e non pensar en ello qué le podría
recudir, conviene que aya muy grant entendimiento de
catar cómo lo acabe con su onra, pues en el fecho es. C
aquel es dado por de buen coraçón el que es aparejade
para sofrir las cosas temerosas e esprituales e non ave
miedo que ningunt le derribe del estado en que está
non faziendo por que con derecho lo oviese a derribar de
él; mas deve usar del estado firmemente como ome de
buen coraçón e non se partir de las cosas que fueren cor
razón. Ca más cosas son las que vos espantan e nos pon
miedo, que non las que non tuellen del estado en que
somos. A las vegadas, más trabaja ome sobre lo que quie
re acabar.

E por ende, mios fijos, non devedes desesperar de l
que començardes pues en el fecho fuerdes entrados, ma
guer que veades la vuestra gente flaca e gelo non pued
sofrir; ca Dios ayuda a levantar a los que quieren cae

e señaladamente los mantiene derecha verdat; siquier
grant vergüença es dexar ome de lo que começó, con
flaqueza de coraçón. E por ende, tomad buen esfuerço
en las cosas [f. 148] que començardes e punad de lo levar adelante; ca el esfuerço esmedreçe sus enemigos e
onra e defiende a sí mesmo e a los que son con él; e el
covarde desanpara padre e fijos e hermanos e amigos, e
ayuda a sus enemigos. E las dos partes que puede ome
aver: ser escaso e covarde. E non cuide el covarde estor-
çer de muerte por su covardía, si le oviere de venir. E
sabida cosa es que los covardes caen sienpre en la batalla
e esfuerçan más a los esforçados. E çertas, mejor es resçebir sus golpes delante, e muera como bueno, que los
resçebir en otra manera e morir como malo. E la primera
cosa que gana el que es de buen esfuerço es que anda
asegurado e non se espanta de sus enemigos. E sabet que
el desmayamiento nasçe de la flaqueza del coraçón. E
çierta cosa es que más mueren en las lides de los que fuyen que de los que tornan sobre sí.

Grant ayuda es la sufrençia; ca el que es de buen coraçón sabe lidiar esforçadamente, como si estoviese en
castiello. E devedes saber que con el esfuerço gana ome
onra e es tenido e onrado e dubdada, e defiéndese de
fuerça e de batimiento. En la franqueza e el esfuerço fallaredes sienpre anparado en las batallas. Enpero, lo que
fezierdes, fazerlo hedes con mansedat: nasçe de buen
seso, e la braveza de locura. Onde, quien començare grant
cosa con mansedat e buen sosiego, puédelo acabar; e non
puede la menor cosa del mundo acabar con braveza. E
la braveza es más loca cosa que ome puede aver. E çertas,
locura e braveza es atreverse ome a acometer a quien más
puede que él. Ca del golpe del sesudo pues guaresçen de
él; e el manso alcançará [f. 148v] con seso e con engaño
lo que quiere, maguer que pueda mucho. E por ende,
mansedat es la cosa que non ha otra cosa que la semeje
nin culpa tanto como ella, ca con la mansedat quebranta
el ome e el agudés de sus enemigos; e el que sabe levar
los omes con mansedat dará menos que deve e tomará
más de lo que deve e fincará loado. E pues, la mansedat

es llave de toda la ventura. E por ende, quando acaesçiere ome las cosas con seso e las mandara con razón e con mansedat, ayúdagelas Dios a redrar.

Más, mios fijos, non vos engañen vuestros adversarios por grandes dones que vos quieran dar, entendiendo en vos codiçia grande: viene a ome a grandes peligros e grant desonra de sí. E devedes saber que el oro e la plata sienpre quiere andar baldonadamente entre los enemigos, baldonándose de los unos a los otros. E devedes saber que, bien así como el rayo del çielo quebranta por fuerça las peñas, así el dar quebranta e vençe los coraçones muy rezios de los omes, mayormente de los codiçiosos. Ca los dones grandes enlazan los coraçones cabdiellos muy fuertes e crueles, e los tornan a sí. E por ende, tenedvos muy rezios en los vuestros fechos; ca más es de temer la verguença que la muerte; e mejor es a ome la muerte e catar por la bondat e por el pres que por la vida nin por otro que cuida aver. Después que entráredes en la lid tomada toda vía, endresçat vuestra gente muy acuçiosamente, deziéndoles que fagan bien, a las vegadas alabando los omes e tolliéndoles la pereza, e aleniéndolos [225] con buenas palabras. E a los que vierdes que son acostados para caer, ayudatlos a endresçar; ca los que cayeren, ayudatlos a levantar, ca a vos mismos ayudaredes, ca los armados quando caen no se puede [f. 149] levantar de ligero si otros non los ayudan. E así lo mandat a todos los vuestros que fagan unos a otros.

Otrosí, mios fijos, si Dios vos diere vitoria, mandat poner en recabdo toda la ganançia que ý ovierdes e paratla muy bien a cada uno segunt lo valiere e lo meresçiere; e aún del vuestro derecho fazer parte aquellos que ovierdes que más lo han mester e fezieron bien, ca por aquí los abredes más aína quando vos acaesçiere para otros fechos, ca si las manos encogierdes para non dar, así fallaredes a ellos encogidos para non servir.

Otrosí, vuestros enemigos ovierdes algunos pletesías en que prometades de los guardar amistad o otras cosas al-

---

[225] *aleniéndolos*: alentándolos.

gunas, guardárgelas hedes de todo en todo, e les quebran-
aredes tregua si la ovieren conbusco, ca mucho á ome
a guardar lo que promete tan bien al enemigo como al
amigo. E non creades aquellos que vos dixieren que al
enemigo non son de guardar estas cosas, mas comoquier
que puede con engaño o en otra manera que deve punar
en lo vençer. E çertas, non deve ser así, ca le podría dezir
mal por ello porque non tenía lo que prometió así como
devía. E esto se muestra que deve ser así por un rey de
Roma que fue preso en Atenas en una batalla. [226]

DE CÓMO EL REY DE MENTÓN DEZÍA A SUS FIJOS QUE
FUESEN JUSTIÇIEROS EN LAS TIERRAS QUE OVIESEN A
MANDAR E QUE NON DEXASEN DE FAZER JUSTIÇIA POR
CODIÇIA NIN POR AMOR NIN DESAMOR NIN POR DEBDO
QUE OVIESEN CON NINGUNO; QUE ASÍ SERÍEN AMADOS DE
DIOS E DE LOS OMES E QUE SERÍAN AMADOS DE TODOS
LOS DE SU SEÑORÍO

Dize el cuento que muchos cativos de los de Atenas
que levaron los [f. 149v] de Roma, fue postura fecha
con este rey que tornasen los cativos la una parte a
la otra, e fue enviado este rey a Roma, e con esta pletesía e juro: que si los de Roma non quisiesen fazer,
el que se tornase a la prisión. E quando fue en Roma,
díxoles la pletesía con que venía. E ellos, con codiçia de
los cativos que tenían, non los querían dar, cuidando aver
por muy grant aver; e quisieron detener al rey, non se
doliendo de los cativos que los de Atenas tenían nin queriendo parar mientes de cómo estaría mal el rey si non
conpliese el omenaje e jura que feziera. E el rey quando
vio que en este propósito estavan los de Roma, salieron
una noche ascondidamente e fuese meter en poder de
los de Atenas conplir lo que prometiera, e non les quiso
fallesçer nin mentir. E fizo lo que devía e guardó su
fama e su alma. E por ende, todos los omes del mundo

[226] "A version of Regulus story" (Wagner, "Sources", p. 87).

deven guardar e tener lo que prometen: así serán má
amados e más preçiados de Dios e de los omes, e fuer
de ellos en todas cosas sin duda ninguna.

Otrosí, mios fijos, devedes ser justiçieros en las tierra
que ovierdes a mandar, e non dexaredes de fazer justi
çia por codiçia nin por amor nin por desamor nin po
debdo que ayades con ninguno, así como dize en el ca
pítulo de la justiçia. E así seredes amados de Dios e d
los omes, e serán guardados todos los de vuestro señorío
e non desaforaredes a ninguno de la vuestra tierra nin le
echaredes pecho más de quanto deve dar segunt su fuerc
salvo quando los vuestros enemigos quieren entrar a cc
rrer la vuestra tierra e la conquerir; ca entonçe todo
vos deven ayudar con los cuerpos e lo que ovieren
[f. 150] ca avedes a fazer hueste forçada. E devedes sa
ber que dos huestes son en dos maneras: la una es for
çada, quando los enemigos entran a correr la tierra. A
esto son tenudos de ayudar, ca a sí mesmos ayudan
defienden. La otra manera de hueste es de voluntad, qu
se faze por talante, así como si algunt rey quiere ir
grant tierra de sus enemigos. A esto non son tenudos lc
de la tierra ir nin de pechar sinon sus pechos aforado
salvo aquellos a quien algo dieren por que le sirvan
les diere algunas franquezas por que ayan de ir e
hueste.

Comoquier que condes e duques e otros grandes se
ñores se trabajan muchas vegadas en poner bolliçio en l
tierra e fazer daño a sus vezinos, porque el rey aya d
fazer hueste forçada e de echar pechos en la su tierr
e los partir entre ellos; por que vos devedes guarda
quanto podierdes de los consejos de tales como ésto
ca mucho aína vos farían perder los coraçones de lc
pueblos e avervos ían a dezir de non los que les dema
dásedes. E quando los pueblos dizen a su señor de nc
en aquello que les es mester con reçelo de lo que d
xieron contra voluntad de su señor, non se asegura
en él, muévense muchas vezes a fazer lo peor, non
tando si les está bien o mal; e servos ían después mu
grave de los tornar a vuestro serviçio. E podría conte

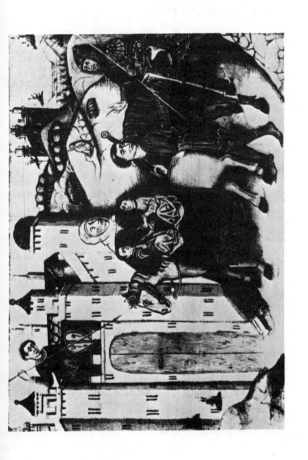

q̃ era aq̃llo q̃ yuya enel ſaco ⁊ el gelo
conto todo ⁊ otorgole q̃ aſſi es ⁊ q̃lo ſo
terraſe en buena ſepultura ⁊ quãdo
leſpõdio le q̃nino ꝑ cobrar el ⁊ ſu pa
dre la honrra ⁊ ſe paguaſſe della ⁊ q̃ ſalie
ſe fuera de caſa q̃ no q̃ria verſe en peligro
por ellos ⁊ ca eſſe meſmo le ꝛeſpõdieꝛ
con todos los otros ſus amigos ⁊ torno
q̃ a caſa de ſu padre con ſu ſaco ⁊ dixole
como ninguno deſus amigos no ſe q̃rie
põ auenturar por el eneſte peligro ⁊ aſſi
dixo el õme bueno mucho me marauille
q̃nto te oy dezir q̃ gent amigos auias
ganado ⁊ ſemejame q̃ entre todos los q̃
te no falleſte vn medio ⁊ mas vete p
el mi medio amigo ⁊ dile de mi ꝑte eſto
nos conteſcio ⁊ q̃l fuego q̃nos lo encu
bra ⁊ tor el fijo de ſue ⁊ leuo el ſaco ⁊ a
tiſpo a la puerta del medio amigo de
ſu padre ⁊ fuero ſe lo dezir ⁊ mando
q̃n traſe ⁊ q̃ndo lo uio venir ⁊ lo
fallo con ſu ſaco a cueſtas mãdo a los
otros q̃ ſalieſen dela camara ⁊ finca
ron ſolos ⁊ el õme bueno le pꝛegũto

aſſi lo q̃ꝛria ⁊ q̃ yuya enel ſaco ⁊ el le
conto lo q̃ contesçera a ſu padre ⁊ del
⁊ q̃ le ꝛogaua deſpe de ſu padre q̃ gelo
encubꝛieſſe ⁊ teꝛ le õme bueno ꝛeſpõ
dio q̃ aq̃llo ⁊ mucho mas fuſſe el poꝛ

amoꝛ de ſu padre ⁊ tomaro vna aça
da ⁊ fiziero amos a dos vn foyo
ſo el ſu lecho ⁊ metiero alli el ſaco q̃
el puerco ⁊ cobꝛiero lo muy bien de mã
⁊ toꝛnoſe luego el moço ꝑa caſa de ſu
padre ⁊ dixole enmo el ſu medio
amigo lo ꝛeſcibiera muy bien ⁊ de q̃ otꝛ lie
go q̃ le conto todo el fecho ⁊ le ꝛeſpõ
dio q̃ aq̃llo ⁊ mucho mas fuſſe por el
⁊ q̃ fiziera amos vn foyo ſo el ſu le
cho ⁊ q̃ lo ſoterrarõ alli ⁊ ꝑ pues
fijo dixo el padre q̃ te ſemeja de aq̃l
mi medio amigo q̃ getto padre dixo
el ſemejame q̃ eſte vꝛo medio amygo q̃
vale mas q̃ todos los mios q̃nto ⁊ eſſo
dixo el õme bueno enlas oꝛas dela
cuyta ſe pꝛueua los amigos ⁊ poꝛ
ende no te deues tu fiar mucho en todo

çer lo que contesçió a un enperador de Armenia muy
poderoso e de buen entendimiento, segunt paresçía a todos los omes. E contesçióle de esta guisa:

DE CÓMO EL REY DE MENTÓN DAVA CONSEJO OTROSÍ A
SUS FIJOS E DEZÍALES QUE EN LOS OFIÇIOS QUE NON
QUISIESEN PONER MUCHOS OFIÇIALES, NIN EN GUARDA DE
SU TESORO, NIN MUCHOS GUARDADORES, CA MAYOR DAÑO
PUEDEN FAZER MUCHOS QUE UNO.

Dize el cuento que por consejo de malos abitamientos
e de malos consejeros, [f. 150v] e cuidando aver grant
parte de lo que el enperador sacase de su tierra, con-
sejánronle que despechase los sus pueblos, maguer contra
sus fueros, e que mandase fazer moneda de vil preçio
e otras de grant preçio, que le pechasen a él sus pecheros,
tan bien los desaforados como los aforados; e que de
esta guisa abrían todo el aver de la tierra e que abría que
dexar e que despender baldonadamente quando quisiese, e
él fízolo así. E quando el pueblo de la su tierra cayeron
en ello e entendieron este tan grant estragamiento que les
venía por todas estas cosas, alçáronse contra el enperador
e non lo quisieron resçebir en ninguno de sus lugares. E
lo que fue peor, aquellos que esto consejaron atoviéronse
con los pueblos contra el enperador, en manera que morió deseheredado e muy lazrado. Por que, mios fijos, ha
mester que paredes mientes en tales cosas como éstas e
non vos querades engañar por malos consejeros nin por
mala codiçia, ca podríades errar en ello e caer en grant
peligro. Ca non es bien ençerrar el enemigo las puertas
del un cabo e abrírgelas del otro, así como vos quisierdes
fazer guerra a vuestros enemigos, despechando e astra-
gando la vuestra tierra, de la una parte çerraredes las
puertas do la otra hueste estudiese, e de la otra gelas
abriésedes do el vuestro pueblo fuese despechado e astra-
gado; éstos les darían la entrada como aquellos que se
tenían por desaforados e por astragados e non abrán esperança de lo cobrar. E çertas, mucho devedes guardar

los vuestros pueblos, ca éstos suelen ser tesoro de los
reys para los grandes fechos acaesçen.

Otrosí, mios fijos, en los vuestros ofiçios non querades
poner muchos ofiçiales, nin en guarda de vuestro tesoro,
nin querades poner muchos guardadores, ca mayor daño
pueden fazer muchos que uno. En la vuestra chançellería
non pongades [f. 151] sinon uno en que fiedes. E todo el
daño e el pro e la guarda de vuestro señorío, si les ý
ponieren, por vos fueren codiçiosos e malos, e con codiçia
non catarán vuestro pro nin guardar vuestro señorío, dando cartas contracartas e faziéndoles graçias e merçedes
que vos ferierdes e fezieron los otros reys que fueron ante
que vos. Non querades arrendar la vuestra chançellería,
ca los arrendadores non catan por al sinon por levar en
qualquier manera, nin guardando nin onrando los mayores nin aviendo piedat de los pobres. E çertamente, la
chançellería mal guardada e mal ordenada es fuego e astragamiento del señorío. E así, ome fiel e verdadero tiene
la chançellería en fialdat non aviendo sobrecata nin guardas ningunas que meta a mal, este atal guarda pro de su
señor e onra los buenos de la tierra e ha piedat de los
pobres. E así finca la tierra guardada e asegurada e es
mejor servido el señor. Otrosí, vos digo e vos consejo que
sobre aquel que posierdes en guarda de vuestro tesoro,
que non pongades sobrecata nin guarda ninguna, ca entonçe vos contesçería lo que contesçió a un rey moro, de
esta guisa:

DE CÓMO UN CRIADO DE UN REY MORO DIXO AL REY: "SI
TÚ A MÍ OVIERAS DEXADO SOLO EN GUARDA DEL TU TESORO,
PUES YO ERA YA RICO, E NON OVIERAS Ý PUESTO OTROS
SOBREGUARDADORES POBRES E FANBRIENTOS, QUE AVÍAN
SABOR DE ENREQUEÇER, NON TE MENGUARA TANTO DEL
TU TESORO"

Dize la escriptura que este rey moro avía muy grant
tesoro e que fizo guarda de él a un su criado en que en-

fiava, e mandóle que tomase ende una dobla para su despensa. E porque non conplía, tomó él dos doblas cada día, e lo que fincava de más de la su despensa guardávalo, así que enrequesçió; e algunos, con grant codiçia, dixieron al rey: "Señor, bien sabes tú que este tu mayordomo que guarda tu tesoro que era muy [f. 151v] pobre quando ý posiste, e agora es tan rico e non sabe lo que ha, e farías bien que posieses ý alguno otro que lo guardase con él." E el rey fízolo así, e mandó que tomase una dobla cada día así como el otro. E este segundo sopo en cómo tomara el otro dos doblas cada día, e abínose con él e tomava al tantas, de guisa que enrequesçió de más de lo que fincava cada día de su despensa, así como el otro. E sobre esto venieron otros e dixieron al rey que parase mientes en su tesoro que estos omes mucho eran ricos, e que posiese mientes en su tesoro e que posiese ý más guardadores, cuidando que lo guardaría mejor. E el rey fízolo así. E ellos abenidos en uno tomava cada uno de ellos dos doblas cada día, así que un día el rey fue ver su tesoro e fallólo muy menguado, e díxolo a los guardadores, e cada uno se escusava e dezía que non sabía de qué tenía aquella mengua. E desí, apartóse el rey con aquel que avía puesto primero e díxole que, so pena de la su merçed, dixiese por qué venía aquel tan grant daño e menoscabo en su tesoro. E él, como ome de buen entendimiento, non le queriendo negar la verdat, díxole así:

"Señor, dígote que contesçió así como contesçió a un lobo, que acaesçiendo por un canpo, encontróse con los perros del ganado. E los perros fueron en pos él, e porque non veía lugar do se podiese asconder nin fuir, metióse en un lago muy grande que era en el canpo; e pasóse a la otra parte. En aquel lago avía muchas sanguijuelas, e aviánsele pegado al lobo de ellas en manera que todo el cuerpo tenía cobierto, e estavan llenas de sangre que avían tirado de él; e començólas a tirar de él con los dientes e echólas de sí. Después que vio que los canes eran çerca de él, metióse en el lago otra ves e pasóse a la otra parte, a fallóse lleno de otras sanguijuelas que es-

tavan ý lleñas de sangre, e [f. 152] començólas a tirar de
sí; pero que estava muy flaco por la mucha sangre que
avía tirado de él.

"E estando en esto cuidando, atrevesóse otro lobo e
preguntóle que qué fazía. E él le dixo que tirava aquellas
sangujuelas de sí, ca estava muy flaco por la mucha sangre que de él tirava, e que avía miedo que non podría
pasar el lago de flaqueza, si a él veniesen los canes çer-
carvos en derredor del lago. "Amigo —dixo el otro
lobo—, pues los canes vienen, yo non me quiero detener;
pero dóte por consejo que si otra ves pasares el lago, que
non tires de ti las sangujuelas que se a ti pegaren e estudieron lleñas, ca éstas ya podría tirar, pues fartas fueron;
ca si de ti las echares e ovieres otra vegada a pasar el
lago, pegársete han otras fanbrientas que se querrán en-
chir de tu sangre, así como aquéllas, en manera que perderás la fuerça e non podrás andar; e las primeras que
de ti se pegaron las ovieras dexado, pues lleñas eran,
mejor fezieras, ca non ovieran lugar, ca las otras fanbrientas de se te pegar, e así non perderíades tanta sangre del vuestro cuerpo." [227]

Onde —dixo el mayordomo—, señor, si ovieras a mí
dexado solo en guarda del tesoro, pues yo era ya rico, e
non ovieses y puestos otros sobreguardadores pobres e
fanbrientos, que avían sabor de enrequeçer, non te menguara tanto del tu tesoro. Cada uno de estos que ý posiste lievan tanto cada día como yo, fasta que fueron ricos así como tú ves; e por esto viene la grant mengua en
el tu tesoro. E aun si las dexaras, non te dexarán escarvar,
con codiçia de levarte quanto podieren, ca el coraçón del
codiçioso non se tiene por abondado de lo que ha maguer
rico sea, e non ayas fuzia en su seguramiento que te faga
el codiçioso porque diga que non tomará, que non puede
ser que él dexe de [f. 152v] escarvar por abondado que

---

[227] Es una fábula de Esopo, que pasa a la *Retórica* de Aristóteles
(II, 20) y se extiende después en varias versiones. (Wagner, "Sources", pp. 77; 87 y 88 para las anécdotas que siguen.)

sea, así como dixo un cardenal, ome bueno e de buena vida,
dando consejo a un papa que fue en su tienpo.

DE CÓMO EL REY DAVA CONSEJO A SUS FIJOS E DEZÍALES QUE SE GUARDASEN QUANTO PODIESEN DE NON PONER MUCHAS GUARDAS EN SUS COSAS, MAYORMENTE EN SU AVER

Dize de esta guisa el cuento: que este papa era ome
bueno e buen christiano e pagávase del bien e despagá-
vase del mal; porque vio que los cardenales alongavan
los pleitos de los que venían a la corte; e que les daría
cada año cosa çierta de la su cámara que partiesen. E los
cardenales respondieron que lo farían de buenamente, salvo ende aqueste ome bueno, que non respondió ninguna
cosa. E el papa le dixo que le dixiese lo que le semejava
o que le consejase. E él respondióle e dixo así: "Padre
santo, conséjote que non quieras perder tu aver, ca quanto más dieres tanto perderás, ca el uso que avemos luengamente acostunbrado non lo podemos perder en poco
tienpo, e dezirte he por qué: sepas que nos avemos la
manera del gallo, que por mucho trigo que le pongan delante en que se farta, non dexa de escarvar maguer sea
farto, segunt lo ovo acostunbrado. E tú, señor, crees que
por dar que nos tú fagas de lo tuyo, non dexaremos de
tomar lo que nos dieres e aun de escarvar e trabajar por
quantas partes podiéremos que nos den."

Onde, mios fijos, guardatvos quanto podierdes de non
poner muchas guardas en vuestras cosas, mayormente en
vuestro aver, que es de muy grant codiçia; ca pocos son
los que verdaderamente lo guardan; pero mejor es que
catedes uno en que fiedes e que lo fagades ende guardar,
e non muchos. E maguer que ende algo lieve, non puede
ende uno tanto levar nin tanto daño fazer como muchos.

Otrosí, non querades [f. 153] arrendar los ofiçios de
la justiçia, ca nunca derecho sea guardado nin se faría
justiçia con codiçia de levar, así como contesçió en el
regño de Orbín.

DE CÓMO UN REY CODIÇIOSO ARRENDÓ EL OFIÇIO DE LA
JUSTIÇIA, E A POCOS DE DÍAS ADOLESÇIÓ; E SEYENDO
TRASPUESTO, SEMEJÓLE QUE TODOS AQUELLOS DE QUIEN
NON FEZIERA JUSTIÇIA QUE VENIERAN A ÉL PARA LO MATAR,
E LE TENÍAN ATADAS LAS MANOS DEZIENDO: "PUES TÚ
NON QUISISTE FAZER JUSTIÇIA DE NOS, FAGÁMOSLA NOS
DE TI, CA ASÍ LO TIENE DIOS POR BIEN." E COMENÇÓ
A DAR GRANDES BOZES, QUE LE ACORRIESEN

Dize el cuento que ovo ý un rey codiçioso que arrendó
el ofiçio de la justiçia por una quantía de aver que le
dieron de mano. E quando davan al ofiçial aquellos que
eran judgados para morir, que los matasen segunt eran
judgados, que los soltava por algo que le davan. E así
non se conplía justiçia ninguna. E los malos atrevíense a
fazer más mal por esta razón. E quando se querellaron al
rey que la justiçia non se conplía en la tierra, mostró que
lo tenía por mal, pero que non lo fizo emendar. E a
pocos de días adolesçió, e seyendo ome traspuesto, semejóle que todos aquellos de quien non fezieron justiçia
que venían a él por le matar e le tenían atadas las manos
deziendo: "Pues non quisiste fazer justiçia de nos, fagámosla nos de ti, ca así lo tiene Dios por bien." E començó
a dar grandes bozes deziendo que le acorriesen. E la gente
que le guardava recudieron a las bozes deziendo: "Señor, ¿qué avedes?" E acordó, e dixo de cómo muy grant
gente veniera a él por le matar, de aquellos que non fueron justiçiados, e que le ataran las manos, e que le fallarían atadas las manos. E todos se maravillaron ende, e
non sin razón; e çiertamente miraglo [f. 153v] fuera de
Dios. E luego enbió por ofiçial que avía de fazer la justiçia, e preguntóle por qué non feziera justiçia de aquellos que le fueron dados que justiçiase. E dixo que verdat
era que non justiçiara ninguno de ellos, por algo que le
davan; e que sabía que el ofiçio tenía arrendados de él
por una grant quantía de aver, que él sabía que le non
tomaría del que le abría a dar por el arrendamiento, los

uerpos de los muertos, e que por eso que los non ma-
ara, mas que tomó algo de ellos porque él podiese pagar
u arrendamiento; mas si sopiera que él resçebiera los
uerpos de los muertos en preçio por el aver, que los ma-
ara e que gelos guardara.

E el rey quando oyó esto, tovo que él ovo la culpa,
orque arrendara e vendiera la justiçia que devía fazer
egunt derecho. E pechó grant algo a los querellosos por-
ue le perdonasen. E fizo muchos ayunos e andido rome-
ías faziendo emienda a Dios de aquel pecado que con
odiçia ovo fecho. E fizo un establesçimiento, que juró
uego sobre los santos evangelios de lo nunca quebrantar
l nin aquellos que veniesen de él, que ningunt ofiçio en
ue justiçia se deviese guardar, tan bien a los grandes
omo menores, que nunca fuese arrendado, mas que lo
iesen en fialdat al mejor ome e de mejor alma que falla-
en en el reino e non a otro ninguno, e que non fuese ý
ás de uno en aquel lugar do lo podiesen conplir, e
ste que oviese galardón por el bien que feziese o pena
l lo meresçiese. E fizo justiçia de aquellos que le con-
ejaron que lo arrendase, porque ninguno non se atre-
iese a consejar a su señor mal. E este establesçimiento
ue sienpre guardado en aquel règno, de guisa que cada
no [f. 154] fue señor de lo qua avía; e fueron anpara-
os e defendidos cada uno en su derecho.

E mios fijos, sabet que este enxienplo oí contar a vues-
a madre la reina, que lo aprendiera quando ý fuera. E
ertas, do justiçia non ha, todo mal ý ha. Ca en todos los
fiçios de casa del rey e en todos los establesçimientos
uenos deve ser guardado justiçia e regla, que non fagan
ás nin menos de quanto deve segunt justiçia e segunt
rdenamientos buenos. E así, guardándovos e apreçibién-
ovos en todas estas cosas que vos he dicho, seredes on-
ados e reçelados e amados de los vuestros e de los es-
años de buen entendimiento, e seredes ricos e bien an-
antes entre todos vuestros vezinos; e la vuestra buena
ma irá sienpre adelante, e poblar se ha más vuestra
erra e serán más ricos los vuestros pueblos e vos bien
rvidos e ayudados de ellos en todas cosas. Ca los pue-

blos son tesoro de los reys que acorren a los grandes fe
chos. E así seredes amados e preçiados de Dios, el cuy
amor es sobre todos los bienes, en el qual amor vos dex
bevir e murir." "Amén" —dixieron ellos.

DE CÓMO DIXIERON SUS FIJOS DEL REY: "SEÑOR, AGOR. VEMOS E ENTENDEMOS QUE LAS PALABRAS QUE NO DEZÍEDES E EL CONSEJO QUE NOS DÁVADES EN EL TIENPO PASADO, QUE NON ERA DE BALDE"

Después que el consejo les ovo dado el rey, dexárons
caer amos a dos a sus pies e fuérongelos besar, llorand
de los ojos con grant plazer e gradesçiéndole quanta mer
çed les fazía. E dixo Garfín: "Señor, agora vemos e enten
demos que las palabras que nos dezides e el consejo qu
nos dades en este tienpo pasado, que non [f. 154v] er
de balde. E bien es verdat que quando una vegada no
consejástedes e vos toviemos en merçed el bien e la mer
çed que vos fazedes, e nos dixistes así: 'Fijos, aún veng
tienpo en que vos yo pueda fazer merçed e consejar, as
como buen padre a buenos fijos', nos dudemos entonç
Fablamos entre nos qué podía ser esto, que tan gran
amor mostrávades contra nos más que a ninguno de otr
regño; e como dudando diximos si podría ser éste nues
tro padre, ca tan pequeños nos perdistes que non no
podíamos acordar de tan grant tienpo. ¡Mas bendito se
el nonbre de Dios, que nos tan grant merçed quiso faze
en vos querernos conosçer por fijos e nos llegar a l
vuestra merçed! E fío por la su merçed que estos do
escolares que vos castigastes e aconsejastes, de guisa qu
obrarán de ello en quanto vos acaesçiere mucho a serviçi
de Dios e de vos." "Así lo quiera Dios —dixo el rey
por la su santa merçed." "Amén" —dixieron ellos.

DE CÓMO EL REY DIO A ROBOÁN SU FIJO ÇIENT AZÉIMILAS
CARGADAS DE ORO E DE PLATA E MANDÓLE QUE ESCOGIESE
TREZIENTOS CAVALLEROS DE LOS MEJORES QUE ÉL FALLASE
EN TODA LA MESNADA DEL REY, E ESCOGIÓ AQUELLOS QUE
ENTENDIÓ QUE MÁS LE CONPLÍAN

"Çertas —dixo Roboán—, así lo quiera; ca lo que
Dios comiença nos por acabado lo devemos tener; ca él
nunca començó a fazer merçed, así como vos vedes, non
ay caso porque devemos dudar que él non lieve e da çima
a todos. E por amor de Dios vos pido, señor, por merçed,
que me querades perdonar e enbiar que me non detenga-
des, ca el coraçón me [f. 155] da que mucho aína oiredes
nuevas de mí." "Çertas —dixo el rey—, fijo, non me
deterné, mas bien es que lo será tu madre, ca çierto só
que tomará en ello grant pesar." "Señor —dixo Roboán—,
conortadla vos con vuestras buenas palabras, así como só
çierto que lo sabredes fazer, e sacalda de pesar e traelda
a plazer." "Çertas —dixo el rey—, así lo faré quanto yo
podiere; ca mi voluntad es que fagas lo que posiste en tu
coraçón, ca creo que buen propósito de onra es que demandas. E çierto só que, si lo bien siguieres e te non eno-
jares, que acabarás tu demanda con la merçed de Dios;
ca todo ome que alguna cosa quiere acabar, tan bien en
onra como en al que se fazer puede, aviendo con que la
seguir e fuere en pos ella e non se enojare, acabarla ha
çiertamente. E por ende, dizen que aquel que es guiado
a quien Dios quiere guiar."

E luego el rey enbió por la reina que veniese allí do
ellos estavan. E ella fue ý venida luego. Asentóse en una
siella luego, que estava en par del rey, e el rey le dixo:
"Reina, yo he estado con vuestros fijos así como buen
maestro con los disçípulos que ama e ha sabor de los
enseñar e consejarlos e castigarlos porque sienpre feziesen
lo mejor e más a su onra. E en quanto he yo en ellos
emendado, como buenos discípulos que han sabor de bien
fazer, aprendieron su leçión e creo que si omes oviese en

el mundo que obraren bien de costunbres e de cavallerías, que éstos serán de los mejores. E reina, dezirvos lo
he en qué lo entiendo: porque Roboán, que es el menor,
así paró mientes en las cosas e en los castigos que les yo
dava, e así los guardavan en el arca del su coraçón, que
se non puede detener que non pediese merçed que le
feziese algo, que le diese trezientos cavalleros con que
fuese provar el mundo e ganar onra, ca el coraçón le
dava que ganaría onra así como nos, con la merçed de
Dios, o por aventura, mayor. E çertas, bien así como
lo dixo, así [f. 155v] me vino a coraçón que podía ser
verdat. E reina, véngasevos emiente que ante que saliésemos de nuestra tierra vos dixe el propósito en que yo
estava e que quería seguir lo que avía començado e que
lo non dixiésemos a ninguno ca nos lo ternían a locura;
e vos respondístesme así: que si locura o cordura, que
luego me lo oyérades dezir, vos subió al coraçón que
podría ser verdat; e consejástesme así: que saliésemos luego de la nuestra tierra e feziésemoslo así, e Dios por la
su grant merçed, después de grandes pesares e trabajos,
guiemos e endresçemos así como vedes. E çertas, reina,
eso mesmo podría acaesçer en el propósito de Roboán."
"A Dios digo verdat —dixo la reina— que eso mesmo
me contesçió agora en este propósito de Roboán, ca me
semeja que de todo en todo que ha de ser un grant enperador." Pero llorando de los ojos muy fuertemente dixo
así: "Señor, comoquier que estas cosas vengan a ome a
coraçón, e cuido que será mejor, si la vuestra merçed
fuese, que fincase aquí conbusco e con su hermano, que
le fiziésedes mucha merçed e lo heredásedes muy bien,
que asas avedes en qué, loado sea Dios, e que se non
fuese tan aína, siquier por aver nos alguna consolación
e plazer de la soledat en que fincamos en todo este tienpo
cada uno a su parte. E pues Dios nos quiso ayudar por
la su merçed, non nos queramos departir."

"Señora —dixo Roboán—, ¿non es mejor ir aína a la
onra que tarde? ¿e pues vos, que sodes mi madre e mi
señora, que me lo devíedes allegar, vos me lo queredes

detardar? Çertas, fuerte palabra es de madre a fijo."
"¡Ay, mio fijo Roboán! —dixo la reina—. Mientra en
esta onra dure en que estó, si la non quise para vos más
que vos mesmo." "Pues, ¿por qué me lo queredes destorvar?" —dixo Roboán—. "Non quiero —dixo la reina—. Mas nunca tal ora iredes que las telas del mi coraçón non levedes conbusco. E fincaré triste e cuitada
pensando sienpre en vos; e mal pecado, non fallaré quien
me conorte nin quien me diga nuevas de vos en cómo
vos va. E esta será mi cuita e mi quebranto [f. 156]
mientra vos non viere." "Señora —dixo Roboán—, tomad muy buen conorte, ca yo he tomado por mio guardador e mio defendedor a nuestro señor Dios, que es poderoso de lo fazer, e con grant fuzia e con la su grant
ayuda, yo tales obras por que los mis fechos vos traerán
las nuevas de mí e vos serán conorte." "Pues así es —dixo
la reina—, e al rey vuestro padre plaze, començad vuestro camino en el nombre de Dios quando vos quisierdes."

Otro día de grant mañaña, por la grant acuçia de Roboán, dieron çien azeimal[228] cargadas de oro e de plata
e mandáronle que escogiese trezientos cavalleros de los
mejores que él falle en toda su mesnada del rey. E él escogió aquellos que entendía que más le conplían. E entre
los quales escogió un cavallero, vasallo del rey, de muy
buen seso e de muy buen consejo, cavallero que dezían
Garbel; e non quiso dexar al cavallero Amigo, ca çiertamente es mucho entendido e buen servidor e de grant esfuerço. E dioles a los cavalleros todo lo que avían mester, tan bien para sus casas como para se guisar, e dioles
plazo de ocho días a que fuesen guisados, e espedieron
del rey e de la reina e fuéronse. Pero que al espedir ovo
ý muy grandes lloros, que non avía ninguno en la çibdat
que podiese estar que non llorase; e dezían mal del rey
porque le consejava ir, pero non destorvar, pues començado lo avía. E verdaderamente así lo amavan todos e lo
preçiavan en sus coraçones por las buenas costunbres e

---

[228] *azeim(ilas)* (W., 384).

los buenos fechos de cavalleros que en él avía, les pareçía
que el reino fincava desanparado.

E por doquier que iva por el reino, lo salían a resçebir
con grandes alegrías, faziéndole mucha onra e conbidan-
do cada uno a porfía, cuidando le detener, e por aventura,
en la detenençia, que se repentería de esto que avía començado; e quando al departir, veyendo que al non podía
ser sinon aquello que avía començado, toda la alegría se
les tornó en lloro e en llanto. E así salió del regño de su
[f. 156v] padre.

Por qualquier regño que iva, resçebíanlo muy bien, e
los reys fazían algo de lo suyo e travavan con él que
fincase con ellos e que parterían con él de muy buena
mente lo que oviese, e él gradesçiógelo e ívase, ca de tal
donario era él e aquella gente que levava, que los de las
otras çibdades e villas que lo oían avían muy grant sabor de lo ver, e quando llegava çerraban todas las tiendas de los menestrales, bien así como si su señor ý llegase. Pero que los cavalleros mançebos que con él ivan
non querían estar de vagar, ca los unos lançavan e los
otros andavan por el canpo a escudo e a lança faziendo
sus demandas. E el que mejor fazía esto entre ellos todos
era el infante Roboán quando lo començava; ca éste era
el mejor acostunbrado cavallero mançebo que ome en el
mundo sopiese, ca era mucho apuesto en sí e de muy
buen donario e de muy buena palabra e de buen resçebir
e jugador de tablas e de axedrés e muy buen caçador de
toda ave, mejor que otro ome, dezidor de buenos retraires, [229] de guisa que quando iva camino todos avían sabor de
lo aconpañar por oir lo que dezía; partidor de su aver muy
francamente allí do convenía; verdadero en su palabra;
sabidor en los fechos de dar buen consejo quando gelo
demandavan, non atreviendo mucho en su seso quando
consejo de otro oviese mester; buen cavallero de sus
armas con esfuerço e non con atrevemiento; onrador de
dueñas e de donzellas.

---

[229] retraires: "retraires: "Retraher: Refrán o expresión proverbial." (Dicc. Acad.) (J. Cejador, Voc. med. cast., p. 350.)

DE CÓMO ROBOÁN MANDÓ LLAMAR AL CAVALLERO AMIGO
E MANDÓLE QUE LEVASE UNA CARTA AL REY DE GUIMALET
E QUE LE DIXIESE DE SU PARTE QUE LE ROGAVA MUCHO,
ASÍ COMO A REY EN QUIEN DEVÍA AVER MESURA, QUE POR
AMOR DE ÉL, QUE ERA OME ESTRAÑO, QUE NON QUISIESE
FAZER MAL EN EL REGÑO DE PANDULFA MIENTRA QUE Ý
FUESE; E QUE GELO GRADESÇERÍA MUCHO; E [f. 157] SI
DIXIESE ALGUNA COSA DESAGUISADA, QUE LE DESAFIASE
DE SU PARTE

Bien dize el cuento que si ome quisiese contar todas
las buenas costunbres e los bienes que eran en este cava-
lero, que lo non podría escrevir todo en un día. E bien
semeja que las fadas que le fadaron que non fueron de
las escasas, mas de las más largas e más abondadas de
las buenas costunbres.

Así que era redrado Roboán de la tierra del rey su
padre mill jornadas, eran entrados en otra tierra de otro
lenguaje que non semejava a la suya, de guisa que non
se podían entender sinon en pocas palabras; pero que
trayo sus trujamenes [230] consigo por las tierras por do
va, en manera que lo resçebían muy bien e le fazían
grant onra. Ca él así traía su conpaña castigada que a
ome del mundo non fazía enojo.

Atanto andudieron, que ovieron a llegar al regño de
Pandulfa, donde era señora la infante Seringa, que heredó el regño de su padre porque non ovo fijo sinon a ella.
E porque era muger, los reys sus vezinos de enderredor
fazíanle mucho mal e tomávanse su tierra, non catando
mesura, la que todo ome deve catar contra las dueñas.
E quando Roboán llegó a la çibdat de la infante Seringa,
éste fue resçebido e luego fue a la infante a ver. E ella
se levantó a él e resçibióle muy bien, faziéndole grant
onra, más que a otros fazía quando venían a ella. E ella
le preguntó: "Amigo, ¿sodes cavallero?" "Señora —dixo

[230] *trujamenes*: Trujamán: "Corredor de cambios o de compras
y ventas. Intérprete." (Covarr.)

él—, sí." "¿E sodes fijo de rey?" —dixo ella—. "Sí —dix
él—, loado sea Dios que lo tovo por bien." "¿E sode
casado?" —dixo la infante—. "Çertas, non" —dixo Ro
boán—. "¿E de quál tierra sodes?" —dixo ella—. "De
regño de Mentón —dixo él—, si lo oistes dezir." "Sí c
—dixo ella—, pero creo que sea muy lexos." "Çerta
—dixo Roboán—, bien ay de aquí allá çiento e treint
jornadas." "Mucho avedes lazrado" —dixo la infante—
"Non es lazerio —dixo él— al ome quando anda a s
voluntad." "¿Cómo? —dixo la infante—. ¿Por vuestr
talante vos venistes a esta tierra, ca non por cosas qu
[f. 157v] oviese de recabdar?" "Por mío talante —dix
él—, e recabdaré lo que Dios quisiere e non al." "Dio
vos dexe recabdar aquello —dixo ella— que vuestra onr
fuese." "Amén" —dixo él.

La infante fue ý muy pagada de él e rogóle que fues
su huésped e que le faría todo el algo e toda la onr
que pudiese. E él otorgógelo, ca nunca fue desmandad
a dueña nin a donzella de cosa que le dixiese que faze
dera fuese; delante ella, do estava asentado, para se i

E una dueña biuda muy fermosa, que avía nonbre l
dueña Gallarda, comoquier que era atrevida en su fabla
cuidando que se quería ir el infante, dixo así: "Seño
infante, ¿irvos queredes sin vos espedir de nos?" "Po
que non me quiero ir —dixo él— non me espido de vo
nin de los otros. E comoquier que de los otros me espe
diese, de vos non me podría espedir, maguer quisiese.
"¡Ay, señor! —dixo ella—. ¿Atán en poco me tenedes?
"Non creo —dixo él— que ome en poco tiene a quie
salvo si se de él non puede partir." E fuese luego con s
gente para su posada.

La infante començó a fablar con sus dueñas e con su
donzellas e díxoles así: "¿Vistes un cavallero tan mar
çebo e tan apuesto nin de tan buen donario e tan d
buena palabra, e atan aperçebido en las sus respuesta
que ha de dar?" "Çertas, señora —dixo la Gallarda—
en quanto oí de él agora seméjame de muy buen enter
dimiento e de palabra sosegada e muy plazentero a lo
que la oyen." "¿Cómo? —dixo la infante—, ¿así vo

pagastes de él por lo que vos dixo?" "Çertas, señora
—dixo la dueña—, mucho me pago de él por quanto le
oí dezir. E bien vos digo, señora, que me plazería que
nos veniese ver porque podiese con él fablar e saber si
es tal como paresçe. E prométovos, señora, que si comigo
fabla, que lo yo proeve en razonando con él, deziendo
algunas palabras de algunt poco de enojo, e veré si dirá
alguna [f. 158] palabra errada." [231] "Dueña —dixo la
infante—, non vos atrevades en el vuestro buen dezir, nin
provar los omes nin los afincar más de quanto devedes,
ca, por aventura, cuidaredes provar e provarvos han."
"Çertas, señora, salga a lo que salir podiere, que yo a
fazer lo he, non por al sinon porque le quiero muy grant
bien, e por aver razón de fablar con él." "Dé Dios buena
ventura —dixo la infante— a todos aquellos que le bien
quieren." "Amén" —dixieron todos.

La infante mandó luego de él pensar muy bien e darle
todas las cosas que ovo mester. E podríalo muy bien fazer, ca era muy rica e muy abondada e abastada, e sin
la renta que avía cada año del regño ovo después el rey
su padre que murió, ovo todo el tesoro, que fue muy
grande a maravilla. E ella era de buena provisión e sabía
muy bien guardar lo que avía. E çertas, mucho era de
loar quando bien se mantovo depués de la muerte de
su padre, quando bien mantovo su regño, sinon por los
malos vezinos que le corrían la tierra e le fazían mal en
ella; e non por al sinon porque non quería casar con los
que ellos querían, non seyendo de tal lugar como ella
nin aviendo tan grant poder.

Después que el infante Roboán ovo comido, cavalgó
con toda su gente e fueron andar por la çibdat. E verdaderamente así plazía a todos los de la çibdat con él
como si fuese señor del regño; e todos a una bos dezían

---

[231] La Gallarda quiere practicar la misma esgrima verbal que el
ribaldo con Zifar cuando éste era huésped del ermitaño. (Véase
p. 130.) Sobre este episodio, Wagner, "Sources", pp. 91-92, con
referencias a Timoneda, *Sobremesa*, II, 52, y la *Silva curiosa de
Medrano*. A mí también me recuerda una escena de *El hijo de Reduán*, atribuido a Lope de Vega.

que Dios le diese su bendiçión, ca mucho lo meresçía. De
que ovo andado una pieça por la çibdat, fuese para casa
de la infante. E quando a ella dixieron que el infante
venía, plógole muy de coraçón, e mandó que acogiesen a
él e a toda su conpaña. E la infante estava en el grant
palaçio que el rey su padre mandara fazer, muy bien
aconpañada de muchas dueñas e donzellas, más de quantas falló Roboán quando la vino ver en la mañaña. E
quando llegó Roboán, asentóse delante ella e començaron a fablar [f. 158v] muchas de cosas. E en fablando,
entró el conde Rubén, tío de la infante, e Roboán se
levantó a él e le acogió muy bien; e preguntóle si quería
fablar con la infante en poridat que los dexaría. "Çertas
—dixo el conde—, señor, sí he, mas non quiero que la fabla sea sin vos; ca, mal pecado, lo que he yo a dezir non
es poridat." E dixo así: "Señora, ha mester que paredes
mientes en estas nuevas que agora llegaron." "¿E qué
nuevas son éstas?" —dixo la infante—. "Señora —dixo
el conde—, el rey de Guimalet ha entrado en vuestra
tierra e la corre e la quema; e vos ha tomado seis castiellos e dos villas, e dixo que non folgará fasta que todo
el regño vuestro corriese. E porque ha mester que tomedes ý consejo con vuestra gente, que enbiedes e que fabledes con ellos e guisedes que este daño e este mal non
vaya más adelante." "Conde —dixo la infante—, man-
datlo vos fazer, ca vos sabedes que quando mi padre morió, en vuestra encomienda me dexó, ca yo muger só e non
he de meter las manos; e como vos tovierdes por bien
de lo ordenar, así tengo yo por bien que se faga."

El conde movió estas palabras a la infante a sabiendas
ante el infante Roboán con muy grant sabiduría; ca era
ome de buen entendimiento e provara muchas cosas, e
movía esto teniendo que, por aventura, el infante Roboán
se moviera ayudar a la infante con aquella buena gente
que tenía. La infante se começó mucho a quexar e dixo:
"¡Ay, nuestro señor Dios! ¿Por qué quesiste que yo na-
çiese, pues que me yo non puedo defender de aquellos
que mal me fazen? Çertas, mejor fuera en yo non ser
nasçida e ser este lugar de otro que sopiese pasar a los

fechos e a lo defender." El infante quando la oyó quexar, fue movido a grant piedat e pesóle mucho con la sobervia que le fazían. E díxole así: "Señora, enbiástesle nunca a dezir a este rey que vos este mal faze que vos lo feziese?" "Çertas —dixo la infante—, [f. 159] sí enbíe muchas vegadas, mas nunca de él buena respuesta pude aver." "Çertas —dixo Roboán—, non es ome en el que buena respuesta non ha, ante cuido que es diablo lleño de sobervia, ca el sobervio nunca sabe bien responder. E non cuido que tal rey como éste que vos dezides mucho dure en su onra, ca Dios non sufre las sobervias, ante las quebranta e las abaxa a tierra, así como fará aqueste rey." "Yo fío de la su merçed, si se non repiente e se non parte de esta locura e esta sobervia, ca mucho mal me ha fecho en el regño muy grant tienpo ha, desque morió el rey mi padre." El infante Roboán se tornó contra el conde e dixo así: "Conde, mandatme dar un escudero que vaya con un mi cavallero que yo le daré, e que le muestre la carrera e la tierra, e yo enbiaré a rogar aquel rey que, por la su mesura, mientra yo aquí fuere en el vuestro regño, que só ome estraño, que por onra de mí que vos non faga mal ninguno; e yo cuido que querrá ser mesurado e que lo querrá fazer." "Muy de buenamente —dixo el conde—, luego vos daré el escudero que vaya con vuestro cavallero, lo guíe por toda la tierra de la infante, e le faga dar lo que mester oviere fasta que llegue al rey."

E entonçe Roboán mandó llamar al cavallero Amigo e mandóle que levase una carta al rey de Guimalet e que le dixiese de su parte que le rogava mucho, así como a rey en quien devía tener mesura, que por amor del que es ome estraño, non quisiese fazer mal en el regño de Pandulfa mientra él ý fuese, e que gelo gradesçería mucho; e si por aventura non lo quisiese fazer e dixiese contra él alguna cosa desaguisada o alguna palabra soberviosa, que lo desafiase de su parte.

El cavallero Amigo tomó la carta del infante Roboán e cavalgó luego con el escudero. El conde salió con ellos por los castigar [f. 159v] en cómo feziesen.

La infante gradesçió mucho a Roboán lo que fazía por ella e rogó a todos los cavalleros e las dueñas e donzellas que estavan ý que gelo ayudasen a gradesçer. Todos gelo agradesçieron sinon la dueña Gallarda, que dixo así: "¡Ay, fijo de rey, cómo vos puedo yo gradesçer ninguna cosa, teniéndome oy tan en poco como me toviste!" "Çertas, señora —dixo Roboán—, non creo que bien me entendistes, ca si bien me entendiérades quáles fueron las palabras e el entendimiento de ellas, non me jud garíedes; pero yo iré fablar conbusco e fazérvoslo he entender, ca aquel que de una vegada non aprende lo que ome dize, conviene que de otra vegada gelo repita." "Çetras —dixo la infante—, mucho me plaze que vayades fablar con qual vos quisierdes; ca çierto só que de vos non oirá sinon bien." E levantóse Roboán e fuese a sentar con aquella dueña, e díxole así: "Señora, mucho de vedes gradesçer a Dios quanto bien e quanta merçed vos fizo, ca yo mucho gelo gradesco porque vos fizo una de las más fermosas dueñas del mundo e más loçana de coraçón e la de mejor donario e la de mejor palabra e la de mejor resçebir e la más apuesta en todos sus fechos E bien semeja que Dios quando fazía muy de vagar estava, e atantas buenas condiçiones puso en vos de fermosura e de bondat, que non creo que en muger de este mundo las podiese ome fallar." La dueña quísolo mover a saña por ver si diría alguna palabra errada, non porque ella entendiese e viese que podría de él dezir muchas cosas buenas, así como en él las avía. "Çertas, fijo de rey, non sé qué diga en vos; ca si sopiese, dezirlo ía muy de grado." Quando esto oyó en infante Roboán, pesóle de coraçón e tovo que era alguna dueña torpe. E díxole así "Señora, ¿non sabedes qué digades [f. 160] en mí? Yo vos enseñaré, pues vos non sabedes, ca el que nada non sabe conviene que aprenda." "Çertas —dixo la dueña— si de la segunda escatima [232] mejor non nos guardamos que de ésta, non podemos bien escapar de esta palabra ca ya la primera tenemos." "Señora —dixo Roboán—

[232] *escatima*: afrenta, insulto. (*Lucanor*, pp. 171, 212.)

non es mal que oya quien dezir quiere e que le responda
segunt dixiere." "Pues enseñarme" —dixo ella—. "Plázeme —dixo él—. Mentid como yo mentí, e fallaredes que
digades quanto vos quisierdes." La dueña quando oyó
esta palabra tan cargada de escatima, dio un grant grito,
el más fuerte del mundo, de guisa que todos quantos ý estavan se maravillaron. "Dueña —dixo la infante—, ¿qué
fue eso?" "Señora —dixo la dueña—, en fuerte punto
nasçió quien con este ome fabla, sinon en cordura; ca
atal respuesta me dio a una liviandá que avía pensado,
que non fuera mester la oir por grant cosa." E dixo la
infante: "¿Non vos dixe yo que por aventura querríades
provar e que vos provarían? Bendito sea fijo de rey que
da respuesta que le meresçe la dueña." El infante Roboán
se tornó a fablar con la dueña como un poco sañudo, e
dixo así: "Señora, mucho me plazería que fuésedes guardada en las cosas que oviésedes a dezir, e que non qui-
siésedes dezir tanto como dezides nin riyésedes de ninguno; ca me semeja que avedes muy grant sabor de departir en faziendas de los omes, lo que non cae bien a
ome bueno, quanto más a dueña; e non puede ser que
los omes non departan en vuestra fazienda, pues sabor
avedes de departir en las agenas; e por ende, dizen que
la picaça de todos ríe e todos ríen de su fruente. Çertas,
muy grant derecho es que quien de todos se ríe que rían
todos de él; e creo que esto vos viene de muy grant vileza
de coraçón e de muy grant atrevemiento que tomades en
la vuestra palabra; e verdat es que ninguna dueña vi en
ningunt tienpo [f. 160v] que de buenas palabras fuese,
vos aquella sodes. Comoquier que algunos omes quiere
Dios poner este don, que sea de buena palabra, a las
vegadas mejor les es el oir que non mucho querer dezir;
ca en oyendo, ome puede mucho aprender; onde deziendo puede errar. E señora, estas palabras vos digo atreviéndome en la vuestra merçed e queriéndovos muy
grant bien; ca a la ora que vos yo vi sienpre me pagué
de los bienes que Dios en vos puso en fermosura e en
sosiego e en buena palabra; e por ende, querría que
fuésedes en todas cosas la más guardada que podiese

ser; pero, señora, si yo vos erré en me atrever a vos de
zir estas cosas que vos agora dixe, ruégovos que me per
donedes, ca con buen talante que vos yo he me esforçé
a vos lo dezir e vos non encobrí lo que yo entendía po
vos aperçebir."

"Señor —dixo—, yo entendía." Dixo la dueña: "Yo non
podría gradesçer a Dios quanta merçed me fizo oyende
este día, nin podría vos servir la mesura que en mí que
sistes mostrar en me querer castigar e dotrinar, ca nunca
fallé ome que tanta merçed me feziese en esta razón como
vos. E bien creed que de aquí adelante seré castigada, ca
bien veo que non conviene a ningunt ome tomar gran
atrevemiento de fablar, mayormente a dueña; ca el mu
cho fablar non puede ser sin yerro; e vos veredes que
vos daría yo a entender que fezistes una diçípula e que
ove sabor de aprender todo lo que dixistes. E comoquier
que otro serviçio non vos puedo fazer, sienpre rogaré
a Dios por la vuestra vida e por la vuestra salud." "Dios
vos lo gradesca —dixo Roboán—, ca non me semeja que
gané poco contra Dios por dar respuesta e non muy me
surada." "Por Dios —dixo la dueña—, ¿fue repuesta?
más fue juizio derecho; ca con aquella encobierta que yo
cuidé engañar, me engañaste; [f. 161] e segunt dize el
vierbo: 'que tal para la manganiella, que se cae en ella
de goliella'." [233] "Çertas —dixo Roboán—, señora, mucho
me plaze de quanto oyo, e tengo que enpleé bien el mi
conosçer, que bien creo que vos tal non fuésedes como
yo pensé luego que vos vi, non me respondredes a todas
cosas." E que esto, fue Roboán muy alegre e muy pa
gado.

Çertas, non obraron poco las palabras de Roboán nin
fueron de poca virtud, ca ésta fue después la mejor guar
dada dueña en su palabra e la más sosegada e de mejor

---

[233] *Manganiella*: "Es una manera de engaño artificioso y pron
to, como suelen hacer los del juego de masecoral." (Covarr.) "Sub
tility set a trap, and caught itself." (Wagner, "Sources", pp. 68-69.
Goliella: dimin. de *gola*: boca. El proverbio quiere decir: "el qu
hace la trampa termina cayendo en ella de boca", como le pas
a la dueña.

vida luego en aquel regño. Çertas, mester sería un infante
como éste en todo tienpo en las casas de las reynas e de
las dueñas de grant lugar que casas tienen, que quando
él se asentase con dueñas o con donzellas que las sus
palabras obrasen así como las de este infante e fuesen de
tan grant virtud para que sienpre feziesen bien e guardasen su onra; mas, mal pecado, en algunas contesçe que
en lugar de las castigar e de las dotrinar en bien, que las
meten en bolliçio de dezir más de quanto devían, e aun
parientes ý á que non catan de ello nin de ellas, que las
enponen en estas cosas; atales ý á de ellas que las apren-
den de grado e repiten muy bien la leiçión que oyeron.
Çertas, bienaventurada es la que entre ellas se esmera
para dezir e para fazer sienpre lo mejor e se guarda de
malos corredores e non caer nin escuchar a todas quantas cosas le quieren dezir; ca quien mucho quiere escuchar, mucho ha de oir, e, por aventura, de su daño e de
su dsonra; e pues de grado lo quiso oir, por fuerça lo
ha de sofrir, maguer entienda que contra sí sean dichas
las palabras; ca conviene que lo sufra, pues le plogo de
fablar en ello; pero deve fincar envergoñada, si buen entendimiento le Dios quiso dar para entender, e dévese
castigar para adelante; e la que de buena ventura es,
en lo que vee pasar por los otros se deve castigar. Onde
dize el sabio que bienaventurado es el que se escarmienta
en las palabras agenas; mas mal pecado, non cree mas
que el peligro nin daño el que [f. 161v] pasa por los
otros, mas el que nos avemos a pasar e a sofrir. Çertas,
esto es mengua de entendimiento, ca devemos entender
que el peligro e el daño que pasa por uno puede pasar
por otro, ca las cosas de este mundo comunales son; e
a que oy es en vos, cras es en otro, si non fuese en ome
de tan buen entendimiento que se sepa guardar de los
peligros. Onde todo ome deve tomar enxienplo en los
otros ante que en sí, mayormente en las cosas peligrosas
e dañosas; ca quando las en sí toma, non puede fincar sin
daño e non lo tienen los omes por de buen entendimiento.
E guárdevos Dios a todos, ca aquel es guardado que Dios
quiere guardar. Pero con todo esto conviene a ome que

se trabaje e se guardar, e Dios le guardará. E por ende dizen que quien se guarda, Dios le guarda.

E desí levantóse Roboán de çerca de la dueña e espedióse de la infante e fuese a su albergada. E la infante e las dueñas e donzellas fincaron departiendo mucho er él, loando mucho las buenas costunbres que en él avía La dueña Gallarda dixo así: "Señora, ¡qué bien andante sería que este ome oviese por señor, e quánto bienaventurada sería nasçida del vientre de la su madre!" La infante toviera que por aquella dueña era dezidor que di xiera estas palabras ella, e enrubeçió. E dixo: "Dueña dexemos agora esto estar, que aquella abría la onra la de que buena ventura fuer e Dios gela quisiere dar." Çertas, todos pararon mientes a las palabras que dixo la in fante en cómo se mudó la color, e bien tovieron que po aquellas señales que non se despagava de él. E çierta mente en el bejayre [234] del ome se entiende muchas vega das lo que tiene en el coraçón.

E el infante Roboán moró en aquella çibdat fasta que vino el cavallero Amigo con la respuesta del rey Guima let. E estando Roboán fablando con la infante en solas pero non palabras ledas, mas mucho apuestas e muy sir villanía e si torpedat, llegó el conde a la infante e dixo así: [f. 162] "Señora, son aquellos el cavallero e el es cudero que enbió el infante Roboán al rey de Guimalet." "E venga luego —dixo el infante Roboán— e oiremos la respuesta que nos enbía." Luego el cavallero Amigo vino ante la infante e ante Roboán e dixo así: "Señora, sinor que sería mal mandadero, callarme ía yo, non diría la respuesta que me dio el rey de Guimalet; ca, sí Dios me vala, del día en que nasçí nunca vi un rey tan desmesu rado nin de tan mala parte nin que tan mal oyese man daderos de otro nin que mala repuesta les diese nin so berviamente." "¡Ay, cavallero Amigo! —dixo el infante Roboán—. Sí te Dios dé la su graçia e la mía, que me

---

[234] *bejayre*: del prov. *veiaire*: "manière de voir, semblant, mine apparance, avis". (S.-J. Honnorat, *Dictionnaire Provençal-Français* 1847.)

digas verdat de todo quanto te dixo e non mengües ende
ninguna cosa." "Pardiós, señor —dixo el cavallero Amigo—, sí diré. Ca ante que de él me partiese, me fizo fazer
omenage que vos dixiese el su mandato conplidamente; e
porque dubdé un poco de fazer omenaje, mandávame cor-
ar la cabeça." "Çertas, cavallero Amigo —dixo el infan-
e Roboán—, bien estades ya que avedes pasado el su
miedo." Dixo el cavallero Amigo: "Bien creed, señor,
que aún cuido que delante de él estó." "Perdet el miedo
—dixo el infante—, ca perder lo solíedes vos en tales
osas como éstas." "Aún fío por Dios —dixo el cavallero
Amigo— que le veré yo en tal lugar que abrá él tan grant
miedo de mí como yo de él." "Podría ser —dixo el in-
ante—, pero dezitme la respuesta e veré si es tan sin
mesura como vos dezides." "Señor —dixo el cavallero
Amigo—, luego que llegué, finqué los inojos ante él
e díxele de cómo le enbiávades saludar e díle la carta
vuestra, e él non me respondió ninguna cosa, mas tomóla
e leyóla. E quando la ovo leída, dixo así: "Maravíllome de
ti en cómo fuste osado de venir ante mí con tal mandado, e tengo por muy loco e por muy atrevido a aquel
[f. 162v] que te acá enbió en quererme enbiar dezir por
u onra que por onra de él, que es ome estraño, que yo
que dexase de fazer mi pro e de ganar quanto ganar podie-
e." E yo díxele que non era ganançia lo que se ganava con
ecado. E por esta palabra que le dixe quería me mandar
matar, pero tornóse de aquel propósito malo en que era
e díxome así: "Sobre el omenaje que me feziste te mando
que digas a aquel loco atrevido que te acá enbió, que por
esonra de él de estos seis días quemaré las puertas de la
çibdat do él está e los entraré por fuerça e a él castigaré
con esta mi espada, de guisa que nunca él cometerá otra
osa como ésta." E yo pedíle por merçed, pues esto me
mandava dezir a vos, que me asegurase e que le diría
o que me mandávades dezir. E él aseguróme e mandóme
que le dixiese lo que quisiese. E yo díxile que, pues atan
rava respuesta vos enbiava, que le desafiávades. E él
espondió así: "Ve tu vía, sandio, e dile que non ha

por qué me amenazar a quien le quiere ir cortar la cabeça."

"Çertas, cavallero, muy bien conposistes vuestro mandado e gradéscovoslo yo; pero me semeja que es ome de muy
mala respuesta ese rey e sobervio, así como la infante me
dixo este otro día. E aún quiera Dios que de esta sobervia se arrepienta, e el repentir que le non pueda tener
pro." "Así plega a Dios" —dixo la infante.

"Señora —dixo Roboán—, llegare [235] la vuestra gente,
acordat quí tenedes por bien de nos dar por cabdiello por
quien catemos, ca yo seré con ellos muy de grado en vuestro serviçio." "Muchas graçias —dixo la infante—, ca
çierta só que de tal lugar sodes e de tal sangre que en
todo quanto podierdes acorreredes a toda dueña e a toda
donzella que en cuita fuese, mayormente a huérfana, así
como yo finqué sin padre e sin madre e sin ningunt acorro
del mundo, salvo ende la merçed de Dios [f. 163] e el
serviçio bueno e leal que me fazen nuestros vasallos; e
la vuestra ayuda que me sobrevino agora por la vuestra
mesura, lo que vos gradesca Dios, ca yo non vos lo podría gradesçer tan conplidamente como vos lo meresçedes." "Señora —dixo Roboán—, ¿qué cavallería puede
ser entre cavalleros fijosdalgo e çibdadanos de buena cavallería?" "Fasta dies mill." "Pardiós, señora —dixo Roboán—, muy buena cavallería tenedes para vos defender
de todos aquellos que vos mal quisieren fazer. Señora
—dixo Roboán—, ¿serán aína aquí estos cavalleros?"
"De aquí ocho días —dixo la infante—, o ante." "Çertas
señora —dixo Roboán—, plazerme ía mucho que fuese
yo aý e que vos librasen de estos vuestros enemigos e fincásedes en pas, e yo iría librar aquello por que vine."
"¿Cómo? —dixo la infante—, ¿non me dexistes que por
vuestro talante érades en estas tierras venido e non por
recabdar otra cosa?" "Señora —dixo el infante—, verdat es, e aun eso mesmo vos digo: que por mio talante
vine e non por librar otra cosa sinon aquello que Dios
quisiere. Ca quando yo salí de mi tierra, a él tomé po-

---

[235] (quando) llegare (W., 401).

criador e endresçador de mi fazienda, e pero non quiero
al nin demando sinon aquello que él quisiere." "Muy
dudoso es esta vuestra demanda" —dixo la infante—.
"Çertas, señora —dixo Roboán—, non es dudoso lo que
se faze en fuzia e en esperança de Dios, ante es muy
çierta e a los que son   [236] ante yo quería dezir
nin espaladinar [237] por lo que veniera." Non le quiso más
afincar sobre ello, ca non deve ninguno saber más de la
poridat del ome de quanto quisiese el señor de ella.

E ante de los ocho días acabados, fue toda la cavallería
de la infante con ella, todos muy guisados e de un coraçón para serviçio de su señora e para [238] [P 150] *aca-
lopñar el mal e la desonra que les fazíen, e todos en uno
acordaron con la infante, pues entre ellos non avía ome
de tan alto lugar como el infante Roboán, que era fijo
de rey, e él por la mesura tenié por aguisado de ser en
serviçio de la infanta, que lo fiziesen cabdillo de la hueste e se guiasen todos por él.*

E otro día en la mañana *fizieron todos alarde en un
gran canpo fuera de la çibdat, e fallaron que eran diez
mill e sieteçientos cavalleros muy bien guisados e de buena cavallería, e con los trezientos cavalleros del infante
Roboán fiziéronse honze mill cavalleros. E como omes
que avíen voluntad de fazer el bien e de vengar la desonra la que infanta resçibié del rey de Grimalet, non se
quisieron detener, e por consejo del infante Roboán movieron luego, así como se estavan armados.*

El rey de Grimalet era ya entrado en el reino de Pandulfa bien seis jornadas con quinze mill cavalleros, e
andavan los unos departidos por la una parte e los otros
por la otra, quemando e estragando la tierra. E de esto
ovo mandado el infante Roboán (por las espías que allá
enbió. E quando fueron cerca del rey de Grimaled quanto

---

[236] En blanco en *Ms.*
[237] *espaladinar*: publicar, decir en público. (Lo mismo que *a* o
en paladinas.)
[238] Llenamos una extensa laguna con el texto de *Ms. P* y la edic.
de Wagner.

*a quatro leguas, así los quiso Dios guiar que non se en-
contraron con ningunos de la conpaña del rey de Grimaled, e acordó el infante con toda su gente de se ir derechos
contra el rey; que si la cabeça derribasen una vez y des-
baratasen su gente, non ternían uno con otro, e así los
podrían vençer mucho mejor.)*

E quando el rey sopo que era çerca de la hueste de la
infanta Seringa, vido que non podría tan aína por su
gente enbiar, que estava derramada, (e) mandó que se
armasen todos aquellos que estavan con él, que eran fasta
ocho mill cavalleros, e movieron luego contra los otros. E
viéronlos que non venían más lexos que media legua, e
allí començaron los de una parte e de la otra a parar sus
hazes; e tan quedos ivan los unos contra los otros que
semejava que ivan en proçesión. E çierto, grande fue la
dubda de la una parte e de la otra, ca todos eran muy
buenos cavalleros e bien guisados. E al rey de Grimalet
ívansele llegando quando çiento quando dozientos cavalleros. E el infante Roboán quando aquello vido, dixo a
los suyos: "Amigos, quanto más nos detenemos, tanto
más de nuestro daño fazemos; ca a la otra parte creçe
toda vía gente e nos non tenemos esperança que nos
venga acorro de ninguna parte, salvo de Dios tan solamente e la verdad que tenemos. E vayámoslos ferir, ca
vençerlos hemos." "Pues endereçar en el nombre de Dios
—dixieron los otros—, ca nos vos seguiremos." "Pues,
amigos —dixo el infante Roboán—, así avedes de fazer
que [P 150v] quando yo dixiere "¡Pandulfa por la infanta Seringa!", que vayades ferir muy de rezio, ca yo seré
el primero que terné ojo al rey señaladamente; ca aquella
es la estaca que nos avemos de arrancar, si Dios merçed
nos quisiere fazer."

E movieron luego contra ellos, e quando fueron tan
çerca que semejava que las puntas de las lanças de la una
parte e de la otra se querían juntar en uno, dio una gran
boz el infante Roboán, e dixo: "¡Pandulfa por la infanta
Seringa!", e fuéronlos ferir de rezio, de guisa que fizieron
muy grand portillo en las hazes del rey, e la batalla fue
muy ferida de la una parte e de la otra; ca duró desde

ora de terçia fasta ora de biésperas. E allí le mataron el
cavallo al infante Roboán e estovo en el canpo grand
rato apeado, defendiéndose con una espada. Pero non se
partieron de él dozientos escuderos fijosdalgo a pie, que
con él levara, e los más eran de los que troxo de su tierra
e punavan por defender a su señor muy de rezio, de guisa
que non llegava cavallero allí que le non matavan el cavallo, e de que caíe del cavallo metiénle las lanças so las
faldas e matávanlo. De guisa que avíe a derredor del
infante bien quinientos [P 151] cavalleros muertos, de
manera que semejavan un gran muro tras que se podíen
bien defender.

E estando en esto, asomó el cavallero Amigo, que andava feriendo en la gente del rey e faziendo estraños golpes con la espada, e llegó allí do estava el infante Roboán,
pero que non sabíe que allí estava el infante de pie. E
así como lo vido el infante, llamólo e dixo: "Cavallero
Amigo, acórreme con ese tu cavallo." "Por çierto, grand
derecho es —dixo él—, ca vos me lo distes, e aunque non
me lo oviésedes dado, tenido só de vos acorrer con él."
E dexóse caer del cavallo en tierra e acorrióle con él, ca
era muy ligero e bien armado, e cavalgaron en él al infante. E luego vieron en el canpo que andavan muchos
cavallos sin señores, e los escuderos fueron tomar uno e
diéronlo al cavallero Amigo, e ayudáronlo a cavalgar en
él. E él e el infante movieron luego contra los otros,
llamando a altas bozes: "¡Pandulfa por la infanta Seringa!", conortando e esforçando a lus suyos, ca porque
non oíen la boz del infante rato avíe, andavan desmaya-
dos, ca cuidavan que era muerto o preso. E tan de rezio
los feríe el infante e tan fuertes golpes fazíe con la espada, que todos fuíen de él como de mala cosa, ca cuidava
el que con él se encontrava que non avíe al sinon morir.
E encontróse con el fijo del rey de Grimalet, que andava
en un cavallo bien grande e bien armado, e conoçiólo en
las sobreseñales por lo que le avíen dicho de él, e díxole
así: "¡Ay, fijo del rey desmesurado e sobervio! Aperçí-
bete, ca yo só el infante al que amenazó tu padre para le
cortar la cabeça. E bien creo si con él me encuentro, que

*tan locamente nin tan atrevidamente non querrá fablar
contra mí como a un cavallero fabló que le yo enbié.*"
"*Ve tu vía —dixo el fijo del rey—, ca non eres tú ome
para dezir al rey mi padre ninguna cosa, nin él para te
responder. Ca tú eres ome estraño e non sabemos quién
eres. Ca mala venida feziste a esta tierra, ca mejor fizieras
de folgar en la tuya.*"

Estonçe endereçaron el uno contra el otro e diéronse
grandes golpes con las espadas, e tan grand golpe le dio
el fijo del rey al infante Roboán ençima del yelmo, que
le atronó la cabeça e fízole fincar las manos sobre la
çerviz del cavallo; pero que non perdió la espada, antes
cobró luego esfuerço e fuese contra el fijo del rey e diole
tan grand golpe sobre el braço derecho con la espada, que
le cortó las guarniçiones maguer fuertes, e cortóle del
onbro un grand pedaço, de guisa que le oviera todo el
onbro de cortar. E los escuderos del infante matáronle
luego e cavallo, e cayó en tierra, e mandó el infante que
se apartasen con çinquaenta escuderos e que lo guardasen
muy bien. E el infante fue buscar al rey por ver si se
podría encontrar con él, e el cavallero [P 151v] Amigo,
que iva con él, díxole: "Señor, yo veo al rey." "¿E quál
es?" —dixo el infante—. "Aquel es —dixo el cavallero
Amigo—, el más grande que está en aquel tropel." "Bien
paresçe rey —dixo el infante— sobre los otros, pero que
me conviene de llegar a él por lo conoçer, e él que me
conosca." E él començó dezir a altas bozes: "¡Pandulfa
por la infanta Seringa!" E quando los suyos lo oyeron
fueron luego con él, ca así lo fazían quando le oíen nonbrar a la infanta. E falló un cavallero de los suyos que
tenié aún su lança e avié cortado de ella bien un terçio
e ferié con ella a sobremano, e pidiógela el infante, e é[l]
diógela luego. E mandó al cavallero Amigo que le fues[e]
dezir en cómo él se iva para él, e que lo saliese e reçebi[ese]
si quisiese.

E el rey quando vido al cavallero Amigo e le dixo e[l]
mandado, apartóse luego fuera de los suyos un poco, [e]
díxole el rey: "¿Eres tú el cavallero que veniste a mí l[a]
otra vegada?" "Sí —dixo el cavallero Amigo—, mas lie[

ve el diablo el miedo que agora vos he, así como vos avía estonçe quando me mandávades cortar la cabeça." "Venga ese infante que tú dizes acá —dixo el rey—, si non yo iré a él." "Non avedes por qué —dixo el cavallero Amigo—, ca éste es que vos veedes aquí delante." E tan aína como [P 152] el cavallero Amigo llegó al rey, tan aína fue el infante con él, e díxole así: "Rey sobervio e desmesurado, non oviste mesura nin vergüença de me enbiar tan brava respuesta e tan loca como me enviaste. E bien creo que esta sobervia atan grande que tú traes que te echará en mal logar, ca aún yo te perdonaría la sobervia que me enbiaste dezir, si te quisieses partir de esta locura en que andas, e tornases a la infanta Seringa todo lo suyo." Dixo el rey: "Téngote por neçio, infante, en dezir que tú perdonarás a mí la locura que tú feziste en me enbiar tú dezir que yo que dexase por ti de fazer mi pro." "Libremos lo que avemos de librar —dixo el infante—, ca non es bueno de despender el día en palabras, e mayormente con ome en que non ha mesura nin se quiere acoger a razón. Encúbrete, rey sobervio —dixo el infante—, ca yo contigo só." E puso la lança so el braço e fuelo ferir, e diole tan grand golpe que le pasó el escudo, pero por las armas que teníe muy buenas non le enpeçió, mas dio con el rey en tierra. E los cavalleros de la una parte e de la otra estavan quedos por mandado de sus señores, e bolviéronse luego todos, los unos por defender a su señor que tenían en tierra, e los otros por lo matar o por lo prender. Feríense muy de rezio, de guisa que de la una parte e de la otra caíen muchos muertos en tierra, e feridos, ca bien semejava que los unos de los otros non avíen piedad ninguna, atan fuertemente se feríen e matavan. E un cavallero de los del rey desçendió de su cavallo e diolo a su señor e acorrióle con él, pero que el cavallero duró poco en el canpo, que luego fue muerto. E el rey non tovo más ojo por aquella batalla, e desque subió en el cavallo e vio todos los más de los suyos feridos e muertos en el canpo, fincó las espuelas al cavallo e fuyó, e aquellos suyos en pos de él.

Mas el infante Roboán, que era de grand coraçón, non los dexava ir en salvo, antes iva en pos de ellos matando e firiendo e prendiendo, de guisa que los del rey entre muertos e feridos e presos fueron de seis mill arriba, e los del infante Roboán fueron ocho cavalleros; pero los cavalleros que más fazíen en aquella batalla e los que más derribaron fueron los del infante Roboán; ca eran muy buenos cavalleros e muy provados, ca se avíen açertado en muchos buenos fechos e en otras buenas batallas, e por eso gelos dio el rey de Mentón su padre quando se partió de él.

(189) DE CÓMO EL INFANTE ROBOÁN FIZO COJER TODO EL CANPO E SE TORNÓ LUEGO PARA LA INFANTA SERINGA

El infante Roboán con su gente se tornó allí do teníe sus tiendas el rey e fa [P 152v] llaron ý muy grand tesoro. E arrancaron las tiendas e tomaron al fijo del rey, que estava ferido, e a todos los otros que estavan presos e feridos, e fuéronse para la infante Seringa. E demientra el infante Roboán e la su gente estavan en la fazienda, la infante Seringa estava muy cuitada e con grand reçelo; pero que todos estavan en la iglesia de Santa María faziendo oraçión e rogando a nuestro señor Dios que ayudase a los suyos e los guardase de manos de sus enemigos. E ellas estando en esto, llegó un escudero a la infante e díxole: "Señora, dadme albriçias." "Sí faré —dixo la infante—, si buenas nuevas me traes." "Dígovos, señora —dixo el escudero—, que el infante Roboán, vuestro servidor, vençió la batalla a guisa de muy buen cavallero e muy esforçado, e traevos preso al fijo del rey, pero ferido en el onbro diestro. E traevos más entre muertos e feridos e presos que fincaron en el canpo, que los non pueden traer muy muchos. E trae otrosí grand (thesoro) que fallaron en el real del rey; ca bien fueron seis mill cavalleros e más de los del rey entre muertos e presos e feridos."

"¡Ay, escudero, por amor de Dios —dixo la infanta—, que me digas verdat! ¿Si es ferido el infante Roboán?" "Dígovos, señora, que non, comoquier que le mataron el cavallo e fincó apeado en el canpo, defendiéndose a guisa de muy buen cavallero un gran rato con dozientos fijos-dalgo que tenié consigo, a pie, que lo sirvieron e [P 153] lo guardaron muy lealmente." "Pardiós, escudero —dixo la infanta—, vos seades bien venido. E prométovos de dar luego cavallo e armas e de vos mandar fazer cavallero e de vos casar bien e de vos heredar bien." E luego en pos de éste llegaron otros por ganar albriçias, mas falla-ron a éste, que las avíe ganado. Pero con todo esto la infanta non dexava de fazer merçed a todos aquellos que estas nuevas le traían.

E quando el infante Roboán e la otra gente llegaron a la villa, la infanta salió con todas las dueñas e donzellas fuera de la çibdat a una eglesia que estava çerca de la villa, e esperáronlos allí, faziendo todos los de la çibdat muy grandes alegrías. E quando llegaron los de la hueste, dixo el infante Roboán a un escudero que le tirase las espuelas. "Señor —dixo el conde—, non es uso de esta nuestra tierra de tirar las espuelas." "Conde —dixo el infante—, yo non sé qué uso es éste de esta vuestra tierra, mas ningund cavallero non deve entrar a ver dueñas con espuelas, segund el uso de la nuestra." E luego le tiraron las espuelas e descavalgó e fue a ver la infanta.

"¡Bendito sea el nonbre de Dios —dixo la infanta—, que vos veo bivo e sano e alegre!" "Señora —dixo el infante—, non lo yerra el que a Dios se acomienda, e porque yo me acomendé a Dios falléme ende bien; ca Él fue el mi anparador e mi defendedor en esta lid, en querer que el canpo fuese en nos, por la nuestra ventura." "Yo non gelo podría gradesçer —dixo la infanta—, nin a vos, quanto avedes fecho por mí." Estonçe cavalgó la in-fanta, e tomóla el infante por la rienda e levóla a su palaçio. [P 153v] E desí fuese el infante e todos los otros a sus posadas a se desarmar e a folgar, ca mucho lo avíen menester. E la infanta fizo pensar muy bien del infante Roboán; e mandáronle fazer vaños, ca estava muy quebrantado de los golpes que resçibió sobre las armas, e del cansançio. E él fízolo así, pero con buen coraçón mostrava que non dava nada por ello, nin por el afán que avíe pasado.

E a cabo de los tres días fue a ver a la infanta, e levó consigo al fijo del rey de Grimalet, e díxole: "Señora, esta joya vos trayo; ca por éste tengo que devedes cobrar todo lo que vos tomó el rey de Grymaled su padre, e vos deve dar grand partida de la su tierra. E mandadlo muy bien guardar, e non gelo dedes fasta que vos cunpla todo esto que vos yo digo. E bien creo que lo fará, ca él non ha otro fijo sinon éste, e si él muriese, sin este fijo fincaría el reino en contienda; por que só çierto e seguro que vos dará todo lo vuestro e muy buena partida de lo suyo. E aquellos otros cavalleros que tenedes presos, que son mill e dozientos, mandatlos tomar e guardar, ca cada uno vos dará por sí muy grand aver por que los saquedes de la prisión, ca así me lo enbiaron dezir con sus mandaderos."

Estonçe dixo la infanta: "Yo non sé cómo vos gradesca quanto bien avedes fecho e fazedes a mí e a todo el mi reino, por que vos ruego que escojades en este mi reino villas e castillos e aldeas quales vos quisierdes; ca non será tan cara la cosa en todo el mi reino, que vos querades, que vos non sea otorgada." "Señora —dixo el infante—, muchas graçias; ca non me cunplen agora villas nin castiellos, sinon tan solamente la vuestra graçia que me dedes liçençia para que me vaya."

(190) DE CÓMO EL CONDE (RUBÉN) MOVIÓ CASAMIENTO A LA INFANTE SERINGA CON EL INFANTE ROBOÁN

"¡Ay, amigo señor —dixo la infanta—, non sea tan aína la vuestra ida, por el amor de Dios, ca bien çiertamente creed que si vos ides de aquí, que luego me vernán a estragar el rey de Grimalet e el rey de Brez, su suegro, ca es casado con su fija." E el infante Roboán paró mientes en aquella palabra tan falaguera que le dixo la infanta; ca quando le llamó amigo señor semejóle una palabra atan pesada que así se le asentó en el coraçón. E como él estava fuera de su seso, enbermesçió todo muy fuertemente e non le pudo responder ninguna cosa. E el conde Rubén, tío e vasallo de la infante, que estava allí con ellos, paró mientes a las palabras que la infante dixiera al infante Roboán, e de cómo se le demudó la color que le non pudo dar respuesta, e entendió que amor creçía entre ellos. E llegóse a la infanta e díxole a la oreja: "Señora, non podría estar que non vos dixiese aquello que pienso, ca será vuestra onra, e es esto: tengo, si vos quisierdes e el infante quisiere buen casamiento, serié a onra de vos e defendimiento del vuestro reino que vos casásedes con él; ca çiertamente uno es de los mejores cavalleros de este mundo, e pues fijo es de rey e así lo semeja en todos sus fechos, non le avedes que dezir." E la infanta se paró tan colorada como la rosa, e díxole: "¡Ay, conde, e cómo me avedes muerto!" "¿E por qué, señora? —dixo el conde—, ¿porque fablo en vuestro pro e en vuestra honra?" "Yo así lo creo como vos lo dezides —dixo ella—, mas non vos podría yo agora responder." "Pues pensad en ello —dixo el conde—, e después yo recudiré a vos." "Bien es" —dixo la infanta.

E demientra ellos estavan fablando en su poridat, el infante Roboán estava como traspuesto, pensando en aquella palabra. Ca tovo que gelo dixiera con grand amor, o porque lo avíe menester en aquel tienpo. Pero quando vido que se le movió la color quando el conde fablava con ella en poridat, tovo que de todo en todo con grand amor le dixiera aquella palabra, e cuidó que el conde la reprehendía de ello. E Roboán se tornó contra la infanta e [P 154v] díxole: "Señora, a lo que me dexistes que non me vaya de aquí atan aína por reçelo que avedes de aquellos reys, prométovos que non me parta de aquí fasta que yo vos dexe todo el vuestro reino sosegado; ca pues començado lo he, conviene de lo acabar; ca nunca començé con la merçed de Dios cosa que non acabase." "Dios vos dexe acabar —dixo la infanta— todas aquellas cosas

*que començardes." "Amén" —dixo Roboán—. "E yo
amén digo" —dixo la infanta—. "Pues por amén non
lo perdamos" —dixieron todos.*

(191) DE CÓMO EL CAVALLERO AMIGO FUE CON EL MENSAJE AL REY DE BREZ

Díxole Roboán: *"Señora, mandadme dar un escudero
que guíe a un mi cavallero que quiero enbiar al rey de
Brez. E segund nos respondiere así le responderemos."*
E el infante mandó llamar al cavallero Amigo, e quando
vino díxole así: *"Cavallero Amigo, vos sois de los primeros cavalleros que yo ove por vasallos, e servistes al
rey mio padre e a mí muy lealmente, por que soy tenido
de vos fazer merçed e quanto bien yo pudiere. E comoquier que gran afán ayades pasado comigo, quiero que tomedes por la infanta que allí está un poco de trabajo."*
E esto le dixo el infante pensando que non querríe ir
por él por lo que le conteçiera con el otro rey. *"Señor
—dixo el cavallero Amigo—, fazerlo he de grado, e serviré a la infanta en quanto ella me mandare." "Pues id
agora —dixo el infante— con esta mi mandadería al rey
de Brez, e dezidle así de mi parte al rey: que le ruego yo
que non quiera fazer mal nin dapño alguno en la tierra
de la infanta Seringa, e que si algund mal á ý fecho, que
lo quiera hemendar, e que dé tregua a ella e a toda su
tierra por sesenta años. E si lo non quisiere fazer o vos
diere mala respuesta, así como vos dio el rey de Grimalet su yerno, desafialdo por mí e venidvos luego." "E verné —dixo el cavallero Amigo—, si me dieren vagar; pero
tanto vos digo: que si non lo oviese prometido a la infanta, que yo non fuese allá, ca me semeja que vos tenedes enbargado comigo e vos querríedes desenbargar de
mí; ca non vos cunplió el peligro que pasé con el rey de
Grimalet, e enbiádesme a este otro que es tan malo e tan
desmesurado como el otro, e más aviendo aquí tantos
buenos cavalleros e tan entendidos como vos avedes para*

los enbiar, e que recabdarán el vuestro mandado mucho mejor que yo."

"¡Ay, cavallero Amigo! —dixo la infante—; por la fe que vos devedes a Dios e al infante vuestro señor que aquí está, e por el mi amor, que fagades este camino do el infante vos enbía; ca yo fío por Dios que recabdaredes por lo que ides muy bien, e vernedes muy bien andante, e ser vos ha pres e honra entre todos los otros." "Grand merçed —dixo el cavallero Amigo—, ca pues prometido vos lo he iré esta vegada, ca non pueda al fazer." "Cavallero Amigo —dixo el infante Roboán—, nunca vos vi cobarde en ninguna cosa que oviésedes a fazer sinon en esto." "Señor —dixo el cavallero Amigo—, un falago vos devo; pero sabe Dios [P 155] que este esfuerzo que lo dexaría agora si ser pudiese sin mala estança, pero a fazer es esta ida maguer agra, pues lo prometí." E tomó una carta de creençia que le dio el infante para el rey de Brez, e fuese con el escudero que le dieron que lo guiase.

E quando llegó al rey, fallólo en una çibdat muy apuesta e muy viçiosa, a la qual dizen Requisita, e estavan con él la reina su muger e dos fijos suyos pequeños, e muchos cavalleros derredor de ellos. E quando le dixieron que un cavallero venía con mandado del infante Roboán, mandóle entrar luego. E el cavallero Amigo entró e fincó los inojos delante del rey e díxole así: "Señor, el infante Roboán, fijo del muy noble rey de Mentón, que es agora con la infanta Seringa, te enbía mucho saludar e enbíate esta carta comigo." E el rey tomó la carta e diola a un obispo su chançiller que era allí con él que la leyese e le dixiese qué se contenié en ella. E el obispo la leyó e díxole que era carta de creençia, en que le enbiava rogar el infante Roboán que creyese aquel cavallero de lo que le dixiese de su parte. "Amigo —dixo el rey—, dime lo que quisieres, ca yo te oiré de grado." "Señor —dixo el cavallero Amigo—, el infante Roboán te enbía rogar que por la tu mesura e por la honra de él, que non quieras fa [P 155v] zer mal en el reino de Pandulfa, donde es señora la infante Seringa, e que si algund mal has fecho tú o tu gente, que lo quieras fazer hemendar, e que le*

quieras dar tregua e segurança por sesenta años de non
fazer mal ninguno a ningund logar de su reino, por dicho
nin por fecho nin por consejo; e que él te lo gradesçerá
muy mucho, por que será tenido en punar de creçer tu
honra en quanto él pudiere."

"Cavallero —dixo el rey—, ¿e qué tierra es Mentón
donde es este infante tu señor?" "Señor —dixo el cavallero Amigo—, el reino de Mentón es muy grande e muy
rico e muy viçioso." "¿E pues cómo salió de allá este
infante —dixo el rey— e dexó tan buena tierra e se vino
a esta tierra estraña?" "Señor —dixo el cavallero Amigo—, non salió de su tierra por ninguna mengua que
oviese, mas por provar las cosas del mundo e por ganar
prez de cavallería. "¿E con qué se mantiene —dixo el
rey— en esta tierra?" Dixo el cavallero Amigo: "Señor,
con el thesoro muy grande que le dio su padre, que fueron çiento azémilas cargadas de oro e de plata, e trezientos cavalleros de buena cavallería muy bien guisados, que
non le fallesçen de ellos sinon ocho que murieron en aquella batalla que ovo con el rey de Grimalet." "¡Ay, cavallero, sí te dé Dios buena ventura! Díme si te açertaste tú
en aquella batalla." "Señor —dixo el cavallero Amigo—,
sí açerté." "¿E fue bien ferida?" —dixo el rey—. "Señor
—dixo el cavallero Amigo—, bien puedes entender que
fue bien ferida, quando fueron de la parte del rey entre
presos e feridos e muertos bien seis mil cavalleros." "¿E
pues esto cómo pudo ser —dixo el rey— que de los del
infante non muriesen más de ocho?" "Pues señor, non
murieron más de los del infante de los trezientos cavalleros, mas de la gente de la infante Seringa, entre los
muertos e los feridos, bien fueron dos mill." "¿E este
tu señor, de qué hedad es?" —dixo el rey—. "Pequeño
es de días —dixo el cavallero Amigo—, que aún agora le
vienen las barvas." "Grand fecho acometió —dixo el
rey— para ser de tan pocos días, en lidiar con tan poderoso rey como es el rey de Grimalet, e lo vençer." "Señor
non te maravilles —dixo el cavallero Amigo—, ca en
otros grandes fechos se ha ya provado, e en los fechos
paresçe que quiere semejar a su padre." "¿E cómo

—dixo el rey, ¿tan buen cavallero de armas es su padre?"
"Señor —dixo el cavallero Amigo—, el mejor cavallero
de armas es que sea en todo el mundo. E es rey de virtud,
ca muchos miraglos á demostrado Nuestro Señor por él
en fecho de armas." "¿E as de dezir más —dixo el rey—
de parte de tu señor?" "Si la respuesta fuere buena —dixo
el cavallero Amigo—, non he más que dezir." "¿E si non
fuere buena —dixo el rey—, qué es lo que querrá fazer?"
"Lo que Dios quisiere —dixo el cavallero Amigo—, e non
al." "Pues dígote que non te quiero dar respuesta —dixo
el rey—, ca tu señor non es tal ome para que yo le deva
responder." "Rey señor —dixo el cavallero Amigo—,
pues que así es, pídote por merçed que me quieras asegurar, e yo dezirte he el mandado de mi señor todo conplidamente." "Yo te aseguro" —dixo el rey—. "Señor
—dixo el cavallero [P 156] Amigo—, porque non quieres conplir el su ruego que te enbía rogar, lo que tú devíes
fazer por ti mesmo, catando mesura, e porque lo tienes
en tan poco, yo te desafío en su nonbre por él." "Cavallero —dixo el rey—, en poco tiene este tu señor a los
reys, pues que tan ligero los enbía desafiar. Pero apár-
tate allá —dixo el rey—, e nos avremos nuestro acuerdo
sobre ello."

(192) De la respuesta que enbió el rey de Bres al
infante Roboán sobre lo que le enbió rogar con el
cavallero Amigo

Dixo luego el rey a aquellos que estavan allí con él
que le dixiesen lo que les semejava en este fecho. E el
obispo su chançeller le respondió e dixo así: "Señor, quien
la baraja puede escusar, bien barata en fuir de ella; ca
a las vegadas el que más ý cuida ganar, ése finca con daño
e con pérdida; e po rende, tengo que seríe bien que vos
partiésedes de este ruido de aqueste ome, ca non tiene
cosa en esta tierra de que se duela, e non dubdará de se
meter a todos los fechos en que piense ganar prez e honra
de cavallería; e porque esta buena andança ovo con el

rey de Grimaled, otras querrá acometer e provar sin dubda ninguna. Ca el que una vegada bien andante es, créçele el coraçón e esfuérçase para ir en pos de las otras buenas andanças." "Verdad es —dixo el rey— eso que vos agora dezides, mas tanto va el cántaro a la fuente fasta que dexa allá el asa o la fruente; e este infante tantos fechos querrá acometer fasta que en el alguno avrá de caer o de pereçer; pero, obispo —dixo el rey—, téngome por bien aconsejado de vos, ca pues que en paz estamos, non devemos buscar baraja con ninguno, e tengo por bien que cunplamos el su ruego, ca nos non fezimos mal ninguno en el reino de Pandulfa, nin tenemos de ella nada por que le ayamos de fazer hemienda ninguna. Mandadle fazer [P 156v] mis cartas de cómo le prometo el seguro de non fazer mal ninguno en el reino de Pandulfa, e que dó tregua a la infanta e a su reino por sesenta años, e dad las cartas a ese cavallero, e váyase luego a buena ventura."

E el obispo fizo luego las cartas e diolas al cavallero Amigo, e díxole que se despidiese luego del rey. E el cavallero Amigo fízolo así. E ante que el cavallero llegase a la infanta, vinieron cavalleros del rey de Grimalet con pleitesía a la infante Seringa, que le tornaríe las villas e los castillos que le avíe tomado, e que le diese su fijo que le teníe preso. E la infanta respondióles que non faríe cosa ninguna a menos de su consejo del infante Roboán; ca pues que por él oviera esta buena andança, que non teníe por bien que ninguna cosa se ordenase nin se fiziese al si non como él lo mandase. E los mandaderos del rey de Grimalet le pidieron por merçed que enbiase luego por él, e ella fízolo luego llamar.

(193) DE CÓMO SE FIZO LA PAZ ENTRE EL REY DE GRIMALET E LA INFANTA SERINGA, SEÑORA DEL REINO DE PANDULFA

El infante Roboán cavalgó luego e vínose para la infanta, e díxole: "Señora, ¿quién son aquellos cavalleros

estraños?" E ella le dixo que eran mensajeros del rey de
Grimalet. "¿E qué es lo que quieren?" —dixo el infante
Roboán—. "Yo vos lo diré —dixo la infanta—. Ellos
vienen con pleitesía de partes del rey de Grimalet que yo
le dé su fijo e que me dará las villas e los castillos que
me tiene tomados." "Señora —dixo el infante Roboán—,
non se dará por tan poco, de mi grado." "¿E pues qué
vos semeja?" —dixo la infante—. "Señora —dixo Roboán—, yo vos lo diré: a mí me fizieron entender que el
rey de Grimalet que tiene dos villas muy buenas e seis castillos que entran dentro en vuestro reino, e que de allí
resçebides sienpre mucho mal." "Verdad es —dixo la
infante—, mas aquellas dos villas son las mejores que él
ha en su reino, e non creo que me las querrá dar." "¿Non?
—dixo el infante—; sed segura, señora, que él vos las
dará, o él verá mal gozo de su fijo." "Pues fa [P 157]
bladlo vos con ellos" —dixo la infanta—. Dixo Roboán:
"Muy de grado." E llamó luego a los cavalleros e apartóse
con ellos e díxoles: "Amigos, ¿qué es lo que demandades
ó queredes que faga la infanta?" "Señor —dixieron
ellos—, bien creemos que la infante vos lo dixo, pero lo
que nos le demandamos es esto: que nos dé al fijo del
rey que tiene aquí preso, e que le faremos luego dar las
villas e los castillos que el rey le avíe tomado." "Amigos
—dixo Roboán—, mal mercaríe la infanta." "¿E cómo
mercaríe mal?" —dixieron los otros—. "Yo vos lo diré
—dixo el infante—: vos sabedes bien que el rey de Grimalet tiene grand pecado de todo quanto tomó a la infanta, contra Dios e contra su alma, e de buen derecho
dévegelo todo tornar, con todo lo que ende levó, ca con
ella non avíe enamistad ninguna (nin demanda por que
él deviese hazer esto de derecho, ni embió mostrar razón
ninguna) por que le queríe correr su tierra nin gela tomar;
mas seyendo ella segura e toda la su tierra, e non se re-
çelando de él, entróle las villas e los castillos como aquellos que non se guardavan de ninguno e queríen bevir
en paz."

"Señor —dixo un cavallero de los del rey de Grimalet—, estas cosas que vos dezides non se guardan entre

*los reys, mas el que menos puede, lazra; e el que más,
lieva más."* A eso dixo el infante: *"Entre los malos reys
non se guardan estas cosas, ca entre los buenos todas se
guardan muy bien; ca non faría mal uno a otro por ninguna manera, a menos de mostrar si avié alguna querella
de él que gela hemendase, e si non gela quisiese emendar, enbiarlo a desafiar, así como es costunbre de fijosdalgo. E si de otra guisa lo faze, puede lo reptar e dezirle
mal por todas las cortes de los reys. E por ende, digo que
non mercaríe bien la infanta en querer pleitear por lo
suyo, que de derecho le deve tornar; mas el infante fijo
del rey fue muy bien ganado e preso en buena guerra;
onde quien lo quisiere, sed ende bien çiertos que dará
antes por él bien lo que vale."* *"¿E qué es lo que bien
vale?"* —dixeron los otros—. *"Yo vos lo diré* —dixo
el infante—: *que dé por sí tanto como vale, o más, e creo
que para bien pleitear el rey e la infanta, las dos villas e
seis castiellos que ha el rey, que entran en el reino de la
infante, e todo lo al que le ha tomado, que gelo diese, e
demás que le asegurase e que le fiziese omenaje con çinquenta de los mejores de su reino que le non fiziese ningund dapño en ningund tienpo por sí nin por su consejo,
e si otro alguno le quisiese fazer mal, que él que fuese en
su ayuda.*

"Señor —dixeron los otros—, *fuertes cosas demandades, e non ay cosa en el mundo por que le rey lo fiziese."*
E en esto mintíen ellos, ca dize el cuento que el rey les
mandara e les diera poder de pleitear siquier por la meitad de su reino, en tal que él cobrase a su fijo, ca lo
amava más que a sí mesmo. E el infante les dixo: *"Quien
non da lo que vale, non toma lo que desea. E si él amó
a su fijo e lo quiere ver bivo, conviénele que faga todo
esto, ca non ha cosa del mundo por que de esto me
sacasen, pues que dicho lo he. Ca mucho pensé en ello
ante que vos lo dixiese, e non fallé otra carrera por de
mejor se pudiese librar a honra de la infanta, sinon ésta."*
"Señor —dixeron los otros—, *tened por bien que nos
apartemos, e fablaremos sobre ello e después respondervos
hemos lo que nos semejare que se podrá ý fazer."* *"Bien*

es" —dixo el infante—. E ellos se apartaron, e Roboán
se fue para la infanta.

E [P 157v] los cavalleros de que ovieron avido su
acuerdo, viniéronse para el infante e dixiéronle: "Señor,
¿queredes que fablemos conbusco aparte?" "¿E cómo?
—dixo Roboán—, ¿es cosa que non deve saber la infanta?" Dixieron ellos: "Non, ca por ella ha todo de pasar."
"Pues bien es —dixo Roboán— que me lo digades delante de ella." "Señor —dixieron ellos—, si de aquello
que nos demandades nos quisierdes dexar alguna cosa,
bien creemos que se faríe." "Amigos —dixo el infante—,
non nos querades provar por palabra, ca non se puede
dexar ninguna cosa de aquello que es fablado." "Pues
que así es —dixieron ellos—, fágase en buen ora, ca nos
traemos aquí poder de obligar al rey en todo quanto nos
fiziéremos." E desí diéronle luego la carta de obligamiento, e luego fizieron las otras cartas que eran menester
para este fecho, las más firmes e mejor notadas que pudieron. E luego fueron los cavalleros con el conde Rubén
a entregarle las villas e los castiellos, tan bien de los que
teníe tomados el rey a la infanta como de los otros del
rey. E fue a resçebir el omenaje del rey e de los çinquenta omes buenos, entre condes e ricos omes, que lo
avíen de fazer con él para guardar la tierra de la infanta
e de non fazer ý ningund mal, e para ser en su ayuda si
menester fuese, en tal manera que si el rey lo fiziese o le
fallesçiese en qualquier de estas cosas que los condes e
los ricos omes que fuesen tenidos de ayudar a la infante
contra el rey e de le fazer guerra por ella.

E desque todas estas cosas fueron fechas e fue entregado el conde Rubén de las villas e de los castillos, vínose luego para la infanta. E el conde le dixo: "Señora,
vos entregada sodes de las villas e de los castillos, e la
vuestra gente tienen las fortalezas." E diole las cartas del
omenaje que le fizieron el rey e los otros ricos omes, e
pidióle por merçed que entregase a los cavalleros el fijo
del rey, ca derecho era, pues que ella teníe todo lo suyo.
"Mucho me plaze" —dixo la infanta—. E mandó traer al
ijo del rey. E troxiéronlo e sacáronlo de las otras pre-

siones, que non lo teníen en mal recabdo. E un cavallero
del rey de Grimalet que allí estava dixo al infante Roboán: "Señor, ¿conoçédesme?" "Non vos conosco —dixo
el infante—, pero seméjame que vos vi, mas non sé en
qué logar." "Señor —dixo él—, entre todos los del mundo vos conosçería, ca en todos los mis días non se me
olvidará la pescoçada que me distes." "¿E cómo? —dixo
el infante—, ¿armévos cavallero?" "Sí —dixo el otro—,
con la vuestra espada muy tajante, quando me distes este
golpe que tengo aquí en la fruente; ca non me valió la
capellina nin otra armadura que truxiese, de tal guisa que
andávades bravo e fuerte en aquella lid, ca non avíe ninguno de los de la parte del rey que vos osase esperar, antes fuíe de vos así como de la muerte." "Pardiós, cavallero, si así es —dixo el infante—, pésame mucho, ca ante
vos quisiera dar algo de lo mío que non que resçibiésedes
mal de mí; ca todo cavallero más lo querría por amigo
que non por enemigo." "¿E cómo? —dixo él—, ¿vuestro enemigo he yo de ser por eso? Non lo quiera Dios
ca bien cred, señor, que de mejor mente vos serviría
agora que ante que fuese feri [P 158] do, por las buenas
cavallerías que vi en vos; (que no creo que en todo e
mundo ay mejor cavallero de armas que vos)."

"Pardiós —dixo el fijo del rey de Grimalet—, el que
mejor lo conosçió en aquella lid e más paró mientes en
aquellos fechos yo fuí; ca después que él a mí firió e m
priso e me fizo apartar de la hueste a çinquenta escuderos que me guardasen, veía por ojo toda la hueste, e veí
a cada uno cómo fazíe, mas non avía ninguno que tanta
vezes pasase la hueste del un cabo al otro, derribando
firiendo e matando, ca non avía ý tropel por espeso qu
fuese, que él non le fendiese. E quando él dezíe: "¡Par
dulfa por la infante Seringa!", todos los suyos recudíe
a él." E como otro que se llama a desonra, dixo el fij
del rey: "Yo nunca salga de esta presión en que est
pues vençido e preso avíe de ser, si non me tengo po
onrado por ser preso e vençido de tan buen cavallero d
armas como es éste."

"Dexemos estar estas nuevas —dixo el infante Roboán—, ca si yo tan buen cavallero fuese como vos dezides, mucho lo agradesçería yo a Dios." E çierto, con estas palabras que dezíen mucho plazíe a la infanta Seringa,
e bien dava a entender que grand plazer resçibíe; ca nunca partíe los ojos de él, reyéndose amorosamente, e dezíe:
"¡Biva el infante Roboán por todos los mis días, ca mucha merçed me ha fecho Dios por él." "Pardiós, señora
—dixo el fijo del rey de Grimalet—, aún non sabedes
bien quánta merçed vos fizo Dios por la su venida, así como
yo lo sé, ca çiertamente creed que el rey mio padre e el
rey de Brez mi avuelo vos avían de entrar por dos partes
a correr el reino e tomarvos las villas e los castiellos, fasta
que non vos dexasen ninguna cosa." "¿E esto por qué?"
—dixo la infanta—. "Por voluntad e por sabor que teníen de vos fazer mal en el vuestro señorío" —dixo él—.
"¿E mereçíales yo por qué —di [P 158v] xo la infanta—, o aquellos donde yo vengo?" "Non, señora, que yo
sepa." "Grand pecado fazíen —dixo la infanta—, e Dios
me defenderá de ellos por la su merçed." "Señora —dixo
Roboán—, çesen de aquí adelante estas palabras; ca Dios
que vos defendió del uno vos defenderá del otro, si mal
vos quisieren fazer. E mandad tirar las presiones al fijo
del rey, e enbiadlo; ca tienpo es ya que vos desenbargue-
des de estas cosas e pensemos en al." E la infanta fizo
tirar las presiones al fijo del rey e enbiólo con aquellos
cavalleros que tenía presos; ca dieron por sí dozientas
vezes mill marcos de oro, e de esto ovo la infante çient
vezes mill e el infante Roboán lo al, comoquier que la
infanta non quería de ello ninguna cosa; ca ante tenía por
bien que fincase todo en Roboán, como aquel que lo ga-
nara muy bien por su esfuerço e por la su buena cavallería.

E todo el otro tesoro, que fue muy grande, que fallaron
en el canpo quando el rey fue vençido, fue partido a los
condes e a los cavalleros que se açertaron en la lid, de lo
qual fueron todos bien entregados e muy pagados de quanto Roboán fizo e de cómo lo partió muy bien entre ellos,
catando a cada uno quanto valíe e como lo meresçíe; de

guisa que non fue ninguno con querella. E allí cobraron grand coraçón para servir a su señora la infanta, e fueron a ella e pidiéronle por merçed que los non quisiese escusar nin dexar, ca ellos aparejados eran para la servir e la defender de todos aquellos que mal le quisiesen fazer, e aún si ella quisiese, que irían de buena mente a las tierras de los otros a ganar algo o a lo que ella mandase, e que pornían los cuerpos para lo acabar.

"Dévos Dios mucha buena ventura —dixo la infanta—, ca çierta soy de la vuestra verdad e de la vuestra lealtad que vos pararíedes sienpre a todas las cosas que al mio serviçio fuesen." E ellos despidiéronse de ella e fuéronse cada uno para sus logares.

(194) DE CÓMO EL CONDE RUBÉN FABLÓ CON ROBOÁN
SOBRE EL CASAMIENTO DE ENTRE ÉL E LA INFANTE, POR
CONSEJO DE ELLA

El infante Roboán quando sopo que se avíen despedido los cavalleros para se ir, fuese para la infanta e díxole: "Señora, ¿e non sabedes como avedes enbiado vuestro mandado al rey de Brez? ¿E si por ventura non quisiese conplir lo que le enbiamos rogar? ¿E non es mejor pues aquí tenedes esta cavallería, que movamos luego contra él?" "Mejor será —dixo la infanta—, si ellos quisieren, mas creo que porque están cansados e quebrantados de esta lid, que querrán ir a refrescar para se venir luego si[239] *mester fuere.*

El infante començó a reír mucho e dixo: "Por Dios, señora, los cansados e los quebrantados, los que fincaron en el canpo son; ca estos fincaron alegres e bien andantes, e non podría mejor refrescar en la su tierra nin tan bien como en ésta lo refrescaron, ca agora están [f. 163v] ellos frescos e abibados en las armas para fazer bien, e mandatlos esperar, que de aquí a terçer día cuido que abremos el mandado del rey de Bres." "Bien es" —dixo

---

[239] Sigue nuestro *Ms. M.*

la infante—. E mandógelo así. E ellos feziéronlo muy de
grado. La infante non quiso olvidar lo que avía dicho el
conde Rubén en razón de ella e del infante, e enbió por
él e díxole en su verdat: "Conde, ¿qué es lo que dixistes
el otro día que queredes fablar comigo en razón del infante? Çertas, non se me viene emiente, por la priesa
grande en que estamos. "Aína se vos olvidó —dixo el
conde—, seyendo la vuestra onra; e bien creo que si de la
mía vos fablara, que más aína lo olvidaredes." "Dezit
—dixo la infante— lo que querades dezir, por amor de
Dios, e non me enojedes, ca non só tan olvidadiza como
me vos dezides, comoquier que esto se me acaesçió, o por
aventura, que lo non oí bien." "Señora —dixo el conde—, repetírvoslo he otra vegada e aprendetlo mejor que
non en la primera; señora, lo que vos dixe estonçe eso
vos digo agora: que pues vos a casar avedes, el mejor
casamiento yo sé agora e más a vuestra onra este infante
Roboán era." "Ende —dixo la infante—, yo en vos pongo
todo el mi fecho e la mi fazienda, que uno sodes de los
de mi regño en que yo más fío e que más preçio; e pues
lo començaste, levaldo adelante, ca a mí non cae fablar
en tal razón como ésta."

El conde se fue luego para el infante Roboán e díxole
que quería fablar con él aparte, e el infante se apartó
con él a una cámara muy de grado. El conde le dixo:
"Señor, comoquier que me vos non fablastes en ello nin
me rogastes, queriendo vuestro bien e vuestra onra en una
cosa qual vos agora diré, si vos quisierdes casar con la
infante Seringa, trabajarme yo de fablar en ello muy de
buena mente." "Conde —dixo el infante Roboán—, muchas graçias, que çierto só de vos que por la vuestra
mesura querrades mi bien e mi onra; ca çertas ca para
muy mayor ome de mayor estado [f. 164] sería muy bueno este casamiento; mas atal es la mi fazienda, que yo
non he de casar fasta que vayamos adelante do he a ir
e ordene Dios de mí lo que quisiere. E por amor de Dios,
conde, non vos trabajedes en este fecho, ca a mí sería
grant vergüenza en dezir de non, e ella non fincaría onrada, lo que me pesaría muy de coraçón. Çiertamente la

quiero muy grant bien e precióla e amóla muy verdaderamente, queriéndola guardar su pro e su onra, e non
de otra guisa." "Pues non fablaré en ello" —dixo el conde—. "Non —dixo el infante—; ruégovoslo yo."

El conde se fue luego para la infante e díxole todas
las palabras que Roboán le dixiera. E quando la infante lo
oyó, paróse mucho amariella e començó a tristezer, de
guisa que oviera a caer en tierra sinon por el conde que
la tovo por el braço. "Señora —dixo el conde—, non
tomedes muy grant pesar por ello, ca lo que vuestro oviere de ser ninguno non vos lo puede toller, e por aventura
abredes otro mejor casamiento si éste non ovierdes. "Non
me desfuzio de ello —dixo la infante— de la merçed de
Dios, ca como agora dixo de non, aún por aventura dirá
que le plaze. Çertas, conde, quiero que sepades una cosa:
que mucho enteramente tenía por este casamiento si ser
podiese, e cuido, segunt el coraçón me dize, que se fará;
e de ninguna cosa non me pesa sinon que cuidarían que
de mi parte fue començado e, por aventura, que me pre-
çiara menos por ello." "Señora —dixo el conde—, yo
muy bien vos guardé en este lugar, ca lo que le yo dixe
non gelo dixe sinon dando a entender que quería el su
bien e consejándole que lo quesiese, e quando yo sopiese
su voluntad que me trabajaría en ello." "Muy bien lo
feziste —dixo la infante—, e non le fabledes más en ello
e faga Dios lo que él toviere por bien."

Ellos estando en esto, entró el escudero que avía enbiado con el cavallero Amigo con mandado del infante al
rey de Lien. [240] "¿E recabdó por lo que fue?" —dixo la
infante—. [f. 164v] "Pardiós, señora —dixo el escudero—, sí, muy bien, a guisa de buen cavallero e bien razonado, segunt veredes por las cartas e el recabdo que trae."
Estonçe llegó el cavallero Amigo ante la infante. "Por
Dios, cavallero Amigo, mucho me plaze —dixo la infante— porque vos veo venir bien andante." "¿E en qué
lo vedes vos?" —dixo el cavallero Amigo—. "¿En qué?
—dixo la infante—. En vos venir mucho alegre e en me

<hr>

[240] *Bres* (W., 425).

jor continente que non a la ida quando de aquí vos par-
tistes." "Señora —dixo el cavallero Amigo—, pues Dios
tan buen entendimiento vos quiso dar de conosçer las
cosas ascondidas, entendet esto que vos agora diré: que
yo creo que Dios nunca tanto bien fizo a una señora
como fizo a vos por la conosçençia del infante mio señor,
ca segunt yo aprise en la corte del rey de Bres, non eran
tan pocos aquellos que vos mal cuidavan fazer, e avían
ya partido el vuestro regño entre sí." "¿E quáles eran
esos?" —dixo la infante—. "Señora —dixo el cavallero
Amigo—, el rey de Guimalet e el rey de Libia; pero pues
avedes el rey de Bres, non avedes por qué vos reçelar del
rey de Libia, ca el rey de Bres el ruego que le fizo fazer
el infante Roboán, por estas cartas lo podedes ver que
vos aquí trayo." La infante resçebió las cartas e mandólas
leer, e fallaron que la segurança e la tregua del rey de
Bres fuera muy fecho e que mejor non se podiera fazer
por ninguna manera nin más pro nin a onra de la infante.

E el infante Roboán aviendo muy grant sabor de se
ir: "E pues buen sosiego tenedes la vuestra tierra, non
avedes por qué me detener." "Amigo señor —dixo la
infante—, si buen sosiego ý ha, por vos e por vuestro
buen esfuerço es, e sabe Dios que si vos podiese detener
a vuestra onra que lo faría muy de grado; pero ante fablaré conbusco [f. 165] algunas cosas que tengo que fablar." "Señora —dixo el infante—, atan aperçebida e
atan guardada sodes en todas cosas, que non podríedes
errar en ninguna manera en lo que oviésedes a dezir e a
fazer."

Otro día en la mañaña, quando vino el infante Roboán
a se espedir de ella, dixo la infante: "Sos [241] aquí agora e
védrense los otros, e yo fablaré conbusco lo que vos diré
que tenía de fablar." E todos los otros se tiraron afuera,
pero que paravan mientes a los gestos e a los ademanes
que fazían, ca bien entendían que entre ellos avía muy
grant amor, comoquier que ellos se encubrían lo más que

---

[241] *Sed* (W., 427).

podían e non se querían descobrir el uno al otro el
amor grande que avía entre ellos. Pero la infante, veyendo que por el infante Roboán avía el su regño bien asosegado, e fincava onrada entre ellos, que sería la más
bien andante e la más reçelada señora que en todo el
mundo abría, con el buen entendimiento e con el buen esfuerço e con la buena ventura de este infante, non se
pudo sofrir e non con maldat, ca de muy buena vida era
e de buen entendimiento; mas cuidándole vençer con buenas palabras porque el casamiento se feziese, e díxole así:
"Señor, el vuestro buen donaire e la vuestra buena ventura e el vuestro buen entendimiento e la onra que me
avedes fecho en me dexar muy rica e muy reçelada de
todos los mis vezinos e mucho onrada, me faze dezir esto
que vos agora diré, e con grant amor ruégovos que me
perdonedes lo que vos diré e non tengades que por otra
razón de maldat nin de encobierta vos lo digo, mas por
razón de ser más anparada, si Dios lo quisiere allegar. E
porque non sé si algunos de mis regños a que plazería,
o por aventura si querrían que se llegase este pleito, non
me quise descobrir a ninguno e quisme atrever ante la
vuestra mesura, que si non se feziese que fuese callado entre nos; ca çiertamente, si otros fuesen [f. 165v] en el
fecho, non podría ser poridat, ca dizen que lo que saben
tres sábelo toda res. E lo que vos he ha dezir, comoquier
que lo digo con grant vergüença, es esto: que si el vuestro casamiento el mío quisiese Dios allegar, que me plazería mucho; e non hemos a dezir, ca a ome de buen
entendimiento pocas palabras cunplen." Desí abaxó los
ojos la infante e púsolos en tierra, e non lo pudo catar
con grant vergüença que ovo de lo que avía dicho.
    "Señora —dixo el infante—, yo non vos puedo gra-
desçer nin servir quanto bien e quanta merçed me avedes fecho oy en este día e quanta mesura me amostraste
en querer que yo sepa de vos el amor verdadero que me
avedes e en quererme fazer saber toda vuestra fazienda
e vuestra voluntad. E pues yo gradesçer non vos lo puede
nin servir así como yo querría, pido por merçed a nuestre

señor Dios que él vos lo gradesca e vos dé buena çima a
lo que deseades, con vuestra onra; pero digo que sepades
de mí atanto: que del día en que nasçí fasta el día de oy
nunca sope amor de muger, e conbusco; ca una sodes de
las señoras que yo más amo e más preçio en mi coraçón
por la grant bondat e el grant entendimiento e la grant
mesura e el grant sosiego que en vos es. E comoquier que
me agora quiero ir, pídovos por merçed que me querades
atender un año, salvo ende si falláredes vuestra onra, si
Dios vos lo quisiese dar." "Amigo señor —dixo la infante—, yo non sé cómo Dios querrá ordenar de mí, mas yo
atendervos he a la mi ventura de estos tres años, si vida
oviere." "Señora —dixo el infante—, gradéscovoslo." E
quísole besar las manos e los pies, e ella non quiso dar,
ante le dixo: a un tienpo verná que ella gelos besaría
a él.

E levantáronse luego amos a dos e el infante se espedió de ella e de todos los otros omes buenos que ý eran
en el palaçio con el [f. 166] infante.

De cómo el infante Roboán con toda su gente fueron andando e salieron del regño de Pandulfa atanto que llegaron al condado de Turbia, e fallaron en una çibdat al conde, que les salió a resçebir

Dize el cuento que nunca tan grant pesar ome vio como
el que ovieron todos aquellos que ý estavan con la infante,
ca quando él partió de su padre e de su madre e de su
hermano Garfín e de todos los otros de la su tierra, comoquier que grant pesar e grant tristeza ý ovo, non pudo
ser igual de ésta. Ca pero non se mesavan nin se rastra-
van nin davan bozes, a todos semejava que le quebraran
por los coraçones dando sospiros e llorando muy fuerte e
poniendo las manos sobre los ojos. E eso mesmo fazía el
infante Roboán e toda la su gente, ca atan fechos eran con
todos los de aquella tierra, que non se podían de ellos

partir sinon con grant pesar. E este regño de Pandulfa es en la Asia la Mayor, e es muy viçiosa tierra e muy rica e por toda la mayor partida de ella pasa el río Trigris, que es uno de los quatro ríos de paraíso terreñal, así como adelante oiredes do fabla de ellos.

El infante con toda su gente fueron andando e salieron del regño de Pandulfa atanto que llegaron al condado de Turbia, e fallaron en una çibdat al conde, que salió a resçebir, e que le fizo mucha onra e mucho plazer e conbidó al infante por ocho días que fuese su huésped. Pero con este conde non se asegurava en la su gente, porque lo querían muy mal e non sin razón, ca él les avía desaforado en muchas guisas, a los unos despechando, e a los otros desterrando, en guisa que non avía ninguno en todo el su señorío en quien non [f. 166v] tanxiese este mal e estos desafueros que el conde avía fecho.

E este conde quando vio al infante en su lugar con tan grant gente e tan buena, plógole muy de coraçón, e díxole: "Señor, muy grant merçed me fizo Dios por la vuestra venida a esta tierra, ca tengo que doliéndose de mí vos enbió para ayudarme contra estos mis vasallos del mio condado, que me tienen muy grant tuerto, e puédolos castigar, pues vos aquí sodes, si bien me ayudardes." "Çertas, conde —dixo el infante—, ayudarvos he muy de buena mente contra todos aquellos que vos tuerto fezieren, si vos lo non quisieren emendar; pero saber quiero de vos qué tuerto vos tienen, ca non querría de mí nin de otro mal resçebiesen el que non meresçió por qué." "Sabet, señor —dixo el conde—, lo que non avedes por qué demandar, ca los mayores traidores son que nunca fueron vasallos a señor." "Conviene —dixo el infante— saber de fecho, ca grant pecado sería de fazer mal a quien non lo meresçe, e conviene que sepamos quáles son aquellos que lo meresçen, e apartémoslos de los otros que lo non meresçen; e así los podemos más aína matar e astragar, ca quantos de ellos apartaremos, atanto menguaría del su poder e acresçentaría el vuestro." "Señor —dixo el conde—, non vos trabajedes en eso, ca todos lo meresçen." "¿Todos? —dixo el infante—. Esto non puede ser sinon de dos razones: o que vos fuésedes crúo contra ellos e non perdonastes a ninguno, o que todos ellos son falsos e traidores por natura. E si vos queredes que vos ayude en este fecho, dezitme la verdat e non me ascondades ende ninguna cosa; ca si tuerto toviésedes e me lo encobriésedes, por aventura sería vuestro el daño e mío, e fincaríamos con grant desonra, ca Dios non mantiene el canpo sinon aquel que sabe que [f. 167] tiene verdat e derecho."

Quando el conde vio que el infante con buen entendimiento podría saber la verdat e non le encubriría por ninguna manera, tovo por bien de le dezir por qué oviera malquerençia con toda la gente de su tierra. "Señor —dixo el conde—, la verdat de este fecho en cómo pasó entre mí e la mi gente es de esta guisa que vos agora diré. Ca çiertamente fue contra ellos muy crúo en muchas cosas, desaforándolos e matándolos sin ser oídos e desheredándolos e desterrándolos sin razón, de guisa que non ay ninguno, mal pecado, por de grant que sea nin de pequeño, a quien non tenga estos males e desafueros que les he fechos, en manera que non ay ninguno en el mi señorío de que non reçele. E por ende, con la vuestra ayuda, querríame desenbargar de este fecho e de este reçelo, ca de que ellos fuesen muertos e astragados, podría yo pasar mi vida sin miedo e sin reçelo ninguno." "¡Pardiós, conde! —dixo el infante—. Si así pasó como vos dezides, fuera muy grant mal, ca non sería así sinon fazer un mal sobre otro a quien non lo meresçe. E aviéndoles fecho tantos males e tantos desafueros como vos dezides, ¿en lugar de vos arrepentir del mal que les feziéredes e demandarles perdón, tenedes por guisado de les fazer aún mayor mal? Çertas, si en canpo oviéramos entrada con ellos sobre tal razón, ellos fincaran bien andantes e nos mal andantes, e con grant derecho." "Pues, señor —dixo el conde—, ¿qué es lo que ý puedo fazer? Pídovos por merçed que me consejedes, ca esta mi vida non es vida, ante me es par de muerte." "Yo vos lo diré —dixo el infante—. Conviénevos que fagades en este vuestro fecho como fizo un rey por consejo de su muger la reina, que cayó en tal caso e en tal yerro como éste." "¿E cómo fue eso?" —dixo el conde—. [f. 167v] "Yo vos lo diré" —dixo el infante.

"Un rey era contra sus pueblos, así como vos, en desaforándolos e matándolos e deseheredándolos crúamente e sin piedat ninguna, de guisa que todos andavan catando manera que le podiesen matar. E por ende, sienpre avía de andar armado de día e de noche, que nunca se desarmava, que non avía ninguno nin aun en su posada quien se fiase, así que una noche fuese a casa de la reina su muger, e echóse en la cama bien así armado. Como a la reina pesó mucho, como aquella que se dolía de la su vida muy fuerte e muy lazrada que el rey fazía, e non gelo pudo sofrir el coraçón, díxole así: "Señor, pídovos por merçed e por mesura que vos que me querades dezir qué es la razón porque esta tan fuerte vida pasades, si lo tenedes en penitençia o si lo fazedes por reçelo de algunt peligro." "Çertas —dixo el rey—, bien vos lo diría si entendiese que consejo alguno me porniedes ý poner; mas mal pecado, non cuido que se ponga ý consejo ninguno." "Señor, non dezides bien —dixo la reina—, ca non ha cosa en el mundo por desesperada que sea, que Dios non pueda poner remedio." "Pues así es —dixo el rey—, sabet que quiero que lo sepades. Ante que conbusco casase, e después, nunca quedé de fazer muchos males e muchos desafueros e crueldades a todos los de mi tierra, de guisa que por los males que les yo fis non me aseguro en ninguno de ellos, ante tengo que me matarían muy de buena mente si podiesen. E por ende, he de andar armado por me guardar de su mal." "Señor —dixo la reina—, por el mio consejo vos faredes como fazen los buenos físicos a los dolientes que tienen en [f. 168] guarda, que les mandan luego que tengan dieta, e desí mándanles comer buenas viandas e sanas; e si veen que la enfermedad es tan fuerte e tan desesperada que non puede poner consejo por ninguna sabiduría de física que ellos sepan, mándanles que coman todas las cosas que quisieren, tan bien

de las contrarias como de las otras. E a las vegadas, con
el contrario guaresçen los enfermos de las enfermedades
grandes que han. E pues este vuestro mal e vuestro reçelo tan grande e tan desesperado es que non cuidades
ende ser guarido en ningunt tienpo, tengo que vos conviene de fazer el contrario de lo que fezistes fasta aquí,
e por aventura que seredes librado de este reçelo, queriéndovos Dios fazer merçed." "¿E cómo podría ser eso?"
—dixo el rey—. "Çertas, señor, yo vos lo diré —dixo la
reina—: que fagades llegar todos, los conosçedes los males e desafueros que les fezistes, e que les roguedes mucho omildosamente que vos perdonen, llorando de los
ojos e dando a entender que vos pesa de coraçón por
quanto mal les fezistes; e por aventura que lo querrán
fazer, doliéndose de vos. E çertas, non veo otra carrera
para vos salir de este peligro en que sodes." "Bien creed
—dixo el rey— que es buen consejo e quiérolo fazer;
ca más querría ya la muerte que non esta vida que he."
E luego enbió por todos los de su tierra que fuesen con
él en un lugar suyo muy viçioso e muy abondado. E fueron todos con él ayuntados el día que les mandó. El rey
mandó poner su siella en medio del canpo, e puso la corona en la cabeça e díxoles así: "Amigos, fasta aquí fui
vuestro rey e usé del poder del regño como non devía,
non catando mesura nin piedat contra vos, faziéndovos
muchos desafueros, los unos matando sin ser oídos, los
otros despechando e desterrando sin razón e sin derecho,
[f. 168v] non queriendo catar nin conosçer los serviçios
grandes que me fezistes. E por ende, me tengo por muy
pecador, que fis grant yerro a Dios e a vos. E reçelándo-
me de vos por los grandes males que vos fis, ove sienpre
de andar armado de día e de noche; e conosçiendo mio
pecado e mio yerro, déxovos la corona del regño." E to-
llióla de la cabeça e púsola en tierra ante sí, e tollió el
baçinete de la cabeça e desarmóse de las armas que tenía
e fincó en ganbax. E dixo: "Amigos, por mesura, que
fagades de mí lo que vos quisierdes." E esto dezía llorando de los ojos muy fuertemente, e eso mesmo la reina

su muger e sus fijos, que eran con él. E quando los de
la tierra vieron que atan bien se arrepentía del yerro en
que cayera, e atan sinplemente demandava perdón, dexáronse caer todos a sus pies, llorando con él; e pediéronle por merçed que los non quisiese dezir tan fuertes
palabras como les dezía, ca los quebrantava los coraçones; mas que fincase con su regño, que ellos le perdonavan quanto mal de él resçibieron. E así fue después muy
buen rey e muy amado de todos los de la tierra, ca fue
muy justiçiero e guardador de su regño.

"Quando covenie a vos, conde, conviene que fagades eso
mesmo que aquel rey fizo; e fío por la merçed de Dios
que él vos endresçará aver amor de la vuestra gente, así
como fizo aquel rey." "Por Dios, señor —dixo el conde—, dada me avedes la vida, e quiero fazer lo que me
consejades, ca me semeja que esto es lo mejor; e aunque
me maten en demandándoles perdón, tengo que Dios abrá
merçed a la mi alma." [f. 169] "Conde —dixo el infante—, non temades, ca si vos ý murierdes faziendo esto
que vos yo consejo, non moriredes solo, ca sobre tal
razón como ésta seré yo conbusco muy de grado en vos
defender quanto yo podiere; ca pues les vos fazer queredes emienda e non lo quesieren resçebir, ellos ternán
tuerto e non vos, ca del su derecho farán tuerto, e Dios
ayudarnos ha e destorvará a ellos, porque nos ternemos
por nos verdat e razón e ellos non por sí, sinon mentira
e sobervia."

Entonçe enbió el conde por todos los de su tierra, deziendo que avía de fablar con ellos cosas que eran a pro
de ellos e de la tierra, e luego fueron con él a una çibdat
buena; e quando vieron la cavallería que tenía de gente
estraña, preguntaron qué gente eran, e dixiéronles que era
un fijo de un rey que era de luengas tierras e que andava
provando cosas del mundo e faziendo buenas cavallerías
para ganar pres. E preguntaron si era amigo del conde, e
dixiéronles que sí. "¿E es ome —dixieron ellos— a quien
plega con la verdat e con el bien e le pese con el mal?"
"Çertas —dixieron ellos—, sí." "Bien es —dixieron

ellos—, pues el infante tan buen ome es, bien creemos
que él sacará al conde de esta crueldat que faze contra
nos." Los otros le respondieron que fuésedes de él bien
seguros e que así lo faría. E así fincaron los de la tierra
ya conortados, e bien semeja que entre el conde e ellos
partido era el miedo, ca tan grant miedo avía el conde
a ellos como ellos al conde. Desí, el conde mandó fazer
su estrado en un grant canpo muy bueno, que dizen el
Canpo de la Verdat, e fueron y todos llegados. El conde
asentóse en el estrado, armado así como siempre andava,
e el infante de la otra parte, e la condesa de la otra, e sus
fijuelos delante. E levantóse [f. 169v] el conde, e díxoles
en cómo les avía errado en muchas maneras e pedióles
merçed mucho omildosamente que le quesiesen perdonar,
ca non quería con ellos bevir sinon como buen señor con
buenos vasallos; e desarmóse e fincó los inojos ante ellos
llorando de los ojos e rogándoles que le perdonasen. E
sobre esto, levantóse el infante Roboán, ca ellos estavan
muy duros e non querían responder nada. E díxoles:
"Amigos, non querría que fuésedes tales como los moços
de poco entendimiento, que los ruegan muchas vegadas
con su pro e ellos con mal recabdo dizen que non quieren, e después querrían que los rogasen otra ves, que lo
resçeberían de grado, e si los non quieren rogar, fíncanse
en su daño. Por que non ha mester que estedes callados;
ante lo deviérades mucho gradesçer a Dios porque tan
buenamente vos viene a esto que vos dixe." "Señor —dixo
uno de ellos—, muy de buenamente lo faremos, sinon que
tenemos que nos trae con engaño para nos fazer más mal
andantes." "Non lo creades —dixo el infante—; antes
vos lo jurará sobre santos evangelios e vos fará omenaje
e vos asegurará ante mí. E si vos de ello fallesçiese, yo
vos lo prometo que seré conbusco contra él." E ellos le
pedieron por merçed que resçebiese del conde omenaje
e él fízolo así; e perdonáronle e fincó en pas e en buen
andança con sus vasallos e mantovo sienpre en sus fueros e en justiçia. E otro día espedióse el infante del conde
e de todos los buenos onbres que y eran.

De cómo el enperador sopo que un infante fijo
del rey de Mentón llegara al su señorío e traía
consigo buena cavallería e apuesta, plógole mucho

Dize el cuento que el infante Roboán endreçó [f. 170]
su camino para do Dios le guiase, pero que demandó al
conde qué tierra fallaría adelante. E él le dixo que a
treinta jornadas de allí que entraría en tierra del enperador de Triguiada, muy poderoso e muy onrado, que avía
quarenta reys por vasallos e que era ome mançebo e alegre
e de buen solas e que le plazía mucho con ome de tierra
estraña, si era de buen logar. El infante fuese para aquel
inperio, e luego que llegó a la tierra de los reys dixiéronle que le non consenterían que entrase más adelante
fasta que lo feziesen saber al enperador, ca así lo avían
por costunbre; pero que le darían todas las cosas que
oviese mester fasta que oviesen mandado del enperador.
Enbiaron luego los mandaderos, e quando el enperador
sopo que un infante, fijo del rey de Mentón, llegara a su
señorío, que traía consigo buena cavallería e apuesta,
plógole mucho, e mandó que le guiasen por toda su tierra
e que le diesen todas las cosas que mester oviese e le feziesen quanta onra podiesen. E si el enperador bien lo
mandó fazer, todos los reys e las gentes por do pasava
gelo fazían muy de grado e muy conplidamente, ca mucho lo meresçía. Ca atan apuesto e atan de buen donario
lo feziera Dios, que todos quantos le veían tomavan muy
grant plazer con su vista e fazían por él muy grandes alegrías.

E quando llegó al enperador e fallólo que andava por
los canpos, ribera de un río e muy grande que ha nonbre
Trigris, e desçendió del cavallo. E dos reys que eran con
el enperador, por fazer onra al infante, desçendieron a él.
E fuese para el enperador e fincó los inojos e omillóse
así como le consejaron aquellos dos reys que ivan con
él. E el enperador mostró muy grant plazer con él e mandóle que cavalgase; e desque cavalgó, llamólo el enperador e preguntóle si era cavallero. Díxole que sí. E pre-

guntóle [f. 170v] quién lo feziera cavallero; e díxole que
su padre el rey de Mentón. "Çertas —dixo el enperador—,
si doble cavallería podiese aver el cavallero, que él lo
feziera cavallero otra vegada." "Señor —dixo el infante—, ¿qué es lo que pierde el cavallero si de otro mayor
cavallero puede resçebir otra cavallería?" "Yo vos lo diré
—dixo el enperador—: que non puede ser por el uno
contra el otro que le non estudiese mal, pues cavallería
avía resçebido de él." "¿E non vedes vos —dixo el infante— que nunca yo he ser contra el rey mi padre nin contra vos por él, ca él non me lo mandaríe nin me lo conse-
jaría que yo fallesçiese en lo que fazer deviese?" "Bien lo
creo —dixo el enperador—, mas ay otra cosa más grave
a que ternían los omes ojo: que pues dos cavallerías avía
resçebido, que feziese por dos cavalleros." "E çertas
—dixo el infante—, bien se puede fazer esto con la merçed de Dios; ca queriendo ome tomar a Dios por su conpañero en los sus fechos, fazer puede por dos cavalleros
e más, con la su ayuda." [242] "Çertas —dixo el enperador—,
conviene que yo faga cavallero a este infante e non lo
erraremos, ca cuido que de una guisa lo fazen en su
tierra e de otra guisa aquí."

E preguntóle el enperador de cómo le fezieron cavallero, e él dixo que tovo vigilia en la eglesia de Santa María una noche en pie, que nunca se asentara, e otro día
en la mañana, que fuera ý el rey a oír misa, e la misa dicha, que llegara el rey al altar e que le diera una pescoçada, e que le çiñó el espada e que gela desçiño su hermano mayor. "Agora vos digo —dixo el enperador— que
puede resçebir otra cavallería de mí, ca grant departimiento ha de la costunbre de su tierra a la nuestra." [243] "En el
nonbre de Dios —dixieron los reys—, fazetlo cavallero,

[242] Como su padre, cuando venció al hijo y al sobrino del rey
de Ester (véase p. 156).
[243] Después de describir la manera castellana de hacer caballeros,
se describe otra manera que coincide en buena parte con lo ex-
puesto en el *Libre del Orde de Cavallería,* de Ramón Llull, Quarta
Part.

que fiamos por Dios que por quanto en él vemos e [f. 171] entendemos, que tomaredes buen esfuerço.

Entonçe mandó el enperador que comiesen con él los reys e el infante e todos los otros cavalleros, e fuéronse para la villa. El enperador comió en una mesa e los reys en otra, e toda la cavallería por el palaçio muy ordenadamente e muy bien. E después que ovieron comido, mandó el enperador que vestiesen al infante de unos paños muy nobles que le dio, e que fuesen fazer sus alegrías, así como era costunbre de la tierra. E feziéronlo así, ca los dos reys ivan con él: el uno de la una parte e el otro de la otra parte por toda la villa. E todas las donzellas estavan a sus puertas, e segunt su costunbre e lo que avían de abraçar e de besar cada una de ellas, e dezíanle así: "Dios te dé buena ventura en cavallería e fágate atal como aquel que te lo dio, o mejor." Quando estas palabras oyó dezir el infante, menbrósele de lo que le dixiera su madre quando se de ella partió, que el coraçón le dava que sería enperador, e creçióle el coraçón por fazer bien.

E otro día en la mañana, fue el enperador a la eglesia de Sant Iohán, do velava el infante, e oyó misa e sacólo a la puerta de le eglesia a una grant pila porfirio que estava lleña de agua caliente; e feziéronle desnuyar so unos paños muy nobles de oro, e metiéronlo en la pila, e dávale el agua fasta en los pechos; e andavan en derredor de la pila cantando todas las donzellas, deziendo: "¡Biva este novel a serviçio de Dios e onra de su señor e de sí mesmo!" E traían una lança con un pendón grande, e una espada desnuya e una camisa grande de sirgo e de aljófar e una guirnalda de oro muy grande de piedras preçiosas. E la camisa vestiógelas una donzella muy fermosa e muy fijadalgo, a quien copo la suerte que gela vestiese; e desque gela vestió, besólo e díxole: "Dios te vista de la su graçia." E partióse dende, ca así [f. 171v] lo avía por costunbre. E desí vino el un rey e dióle la lança con el pendón e díxole: "Ensalçe Dios la tu onra toda vía." E besóle en la boca, partióse dende. E vino el otro rey e çiñóle el espada e díxole: "Dios te defienda con el su grant poder e ninguno non te enpesca." E desí vino el

enperador e púsole la guirnalda en la cabeça e díxole:
"Ónrete Dios con la su bendición e te mantenga sienpre
acreditamiento de tu onra toda vía." E desí vino el arçobispo e díxole: "Bendígate el Padre e el Fijo e el Espírito
Santo, que son tres personas e un Dios." E estonçes el
enperador mandó que le vestiesen de otros paños muy nobles e ciñóle el espada, e cavalgaron e fuéronse para casa
del enperador, e el infante trayendo el espada desnuya en
la una mano, el pendón en la otra mano con la lança, e
la guirnalda en la cabeça. E desí se asentaron a la mesa:
tenía un cavallero delante él el espada desnuya e la otra
con el pendón fasta que comieron. E después cavalgaron
e diéronle el espada e la lança, e así andido por la villa
aquel día.

E otro día començaron los cavalleros del infante de
alançar e bofordar segunt su costunbre, de que fue el enperador muy pagado, e todos los otros, en manera que non
fincó dueña nin donzella que ý non fuese. E el enperador
mandó al infante que feziese él lo que sabía, ca costunbre
era de la tierra que el cavallero novel que otro día que
resçebiese cavallería e toviese armas. E él cavalgó en un
cavallo muy bueno que traía e lançó e bofordó e andido
por el canpo con los suyos faziendo sus demandas. E bien
semejava fijo de rey entre los otros, que comoquier que
muchos avía entre ellos que lo fazían [f. 172] muy bien,
non avía ninguno que lo semejase en lo tan bien fazer
como el infante; e todos los que ý eran con el enperador
andavan faziendo sus trebejos segunt el uso de la tierra
en un grant canpo, ribera del río Triguis.

Este inperio de Triguida tomó el nonbre de este río Triguis, que es uno de los quatro ríos que salen del paraíso
terreñal: el uno ha nonbre Sison e el otro Eufartes, [244]

---

[244] *El vno ha nonbre (Fison), (e el otro Gigon, e el otro Trigris)
e el otro Eufrates* (W., 442-443). A Gabriel Miró le interesó esta
cuestión: "...Y salía un río repartido en cuatro raudales: el Phison,
el Gehon, el Tigris y el Eufrates" (*Gén.* II). Sir Henry Rawlinson
identifica el Gehon o Gihon, "que rodea toda la comarca de Cush",
con el Juha o brazo izquierdo del Tigris; y el Fisón, con el brazo
derecho del Eufrates, que los asirios llaman Ugni; esto es: el bri-

onde dize el Génesy que en el paraíso terreñal sale ur
río para regar la huerta e apartóse en quatro logares e sor
aquellos los quatro ríos que nasçen del paraíso terreñal
E quando salen del paraíso van ascondidos so tierra e pa
resçe cada uno allí do nasçe, así como agora oiredes: di
zen que Sison corre por las tierras de India e a semejante
que nasçe del monte que ha nonbre Ortubres, e corre con
tra oriente a esconderse so tierra; e nasçe del monte
Ablan, a que dizen en ebraico Reblantar Mar, e despué;
se mete en la tierra, e desí sale e çerca toda la tierra Athio
pia e corre por seis logares e cae en el mar que es çerca
de Alexandria.

Los otros dos ríos, que ha nonbre Triguis e Eufarte;
pasan por otra grant montaña e corre por la parte orienta
de Seria, e pasan por medio de Armenia e buélvense amo;
a dos contra la villa que ha nonbre Abaçia, e dízenla es
tonçes las Aguas Mistas del mundo. E después que har
andado mucho en uno, caen en el mar Oçiano. E el pa
raíso terreñal onde estos ríos salen, las Islas Bienaven
turadas; pero que ninguno non puede entrar al paraíso
terreñal, ca a la entrada puso Dios un muro de fuego que
llega fasta el çielo. E sabios antigos dizen que Sison el río
que llaman Nilo, a que dizen en arávigo Al-Nil, e er
ebraico Nilos. E dizen en el [f. 172v] tienpo antigo se
solía somir e perder so tierra e fazía toda la tierra treme
dar, de guisa que non podía ninguno por ella andar; e
Josepe manó este río en madre e guaresçió a Nilo e a la
tierra, así que, segunt dizen, que ésta es la más plantiosa
tierra del mundo, ca este río sale de madre dos vezes er
el año e riega toda la tierra. E mientra el río está fuera
de madre andan por las barcas de un logar a otro, e po;
esta razón son puestas las villas e las alcarias en las altu
ras de la tierra. E esta estoria fue aquí puesta de esto;
quatro ríos del paraíso porque sepan que el inperio po;
allí do suele correr, e la otra partida do se buelve con e
río Eufartes e llega fasta la mar, e de la otra parte de

llante." (En el cap. "Sigüenza y el Paraíso", de Años y leguas
Bibl. Nueva, Madrid, 1928, pp. 282-283.)

çierço comarca este inperio con las tierras de Çin, e de
la otra parte con Asia la Mayor contra oriente, do se
fallan los çafiros finos, así como adelante oiredes en la
estoria del infante Roboán quando fue señor de este inperio por sus buenas costunbres e porque le quiso Dios
por la su bondat guiar.

DE CÓMO DIXO EL INFANTE AL ENPERADOR: "SEÑOR,
AGORA TENGO QUE ES VERDAT EL PROBERBIO QUE DIXO
QUE TAL SE CUIDA CASTIGAR E SE QUEBRANTA EL OJO.
ASÍ ACAESÇIÓ A MÍ AGORA —DIXO EL INFANTE—, QUE
CUIDAVA DEZIR ALGO E DIXE NADA, E CUIDANDO GANAR,
PERDÍ"

Onde dize el cuento que este infante fue muy bien quisto del enperador de Triguiada, ca atan bien lo servía en
todas las cosas que él podía e tan lealmente, que lo fizo
uno de sus conpañones. E quando se llegavan todos al
enperador para le consejar, non avía ninguno que atan
açertase el buen consejo dar como él, así que un [f.
173] día vino un físico e él dixo que sí e mostróle ende
sus cartas de cómo era liçençiado, e que todas las enfermedades del mundo guaresçía los omes con tres yervas
que él conosçía: la una era para bever e la otra para
ungüentos con ella, e la otra para fazer baños con ella.
E mostróle cómo con razón posiera nonbres estraños a las
yervas, de guisa que los físicos de casa del enperador non
las conosçían, mas semejávales que fablavan en ello como
con razón. E el enperador le preguntó que dó fallarían
aquellas yervas, e él díxoles que en la ribera de la mar
escontra do se pone el sol. E el enperador demandó consejo a sus físicos e ellos le consejaron que enbiase por
aquellas yervas. E llamó luego aquel físico estraño e díxole que quería enbiar por las yervas e que le daría de
su casa algunos que fuesen con él; e el físico le respondió e díxol que non quería que fuese ninguno con él, que
lo que él apresiera con grant trabajo en toda su vida, que
non quería que aquellos que enbiase con él lo apresiesen

en un ora, mas que le diese todo lo que oviese mester,
treinta o çinquenta cameros, [245] e que los trairía cargados,
ca mucho avía mester de ello, para fazer los baños señaladamente. E quando contaron quánto avía mester para
dos omes para ida e venida, fallaron que montava dies
mill marcos de plata, así que los consejeros e los físicos
consejavan al enperador que lo feziese, ca non podría ser
conprada esta física por aver. El enperador queríalo fazer, pero demandó al infante Roboán que le dixiese lo que
le paresçía e lo que le semejava, e él díxole que se non
se atrevía a lo consejar en esta razón, ca non quería que por
su consejo le contesçiese lo que le contesçió a un rey
moro sobre tal fecho como éste. "¿E cómo fue?" —dixo
el [f. 173v] enperador—. "Señor —dixo el infante—, yo
vos lo diré." [246]

"Así fue que un rey moro avía un alfajeme [247] muy
bueno e muy rico, e este alfajeme avía un fijo que nunca
quería usar del ofiçio de su padre, mas usó sienpre de
cavallería e era muy buen cavallero de armas. E quando
murió su padre, díxole el rey que quisiese usar del ofiçio
de su padre e que le feziese mucha merçed. E él díxole
que bien sabíe que nunca usara de aquel ofiçio e que
sienpre usara de cavallería e que lo non sabía fazer así
como convenía, mas que le pedía por merçed que por
non andar envergoñado entre los cavalleros que él conosçía, que sabían que era fijo de alfajeme, que le mandase dar su carta de ruego para otro rey su amigo en que
lo enbiase rogar que le feziese bien e merçed e que él
punaría en lo servir quanto podiese. E el rey tovo por
bien de gela mandar dar, e mandó a su chançeller que
gela diese. E el cavallero tomó la carta e fuese para aquel
rey amigo de su señor. Él quando llegó que le dixo salu-
des de parte de su señor el rey e diole la carta que le
enbiava, e ante que el rey abriese la carta, diole a enten

---

[245] came(ll)os (W., 445).
[246] También en Lucanor, XX, y en Ramón Llull, Libro de maravillas, tract. VI, cap. IV. (Wagner, "Sources", pp. 88-89.)
[247] alfajeme: barbero.

der que le plazía con él e demandóle si era sano su señor.
E díxole que sí e que mucho reçelado de ellos. E demandóle si era rico, e díxole que todos los reys sus vezinos
non eran tan ricos como él solo. E estonçe abrió la carta
el rey e leyóla, e dezía en la carta que este cavallero que
era fijo de un alfajeme e que le enbiava a él que le feziese
merçed, ca ome era que le sabría muy bien servir en lo
que le mandase. E el rey le preguntó qué mester avía,
e el cavallero quando lo oyó fue mucho espantado, ca
[f. 174] entendió que en la carta dezía fijo de alfajeme.
E estando pensando qué repuesta le daría, preguntóle el
rey otra vegada qué mester avía, e el cavallero le respondió: "Señor, pues atanto me afincades e porque sodes
amigo de mio señor quiérovos dezir mi poridad: sepades,
señor, que el mi mester es fazer oro." "Çertas —dixo el
rey—, fermoso mester es e cunple mucho a la cavallería,
e plázeme mucho en la tu venida e dé Dios buena ventura al rey mio amigo que te acá enbió, e quiero que me-
tas mano a la obra luego." "En el nonbre de Dios —dixo
el cavallero—, quando tú quisieres." E el rey mandó dar
posada luego al cavallero e mandó pensar de él luego muy
bien. E el cavallero en esa noche non pudo dormir pensando en cómo podría escapar del fecho. E de las doblas
que traía calçinó veinte e fízolos polvos e fue a un espeçiero que estava en cabo de la villa e díxole así: "Amigo,
quiérote fazer ganar e ganaré contigo." "Plázeme" —dixo
el espeçiero—. "Pues tomad estos polvos —dixo el cavallero— e si alguno te veniere a demandar si tenes polvos
de alexandrique, di que poco tienpo ha que oviste tres
quintales de ellos, mas mercadores venieron e te lo conpraron todo e lo levaron, e que non sabes si te fincó algunt poco, e non lo des menos de dies doblas, e las çinco
fincarán contigo." E el espeçiero tomó los polvos e guardólos muy bien. El cavallero fuese a casa del rey, que
avía ya enbiado por él. El rey quando lo vio, mandó a
todos que dexasen la casa e fincó solo con aquel cavallero, e díxole así: "Cavallero, en grant codiçia me has
puesto, que puedo folgar fasta que meta [f. 174v] mano
en esta obra." "Çertas, señor —dixo el cavallero—, dere-

cho fagas; ca quando rico fueres, todo lo que quisieres
abredes e reçelarvos han todos vuestros vezinos, así como
fazen a mi señor el rey por el grant aver que tiene que
le yo fis de esta guisa." "Pues, ¿lo qué avemos mester
—dixo el rey— para esto fazer?" "Señor —dixo el cavallero—, manda algunos tus omes de poridat que vaya
buscar por los mercaderes e por los espeçieros polvos de
alexandrique, e cónpralos todos quantos fallares, ca por
lo que costare una dobla faré dos, e si para todo el año
oviéremos abondo de los polvos, yo te faré con grant
tesoro, que non lo abrás dó poner." "Pardiós, cavallero
—dixo el rey—, buena fue la tu venida para mí si esto
tú me fazes."

Enbió luego a su mayordomo e a otro ome de su poridat con él que fuese buscar estos polvos. E nunca fallaron ome que les dixiese que los conosçiese nin sabían qué
eran, e tornáronse para el rey e dixiéronle que non fallavan recabdo ninguno de estos polvos, ca dezían mercaderes e los espeçieros que nunca los vieran nin oyeran fablar de ellos sinon agora. "¿Cómo non? —dixo el cavallero—. Çertas, traen a la tierra de mio señor el rey que
dozientas azémilas podría cargar de ellos, mas creo que
por lo que los non conosçedes non los sabedes demandar.
Iré conbusco allá e por aventura fallarlos hemos." "Bien
dize el cavallero —dixo el rey—. Idvos luego para allá."
E ellos se fueron por todas las tiendas de los espeçieros
preguntando por estos polvos e non fallaron recabdo ninguno. E el cavallero demandó al mayordomo del rey si
avía otras tiendas de espeçieros ý açerca que fuesen allá,
que non podía ser que los non fallasen. "Çertas —dixo
el mayordomo—, non ay otras tiendas en toda la villa
[f. 175] salvo ende tres que están en el arraval." E fueron para allá, e en las primeras non fallaron recabdo
ninguno, mas uno que estava más en cabo que todos dixo
que poco tienpo avía que levaron mercaderes de él tres
quintales de tales polvos como ellos dezían, e preguntáronles sin fincara alguna cosa ende, e él dixo que non
sabía, e fizo como que escrudiñava sus arcas e sus sacos,
e mostróles aquellos pocos de polvos que le avía dado el

cavallero. E demandáronle que por quánto gelos daría, e él dixo que non menos de dies doblas, e el cavallero dixo que gelas diesen por ello, siquier por fazer la proeva, e diéronle dies doblas. E tomó los polvos el mayordomo e levólos para el rey e dixiéronle cómo non podieran aver más de aquellos polvos, comoquier que el espeçiero les dixiera que poco tienpo avía que vendiera tres quintales de ellos. El cavallero dixo al rey: "Señor, guarda tú estos polvos e manda tomar [248] polvos de veinte doblas e fas traer carbón para lo fundir e faga el tu mayordomo en como le yo diré, e sey çierto que me fallará verdadero en lo que te dixe." "Quiéralo Dios —dixo el rey— que así sea."

Otro día en la mañana vino el cavallero e mandó que posiesen en un cresuelo [249] los polvos de suso de la calçina de los huesos que desgastó el plomo e lo tornó en fumo e afincar los polvos de las veinte doblas del más fino oro e más puro que podía ser, e el rey quando lo vio fue muy ledo e tovo que le avía fecho mucha merçed con la venida de aquel cavallero. E demandó cómo podía aver más de aquellos polvos para fazer más obra. "Señor —dixo el cavallero—, manda enbiar a la tierra de mio señor el rey, que ý podían aver siquiera çient azéymilas cargadas." "Çertas —dixo el rey—, non quiero que otro vaya sinon tú, que pues el rey mio amigo fiava de ti, yo quiero de ti otrosí." E mandóle dar dies azéymilas cargadas de plata de que conprase aquellos polvos, e el cavallero tomó su aver [f. 175v] e fuese con entençión de non tornar más nin de se poner en lugar do el rey le podiese enpesçer, ca non era cosa aquello que el rey quería que feziese en que él podiese dar recabdo en ninguna manera.

Este rey moro era tan justiçiero en la su tierra, que todas las más noches andava con dies o con veinte por la villa a oir qué dezían e qué fazía cada uno. Así que una noche estava una pieça de moros mançebos en una casa comiendo e beviendo a grant solas; e el rey estando a la

---

[248] *manda tomar (plomo, pesso) de veynte doblas* (W., 450).
[249] *cresuelo*: crisol.

puerta de parte de fuera escuchando lo que dezían; e començó un moro a dezir: "Diga agora cada uno quál es el más nesçio de esta villa." "Que yo sé, es el rey." Quando el rey lo oyó fue mucho irado e mandó a los sus omes que los prendiesen e que los guardasen ay fasta otro día en la mañaña que gelos levasen. E por ende dize que quien mucho escucha su daño oye. E ellos començaron a quebrantar las puertas e los de dentro demandaron que quién era. Ellos les dixieron que eran omes del rey. Aquel moro mançebo dixo a los otros: "Amigos, descobiertos somos, ca çiertamente el rey ha oído lo que nos dixiemos, ca él puede andar por la villa escuchando lo que dizen de él. E si el rey vos feziere algunas preguntas, non le respondades ninguna cosa, mas dexatme a mí, ca yo le responderé."

Otro día en la mañaña leváronlos ante el rey presos. E el rey con grant saña començóles a dezir: "¡Canes, fijos de canes! ¿Qué ovistes comigo en dezir que yo era el más nesçio de la villa? Quiero saber quál fue de vos el que lo dixo." "Çertas —dixo aquel moro mançebo—, yo lo dixe." "¿Tú? —dixo el rey—. Dime por qué cuidas que yo só el más nesçio." "Yo te lo diré —dixo el moro—: señor, si alguno pierde o le furtan alguna cosa de lo suyo por mala guarda, o dize alguna palabra errada, nesçio es porque non guarda lo suyo nin se guarda en su dezir; mas aún non es [f. 176] tan nesçio como aquel que da lo suyo do non deve, lo que quiere perder a sabiendas, así como tú feziste. Señor, tú sabes que un cavallero estraño vino a ti, e porque te faría oro de plomo, lo que non puede ser por ninguna manera, dístele dies camellos cargados de plata con que conprase los polvos para fazer oro. E crei çiertamente que nunca verás más ante ti, e si as perdido quanto le diste, e fue grant mengua de entendimiento." "¿E si veniere?" —dixo el rey—. "Çierto só, señor —dixo el moro—, que non verná por ninguna manera." "¿Pero si veniere?" —dixo el rey—. "Señor —dixo el moro—, si él veniere, raeremos [250] el nonbre del libro

---

[250] *raeremos*: borraremos.

al que lo defendiesse fasta la muerte
C esto dixo el vno otro esso mismo fa
te por mj en mas la amo q̃ tu C q̃ q̃ to
dos los ojos dela naue assi el mayor co
mo el menor fuero en estr mal acuerdo
z en esta discordia en manera q̃ pusiero
mano alas espadas C assi fueron a fe
rir vnos aotros de guisa q̃ no fincã

era C si estauo muy espãtada e
guisa q̃ no osaua çaljr de all[...]
assi estouo aql diaxodo z la no[...]
po fezie su oraço z rogaua ad[...]
le ouesse merçed C ... C si q̃ado[...]
alua ante q̃ saliesse el sol ...
bos q̃ le dixo assi C buena[...]
leuantate z sube ala naue [...]

njnguno dellos q̃ no fuesse muerto
de como lamuger del cauall ero esfa
fallo muertos alos q̃la llenaua enla
naue z los lanço enla mar fonra

ca essas cosas malas q̃ y fallaro[...]
la mar C otrowaras ya tyndo[...]
las otras cosas q̃ y fallaua [...]
os tiene por buen q̃las ayꝰ en[...]
las despiendas en buenas obras[...]
ella q̃do esto oyo grndesçiolo [...]
tro adios C mas dubdaua q̃ [...]
tura penso q̃ era falsedad q̃ [...]
aqllos malos q̃la llamaua ya[...]
empeçer C si no esta salj fasta[...]
ouo oydobes q̃le dixo sal no me[...]

... buena q̃ estaua ynsj
... enla cora dela naue o
... yoel ruydo muy grn
... re q̃ fazien z las bo
... zes z los golpes po no sabia q̃ cosa

de la nesçedat e pornemos ý el suyo; ca él verná a sabiendas a grant daño de sí, e por aventura a la muerte por que
te prometió, e así será él más nesçio que tú."

"E por ende, señor —dixo el infante Roboán al enperador—, comoquier que seades muy rico e podiésedes en-
plear muy grant aver en tan noble cosa como aquesta
que vos dize este físico, si verdat puede ser, non me
atrevo a vos consejar que aventuredes tan grant aver. Ca
si vos fallesçiese, dezirvos ían que non abredes fecho con
buen consejo, nin con buen entendimiento es aventurar
ome grant aver en cosa dudosa, ca finca engañado si lo
non acaba e con pérdida." "Çertas —dixo el enperador—,
téngome por bien aconsejado del infante Roboán de vos."

E en tantas cosas se fallava por bien aconsejado del
infante Roboán, que los consejos de los otros non los
preçiava nada e guiávase toda vía por los sus consejos
e non por consejo de otro alguno. Así que los otros consejeros del enperador ovieron muy grant enbidia, e fablaron en uno e dixieron: "Çertas, si este ome aquí mucho
dura con el enperador, nos astragados somos, ca el enperador non nos preçia nada, e así nin abremos la onra e el
pro que solíemos; por que ha mester que ayamos buen
acuerdo [f. 176v] sobre esto." Levantóse el conde de
Lan, que era uno de los consejeros, e dixo: "Amigos, non
me semeja que otra carrera podemos tomar sinon aquesta
que vos agora diré para confonder e astragar a este infante que a esta tierra vino por mal e por desonra de
nos: vos sabedes que el enperador nunca ríe. A quien le
pregunta por qué non ríe que luego le manda matar por
ello, o a lo menos que se perdería con él. E por ende, dezirvos he en cómo podemos fazer. Yo conbidaré a él e
a vos todos que comades en uno en la mi posada, e quando fuéremos solos, diremos en cómo nos maravillamos del
rey por non ríe. E çierto só que vos dirá que non. E rogarle hedes que pues tan privado es del enperador, que
se aparte con él a fablar mucho a menudo, que en solas
le faga esta pregunta e le diga que quál es la razón porque non ríe. E por aventura, el su atrevimiento de la pri-

vança le matará o le echará de esta tierra." E feziéronlo así. [251]

E el infante cróvolos, non se aguardando de ellos. Ca un día, andando con el enperador por el canpo fablando muchas cosas de solas porque deviera reir, e díxole así: "Señor, atreviéndome a la vuestra merçed, quiero vos fazer una pregunta, si la vuestra merçed fuere." "E plázeme —dixo el enperador—, e dezit lo que quisierdes e oirvos he muy de grado." "Señor —dixo el infante—, que vos nunca vi reir por grant solas; yo veo que vos pagades mucho de aver solas e sabedes dezir muchas cosas e muchos retraires en que ome lo puede tomar, pero que veo que mengua en vos una cosa la que ha en todos aquellos que de solas se pagan." "¿E quál es esa cosa?" —dixo el enperador—. "Señor —dixo el infante—, que vos nunca vi reir por grant [252] *solaz en que estoviésedes; e querría saber, si la vuestra merçed fuese, que me dixiésedes quál es la razón por que non reídes." E el enperador quando esta palabra oyó, pesóle muy de coraçón e demudósele la color e estovo grand rato que lo non pudo fablar. E desí, tornóse a él muy airado e díxole así: "Amigo, mal aconsejado fuestes, e Dios confonda el cuerpo del que en esto vos puso, porque tal pregunta me fuestes fazer; ca a vos quiso matar e a mí quiso fazer perder un amigo muy bueno en quien yo mucho fiava e me tenía por muy bien servido e bien guardado en todas cosas." "¿E cómo, señor —dixo el infante—, tan grand pesar tomastes por esta pregunta que vos yo fize?" "Atan grande —dixo el enpera* [P 170] dor—, que mayor non puede ser; ca nunca ome me fizo esta pregunta que la cabeça non perdiese; pero tan bien vos quise fasta aquí, que non me*

---

[251] El cuento del emperador que no ríe puede proceder, según Baist, del *lai* francés perdido *Tristan qui onques ne rist.* Hay mezcla de *matière de Bretagne* y de cuentos orientales en esta parte fantástica final de *Zifar.* (Véase Wagner, "Sources", pp. 44-57.) Krappe insiste en el origen oriental, y con él está de acuerdo María Rosa Lida de Malkiel. (Véase Walker, *Tradition,* pp. 55-56.)

[252] El folio termina con un reclamo: "solas en", y hay una laguna que suplimos con *Ms. P* y Wagner.

sufre el coraçón de vos dar aquella pena que di a los otros por esta razón, e non quiero que aquellos que allí están sepan de esto ninguna cosa, mas quiero que vayades comigo, como ímos fablando, e llegaremos a la ribera de la mar, e ponervos he en tal logar que por ventura será mejor la muerte que la vida, o por ventura será grand vuestra pro e grand onra vuestra, si fuerdes ome de buen recabdo e lo supierdes muy bien guardar. Mas, mal pecado, pocos son aquellos que saben sofrir la buena andança, e caen en mala andança e súfrenla, maguer non quieren."

(205) De cómo el enperador en pena de la pregunta desterró al infante Roboán al inperio de las islas Dotadas, adonde fue muy bien recebido, e casó con la enperatriz e fue hecho enperador

Díxole luego el infante: "Señor, agora creo que es verdadero el proberbio que dizen, que alguno se cuida santiguar e se quiebra los ojos. E así contesçió agora a mí, ca cuidé dezir algo e dixe nada, e cuidando ganar perdí; ca asaz pudiera fablar con vos en otras cosas con que tomárades plazer, e non fazervos pregunta tan loca en que non yazié provecho ninguno. Onde, señor, gradéscavos Dios porque non me queredes dar aquí la pena que meresçía, segund que fue dada a [P 170v] los otros que cayeron en tal yerro como yo." E en esto fueron andando como en fabla amos a dos, e llegaron ribera de la mar a una çerca alta que avía mandado fazer el enperador. E llegaron a la puerta de aquel logar e metió la mano el enperador a su bolsa e sacó de allí una llave e abrió la puerta e entraron dentro e çerraron la puerta en pos de sí. E estava un batel sin remos en el agua, e non fazía sinon llegar a la orilla de la mar e llegarse luego al agua. E tanto estava a la orilla quanto podía ome entrar, e non más. E el enperador mandó al infante que entrase en aquel batel, pero dolióse de él, e llorando de los ojos muy fuertemente. E quando llegó el batel a la orilla, entró en in-

fante en él, e tan aína como fue entrado, tan aína fue arredrado del batel e metido en alta mar, de guisa que non pudo dezir al enperador: "Señor, con vuestra gra-çia."

Pero que era ya muy arrepentido el enperador porque non lo avíe perdonado, e después que perdió el batel de vista, çerró la puerta del cortijo e fuese para su conpaña. E quando los cavalleros del infante vieron al enperador solo, e non a su señor, fueron muy espantados e dixieron al enperador: "Señor, ¿qué es del infante, que andava agora por aquí por este canpo conbusco?" "Bien lo sabredes" —dixo el enperador—. "Creed, señor —dixieron ellos—, que si vos non nos dezides dó es, que nos conviene de andar en su demanda e non nos partir de ello fasta que lo fallemos, o muramos en su demanda." "Non vos quexedes —dixo el enperador—, ca yo lo enbié con mi mandado a un logar [P 171] do él podrá aver mayor onra que non ésta en que yo estó, si él ome fuere de buen entendimiento, o será aquí conbusco ante del año conplido. E estad muy bien sosegados, ca yo vos mandaré dar todo quanto ovierdes menester fasta que él sea aquí conbusco." "Señor —dixieron los cavalleros—, nos atenderemos aquí fasta aquel plazo que vos nos mandades, e si algund mal o daño él oviere, Dios lo demande a vos e non a nos; pero que nos tenemos por desaventurados e por muy solos e desconortados sin él." E el enperador los començó a conortar e de asegurar, diziéndoles que el infante su señor non resçibiríe daño nin enojo ninguno. E con esto fueron ya seguros.

(206) TÍTULO DEL INFANTE ROBOÁN, DE CÓMO ENTRÓ EN LAS ÍNSOLAS DOTADAS, E CÓMO CASÓ CON NOBLEZA, SEÑORA DE ALLÍ

De que el infante se fue ido en su batel en que el enperador lo metió, non sabíe por dó se iva nin pudo entender quién lo guiava; e así iva rezio aquel batel como viento. E otro día en la mañana quando el sol salíe, llegó a la

*costera de la mar a la otra parte, a unas peñas tan altas
que semejava que con el çielo llegavan. E non avía salida
nin entrada ninguna, sinon por un postigo solo que tenié
las puertas de fierro. E así como fue llegado en derecho
del postigo, tan aína fueron las puertas abiertas, e non
paresçió ninguno que las abriese nin las çerrase. E el infante salió del batel e entró por el postigo, e luego fueron
las puertas çerradas. E en la peña avié un caño²⁵³ fecho
a mano por do pudiese entrar un cavallero armado en su
cavallo, e estavan lánparas colgadas de la peña, que ar-
díen e alunbravan todo el caño. E el infante muy espantado, porque non vido ninguno con quien fablese nin a
quien preguntase qué logar era aquél, e quisiérase tornar
de grado si pudiera, mas las puertas estavan tan bien
çerradas e tan juntas con la peña, que non las podía mover a ninguna parte. E fuese por el caño adelante lo más
que pudo, así que bien fue ora de terçia ante que al otro
cabo llegase, ca bien avié seis migeros en aquel caño de
la una parte fasta la otra. E quando llegó al postigo de la
otra parte, abriéronse luego las puertas de fierro, e falló
allí dos donzellas muy bien vestidas e muy apuestas en
sendos palafrenes, e tenién un palafrén de las riendas muy
bien ensellado e muy bien enfrenado, e desçendieron a él
e besáronle las manos e fiziéronle cavalgar en aquel palafrén, e fuéronse con él, diziéndole que su señora la enperatriz lo enbiava mucho saludar, e que lo salíen a resçebir
dos reys sus vasallos con muy grand cavallería, e le be-
sarien las manos e lo resçibirien por señor, e le farien
luego omenaje todos los del inperio a la ora que lle [P
171v] gase a la enperatriz; e que supiese bien por çierto
que esta enperatriz avié sesenta reys al su mandar en el
su señorío, e que todos serien al su serviçio e al su mandamiento.*

*"Señoras —dixo el infante—, ¿esto cómo puede ser,
ca yo nunca en esta tierra fui nin saben quién me soy,
nin enbiaron por mí, sinon que soy aquí llegado, e non*

---

²⁵³ *caño*: "Camino subterráneo que comunica de una parte a
otra." (*Voc. Kalila*, p. 185.)

*sé si por la mi buena ventura o por desaventura?" "Se-
ñor —dixieron las donzellas—, la vuestra buena ventura
fue, que anda conbusco guardándovos, e enderesçando e
guiando la vuestra fazienda de bien en mejor. E nuestro
señor Dios, al que vos tomastes por guiador quando vos
despedistes del rey vuestro padre e de la reina vuestra
madre, vos quiso enderesçar e guiar a este logar donde
avedes de ser señor, e darvos por conpañera a la enperatriz, que es muy rica e muy poderosa, e a la más fermosa
e la más acostunbrada dueña que en el mundo naçió. E
comoquier que su madre fue una de las más fermosas del
mundo, mucho más es ésta su fija."*

*"Señoras —dixo el infante—, ¿e quién fue su madre
de esta enperatriz?" "Señor —dixieron ellas—, la Señora
del Paresçer, que fue a salvar e a guardar del peligro muy
grande a don Yvan, fijo del rey Orian, segund se cuenta
en la su estoria, quando don Yvan dixo a la reina Ginebra que él avíe por señora una dueña más fermosa que
ella, e óvose de parar a la pena que el fuero de la nuestra
tierra manda, si non lo provase, segund que era costunbre
del reino." "¿E quién fue su padre?" —dixo el infante—.
"Señor —dixieron ellas—, don Yvan fue casado con ella,
segund podredes saber por el libro de la su estoria, si
quisiéredes leer por él."* [254] *"¿E es en esta tierra?" —dixo
el infante—. "Señor —dixieron ellas—, sí." "Señoras
—dixo el infante—, esta vuestra señora fue nunca casada?" "Sí fue —dixieron ellas—, con un enperador que
la perdió por su desaventura e por su mal recabdo, de lo
que vos avedes de guardar, que la non perdades por mal
consejo que* [P 172] *ninguno vos dé; e así podredes ser el
más poderoso e el más bien andante señor de todo el
mundo."*

---

[254] Baist opinaba que el autor del *Zifar* conocía el *lai Lanval*
bajo el nombre *Ivains*. Otras posibles fuentes: el *Lanval* de Marie
de France, o el anónimo *Graelent*. (Wagner, "Sources", pp. 50-57;
y Walker, *Tradition*, p. 56.) (*Les lais de Marie de France*, edic. J.
Rychner, París, 1969; sobre "Lanval", pp. 253-261.)

"Señoras —dixo el infante—, ¿dónde ha la vuestra señora este tal poder para saber e conosçer las cosas que
non vee? E esto vos digo por lo que de ante me dixistes,
que quando me (despedí) del rey mi padre e de la reina
mi madre, que tomé por conpañero a nuestro señor Dios;
e çierto, verdad es que así fue." "Señor —dixieron las
donzellas—, la enperatriz su madre la dexó encantada, e
a todo el su señorío, de guisa que ninguno non puede entrar acá sin su mandado, e el su señorío es todo çerrado
enderredor de muy altas peñas, así como vistes quando
entrastes por el postigo a do vos traxo el batel. E non ay
más de quatro postigos para salir, entrar, así como aquel
por do vos entrastes. Ca sabed que tan aína como entrastes en el batel, tan aína sopo ella la vuestra fazienda toda,
e quién érades, e todas las cosas que pasastes de que nas-
çistes acá; pero non puede saber lo que ha de venir."

E el infante fue maravillado de estas cosas atan estrañas que aquellas donzellas le dezíen, e pensó en las palabras que el enperador le dixo quando se partió de él, que
él lo enbiaríe a logar que por ventura querríe más la muerte que la vida, o por ventura que seríe grand su pro e su
honra, si lo supiese bien guardar. E tovo que éste era el
logar do le podría acaesçer una de estas dos cosas, como
dicho es. E el infante les preguntó: "¿Cómo ha nonbre
esta vuestra señora?" "Señor —dixieron ellas—, Nobleza." "¿E por qué le dizen así?" —dixo él—. "Porque
su padre le puso nonbre así, e con gran derecho, ca esta
es la mejor acostunbrada dueña de todo el mundo; ca
nobleza non puede ser sin buenas costunbres."

E la donzella llevava el libro de la estoria de don Yvan,
e començó a leer en él. E la donzella leíe muy bien e muy
apuestamente e muy ordenadamente, de guisa que entendíe el infante muy bien todo lo que ella leíe, e tomava en
ello muy grand plazer e grand solaz; ca çiertamente non
ha ome que oya la estoria de don Yvan que non resçiba
ende muy grand plazer, por las palabras muy buenas que
en él dizíe. E todo ome que quisiere aver solaz e plazer,
e aver buenas costunbres, deve leer el libro de la estoria
de don Yvan. E el infante yendo con las donzellas en este

solaz, la una a la parte diestra e la otra a la parte siniestra, vieron venir muy grand cavallería e muy bien guarnida, con aquellos dos reys que las donzellas avíen dicho al infante. E de que llegaron a él los reys, descavalgaron e fuéronle besar los pies, que así era costunbre de la tierra. E el infante non gelos quería dar, fasta que le dixieron las donzellas que non los estrañase, ca a fazer lo avíe de todo en todo. E desí cavalgaron e tomaron al infante en medio, e fuéronse a la çibdat donde estava la enperatriz. E estavan allí treinta reys de sus vasallos, e estava la enperatriz en un grand palaçio en un estrado que era muy noble. E quando el infante entró por el palaçio do estava la enperatriz, fueron a él los reys e fincaron los inojos ante él e besáronle los pies. E quando llegó el infante a la enperatriz, quísole besar las manos, e ella non gelas quiso dar, ante lo fue tomar por la mano e fuelo a posar cabe ella, ca así lo a [P 172v] víen por costunbre. E allí resçibió ella a él por suyo e él a ella por suya, e santiguólos un arçobispo que allí era e dioles la bendiçión. E luego los reys e los condes e los vizcondes e todos los grandes omes e los procuradores de las çibdades e de las villas, le fizieron omenaje, e lo resçibieron por señor e por enperador, e púsole ella una corona muy noble de grand preçio en la cabeça con las sus manos, e diole paz e díxole así: "Biva este mio señor e acresçiente Dios en la su honra e en los sus días, e dure en el inperio, guardando a cada uno en justiçia e non menguando en el serviçio de Dios." E luego dixieron todos: "Amén."

E luego fueron puestas las tablas por el palaçio muy ordenadamente, e las tablas de los reys fueron puestas a diestro e a siniestro de la tabla del enperador e de la enperatriz, e las tablas de los condes e de los grandes omes apartadas un poco de las tablas de los reys, e en otro palaçio pusieron las tablas para los cavalleros. E sabed que la tabla que fue puesta ante el enperador e la enperatriz era la más noble del mundo que ome nunca viese, que de oro non fuese, con muchas piedras preçiosas, e avíe un rubí a cada uno de los quatro cantones de la tabla, que cada uno de ellos era tan grande como una [P 173] pelota, así que el menor de ellos valíe un grand reino. E en medio del palaçio fue puesta una grand tabla redonda con la baxilla, toda de oro, ca non avíe copa nin vaso nin pichel que todos non fuesen de oro fino con muchas piedras preçiosas. E dos reys traían de comer al enperador e a la enperatriz, e otros dos cortavan delante de ellos, e las dos donzellas que levaron el palafrén al enperador a la ribera de la mar dávanles del vino en sendas copas de berillo muy noblemente obradas. Ca bien valíe esta baxilla tanto o más que la que fue puesta delante del cavallero Atrevido quando entró en el lago con la Señora de la Traiçión, salvo ende que aquella era de infinta e de mentira, e ésta era de verdat. E de que ovieron comido, vinieron delante ellos muchas donzellas muy fermosas e bien vestidas, con ramos floridos en las manos, cantando muy apuesto e dulçemente, que non ay ome en el mundo que non oviese grand sabor de estar allí por las oir cantar. E de que ovieron cantado las donzellas, fueron folgar. E de que ovieron dormido, cavalgó el enperador e todos los reys con él, e fueron a andar por la çibdad, que estava toda encortinada de paños de oro e de seda muy nobles, e por todas las rúas fallavan a las gentes, que fazían muy grandes alegrías e de muchas guisas, e dezíen con grandes bozes: "¡Biva el enperador con la enperatriz por luengo tienpo en paz e en alegría!

E de esta guisa bivió el enperador en aquel inperio doze meses menos tres días, que non le menguavan ninguna cosa de quantas demandava e cubdiçiava que luego non le fuesen puestas delante. Mas el diablo, que non finca de engañar al ome en quanto puede, e le sacar de carrera por le fazer perder el bien e la honra en que está, e de le fazer perder el alma, que es la mayor pérdida que el ome puede fazer, faziendo cubdiçiar vanidad e nada, e mostrándole en figura de onra e de plazer, non quiso que cunpliese allí el año el enperador; ca si lo cunpliera non perdiera el inperio así como lo perdió. E contesçióle de esta guisa:

(207) De cómo el infante Roboán pedió el alano
A LA ENPERATRIZ

Acaesçió que un día andando el enperador a monte,
que lo vido el diablo apartado de su gente yendo tras un
venado, e parósele delante en figura de muger, la más
fermosa del mundo. E el enperador quando la vido, re-
tovo la rienda al cavallo e paróse, e díxole: "Amiga,
¿quién vos traxo aquí tan fermosa e tan bien andante?
Ca bien me semeja que nunca tan fermosa dueña viese
como vos." "Señor —dixo ella—, oí dezir de vos de
cómo érades venido a esta tierra, e que érades ome de
grand logar e muy apuesto en todas cosas, e que casára-
des con la enperatriz, e por sabor que avía de vos ver soy
aquí [P 173v] venida; e pues la mi buena ventura fue de
vos fallar aquí apartado, si por mí quisierdes fazer, faré
yo por vos. E pues de caça vos pagades, mostrarvos he un
alano que podedes aver de ligero, que non ay venado en
el mundo que vea que lo non alcançe e lo non tome." E
él por cubdiçia del alano ayuntóse con ella, e desí preguntóle cómo podríe aver aquel alano. E ella le dixo que
pidiese a la enperatriz el alano que teníe guardado en una
camareta dentro en la cámara do ella durmíe, e mostróle
por señales çiertas en quál cámara lo teníe.

E el enperador se tornó para la çibdat, e en la noche,
estando con la enperatriz, díxole: "Señora, vos sabedes
bien que yo vuestro só, e por la vuestra mesura só en
esta tierra; pero faziéndome vos tanta merçed como fazedes, non me atrevo a vos demandar algunas cosas que a
mí cunplen e a vos non fagan mengua ninguna." "¿E
cómo? —dixo la enperatriz—. ¿E dubdades en mí que
vos non daría lo que me demandásedes? Tuerto grande
me faríedes, ca devedes entender que quien vos da lo más
que non dubdaría de vos dar lo menos; e pues a mí vos
dó, non devedes dubdar que vos non diese qualquier cosa
que yo toviese, por preçiada que fuese. E el día que vos
yo resçibí a vos por señor, me desapoderé de mí e de
quanto avía, e fize a vos señor de ello." "Señora —dixo

el enperador—, pues que así es, mandadme dar el alano que tenedes en aquella camareta." "Por Dios, señor —dixo ella—, mucho me plaze, e tomad esta llevezilla, e en la mañana abridla, e comoquier que lo non veades nin recuda, llamadlo [P 174] por nonbre, e venirse ha para vos." "Señora, cómo le dizen?" —dixo el enperador—. "Plazer" —dixo la enperatriz—. "Plazer ayades —dixo el enperador— en todos los días que vivades." "Amén —dixo la enperatriz—, pero toda vía conbusco e non sin vos."

E quando fue de día, levantóse el enperador e abrió la camareta e entró, e miró a todas partes e non lo vido. E quando lo llamó por su nonbre recudió a él falagándosele, e echóse. E era más blanco que el cristal, e tenié un collar de trena[255] de oro labrada de aljófar, muy granado, e una traguilla[256] de oro fecha como cordón. E tomólo por la traguilla e cavalgó e fuese a monte. E nunca vio puerco nin çiervo nin otro venado alguno por grande que fuese, que paresçiese, que él non fuese alcançar e tomar; e teníelo muy quedo fasta que el enperador llegase e lo matase; de guisa que muchos de los cavalleros e de los escuderos que fueran con el enperador venían de pie, e en los sus palafrenes traían los venados muertos. Plazer e alegría muy grande tomó el enperador con aquel alano, e quando llegó a la enperatriz fuele a rebatar las manos e besógelas. E ella fue por besar las suyas e non pudo. "Señor —dixo ella—, ¿qué ovistes agora comigo en me fazer tan grand pesar en me fazer nesçia delante esta gente?" "Señora —dixo el enperador—, plazer me distes muy grande, e non me semeja que vos lo pudiese gradesçer de otra guisa; ca, pardiós, señora, yo creo que sería el nesçio si esto non oviese fecho por quanta merçed me fazedes; ca non sé ome en el mundo, por grande e podero que fuese,

---

[255] *trena:* "Especie de banda o trenza que la gente de guerra usaba como cinturón, o pendiente del hombro derecho al costado izquierdo." (*Dic. Acad.*)

[256] *Traguilla, trayella; traílla:* "La cuerda con que va asido el perro, el hurón, el pájaro." (Covarr.)

que se non [f. 177] tener por más rico e bien andante
del mundo que atal dona toviese para tomar plazer, como
aqueste que vos a mí distes, e gradéscavoslo Dios que yo
non podría nin vos lo sabría gradesçer." E muy leida fue
la enperatriz porque vio al enperador muy loçano e muy
alegre con el alano.

E estido el enperador con ella departiendo muy grant
pieça en la bondat del alano, e de cómo non dudava
ninguna cosa por fiera que fuese.

E a cabo de quatro días fue el enperador a monte e levó
el alano consigo e puso los cavallos e a los escuderos
apartados. E él con su alano metióse por el monte, e entrando por una silva muy espesa, paresçióle el diablo delante en figura de aquella dueña que la otra vegada veniera, salvo que semejava al enperador que era mucho
más fermosa que la otra vegada.

"Señor —dixo la dueña—, ¿es éste el alano que vos
yo dixe?" "Sí" —dixo el enperador—. "¿E es bueno?"
—dixo ella—. "¡Pardiós, amigo! —dixo el enperador—.
Yo non cuido que en todo el mundo ý á tan buen can
como aquéste, e bien creo que para aver ome plazer, un
regño vale." "Çertas, señor —dixo ella—, si me toviésedes el amor que posiste comigo, yo vos amostraría en
cómo oviésedes otra dona mejor que ésta con que tomedes muy mayor plazer." "¿E qué cosa podría ser ésa?
—dixo el enperador—, ca yo non sé cosa en el mundo
que vençiese a la bondat de este alano." "Yo lo sé"
—dixo ella—. "Yo vos prometo —dixo el enperador—
que vos guarde el amor que puse conbusco e que faga
lo que quisierdes." E ella le dixo que demandase a la en-
petrariz un açor que tenía en la camareta çerca de aquella do estava el alano, que era el mejor del mundo.

E la gente del enperador se maravillava porque non
veía salir a ninguna parte nin tomava el cuerno así como
solía. El enperador estava con [f. 177v] aquella dueña
departiendo. Atravesó un puerco muy grande e ladró el
alano e fuelo a tomar, e llegó el enperador e matólo. E la
dueña fuese, e desí atravesó un puerco muy grande e muy

fiero e fue el alano e cruo [257] de él; e el enperador fuelo
ferir, mas entrando él, ferió el puerco a cavallo en la
mano diestra, de guisa que le fizo caer con el enperador,
pero que se non fizo mal ninguno e levantóse mucho
apriesa. E començó a tocar el cuerno e recudió luego la su
gente e mataron el puerco. E el enperador con grant codiçia del açor, non quiso detardar, mas fuese para la
çibdat. E así como llegó a la enperatriz, començóla a la
falagar e le fazer plazer porque podiese tomar de ella el
açor, e rebatóle las manos e fuégelas besar muchas vezes,
e porque le non quiso consentir que gelas ella besase, fue
ella muy sañuda e díxole que gelas non diese a besar, que
nunca cosa le demandaría que gelo diese. E por él la sacar
de saña, dixo que gelas non daría, ca ternía que le estava
mal, pero fizo que non parava mientes nin estava aperçebido para se guardar, e desapoderóse de las manos. E
ella quando vio que él non estava aperçebido para se
guardar que gelas non besase, arrebatóle la mano diestra
e fuégela besar más de çinco vezes, de guisa que el
enperador non gela podía sacar de poder. E comoquier
que él mostrava que fazía grant fuerça en ello; e sí entre
ellos grant plazer ovo por estas fuerças que el uno al
otro fizo. Si alguno o alguna guardó ser verdadero amor
e verdaderamente aquel que él ovo de guardar, o le contesçió otro tal o semejante de éste, júdguelo en su coraçón quánto plazer ay entre aquellos que se quieren bien
quando les acaesçe atales cosas como éstas. E quando fue
en la noche, dixo el enperador a la enpetraris, [f. 178]
estando en su solas: "Señora, el que sus donas de buenamente da nunca se enoja de dar e plázele mucho quando
da. Pero que muy poco tienpo ha que me distes vos una
dona la mejor del mundo, non me atrevo a vos demandar
otra tan aína." "Por Dios, señor —dixo la enperatris—,
mucho lo errades en pensar tal cosa como ésta, en cuidar
que non podredes acabar comigo aquello que quisierdes
demandar. ¿E non sabedes que la nobleza establesçió
en sí esta ley: que si en sus donas non acresçiese toda vía,

[257] (trauó) (W., 465).

que non tiene que ha dado ninguno? E por ende, non dexedes de demandar, ca nunca negado vos será lo que quisierdes." "Señora —dixo el enperador—, grant suelta me dades para vos toda vía enojar." "E çertas, señor —dixo ella—, non me sería enojo, mas plazer." "Pues, señora —dixo el enperador—, datme un açor que tenedes en aquella camareta." E ella sacó una llavezilla de su limosnera e diógela e dixo que en la mañaña abriese la camareta e que lo tomase. "Mas, señor —dixo ella—, non querría que fincásedes engañado en estas pletesías, ca a las vegadas, el que non cuida engañar a otro finca engañado. Pero non dexedes de demandar lo que quisierdes, que sed bien çierto que nunca vos será dicho de non. El primer día que vos yo resçibí por mío puse en mi coraçón de vos nunca negar cosa que demandásedes; mas sabe Dios que querría que fuésedes bien guardado e que en vos nin en vuestro entendimiento non cayese mengua ninguna. E pues en vuestro poder só e me tenedes, guardatme bien e non me querades perder, ca yo guardarvos he verdat e lealtad, ca si una vegada me perdedes e vos salga de las manos, creedme que me nunca avedes a cobrar, así como dixo la verdat al agua e al viento." "¿E cómo fue eso?" —dixo el enperador—. "Yo vos lo diré" —dixo la enperatris. [258]

"Oy dezir que el agua e el viento e la verdat e el agua demandaron al viento e dixieron [f. 178v] así: "Amigo, tú eres muy sotil e vas mucho aína por todas las partes del mundo, e por ende conviene de saber de ti dó te fallaremos quando te oviéremos mester." "Fallarme hedes en las cañadas que son entre las sierras, e si non me fálláredes, iredes a un árbol al que dizen trévol e ý me fallaredes, ca nunca ende me parto."

"E la verdat e el viento demandaron al agua quándo la fallarían quando oviese mester. "Fallarme hedes en las

---

[258] Hay una versión parecida de esta fábula en las *Notti* de Straparola (XI, 3); también en Llull, *Libro de maravillas* (Tract. VIII, cap. 37, 12), y en el folklore andaluz y portugués (Wagner, "Sources", p. 77).

fuentes, e si non, fallarme hedes en las junqueras véredes, [259] catad ý, ca aý me fallaredes de todo en todo."

E el agua e el viento demandaron a la verdat e dixeron: "Amigo, quando te oviéremos mester, ¿a dó te fallaremos?" E la verdat les respondió e dixo así: "Amigos, mientre me tenedes entre manos guardatme bien que vos non salga de ella, ca si de manos vos salgo una vegada me parte de sí, ca tengo que el que una vegada me desprecia non es digno de me aver."

"Onde, mío señor —dixo la enperatris—, parat mientes en estas palabras e non las olvidedes si me queredes bien guardar, e así guardaredes a vos e a mí." Çertas, estas palabras todo ome las deven entender para se saber guardar, para non perder el amigo que tiene ganado e lo que ha en poder. Ca ninguno non se siente tanto de daño e de pesar que venga, como el amigo que vee e siente en el su amigo tales cosas por que se ayan de él apartar. Ca así como era grant amor entre ellos, así finca grant aborresçimiento. Ca mayor llaga faze en el coraçón del ome el pequeño golpe del amigo, e más se siente ende como de aquel de quien atiende resçebir plazer e gele torna en pesar. E esto le dezía porque sabía quién le mal consejava, e le solía, a que él mentía con codiçia de aquellas cosas que le descobría.

E el enperador non queriendo [f. 179] pensar en estas palabras que la enpetraris dezía. E otro día en la mañaña levantáronse e abrió la camareta e vio estar en una alcándara un açor mudado de muchas mudas, más alvo que la nieve, e los ojos tan bermejos e tan luzientes como brasas. E tenía unas piyuelas [260] bien obradas de oro e de aljófar e la lonja era de filos de oro tirado e de los cabellos de la enperatriz, que non semejava sinon fino oro, de guisa que non avía departimiento ninguno entre

---

[259] (verdes) (W., 467).
[260] piyuelas: "Pihuela. Correa con que se guarnecen y aseguran os pies de los halcones y otras aves." (Dicc. Acad.) (Véase el magnífico estudio de Y. Malkiel, "Hispano-Latin *pedia and -mania", en Studies in the Reconstruction of Hispano-Latin Word Families, Berkeley & Los Angeles, 1954, pp. 23 y ss.)

ellos e el oro, salvo que eran más primos e más sotiles
que los filos de oro. E tomó el açor el enperador e sacólo
fuera de la camareta, e tan bel e tan grande era el açor,
que non ha ome en el mundo que lo viese que non tomase
muy grant plazer en lo catar. E bien creed que non era
pequeño el plazer que el enperador tomó con él, ca non
le sofrió el coraçón de lo partir de sí e andar con él por
el palaçio trayéndole en la mano, remirándose en él; e venía a la enperatris muchas vegadas gradesçiéndole mucho
aquella dona que le avía dado.

E otro día fue a caça con el su açor en la mano e con
el alano, que traía por la trayella atado a la su çinta. E
quando llegó a la ribera, nunca lançó el açor que le errase:
lançó tan bien a las ánades como a las garças e ahuestores [261] e a las autardas, e non le escapava ninguna presión
por grande que fuese. E aun dexava la presión maguer
viese las águilas, ante fuían de él como si fuese señor de
todas las aves. E aun el falcón oriol, que paresçió ý en
ese tienpo, non lo osó esperar e fuese desterrado. "¡Ay
Dios señor! —dixo el enperador—, ¡qué bien andante só
entre los bien andantes señores del mundo, que non só
ome por rico nin por poderoso que fuese que una de estas
donas que oviese que la non preçiase más que todas las
riquezas del mundo! E bien es verdat que con la riqueza
toma ome sabor grande e grant plazer, mas esto es sabor
de todos los plazeres, e demás ser señor de tan [f. 179v]
grant tierra e tan rica como yo só, e señor de tantos reys
e aver sobre todo esto la más fermosa e de mejor donaire

---

[261] *ahuestores*: Por *avetoro*. "Ave zancuda parecida a la garza
de color leonado con pintas pardas, cabeza negra y alas con man-
chas transversales negruzcas." (*Dicc. Acad.*) *falcón oriol*: águila
ave de rapiña: El rrey de todas nos las aves es el falcón oriol.
(*Voc. Kalila*, p. 39.) No sé si es el mismo que vio Marco Polo: "In
the mountainous parts (en el reino de Kierman, llamado por los
antiguos Karmania) are bred the best falcons that anywhere take
wing. They are smaller than the peregrin falcon; reddish about the
breast, belly, and under the tail; and their flight is so swift that
no bird can escape them." (*The Travels of Marco Polo*, trans. and
edit. by William Marsden; re-edit. by Thomas Wright, Doubleday &
Co., New York., 1948; p. 38.)

e la más enseñada e de mejor palabra e la más sosegada
e de mejor entendimiento e la más mesurada e de mejor
resçebir e la más alegre e mejor muger que en el mundo
fue nasçida. Dios señor, yo non te lo podría gradesçer
quanto bien e quanta merçed me has fecho nin te lo podría servir."

E tornóse contra la çibdat e con tan grant plazer que
semejava como ome salido de entendimiento. E fuese para
la enperatris con su açor en la mano e con su alano que
llevaba en la trayella; e luego que a ella llegó, besóle la
mano con grant alegría. "¡Ay, señor —dixo la enperatris—, aún no sodes castigado de la otra vegada que me
fezistes ensañar. Çertas, grant sabor avedes de me perder." "¿E cómo perder?" —dixo el enperador—. "Perder —dixo la enperatris—, si las vuestras manos non me
dades a besar." Abaxó los ojos en tierra, e el enperador
como cuidadoso, e la enperatris le tomó las manos e
besógelas muchas vegadas. Desí, puso el enperador el
açor en su vara e al alano en su camareta e tornóse para
la enperatris, e estudieron en muy grant solas departiendo mucho de las bondades del açor e del alano, e ella del
bien que le feziera Dios por la conosçençia e por la su
venida, diziendo ella que Dios por la su merçed le quisiese guardar de yerro e de estropieço. E a este solas es-
todieron bien quinze días, que nunca se pudo partir de
ella nin cavalgar nin ir a cosa, ca le semejava que todos
los bienes e los plazeres del mundo non le menguava ninguna cosa.

E çiertamente así era verdat, ca ningunt cuidado non
avía de tener por ninguna razón, así estava el su señorío
en pas e en sosiego sin bolliçio malo, ca todos se querían
tan bien [f. 180] e avían vida folgada e muy asosegada
e tenían a ninguno que por fuerça les entrase en aquella
tierra, así era çerrada de todas partes. E bien creo que
éste fue el mayor amor que nunca ome sopo entre dos
que se grant bien quisiesen; pero por mala guarda del enperador la su alegría tornósele en pesar, e así se conplió
la palabra del sabio que dixo que después de grant alegría se sigue grant tristeza las más vegadas. E como

ome de fuerte ventura, non parando mientes a la merçed grande que Dios le avía fecho, nin sabiendo guardar nin sofrir la buena andança, que ovo a sofrir maguer non quiso, como agora oiredes.

Así que a cabo de muchos días, después que estudo en su solas con la enperatris, cavalgó e fue a caça con el su açor, e andando a monte encontróse con aquel maldito de diablo que le engañó las otras dos vezes. E parósele delante en figura de muger muy fermosa, mucho más que las otras vegadas, e dixo al enperador: "Señor, non me has que dezir de aquí adelante de me non querer bien fazer por mí quanto yo quisiere, ca yo te fis señor de las más nobles dos cosas que en el mundo ha." "Çertas —dixo el enperador—, verdat es e mucho me has adebdado por fazer yo sienpre lo que tú quisieres, e non dudes que así lo faré." "Señor —dixo ella—, pues de tan buen conosçer eres e así te mienbras del bienfecho que resçibes, quiérote mostrar agora otra dona que puedes ganar de la enperatris, mucho más noble que las otras dos que tienes, que cunple mucho a cavallero." "¿E qué dona sería esa que atanto valiese?" —dixo el enperador—. "Señor —dixo la dueña—, es un cavallo más alvo que la nieve, el más corredor del mundo, que non ha otro en el mundo por rezio que sea que atanto corra como él." "Mucho te lo gradesco —dixo el enperador—, e sey segura [f. 180v] que me has ganado para sienpre." E salió del monte e fuese para la enperatris con muy grant caça que levava.

E desque fue la noche e se fueron para su camareta, començóla a falagar e a le fazer todos los plazeres que podía, comoquier que ella sabía bien lo que quería demandar, mas non gelo pudo negar, ca quando lo resçibió primeramente avía prometido de le nunca negar cosa que él demandase. E çiertamente la enperatris guardava e tenía bien sienpre lo que prometiera, e nunca fallesçió a ome del mundo en lo que le prometiese, ca tenía que la mayor mengua que en ome podía ser era quando non estava en la palabra e en la promesa que prometiera. E estando a su sabor, adormióse la enperatris; e el enperador non podía dormir e estávase rebolviendo mucho a menudo

en la cama, non se atreviendo a la despertar e demandar
el cavallo. E la enperatris lo sintió, e paró mientes e pensó
en cómo estava cuidadoso sospirando e non se podía dormir. E díxole: "Señor, ¿en qué pensades? Dormid e folgat, que non ha cosa que querades que la non ayades, e
por Dios, non vos querades matar por mal cuidar; e si
de este cuidar vos non dexades, guaresçeredes a vos e a
mí, e si non bien creed que si vos non dexades de este
cuidar, que se tornará a vos en grant daño e a mí en grant
pesar." "Señora —dixo el enperador—, pues así me ase-
gurades, folgaré e dormiré, ca çierto só de la vuestra mesura que queredes lo que yo quisiere." "E así quisierdes
vos —dixo la enperatris— lo que non quisiese, como non
quiero lo que vos queredes; e luego los entendimientos e
las voluntades e los coraçones serán unos; mas Dios fizo
departidos los entendimientos [f. 181] e los coraçones de
los omes, e así non se pueden acordar en todo." "Señora
—dixo el enperador—, nunca quiera que los nuestros coraçones departidos sean, e quien los cuide departir partido sea de los bienes de Dios." "Amén" —dixo la enperetris.

E dormióse el enperador, e dióle Dios tan buen sueño,
que bien fasta ora de terçia. E la enperatris non osava
rebolverse en la cama con miedo que despertase, teniendo
que luego le quería fazer la demanda en que estava cuidando. E desque despertó, semejóle que era grant pieça
del día, e asentóse en la cama e díxole: "Señor, ¿dormides? Grant día es pasado." "Onde bien —dixo la enperatris—, que dormistes e folgastes, e non me guíe Dios
si mayor plazer non tomo yo en la vuestra folgura que
non vos; mas sodes muy quexoso de coraçón e non sabedes sofrir en lo que queredes. Çertas, non es buena manera en todas las otras cosas vos ver muy mesurado, sinon
en esta manera que traedes en esta razón puédevos traer
a grant daño; e por Dios, de aquí adelante non lo fagades." E el enperador quando esto oyó, refrenóse e non
le quiso demandar lo que tenía en coraçón, e levantóse
e diéronles a comer, e folgaron aquel día todo. Pero
quando andava el enperador por la camareta do le di-

xiera la dueña que estava el cavallo, parávase ý, escucha-
va si oiría alguna cosa, e non oía nada nin veía ninguno
que le metiese de comer nin de bever, e maravillóse ende.
Pero de tal natura era el cavallo que nin comía nin bevía,
ca este fue el cavallo que ganó Belmonte e avía fijo del
rey Corqueña, do quedara quando se partió de su padre,
segunt cuenta en la estoria de Belmonte; [262] e avíalo esta
enperatris en su poder e a su mandar por el encantamien-
to. E quando vino la noche e se fueron echar, cuidando
que se adormería el [f. 181v] enperador e non se acordaría a fazer la demanda, mas el enperador, cuidando en
aquel cavallo maldito, non dormía nin podía dormir. E
quando la enperetris se fue echar, fallólo despierto, e el
enperador le dixo: "Señora, ¿en qué tardastes?" "Señor
—dixo ella—, fis partir a las donzellas seda e oro e aljó-
fares para fazer un pendón muy noble, e será acabado de
este terçer día, e bien creo que nunca ome fue que tan
noble viese como éste será." E ívale deteniendo de palabra fasta que cansase e adormiese. E contesçió así, ca
dormió muy bien e non se despertó fasta otro día salido
el sol, e levantóse a desora de la cama como ome mucho
espantado. La enperatris fue mucho maravillada e díxole: "Señor, ¿qué fue esto? ¿cómo vos levantastes así a
desora, o qué es lo que ovistes?" "Señora —dixo el enperador—, yo soñava agora que iva en aquel vuestro cavallo que vos quería demandar e alcançava mucho aína
un grant venado en pos que iva, e que él dava una grant
asconada; [263] e el alano dexólo e veníese el venado contra
mí, e rebolvía el cavallo e salía de él en manera que me
non fazía mal, pero que entrava en una grant agua e
pasava a nado el cavallo comigo e con miedo del agua

---

[262] María Rosa Lida de Malkiel ("Arturian Literature") no
tiene noticia de la "estoria de Belmonte" y supone que será una
novela de caballería; pero A. H. Krappe ("Le mirage celtique")
cree que todo el episodio tiene un origen oriental. Hay mención
del conde de Biaumont en *Hugues Capet, chanson de geste*, ed.
M. le Marquis de la Grange, París, A. Franck, 1864, p. 150.

[263] Golpe con una *ascona*: venablo. (*F. González*, 63c, 304c;
B. Amor, 1056c; *Poem. Alf. XI*, 439.)

desperté espantado." E la enperatris ovo muy grant pesar
en su coraçón porque nonbró el cavallo; ca tenía que
pues lo engañara que non podría ser que gelo non demandase e fuese que luego le pedía por merçed que gelo diese.
E ella metió mano a la limosnera e sacó una llave e diógela, e fízole prometer que non abriese la puerta fasta el
terçero día que fuese acabado el pendón. E fízolo así.
E al terçero día en la mañaña abrió la puerta de la cámara do [f. 182] el cavallo estava e violo muy blanco e
muy fermoso e enfrenado e ensellado, e tomólo por la
rienda e sacólo ende, e dixo que quería ir a caça.

E la enperatris quando lo vio, resçebió atan grant pesar, que le fue par de muerte. E entró do estavan las
donzellas, e tenían el pendón acabado, e posiéronle en
una asta de lança muy buena e salió la enperatris con el
pendón en la mano e dixo al enperador: "Señor, vos ides
a caça e yo non puedo al fazer sinon que la vuestra voluntad se cunpla en todo. E ruégovos que este pendón
levedes por mi amor, ca nunca en lugar del mundo entredes con él que non acabedes quanto començardes. E
levat el cavallo fasta fuera de la puerta por la rienda e estonçe cavalgat." E fízolo así.

Quando la enperatris entendió que se avía de ir de
todo en todo después que le dio el pendón e le dixo que
levase el cavallo por la rienda e cavalgase fuera, pesóle de
coraçón e quisiera le detener si podiera, mas el poder non
era ya en ella, sinon en el cavallo en cuyo poder estava;
pero estudo con él a la puerta del alcáçar, e estas palabras
cuidando le fazer fincar:

"Señor, ¿non se vos viene emiente las juras e el omenaje que me fezistes de vos nunca partir de mí e me ser
leal e verdadero? E veo que vos queredes ir, non aviendo
piedat de mí, mesquina, cuitada, desanparada de las cosas
que más amo, cuyo amor del mi coraçón non se puede
partir en ningunt tienpo fasta la muerte. E pues en el mío
poder non es de vos fazer fincar, señor, sea en el vuestro,
siquier por el tienpo fuerte que faze; ca ya vedes en cómo
los vientos se mueven fuertemente e non dexarán fazer
a vuestra voluntad. Mas bien creo que vos queredes ir

para nunca más me ver nin yo a vos; que quisiese Dios
que vos [f. 182v] nunca oviese visto nin vos a mí. Ca
çierta só que vos en algunt tienpo me desearedes, e yo a
vos fasta que muera. Pero yo non vos puedo detener nin
vos queredes, rogaré a los vientos que vos enbarguen la
ida; e rogaré a Dios del mar que vos non resçiba en él.
E rogaré a Venus, deesa de amor, que vos faga menbrar
del amor que en uno posiemos e de las verdades que nos
prometiemos, que vos nunca consientan fallesçer en el
amor nin las promesas que me fezistes. E pero non creo
que todo esto que vuestro coraçón lo podiese sofrir en
ninguna manera en me querer desanparar sin vos lo meresçer, parando mientes en el grant amor verdadero que
es sobre todas las cosas del mundo, ca muy verdaderamente vos amé e vos guardé a toda vuestra voluntad. E
comoquier que yo sabía el yerro que me teníades, e non
vos lo quería dezir por vos non fazer pesar nin vos poner
en vergüença. Mas vos non catastes por mí, mesquina,
nin me guardastes como devíades nin a vos mesmo, maguer vos aperçebí e vos dixe que me guardásedes mientra en vuestro poder me teníedes, ca si una vegada vos
saliese de mano, nunca jamás me abríedes; e çierta só que
si non fincades, que perderedes quanta onra e quanto
viçio e quanto bien avíedes, segunt vos sabedes, e perderíedes a mí, que vos era verdadera amiga en amor e en
vos fazer plazer e en vos codiçiar fazer vida e salud más
que la mía. Mas atanto vos digo: que nunca en peligro
vos veredes que vos veades la mi semejança delante, que
non aquellos peligros en que fuerdes, que por el tuerto
que me tenedes vos vienen, e querredes tornar e non podredes, e non tomaredes plazer nin [f. 183] alegría, nin
reiredes así como solíedes, e desearme hedes e non me
podredes aver. ¡Ay, mio señor! ¿Atan grant es la crueldat en vuestro coraçón contra mí, que non dudes de vos
meter a peligro de muerte aviendo sabor de me desanparar e me dexar triste e cuitada? Çertas, cruel es en sí mesmo el que desama a quien lo ama, e pues por mí non
queredes fincar, porque cuido que só en çinta de vos, e

así veredes fazer lo que fezistes. Ca yo non le sabría nonbre sin vos."

E fincó los inojos ante él en tierra, que estava ya en su cavallo, e díxole: "Señor, ¿qué me dezides a esto?" E él respondióle: "Díganle Fortunado." E así le dixeron después que fue nasçido. Del qual ay un libro de la su estoria en caldeo de quantas buenas cavallerías e quantos buenos fechos fizo después que fue de hedat e fue en demanda de su padre. E allý estando la enperatris, los inojos fincados ante él, llorando de los ojos, e díxole: "Señor, por merçed vos pido que finquedes e dexatvos caer del cavallo, ca yo vos resçibiré en los mis braços, ca de otra guisa non vos lo consentería el cavallo, ca mucho abibado está para se ir, e non querades dexar lo ganado e lo fecho por lo fazer, e viçio por lazerio. Ca çierta só que después que vos fuerdes codiçiaredes lo que avedes e non lo podredes aver. Ca maldita sea quien vos así engañó e vos metió a demandar lo que podiérades aver escusado. E bien semeja que vos fue enemigo e non amigo, ca bien devedes entender ca el enemigo da semejança de bien e de amor e pone ende al ome en pérdida e en desonra. E por ende dizen: "el que non ama, jugando te desama." E el enperador quando estas palabras oyó, cuidando se rebolver para desçender, tocó un poco del espuela al cavallo [f. 183v] e luego fue como si fuera viento, de guisa que el enperador non pudo dezir: "Con vuestra graçia, señora."

DE CÓMO EL ENPERADOR, CONOSÇIENDO AL INFANTE QUE ÉL ERA EN CAVALLERÍA E EN TODAS BUENAS COSTUNBRES, QUISO QUE DESPUÉS DE SUS DÍAS QUE FINCASE SEÑOR E ENPERADOR DEL INPERIO, E PORFIJÓLO DELANTE TODOS LOS DE SU TIERRA E FÍZOLE FAZER OMENAJE E RESÇIBIÉRONLE POR SEÑOR DESPUÉS DE DÍAS DEL ENPERADOR

Onde dize el cuento que en fuerte día fue nasçido el que tan grant plazer poder e non lo sopo guardar. Ca

este inperio es de los más viçiosos e muy abondados del
mundo, que dízenle las Islas de Çin, e de la otra parte
con las Islas de Trenidat e las otras dos escontra oriente.
E la enperatris con sus dueñas e donzellas fincaron muy
desconortadas e muy tristes, faziendo el mayor duelo
del mundo, como aquella que fincava desfaçada de lo
nunca más ver, en cuyo poder ella codiçiava acabar sus
días. Ca lo amava sobre todas las cosas del mundo, e andava por el palaçio así como sandia, dando bozes e deziendo: "¡Ay, cativa! ¡En qué fuerte día fui nasçida e en
qué fuerte ora vi este ome que me así fue desanparar e
matar! ¡Ay, ventura fuerte! ¡Porque diste con él atan
grant pesar, tú eres así como la culebra, que faze la carrera con la cabeça e la desfaze con la cola, e nunca sabes
estar en un estado! E tú non sabes estar con el ome en
aquello que comienças, ca si alto lo fazes sobir, de alto
lo fazes caer, por que nunca deve ome de ti fiar. Ca en
el mejor logar sueles fallesçer, así como tú feziste a mí.
Ca allí do yo cuidava estar en la tu fuzia en el mayor plazer e en la mayor alegría en que podía ser, de allí me
fueste a derribar e sacar sin piedat [f. 184] ninguna, non
te doliendo de mí, aviendo yo en ti grant esperança que
me non desanpararías. Mas con derecho te dizen Fortuna, porque nunca era una. E pues, así fincaré como muger sin ventura. E çertas, si plazer e alegría me diste, non
he por qué te lo gradesçer, ca si me lo diste, tollístemelo
en pesar e en tristeza, non te lo meresçiendo. E de aquí
adelante faré çerrar las puertas e los muros del mio señorío en manera que non salga uno nin entre otro en
ningunt tienpo, e bibré sola sin plazer como la tórtola
quando enbiuda, que non sabe catar otro marido nin posa
en ramo verde, mas en el más seco que falla. E ansí ves-
tiré paños tristes e porné tocas de pesar por en todos
mis días, e será el mio cantar de cada día éste:

¡Ay, mesquina, cativa, desanparada,
Sin grant conorte!
¡Ay, forçada, deseheredada
De todo mi bien!

Ven por mí, muerte bienaventurada,
Ca yo non puedo sofrir dolor tan fuerte." [264]

E así fincó la enperatris desconortada, que nunca más quiso casar. E el enperador luego que fue al postigo por do entró, fallóse en el batel, ca aý le dexó el cavallo, e fue pasado a la otra parte del mar a aquel lugar mesmo do entrara en él. E el batel llegávase a la tierra e él non quería salir de él, cuidando que le tornaría aún al postigo por do avía entrado quando de allý se partió. E el mesquino non sopo guardar el bien e la onra en que estava por codiçia de cosas muy escusadas, si él quisiera. E por ende dizen que quien non cata adelante, cáese atrás. E éste, comoquier que era mucho entendido en todas cosas, e mucho aperçebido e de grant coraçón, non sopo guardarse de los engaños e de las maestrías del diablo, que se trabaja sienpre de engañar [f. 184v] los omes para les fazer perder las almas e la onra de este mundo.

E con grant pesar de lo que avía perdido, començó a llañar, [265] e dixo así:

"¡Guay de mí, mesquino!
¡Guay de mí, sin ningunt consolamiento!
¿Dó el mio viçio?
¿Dó el mio grant bolliçio?
Ove muy grant riqueza.
Agora só en pobreza.
Ante era aconpañado.
Agora só solo fincado.
Ya el mi poder
Non me puede pro tener,

[264] La alta tensión de la pasión ha tenido que culminar en poesía: primero, el recuerdo de la reina Dido; luego, el romance de la tortolica; y por fin, esta canción. Hay un trabajo de B. Dutton y Roger Walker, *"El Libro del Cauallero Zifar y la lírica castellana"*, *Fi* IX (1963), pp. 53-67.
[265] *llañ(e)r* (W., 480): plañir, llorar.

E perdido he quanto avía,
Todo por mi follía.
Más perdí aquí do yago
Que Anes en Cartadgo
Quando dixo e andido
De quien non fue despedido."

E estando en aquel batel, muy triste e muy cuitado, el
enperador de Triguiada, que le fizo entrar en aquel batel, a²⁶⁶ aquel cortijo, e abrió la puerta, así como solía
fazer cadaquier día después que ý metió al infante, e
violo estar en el batel, una lança con un pendón en la
mano, muy noble, e allegóse a él e díxole: "Amigo, ¿cómo
vos va?" E él non le pudo responder palabra. "Amigo
—dixo el enperador—, salid acá, que a lo pasado non ay
consejo ninguno, e conortadvos e catad lo de adelante. E
si non ovistes seso en lo primero para vos guardar, aved
en lo segundo quando vos acaesçiere." E salieron fuera
del cortijo e el enperador demandó un palafré e traxié-
rongelo e cavalgó el infante, su pendón en la mano. E
para se conplir el año del día que entró en el batel non
menguava sinon dos días. E el enperador se apartó con
el infante e preguntóle cómo le fuera, e él le dixo: "Señor, bien e mal." "Ya lo veo —dixo el enperador— que
bien vos fue luego e mal después, pero devedes tomar conorte e reíd agora comigo, si ayades plazer." "Çertas
—dixo el infante—, non podría [f. 185] reír por alguna
manera, e si otro me lo dixiese, matarme ía con él de
grado." "¿Pues por qué —dixo el enperador— fazíedes
vos pregunta por qué non reía? Ca por yo pasé yo por do
vos pasestes, ca yo fui el primero que ove aquel plazer e
perdílo por mi mal recabdo, así como vos fezistes." Pero
que le iva el enperador conortando lo mejor que podía, las
nuevas llegaron a la çibdat. E quando la gente del infante
oyeron, fueron muy ledos e saliéronle a resçebir e fuéronle besar las manos e gradesçiendo mucho a Dios porque lo veían bivo e sano. Ca ya çierto era de perder fuzia

²⁶⁶ (llegó) a (W., 481).

de lo nunca ver e de andar en pos la su demanda, e grande fue la alegría que fue fecha en toda la tierra del enperador quando lo sopieron, salvo ende aquellos que le
aconsejaron que fezíe la pregunta al enperador, a quien
non plazía de venida del infante, les pesava muy de coraçón, ca tenía que gelo querrían acaloñar. E quando el
infante entró con el enperador en la çibdat, fueron fechas muy grandes alegrías, e non fincó cavallero nin dueña nin donzella que allá non saliesen, deziendo a muy
grandes bozes: "¡Bien sea venido el amigo leal del enperador!" Çertas, bien dio a entender el enperador que
avía muy grant plazer con él, ca le traía el braço de suso,
deziéndole muchas buenas palabras por lo traer a plazer.
E con gran alegría, díxol: "Amigo, agora vos tengo por
fijo, pues Dios non quiso que otro oviese, e quiero fazer
por vos lo que nunca cuidé de fazer por ome del mundo,
e vos que fagades por mí lo que yo vos diré." "Señor
—dixo el infante—, por sienpre vos seré mandado en lo
que vos quisierdes." "Pues quiero —dixo el enperador—
[f. 185v] que riades e tomedes plazer, e yo reiré conbusco." "Señor —dixo el infante—, pues a vos plaze, faré
yo todo mi poder."

E quando entraron al palaçio del enperador, fueron
a un vergel muy bueno que estava çerca de la cámara del
enperador. E vieron una dueña muy fermosa, que se ba-
ñava en una fuente muy fermosa e muy clara en medio
del vergel. E ésta era la dueña que lo engañara, consejándolos que demandase a la enperatris tres donas por
que la perdiera. E el enperador dixo al infante: "Amigo,
¿conosçedes allý algo?" "Conosco —dixo el infante—,
por la mi desaventura; ca aquella es la que con muy grant
engaño me sacó de seso e de entendimiento e me fizo
perder quanto plazer e onra avía." "E confóndala Dios
por ende" —dixo el enperador.

E ella començó a reír e a fazer escarnio de ellos, e fincó la cabeça en el suelo de la fuente e començó a tunbar
en el agua, de guisa que non podieron estar que non reye-
sen, pero el infante non podía reir de coraçón; mas de
allý adelante reyeron e ovieron grant plazer e grant solas

en uno. "Bien aya mal —dixo el enperador— que trae grant virtud consigo, que de los tristes faze alegres e da a entender e entendimiento a ome para saber guardar mejor en las cosas que le acaesçieren. Ca este diablo maldito nos fizo sabidores para nos guardar de yerro de non creer por todas cosas que nos acometan con falagueras palabras e engañosas, así como éste fizo a mí e a vos. Pero si a mí engañara primeramente, non podiera a vos engañar en este lugar, e así non oviera yo conpañero; fuemos en la desaventura, seremos [f. 186] conpañeros en conorte, e conortémosnos lo mejor que podiéremos; ca çertas buen vençe mala ventura. E non ha ome, por de buen coraçón que sea, que puede bien sofrir la fortaleza de la desaventura si solo es en ella; que si conpañero ha, pasa e sufre su fortaleza mejor; e por ende dizen que "mal de muchos, gozo es."

E este enperador después que perdió la enperatris encantada, fue casado, e nunca pudo aver fijo ninguno, e muriósele la muger. E seyendo el infante con él, pensó que si él muriese, que fincaría el imperio desanparado e que podría venir a perdiçión e a destruimiento. E conosçiendo al infante quál era en cavallería e en todas buenas costunbres, quiso que después de sus días fincase señor e enperador del inperio. E porfijólo delante todos los de su tierra e fízole fazer omenaje e resçebiéronlo por señor después de días del enperador. El enperador non visco más de un año, e fincó el infante en su lugar, mucho amado de toda la tierra del enperador e del inperio, e resçebiéronlo por enperador.

E el enperador avía muy grant sabor de los mantener en justiçia e en pas, ca los defendía e los manparava muy bien, e era toda la tierra reçelada de todos los sus vezinos, ca era bien servido e bien guardado de todos sus vasallos, salvo ende todos siete condes consejeros del otro enperador, que consejaron que feziese la pregunta por qué él non reíe. E con reçelo, trabajáronse de poner bolliçio en el inperio quanto ellos podieron, con parientes e con amigos, reçelándose de lo que avían fecho contra él, comoquier que el enperador non se quería menbrar de ello;

antes lo dexava olvidar e non quería fablar en ello nin
consentía a ninguno que en ello fablasen, mas antes los
resçebía [f. 186v] sienpre muy bien e los fazía quanta
onra él podía, e travajávase en los asosegar faziéndoles
bien e merçed e graçias señaladas entre los otros de su
señorío, de lo que se maravillavan todos los omes buenos
de su casa, en fazer tantas onras a aquellos que sabía que
procuraran la muerte si podieran. Mas el enperador, como
aquel sienpre fizo bien en quanto él pudo, tomó la palabra del Evangelio en que dize que non deve ome rendir
mal por mal.

E esto es verdat a los que se arrepienten del yerro en
que cayeron; mas éstos, como desaventurados, non queriendo conosçer el yerro en que cayeron contra el enperador, le procuraron la muerte, nin se queriendo acordar
del pensamiento que pensaron contra él, nin queriendo el
enperador ser verdadero más a unos que a otros, comoquier que conosçían bien los serviçios que cada uno de
ellos le fazía, e le galardonava a cada uno de ellos. Ellos
fablaron condes e reys, vasallos del enperador, el uno el
rey de Sarifa, muy ricos e muy poderosos, e feziéronles
creyente que el enperador los quería mal e que quería enbiar por ellos para los matar, ca, como ome estraño, non
se pagava de los naturales del inperio, mayormente de los
poderosos. De guisa que los posieron en grant sospecha
contra el enperador. E mal pecado, de tan flaca natura
es el ome, que más aína cae en el grant miedo que en
grant esfuerço, e con reçelo ha de caer en grant yerro, e
muévense los coraçones a fazer lo que non deven. Onde
dize el vierbo antigo que "qual palabra me dizen, tal coraçón me fazen". E más, que el ome de flaco coraçón
sienpre [267] [P 181b 14] *está sospechoso e se mueve a
tuerto; onde estos dos reyes estando en este miedo en
que los pusieran aquellos condes, e el enperador queriendo ir a ver a su padre e a su madre e a su hermano, e ir
en romería a aquel monesterio que su padre el rey fe-*

ziera, do el nuestro señor Dios faze muchos miraglos, e
queriendo dexar encomendada la tierra a aquellos dos
reys, con [P 181v] otros dos que eran de la otra parte
del su señorío, enbió mandar por sus cartas a estos dos
reyes que viniesen para él cada uno con poca gente, ca
los quería guardar de costa.

E el rey de Garba e el rey de Safira quando vieron las
cartas del enperador en que les mandava que se fuesen
luego para él con poca gente, vínoseles hemiente de la
dubda en que les pusieran los condes, e vinieron amos
a dos a se veer a una tierra que es entre los dos reynos,
que era por partir entre ellos, e teníela en fieldad un
conde de aquellos que los avién puesto en este reçelo, e
enviaron por los otros condes e mostráronles las cartas.
E ellos, después que las cartas vieron, levantóse el uno
de ellos e dixo así: "Señores, la mala voluntad quien la
ha non la puede olvidar, e quien mal quiere fazer manera cata como lo pueda conplir a su salvo. ¿E non veedes que por conplir su voluntad el enperador, e poder acabar el mal pensamiento que tiene contra vos, que vos
enbía mandar que vayades luego allá con poca gente?
Dígovos que por mi consejo que non iredes agora allá,
mas que vos aperçibades e que vos aguisedes muy bien con
toda la más gente que pudierdes aver, e mucho bien ar-
mada, e vos veredes que vos quiere acometer si non fuí-
des; e porque vos defendades." E ellos creyéronlo, e fiziéronlo así.

(217) DE CÓMO EL ENPERADOR APERÇIBIÓ GENTE PARA CONTRA LOS DOS REYES, Y LES EMBIÓ MANDAR OTRA VEZ QUE VINIESEN DONDE ÉL ESTAVA

El enperador sopo de cómo aquellos dos reys se alboroçavan, e demás que aquellos malos condes dieron omes
que fuesen a fazer entender al enperador que aquellos
dos reys que non le querían obedesçer e que le querían
correr la tierra. E demás, que fizieron prendas a los de la
tierra del enperador en manera que se corríen los unos

a los otros. E los de la tierra fiziéronlo saber al enpera-
dor de cómo el rey de Garba e el rey de Safira e los
condes le corríen la tierra. E el enperador, parando mien-
tes a la palabra del sabio que dize así: "A los comienços
del mal te da a cuita a poner consejo, ca si tarde viene
non aprovecha la melezina, quando el mal por la grand
tardança e luenga creçió e tomó grand poder." E non se
quiso detener e apellidó toda su tierra e fuese contra aque-
llos dos reys. E los otros estavan muy bien aperçebidos
para se defender, pero que enbiaron dezir al enperador
con un cavallero que se maravillan mucho por quál ra-
zón se moviera contra ellos, ca ellos bien creíen que nin-
guna cosa avían fecho contra él por que los mal deviese
querer nin fazer. E quando lo resçibieron por señor, que
ellos fueron los primeros fueron besar el pie, e ellos amos
a dos le pusieron la corona en la cabeça después que lo
bendixo el arçobispo de Freçida su chançeller, quando
cantó misa nueva en el altar de Santi Spiritus, do él tovo
vegilla esa noche.

Dixo el enperador al que troxo el mandado: "Cavallero,
verdat es que así passó todo como lo ellos enbían [P 182]
dezir, e yo sienpre los amé e los onré entre todos los reys
del mi inperio, e fié de ellos así como de leales vasallos
deve fiar su señor que ellos bien quieren; mas yo non
sé quál fue la razón por que se non quisieron venir para
mí quando yo gelo enbié mandar por mis cartas, e que-
riéndolos guardar de costa enbiéles mandar que se vinie-
sen para mí con poca gente. E atan desmesurados fueron
ellos que non me quisieron enbiar respuesta nin saber qué
era lo que los quería, e demás corriéronme la tierra e
matáronme muy gran gente; por que tengo que me erra-
ron, yo non gelo meresçiendo. Mas con todo esto, si ellos
se quisieren venir para la mi merçed así como deven, con
poca gente, e me pidiesen merçed que los perdonase, creo
que non fallarían al en mí sinon merçed e piedad; ca non
es ome en el que piedad non ay contra aquellos que co-
nosçen su yerro e demandan perdón."

"Señor —dixo el cavallero—, yo iré con este vuestro
mandado a aquellos reys vuestros vasallos, e fío por la

merçed de Dios que luego serán aquí conbusco a la vues-
tra merçed, e non quiero de plazo más de un mes." E el
enperador lo tovo por bien, e mandóle que luego se fuese
e que non se detoviese. E el cavallero se fue a los reys
e díxoles lo que el enperador respondió a lo que ellos le
enbiaron dezir. "Señores —dixo un conde—, si se siguen
estas palabras con las que diximos luego en estas nuevas,
podedes entender la voluntad que el enperador vos tiene.
Bien semeja que non ha mudado el talante malo, ca aún
vos enbía dezir que vos vayades a él con poca gente. E
quando él vos viere con poca gente, fará de vos lo que
quisiere. E de aquí adelante parad mientes en vuestras
faziendas, ca si non vos quisierdes guardar vuestro será
el daño." E los reys quando estas palabras oyeron, fueron
muy espantados, e como omes sin buen consejo non qui-
sieron enbiar respuesta al enperador; ante enbiaron por
todos sus amigos para que los viniesen a ayudar.

(218) De cómo el enperador enbió al cavallero
Amigo con el su mandado a aquellos dos reys que
se alçaron contra él

El enperador atendió al plazo, e sin todo esto mandó
al cavallero Amigo que fue [P 182v] se con su mandado
al rey de Garba e al rey de Safira, a saber de ellos por
qué se alboroçavan, e que lo non quisiesen fazer. E el
cavallero Amigo veyendo que esta mandadería era muy
peligrosa, díxole: "Señor, si la vuestra merçed fuese, es-
cusarme devíedes de tales mandamientos e mandaderías
como éstas; ca todo ome para ser bien razonado delante
de grandes señores deve aver en sí seis cosas: la primera,
deve ser de buen seso natural para entender las cosas
que ha de dezir; la segunda, que deve ser de buena pa-
labra e desenbargada para dezirlas bien; la terçera, que
deve ser letrado para saberlas bien ordenar, en manera
que acuerde la fin con el comienço, non diziendo razón
desvariada; la quarta, que deve ser de alta sangre, que
non aya miedo de dezir lo que le fuere encomendado; la

quinta, que deve ser rico, ca todos los omes oyen e acon-
pañan de buena mente; la sesta, que deve ser amado de
los omes, ca el ome que non es bien quisto non le quieren oír, aunque todas las otras condiçiones buenas ayan
en sí; e demás, para ser conplidas todas estas cosas en el
ome bien razonado, deve ser de buena fe e de buena verdad, en manera que en lo que dixiere non le sea fallada
mentira, nin le ayan de que reprehender. E comoquier,
señor, que yo sea tenido de vos servir e me vos amedes
verdaderamente, non tengo que en mí aya ninguna de
estas buenas condiçiones, salvo ende fe e verdad, que es
la cosa de este mundo de que más me preçio; por que
me semeja que seríe mejor que escogiésedes a alguno de
los vuestros vasallos en quien podades fallar todas estas
cosas e las más de ellas conplidamente, e que vos podrán
mejor servir en esta mandadería que yo."

"Pardiós, cavallero Amigo —dixo el enperador—, parando mientes al buen seso que Dios puso en vos, e al
vuestro buen razonar e a la vuestra fe e a la verdad, que
non dexaredes de dezir verdad por miedo nin por vergüença, e de como sodes amado e preçiado de todos comunalmente; por estos bienes que en vos ay vos pongo
en todos [P 183] los mis fechos, de que me tengo por
bien servido. E aun yo fío por Dios que las otras dos cosas que vos menguan, de ser rico e señor, que las avredes
muy aína, e yo punaré por vos llegar quanto pudiere."
E el cavallero Amigo fue con el mandado del enperador,
e falló a los dos reys ayuntados en un grand canpo çerca
de la çibdad de (Paludes), e los condes con ellos. E esta
çibdad ha nonbre (Paludes) porque esta çercada de lagunas que sallen de las Aguas Mistas. E dioles sendas cartas que les enbiava el enperador, que eran de creençia.

E el conde Farán se començó a reír quando vido al caballero Amigo, e dixo a los reys: "Señores, agora veredes la
sobervia e el engaño del enperador, ca este es todo el fecho del enperador, ca este es su consejero, e él por éste
se guía. E non vos fablará sinon con maestría e con engaño e con sobervia." E el cavallero Amigo oyólo, e díxole: "Por çierto, conde, buen callar perdistes, e bien vos

pudiérades escusar de estas palabras si quisiérades; e a las malas maestrías muera quien con malas maestrías anda." "Amén" —dixo el conde—. "E yo amén" —dixo el cavallero Amigo—. "Cavallero Amigo —dixieron los reys—, dezid lo que quesierdes e oírvos hemos, e çesen estas palabras." "Señores —dixo el cavallero Amigo—, comoquier que yo non sea atan conplido de razón nin de entendimiento así como era menester para dezir el mandado de mi señor el enperador delante de tan grandes señores nin tan conplidos de entendimiento como vos sodes, e atreviéndome a la vuestra bondad e a la vuestra mesura, que si yo en alguna cosa menguare, que el vuestro buen entendimiento que lo quiera entender e emendar mejor que yo lo sabré dezir, e dezirlo he lo mejor que supiere." E dixo así: "Señores, el enperador mio señor vos enbía saludar e vos enbía dezir que en el comienço de la su onra vos fuestes los más acuçiosos e los que más ý fezistes para lo levar adelante, e vos fuestes los que le pusiestes la corona primeramente en la cabeça, e él sienpre vos amó e vos onró entre todos los otros del su inperio; e por ende, que se maravilla mucho porque le corredes la tierra e gela estruídes; onde vos enbía rogar, como a aquellos que él ama verdaderamente, que lo non querades fazer e que vos vayades luego para él. E si en alguna cosa fallardes que vos menguó, que vos lo emendará como vos quisierdes; pero que tiene que non vos erró en ninguna cosa. E puesto que vos oviese errado, tiene que vos cunple ir, pues que emienda vos quiere fazer. E si la non quisierdes resçibir, que del vuestro derecho faredes tuerto; ca más de culpar es el que non quiere resçibir emienda, si a su onra gela fazen, que el que fizo el tuerto."

(219) DE CÓMO EL CAVALLERO AMIGO FUE PRESO, E LO CONPRÓ UN MERCADOR

En antes que los reys respondiesen, levantóse el conde Farán e dixo: "Señores, si bien parades mientes a las palabras que este cavallero vos dixo, algo ay de la sobervia *segund de antes vos lo dixe; ca vos enbía falagar con el pan e con el palo. E por Dios, señores, dezid a este cavallero que avredes vuestro acuerdo, e que vos [P 183v] enbiaredes vuestra respuesta al enperador, e non rebatedes tan aína a responder." E ellos feziéronlo así, e enbiaron con esta respuesta al cavallero Amigo al enperador. E el cavallero Amigo tornando con su respuesta por su camino al enperador, encontróse con la conpaña del conde Farán, que andava corriendo la tierra del enperador, e cativaron a él e a todos los que con él ivan, e lleváronlos a una çibdad que ha nonbre Altaclara. E dízenle así porque está en alto logar, ca paresçe de muy grand tierra. E teniéndolos allí presos, sacáronlos a vender. E un rico mercador fuelo a ver para los conprar. E quando vido al cavallero Amigo, pagóse de él e de su buen razonar, e díxole: "Amigo, dime para qué serás tú bueno." "¡Ay, ome bueno! —dixo él—, ¿e quién vos dixo el mi nonbre?" "¿E cómo? —dixo el mercador—, ¿Amigo te dizen?" "Amigo —dixo él— me dizen." "Plázeme —dixo el mercador—, pero dime para qué serás tú bueno." "Para ser libre" —dixo el cavallero Amigo—. "Bien sé yo eso —dixo el mercador—, mas dime si quieres que te conpre." "¿E por qué me pides consejo en el tu aver? —dixo el cavallero Amigo—, ca en la tu mano es de me conprar o non, pues que aquí estó presto para vender." "Amigo —dixo el mercador—, atan entendido te veo, que me conviene de te conprar." E luego lo conpró. "¡Ay, señor! —dixo el cavallero Amigo—, pues que a mí conpraste, ruégote que conpres a aquellos que fueron cativos comigo; e sey tú bien çierto que serás de nosotros muy bien servido e que avrás por nos muy grand (aver)." E el mercador fízolo así, e vendiérongelos con tal condiçión que luego los pasase allende la mar a se los tener.*

(220) De cómo el cavallero Amigo desbarató al conde Farán e lo malferió en la cara

El mercador levándolos conprados, encontráronse con el conde Farán. E non sabía de cómo la su conpaña los

cativaran e los vendieran. E el mercador quando vido venir al conde Farán, pero con poca gente, mandó al cavallero Amigo que subiese en su cavallo, e a los otros todos en sendos cavallos, ca él se llevava asas cavallos para vender. E desque llegó el conde a ellos, conosçió al cavallero Amigo, e díxole: "Bien creo, cavallero, que non me responderedes agora [P 184] tan bravamente como me respondistes delante de los señores reys oy á diez días." "Conde —dixo el cavallero Amigo—, si algo quisierdes dezir, respuesta avredes la que non pudiera dar oy ha dies días, demientra estava en poder de la vuestra gente, que me tenién cativo. Mas loado sea Dios, en poder estó de este ome bueno que me conpró." "Non conprara" —dixo el conde, e quísose mover para travar de él. E el cavallero Amigo puso mano a su espada, e todos los otros con él eso mismo, e firieron al conde de dos golpes e matáronle diez omes—. "Ea, ea, don conde —dixo el cavallero Amigo—, que más ovo aquí de respuesta. E esto pudiéredes vos muy bien escusar si quisiérades; pero folgad agora aquí un poco demientra que vos imos a guisar de comer." "Cavallero Amigo —dixo el mercador—, ¿cómo faremos agora? Ca çierto soy que la gente del conde se alboroçarán quando lo sepan e vernán en pos de nos." "Yo vos lo diré —dixo el cavallero Amigo—. Aquí cerca está un castillo del enperador, e vayámosnos allá; ca yo trayo cartas de guía, e soy bien çierto que nos acogerán allí e nos farán mucho plazer." "Vayamos —dixo el mercador—, pero catad que non pierda yo lo que di por vosotros." "Yo vos fago pleito e omenaje —dixo el cavallero Amigo— que de vos non me parta fasta que cobredes todo lo vuestro e más; ca yo fío por Dios que yo vos daré muy buenos peños de ello."

(221) DE CÓMO EL CAVALLERO AMIGO PRENDIÓ A LA MUGER E A LA FIJA DEL CONDE FARÁN

Ellos yéndose por su camino, encontráronse con la fija del conde Farán, que era pequeña, e con su muger e qua-

tro omes de cavallo con ellos. E quando el cavallero Amigo los vido, conosçiólos, e plógole mucho. E dixo al mercador: "Señor, ya tengo peños buenos que vos dé por mí
e por mis conpañeros." E tomaron a la condesa e a su
fija e prendiéronlas, e a los quatro omes que ivan con
ellas. E la condesa cuidó que avía caído en malas manos,
pero el cavallero Amigo era cortés e muy mesurado en todas cosas, e mayormente contra dueñas, e díxole: "Condesa, non temades, ca non ay aquí ningund ome que vos
faga enojo, sinon toda onra e todo plazer; mas esto res-
çibides vos por la sobervia de vuestro marido el conde;
pero tanto vos quiero fazer: la vuestra fija levaré muy
guardada de toda desonra e de mal, e idvos al vuestro
marido el conde, que yaze ferido en el canpo de Tebres,
do él mostró la su sobervia quanto él pudo, sin Dios e
sin razón, e vos guisadle mejor de comer ca quanto nos
ya le guisamos, e pensad de quitar vuestra fija, ca quitan-
do a ella quitaredes a mí e a estos mis conpañeros, que
fuemos vendidos de la vuestra gente a este ome bueno que
nos conpró. Ca sabed que el pago por nosotros quinien
[P 185] tos pesantes de oro, [268] e ha menester que aya por
ellos mill pesantes por el trabajo que ha pasado e por el
gualardón del bien que a nos fizo en nos sacar de poder
del conde."

(222) DE CÓMO LA CONDESA FALLÓ AL CONDE FARÁN SU
MARIDO MALFERIDO, E DE LAS COSAS QUE LE DIXO QUE
LE CONTESÇIERA CON EL CAVALLERO AMIGO

La condesa se fue e falló al conde malferido en aquel
canpo que le dixo el cavallero Amigo, e contóle la desaventura que le conteçiera a ella e a su fija, e de cómo el
cavallero Amigo le fuera muy cortés, e lo que le dixiera.
"Ea, conde —dixo ella—, miedo he que estos bolliçios
en que andades que vos han de traer a grand peligro, si

---

[268] pesantes de oro: "Berceo, Mil., 324: un dinero pesant." (Cejador, Voc., p. 308, que lo relaciona con "pesado".)

non vos partides de ellos e vos non tornades a Dios; ca
nin queredes oir misa nin ver el cuerpo de Dios que todo
cristiano deve cada día veer e acomendarse a él, nin le
queredes fazer reverençia quando lo veedes e así como
devíedes, e sabiendo que las bestias mudas en quien non
ay entendimiento le fazen reverençia, así como contesçió
a Jorán, vuestro sobrino, ayer en Altaclara."

"¿E cómo fue eso?" —dixo el conde—. "Yo vos lo
diré —dixo la condesa—: vos sabedes que Jorán era cavallero mançebo e muy bulliçioso e muy abivado en los
deleites de este mundo e de muy suelta vida, e non preçiava nada las cosas de este mundo nin las de Dios. Así
que quatro días ha oy, estando en Altaclara en su cavallo
en la rúa, pasava un clérigo con el cuerpo de Dios, que
levava en las manos, e ivan a comulgar a un doliente, e
oyendo la canpanilla e veyendo la conpaña que ivan con
él por onrar el [P 185v] cuerpo de Dios, e deziéndole
todos que se tirase a una parte, non quiso, e el cavallo
queriéndose apartar de allí, él dávale sofrenadas. E quando el cavallo vio que venía çerca el clérigo con el cuerpo
de Dios, fincó los inojos en tierra, e Jorán firiólo con el
freno e levantólo. E esto fizo el cavallo muchas vezes
fasta que fue pasado el clérigo con el cuerpo de Dios. E
Jorán començó de fazer mal al cavallo, diziéndole todos
que non lo fiziese, ca muy buen enxienplo avíe dado a
todos los del mundo para que fiziesen reverençia al cuerpo de Dios. E él faziendo mal al cavallo, lançó las coçes
e sacudiólo en tierra, en manera que luego fue muerto sin
confesión e sin comunión. E luego se fue el cavallo aquella
iglesia do era el clérigo que iva a comulgar al doliente,
e non lo podían mover a ninguna parte, non faziendo él
mal ninguno. E porque entendieron que era miraglo de
Dios, mandáronlo allí dexar, e allí está que se non
mueve."

"E bien paresçe que nuestro señor Dios demuestra los
sus miraglos en aquellos que non fazen reverençia a nuestro señor Ihesu Christo, ca oí dezir que un rico ome enbiava un su ome con su mandadería a grand prisa, e
aquel ome econtróse con un clérigo que iva a comulgar

*a un doliente, e el ome aconpañólo a la ida e a la venida,
e después fuese a su mandado. E porque tardó, mandó
su señor que lo lançasen en un forno que estava allí en su
casa ardiente. El mançebo quando se vido en aquel peligro, fincó los inojos en tierra e rogó a Dios que le oviese
merçed. E el forno estando ardiente, lançáronlo dentro, e
resçibiólo nuestro señor Ihesu Christo en sus manos, e
quantos allí estavan lo vieron estar en medio del forno,
e de cómo lo tenía una criatura en las manos, que non se
fizo mal ninguno. E quando fue el forno frío, mandó su
señor que lo sacasen, e sacáronlo sin ninguna lisión.* [269]
*E si a los señores terrenales fazemos reverençia, quánto
más la devemos fazer a nuestro señor Ihesu Christo, que
tanta merçed nos fizo en sacarnos del poderío del diablo,
conprándonos por la su preçiosa sangre e queriendo sufrir muerte e pasión por nos."*

*"Onde vos pido por merçed, señor —dixo la condesa—,
que vos querades guardar e parar mientes en estas palabras e cosas, e Dios guardará a vos e a nos." "Condesa
—dixo el conde—, vayámosnos e quitemos nuestra fija, e
desí pensemos en lo que avedes de fazer en estas cosas."
E fuéronse e enbiaron a quitar su fija, en non pensaron
en al. E desque pagaron los mill pesantes de oro, el mercadero fue con el cavallero Amigo al enperador, ca ya lo
sabía de cómo fuera cativo el cavallero Amigo, e plógole
mucho con él, e dio de su algo al mercadero, e tornóse.*

(223) DE CÓMO EL ENPERADOR PELEÓ CON LOS REYS E LOS VENÇIÓ

*Los reys non enbiaron respuesta ninguna al enperador,
e después que el enperador vido que non le enbiavan
respuesta ninguna, fuese contra ellos e fallólos do estavan
en una tierra que era muy llana e muy grande, çerca de
la ribera del río de las Aguas Mistas, con muy grand gente*

---

[269] Este milagro se encuentra también en el *Espejo de los legos*
Wagner, "Sources", p. 90).

e muy bien guisados. E veíelos el enperador a todos muy bien, ca desçendíe de un puerto muy alto, e teníelos como a sopié. E luego que llegó el mandado a los reys de cómo el en [P 186] *perador pasava el puerto con su gente e con su hueste* [f. 187] e los vieron, armáronse e pararon sus azes, como aquellos que avían sabor de se defender e de morir. El enperador asas ovo que fazer en desçender ese día con toda su gente al llaño, de guisa que esa noche folgaron, e otro día en la mañaña fueron todos armados e endresçaron sus azes e fueron los unos contra los otros, e desque bolvieron fue la fazienda muy ferida, de guisa que todo el canpo estava lleño de muertos e de feridos, e atan grant era el ruido e las bozes que davan los feridos, quexándose de las llagas, que se non podían oír unos a otros. E entre los quales andava el enperador muy crúo, faziendo los golpes muy señalados, de guisa que el que con él encontrava, non escapava bien de sus manos, muerto o mal ferido avía de caer del cavallo. E desí, encontróse con el rey de Garba e fuelo ferir del espada, de guisa que le cortó el braço diestro, e desí tornó otra vegada a él e diole por çima del yelmo, que le fendió la cabeça fasta en los ojos de manera que cayó muerto.

Quando estas nuevas oyó el rey de Sarifa, pesóle de coraçón, pero que començó a conortar la su gente e la esforçar, e començaron a ferir muy de rezio en la gente del enperador. E sobrevino al rey de Sarifa muy buena cavallería que vino en su ayuda, en manera que arrancaron al enperador del canpo, e non salieron con él sinon tres mill cavalleros e pocos más, e todos los otros fincaron en el canpo muerto e feridos. E quando el enperador se vio así desanparado, e la su gente así todo muerto, e fincava solo sinon con estos tres mill cavalleros que fincaron de treinta mill que avía levado, e tóvose por desaventurado. E apartóse aquella sierra de aquel puerto por do avía entrado e començó a conortar aquellos cavalleros [f. 187v] lo mejor que pudo. E desarmáronse, ca estavan muy cansados, e los otros fincaron esa noche en el canpo, desarmando los cavallos que estavan muertos, e los que estavan feridos matávanlos, que non dexavan uno a vida, e desnuyávanlos e matavan quantos fallavan.

E el enperador se levantó a la media noche e apartóse de la su gente e començó a fazer oración, pediendo merçed a Dios que si en alguna cosa le errara, que le quisiese perdonar, e si entendía que non era él para aquel lugar, que levase a él do toviese por bien e que pusiese ý otro que lo mejor meresçiese. "Pero, señor Dios —dixo el enperador—, por muy pecador me tengo en se perder tanta gente quanto oy murió aquí por mí, por que te pido por merçed que te plega de me perdonar." El enperador estando en esta oración, oyó una bos del çielo que le dixo así: "Roboán, amigo de Dios, non desanpares, ca Dios es contigo, e bien sabes que el rey de Mentón, tu padre, nunca desanparó de la merçed de Dios por ningunt enbargo que le aveniese, e ayudólo Dios en todos sus fechos; por ende, esfuérçate en la su merçed e el poder de Dios, ca él será contigo e te ayudará. E véngasete emiente del pendón que te dio la enperatris, fija de la señora del Paresçer, que fezieron las siete donzellas santas, e sácalo e ponlo en un asta muy luenga e çierto sey que luego que lo vean tus enemigos se te dexarán vençer e los prenderás todos."

Quando estas palabras oyó el enperador, menbrósele de lo que le dixiera la enperatris quando le dio el pendón: que doquier que entrase con él, que vençería. E plogo a Dios que él fue do estava el pendón, fincó con el repuesto del enperador en çima del puerto, e vínose [f. 188] luego para su gente, e enbió por aquella arca do estava el pendón muy bien guardado entre muchas reliquias, e luego que gelo traxieron, abrió el arca do estava el pendón e fincó los inojos e sacó el pendón con grant devoción, llorando de los ojos, ca tenía que, pues aquella bos del çielo desçendía e le fizo emiente del pendón, que grant virtud avía en él, e así era. Ca aquellas siete donzellas que el pendón fezieron bien avía cada una setenta años, ca en tierra de su avuela la enperatris nasçieron todas de un vientre, e ella las crió. E las donzellas fueron sienpre de tan buena vida, que non quisieron casar, mas prometieron castidat e mantoviéronla muy bien e muy santamente, de guisa que Dios fazía por ellas en aquel inperio muchos miraglos e nunca labravan cosa por sus manos en que Dios non posiese señaladamente su virtud. [270]

E quando amanesçió, sacó el pendón el enperador con su asta muy grande e mucho buena, e dixo a los cavalleros: "Amigos, ayer fuestes en el comienço en medio de la batalla muy bien andantes, mas la fin non nos fue buena como vistes, e esto tengo que fue por mis pecados. Pero nuestro señor Dios, aviendo de nos piedat, como señor poderoso, non tenía por bien que fincásemos así desconortados e mandó que vayamos a ellos, ca non nos esperarán; que todos los prenderemos, e çierto só que ha de ser así de todo en todo."

"Çertas, señor —dixieron los cavalleros—, mucho nos plaze, ca mejor nos es la muerte que así escapar tú e nos con esta desonra grande e tan grant pérdida como aquí fezimos de amigos e de parientes." E movieron todos de buena voluntad para murir o para vençer e fuéronlos ferir. E quando tan aína [f. 188v] vieron los del rey Safira el pendón, tan aína volvieron las espaldas e començaron a fuir, el enperador e los suyos en pos, matando e feriendo de guisa que non fincó ninguno de ellos que non fuese muerto o preso. E el rey Safira fue preso e el conde, que nos bolvió muy pequeño; a Farán tomaron en aquella batalla, ca Dios lidiava por ellos. E mandó que le traxiesen delante el rey de Safira e el conde Farán, que tenía presos, e el enperador le preguntó al rey de Safira qué fuera la razón porque se movieron a él el rey de Garba contra él, e el rey de Safira le dixo: "Señor, non sey otra razón sinon por grant desaventura nuestra e porque non nos sopiemos guardar del mal consejo, e señaladamente del conde Farán, que aquí está, que fue comienço de todo este mal; ca él e los otros condes que aquí murieron nos

---

[270] Variantes de este milagro en las *Cantigas*; Berceo, *Milagro*, XVI; *Libro de los enxemplos*, CC (Wagner, "Sources", p. 90)

Las siete doncellas representan a las siete virtudes, con la ayuda de las cuales Roboán vence a los siete condes traidores que simbolizan los siete pecados capitales. (Burke, *Hist.*, p. 127.)

metieron en muy grant miedo e grant sospecha de vos
que nos queríades matar, e señaladamente nos dezían que
así porque nos enbiávades mandar que fuésemos amos
con poca gente, porque más de ligero nos podiésedes matar, e demás, porque érades ome estraño, que non amá-
vades los naturales del inperio. E non vos diría el conde
al se si al quisiere dezir, e yo me faré su par e meterle
he las manos, fazerle he dezir que es así." E el conde non
osó negar la verdat e dixo que así pasó todo como el rey
de Safira dixera. "Çertas, conde —dixo el enperador—,
tuerto grande me fazíades, ca nunca lo meresçí por qué;
e por ende, non abíades por qué poner este bolliçio contra mí en el mio señorío. Mas agora, que tengo que es
verdadero el enxienplo antigo: "que los pies duechos [271]
de andar non pueden quedar, e el que malas obras suele
andar non se sabe de ellas quitar". E vos, conde, sabedes
que vos fuestes el que me [f. 189] consejastes porque
el enperador me mandase descabesçar, ca así lo avía por
costunbre de lo fazer a quien aquella pregunta le fazía,
e teniendo que en aquella pregunta non se conpliera vuestra voluntad, quisistes poner bolliçio en el mi señorío por
me fazer perder, e non quiero que la terçera vegada lo
provedes, ca dize el sabio ca si tu amigo errare una ves,
confóndale Dios, e si dos, confonda Dios a ti solo, que
tanto lo sofriste. E por ende, quiero que seades confondido a la segunda vegada e ante que yo sea confondido
a la terçera." E mandóle tajar la cabeça, como aquel que
lo meresçió, queriendo deseheredar a su señor, consejando
a los de su señorío que se alçasen e le feziesen guerra.
E çertas, esta pena meresçe el que mal consejo da como
el que faze mal por consejo de otro. "Ca, conde —dixo el
cavallero Amigo—, ca derecho es por la sobervia que to-
mestes sobre vos, que me dexistes que yo andava en maestrías; e yo díxevos que a malas maestrías moriese quien
con malas maestrías andava, e respondistes "amén". E
çertas, bien deviérades vos entender que estos bolliçios a

---

[271] *duechos*: acostumbrados. (*Ducho*: *Dicc. Acad.*) (Véase
nota 72.)

mal vos avían a traer; ca este casamiento malo entre vos
e los reys vos lo ayuntastes. Onde conviene que ayades
las calças que meresçedes." "Por Dios —dixo el conde—,
en salvo parlades, ca si yo a vos toviese en tal como vos
tenedes a mí, yo vos daría la rebedida." [272] "Tomad agora
esa rosa de estas bodas" —dixo el cavallero Amigo—, e
arrancóle la cabeça. E por ende dizen que "atales bodas
e atales rosas." [273]

Desí el enperador mandó al rey de Safira que le feziese
entregar luego de todas las villas e los castiellos del reyno,
e el rey le dixo que fuese [f. 189v] él andar por el regño
e que le resçebrían en las villas e castillos del regño sin
duda ninguna, ca tal fuero era en aquella tierra que si el
enperador cuyo vasallo él era e en cuyo señorío era poblado, irado o pagado con pocos o con muchos, maguer
era su heredamiento del rey e lo heredara de su padre,
ca guerra e pas deven fazer al enperador su señor; e dixo
que fuese luego a la mayor çibdat que era en el su regño,
a la que dizen Monteçaelo. E este nonbre tomó porque es
la tierra de color del çielo e es todo en manera de çafires,
e todos los finos çafires orientales en aquella tierra son.
E aquella tierra es la más postrimera tierra poblada que
sea contra oriente, e allí se acaba Asia la Mayor contra
la parte de çierço. Onde que se diga algo aquí de las tres
partes del mundo que fizo Noé, e dó començó cada una
e dó se acaba, e por qué es dicha Asia Mayor.

Fállase por las estorias antigas que después que se partieron los lenguajes en setenta lenguajes, así como oistes,
començaron los gentiles a derramar e començó Noé de los
ayuntar e de los consejar, e partió el mundo por tres ter-
çios e puso términos conosçidos a cada terçio, e partiólos
a sus tres fijos. E Eupar es el terçio que es a la parte del
çierço, e África a Caín, el fijo mayor. Europa es a la parte
del çierço catando ome a oriente de cara, e comiença en
çima del mundo, çerca de oriente, sobre el inperio de las

---

[272] Del juego del *rebidar*. (Cej., *Voc.*, p. 351.)
[273] *roscas* en vez de *rosas* (en W., 502-503) (Wagner, "Sources", p. 73).

Ínsolas Dotadas; e viene por las tierras de los turcos e por las sierras de Mega e de Magas e por las tierras de Alamaña e de Esclamonia e de Greçia e de Roma e por las tierras de los Galazes e de los Picardos e de los Gergantes e por la tierra de Bretaña e por las tierras a que dizen Alar Vire, que quiere dezir "La Gran [f. 190] Tierra", e por la tierra de Gascueña e por los Albes de Burdel e por las tierras de España, e encónase en la Isla de Cális, que pobló Ércoles, en una eglesia que es y ribera de la mar quanto a dos leguas del castiello de Cális, que es labrada por mojón e posiéronle nonbre los que venieron después Sant Pedro, e nunca este nonbre perdió e dízenle Sante Petre, que así gelo mandaron los moros. [274]

E el terçio de Asia es partido en dos partes: el uno es a la parte de oriente e comiença del río de Eufatres fasta fondón de España, e dízenle la Asia la Mayor; e a man derecha de esta Asia la Mayor son las tierras de Hazes e de Alimaña e de Alsares e acude a la India; e a la parte de mediodía son de Agas e de Almus e a la partida de los Enopes, a que dizen Canracales [275] porque comen los omes blancos do los pueden aver. E el río de Eufatres parte entre sí Asia la Mayor e Asia la Menor; es el anno [276] e desierto; ay unas sierras que le dizen Gameldaron, e tiénese con aquellas sierras unos arenales que son de arena menuda con polvo, e con anchura del desierto muévense los vientos e alçan aquel polvo de un lugar e échanlo en

[274] "Delante del sitio por donde entra el agua del Océano se halla el promontorio y cast. llamado también de Santi Petri." La navegación es difícil. (Madoz, *Dicc. Geogr.*, v. V, pp. 127, 130.)
[275] Podrían ser habitantes de las tierras de Çin, o Can, de donde toman el prefijo *can*-racales (suponiendo que el escriba haya copiado bien). En *Ms. P* y edic. *S: caniculos.* El mismo sufijo hay en *canibales,* a los que Cristóbal Colón llama *Caniba* o *Canima,* y "no tenían sino un ojo y la cara de perro", "debían de ser del señorío del Gran Can". (*Diario de Colón,* 26 novbre.; Ediciones Cultura Hispánica, Madrid, 1972. Ver también 1.º de novbre., 23 novbre., 11 dicbre.) *Caniba* y *Canima* son variantes de *Caribe.* (13 enero.)
[276] Así en W., 504.

otro, e a las vezes se faze grant mota, [277] que semeja que
allí fue sienpre. E a cabo de este desierto andudieron los
fijos de Israel quarenta años, fasta que llegó el plazo que
Dios quiso que entraron en la tierra de Cananea, e poblóse la tierra de Sen, fijo de Noé, que es Asia la Mayor
contra poniente, de fijos de Israel, e poblóse la tierra de
Arabia, que es en la provinçia de Egipto e tiene en luengo
de este la çibdat de Berca, que es en la parte de oriente
fasta Tanjat-ally-adia, que en la parte de poniente, e dízenle en ladino Maritana, e tiene en ancho desde la mar
fasta los arenales e grandes [f. 190v] sierras, e van de
poniente fasta oriente.

E esto de estas tres partes del mundo fue aquí puesto
porque lo sepan aquellos que andar quesieren por el mundo, mayormente aquellos que quieren más valer e provar
las tierras do se podrán mejor fallar e mejor bevir, así
como contesçió a este enperador, que andido por las tierras faziendo bien fasta que le Dios encrinó, [278] así como
oistes.

DE CÓMO EL ENPERADOR ANDIDO POR LA TIERRA CON
TODOS LOS CONDES E CON TODOS LOS OTROS A QUIEN
HEREDARA, E DE CÓMO LOS METIÓ EN POSESIONES E LOS
DEXÓ ASOSEGADOS CADA UNO EN SUS LUGARES CON AMOR
DE LOS DE LA TIERRA, FAZIENDO A TODOS MERÇEDES
SEÑALADAS EN LO QUE LE DEMANDAVAN

Dize el cuento que el enperador se fue para aquella
çibdat que dizen Monteçiaelo e fue ý resçebido muy onradamente con muy grandes alegrías, comoquier que veían
a su señor el rey en presión del enperador. Ca la gente de
aquella çibdat muy rica e mucho apuesta e bien acostunbrada, e bevían en pas e en justiçia e en alegría todos comunalmente grandes e pequeños. Desí, otro día después

---

[277] *mota*: "5. Eminencia de poca altura, natural o artificial, que
se levanta sola en un llano." (*Dicc. Acad.*)

[278] (*ençimo*) (W., 505). Podría haber un verbo *encrinar*: "poner
en alto"; pero no lo encuentro en diccionarios.

que él entró ý en el inperio, e el obispo del lugar, que
era chançeller del rey, e todos los de la tierra, pedieron
por merçed al enperador por el rey, e el enperador, con
grant piedat que ovo de él, perdonólo, porque vio que era
muy buen rey e de muy buen entendimiento, que él non
quisiera negar los fueros de aquella tierra. E mandó a los
de la tierra que le resçebiesen por señor así como de nuevo. Ca los de la tierra non lo avían a resçebir sin mandado
del enperador, pues errado le avía e le fallesçiera en la
verdat que le deviera guardar; [f. 191] e ellos resçebiéronlo muy de grado, así como aquel que era mucho amado
de todos, e fezieron muy grant alegría con él, teniendo en
grant merçed al enperador la graçia que les feziera.

E otro día en la grant mañaña, levaron al enperador a
un vergel que tenía çercado de alto muro dentro en la
villa, en que estava labrada una alcoba muy alta a bóveda, e la bóveda era toda labrada de obra morisca de
uns piedras çafires muy finos, e en medio de la alcoba un
çafir fecho como pellota ochavada, tan grande que dos
gamellos non podrían levar, atan pesado es, e es de tan
grant virtud, que todos los omes e las bestias que alguna
inchadura han e los lievan allí e los ponen delante aquella
piedra, que luego son sanas. E eso mesmo faze en la
sangre, que aquel a quien sale sangre e lo ponen delante
aquella piedra, luego queda e non sale. E el enperador
mismo lo fizo provar: que fizo degollar muchas reses delante aquella piedra safir, e nunca salía la sangre de ellas,
e resollavan por la degolladura e non morían fasta aquel
tienpo que podrían murir non comiendo nin beviendo,
segunt que pueden murir todas las reses bivas de este
mundo que se non pueden mantener sin comer e sin bever. E ninguno non crea que el çafir otras virtudes ha
sinon estas dos, la una contra inchadura e la otra contra
el fluxu de sangre. E çiertamente ésta es la tierra onde
los çafires finos e virtuosos vienen, señaladamente de
aquella tierra del regño de Çafira, e por ende le dizen
aquella tierra Çafira, que tomó el nonbre de çafir.

E desque el enperador ovo andado por aquella tierra e
la sosegó, e fue luego por el regño de Garba, que es mu-

cho abondado de todas cosas e muy plantioso, e todo lo más se riega por las aguas de Triguis e de Eufatres. E este regño dexóle a Garbel, un [f. 191v] cavallero su vasallo ançiano de muy buen entendimiento e muy buen cavallero de armas, porque le semejó que concordava el su nonbre con el nonbre del regño, e fue muy buen rey e muy quisto de todos los de su regño. E este cavallero el que dio el rey de Mentón, su padre, por consejero quando se de él partió. [279] E otrosí, dio el condado del conde Farán al cavallero Amigo, e los otros seis condes de los otros seis condados que fueron muertos en aquella batalla dio a los otros sus cavalleros aquellos que entendió que gelo más avían servido e lo meresçían. Ca muy poca gente le avía fincado de los trezientos cavalleros que levó consigo, pero todos los que escaparon fizo mucha merçed en los heredar e los onrar e en todo quanto pudo, de guisa que non ovo ý ninguno de ellos a quien non posiese en buen estado e onrado por el buen serviçio que avían fecho. Onde todos los de la tierra loavan al enperador porque tan bien galardonava a quantos cavalleros el serviçio que le avían fecho, todos avían por ende muy grant sabor de le servir, teniendo que así gelo galardonaría a ellos el serviçio que le fezieron. Çertas, muy grant derecho en que quien bien feziere que buen galardón aya.

E el enperador andido por la tierra con todos estos condes e con todos los otros a quien heredó e los metió en posesiones, e los dexó asosegados cada uno en sus lugares e con amor de los de la tierra, faziendo todas merçedes señaladas en lo que le demandavan. Todos los del inperio eran muy ledos e muy pagados porque le avían por señor a quien los amava verdaderamente e los guardava en sus buenos husos e buenas costunbres, e era muy católico en oir sus oras con devoçión e sin burla ninguna e en fazer muchas graçias a las eglesias [f. 192] dotándolas de villas e de castiellos e guarnesçiéndolas de nobles ordenamientos segunt que mester era a las eglesias. E entre

[279] Este caballero aparece entre los del séquito de Roboán, er p. 325.

todos los bienes que el enperador avía, señaladamente era
éste: que fazía grant justiçia comunalmente a todos, e la
graçia que fazía nunca iva contra ella nin contra las otras
que los enperadores avían fecho, ante gelas confirmava
por sus cartas e sus preveligeios buldados con buldas de
oro, e nunca sabía ome que contra ellas pasase a quien
non feziese nemigo en la persona, ca tenía por derecho
que ningunos pasasen contra las graçias que él fizo nin
contra las otras que los enperadores fezieron, pues él tenía por derecho que ningunos pasasen de las guardar. E
çertas, grant atrevimiento e grant locura es atreverse ninguno a ir contra las cosas que faze, por fazer graçia e
merçed a aquellos que lo mester han, ca el que faze la
graçia e la merçed non solamente onra aquel que resçebió
la graçia, mas a sí mesmo, ca es onra e loado de Dios e
de los omes por el bien que faze. E así, el que quiere las
graçias e las merçedes de los señores non deve ir contra
ellas en dicho nin en fecho nin en consejo, deve ser des-
amado de Dios e de los omes e de sofrir la pena de los
crueles sin piedat, que non se sienten del mal e del daño
de su hermano. Ca todos somos así como hermanos e nos
devemos aver segunt la fe en Ihesu Christo que tomamos.

DE CÓMO EL ENPERADOR, ÉL SEYENDO EN GRANT
PENSAMIENTO, VÍNOSELE EMIENTE DE LAS PALABRAS QUE
OVIERA CON LA INFANTE SERINGA, E ENBIÓ LUEGO ALLÁ
AL CAVALLERO AMIGO, AL QUE DEZÍAN CONDE AMIGO,
A SABER SI ERA BIVA O SI ERA CASADA, QUE LE DIESE UNA
CARTA DE CREENÇIA QUE LE ENBIAVA, E QUE LE DIXIESE
DE SU PARTE QUE ÉL QUERÍA CONPLIR LO QUE PROMETIERA
DE CASAR CON ÉL, SI A ELLA PLOGUIESE [f. 192v]

Dize la santa [280] escriptura que el enperador estando en
el mayor sosiego que podría ser con los de su tierra, pediéronle por merçed que tomase muger, en manera por

---

[280] W., 509, ha suprimido la palabra *santa*.

que fincase de su linage después de sus días quien mantoviese el inperio; e los más nonbravan fijas de enperadores
e los otros fijas de reys. E él seyendo en este pensamiento,
vínosele emiente de las palabras que oviera con la infante
Seringa. E enbió luego allá al cavallero Amigo, al que
dezían el conde Amigo, a saber si era biva o si era casada,
e si la fallase biva e non casada, que le diese una carta de
querençia que le enbiava, e que le dixiese de su parte que
él quería conplir lo que le prometiera de casar con él, si a
ella ploguiese. E el conde Amigo fuese luego sin ningunt
detenimiento, e falló a la infante Seringa en aquella çibdat do la avía dexado. E preguntó si era casada, e el su
huésped le dixo que non.

E otro día en la mañana fuela a ver, e entrando por
la puerta conosçiólo, pero que non se acordava de su nonbre. E díxole: "Cavallero, ¿cómo avedes nonbre?" "Señora —dixo él—, Amigo." "¡Bendito sea el nonbre de
Dios! —dixo ella—. Ca una de estas cosas de este mundo
que yo más amava e más codiçiava oyer esto, e si le vino
emiente nunca de quando bien a mí e a mi tierra." "Çertas, señora —dixo el conde Amigo—, si algunt ý fizo,
olvidado lo he, ca nunca se viene emiente del bien que
ha fecho, mas de lo que ha de fazer. Enbíavos esta carta
que escrevió con la su mano." E la infante abrió la carta
e leyóla e falló dentro una sortija de un rubí pequeño muy
fino que ella avía dado al infante mucho encubiertamente
quando se de ella espedió; e quando la vio, canbiósele la
color e a las vezes amarelleçia, ca resçebía plazer [f. 193]
cuidando que gela enbiava con aquel cavallero porque le
creyese de lo que le dixiese, e resçebió pesar cuidando
que era finado e que mandara que gela diesen. "Señora
—dixo el conde Amigo—, el enperador mio señor vos
enbía mucho saludar." "¿E quál enperador?" —dixo la
infante—. "Roboán, vuestro amigo" —dixo el conde—.
"¿Ónde es enperador?" —dixo la infante—. "Del inperio de Triguiada" —dixo él—. "¿E cómo olvidara —dixo
la infante— la cosa de este mundo que más amava, por
le fazer Dios bien e ser enperador?" "Çertas, señora, non
olvidó —dixo el conde—, ca por eso me enbía acá a sa-

ber si érades casada, e si lo non fuésedes, que vos ploguiese de casar con él." "¿Traes cartas —dixo la infante— para el conde Rubén, mi tío?" "Sí, señora" —dixo
él—. "Pues ruégovos —dixo la infante— que lo fabledes
con él e que le digades lo que avedes a dezir, e non le
digades que fablastes comigo en esta razón." E él fízolo así.

Quando el conde oyó estas nuevas, plógole de coraçón,
e fuese para la infante e díxole: "Señora, ¿non me daredes albrizas?" "Daré —dixo la infante—, si buenas nuevas me dixierdes." "Çertas, señora —dixo el conde—, tan
buenas son que só çierto que vos plazerá con ellas." "Yo
las oiría de grado —dixo la infante—, si vos quisierdes."
"Señora —dixo el conde—, el infante Roboán, vuestro
lidiador e defendedor, es el enperador de Triguiada e enbía por vos para se casar conbusco." "¡Ay, conde! —dixo
la infante—. ¿E consejármelo íedes vos?" "¡Pardiós, señora! —dixo el conde—. ¡Sí!" "E conde, ¿terníedes por
bien —dixo la infante— que dexase desanparado el regño?" "Señora —dixo el conde—, non puede fincar desanparado quando oviere por defendedor tan poderoso enperador como aquél es." "Conde —dixo la infante—, yo por
vuestro consejo me guié fasta aquí e me guiaré de aquí
adelante, e fazet ý como entendierdes e será más mi
[f. 193v] onra e vuestra."

El conde mandó fazer cartas de la infante para todos
los del regño para fablar con ellos cosas que eran a grant
onra de ella e grant pro de la tierra. E ellos fueron luego
ayuntados así como ella les enbió mandar, e después de
las ochavas de la Pascua de Resurreçión, el conde, tío de
la infante, fabló de parte de ella que todos los omes buenos que eran ý llegados. E díxoles de cómo el infante
Roboán, fijo del rey de Mentón, el que lidiara por la infante e le fizo cobrar las villas e los castiellos que avía
perdido, e la fizo asegurar a todos los reys sus vezinos
que la querían deseheredar, era enperador de Triguiada,
e que enbiava demandar a la infante por muger, e que dixiesen lo que ý entendiesen, ca ella non quería fazer ninguna cosa sin consejo de los de la tierra. E ellos gelo

tovieron en grant merçed, pero los unos dezían que si
ella los desanparase, que por aventura los enemigos que
ante avían que se levantarían de nuevo a los fazer mal
e astragar el regño; pero en la çima acordáronse todos
de la consejar que lo feziese, ca la onra de ella era onra
de ellos mesmos. E enbiaron al rey de Bran, hermano
de la reina madre de la infante, a rogar que quisiese ir
con ella e la aconpañar e la onrar en ese día. E el rey gelo
otorgó. E fue con ella muy grant cavallería e muy bien
guisada, e la infante levó consigo muchas dueñas e muchas donzellas, las más fijasdalgo e mejor acostunbradas
que en todo el regño avía. E fueron por todas çiento, vestidas de paños de oro e de seda, segunt la costunbre de
aquella tierra. E començaron su camino, de guisa que entraron en el señorío del enperador. De cómo la infante
[f. 194] Seringa era salida de su tierra e se venía para
él, e de cómo venía con ella el rey de Bran con muy grant
cavallería e ella que traía çient dueñas e donzellas muy
fijasdalgo e muy bien vestidas. E el enperador quando lo
oyó fue muy ledo, como aquel que non puede aver folgura
en su coraçón desque enbió a la infante al conde Amigo,
pensando si la podría aver, cuidando que sería casada,
porque los tres años del plazo que diera a que le atendiese
serían pasados, e çiertamente dio a entender a todos que
resçebiera grant plazer. Ca luego enbió por todos los reys
sus vasallos e mandóles que saliesen a la acoger e que les
diesen todas las cosas que les mester fuese e les feziesen
muchas onras e muy grandes, como aquellos que codiçia-
van ver muy bien casado al enperador su señor. E quando
sopo çierto el enperador que venía, salióla a resçebir a
dos jornadas del río de Triguis, a una çibdat que dizen
Ledica, [281] e fuela tomar por la rienda e fuese derechamente a un monesterio de dueñas que era fuera de la

---

[281] *Ledica*: según Burke, esta palabra viene del lat. *lectica*, cama
pequeña, en esp. *lechiga*. El nombre tiene valor simbólico: en esa
ciudad se consuma el matrimonio de Roboán y Seringa. (*Hist.*,
p. 135.)

çibdat. E era ý con el enperador el arçobispo su chançeller. E entraron en la eglesia, e velólos, e salieron ende.
E fuéronse para la çibdat, do fuera resçebida por enperatris muy onradamente, así como convenía a este casamiento. Fue fecho el día de Sant Johán.

DE CÓMO A CABO DE UN AÑO OVIERON UN FIJO, EL QUAL FUE LLAMADO POR NONBRE FIJO DE BENDIÇIÓN, CA ÉSTE ERA ONRADOR DE SU PADRE E DE SU MADRE E MUY MANDADO A TODAS LAS COSAS QUE ELLOS QUERÍAN

Dize el cuento que ésta fue la más fermosa [f. 194v]
muger que en aquellas partidas era criada, e que Dios quisiera ayuntarse fermosura con fermosura e apostura con
apostura e bondat con bondat, de guisa que quantos las
veían ser amos a dos en su estrado, que se non fartavan
de los catar nin avían sabor de comer nin de bever nin
de dormir, ante estavan como omes olvidados, que de sí
mesmos non se acordavan sinon quando ellos se levantavan del estrado para ir folgar. Mucho se tovieron por
bienaventurados los de la tierra por aquel casamiento tan
egual en onra e en apostura e en amor verdadero que
entre ellos avía, verdaderamente así era. Ca todo lo que
al uno plazía, plazía al otro, e de lo que uno se pagava,
se pagava el otro por cosa que viesen. E de guisa los
ayuntó Dios e los bedixo, que entre ellos non avía mester
medianero en ninguna cosa que por cualquier de ellos
se oviese de fazer.

E a cabo de un año ovieron un fijo que podríedes entender que podría nasçer de tan buen ayuntamiento como
del enperador e de la enperatris. E éste fue llamado por
nonbre Fijo de Bendiçión, e çiertamente bendicho fue
entre todos los omes de este mundo, ca éste fue onrado de
su padre e de su madre e muy mandado a todos los omes
de este mundo, ca éste fue onrador de su padre e de su
madre e muy mandado a todas las cosas que ellos querían,
e amador de justiçia con grant piedat, e muy granado
en sus dones al que entendía que lo avía mester, de guisa

que ninguno en el su señorío non era pobre nin avía ninguna mengua, si por su grant maldat non fuese. En quanto este niño ovo siete años, dexaron en el inperio.

E el enperador e la enperatris fueron vesitar [f. 195]
el regño de la enperatris Seringa. E desí fueron en romería al monesterio de Santi Espritus, que el rey de Mentón mandó fazer, do conosçió el conde Amigo primeramente, e fueron ver al rey su padre e su madre e al infante Garfín su hermano. E çertas, non deve ninguno
dudar si ovo grant alegría e grant plazer entre éstos: que
dize el cuento que en siete días que moraron con el rey
de Mentón non fue noche ninguna que escuro paresçiese,
ca tan clara era la noche como el día e nunca les venía
sueños a los ojos, mas estavan catando los unos a los otros
como si fuesen imágines de piedra en un tenor e non se
moviesen. E çiertamente, esto non venía sinon por merçed de Dios, que los quería por la su bondat de ellos. E
desí, tornáronse para su inperio, do mostró Dios por
ellos muchos miraglos, de guisa que a toda aquella tierra
que éstos ovieron a mandar e dízenle oy en día la Tierra
de Bendiçión. E tomó este nonbre del fijo del enperador
e de la enperatris, que ovo nonbre Fijo de Bendiçión, así
como ya oyestes, de que dizen que fecho un libro en caldeo en que cuenta toda la su vida e muchos buenos fechos
que fizo.

Onde dize el traslaudador [282] que bienaventurado es el
que se da a bien e se trabaja sienpre de fazer lo mejor. Ca
por bien fazer puede ome ganar a Dios e a los omes e
pro e onra para este mundo e para el otro, non se eno-
jando nin desesperando de la merçed de Dios. E non se
deve cuitar nin presurar. E quien luengo camino quiere
andar e quiere llegar con él a cabo, conviene que ande
su paso e non se acuite, ca si se acuitare cansará e si
cansare menos andará, e por aventura que non podrá

---

[282] El *traslaudador* (¿Ferrand Martínez?) termina su trabajo como
empezó: dando ánimos al que emprende un largo pero honroso
viaje, como fue ir a Roma a recoger el cuerpo del Cardenal toledano, o escribir este libro.

conplir su camino. Onde dize el filósofo que el movimiento forçado más estuerçe en el comienço que en el acabamiento [f. 195v] e el movimiento natural ha lo contrario de aquel que es fecho por fuerça, ca el natural comiençó de vagar e vase esforçando toda vía más fasta el acabamiento, e así acaba su fecho conplidamente. E por ende devemos rogar a Dios que él por la su santa piedat quiera que començemos nuestros fechos con movimiento natural e acabemos tales obras que sean a serviçio de Dios e a pro e a onra de nuestros cuerpos e a salvamiento de nuestras almas. Amén.

A domingo vein et quatro días de otubre de mill e

$$\overline{C}$$

GLOSARIO

abiltar: envilecer, p. 167.
acaloñar, p. 98. (Véase *caloñar*.)
acortado: *acortar*: perder fuerzas, debilitarse, morirse, p. 158.
acuçiar: estimular, p. 247.
aduxiera (subjunt.): trajera, p. 86.
afaçiamiento: trato, comunicación, familiaridad, p. 268.
afeitadas: arregladas, compuestas, p. 179.
ahévos: *afévos*: ved, p. 83.
ahuestores: por *avetoro*: ave zancuda, parecida a la garza, p. 396.
álabe: "del lat. *alapa*, aleta, vuelo). 2. Estera que se pone a los lados del carro." (*Dicc. Acad.*), p. 192.
alboragueçer: alborear, p. 72.
alcantariella: puentecillo, p. 96.
alcaria: poblado pequeño, alquería, p. 180.
aleniéndolos (ger. de *aleniar*): alentándolos, p. 312.
alfaja: joya. p. 131.
alfajeme: barbero, p. 376.
almofa: cofia de malla, p. 158.
amidos: a la fuerza, por fuerza, p. 174.
andido (pret. de *andar*): anduvo, p. 69. *Andudieron*, p. 69.
apresiemos (pret. de *apreser*): aprendimos, supimos, p. 161.
arrufarse: encolerizarse, p. 68.
asconada: golpe con una *ascona*: venablo, p. 400.
asmar: calcular, pensar, p. 107.
ayuso: abajo, p. 115.

barajar: reñir, p. 258.
barragán: esforzado, valiente, p. 81.

437

barrieron (pret. de **barriar*): hicieron barricada, p. 96.
barrunte: escucha (sust.), en sentido militar, p. 93.
bejayre: aspecto, apariencia, p. 336.
bofordar: arrojar bohordos; *bohordo*: lanza arrojadiza, p. 111.

cabdiella: perra, p. 80.
cadrá (fut. de *caer*): caerá, p. 258.
cal: calle, p. 119.
caloñar: exigir pena pecuniaria, p. 201.
canracales: caníbales, p. 425.
caño: camino subterráneo, p. 385.
conbremos (fut. de *comer*): comeremos, p. 67; *conbría*: comería (condic.), p. 148.
camiados: cambiados, p. 107.
caramiello: perro faldero juguetón, p. 131.
castigóle (pret. de *castigar*): le aconsejó, p. 64.
catedes (sub. de *catar*): miréis, busquéis, p. 176.
çiellas: cejas, p. 241.
cocho (partic. de *cocer*): cocido, p. 67.
codesar: reservar, depositar, guardar, p. 305.
condesado: guardado, ahorrado, p. 258.
condesijo: escondrijo, p. 251.
conosçer: confesar un crimen, p. 73.
corado (*mal...*): *corada*: entrañas. De mala entraña, p. 257.
cras: mañana, p. 67.
cresuelo: crisol, p. 379.
crovo (pret. de *creer*): creyó, p. 238.
cruus: crudos, rigurosos, p. 256.
cuega (subj. de *cocer*), p. 234.

derramar(se): dispersarse, separarse, apartarse, pp. 94, 115.
derraviadamente: con rabia, p. 201.
desfaçiado: con la cara destrozada, p. 207.
dolar: golpear, herir, p. 200.
duecho: ducho, acostumbrado, pp. 129, 423.

ençimar: subir, pp. 209, 426.
enpesçemiento, enpieço: daño, pp. 197, 211.
enrizar: irritar, azuzar, p. 208.
escatima: afrenta, insulto, p. 332.
escorrechamente: con fuerza, con vigor, p. 198.
espaladinar: publicar, decir en público, p. 339.
espera: esfera, p. 80.

espiende (pres. indic. de *espender*): gasta, p. 104.
estrólagos: astrólogos, p. 81.
estrús, ostrús: avestruz, p. 237.
exlieron (pret. de *exlier*): eligieron, p. 80.

femençia: vehemencia, fervor, p. 61.
fuzia: como *fiuzia*: confianza, p. 62.

gafedat: lepra, p. 210.
ganbax: túnica, p. 192.
garatos: ¿por garabato? p. 89.
golfín: malhechor, p. 179.

haçerir: zaherir, p. 294.
huerco: infierno, demonio, muerte, p. 146.

incal: importa (impers.), p. 129.
infinta, enfinta (*de...*): de mentira, falso, p. 64.

labros: labios, p. 254.
lasa: cansada, p. 182.
lazrar: sufrir, p. 170.
leido: *ledo*, contento, p. 160.
lejonjar: lisongear, p. 267.
liévate (imper. de *levarse*): levántate, p. 189.
loro: moreno casi negro, p. 81.

llañer: plañir, llorar, p. 405.

maguer: aunque, p. 120. (No se pronuncia la *u*).
majamiento: acción de molestar, p. 172.
malfetría: fechoría, p. 174.
manganiella: trampa en el juego, p. 334.
merçendero: que hace mercedes o favores, p. 276.
mesólo (pret. de *mesar*): cortar, cercenar, p. 65.
miénbresevos (imper.): recordad (de *menbrarse*), p. 234.
migero: una milla, p. 116.
mirabolano: medicina, p. 234.
misericordia: maza con clavos, p. 157.
morrás (fut. de *morir*): morirás, p. 134.
mota: eminencia de poca altura en un llano, p. 426.

naçençia: bulto o tumor, p. 198.
nodresçieron (pret. de *nodresçer*): criaron, p. 120.

orruras: bascosidad, escoria, légamo, p. 235.
oyó (pret. de *uviar*): tuvo tiempo, pudo, p. 165.

paladinas (*a...*): en público, p. 174.
pantasma: fantasma, p. 189.
pechar: pagar, p. 132.
péñola: pluma de ave, p. 238.
pesantes de oro: moneda: ("Berceo, *Mil.*, 324: un dinero pe-
    sant".—Cej., *Voc.*, p. 308, que lo relaciona con "pesado".),
    p. 417.
piyuela: *pihuela*: correa sujeta al pie del halcón, p. 395.
poridat: secreto, p. 63.
prea: presa, p. 133.
prestojada: pescozón, cogotazo, p. 194.
puestas: tajada o pedazo de carne, p. 67.
punar: pugnar, esforzarse, p. 64.

raer: borrar, p. 380.
rebidada: del juego del *rebidar,* p. 424.
refés: fácilmente, p. 209.
retraire: refrán o expresión proverbial, p. 326.
retraer: reprochar, p. 61.
ribaldo: pícaro, bellaco, rufián, p. 130 y otras.
riobarbo: ruibarbo, p. 235.
ruano: categoría social debajo de los "caballeros", p. 92.

salmero: medida de capacidad; lo que cabe en una *salma,* o
    jalma (albarda), p. 229.
senas: sendas, p. 153.
seyese (subj. de *seer*, sentarse), p. 123.
sobredes (imperat. de *sobrar*): subiréis, p. 248.

teñía (imperf. de *teñer*): atañía, p. 183.
terná (fut. de *tener*): tendrá, p. 106.
tiembla (sust.): sien, p. 207.
tolliera (subj. de *toller*): quitara, p. 101.
torneses: moneda, p. 55.
tortizero: injusto, p. 278.
toste: deprisa, p. 96.
traguilla, trayella: cuerda o correa para atar el perro, p. 391.
trasechador: el que pone asechanzas, p. 238.
trebejo: juego, p. 220.

trena: bandolera, p. 391.
trujamén: corredor de cambios o de compras y ventas: intérprete, p. 327.
trugimanía: trampa, habilidad, p. 219.

vebría (condic. de *vivir*): viviría, p. 228.
velas: vigías, p. 95.
verná (fut. de *venir*): vendrá, p. 175; *vernían* (condic.): vendrían, p. 67.
veros: piel de marta cebellina, p. 183.
viaron (pret. de *uviar*): tuvieron tiempo, pudieron, p. 96.
vieda (pres. de *vedar*): veda, impide, p. 209.
visquiese (imperf. subjunt. de *vivir*): viviese, p. 135.
vito: vianda, sustento diario, p. 219.

xarope: jarabe, p. 234.

yogo (pret. de *yacer*), p. 79.

CORRESPONDENCIA DE LOS CAPÍTULOS Y PÁGINAS DE LA EDICIÓN WAGNER *(W)* CON LAS PÁGINAS DE LA PRESENTE EDICIÓN *(Castalia)*

W		CASTALIA	W		CASTALIA
Cap.	*Pág.*	*Pág.*	*Cap.*	*Pág.*	*Pág.*
EL CAUALLERO DE DIOS			24	58	95
			25	60	96
Prólogo	1	51	26	62	97
1	9	58	27	62	98
2	11	60	28	64	99
3	14	—	29	65	100
4	15	63	30	66	100
5	17	64	31	69	103
6	23	69	32	71	104
7	32	76	33	72	105
8	33	77	34	74	106
9	35	78	35	76	107
10	36	79	36	77	108
11	40	82	37	78	109
12	42	83	38	83	113
13	43	84	39	85	114
14	44	85	40	86	114
15	45	86	41	87	115
16	46	86	42	90	117
17	47	87	43	92	119
18	48	88	44	94	120
19	49	88	45	96	122
20	50	89	46	98	123
21	52	91	47	99	124
22	54	92	48	102	126
23	57	94	49	104	127

ÍNDICE DE LÁMINAS

Los grabados que ilustran esta edición del *Libro del Caballero Zifar* pertenecen al manuscrito de la Biblioteca Nacional de París.

ESTE LIBRO
SE TERMINÓ DE IMPRIMIR
EL DÍA 3 DE SEPTIEMBRE DE 1990